三國志 二

삼국지 2

나관중 지음 | 김광주 옮김

41.
우물에 몸을 던진 미부인

"아들이나 아버지를 만나게 해주시오.
난 이대로 죽어도 한이 없겠소"

劉玄德攜民渡江
趙子龍單騎救主

장비는 관운장이 백하(白河) 상류의 물줄기를 뻗쳐 놓자, 군사를 거느리고 하류로 쳐내려가서 조인의 퇴로를 가로막고 일대 접전을 벌였다.

이때, 앞에서 나타난 장수가 바로 허저. 그러나 허저는 장비와 대적할 만한 용기도 없어 포위망을 간신히 벗어나서 도주하고 말았다.

장비가 적군을 무찔러 버리고 다시 현덕·공명과 합류하여 강을 끼고 올라갔을 때, 유봉(劉封)과 미방(麋芳)이 배를 마련해 놓고 대기하고 있어서 일제히 강을 건너 전군 무사히 번성(樊城)으로 향했으며, 공명은 배와 뗏목에다 모조리 불을 질러 태워 버리라고 명령했다.

한편, 조인은 패잔병을 거느리고 신야(新野)로 돌아가 조홍을 시켜서 싸움에 패하게 된 실정을 조조에게 보고하도록 했다.

조조는 격분을 참지 못하고 펄펄 뛰었다.

"시골뜨기 제갈량이란 놈이 어찌 감히 이런 짓을 할고!"

경각을 지체치 않고 3군에게 지시하여 천지를 뒤엎을 것 같은 기세로 신야까지 나와서 진을 치고, 산 속을 수색하며, 한편 백하를 메워 버리게 했고, 대군을 8로로 나누어서 일제히 번성을 습격하기로 했다.

이때 유엽(劉曄)이 권고하기를, 유현덕이 이미 백성을 번성으로 거느리고 갔는데, 이 두 현(縣)을 모조리 무찔러 버린다면 허허벌판이 되어서 남는 것은 아무것도 없게 될 것이니, 차라리 유현덕에게 사람을 보내어 투항을 권고해 보아, 만약에 응하지 않는다 하더라고 조조의 백성을 사랑하는 인망이 드러날 것이요, 투항에 응한다면 형주(荊州)는 싸우지 않고 진압할 수 있으리라는 것이었다.

이리하여, 서서(徐庶)를 파견하게 되었다. 서서가 명령을 받고 떠나려고 했을 때, 조조는 만약에 현덕이 투항해 온다면 죄를 사하고 작위를 줄 것이지만, 응하지 않을 경우에는 백성이건 병사건 하나도 남기지 않고 모조리 몰살시켜 버리겠다는 협박적인 의사를 전달하라고 명령했다.

서서는 번성에 도착하여 영접하러 나온 현덕과 공명에게 이렇게 말했다.

"조조가 투항을 권고하는 것은 민심을 자기에게로 돌려보자는 배짱입니다. 이제 조조는 군사를 8로(路)로 나누어 가지고 백하를 메워 버리고 습격을 감행하려 하고 있으니 빨리 계책을 세우시기 바랍니다."

현덕은 서서를 잡아 두려 했으나, 그는 와룡(臥龍)이 있으니 대업이 성취 안 될까 걱정할 것이 없다 하여 조조에게로 되돌아갔다.

서서가 돌아가서 현덕에게는 추호도 투항할 의사가 없더라고 보고했더니 조조는 노발대발, 그 즉시 군사를 출동시키라는 지시를 내렸다.

한편 현덕은 공명과 상의한 끝에, 즉시 번성을 버리고 양양을 점령해 가지고 잠시 동안 한숨을 돌려보기로 결정했다.

지극히 처참한 장면이 전개되지 않을 수 없었다.

강을 건너가는 현덕의 일행을 쫓아서 성 안의 백성들이 모두 따라 나섰기 때문이다.

"우리는 죽어도 유장군을 모시고 따라가겠습니다."

남녀노소 아우성을 치며 통곡 속에 강을 건너가니 강 양편 기슭에는 통곡소리가 천지를 진동했다.

배를 타고 이 광경을 바라보는 유현덕은 눈물에 젖으면서,

"백성들의 이런 처참한 고난도 모두 나 한 사람의 잘못 때문이다! 그들을 대할 면목이 없구나."

하고 강물에 몸을 던지려고 하는 것을 좌우의 사람들이 가까스로 만류했다.

양양의 동쪽 성문까지 와서 유현덕은 문을 열라고 호통을 쳤다.

그러나 유종(劉琮)은 현덕이 나타난 것을 알자 겁이 나서 나오려 들지 않았다. 채모(蔡瑁)와 장윤(張允)이 문루(門樓)로 올라가서 병사들에게 명령하여 화살을 빗발치듯 퍼붓게 했다. 성 밖의 백성들은 문루를 바라보며 통곡할 뿐이었다.

이때, 성 안에서 한 사람의 장수가 수백 명의 부하를 거느리고 문루 위로 뛰어 올라가더니 큰 소리로 호통을 쳤다.

"채모장군은 나라를 파는 역적이다! 유장군은 인덕이 높으신 분, 이제 백성을 구출해 가지고 여기 오셨는데 어째서 도로 쫓으려 하느냐?"

그 사람은 신장이 8척에 대추 빛깔 같은 얼굴을 한 의양(義陽) 사람 위연(魏延―字는 文長)이었다. 그는 칼을 휘둘러서 수문장을 찔러 죽여 버리고 성문을 열어젖히더니 구름다리를 내려보내며 고함을 질렀다.

"유황숙께서는 빨리 군사를 거느리시고 입성하십시오. 함께 나라를 파는 역적 놈을 죽여 버립시다!"

장비가 그 소리를 듣자 말을 달려 성 안으로 뛰어들어가려고 했더니 현덕이,

"성 안의 백성들을 놀라게 해서는 안 되네!"

하고 급히 가로막았다.

위연은 현덕에게 빨리 입성하라고 외치고 있었는데, 이때 성 안에서 대장 한 사람이 군사를 거느리고 말을 달려나오더니 호통을 쳤다.

"위연 이놈! 무명 소졸의 몸으로서 어찌 감히 반란을 일으키느냐? 대장 문빙을 몰라 보느냐?"

위연이 격분하여 창을 휘두르며 말을 달려 덤벼드니, 양쪽 군사들은 성 주변에서 일대 혼전을 전개했고 죽어 넘어지는 소리, 아우성 소리가 천지를 진동했다. 현덕이 말했다.

"백성을 보호하려다가 도리어 백성을 해롭게 하게 됐소. 양양으로 들어갈 것은 단념합시다."

이때, 공명이 형주의 요충지대인 강릉(江陵) 땅으로 들어가서 근거지를 삼자고 제의하자, 현덕도 그 의견에 찬성하여 양양을 떠나 백성을 거느리고 강릉으로 향했다.

위연은 문빙과 싸우다가 부하를 모조리 잃게 되어서 몸을 뛰쳐 도주했으나 현덕이 보이지 않아 장사(長沙)의 태수 한현(韓玄)에게로 가서 의지할 생각으로 그곳으로 몸을 피했다.

유현덕을 따라서 강릉으로 향한 군사와 백성은 도합 10여만

명, 대소 차량이 수천 대, 짐을 짊어지고 보따리를 인 긴 행렬이 새로운 그들의 근거지를 찾기 위해서 묵묵히 걸어가고 있었다.

도중에서 현덕은 유표의 무덤 앞에 멈춰서서 눈물을 흘리며 기도를 올렸다.

"아우 유비는 무덕무재(無德無才)하여 형님의 부탁하신 바를 저버리게 되었으니, 모든 죄가 유비의 일신에 있는 것이오며, 백성은 상관없는 일입니다. 바라건대 형님의 영령(英靈)이 형주·양양의 백성을 구출해 주옵소서!"

구슬픈 현덕의 말에, 백성도 병사도 흐느껴 울지 않은 사람이 없었다.

이러고 있을 때, 갑자기 초마(哨馬)가 알리는 소식이 조조가 벌써 대군을 거느리고 번성에 도착하여 배와 뗏목을 수습해 가지고 그날로 강을 건너 쳐들어오리라는 것이었다.

위급한 사태에 직면한 여러 장수들은 짐이 되어서 거추장스러운 백성의 무리를 떼어 버리고 가자고 현덕에게 권고했지만 현덕은 완강히 거절했다.

"큰일을 치르는 사람은 반드시 사람으로써 그 바탕을 삼는 것이오. 여기까지 나를 따라온 백성들을 어찌 버릴 수 있겠소?"

하는 유현덕 말에 감탄하지 않는 사람이 없었다.

끝내 백성을 거느리고 가는 길이 느리기 한이 없자 공명이 또 의견을 내서 관운장에게 명령하여 손건과 함께 군사 5백 명을 거느리고 강하(江夏)로 가서 원군을 청하도록 하고, 장비에게는 후군의 책임을 맡기고, 조자룡에게는 가족을 보호하도록 명령을 내리고, 매일 간신히 10여 리 길을 걸어가서는 또 쉬곤 했다.

양양에 있는 유종(劉琮)에게 조조는 번성에서 사람을 보내서 나오라고 했지만, 유종은 겁이 나서 나서려고 하지 않았다. 채모와 장윤이 나가 보라고 간곡히 권했지만 왕위(王威)만은 반대했다.

그리고 왕위는 은근히 유종에게, 이때에 기병(奇兵)을 요소에 배치시키고 조조를 들이쳐서 산채로 잡도록 하자고 말했다.

채모가 이것을 알게 되자 왕위와의 사이에 격렬한 언쟁이 벌어졌으며, 채모는 왕위를 죽여 버리겠다고 펄펄 뛰는 것을 괴월(蒯越)이 간신히 말렸다.

결국, 채모와 장윤은 번성에 가서 조조를 만나 보고 온갖 아첨을 다했으며, 군량·군자금·병선(兵船) 전반에 걸친 이쪽의 실정을 모조리 조조에게 고해 바쳤다.

조조가 채모를 진남후(鎭南侯) 수군대도독(水軍大都督)에, 장윤을 조순후(助順侯) 수군부도독(水軍副都督)에 임명하고, 유종을 천자께 글을 올려 형주의 주인으로 삼아 주겠다고 하여 두 사람은 기뻐서 어쩔 줄 모르며 조조의 앞을 물러났다.

순유(荀攸)가 조조에게 말했다.

"채모와 장윤은 아첨밖에 모르는 도배들인데, 그런 중임을 맡기시고 관작을 내리시면 어찌하실 작정이십니까?"

조조가 웃으면서 대답했다.

"나도 사람을 섣불리 보지는 않소. 북방에서 온 우리 편 군사가 수전(水戰)에 서투르니까 잠시 그들 두 사람을 써본 것뿐이오. 일이 끝나면 곧 처치해 버릴 것이오."

유종은 채모와 장윤의 말을 듣고 기뻐했다. 그리하여 이튿날 모친 채부인과 함께 인수(印綬)와 병부(兵符)를 가지고 친히 강을 건너가서 조조를 영접하니, 조조는 유종에게 청주(靑州) 자사(刺史)의 직책을 맡아 가지고 즉시 그곳으로 떠나라고 했다.

유종은 그 명령을 듣자 깜짝 놀랐다.

"종(琮)은 벼슬을 원치도 않습니다. 단지 부모님이 사시던 고장을 지키기나 했으면 합니다."

유종이 재삼 사퇴했으나 조조는 막무가내, 결국 채부인과 유종을 청주로 떠나 보냈다. 뒤를 따르는 사람으로는 옛날 장수 왕위가 있을 뿐, 다른 사람들은 한강(漢江)의 건널목까지 와서는 모두 되돌아가 버렸다.

한편, 조조는 우금(于禁)을 불러서 명령을 내렸다.

"그대는 날쌘 기병을 거느리고 유종 모자를 쫓아가 죽여 후환을 없애 버리도록 해주시오."

명령을 받은 우금은 부하를 거느리고 일행의 뒤를 쫓아갔다.

"나는 승상의 명령을 받들고 그대 모자를 죽이러 왔다. 빨리 수급(首級)을 내놓아라!"

이렇게 호통을 치니 채부인은 유종을 얼싸안고 울며불며 아우성을 쳤다. 우금이 병사들에게 지시하여 목을 베게 하니, 왕위가 미친 듯이 덤벼들었지만 여러 부하들의 손에 죽어 넘어졌고, 유종과 채부인도 병사들의 손에 목숨을 빼앗기고 말았다.

우금이 돌아와서 이 결과를 보고했더니 조조는 상을 후하게 베풀고, 한편 사람을 융중(隆中)에 파견하여 공명의 처자를 수색하게 했지만 행방을 알 길이 없었다. 공명은 미리 사람을 보내서 처자를 삼강(三江)으로 보내어 숨어 있도록 한 것이었다. 조조는 공명이 미워서 어쩔 줄 몰랐다.

양양이 수중에 들어오자 순유가 제언했다.

"강릉은 형주·양양의 중요한 지점이고, 군량과 재물도 산더미처럼 쌓여 있습니다. 유현덕이 만약에 그리로 들어가서 자리 잡는다면 쉽사리 손을 대지 못할 겁니다."

"내가 왜 그걸 모르겠소."

조조는 즉시 명령을 내려서, 양양에 있는 여러 장수 가운데서 군사를 거느리고 앞장서서 일을 인도할 만한 인물을 한 사람 선택하라고 했다. 그런데 다른 장수들은 모두 모였는데 문빙(文聘)은 보이지 않았다. 조조가 그 까닭을 알려고 사람을 보냈더니, 그제야 문빙은 여러 사람이 모인 자리에 나왔다.

"어째서 이렇게 늦었소?"

"아랫사람 된 몸으로서 주인으로 하여금 경토(境土)를 보전하게 하지 못했으니, 실로 부끄러운 마음과 슬픈 생각에 나와서 뵐 면목이 없었습니다."

말을 마치자 흐느끼며 눈물을 흘렸다.

조조의 말이,

"진정한 충신이로군!"

하며 그를 강하 태수에 봉하고 관내후(關內侯)의 관작을 내려서 군사를 거느리고 앞장서서 길을 인도하도록 분부했다.

이때 탐마(探馬)가 알렸다.

"유현덕은 백성을 거느리고 하루 겨우 10여 리 길을 걸어서 이제 3백 리밖에 못 갔다고 합니다."

조조는 각 부(部)에 분부하여 무장한 기병 5천을 뽑아서 밤을 새워 가며 전진하게 하여 하루 낮밤 동안에 현덕을 쫓아가도록 하라고 했다. 그리고 대군이 그 뒤를 바싹 쫓아서 몰고 나갔다.

현덕은 10여만 명의 백성과 3천여 군마를 거느리고 가다가는 쉬고 쉬다가는 또 가면서 강릉으로 향하고 있었다. 조자룡은 가족들을 보호하고 장비가 후군의 책임을 맡고 있었다.

관운장이 강하(江河)로 간 채 소식이 없고 유기(劉琦)는 공명의 은혜를 저버리지 못할 사람이라는 점에서 이번에는 공명이 친히 출마하여 유봉과 함께 구원병을 청하러 강하로 떠났다.

이날도 현덕은 간옹(簡雍)·미축·미방(糜芳)과 말을 달리고 있었는데, 별안간 사나운 회오리바람이 앞길을 가로막았다. 음양(陰陽)에 통한다는 간옹이 이는 흉조에 틀림없다 하여, 당양현(當陽縣) 경산(景山)에다 진을 쳤다. 밤이 4경쯤 되어서 서북에서 천지를 진동하는 고함소리가 일어났다.

현덕은 대경실색하여 정병 2천여 명을 거느리고 달려나갔으나, 노도같이 밀려드는 조조의 군사에게 밀려서 도저히 손을 쓸 수가 없었다.

위기일발의 찰나에 다행히 장비가 군사를 몰고 달려왔기 때문에 현덕은 동쪽으로 도주할 수 있었다. 그런데 난데없이 문빙이 또 앞을 가로막고 나섰다. 현덕이 매도했다.

"주인을 배반한 놈아! 부끄러운 줄도 모르느냐?"

문빙은 부끄러움이 얼굴에 가득 차 가지고 군사를 거느리고 동북쪽으로 사라져 버렸다.

장비는 현덕을 보호하면서 적을 무찌르며 가까스로 몸을 피했는데, 새벽녘이 돼서야 고함소리도 멀어져서 그제야 말을 쉬게 했다. 따라온 군사는 불과 백여 기, 따라오던 백성들, 가족들, 미축·미방·간옹·조자룡까지 행방을 알 수 없게 됐으니, 현덕이 통곡하며 말했다.

"10여만이나 되는 생명이 모두 나를 떨어지기 싫어서 이렇게 큰 재난을 당하게 됐다. 여러 장수와 가족들의 생사를 알 수 없으니 목석인들 어찌 슬프지 않으리!"

여러 사람들이 슬픔에 잠겨 있을 때, 홀연 미방이 얼굴에 화살을 여러 군데나 맞은 채 허둥지둥 나타나서 이렇게 말하는 것이었다.

"조자룡은 조조에게 투항해 버렸습니다. 서북쪽으로 달아나는 것을 목격했습니다."

현덕은 조자룡이 절대로 그럴 사람이 아니라고 극력 주장했지만 장비는,

"그놈이 우리를 배반하고 조조에게 붙어서 부귀공명을 꾀하다니……. 내가 찾아내기만 한다면 한칼에 없애 버리겠소!"

하면서 현덕의 말도 듣지 않고 20여 기를 거느리고 장판교(長坂橋)로 달려갔다.

무심코 앞을 바라보자니, 다리 동쪽에 나무가 무성한 숲이 있었다. 장비는 꾀를 한 가지 생각해서 20여 기에게 명령하여 나뭇가지를 꺾어서 말꼬리에다 매달고 숲속을 뛰어다니게 했다. 흙먼지가 하늘을 찌를 듯이 일어나니 마치 수많은 군사들이 그곳에 버티고 있는 것같이 보였다. 이렇게 해놓고 장비는 단기로 사모(蛇矛)창을 옆에 끼고 다리 위에 말을 멈추고 서쪽만 바라다보았다.

조자룡은 4경 때부터 조조의 군사와 싸우며 일진일퇴 충돌을 거듭해 가며 날이 밝을 무렵까지 버티다가 보니, 현덕이 간 곳

없을 뿐만 아니라 현덕의 가족들까지 잃어버리게 됐다.

조자룡은 가슴이 섬뜩했다.

감(甘)·미(糜) 두 부인과 어린 주인 아두(阿斗)를 현덕이 친히 자기에게 맡겼는데, 싸움 통에 이들을 잃어버렸다면 무슨 면목으로 주인을 대할 수 있을 것인가.

이렇게 생각이 미치자 조자룡은 목숨을 내걸고라도 그들을 찾아야만 되겠다는 결심을 했다.

좌우를 살펴보니 자기를 따르는 것은 겨우 3,40기. 무작정 말을 달려 난군(亂軍) 중으로 뛰어들었다. 말을 달리다 보니 길옆 숲속에 어떤 사람이 넘어진 채 있었다. 자세히 살펴보니 그는 바로 간옹이었다. 조자룡이 대뜸 물었다.

"두 분 주모(主母)님을 못 보셨소?"

"두 주모님께서는 수레를 버리고 아두를 안으신 채 걸어서 달아나셨습니다. 나는 말을 달려 두 분의 뒤를 쫓았으나 산비탈이 구부러지는 곳에서 적장의 칼에 찔려 말에서 떨어졌으며, 말도 빼앗기고 말았소. 나는 더 싸울 수가 없어서 여기 이렇게 누워 있었소."

조자룡은 군사가 타고 있는 말을 한 필 빌려서 간옹을 태우고, 또 병졸 두 사람을 뽑아서 간옹을 보호하도록 하여 먼저 돌려보냈다. 그러고는 현덕에게 전해 달라고 말했다.

"나는 무슨 짓을 해서든지 주모와 어린 주인을 찾아내고야 말 것이며, 만약에 찾지 못하면 모래밭에 쓰러져 죽을 것이라고 전해 주시오."

말을 마치자, 조자룡은 채찍으로 말 궁둥이를 힘껏 후려갈기며 장판파를 향하여 몸을 달렸다.

"조장군, 어딜 가십니까?"

정신없이 달리는 판에, 이렇게 소리를 지르는 사람이 있었다.

"너는 누구냐?"

"유장군의 장하(帳下)에서 차장(車仗)을 호송하던 군사입니다. 화살을 맞아서 쓰러져 있습니다."

조자룡이 대뜸 두 부인의 소식을 물었더니 그 군사의 말했다.

"방금 감부인께서 머리가 흐트러지신 채 맨발로 부녀자들의 뒤를 따라서 남쪽으로 가시는 것을 봤습니다."

조자룡은 그 말을 듣자 군사를 거들떠볼 새도 없이 급히 말을 몰아 남쪽만 보고 달렸다. 백성들이 떼를 지어 수백 명의 남녀들이 서로 끌며 달아나는 것을 발견한 조자룡이 소리를 질렀다.

"이 중에 감부인은 안 계십니까?"

부인은 뒤따라오다가 조자룡을 바라보더니 방성통곡을 했다.

조자룡은 선뜻 말을 내려 창을 땅에 꽂아 놓고 울면서 말했다.

"주모님을 이렇게 갈팡질팡하시게 한 것은 이 자룡의 죄입니다. 그런데 미부인과 어린 주인은 어디 계십니까?"

그러나 감부인의 대답이, 미부인과 함께 적군에게 쫓겨서 밀려나오기는 했으나 함께 백성들 틈에 끼였다가 분란통에 미부인과 아두는 어떻게 됐는지 전혀 행방을 알 수 없다는 것이었다.

이런 말을 하고 있을 때, 백성들이 와아 하고 흩어져 밀려들더니 그 뒤로 1대의 군사가 몰려들어왔다. 조자룡이 당황하여 얼른 창을 뽑아 들고 덤벼들려다가 저편 말을 건너다보고 깜짝 놀라지 않을 수 없었다.

말 위에 단단히 묶여 있는 것이 바로 미축이었기 때문이다. 그 뒤로는 대장 한 사람이 칼을 뽑아 든 채 천여 명의 군사를 거느리고 있었다.

그것은 조인의 부장(部將) 순우도(淳于導)인데 미축을 산채로 잡아 가지고 자신의 공명을 노리며 돌아오는 것이었다. 조자룡은 호통을 치면서 창을 휘두르며 말을 달려 단숨에 순우도에게 달려들었다. 순우도는 조자룡의 상대가 될 리 없었다. 순우도는 조자룡의 창을 맞자마자 말 위에서 나둥그러져 떨어졌다.

조자룡은 미축을 구출하고 말 두 필을 빼앗아 가지고 감부인을 말에 태워서 간신히 적진을 뚫고 나와 장판파까지 왔더니, 장비가 사모를 옆구리에 끼고 다리 위에 말을 멈추고 서 있다가,

"자룡이, 자네는 어째서 형을 배반한 건가?"

하고 소리를 질렀다.

"나는 주모님과 어린 주인님을 잃어버렸기 때문에 이렇게 늦어진 것이오. 배반이라니 그게 무슨 말씀이시오?"

"간웅이 와서 알려 주지만 않았던들, 이렇게 자네를 만나기만 하면 그대로 두지 않았을 걸세!"

조자룡은 어처구니없는 말을 들으면서도 미축에게,

"그러면 감부인을 모시고 먼저 가 주시오. 나는 한 번 더 주모님과 어린 주인님을 찾아보러 가야 하겠소."

하고 말을 마치자마자 몇 기를 거느리고 오던 길을 되돌아섰다.

말을 달려 나가다가 난데없이 맞닥뜨리게 된 것은 조조의 부장 하후은(夏侯恩)이었다. 하후은은 등에 보검(寶劍) 청공검(靑釭劍)을 메고 있었다. 이 청공검은 쇠라도 물같이 베어 버리는 명검이었다.

조조에게는 보검 두 자루가 있었는데, 그 중 한 자루가 이 청공검이요, 또 한 자루가 의천검(倚天劍)이라는 것이었다. 의천검은 조조 자신이 지니고 있으며, 이 청공검은 하후은에게 주었다. 이날 하후은은 조조의 눈을 속여 자신의 용맹만 믿고 군졸을 거느리고 약탈을 하러 나왔다가 조자룡과 맞닥뜨리게 된 것이었다.

조자룡은 한칼에 하후은을 말에서 거꾸러뜨리고 청공검을 빼앗아서 옆구리에 찌르고 여전히 말을 달렸는데, 이때에는 이미 조자룡을 따르는 부하라고는 하나도 없었고, 그야말로 단신, 되돌아설 생각도 없이 백성을 만날 때마다 미부인의 소식을 물어보며 이리저리 헤맸다.

마침내, 한 군데 전란통에 다 쓰러져 가는 어느 집 담 밑에서 조자룡은 미부인을 찾아냈다. 왼쪽 발을 창에 맞아 걸음을 옮겨 놓을 수 없는 미부인은 아두를 팔에 안은 채 물도 말라붙은 우물 가에 앉아서 숨이 당장 막힐 것같이 울고만 있었다. 조자룡의 얼굴을 보자마자 구슬픈 음성으로 호소하는 것이었다.

"아두나 저의 아버지를 만나서 살 수 있게 해주신다면 난 이대로 죽어도 한이 없겠소!"

"그게 무슨 말씀이십니까? 저기 또 고함소리가 들립니다. 우리를 추격해 오는 무리들이 아직도 있을 것이니 어서 말 위에 오르십시오!"

"나는 이미 중상을 입은 몸이니, 사실 따라가기가 어렵소. 이러다가는 이도 저도 다 안 될 테니 이 아두나 맡아 주시오."

조자룡이 재삼 말 위에 오르라고 권했으나, 미부인은 막무가내, 어린 아두만을 조자룡에게 내맡기는 것이었다.

"주모님, 빨리 빨리 말을 타십시오! 놈들이 추격해 옵니다! 망설일 틈이 없습니다!"

하고 조자룡이 소리를 지르며 마지막 재촉을 하자, 미부인은 아두를 남겨 놓은 채 훌쩍 몸을 던져 우물 속으로 뛰어들고 말았다.

이렇게 되고 보니 조자룡도 미부인을 구출할 도리가 없었다. 조조의 군사들이 미부인의 시체에 욕이나 뵈지 않을까 걱정하여

담을 무너뜨려서 우물을 메워 버렸다.

조자룡은 우물을 메워 놓고 나자, 다시 일어서서 재빨리 갑옷 끈을 풀어헤치고 가슴 속에 대고 있는 엄심경(掩心鏡)까지 풀고 품 속에다 아두를 단단히 품은 다음 다시 창을 휘두르며 말을 달렸다.

바로 이때.

대장 한 사람이 1대의 보군(步軍)을 거느리고 달려들었다. 그는 조홍의 부장 안명(晏明)이었다.

그는 삼첨양인도(三尖兩刃刀)를 가지고 조자룡에게 대적하며 덤 벼들었다. 그러나 3합도 채 싸우기 전에 조자룡의 무서운 창끝 을 감당하지 못하고 거꾸러져 땅 위에 나뒹구니, 여러 부하들이 우수수 흩어져 도망치는 것을 조자룡은 그대로 찌르고 베며 밀 고 나갔다.

조자룡이 얼마쯤 앞으로 밀고 나가자니, 또 1대의 인마가 가 로막고 나섰다. 선두로 말을 달려오는 대장은 '하간의 장합(河間張 郃)'이라고 크게 적힌 깃발을 휘날리고 있었다.

조자룡은 입도 벌리려 들지 않으며 창을 불끈 움켜쥐고 왈칵 덤벼들었다. 10합쯤 싸우다가 너무 시간을 끄는 것이 귀찮다는 생각이 들어서 슬쩍 옆으로 몸을 빼고 말았다.

장합은 놓치지 않겠다고 기를 쓰며 쫓아오고 조자룡은 채찍을 높이 휘두르며 질풍같이 말을 앞으로 몰았다.

갑자기 쾅 하는 소리에 정신을 차렸을 때에는 조자룡이 말과 함께 깊숙한 토갱(土坑)에 빠진 후였다. 장합은 칼을 뻗쳐서 찌르려고 덤벼들었다. 이때 난데없이 한줄기 붉은 빛이 갱 속에서 치밀어올랐다.

그 붉은 빛을 보자마자, 조자룡의 말이 훌쩍 허공으로 솟구쳐올랐다. 이것을 본 장합은 대경실색하여 그대로 뺑소니를 쳤다. 조자룡은 그대로 말을 또 몰았다. 얼마를 달렸을까, 이번에는 또 등뒤에서 호통소리가 들렸다.

"조자룡! 옴쭉 말고 게 있거라!"

그와 동시에 앞에서도 두 대장이 가로막으며 각각 무기를 휘두르고 옴쭉달싹도 못하게 조자룡을 사지에 몰아 넣었다.

뒤에서 추격해 온 것은 마연(馬延)과 장의(張顗), 앞에서 달려든 것은 초촉(焦觸)과 장남(張南)으로 모두가 원소의 옛 부장들이었다.

조자룡이 있는 힘을 다하여 이 네 장수들과 싸우고 있을 때, 이번에는 또 조조의 군사들이 사방에서 달려들어 조자룡을 포위해 버리는 것이었다.

'이제는 별도리 없구나!'

이렇게 생각한 조자룡은 허리춤에서 보검 청공검을 선뜻 뽑아들었다. 보검의 시퍼런 광채가 번쩍번쩍 빛날 때마다, 갑옷이건 투구건 사람이건 닥치는 대로 두 동강에 끊어지고 마는 것이었다. 목이 한칼에 날고 피가 샘솟듯이 넘쳐흐르고, 이리하여 조자룡은 네 장수를 물리쳐 버리고 포위망을 돌파할 수 있었다.

이때, 조조는 경산 꼭대기에서 이 광경을 내려다보고 있었다.

어떤 대장 하나가 마치 무인지경을 혼자 가듯이 종횡무진 찌르고 베고 날뛰는 것을 보자 하도 놀라워서 좌우의 사람에게 누구냐고 물어 봤다.

조홍이 말을 달려 내려와서 고함을 질렀다.

"군중(軍中)의 전장(戰將), 성명이나 통합시다."

조자룡이 서슴지 않고 대답했다.

"산상(山常)의 조자룡이다!"

조홍이 달려와서 조조에게 알렸더니 조조가 감탄했다.

"흐음! 정말 호장(虎將)이로군! 산채로 잡아야만 되겠는걸!"

그 즉시 비마(飛馬)에게 명령를 내려 각처로 전달시켰다.

"조자룡이 나타나거든 활을 쏴서는 안 된다. 산채로 잡아야만 한다!"

조조의 이런 명령 때문에 조자룡은 위기를 모면하게 됐는데, 한편으로는 아두에게 크나큰 복이 이루어진 결과라고도 할 수 있는 일이다.

조자룡은 아두를 품 속에 품은 채, 무서운 포위망을 돌파하기는 했으나 전포(戰袍)는 피로 시뻘겋게 물들어 있었다.

그대로 앞으로 달려나가는데 산비탈 아래서 두 갈래로 갈라진 군사들이 몰려들었다. 이는 바로 하후돈의 부장 종진(鍾縉)·종신

㉭紳(鍾紳) 두 형제였다. 하나는 화극(畵戟)을, 하나는 큰 도끼를 휘두르며 호통을 쳤다.

"조자룡, 빨리 말을 내려 이 동아줄이나 어서 받아라!"

이야말로, 간신히 호랑이 굴에서 도망쳐 나오니 또 용담(龍潭)의 거센 물결이 닥쳐드는 셈이다.

42.
장판교(長坂橋)의 장비

장비의 위엄에 겁을 먹고 패주하는 조조! 장요가 말했다.
승상 너무 놀라지 마십시오!

張翼德大鬧長坂橋
劉豫州敗走漢津口

조자룡이 창을 휘두르면서 맹호처럼 덤벼들었다.

저편에서는 종진이 큰 도끼를 휘둘러서 그것을 막아냈다. 두
필의 말이 서로 맞닥뜨리기를 3합, 조자룡의 창이 전광석화같이
찌르고 들어가는 순간, 종진은 말 위에서 거꾸로 박히고 말았다.

이 찰나, 조자룡은 몸을 날쌔게 뽑아서 피하려고 했다. 그러나
뒤에서 종신이 놓치지 않으려고 화극을 휘두르며 달겨들었다.
조자룡의 말꼬리를 스칠 듯 말 듯 가깝게 육박해 들어온 화극이,
다음 순간에 그대로 조자룡의 등을 내리치려는 아슬아슬한 순
간, 조자룡이 번갯불같이 말머리를 홀쩍 돌렸다.

두 사람의 양가슴이 맞부딪기라도 할 것같이 가까워졌을 때

조자룡의 왼손에 잡은 창이 종신의 화극을 번쩍 치올려 막아내며 오른손이 보검 청공검을 움켜잡는가 하는 찰나, 어느 틈에 뽑았는지 알 수 없게 들이치니 종신은 투구를 쓴 채 머리가 절반이나 갈라져서 말 위에서 거꾸로 박혀 죽어 버렸고, 나머지 군사들도 뿔뿔이 흐트러지고 말았다.

간신히 몸을 뛰쳐서 장판교(長坂橋)를 향하여 말을 달리고 있을 때 등뒤에서 또 고함소리가 요란스럽게 일어났다. 문빙이 군사를 거느리고 추격해 온 것이었다.

다리 근처까지 달려온 조자룡은 이미 인마가 아울러 기진맥진, 더 싸울 힘이라곤 털끝만큼도 없었다. 이때, 다리 위에 말을 멈추고 서 있는 장비를 발견하자 자기도 모르는 사이에 소리를 질렀다.

"장비! 날 좀 살려주게!"

"자룡이 빨리 달아나게! 쫓아오는 놈들은 내가 당해 낼테니!"

조자룡이 다시 말을 달려 다리를 넘어서서 20리쯤 갔더니 그제야 유현덕이 여러 사람들과 나무 아래서 쉬고 있는 것이 바라다보였다. 말에서 내리자마자 눈물이 복받쳐 오르니 현덕도 함께 울었다.

조자룡은 가쁜 숨소리를 좀처럼 진정하지 못했다.

"조자룡의 죄는 죽어 마땅합니다. 미부인께서는 몸에 중상을 입으시고 말을 타시라 해도 타시지 않고 우물에 몸을 던지셔서 목숨을 끊고 마셨습니다. 자룡은 있는 힘을 다해서 벽을 헐어 우물을 덮어 드렸을 뿐, 천신만고 끝에 어린 주인님만 모시고 왔습니다. 아까까지도 저의 품 속에서 우시는 소리가 들렸사온데 이제는 그 소리마저 들리지 않으니 어찌되셨는지 걱정스럽습니다."

조자룡이 가슴을 풀어헤치고 보니 아두는 세상 모르고 잠이 깊이 들어있었다.

"아! 무사히 계셨습니다."

조자룡은 기쁨에 넘쳐서 아두를 얼싸안았다가 현덕에게 내주었다. 현덕은 아두를 받아 가지고는 땅에다 팽개치는 것이었다.

"이 못난 것 때문에 하마터면 나는 대장 한 사람을 잃어버릴 뻔했구나!"

조자룡이 꿇어앉아 울면서 말했다.

"이 자룡은 간뇌도지(肝腦塗地)하여 목숨을 다 바친다 해도 주공님의 은덕을 다 보답하지 못할 것 같습니다!"

한편, 문빙은 군사를 거느리고 조자룡을 추격하여 장판교까지 다다랐다. 그런데 장비가 호랑이 같은 수염을 뻗치고, 두 눈을 무섭게 부릅뜨고, 손에는 사모창을 잔뜩 움켜잡은 채 다리 위에 말을 멈추고 서 있으며, 다리 동쪽 숲속에서는 흙먼지가 하늘 높이 휘말아 오르고 있는 품을 보니 복병이 숨어 있는 듯해서 당황하여 말을 멈추고 더 쫓아 들어가지 못했다.

얼마 있다가 쟁쟁한 맹장들이 또 몰려들었다. 조인·이전·하후돈·하후연·악진·장요·장합·허저 등이 말머리를 나란히 하고 나타났지만, 다리 위에서 두 눈을 무섭게 부릅뜨고 사모를 움켜쥐고 버티고 서 있는 장비의 모습을 보자, 이것이 제갈공명의 계책이나 아닌가 싶어서 아무도 감히 앞으로 나서려 들지 않았다. 그들은 다리 서쪽에 일렬로 늘어서서 사람을 시켜 이런 사실을 조조에게 비보(飛報)로 전달했다.

이 소식을 알자, 조조는 그길로 말을 달려 쫓아왔다. 눈을 부릅뜨고 적군을 휘둘러 노려보고 있던 장비는 후군 쪽에서부터 푸른 비단 산개(傘蓋)와 모월정기(旄鉞旌旗)가 은은히 가까워오고 있는 것을 발견하자, 조조가 친히 정세를 살피러 나타난다는 것을 재빨리 알아차리고 더 한층 소리를 높여 호통을 쳤다.

"내가 바로 연인(燕人) 장익덕(張翼德─장비)이다! 누가 나와 더불어 죽음을 각오하고 한판 싸움을 해보겠느냐?"

뇌성벽력 같은 그 음성!

조조의 군사들은 그 소리를 듣자 모두 다리를 후들후들 떨었다. 조조가 급히 명령하여 산개를 걷어올리게 하고 좌우를 휘둘러보며 말했다.

"장비는 백만군중에 뛰어들어서도 적장의 목을 베기를 주머니 속의 물건을 꺼내듯 한다고 지난번에 관운장이 말하는 것을 들었는데, 오늘 만나 보니까 과연 만만한 적수가 아니로다."

그 말이 끝나기도 전에 장비는 또 한번 눈을 부릅뜨고 호통을 쳤다.

"연인 장익덕이 예 있다! 누가 나와서 목숨을 내걸고 한번 싸워 보지 않겠느냐?"

조조는 장비의 기세에 눌려서 벌써부터 뒤로 물러날 생각을 했다. 장비는 적군의 뒤쪽이 동요를 일으킨 것을 알아차리자 사모를 휘두르면서 또 한번 호통을 쳤다.

"싸우자는 것도 아니고 후퇴하는 것도 아니니 이건 무슨 까닭이냐?"

이 호통소리가 채 끝나기도 전에 조조의 옆에 있던 하후걸(夏侯傑)이 어찌나 놀랐던지 말 위에서 굴러떨어졌다. 그 바람에 조조도 말머리를 홀쩍 돌려서 뺑소니를 치니, 여러 대장들도 허둥지둥 서쪽을 향하여 날듯이 도주해 버렸다. 이야말로 젖내나는 어린아이가 어찌 벽력 소리를 들을 수 있으며, 몸도 시원치 않은 나무꾼이 호랑이가 울부짖는 소리를 들을 수 있으랴.

장비의 위엄에 눌려서 겁을 집어먹고, 있는 힘을 다해서 채찍질을 하면서 서쪽으로 패하여 달아나는 조조의 모습이야말로 꼴불견이었다. 관잠(冠簪)이 모두 떨어지고 머리도 풀어 흐트러뜨린 채 말아 날 살려라 하고 몸을 날리는 판이었다. 장요와 허저가 얼른 쫓아가서 말고삐를 꾹 움켜잡았는데도 조조는 여전히 당황해서 어쩔 줄 몰랐다. 장요가 말했다.

"승상, 놀라지 마십시오. 장비 하나쯤 두려워할 것 없을 것 같습니다. 이제 시급히 군사를 되돌려서 쳐들어간다면 유현덕을 붙잡을 수 있을 겁니다."

그제야 조조는 다소 마음을 진정하고 장요와 허저에게 장판교로 가서 동정을 살피도록 명령했다.

장비는 그 이상 조조의 군사를 추격하지는 않고, 곧 따라온 20여 기를 불러서 말꼬리에 매달았던 나뭇가지를 풀어 버리게 하고, 다리를 끊어 버린 다음 철수하여 자세한 경과를 현덕에게 보고했다.

현덕이 말했다.

"과연, 내 아우가 잘했어! 그런데 생각이 좀 부족했네. 조조는 술책이 대단한 자이니까, 자네가 다리를 끊어 버리지 말았어야 추격해 오지 않을 걸세."

"내가 한 번 호통을 쳤더니 몇십 리나 도망치는 놈이 감히 어디라고 추격해 오겠소?"

"다리를 끊어 버리지 않았다면, 조조는 복병이 있는 줄 알고 군사를 몰지 못할 걸세. 그러나 다리가 끊어진 걸 보면 우리 편이 힘이 모자라서 쫓길까 겁내고 있는 줄 알고 반드시 추격해 올 걸세. 그는 백만대군이 있어서 강이라도 메워 놓고 건널 텐데 어찌 다리 하나쯤 끊어진 것을 겁내겠나?"

현덕은 곧 행동을 개시하여 좁은 길을 가로질러서 한진(漢津)

방면으로 나가며 면양(沔陽)을 향해 길을 떠났다.

조조 편에서는 장판교로 동정을 살피러 나갔던 허저·장요가 돌아와서 이렇게 보고했다.

"장비는 다리를 끊어 버리고 달아났습니다."

"다리를 끊어 버렸다면, 우리 편이 뒤쫓을까 두려워하는 것이다."

조조는 당장에 명령을 내려 군사 1만을 파견해서 세 군데에다 다시 급히 부교(浮橋)를 만들게 했다. 그날밤으로 건너갈 수 있도록 하라는 것이었다.

이전이 말했다.

"이 역시 제갈공명의 계책인가 합니다. 경솔히 덤벼들 일이 아닙니다."

"장비같이 무뚝뚝하고 우락부락한 놈에게 속임수가 있을 리 없소."

조조는 이렇게 이전의 의견을 무시한 채 당장에 진군하라는 명령을 내렸다.

한편, 현덕 일행이 간신히 한진 가까이 이르렀을 때 별안간 뒤쪽에서 흙먼지가 연기처럼 치밀어오르더니 하늘을 찌를 것 같은 북소리와 고함소리가 들려왔다.

"앞에는 큰 강이 있고 뒤에는 추병(追兵)이 있으니 어찌하면 좋을까?"

현덕은 이렇게 말하며, 그 즉시 조자룡에게 명령하여 적군을 막아낼 준비를 하라고 했다.

한편 조조는 군중에 명령을 내렸다.

"이제 유비는 솥 속에 든 물고기요, 함정에 빠진 호랑이요. 이번 기회에 잡지 못하면, 마치 물고기를 바다로 놓아 보내고 호랑이를 산으로 돌려보내는 격이 될 것이오. 여러 장수들은 힘써서 전진해 주기 바라오."

여러 장수들은 명령을 받고 일제히 용기를 내서 쫓아갔다. 그런데 난데없이 산비탈 뒤에서 북소리가 요란하게 일더니 1대의 군마가 내달으며 호통을 쳤다.

"내 여기 기다리고 있은 지 오래다!"

선두에 서 있는 대장은 손에 청룡도를 움켜잡고 적토마(赤兎馬)를 타고 있다. 그는 바로 강하에서 군사 1만 명을 빌려 가지고 이리로 달려나온 관운장이었다.

조조는 관운장의 얼굴을 한 번 흘끗 쳐다보자 말고삐를 꽉 움켜잡으며 여러 장수에게 하는 말이,

"또 제갈공명의 계책에 빠졌군!"

하면서, 당장에 대군을 뒤로 물리라는 명령을 내리는 것이었다.

관운장은 조조의 군사를 10여 리나 추격하다가 되돌아서서 현

덕 일행을 보호하고 한진에 이르렀다. 벌써 배가 마련되어 있었다. 관운장은 현덕과 감 부인 그리고 아두까지 배에 태운 다음 이렇게 물었다.

"미부인은 어떻게 되셨소?"

현덕이 당양(當陽)에서 일어났던 경과를 말해 줬더니, 관운장이 안타까워했다.

"예전에 허전(許田)에서 사냥할 때, 형님이 내 말을 듣고 조조를 죽였더라면 오늘같은 후환은 없었을 것이오."

"나는 지금도 역시 '쥐를 잡으려다 독을 깨뜨릴까(投鼠忌器)' 그것을 걱정하고 있네."

이런 이야기를 하고 있을 때, 남쪽 강가에서 북소리가 요란하게 들려오며 선박이 개미떼처럼 순풍에 돛을 달고 밀려들었다. 현덕이 대경실색해서 있는데, 배가 가까이 들어오더니 흰 전포에 은빛 갑옷을 입은 사람이 뱃머리에 서서 소리를 지르는 것이었다.

"아저씨, 그동안 별고 없으십니까? 이 조카 때문에 고생만 하셔서 죄송합니다."

현덕이 자세히 바라다보았더니 그것은 바로 유기였다. 유기가 현덕의 배로 옮겨 타더니 눈물을 흘리며 꿇어앉았다.

"아저씨께서 조조에게 포위당하셨다는 소식을 듣고 모시러 나온 길입니다."

현덕이 크게 기뻐하여 군사를 합쳐 가지고 그대로 배를 몰며 이야기하고 있는데, 서남쪽에서부터 여러 채의 전선(戰船)이 일(一) 자로 나란히 바람을 타고 쉭쉭 소리를 내며 달려 들었다. 유기가 깜짝 놀라며 말했다.

　"강하의 군사는 이 조카가 모조리 이끌고 왔는데, 이제 전선이 앞을 가로막는다면 이는 조조의 군사가 아니면 강동(江東)의 군사일 것이니, 어찌하면 좋겠습니까?"

　현덕은 뱃머리로 나서서 바라다보았다. 한 사람이 윤건 도복(綸巾道服)에 저편 뱃머리에 앉아 있는데 그가 바로 제갈공명이었다. 그리고 그 뒤에는 손건이 서 있었다. 현덕은 급히 이쪽 배로 청해 올리고 어째서 여기 와 있는지 그 까닭을 물었다. 공명이 대답했다.

　"이 제갈량이 강하에 도착하여 우선 관운장에게 한진에서부터 상륙해서 싸움을 거들도록 했습니다. 조조가 추격해 나올 것은 뻔하고, 유장군께서 강릉으로 가시지 않고 옆길로 빠지셔서 한진으로 나가실 것이 틀림없었기에, 유공자(유기)께 구원해 드리러 나오시도록 하고, 하구(夏口)로 직행해 가지고 전군을 거느리고 거들어 드리려고 온 것입니다."

　현덕은 기뻐서 어쩔 줄 모르며 대장들을 모아 놓고 조조를 격파할 대책을 상의했다.

　공명이 의견을 내놓았다.

"하구성은 험준한데다가 군량도 풍부하니까 오래 지킬 수 있습니다. 주공께서는 잠시 하구로 가셔서 주둔해 계십시오. 유공자께서는 강하로 돌아가셔서 전선을 정돈하시고 투기를 수습하셔서, 한편은 내밀고 한편은 잡아당기는 형세(掎角之勢)를 취하시면 조조를 막아내실 수 있습니다. 만약에 모두 강하로만 가신다면 도리어 고립 상태에 빠지게 될 겁니다."

유기가 말했다.

"군사(軍師)의 말씀이 지당합니다. 그러나 제 생각에는 아저씨께서 잠시 강하로 가셔서 군마를 정돈하신 다음에 다시 하구로 돌아오셔도 늦지는 않을 것 같습니다."

현덕이 동의했다.

"조카의 말도 그럴 듯하오."

마침내, 관운장을 남아 있게 하여 군사 5천 명을 거느리고 하구를 지키게 하고 현덕·공명·유기는 함께 강하로 향했다.

한편, 조조는 관운장이 육로로 군사를 거느리고 쳐 나오니, 복병이 있을지도 모른다는 의심에서 감히 추격해 오지 못하고, 수로로 해서 현덕이 먼저 강릉을 탈취할까 겁이 나서 곧 밤을 새워가며 군사를 몰아 강릉으로 쳐들어갔다.

이때, 형주의 치중(治中)으로 있는 등의(鄧義)와 별가(別駕) 유선(劉先)은 도저히 조조에게 대항할 수 없음을 깨닫고 형주의 군민을 거느리고 성 밖에 나와서 조조에게 투항했다.

조조는 입성하면서 백성을 안정시킨 다음, 옥에 갇혀 있는 한숭(韓嵩)을 풀어놓고, 대홍려(大鴻臚─典客·傳聲贊導·儀典官)의 벼슬자리를 주었다. 또 그밖의 여러 관리들에게도 상을 베풀었다. 조조는 또 여러 장수들을 모아 놓고 대책을 강구했다.

"유현덕이 강하에 들어가서 동오(東吳)와 연결을 맺게 되면 시끄러워질 텐데 무슨 계책으로 격파했으면 좋겠소?"

순유(荀攸)가 계책을 말했다.

"우리는 이제 병위(兵威)를 크게 떨치고 있으니, 사자를 강동에 파견하여 손권을 청해서 함께 강하 토벌에 나와 유현덕을 산 채로 잡고 형주 땅을 나누어서 길이 동맹을 맺자고 하면, 손권은 필시 놀라고 의심하면서도 투항해 올 것이니, 이렇게 되면 우리 일은 순조롭게 이루어질 수 있습니다."

조조는 그 계책대로 격문을 써 주어서 사자를 동오로 파견하는 한편, 마군·보군·수군 도합 83만을 백만이라 사칭하고, 수륙 양면으로 진군을 시켜서 배와 말이 나란히 함께 장강을 끼고 쳐들어가도록 했다.

그 영채는 실로 서쪽은 형섬(荊陝) 땅에서부터 동쪽으로는 기황(蘄黃) 땅에 이르기까지 무려 3백여 리나 연결되어 있었다.

이야기가 두 갈래로 또 갈라져서, 강동의 손권은 시상군(柴桑郡)에 주둔하고 있었는데, 조조의 대군이 양양으로 나와서 유종

(劉琮)을 항복시키고 이제 다시 밤을 새워 가며 강릉으로 쳐들어 온다는 소식을 듣자, 여러 모사들을 모아 놓고 방어할 계책을 상의했다. 노숙이 나서서 말했다.

"형주는 우리 땅과 인접해 있으며 강산이 험준하고 사민(士民)이 많이 살고 있습니다. 우리가 이를 점령하여 근거지로 삼는다면 이는 곧 제왕이 될 수 있는 조건입니다. 이제 유표는 죽고 유현덕이 싸움에 패했다면 이 노숙이 명령을 받들고 강하로 조상을 가서, 유현덕에게 말해서 유표의 장수들을 구슬려 한마음 한뜻으로 함께 조조를 격파하도록 해보자고 하겠습니다. 유현덕이 만약에 기꺼이 이에 응한다면 대사는 그대로 이루어지는 겁니다."

손권은 기뻐하면서 이 말대로 즉시 노숙에게 예물까지 마련해 주고 강하로 조상을 하러 가게 했다.

현덕은 강하에 도착하여 공명·유기와 함께 좋은 계책을 상의했더니 공명이 말했다.

"조조는 세력이 대단해서 덮어놓고 대결하기는 어렵습니다. 동오의 손권에게로 가서 응원을 청하는 게 좋을 것 같습니다. 그래서 남북이 서로 버티게 되면 우리는 그 중간에서 이익을 취해서 안될 일이 없지 않습니까?"

현덕이 물었다.

"강동에는 인물이 극히 많아서 필시 먼 대책에 능한 자가 있을 것이오. 어찌 생각대로 될 수 있겠소?"

공명이 웃으면서 또 하는 말이,

"이제 조조는 백만대군을 거느리고 강한(江漢)·강동에 버티고 앉아 있으니 사람을 파견하여 허실을 탐문하려 들지 않을 리 있겠습니까? 만약에 사람이 이곳에 온다면, 이 제갈량이 배 한 척을 몰아 당장에 강동으로 가서 문드러지지 않은 세치 혀(三寸不爛之舌)를 놀려서 남북 양군이 서로 물고 뜯게 만들어, 만약에 남군이 이긴다면 함께 조조를 거꾸러뜨리고 형주 땅을 수중에 넣을 것이오, 만약에 북군이 이기면 그 세력을 그대로 밀고 나가서 강남을 수중에 넣으면 그만입니다."

현덕이 또 물었다.

"그 말이 매우 좋기는 하지만, 어떻게 강동 사람이 이곳에 올 수 있겠소?"

이렇게 말하고 있는데, 강동의 손권에게서 노숙을 조상차 보냈다는 소식을 알리는 사람이 있었다. 배가 벌써 강가에 와 있다는 것이었다.

공명이 웃으며 말하기를,

"대사는 제대로 들어맞아 갑니다!"

하고는 유기에게 물었다.

"전에 손책이 죽었을 때, 양양에서 사람을 보내서 조상을 한 일이 있었나요?"

"강동과 우리 집안과는 살부(殺父)의 원수가 있는데, 어찌 경조(慶弔)의 예의가 통하겠습니까?"

"그러니까 노숙이 왔다는 것은 조상 때문이 아니오. 바로 군정(軍情)을 탐지하러 온 것입니다."

하더니 현덕에게 당부했다.

"노숙이 나타나서 만약에 조조의 동정을 묻거든 주공은 그저 모른다고만 해두십시오. 그래도 귀찮게 묻거든 제갈량에게 물어보라고만 하십쇼."

이렇게 작정을 해놓고 사람을 보내서 노숙을 영접했다. 노숙은 성 안에 들어와서 조상을 했다. 예물을 받고 나서, 유기는 노숙과 현덕을 대면시켰다. 현덕은 인사가 끝나자 노숙을 후당(後堂)에 청해 놓고 술을 마셨다. 노숙이 말을 꺼냈다.

"유황숙의 대명은 오래 전부터 듣고 있었으나 만나 뵐 인연이 없다가 이제야 뵙게 되니 정말 기쁩니다. 근래들어 듣자니 황숙께서는 조조와 싸움을 하셨다니 필시 그의 허실을 아실 것 같기에 감히 여쭈어 보려고 합니다만, 조조의 군사는 대략 얼마나 됩니까?"

"이 유현덕은 군사가 미약하고 장수도 적어서 조조가 쳐들어온다는 말만 듣게 되면 곧 달아나곤 했으니 그의 허실을 알 수 없소이다."

노숙이 또 물었다.

"듣자니 유황숙께서는 제갈공명의 계책을 쓰셔서 두 차례나 불을 지르셔서 조조의 간담을 서늘하게 하셨다는데, 모르신다니 게 무슨 말씀입니까?"

"공명에게나 물어 봐야 자세한 것을 알 수 있을 것이오."

"공명은 어디 계십니까? 한번 뵙고 싶습니다."

현덕은 공명을 나오라 해서 대면시켰다. 노숙이 공명을 만나자 인사를 마친 후 물었다.

"선생의 재덕(才德)은 평소부터 앙모했사오나 찾아 뵙지 못하다가 이제 다행히 뵙게 됐습니다. 보시건대 전국의 동정은 어떠하온지 좀 알고 싶습니다."

공명이 대답했다.

"조조의 간계는 이 제갈량이 모조리 알고 있지만, 힘이 모자라서 피하고 있는 게 유감입니다."

"황숙께서는 이곳에 눌러 계실 작정이신가요?"

"유장군은 창오(蒼梧) 태수 오신(吳臣)과 친분이 있는 사이라, 그에게로 가보실 작정이십니다."

"하지만 오신은 군량도 적고 병사도 미약하여 자기 앞가림도 못하는 처지에 어찌 남을 받아들이겠습니까?"

공명이 천연스럽게 시치미를 뗐다.

"오신이 있는 곳은 비록 오래 있을 곳은 못 된다지만, 잠시 의탁해 있으면 또 달리 좋은 계책도 생기실 것 같아서 그러시는 겁

니다."

노숙이 또 말했다.

"손장군은 6군(郡)을 점령하고 버티고 앉아서 군사도 세고 군량도 충족하며 또 현사들을 존경하고 예의를 차릴 줄 알기 때문에 강동의 영웅들이 많이 따라와 있습니다. 유장군을 위해서 한 가지 계책을 올리자면, 역시 유장군께서는 심복을 파견하셔서 동오와 결탁하여 대사를 도모하심이 좋을 것 같습니다."

공명이 대답했다.

"유장군과 손장군과는 오래 사귄 사이도 아니니, 아마 입만 아픈 일일 겁니다. 또 보낼 만한 심복도 없습니다."

노숙이 공명에게,

"선생의 백씨께서는 현재 강동의 참모로 계시면서 날마다 선생을 뵙고 싶어하십니다. 이 노숙이 변변치 못한 위인이지만 선생과 함께 손장군을 만나 뵙고 같이 대사를 상의했으면 합니다."

하니, 현덕이 옆에 있다가 참다못해서 입을 열었다.

"공명은 나의 스승이오. 잠시라도 서로 떨어질 수는 없소. 어찌 갈 수 있겠소?"

그래도 노숙은 공명더러 함께 가자고 졸라 댔다.

현덕이 일부러 허락하지 않는 체했더니 공명이 청했다.

"사태는 급박해졌습니다. 명령을 받들고 한번 가보도록 해주십시오."

현덕은 그제야 못이기는 체하고 공명이 가보아도 좋다고 승낙
했다.

　노숙은 드디어 현덕·유기와 작별하고 공명과 더불어 배에 올
라서 시상군을 향하여 길을 떠났다.

　이야말로, 제갈공명이 일엽편주를 타고 가기 때문에 조조의
군사들이 꼼짝도 못하게 될 판이다.

43.
세 치의 혀로
군유(群儒)를 제압하다

봉황이 만 리를 나는데 그 뜻을
군조들이 어떻게 알겠습니까?

諸葛亮舌戰群儒
魯子敬力排衆議

　　노숙과 제갈공명은 유현덕과 유기의 앞을 떠나 배를 타고 시
상군으로 향했는데, 두 사람은 배 속에서 이 일 저 일을 서로 상
의하다가 노숙이 공명에게 이런 말을 했다.

　　"선생께서 손장군을 만나게 되시거든 부디 조조에게 병사와
대장들이 많다는 말씀은 하지 말아 주십시오."

　　"걱정하실 것 없습니다. 저는 저대로 생각이 있으니까요."

　　배가 강기슭에 닿자, 노숙은 우선 공명을 관역(館驛)에서 잠시
쉬도록 해놓고 혼자서 손권을 만나 보기로 했다. 손권은 마침 문
무백관을 모아 놓고 일을 상의하고 있었는데, 노숙이 돌아왔다
는 말을 듣자 곧 불러들였다.

"자경(子敬―노숙)이 강하에 가서 허실을 탐문해 보니 과연 어떻습디까?"

"이미 대강은 알았습니다만, 서서히 말씀드리기로 하겠습니다."

손권은 조조가 보낸 격문을 꺼냈다.

"어제 조조가 사람을 보냈는데, 이런 격문을 가지고 왔소. 그래서 왔던 사람을 우선 돌려보내 놓고 여러 사람과 대책을 강구하던 중이었소. 아직까지 우리 편의 태도는 작정하지 못했소."

노숙이 그 격문을 받아서 읽어보니, 웅병(雄兵) 백만, 상장(上將) 천 명을 거느리고 손장군과 함께 강하 땅에서 협력하여 유현덕을 토벌하고 영토를 분배하여 길이 동맹을 맺을 생각이니 거기에 대해서 시급히 회답을 해주기 바란다는 사연이었다.

편지를 다 보고 난 노숙이 물었다.

"주공님의 의사는 어떠하십니까?"

"아직도 작정하지 못했소."

이때 장소(張昭)가 의견을 말했다.

"조조는 백만 대군을 지니고 천자의 명분을 빌려 가지고 있으니, 이에 반대한다는 것은 곧 천자의 명령에 배반하는 일이 됩니다. 그리고 주공님께서 조조의 의사를 여태까지 거부해 올 수 있었다는 것은 장강(長江)을 믿으셨기 때문이었는데, 이제 조조가 형주까지 점령해 버렸으니, 이미 장강의 요새지대를 그와 우리

편이 공동으로 소유하고 있는 셈이 됐습니다. 제 생각 같아서는 그에게 투항하는 것이 만 번은 안전합니다."

여러 모사들도 이구동성으로 장소의 의견에 찬성한다.

그러나 손권은 머리를 수그린 채 묵묵히 대답이 없이 옷을 갈아 입으려고 자리를 떴다. 노숙이 뒤쫓아 일어서자, 손권은 노숙의 뜻을 알아차리고 그의 손을 잡으며 물었다.

"경은 어찌했으면 좋겠다고 생각하시오?"

여기서 노숙은 강경히 주장했다.

모든 사람들의 의견은 손장군을 그르치게 하는 생각들이니 누가 투항을 권고해도 조조에게 항복해서는 안 된다는 것이었다. 조조에게 투항한 뒤에 처참하게 될 손권 자신을 신중히 생각해 보라고 역설했다. 벼슬자리래야 고작해서 후(侯)에 봉할 것이니, 수레 한 채, 말 한 필, 종자(從者) 몇 사람을 거느리고 조조 밑에서 굽실거려야 할 자신의 모습을 상상해 보라는 심각한 말이었다.

손권은 긴 한숨을 내쉬었다.

"경의 의견은 바로 내가 생각하는 것과 똑같은 말이오. 그러나 대세로 보아서 도저히 조조를 당해 낼 도리가 없지 않소?"

노숙이 그제야 제갈공명을 데리고 왔다는 사실을 말하고 조조의 실정을 그에게 물어 봄이 좋을 것이라고 했더니 손권이 깜짝 놀랐다.

"뭐라고! 와룡선생이 이곳에 와 계시다니 그게 정말이오?"

"네, 지금 관역에서 쉬고 계십니다."

"오늘은 이미 늦었으니, 내일 다시 우리 문무백관들을 장하(帳下)에 소집하여, 먼저 우리 강동의 영준(英俊)들의 모습이나 구경시켜 드리고 나서 의견을 들어보기로 합시다."

노숙은 그 이튿날 관역으로 공명을 찾아가서 또 한번 다짐을 했다.

"이제 우리 주공님께서 선생과 대면하시게 되겠는데, 결코 조조의 군사 수가 많다는 말씀은 하지 말아 주십시오!"

공명이 웃으며 말했다.

"허어! 그다지 걱정하실 것이 있습니까? 형편 봐 가면서 할 테니 안심하십시오."

노숙이 공명을 데리고 장하로 갔더니 그곳에는 이미 장소·고옹(顧雍)을 위시하여 문무백관 20여 명이 위풍당당히 늘어서 있었다. 공명은 여러 사람과 정중하게 인사를 마친 다음 손님 자리에 앉았다.

장소는 첫눈에 벌써 공명의 거리낄 줄 모르는 표연한 풍채와 하늘을 찌를 것 같은 자신만만한 태도를 얼핏 알아차리고, 꼭 자기네를 설복시키러 온 줄 알게 되었다. 장소가 먼저 말로써 도전을 개시한 셈이었다.

"이 장소는 강동 시골 구석에 살면서, 평소에 선생께서 융중(隆中)에 계시며 자신을 관중이나 악의에 견주어서 말씀하신다는 소문을 듣고 있었는데, 그것이 사실입니까?"

"그렇게 비교해서 말한 것이 사실입니다."

"듣자니 근래들어 유현덕장군께서는 선생의 초려를 세 번씩이나 찾아 뵙고 간신히 선생께서 출마하시도록 했다 하며, 이는 마치 물고기가 물을 얻은 듯 형주·양양의 땅을 일거에 진압하시리라는 소문이었는데, 이번에 조조에게 패하신 것은 무슨 까닭입니까?"

"제가 보건대, 형주·양양 땅을 빼앗는 것쯤은 손바닥을 뒤집는 것같이 쉬운 노릇입니다. 유현덕 장군은 인의를 생명같이 여기는 분이시기 때문에 동족끼리 땅덩어리를 가지고 싸우기를 꺼리시며 그런 땅은 받아들이려고 하시지 않는 것뿐입니다. 그런데 유종이란 철부지 도련님께서 말 같지도 않은 소리를 믿고 몰래 투항했기 때문에 조조가 제멋대로 날뛰게 된 것입니다. 지금 우리 유현덕께서는 강하에 군사를 주둔시키고 계신데, 여기에는 또다른 좋은 계책이 서신 것이며, 이것은 아무나 알 수 있는 일이 아닙니다."

"그러시다면, 선생의 언행은 어긋나시는 점이 많습니다. 선생 같으신 훌륭하신 분께서 유현덕장군을 섬기시게 된다면 천하만인을 위하여 해로운 것을 제거하시고 적도(賊徒)들을 뿌리 뽑으셔야 될 게 아니겠습니까? 그래서 유현덕장군께서 선생을 모시게 된 그날부터 삼척동자도 범이 날개를 얻는 격이라 말하고, 한

나라 왕실이 다시 부흥할 것과 조조의 일족이 멸망하고야 말 것을 눈앞에 보고 있는 듯하다고 하는데, 사실에 있어서는 선생께서 유현덕장군에게로 가시게 된 후부터, 조조의 군사가 한번 번쩍하기만 하면 모조리 무기를 버리고 뺑소니를 쳐버릴 지경이니 이래 가지고야 무슨 일을 해보시겠습니까?

유종을 보필하여 영지(領地)를 간직하게 하지도 못하셨고, 신야(新野)를 버리고 번성(樊城)에서는 도주하고, 당양(當陽)에서는 싸움에 대패하여 하구(夏口)까지 밀려 오셨으니 이미 몸둘 곳도 없는 형편이 아닙니까? 유현덕장군으로 말하자면 차라리 선생께서 곁에 계시지 않은 편만 못하실 겁니다. 관중이나 악의 같으신 분들이 과연 이런 정도였을까요? 주착없는 소리라고 과히 꾸지람은 마십시오.”

공명은 그 말을 다 듣고 나더니 아연실소. 어처구니가 없어서 말도 안 된다는 표정이었다.

“붕(鵬)이 만 리를 나는데 그 뜻을 군조(群鳥)들이 어찌 알겠습니까? 이것은 중병환자에게 약을 주어서 병을 고치는 경우와 비교해서 생각하시면 잘 아실 겁니다. 갑자기 딱딱한 음식이나 강한 약을 먹여서는 병을 고칠 수 없는 겁니다.

속을 살살 달래 가며 원기를 조금씩 조금씩 회복시켜서 어느 정도의 체력을 만들어 놓고 나서 쓰고 싶은 약을 대담하게 써 보는 치료방법을 아셔야 할 것입니다.

자랑은 아닙니다만, 박망파(博望坡)의 불싸움, 백하(白河)의 물싸움은 하후돈·조인의 간담을 서늘하게 했다는 점에서 관중이나 악의의 용병(用兵)보다 나으면 나았지 떨어질 바 없다고 생각합니다.

　유종이 투항한 데 대해선 유현덕장군은 알지도 못하시는 노릇이었고, 또 분란통에 기회를 노려서 동족의 땅을 뺏지 않겠다는 것은 오로지 유현덕장군의 거룩하신 인의 정신이십니다.

　당양 싸움에 패한 것은 수십만 명의 백성들이 대의를 위해서 유장군을 따라왔기 때문에, 남녀노소를 거느리고 하루 10리 길도 못 가시면서 강릉(江陵)을 탈취할 것도 단념하셨고, 패전의 괴로움을 감수하시면서 백성들과 생사를 같이하셨으니, 이 역시 천하에 보기 드문 인의 정신 때문이었습니다.

　얼마나 훌륭하신 일입니까? 과(寡)가 중(衆)을 대적할 수 없다는 것과, 승패라는 것은 세상에 얼마든지 있는 일입니다. 국가의 대계라든지, 사직의 안위(安危)란 주모(主謀)에 달린 것이지 헛되이 입심이나 부리는 도배들의 허명무실한 수작에 있는 것은 아닙니다.

　언변을 가지고는 어쩌니 저쩌니 따를 사람이 없지만, 임기응변이 필요할 때는 백 가지에서 한 가지도 쓸모가 없는 그따위 위인들은 정말 천하의 웃음거리밖에 안 됩니다.”

　이 말을 듣자 장소는 뭐라고 한 마디 대답할 수도 없었다. 이때 우번(虞翻)이란 사람이 소리를 버럭 질렀다.

"현재 조조가 백만 대군에 장수를 천여 명이나 거느리고 호시탐탐 강하 땅을 집어 삼키려고 하고 있는데, 공께서는 이런 실정을 어떻게 생각하시오?"

"원소로부터 이리저리 모아들인 병사와 유표의 오합지졸을 빼앗아서 자기 수하에 거느린 조조의 군사가 몇백만이 된다 할지라도 두려울 것이 없습니다."

우번이 냉소를 지었다.

"당양에서 싸움에 패해 가지고 간신히 하구까지 도망쳐 와서 남더러 구차스럽게 싸움을 거들어 달라고 했으면서도, 입으로만 두렵지 않다니, 이야말로 너무 허풍만 떠는 것이 아니오?"

"적은 수효로 백만 대군을 대적하기 어려워서 하구로 일보 후퇴해 가지고 때가 오기를 기다리고 있는 것뿐입니다. 강동이야말로 정병과 풍부한 군량을 거느리고, 장강이라는 요새지대를 끼고 있으면서도, 그들의 수군을 조조에게 투항시킬 생각을 하고 있다니, 이야말로 천하의 웃음거리입니다. 여기 비하면 유현덕장군은 누구보다도 조조를 두려워하지 않으시는 분입니다."

우번도 공명의 이런 답변을 듣고는 더 할말이 없었다.

이번에는 보즐(步騭)이 불쑥 나섰다.

"공명께서는 저 유명한 논객 장의(張儀)나 소진(蘇秦)처럼 이 동오 땅으로 유세를 나오신 겁니까?"

"장의나 소진이 논객이란 것만 아시지, 그들이 또한 호걸이었다는 사실은 모르십니까? 소진은 여섯 나라의 재상을 지냈고, 장의는 진나라의 재상이 되어서 나라를 떠메고 섰던 인물이니, 강자 앞에 무릎을 꿇고 약한 자를 괴롭히거나 창칼 앞에서 벌벌 떠는 그런 인물들은 아니었습니다. 조조가 잔꾀를 부린다는 말에 겁을 집어먹고 투항할 생각을 하고 있는 공들이 어찌 감히 소진이나 장의를 비웃을 수 있단 말입니까?"

보즐도 입을 꼭 다물고 감히 더 무슨 말을 하지 못했다.

이번에는 또 설종(薛綜)이 대들었다.

"공명께서는 조조를 어떠한 인물로 생각하십니까?"

"조조는 한적(漢賊)입니다. 물으실 필요가 뭡니까?"

"공의 말씀은 잘못입니다. 한나라 조정의 운명은 오늘날 그 천수(天數)가 다 기울어져 가고 있습니다. 조조는 천하의 3분의 2를 장악하고 민심이 그에게로만 쏠리고 있습니다. 유현덕장군께서 이런 천수를 모르시고 이와 대적하려 하시는 것은 마치 계란으로 돌을 치려는 격이니 어찌 패하지 않을 수 있겠습니까?"

"어찌 그런 무부무군(無父無君)한 말을 함부로 하십니까? 공께서도 한나라 왕실의 녹을 잡수시는 분이라면, 역적을 보시면 함께 주멸하려 드시는 게 신하된 도리가 아니겠습니까? 이제 조조가 경망되게 찬역의 마음을 품고 있음은 천하가 다같이 분개하는 바인데, 공께서는 이것을 천수의 돌아가는 바라 하시니 정말

어버이도, 인군도, 뭐가 뭔지를 모르시는 분입니다. 더불어 이야기할 상대가 못 되시니 중언부언하지 마시기 바랍니다."

설종도 만면에 부끄러움을 감추지 못하고 대답할 말이 없었다.

좌중에서 또 한 사람이 나서며 이런 말을 물었다. 그는 육적(陸績)이었다.

"어찌됐든 조조는 그래도 상국(相國) 조삼(曹參)의 후예인데, 유현덕장군은 중산정왕(中山靖王)의 묘예(苗裔)라고는 하지만, 확실히 계고(稽考)할 만한 점도 없고, 자리나 짜고 짚신이나 팔던 사람이 분명한데, 어찌 조조와 대적할 수 있겠습니까?"

공명이 웃으면서 대답했다.

"조조는 조상국(曹相國)의 후예로서 전권(專權)을 제멋대로 농락하고, 인군과 어버이를 속이고 욕되게 하고 있다는 것은 또한 스스로 멸조(蔑祖)의 행위를 감행하고 있는 것이오.

한나라 왕실의 난신(亂臣)일 뿐더러, 또한 조씨 문중의 적자(賊子)요! 유현덕장군으로 말하자면 당당한 제주(帝胄)로 당금황제(當今皇帝)께서 계보를 따지셔서 작위를 내리신 터이니 어찌 계고한 점이 없다 하겠습니까? 자리를 짜고 짚신을 팔았다는 것이야 무슨 수치스런 일이 되겠습니까?

공과 같은 유치한 견해를 가지시고는 고명한 선비들과 더불어 함께 이야기하실 수 없겠습니다!"

육적도 말문이 막혀 버렸다. 엄준(嚴畯)이 또 갑자기 입을 열었다.

"공명께서 말씀하시는 바는 억지로써 이치를 무시하시자는(强詞奪理) 것이며, 모두가 정론이 아니시니 더 말씀하실 것도 없습니다. 그러면 공명께서는 무슨 경전을 지니고 계십니까?"

"글장(章)이나 찾아내고 글귀(句)나 따다가 깐죽깐죽 따지려 드는 것은 세상에서 변변치 못한 선비들이나 하는 짓입니다."

엄준도 머리를 수그리고 풀이 죽어서 그 이상 대꾸를 못하게 됐다.

다음으로 여남(汝南)의 정덕추(程德樞)란 사람이 높은 음성으로 말을 꺼냈다.

"공께서 큰 소리만 탕탕 치시는 것은 아마 실속 있는 공부가 없으시니까 선비들에게 웃음거리가 될까 그것을 겁내시는 까닭인 것 같습니다."

"선비에도 군자와 소인의 구별이 있는 것입니다. 군자랄 수 있는 사람은 인군에게 충성을 할 줄 알고 나라를 사랑할 줄 알아서 후세에 이름을 남길 수 있는 사람이요, 소인 축에 드는 선비란 작은 일에 따지고 들 줄이나 알고, 붓장난이나 하며, 젊어서는 싯줄이나 읊는 체하다가 늙으면 경전이나 아는 체 붓끝으로는 천 마디 만 마디 말을 할 줄 알지만, 흉중에는 다만 한 가지 계책도 지닌 게 없는 법입니다."

정덕추도 대꾸할 말이 없었다. 여러 사람들은 공명의 유창한 언변에 모두 놀랄 뿐이었다.

이때 홀연 한 사람이 밖에서부터 뛰어들며 큰 소리로 떠들어댔다.

"공명으로 말하자면 당대의 기재. 여러분들이 입심을 부려서 이분을 난처하게 만들자는 것은 손님을 공경하는 예의가 아니오. 조조의 대군이 경계지대까지 쳐들어오고 있는데, 적을 물리칠 계책은 생각하지 않고 어찌 쓸데없는 입씨름만 하고 있단 말이오?"

그 사람은, 영릉(零陵) 사람 황개(黃蓋)로 자는 공복(公覆)이며, 동오의 양관(糧官)으로 있는 사람이었다. 그는 또다시 공명에게 물었다.

"어째서 그런 금석지론(金石之論)을 주공님께 여쭙지 않으시고, 여러 사람과 변론만 하고 계십니까?"

"세무(世務)를 모르는 여러 사람들이 이러쿵 저러쿵 묻는 바람에 대답하지 않을 수 없었습니다."

황개는 노숙과 함께 공명을 인도하고 안으로 들어갔다. 중문을 지나쳐 가려다가 제갈근(諸葛瑾)과 마주쳤다. 공명이 인사를 했다.

"아우가 강동에 와 있으면서 어째서 나를 보러 오지 않았는가?"

"유현덕장군을 모시고 있는 몸으로 아직 중대한 공사(公事)도 끝나지 않았기 때문에 사사로운 일을 돌볼 겨를이 없었습니다. 형님, 양해해 주십시오."

"오후(吳侯)를 만나 뵙고 나거든 이야기나 하러 오게."

말을 마치고 제갈근은 가 버렸다. 노숙은 또 한번 다짐을 했다.

"아까 말씀드린 것, 실수 없으시도록 해주시기 바랍니다."

공명은 점잖게 머리를 끄덕였다.

손권은 섬돌 아래 내려와서 정중하게 공명을 영접했다. 문무 백관이 양쪽으로 위풍당당히 늘어서 있는 가운데서도 노숙은 마음이 놓이지 않아서 공명의 곁을 떠나지 않으며 공명의 입이 어떻게 움직여지나 그것만 주의하고 있었다.

공명은 현덕이 당부한 말을 전달하고 흘끗 손권의 얼굴을 훔쳐봤다.

벽안자수(碧眼紫鬚), 손권은 실로 당당한 풍채였다. 공명은 혼자서 생각했다.

'이 사람은 풍채가 비범하니 말도 제법 잘할 것이다. 무슨 말을 묻게 되면 비위를 좀 거슬러 봐야겠다.'

차를 마신 다음에 손권이 청했다.

"이제 다행히 만나 뵙게 됐으니 유익한 말씀이나 많이 해주시오."

"재주도 없고 배우지도 못한 몸이 물으시는 말씀에 대답조차 잘 드리지 못할 것 같습니다."

"지난번 신야에서 유현덕장군을 도와서 조조와 싸운 일이 있다니, 적군의 정세에도 잘 통하실 게 아니겠소."

"유현덕장군께서는 군사력도 변변치 못했고, 신야는 조그만 성인데다가 군량도 부족해서 싸움을 제대로 해보지도 못했습니다."

"도대체 조조의 군사란 얼마나 되오?"

"마군·보군·수군 전부 합쳐서 백만은 되겠지요."

"그것은 저편에서 그렇게 사칭하는 게 아니오?"

"조조는 연주(兗州)에서 청주군(靑州軍) 20만을 거느리고 있었는데, 원소를 토벌하고 다시 5, 60만을 더 얻었으며, 중원(中原)으로 진출하면서 다시 3, 40만 명을 모집했습니다. 이번에 또 형주의 군사 2, 30만을 수중에 넣었으니 모두 합치면 1백 50만 이상입니다. 백만이라고 여쭌 것은 강동의 여러분을 놀래 드리지나 않을까 걱정이 되어서 그쯤 여쭈어 둔 것입니다."

옆에 서 있는 노숙은 얼굴빛이 핼쓱해지면서 공명을 쳐다보고 눈짓을 꿈적꿈적하는데도 공명은 천연스럽게 시치미를 뚝 떼고 있을 뿐이었다.

"그렇다면 지금 조조의 휘하에는 대장이 얼마나 있소."

"쟁쟁한 모사, 대장들이 1, 2천 명쯤이야 되지 않겠습니까?"

"이제 조조는 형주를 점령했는데, 그래도 또 더 큰 다른 궁리가 있단 말이오?"

"그가 장강을 끼고 진을 펼치고 병선(兵船)을 마련하고 있는 것은 강동을 노리고 있음이 분명합니다."

"그가 우리 땅까지 집어삼킬 야심을 드러낼 때, 우리로서는 싸우는 것이 좋을는지 그대가 나를 위해서 결정적인 의견을 말해 주시오."

"이 제갈량에게는 꼭 한 마디 여쭙고 싶은 말씀이 있는데, 장군께서 아마 들으려 하시지 않을 것 같습니다."

"고명한 의견을 듣고 싶소."

"오늘날 정세를 말씀드리자면, 조조는 동서로 군사를 내몰고 이미 여러 고장을 진압했을 뿐더러 요 근래에는 형주까지 격파하고 천하에 위명을 떨치고 있습니다. 그와는 반대로 유현덕장군은 영웅이 있다 해도 용무(用武)할 땅이 없기 때문에 이곳까지 피해 오시게 된 것입니다. 장군께서는 자신의 힘을 잘 요량하셔서 처사하시기 바랍니다.

만약에 오월(吳越)의 대군을 가지고 중원에 대항하실 수 있으시다면 하시는 것이요, 여의치 않으시면 일찌감치 그와 손을 끊으시느니만 같지 못할 것이오. 만약 그러실 수도 없으시다면, 어째서 여러 모사들의 말대로 군사고 무기고 다 버리시고 그를 섬기시지 않으십니까?"

손권이 대답도 하기 전에 공명은 그대로 말을 계속했다.

"장군께서는 겉으로는 조조에게 복종하시는 것 같으시면서도 내심 회의하고 계신 모양이신데, 이렇게 절박한 사태에 시급히 단을 내리시지 않으신다면 화가 닥쳐올 날이 멀지 않았습니다."

"그렇다면 유현덕장군은 어째서 조조에게 투항하지 않고 있는 거요?"

"유현덕장군으로 말하면 왕실의 후예며 영재(英才)로서, 그 명성이 세상에 유명하신 분입니다. 한번 패했다 하지만 천명을 어찌할 도리 없으며, 그렇다고 남을 섬기는 몸이 되실 수야 있겠습니까?"

이 말을 듣더니 손권은 갑자기 안색이 변하더니 옷자락을 털고 일어서면서 후당(後堂)으로 들어가 버리고 말았다.

여러 사람들이 공명을 조소하면서 헤어졌다. 노숙이 공명을 책망했다.

"선생께서는 어째서 이런 말씀을 하십니까? 다행히 우리 주군께서 도량이 넓고 크신 분이시라 맞대고 책망은 하시지 않았지만, 선생님은 너무 우리 주공님을 멸시하셨습니다."

공명이 얼굴을 쳐들고 껄껄 웃었다.

"어째서 이다지도 포용성이 없으시단 말입니까? 내게는 조조를 쳐부술 계책이 있었지만, 묻지 않으시는 바람에 말씀드리지 않았습니다."

"그게 정말이십니까? 아, 그런 좋은 계책이 있으시기만 하다면야 제가 다시 주공님을 모셔내 오도록 하지요."

"내가 볼 때에는 조조의 백만 대군 같은 것은 개미떼나 다름없습니다. 나의 일거수면 모두 가루로 만들어 버릴 수 있습니다."

노숙은 이 말을 듣자, 얼른 후당으로 뛰어들어가서 손권을 만났다.

분이 아직 풀어지지 않은 손권은 노숙을 보기가 무섭게 소리쳤다.

"공명은 나를 업신여기는 게 너무 심하오!"

"제가 공명을 책망했더니, 공명은 도리어 주공님께서 포용성이 없으시다고 합니다. 조조를 쳐부술 계책이 있으나 경솔히 여쭙지 못한다 하오니 주공님께서 친히 물어 보시기 바랍니다."

손권은 얼굴에 희색을 띠면서,

"본래 공명은 좋은 꾀를 가지고 있으면서, 말로써 나를 자극시킨 것을, 내가 일시 얕은 생각으로 대사를 그르칠 뻔했소!"

하고, 그 즉시 노숙을 데리고 당을 나와 다시 공명을 청해서 이야기하기로 했다.

손권이 공명을 보자 잘못을 사과했다.

"아까는 공의 위엄을 모독했으나 너무 꾸지람하지 말아 주시면 다행인가 하오."

공명도 역시 사과했다.

"이 제갈량의 말이 너무 지나쳤습니다. 용서하시기 바랍니다."

손권은 공명을 후당으로 청해 들이고 술상을 차려서 대접했다.

술이 몇 순배 돌아간 다음에 손권이 말했다.

"조조가 평생을 두고 미워하던 사람들이 거의 다 없어지고, 이제는 유현덕장군과 나만 남았소. 나는 오(吳)나라를 그에게 바치고 항복할 의사는 조금도 없소. 내 마음은 이미 작정되었소. 단지 유현덕장군이 협력해서 싸워 줄는지, 그것만이 걱정이오."

"유현덕장군께서 이번에 싸움에 패하셨다고는 하지만 아직도 관운장이 정병 1만을 거느리고 있으며, 유기가 강하의 전사들을 거느리고 있어 또한 1만 명이 못 되지 않을 것입니다.

조조의 군사는 원로에 기진맥진해서 지난번에 유현덕장군에게 덤벼들었을 적에도 불과 3백기밖에 없었습니다. 또 북방의 군사란 수전(水戰)에 익숙하지 못하고 조조에게 투항한 형주의 군사들도 대세에 눌려서 어쩔 수 없이 투항한 자들이니, 결코 본심으로 그를 따르는 무리들이 아닙니다.

이제 장군께서 유현덕장군과 협력 동심하실 수만 있다면 조조의 군사는 반드시 격파할 수 있습니다. 조조의 군사는 싸움에 패하면 반드시 북쪽으로 돌아갈 것이므로, 형(荊) · 오의 세력은 강해지고 솥발의 벌어진 것 같은 정세가 이루어질 것입니다. 성패의 기회란 바로 오늘에 있습니다. 단지 장군께서 요량껏 하시기에 달렸습니다."

손권도 대단히 기뻐하며 곧바로 장수들과 상의하여 함께 조조를 토벌하겠다는 확답을 했다. 문무백관에게 이런 의사를 전달시키고 공명을 관역으로 보내어 편히 쉬도록 했다.

그러나 여러 모사들은 공명에게 속은 줄로만 생각하고 있었고, 장소가 또 손권에게 이런 말을 했다.

"조조는 먼젓번에 원소(袁紹)도 일격에 토벌해 버린 사람입니다. 하물며 오늘날 백만 대군을 거느리고 남정(南征)해 오는데 있어서 어찌 경솔히 이와 대적하겠습니까? 만약에 제갈량의 말을 들으시고 군사를 망동시키신다면, 이야말로 나무를 등에 짊어지고 불을 끄겠다는 것과 다름없는 일입니다. 숙고하시기 바랍니다."

손권이 머리를 수그리고 묵묵히 생각하고 있을 때 고옹이 덧붙였다.

"유현덕은 조조에게 패했기 때문에 우리 강동의 군사를 빌려서 대적해 보자는 수작입니다. 그 꾀에 넘어가서는 안 됩니다."

손권은 대답을 못하고 망설이기만 할 뿐이었다. 장소와 고옹이 물러나간 다음에 노숙이 손권에게 아뢰었다.

"이제 장소와 고옹이 주공님께 군사를 움직이지 말도록 권고의 말씀을 여쭈며 극력 투항할 것만 주장하는 것은, 이 모두 제 몸만 생각하고 처자를 보호하자는 신하들의 말입니다. 자신들만

위한 계책입니다. 주공님께서는 그런 말씀은 듣지 마시기 바랍니다."

손권은 그래도 묵묵히 생각에만 젖어 있었다. 노숙이 또 아뢰었다.

"주공님, 이렇게 망설이기만 하신다면 많은 사람을 위하여 일을 그르치실 뿐입니다."

"경은 좀 물러가 계시오. 내 좀더 신중히 생각해 볼테니."

노숙은 물러났다.

무장들 가운데는 강경히 싸우자고 주장하는 패들이 있었지만 문관들은 투항을 주장했고, 의견이 백출했다.

손권이 안으로 들어간 뒤, 침식이 불안하고 결단을 내리지 못하는 것을 보자, 오국태(吳國太)부인이 그 까닭을 물었다.

손권이 괴로운 심정을 솔직히 고백했더니, 오국태부인이 말했다.

"어째서, 우리 언니께서 임종시에 하신 말씀을 잊었느냐?"

손권은 꿈에서 선뜻 깨어난 사람같이 그 말이 생각났다. 이야말로 국모(國母)의 임종시 말을 생각하고 주랑(周郞)에게 싸움에 공을 세우도록 하게 된 셈이다.

44.
싸우느냐 항복하느냐

지(智)와 지는 합칠 수 있으나
재(才)와 재는 그 뿔(角)을 서로 용납하기 어렵다

孔明用智激周瑜
孫權決計破曹操

오국태부인은 손권이 망설이기만 하고 결단을 내리지 못하는 것을 보자 말했다.

"언니는 이렇게 유언을 하셨다. '손책이 임종 때 말하기를, 국내 일로 결정하기 어려운 일이 있으면 장소와 상의하고, 국외 일로서 결정하기 어려운 일이 있으면 주유와 상의하라.'고 했다. 어째서 공근(公瑾─주유)을 불러서 상의하지 않느냐?"

손권은 크게 기뻐하여 즉시, 파양(鄱陽)으로 사람을 파견해서 주유를 불러다가 일을 상의하기로 했다.

한편, 주유는 파양호에서 수군(水軍)을 훈련시키고 있었는데, 조조의 대군이 한수(漢水)로 진출했다는 소문을 듣자 군정을 협의하고자 밤을 새워 가며 시급히 시상군(柴桑郡)으로 돌아오던 중이어서 사자가 떠나려고 했을 때 벌써 도착했다.

노숙은 그와 친분이 두터웠기 때문에 누구보다도 먼저 그를 영접하러 나갔으며 여태까지의 사정도 샅샅이 알려 주었다. 그러자 주유가 말했다.

"걱정하실 것은 없소. 나도 생각이 있으니까. 어쨌든 지금 당장 공명을 불러다 주시오."

노숙은 말을 달려 공명을 찾아갔다.

주유가 한숨을 돌리고 있는데, 장소 · 고옹 · 장현(張絃) · 보즐의 무리가 찾아와서 곧 안으로 불러들여 오래간만에 이야기를 주고 받았다.

먼저 장소가 말했다.

"도독께선 강동의 급박한 정세를 알고 계시오?"

"아직 모르오."

"조조가 백만 대군을 거느리고 한수 일대에 진을 펼치고 어제 격문을 이곳으로 보내어, 우리 주공께 강하에서 사냥을 하시자고 청했소. 우리 땅을 집어삼키고 싶은 배짱이면서도 아직 그 정체를 나타내지 않았을 뿐이오.

우리들은 주공께서 투항하셔서 강동의 화를 면하게 하시라고 권고했소. 뜻밖에도 노자경이 강하에서 데리고 온 유현덕의 군사 제갈량이 제 자신의 설분(雪憤)을 해보려고 교묘한 말솜씨로 주공을 자극하고 있는데, 자경은 그런 눈치도 못 채고 있으니 도독의 결정을 기다리고 있는 참이었소."

"여러분들의 견해가 다들 같으시오?"

고옹과 그밖의 몇 사람이 입을 모아 말했다.

"상의한 결과가 모두 같소."

"나도 또한 투항할 생각을 한 지 오래 됐소. 여러분은 돌아가시오. 내일 주공님을 뵙고 결정적인 상의를 할 것이니."

장소와 그밖의 여러 사람들이 물러가자, 얼마 안 되어서 정보(程普) · 황개(黃蓋) · 한당(韓當) 등의 부장들이 찾아와서 안으로 맞아들였다. 인사를 한 후 정보가 말했다.

"도독께서는 우리 강동 땅이 머지않아 남의 손에 넘어간다는 사실을 알고 계시오?"

"아직 아무 말도 듣지 못했소."

"우리들은 손장군을 따라서 이 나라의 기초를 마련한 후, 대소 수백 차례의 크고 작은 격전을 겪고 나서 간신히 이 6군(郡)의 성을 우리 수중에 넣었소. 그런데 이제 와서 주공님은 모사들의 말에 속으시고 조조에게 투항하려고 하시다니. 이는 진실로 수치스럽고도 가석한 일이오. 우리들은 죽을지언정 이런 욕된 꼴을 볼 수는 없소. 도독께서 주공님께 권고하셔서 계책을 결정하고 군사를 일으키도록 해주시오. 우리들은 목숨을 내걸고 싸우기를 원하오."

"장군들의 소견은 모두 같으시오?"

황개가 분을 못 참고 벌떡 일어서더니 손으로 이마를 치면서 말했다.

"나는 목이 달아나도 맹세코 조조에게 항복하지는 않겠소!"

여러 사람들이 모두 따라서 말했다.

"우리는 모두 투항하기를 원치 않소!"

주유가 말했다.

"나도 조조와 결전을 하고 싶던 판이오. 어찌 투항하겠소? 장군들은 돌아가시오. 내 주공님을 뵙고 결정적인 상의를 하리다."

정보와 그밖에 여러 사람들이 물러가자, 이번에는 제갈근과 여범(呂範) 등 문관들이 함께 찾아왔다. 여러 사람을 안으로 맞아들이고 인사를 끝내니, 제갈근이 말했다.

"아우 제갈량이 강하로부터 이곳으로 와서 유현덕장군이 우리 동오와 협력해서 조조를 토벌하자고 한다는 의사를 전달했습니다. 문무백관은 의견이 백출하고 결정을 못 짓고 있습니다. 아우가 사자로서 온 것이니 이 제갈근은 감히 많은 말씀을 여쭐 수 없고 오로지 도독께서 이 일을 결정해 주시기만 기다리고 있습니다."

"공의 의견은 어떠하오?"

"항복한다는 것은 쉽고 편안한 길이지만, 싸우게 되면 승리를 보장하기는 어렵습니다."

주유가 웃으면서 또 말했다.

"내게도 주장이 있으니, 내일 함께 부중(府中)에 들어가서 결정합시다."

제갈근과 그밖의 여러 사람들이 돌아가고 나니, 이번에는 여몽(呂蒙)·감녕(甘寧) 등 몇 사람이 또 찾아와서, 그들을 맞아들이고 똑같은 이야기를 주고받았다. 그러나 결국은 투항하자는 사람도 많고 싸우자는 사람도 많아서 제각기 떠들고 말다툼들을 하는 바람에 주유가 말했다.

"이러쿵저러쿵 떠들 것 없이 내일 부중으로 들어가서 공의(公議)에 붙이도록 합시다."

그제야 여러 사람들이 물러가니 주유는 냉소를 머금은 채 앉아 있었다.

밤이 되어서 노숙이 공명을 데리고 찾아왔다는 소식에 주유는 중문까지 나가서 그를 영접했다. 인사가 끝나고 주객이 각각 자리잡고 나자, 노숙이 먼저 주유에게 물었다.

"이제 조조가 군사를 몰고 남침해 오고 있는데, 우리 편에서 화전 양론이 대립해서 주공께서는 결단을 내리시지 못하시니 장군의 의향은 어떤지 듣고자 합니다."

"조조는 천자라 하는 명분을 내세우고 있으니 그 군사에 항거할 수는 없소. 또 그 세력이 너무나 커서 경솔히 대적할 수도 없소. 싸우면 패하게 마련이고 투항하면 쉽고 편안할 것이오. 내 뜻은 이미 결정되었소. 내일 주공님을 뵙고 곧 사자를 보내어 투항하도록 하겠소."

노숙이 깜짝 놀라며 말했다.

"그건 안 될 말씀입니다. 이 강동 땅의 왕업(王業)은 이미 3세(三世)를 경과한 것입니다. 어찌 일조일석에 남에게 던져 버리겠습니까? 백부(손책)께서도 국외 일은 장군께 맡기신다는 유언을 하시지 않았습니까? 이제야말로 국가의 안위가 장군의 일신에 태산같이 무거운 책임을 지고 계신 분께서 어찌 변변치 못한 위인들의 말을 좇으십니까?"

"강동 6군의 생령(生靈)은 무한량인데, 만약에 병혁(兵革)의 화를 입게 된다면, 그 원한은 반드시 나 한 사람에게로 돌아올 것이오. 그래서, 항복하기로 계책을 결정한 것이오."

"그렇지 않습니다. 장군의 영웅적인 힘과 동오 땅의 험고한 지리적 조건 때문에 조조가 그다지 쉽사리 뜻을 이루지도 못할 것입니다."

두 사람이 옥신각신 말다툼을 하자, 공명은 옆에서 팔짱을 끼고 냉소하고만 있었다. 주유가 물었다.

"선생께서는 뭣 때문에 냉소만 하고 계시오?"

"이 제갈량이 웃는 것은 다른 사람 때문이 아니고 자경이 너무나 시무(時務)에 밝지 못하기 때문입니다."

이 말을 듣고 노숙이 발끈하게 물었다.

"선생께서는 어째서 도리어 나더러 시무에 밝지 못하다고 비웃으시는 겁니까?"

"공근의 주의(主意)가 조조에게 투항하시려는 것은 이치에 매우 들어맞는 일이라고 생각합니다."

주유가 말했다.

"공명은 역시 시무에 밝은 사람이오. 반드시 나와 같은 마음일 것이오."

노숙이 공명에게 물었다.

"공명선생께서는 어째서 이런 말씀을 하십니까?"

"조조는 용병을 지극히 잘하기로 천하에 당할 사람이 없습니다. 여태까지 여포·원술·원소·유표가 감히 그와 대적했지만 여러 사람이 모두 조조에게 멸망당했고 천하에 남은 사람은 하나도 없습니다.

단지 한 분 유현덕장군은 시무에 밝지 못했기 때문에 억지로 그와 대결해서 지금은 외로운 신세로 강하에서 존망의 기로에 처해 있을 뿐입니다. 장군께서 꼭 조조에게 항복하신다면 처자를 보전하실 수 있고 부귀를 누리실 수 있을 것이며, 국조(國祚)가 변하건말건 이런 것은 천명에 맡겨 버리시면 무슨 안타까워하실 노릇이 있겠습니까?"

노숙이 대로하여 외쳤다.

"그대는 우리 주공더러 국적 앞에 무릎 꿇고 모욕을 당하라는 건가?"

"나에게 한 가지 계책이 있습니다. 이 계책은 양(羊)이나 술을 제물로 바칠 것도 없고, 국토나 인수(印綬)를 바칠 것도 없으며, 친히 장강을 건너가시지 않아도 됩니다. 단지 한 사람의 사자를 시켜서 조그마한 배에 두 사람을 태워서 보내시면 됩니다. 조조는 이 두 사람을 수중에 넣기만 하면 백만 대군이 모두 무기를 버리고 깃발을 말아 가지고 물러나갈 것입니다."

"어느 두 사람을 쓰면 조조의 군사를 물리칠 수 있단 말이오?"

"강동에서 이 두 사람이 없어진다고 해도 그것은 큰 나무에서 잎사귀 하나 떨어지는 거나 태창(太倉)에서 좁쌀 한 알이 줄어드는 것과 같은 일일 것입니다만, 조조가 이것을 얻기만 한다면 기뻐서 어쩔 줄 모르며 물러날 겁니다."

주유는 과연 어떤 두 사람을 쓰라는 것이냐고 거듭 물었다. 공명이 그제야 말했다.

"이 제갈량이 융중(隆中)에 있었을 적에 조조가 장하(漳河) 강반에 동작대(銅雀臺)라는 호화찬란한 대를 지어 놓고 천하의 미인을 그곳에 뽑아다 모아 놓았다는 소문을 들은 일이 있습니다.

조조는 본래 호색지도(好色之徒)인지라, 평소부터 강동의 교공(喬公)에게 대교(大喬)·소교(小喬)라는 두 따님이 있는데, 굉장한 미모를 지닌 아가씨라는 소문을 듣고, '첫째로는 사해(四海)를 평정하여 제업(帝業)을 이룩하고, 둘째로는 강동의 이교(二喬)를 수중에 넣어서 동작대에 두고 만년을 즐길 수 있다면 죽더라도 유한이 없겠다.'고 했다 합니다.

그가 지금 백만 대군을 거느리고 강동 땅을 넘겨다보고 있는 것은 실로 이 두 여자를 수중에 넣고 싶은 때문입니다.

장군께서는 이 교공이란 분을 찾아내셔서 천금을 던지시고라도 이 이교를 매수하여 조조에게 보내 주시는 게 좋겠습니다. 그도 이 이교만 수중에 들어오게 되면 만족하여 군사를 거느리고 물러갈 것이 틀림없습니다. 이야말로 범려(范蠡)가 서시(西施)를 오왕(吳王) 부차(夫差)에게 바친 계교와 같은 것인데, 어째서 빨리 해보시지 않으십니까?"

"조조가 이교를 수중에 넣고 싶다는 데는 무슨 믿을 만한 근거라도 있다는 거요?"

"조조의 셋째아들 조식(曹植)은 글재주가 대단해서 일찍이 조조가 명령해서 동작대부(銅雀臺賦)를 지은 일이 있는데, 그 부(賦)가 뜻하는 것은 오로지 그 집안이 천자에 합당하다는 것과, 맹세코 이교를 수중에 넣고야 말겠다는 것입니다."

"그 부를 공은 기억하고 계시오?"

"그 글이 하도 아름답고 멋들어지기에 일찍이 몰래 기억해 둔 일이 있습니다."

"어디 한 번 외어 보시오."

공명이 그자리에서 동작대부를 낭송하자, 주유는 듣더니 갑자기 대로하여 자리를 뜨면서, 북쪽을 가리키며 매도했다.

"이 도둑놈아, 네놈은 나를 너무 업신여기는구나!"

공명이 급히 일어서서 말렸다.

"옛적에 흉노(匈奴)의 왕 선우(單于)가 가끔 변경을 침범했을 때, 한나라 천자님도 공주를 보내서 화친을 구했는데, 오늘날 민간의 두 여자쯤을 어찌 아깝게 생각하십니까?"

"공은 모르시는 말씀이오. 대교라 함은 손백부(孫策)장군의 부인이시고, 소교는 바로 이 주유의 아내요."

공명이 일부러 황공한 체했다.

"이 제갈량은 정말 몰랐습니다. 함부로 실언을 했으니 죽을 죄를 졌습니다!"

"내 맹세코 저 도둑놈을 그냥 두지는 않을 거요!"

"무슨 일이나 신중히 생각하셔야 합니다. 나중에 후회함이 없으시도록……."

"나는 백부의 기탁(寄託)으로 이 나라를 맡았는데, 어찌 몸을 굽혀 조조에게 항복할 까닭이 있겠소? 아까 말한 것은 한 번 속을 떠보려고 한 것이오. 나는 파양호를 떠나던 때부터 북벌을 마음먹고 있었소. 내 목에 도끼가 떨어진다 할지라도 이 뜻이 변치는 않을 것이오. 공명께서도 힘이 돼 주시어 같이 조적(曹賊)을 격파하기 바라오."

"이몸을 버리지만 않아 주신다면 견마지로(犬馬之勞)를 사양치 않겠습니다. 언제나 말씀하시는 대로 계책을 짜 보겠습니다."

"그러면, 내일 주공님을 뵙고 곧 군사를 일으키도록 상의해 봅시다."

공명과 노숙은 주유와 작별하고 돌아왔다.

이튿날 아침에 손권이 당(堂)에 올랐다. 왼쪽으로는 장소 · 공옹 등 문관이 30여 명, 오른쪽으로는 정보 · 황개 등 무관이 30여 명, 의관을 정제하고 검패(劍佩) 소리도 요란스럽게 반을 나누어서 시립하고 있었다.

얼마 있다가 주유가 인사를 드리고, 손권이 위로의 말을 마치자 주유가 말했다.

"요즈음 듣자오니 조조가 군사를 거느리고 한수로 진출하여, 서신을 이곳에 보냈다 하는데 주공의 의사는 어떠십니까?"

손권은 곧 격문을 꺼내서 주유에게 보여 주었다. 주유가 다 보고 나더니 웃으면서 말했다.

"저 도둑놈이, 우리 강동에는 사람이 없는 것처럼 이렇게 모욕을 하는군요!"

손권이 물었다.

"그대의 의사는 어떠시오?"

이 말에 주유가 반문했다.

"주공께서는 일찍이 여기 문무들과 상의하신 일이 있으십니까?"

"매일 이 일을 상의했소. 투항하라고 권하는 사람도 있고, 싸우라고 권하는 사람도 있었소. 내가 의사를 작정하지 못했기 때문에 공근이 결정을 내려주기 바라는 것이오."

주유가 심각한 표정으로

"누가 주공께 투항을 권고했습니까?"

하고 물었다. 이에 손권이 말했다.

"장자포(장소) 등이 모두 그런 의사를 주장했소."

주유가 곧 장소에게 물었다.

"선생께서 투항을 주장하시는 의사를 듣고 싶습니다."

"조조는 무슨 일에나 천자를 끼고 칙명을 내세우고 있습니다. 근래들어 형주를 수중에 넣자 더한층 위세를 떨치고 있는데, 우리 강동이 조조와 대항하는 데는 장강만을 힘으로 믿고 있을 뿐입니다.

현재 조조의 몽동전함(艨艟戰艦)은 천이나 2천뿐이 아닙니다. 수륙양면으로 쳐들어온다면 무엇으로 감당해 내겠습니까? 그래서 이번에는 잠시 투항하고 앞으로 후계(後計)를 세우느니만 같지 못한다는 겁니다."

이 말을 듣고 주유가 성을 발끈 내며 말했다.

"이것은 섣부른 선비들의 논법이오. 강동은 개국 이래 지금까지 3대를 경과했는데 어찌 일조일석에 포기할 수 있겠소?"

손권이 물었다.

"그러면 무슨 대책이 있다는 거요?"

주유가 대답했다.

"조조는 한나라의 승상이라고 하지만 사실은 한나라의 역적입니다. 그리고 장군께서는 신무웅재(神武雄才)와 부형의 여업(餘業)의 힘으로 강동 땅을 근거지로 삼고 계시며, 굳센 군사와 풍부한 군량을 지니고 계십니다.

이야말로 천하를 횡행하시며 국가를 위하여 잔인 횡포한 무리들을 제거하셔야 할 노릇이지 어찌 적에게 투항하시겠습니까? 또 조조가 이번에 쳐들어온다는 데는 병가(兵家)에서 꺼리는 점을 다분히 범하고 있습니다. 북녘 땅이 아직 평정되지 않았으니 마등(馬騰) · 한수(韓遂)가 후환 덩어리요, 또 조조가 오랫동안 남정(南征)에 시달린 것이 첫째 약점이요, 북녘 군사가 수전에 익숙지 못하여 조조가 말을 버리고 배의 힘으로 동오와 대결한다는 것이 둘째 약점이며, 또 때가 마침 엄동설한이라서 말을 먹일 풀이 없다는 게 셋째 약점입니다.

중국(中國)의 사졸을 몰아서 멀리 강호까지 건너온다면 불복수토(不服水土)로 질병이 많이 발생할 것이 넷째 약점입니다. 이렇게 많은 약점을 가지고는 어떠한 대군이라 할지라도 반드시 패할 것입니다. 장군께서 조조를 잡으실 때는 바로 오늘입니다. 이 주유, 정병 수천 명만 맡을 수 있다면 하구로 쳐들어가서 장군을 위하여 적을 격파하겠습니다!"

손권이 벌떡 일어서며 말했다.

"저 도둑놈이 한나라 천자를 폐하고 제놈이 서 보려고 하는 것은 오래된 일인데, 두려워한 것은 원소·원술·여포·유표와 그리고 나였소. 이제 여러 영웅들이 다 없어졌지만, 나는 아직도 살아 있으니 나와 그놈은 맹세코 양립하지는 않을 것이오! 당연히 토벌하자는 경의 말이 나의 뜻에도 딱 맞소. 이야말로 하늘이 경을 나에게 보내 주신 것이오."

주유가 대답했다.

"신은 장군을 위하여 한 번 혈전으로써 승패를 결하다가 만 번 죽더라도 사양치 않겠습니다. 단지 장군께서 혼자 망설이기만 하시고 결정을 내리지 못하실까 그것이 걱정스럴 뿐입니다."

손권은 칼을 뽑아서 눈앞의 주안상의 한모퉁이를 찍으며 말했다.

"제관 가운데 두 번 다시 투항을 말하는 자 있다면, 이 주안상과 같이 할 것이오!"

말을 마치자, 그 칼을 주유에게 물려주어 대도독(大都督)으로 봉하고, 정보를 부도독, 노숙을 찬군교위(贊軍校尉)로 삼았다. 만약에 문무관장(文武官將) 가운데 호령에 응하지 않는 자 있다면 그 즉시 그 칼로써 주살하라고 명령했다.

주유는 칼을 받아 들고 짐짓 위엄을 보이며 여러 사람에게 말했다.

"나는 주공의 명령을 받들고, 모든 사람을 거느리고 조조를 격파하겠소. 모든 장수와 관리는 일제히 강반에 있는 행영(行營)에서 대기하시오. 늦거나 빠지는 자는 칠금령(七禁令)에 의하여 오십사참(五十四斬)을 시행할 것이오."

말을 마치고 손권의 앞을 물러나니 다른 사람들도 묵묵히 자리에서 물러났다.

주유는 자기 처소로 돌아와서 곧 공명을 청하여 일을 상의하기로 했다. 공명이 나타나니 주유가 말했다.

"오늘 부중에서 이미 조조를 격파하기로 작정했으니, 조조를 격파할 좋은 계책을 제공해 주시기 바랍니다."

"손장군께서는 아직도 마음이 가라앉지 않으셨으니 계책을 결정할 수 없습니다."

"마음이 가라앉지 않으셨다 함은 대체 무슨 뜻입니까?"

"아직도 조조의 대군을 겁내시고 작은 수효로 많은 수효를 당해 낼 수 없지나 않을까 하는 의심을 품고 계십니다. 장군께서는 군사의 수효를 똑똑히 밝히셔서 손장군께서 의심하심이 없도록 해드리셔야만, 그 다음에 대사를 치를 수 있을 것입니다."

"선생님의 말씀이 지당하십니다."

다시 주유가 손권을 만나러 들어갔더니 손권이 말했다.

"공근이 밤중에 나타났으니 필시 무슨 사고가 있는 모양이

구려?"

"내일 군사를 동원하는 데 대해서 주공께서는 마음속에 무슨 안심 못할 점이라도 있으십니까?"

"조조의 군사가 워낙 많아서 적은 수효로 당해 내지 못할까 그것을 근심할 뿐이오. 달리 불안한 점은 없소."

주유가 웃으면서 아뢰었다.

"이 주유는 특히 이것 때문에 여기 와서 주공님의 불안을 풀어 드리려는 것입니다. 주공님께서는 조조의 격문을 보시고 수륙대군 백만이라는 말에 의구심만 품으시고 다시 그 허실을 생각해 보시지도 않으셨습니다.

이제 실제로 비교해 보면, 그의 중국 군사라는 것은 15, 6만에 불과하고, 또 이미 피로한 지 오래 됐습니다. 원씨의 군사를 수중에 넣었다는 것도 역시 7, 8만이 될 뿐인데, 아직도 의심을 품고 복종하지 않는 자가 많습니다.

오랫동안 피곤한 병졸과 의혹을 품고 어쩔 줄 모르는 군사가 제아무리 수효가 많다고 한들 무엇이 두렵겠습니까? 주유는 5만의 군사만 가지면 넉넉히 격파할 수 있으니 주공님께서는 걱정하시지 마십시오."

손권이 주유의 등을 어루만지며 말했다.

"공근의 이 말로 나의 의심도 이제 풀어졌소. 장소의 무모한 말에 나는 몹시 실망했더니…… 경과 노숙만이 나와 마음이 맞소. 경은 노숙과 정보와 그날로 군사를 뽑아 가지고 나가시오. 나도 계속해서 인마를 동원하여 군량을 충분히 신고 경의 뒤를 받치리라.

경은 선봉이 만약에 여의치 않을 경우에는 곧 돌아서서 돌아오시오. 그때에는 내가 친히 조조와 결전하는 것뿐이니 이제 아무런 불안도 망설임도 없소!"

주유는 감사하다 인사하고 나오면서 도리어 제갈공명을 없애버릴 생각을 했다. 손권의 마음속까지 꿰뚫고 들여다보고 있는 무서운 제갈공명을 살려 두었다가는 강동을 위해서 화근이 되리라는 생각에서였다.

곧바로 노숙을 불러서 공명을 죽여야겠다는 심정을 말했으나 노숙은 완강히 반대했다. 노숙은 첫째, 조조를 격파하기 전에 어진 선비를 죽인다는 것은 큰 잘못이며 둘째, 제갈근이 제갈량의 친형이니 공명을 이편에서 부릴 수 있도록 설복시키는 것이 유리하리라는 이유를 들었다.

주유도 이 말에는 반대할 수 없었다.

이튿날, 날이 밝기가 무섭게 주유는 문무백관을 소집해 놓고 군령(軍令)을 내렸다. 이 자리에 주유보다도 연장자인 정보는 내심 못마땅하게 생각하고, 몸이 불편하다는 핑계로 아들 정자(程咨)를 대신 내보내고 자기는 참석하지 않았다.

주유는 여러 장수들에게 조조의 횡포는 예전의 동탁(董卓)보다도 더 심하다는 점을 역설하고, 진군함에 있어서는 죄없는 백성을 괴롭히지 말라 당부하고, 상벌을 반드시 공평하게 할 것을 선언하고 나서 기정 방침대로 거침없이 군사력을 배치해 나갔다.

우선 한당·황개를 선봉으로 내세워 그날로 본부(本部)의 전선(戰船)을 거느리고 삼강(三江) 어귀에 진을 치도록 명령하고, 각 대(隊)의 책임자를 임명했다.

제2대 ─ 장흠(蔣欽)·주태(周泰)

제3대 ─ 능통(凌統)·반장(潘璋)

제4대 ─ 태사자(太史慈)·여몽(呂蒙)

제5대 ─ 육손(陸遜)·동습(董襲)

사방순경사(四方巡警使) ─ 여범(呂範)·주치(朱治)

한편, 동오의 육부관군(六部官軍)은 한 사람도 빠짐없이 수륙으로 병진하면서 기일을 엄수하여 일제히 동원하도록 독려했다. 정비와 배치가 끝나자 여러 장수들은 각자 배와 무기를 수습해 가지고 출진했다.

정보의 아들 정자가 집에 돌아가서 부친에게 주유의 군사를 동원시키는 품이 병법에 들어맞는다고 말했더니, 정보는 평소에 주유를 나약하여 장수 노릇을 못할 사람이라고 업신여겼음을 후회했다.

"이만하다면 정말로 장수감이로다! 내 어찌 복종치 않으랴?"

하면서 당장에 행영으로 가서 사죄했으며, 주유도 또한 고맙다는 뜻을 표시했다.

그 이튿날 주유는 제갈근을 불렀다.

"영제(令弟) 공명으로 말하자면 왕좌(王佐)의 재목을 지니신 분인데, 어째서 몸을 굽혀 유현덕을 섬기고 계시단 말이오? 이제 동오 땅에 오셨으니 선생께서 번거로우시더라도 간곡히 말씀하셔서 영제로 하여금 유현덕을 버리고 동오를 섬기도록 하신다면 주공께서도 좋은 보필을 얻게 되실 것이며, 선생 형제분도 가까이 지내실 수 있으니 좋은 일이 아니겠소? 그러니 선생께서 곧 가 봐 주셨으면 좋겠소."

"이 제갈근은 강동에 와서 이렇다 할 만한 공을 세우지도 못해서 매우 부끄러웠습니다. 이제 도독께서 명령하시는 일이라면 어찌 힘을 쓰지 않겠습니까?"

이렇게 대답하고, 제갈근은 그 즉시 말을 달려 역정(驛亭)으로 공명을 찾아갔다.

공명이 제갈근을 맞아들이자, 두 사람은 눈물을 흘리며 인사를 하고 오랫동안 가슴 속에 서렸던 일들을 허심탄회하게 이야기했다.

제갈근이 울면서 말했다.

"너는 백이(伯夷) · 숙제(叔齊)를 아느냐?"

공명은 내심 곰곰 생각했다.

'이것은 반드시 주랑(주유)이 나를 설복시키라고 보낸 것으로구나!'

태연히 대답했다.

"백이·숙제는 옛날의 성현이십니다."

그러자 제갈근이 말했다.

"백이·숙제는 수양산 아래로 가서 굶어 죽었다고는 하지만, 형제 둘이서 끝까지 한 군에 있었다. 나는 너와 같이 자라난 친형제이면서도 각각 다른 주인을 섬기고 있어서 조석으로 서로 만날 수 없으니, 백이·숙제 같은 사람을 생각할 때 부끄러운 일이 아니겠느냐?"

공명은 형의 앞에서 정색을 하며 위엄있게 대답하는 것이었다.

"형님께서 말씀하시는 것은 소위 정(情)이란 것입니다. 그러나 제가 지키는 것은 의(義)라는 것입니다. 형님이나 저나 모두 한나라 사람입니다. 이제 유황숙은 한나라 왕실의 후예이시니 만약에 형님께서 동오 땅을 버리시고 이 아우와 함께 유황숙을 섬기신다면 한나라 신하로서 부끄러운 바 없을 것이오. 또 골육지간에 한곳에 있을 수 있으니 이야말로 정의(情義)를 양전(兩全)하는 좋은 계책이 아니겠습니까? 그래, 형님의 의향은 어떠하신지요?"

제갈근은 아우를 설득하러 왔다가 도리어 아우에게 설복을 당하는 것같이 생각되어서 잠자코 아무 대답도 하지 않고 헤어졌다.

제갈근이 돌아와서 공명이 하던 말을 주유에게 자세히 전달했더니, 주유가 말했다.

"그러면 공의 의사는 어떠하시오?"

"저는 손장군의 두터우신 은혜를 입고 있습니다. 어찌 이에 배반할 수 있겠습니까?"

"공께서 충성된 마음으로 주공을 섬기시는 것은 더 말할 필요도 없소. 나는 나대로 공명을 포섭할 만한 계책이 따로 있소."

이야말로, 지(智)와 지는 서로 만나게 되면 반드시 합칠 수 있으나, 재(才)와 재는 그 뿔(角)을 서로 용납하기 어렵다.

45.
억울한 희생

"아차! 주유의 계교에 내가 떨어졌구나!"
조조의 뉘우침은 이미 때가 늦었고

三江口曹操折兵
羣英會蔣幹中計

　주유는 제갈근의 말을 듣고 나더니 공명을 점점 더 미워하게
되었고, 무슨 일이 있어도 그대로 살려 두지는 않겠다는 결심을
단단히 하는 것이었다.

　이튿날, 주유는 대장들을 일제히 점검하고 손권과 작별인사를
한 후 정보·노숙과 함께 군사를 거느리고 떠났다. 공명더러 함
께 가자고 했더니, 그는 쾌히 승낙하고 동행했으며, 일행은 하구
(夏口)를 향하여 길을 재촉했다.

　삼강구(三江口)에서 5, 60리쯤 떨어진 지점에서 배들은 일단 멈
췄고, 서쪽 산기슭 강가에 진을 치고 중앙에 주유가 영채를 두었
고, 그 주위에 군사들이 주둔했다.

공명은 일엽편주 속에 몸을 편안히 하고 있었다.

주유가 틈이 생기자 공명을 영채에 청해다 놓고 말했다.

"이제 조조의 군사는 83만, 우리 편은 겨우 15,6만밖에 안 되니 도저히 맞닥뜨려 가지고는 승산이 없습니다. 선생께서는 오랫동안 이 부근에 사셔서 지리에도 밝으실 것이니 관운장·장비·조자룡을 거느리시고 조조가 군량을 축적해 둔 취철산(聚鐵山)을 밤중에 급습하셔서 조조의 양도(糧道)를 끊어 주십시오."

'내가 제 말을 듣지 않으니까, 내 목숨을 뺏자는 수작이구나. 여기서 또 거절한다면 세상 사람의 웃음거리가 될 것이고……. 일단 맡아 놓고 다른 방도를 취하기로 하자.'

공명이 쾌히 승낙하자, 주유는 크게 기뻐했다. 공명은 작별 인사를 하고 나왔다. 뒤에 노숙은 주유에게 이번에 어째서 공명을 보내느냐고 했더니, 주유는 솔직히 조조의 손을 빌려서 공명을 처치하고 이 다음의 화근을 제거하려는 계책임을 고백했다. 이 말을 들은 노숙은 공명이 이것을 눈치챘나 못 챘나 떠보려고 곧바로 공명을 찾아갔다. 이번 가는 길에 성공할 가망이 있느냐고 대뜸 질문을 했다.

공명은 태연자약하게 싱긋 웃으면서 대답했다.

"나는 수전(水戰)·보전(步戰)·마전(馬戰)·차전(車戰)에 모두 묘한 재간을 다할 텐데 어째서 공적을 이루지 못할 것을 걱정하겠습니까? 공들처럼 육지에서는 복병으로 간신히 버티고, 또 공근만 하더라도 수전에는 견디지만 육전(陸戰)에는 감당해 내지 못하는 분들과는 다릅니다."

노숙이 이 말을 주유에게 전했더니, 주유는 당장에 자기가 친히 1만의 군마를 거느리고 취철산을 급습해서 조조의 양도를 끊어 보일 테니 공명이 가지 않아도 좋다고 노발대발했다. 노숙이 되돌아와서 공명에게 이 말을 또 전했더니, 공명이 웃으면서 말했다.

"공근이 나더러 가서 양도를 끊으라는 것은, 사실은 조조를 시켜서 나를 죽이게 하려는 것이었습니다. 그래서 내가 한 번 농담을 슬쩍 던져 봤더니 공근은 그것을 받아들일 줄 모르는 것입니다. 인재가 귀중한 이때 오후(吳侯)와 유현덕장군은 한마음으로 협력해야 할 텐데 이렇게 반목해서는 안 됩니다.

조조 자신이 적군의 양도를 끊는 데는 비상히 빠른 사람인데, 자기 양도에 대해서 아무런 방비가 없을 까닭이 있겠습니까? 공근이 간다면 그대로 붙잡힐 건 뻔한 노릇입니다. 우선 수전으로써 북쪽 군사를 눌러 놓고 나서 묘계를 써서 격파하도록 공근께 잘 말해 주시면 다행하겠습니다."

주유는 또 노숙을 통해서 이 말을 듣자, 공명의 견식은 자기의 10배나 된다고 감탄하면서도 나라의 화근이 될 것이므로 처치해 버려야겠다고 날뛰는 것이었다. 이에 노숙이 조조나 격파하고 나서 서서히 생각할 문제라고 극력 만류했다.

유현덕은 유기(劉琦)에게 강하(江夏)를 지키도록 명령하고, 여러 장수들을 거느리고 하구로 이동해 볼 생각을 하고 있었다. 도중에서 장강 남녘 기슭에 깃발이 휘날리는 것을 보자, 동오에서 이미 진군해 나온 것을 알고, 강하의 군사를 전부 번구(樊口)로 이동시켜서 진을 치고, 미축(糜竺)을 파견해서 제갈공명의 소식도 알겸, 군사의 위문을 빙자하여 동정을 살피고 오도록 했다.

　미축은 주유를 만나 보고, 공명이 이곳에 오래 와서 있었으니 이번에는 함께 모시고 돌아가겠다고 했으나, 주유는 조조를 격파하려는 이때에 공명을 보낼 수 없다는 것을 구실로, 도리어 유현덕을 이곳으로 나오게 하라고 유인했다.

　주유에게는 무서운 배짱이 있었다. 유현덕은 당대의 효웅(梟雄)이니 살려 둘 수 없으며, 나라의 앞날을 위해서도 없애 버려야겠다는 배짱이었다.

　노숙이 아무리 권고해도 주유는 그 말을 듣지 않고 드디어 현덕이 이곳에 나타나면 미리 도부수(刀斧手) 60명이 매복해 있다가, 자기가 술잔을 던지는 것을 신호로 곧 달려나와서 유현덕의 목을 베라는 명령을 내렸다.

　미축은 돌아와서, 상의하고 싶은 일이 있으니 만나고 싶다는 주유의 의사를 유현덕에게 전달했다. 현덕은 그 말을 솔직히 받아들이고 그 즉시 쾌선 한 척을 수습해 가지고 곧 떠나려고 했다.

이에 관운장과 장비가 가지 않는 것이 좋겠다고 말렸다. 주유는 모략을 잘 쓰는 위인이고, 공명의 편지 한 장도 없는 점이 수상쩍은 일이니 가지 않는 게 상책이라고 권고했으나, 현덕은 동오와 손을 잡고 함께 조조를 쳐부숴야만 된다는 일념 때문에, 고지식하게만 생각하고 기어이 떠나겠다고 고집을 부렸다. 장비와 관운장이 그렇다면 우리도 동행을 하겠다고 버텼다.

결국, 현덕은 간옹에게 악현(鄂縣)을 지키게 하고, 뒷일은 장비·조자룡에게 부탁하고 관운장만 데리고 일엽편주로 강동 땅을 찾아갔다.

유현덕이 도착했다는 보고를 받자, 주유는 여간 기뻐하지 않았다.

'네놈의 목숨도 인제는 멀지 않았구나!'

이런 엉큼스런 배짱을 가지고, 도부수에게 명령하여 매복의 배치를 물샐 틈 없이 시켜 놓고 나서야 영채 밖에까지 나와서 현덕을 영접했다.

현덕이 관운장과 그밖의 부하 20여 명을 거느리고 영채 안으로 들어가자마자, 주유는 즉시 환영의 주연을 베풀었다.

공명은 우연히 강변에 나왔다가 현덕이 와서 도독과 대면하고 있다는 사실을 알게 되자, 깜짝 놀라 급히 중군(中軍)의 장중(帳中)으로 달려와서 동정을 살펴보았다.

주유의 얼굴에는 분명히 살기가 등등하게 서려 있었다. 또 양편 장막 밖에는 도부수들이 쫙 깔려 있지 않은가!

'이거 큰일이구나! 어쩌면 좋단 말이냐?'

공명은 대경실색. 다시 현덕의 주변으로 날카로운 시선을 집중시켜 보니, 영문도 모르고 웃고 떠들고 하는 현덕의 바로 뒤에는 관운장이 칼을 잔뜩 움켜잡고 버티고 서 있지 않은가!

'아! 이만하면 우리 주공은 위험할 게 없겠다.'

공명은 그제야 마음을 안정시키고 그대로 물러나와서 강변에서 현덕이 나오기만 기다리고 있었다.

한편, 주유는 술잔을 주거니받거니 하다가 마침내 벌떡 일어서서 술잔을 내동댕이치려고 했다. 그러나 그 순간에, 유현덕의 등뒤에 칼을 움켜잡고 서 있는 무서운 장수의 모습이 퍼뜩 눈에 띄었다.

주유는 주춤하고 손을 멈추며, 대뜸 그 사나이가 누구냐고 성명을 물어 봤다.

"아우 관운장입니다."

주유는 가슴이 섬뜩했다.

안량·문추의 목을 벤 호랑이 같은 맹장 관운장의 이름을 주유가 모를 리 없었다.

주유는 숨을 꾹 죽이면서, 들었던 술잔을 관운장 앞에 내밀었다. 주유는 한번 관운장의 모습을 보자 맥이 탁 풀려 버린 것이었다. 이윽고 노숙이 들어오자, 현덕은 공명을 만나 보고 싶다고 했지만, 주유는 조조를 토벌하고 나선들 만날 수 없겠느냐고 어물어물.

현덕도 그 이상 강경히 요구하지 않았고, 관운장이 그만 자리를 뜨자고 눈을 찡끗하니 현덕도 선뜻 일어섰다.

무사히 관운장과 함께 강변으로 돌아오자, 공명이 거기서 기다리고 있다가 반색을 하며 달려들어 기뻐했다.

"주공께선 오늘의 위태로운 사태를 알고 계셨습니까?"

"천만에, 전혀 몰랐소!"

"오늘 관운장이 아니었더라면, 주공께선 주유의 손에 넘어가셨을 겁니다."

현덕, 그제야 간담이 서늘해져서 무슨 말인지 알아차리고 그 길로 번구로 돌아가자고 서둘렀다. 이때 공명이 부탁하는 말을 했다.

"이 제갈량은 호랑이 굴 속에 있는 셈이지만, 조금도 위험한 일은 없습니다. 주공께서는 선척과 군마를 정비하고 기다리시다가 11월 20일 갑자일(甲子日)에 조자룡을 시켜서 배를 타고 남쪽 강변에서 대기하고 있도록 해주십시오. 꼭 틀림없이 그렇게 해주시기 바랍니다."

현덕이 그 까닭을 물었더니 공명이 대답했다.

"동남풍이 일기 시작하는 것을 보시거든 제갈량이 꼭 돌아가는 줄만 아십시오."

까닭을 더 캐서 물을 새도 없이 공명이 배를 빨리 떠나도록 하라고 재촉했다. 현덕·관운장 그리고 부하들을 실은 배가 몇 리도 채 가지 못해서, 상류로부터 갑자기 5, 60척의 배가 쏜살같이 달려들었다. 선두에 버티고 서 있는 대장은 사모(蛇矛)를 옆구리에 끼고 있는 장비 바로 그였다. 현덕에게 무슨 사고라도 있을까 걱정스러워 달려온 장비는 일행을 거느리고 수로로 무사히 돌아갔다.

주유가 현덕이 떠난 것을 알고 영채에 있으니 노숙이 나타났다.

"여기까지 유인해 낸 유현덕을 그대로 돌려보내심은 무슨 까닭입니까?"

"용맹한 장수 관운장이 바로 현덕의 옆에 버티고 서 있으니 선불리 하다가는 이편이 위태로울까봐 그랬소."

이러고 있는데 조조에게서 사자가 왔다. 내미는 편지에는, '한 나라의 대승상이 주도독(周都督)에게'라고 적혀 있어서, 주유는 화가 치밀어서 그 편지를 발기발기 찢어서 땅바닥에 내던지고, 사자를 당장에 참해 버렸다. 그리고 곧바로 명령을 내렸다.

감녕을 선봉으로, 한당을 좌익, 장흠을 우익, 그리고 친히 여러 장수들을 거느리고 후군을 담당할 것이니, 밝은 날 5경에 전선을 동원하여 북소리와 함께 함성을 올리며 공격을 개시하도록 하자는 것이었다.

한편, 주유가 사자의 목을 베었다는 사실을 알게 된 조조도 노발대발했다. 채모(蔡瑁)·장윤(張允) 등, 형주에서 투항한 장수들을 선봉으로 내세우고, 친히 후군으로 대군을 거느리고 전선을 동원하여 삼강 어귀로 달려들었다.

드디어 선전포고의 북소리가 요란스럽게 울렸다. 고함소리가 천지를 진동했다. 벌써 동오의 선단(船團)은 장강을 뒤덮으면서 몰려들었고, 선두에서 대장 감녕이 호통을 쳤다.

"내 바로 감녕이다! 덤벼들 놈은 없느냐?"

사시(巳時)로부터 미시(未時)까지 치열한 싸움이 계속되었다. 승리는 주유 편에 있었다.

조조 편의 장수 채모는 아우 채훈(蔡王熏)을 앞장세웠다. 전선과 전선이 접근하는 순간 채훈은 감녕이 쏘는 화살에 단번에 쓰러져 버렸고, 주유 편에서는 장흠·한당 등 맹장이 좌우에서 몰려 덤비니, 수전에 익숙하지 못한 조조 편의 청주·서주 병사들은 갈팡질팡 어찌할 바를 몰랐다. 더군다나 주유가 친히 싸움을 거들러 나서게 되니 뿔뿔이 흩어지는 도리밖에 없었다.

주유는 승리를 거두기는 했으나, 조조 편의 군사가 워낙 수효가 많아서, 일단 북을 울려서 선척을 수습해 가지고 싸움을 중지했다.

영채로 돌아온 조조는 군사를 재정비하는 한편 채모와 장윤을 불러서 패전의 책임을 호되게 추궁했다.

두 장수들은 그 원인이 수군의 훈련 부족에 있다는 점을 역설하여, 마침내 수군을 맹렬히 훈련시키기로 조조의 승낙을 얻었다.

장강 연안 일대를 34개소의 수문(水門)으로 나누고 큰 배를 그 언저리에 집중하여 성곽처럼 만들고 작은 배들이 그 사이에서 왕래할 수 있도록 했다.

밤이 되면 등불이 천심수면(天心水面)을 온통 불바다같이 새빨갛게 했다. 육지의 영채도 3백여 리나 뻗쳐서 솟아오르는 연화(煙火)가 그칠 사이 없었다.

승리를 거두고 돌아온 주유는 3군(三軍)에 상을 베풀고, 한편 사람을 파견하여 오후에게 첩보를 전달했다. 그날밤, 주유는 높은 곳에 올라서서 적진을 관망했다. 서쪽으로 불길이 충천하고 있는 것을 볼 수 있었다.

"저것은 모두 북군의 등불빛입니다."

좌우의 사람들에게서 이런 말을 듣고 주유도 깜짝 놀라지 않을 수 없었다.

그 이튿날 주유는 친히 조조의 수상영채(水寨)를 살펴보려고 화려한 누선(樓船) 한 척을 마련해 가지고, 풍악의 인원들과 든든한 장수 몇 명에게 강한 활과 센 쇠뇌를 지니게 해가지고 일제히 배 위에 올라 전진했다.

조조의 영채에 접근해 들어가게 되자, 주유는 무거운 돌(何石)을 물 속에 내려놓도록 명령하고 풍악을 일제히 울리도록 하면서 몰래 수상영채를 두루 살펴보았다.

"이건 수군의 묘한 수법을 잘 아는 짓인데!"

주유는 깜짝 놀라며 물어 보았다.

"수군의 도독은 누구요?"

"채모와 장윤입니다."

옆에서 이렇게 대답하자, 주유는 생각했다.

'그들 두 장수는 오랫동안 강동에 있으면서 수전에 환히 통하고 있으니, 반드시 그들 두 장수를 먼저 처치해 버려야만 조조를 격파하기도 한결 쉬울 것이다.'

주유가 이런 생각을 하고 있을 때, 조조 편에서 급보가 날아들었다. 그리하여 주유를 당장에 붙잡으라는 명령이 내렸다.

주유는 적진에서 깃발이 이상하게 휘날리는 것을 보자, 무거운 돌을 걷어올리고 군사들에게 일제히 노를 젓게 해서 급히 되돌아왔다.

조조의 진영에서 전선이 출동했을 때에는, 주유의 누선이 수십 리나 멀리 사라진 뒤니 쫓아갈 도리가 없었다.

조조는 대장들을 소집해 놓고 협의했다.

"어제는 한바탕 고배를 마시고 풀이 죽었는데, 이제 놈이 또 우리 영채 깊숙이 들어와서 탐정을 하고 갔으니 나는 무슨 계책으로 이를 격파했으면 좋겠소?"

말이 끝나기도 전에 선뜻 앞으로 나서는 한 사람이 있었다.

"저는 어렸을 적부터 주유와 함께 같은 스승에게 글도 배웠고, 두터운 교분이 있사오니, 입심을 가지고 한번 강동 땅으로 가서, 그가 승상께 항복하도록 설복시키고 말겠습니다."

조조가 기뻐하며 바라다보니 그는 모사로 있는 구강(九江) 사람 장간(蔣幹―字는 子翼)이었다.

"자익은 주공근(주유)과 정말 두터운 교분이 있소?"

"승상께서는 걱정 마십시오. 제가 장강을 건너가기만 한다면 꼭 성공할 것입니다."

"뭣을 가지고 가실 작정이오?"

"동자 하나를 딸려 보내 주시고, 하인 두 사람이 배를 저어 주면 됩니다. 그밖에는 아무것도 필요 없습니다."

조조는 심히 기뻐하며 술을 잘 차려 내서 먹이고 장간을 전송해 주었다.

장간은 갈건포포(葛巾布袍)로 조그마한 배를 타고 주유의 영채로 가서 전달해 달라고 말했다.

"옛 친구 장간이 찾아왔다고 해주시오."

주유는 마침 장중(帳中)에서 일을 협의하고 있었는데, 장간이 왔다는 말을 듣더니 웃으면서 여러 장수에게 말했다.

"세객(說客)이 나타난 모양이오!"

그러고는 여러 장수들에게 뭐라고 귓속말을 하더니 밖으로 내
보냈다.

장간과 주유 두 옛 친구들은 마침내 오래간만에 얼굴을 마주
대했다. 인사말이 오가고 난 다음 장간이 말했다.

"공근이, 그동안 별고 없었나?"

"자익, 원로에 이런 수고를 또 해주게 되어서…… 조조의 세객
으로 자네는 나한테 온 게 아닌가?"

장간이 깜짝 놀라며 물었다.

"나는 자네를 만나 본 지가 하도 오래됐기에 모처럼 왔더니,
나를 세객으로 의심하다니 그게 말이 되나?"

주유가 웃으면서 말했다.

"내가 비록 춘추시대의 사광(師曠)만큼 음악 소리를 잘 분간해
서 듣지는 못하지만, 현가(絃歌)를 들으면 그 그윽한 맛쯤은 알 수
있지."

"자네가 옛 친구를 이렇게 대하니, 나는 그만 돌아가겠네."

주유가 웃으면서 장간의 팔목을 잡았다.

"나는 자네가 조조의 세객 노릇을 하러 왔나 하고 잘못 생각
했네. 그런 마음이 없었다면 이다지 빨리 돌아갈 거야 없지 않
은가?"

하면서, 장간을 데리고 영채의 장하로 들어왔다. 인사를 마치
고 서로 자리잡고 앉자 주유는 명령을 내려서 강동의 영웅들을

불러들여 장간과 인사를 나누도록 했다.

이윽고, 문관 무장이 각각 비단옷을 입고, 여러 장교들도 모두 은빛 갑옷을 걸치고 줄줄이 갈라서서 들어왔다. 주유는 한 사람 한 사람 모두 대면을 시키고 나서 그들을 양옆으로 나누어 앉도록 했다. 굉장한 연석을 베풀고 군에서 승리를 얻는 음악을 연주하면서 술잔을 돌렸다.

주유가 여러 사람들에게,

"이분은 나와 옛날에 함께 공부하던 친구요. 강북에서 이곳엘 왔지만, 조조편의 세객은 아니니 공들은 의심할 것은 없소."

하더니, 패건을 풀어서 태사자(太史慈)에게 주었다.

"공은 나의 칼을 차고 주석을 감시하시오. 오늘 이 술자리는 친구간의 교분을 두텁게 하자는 것이니까, 여기서 감히 조조와 동오와의 싸움 이야기를 한 마디라도 꺼내는 자가 있으면 당장에 참하시오!"

태사자는 그렇게 하겠노라 대답하여 칼을 손에 잡고 자리에 앉았다. 장간은 겁이 나서 감히 말도 못할 지경이었다.

주유가 말했다.

"나는 오랫동안 술을 입에 댄 일이 없었는데, 오늘은 옛 친구를 만났으니 거리낌없이 통쾌하게 취해 보겠소!"

술좌석이 어지간히 어울려 들어갈 때, 주유는 장간의 손을 이끌고 밖으로 나왔다. 주유를 호위하는 병사들이 완벽하게 무장을 갖추고 서 있었다.

"어때! 우리 군사들은 제법 웅장하지 않은가?"

주유가 이렇게 묻자, 장간이 대답했다.

"정말 웅호지사(熊虎之士)들이군!"

주유가 또 장간을 데리고 장막 뒤로 돌아가서 바라다보니 군량이 산더미처럼 쌓여 있었다.

"우리 군량도 이만하면 충분하지?"

"군사가 세고, 군량이 풍족하다더니 헛된 소문이 아니었군."

주유는 술에 취한 체하고 호탕하게 웃어젖혔다.

"핫! 핫! 핫! 이 주유와 자익이 같이 글공부하고 있었을 때는, 오늘같이 되리라고는 상상도 못했지!"

"그대의 놀라운 재간으로서야 정말 과분할 게 하나도 없는 일이지!"

주유의 호탕한 웃음소리에 장간은 얼굴빛이 핼쑥해질 지경이었다. 주유는 다시 장간을 데리고 안으로 들어가서 주연을 계속했는데, 여러 사람들을 가리키며 말했다.

"이 사람들은 모두 강동의 영걸들일세. 오늘 이 모임을 군영회(羣英會)라고 하지."

밤이 되도록 술을 마시고 등촉(燈燭)을 밝혔다. 주유는 칼을 휘두르고 춤을 추면서 노래를 불렀다.

대장부 세상에 처함이여 공명을 세움이다.

공명을 세움이여 평생을 위안함이다.

평생을 위안함이여 나는 흠뻑 취하리라.

내가 술에 취함이여 미쳐 날뛰며 노래를 부르리라.

丈夫處世兮立功名　立功名兮慰平生

慰平生兮吾將醉　　吾將醉兮發狂吟

　주유는 술이 엉망진창으로 취한 체하며, 밤이 깊어서 장간이 그 이상 마시지 못하겠다고 하자 자기 침상에까지 끌고 들어와서 함께 자자고 했다.

　주유는 옷도 벗지 않은 채 자리에 쓰러지자 한바탕 먹은 것을 토해 놓으니, 장간은 어리둥절해서 도무지 잠이 오지 않았다. 2경이나 되어서 장간이 정신을 차리고 자세히 살펴보니, 주유는 드렁드렁 정신 잃고 코를 골고 있으며, 책상 위 촉대에는 아직도 불빛이 빛났다.

　책상 위에 쌓여 있는 문서 속에서 유난히 장간의 시선을 끄는 것이 있었다. 한 통의 편지였다. 장간은 살며시 일어나서 그 편지를 몰래 집어들고 살펴보았다. 천만뜻밖에도 '채모와 장윤 삼가 올리나이다(蔡瑁張允謹封)'라고 쓴 글자가 뚜렷한 편지였다. 재빨리 시선을 옮겨 읽어 내려갔다.

저희들이 조조에게 항복한 것은 녹을 꾀한 것도 아니오, 어쩔 수 없이 핍박하는 대세 때문이었습니다. 이제 북군의 영채 속에 갇혀 있는 몸이긴 하오나 틈을 보아 조조의 목을 휘하에 바치고자 합니다. 조만간 사람이 가서 알려 드리게 될 겁니다. 조금이라도 불안하게 생각지 마십시오. 우선 몇 자 답장을 올립니다.

'흐음! 채모와 장윤이 동오와 내통하고 있었구나?'

장간은 그 편지를 품 속에 집어넣는데 주유가 몸을 돌려 누우니 얼른 불을 끄고 자리 속으로 쑤시고 들어갔다. 주유가 중얼중얼 입을 놀리면서 잠꼬대처럼 말했다.

"여보게, 2, 3일만 기다려 보게! 내 조조의 모가지를 보여 줄 것이니……."

장간이 어물어물 그럴듯하게 대꾸를 해주었더니 주유는 그대로 되풀이해서 뇌까리는 것이었다.

"여보게 기다려……. 기다려 보란 말야! 내 조조의 모가지를 보여 줄테니……."

장간이 무슨 까닭인지 더 캐서 물어 보려고 했을 때에는 주유는 또다시 정신없이 잠에 골아떨어졌다. 밤 4경 무렵에 누군지 방안으로 들어오더니 물었다.

"도독께서는 잠이 깨셨습니까?"

주유는 잠에 취해서 정신없는 것같이 그 사람에게 물었다.

"누구지? 여기서 자고 있는 사람은?"

"도독께서 장공(張幹)을 모시고 어제 함께 주무셨는데, 그걸 잊으셨습니까?"

"허어! 그래? 이렇게 술이 취해 보긴 생전 처음인걸! 엉망진창으로 취해서 무슨 쓸데없는 소리를 지껄이지나 않았을까?"

"강북(江北)에서 사람이 왔습니다."

"쉬! 음성을 낮춰야지! 그렇게 큰 소리로 떠들면……."

주유는 '자익, 자익!'하고 장간을 깨우는 체했고, 장간은 잠이 들어서 모르는 체했다. 그랬더니 주유가 살금살금 밖으로 나갔다. 장간이 귀를 기울였다. 밖에서 분명히 사람의 음성이 들렸다.

"채·장, 두분 도독의 말씀이 시급히 손을 댈 수는 없다고 합니다."

그 다음 말은 음성이 너무 낮아서 알아들을 수가 없었다. 주유는 곧 되돌아 들어오더니, 또 '자익, 자익!'하고 장간을 불렀으나, 장간이 모르는 체하고 이불을 되쓰는 바람에, 주유는 그제야 옷을 벗고 잠자리에 들었다.

장간은 주유가 아침에 잠을 깨서 편지를 찾을 일을 생각하고, 5경까지 옴쭉 않고 누워 있다가, 벌떡 일어나서 주유를 불러 보았다. 그러나 주유는 잠에 골아떨어져서 정신이 없는 모양이었다. 장간은 얼른 갈건을 집어쓰고 살금살금 걸어서 장 밖으로 나와서 소동을 불러 가지고 원문(轅門) 밖으로 나왔다.

"선생께선 지금 어딜 가십니까?"

군사가 묻자 장간이 대답했다.

"내가 여기 있으면 공연히 도독에게 폐만 끼칠 것 같아서 돌아가는 길이오."

했더니, 군사도 그대로 통과시켰다.

장간은 배에서 내리기가 무섭게 조조에게로 달려갔다. 조조가 급히 물었다.

"자익! 계획하고 간 일은 어찌 됐소?"

"주유는 아량이 대단한 위인이어서 입심을 가지고는 움직일 수 없습니다."

조조가 격분하여 말했다.

"일도 치르지 못하고 웃음거리만 됐소!"

"주유는 설복시키지 못했지만, 승상을 위하여 한 가지 일을 알아 가지고 왔습니다. 좌우의 사람들을 물러가게 해주십시오."

장간은 품 속에서 편지를 꺼내 주며, 여태까지의 경과를 자세히 고해 바쳤다.

"두 도둑놈들이, 이렇게 괘씸한 짓을 하다니!"

노기가 충천할 듯, 조조는 당장에 채모와 장윤을 불러들였다.

"곧 군사를 동원시키도록 하시오."

"군사는 아직도 훈련이 부족해서 경솔히 동원할 수 없습니다."

채모가 이렇게 대답하니, 조조가 또 노기가 가득찬 음성으로 대꾸했다.

"군사가 훈련이 다 되면, 나의 수급을 주랑(주유)에게 바치자는 배짱이었지?"

채모와 장윤은 영문을 알 수 없어서 어리둥절, 뭐라고 대답해야 좋을지 몰랐다.

조조가 추상같은 명령을 내렸다.

끌어내서 목을 베라는 것이었다.

채모와 장윤으로서는 청천벽력도 분수가 있지, 도무지 까닭을 알 수 없는 노릇이었다.

억울하게 희생된 두 개의 수급이 얼마 안 되어서 조조의 눈앞에 놓여졌을 때 그 순간에야 비로소 조조는,

"아차! 주유의 계교에 떨어졌구나!"

하고 자신의 경망을 뉘우쳤다. 그러나 때는 이미 늦었고, 엎질러진 물을 도로 주워 담을 수는 없었다.

억울하게 희생을 당한 채모 · 장윤의 죽음을 보고, 여러 대장들은 하도 기가 막혀서 무슨 까닭이냐고 조조에게 추궁했다.

조조는 끝까지 자신의 잘못을 인정하지 않는 위인이었고, 또 그것을 남에게 알리려 드는 사람도 아니었다. 자기가 분명히 남의 속임수에 넘어갔다는 사실을 인정하면서도 여러 장수에게는 딴청을 부렸다.

"채모와 장윤 두 장수는 군율을 어지럽게 한 일이 있기에 참형에 처한 것이오!"

조조는 장윤·채모를 대신하여 모개(毛玠)와 우금(于禁)을 수군도독(水軍都督)에 임명했다.

염탐꾼이 이 소식을 탐지하여 강동에 보고했다. 주유가 크게 기뻐했다.

"나에게 골치 아픈 존재는 이들 둘이었다! 이제 둘 다 없어졌으니 걱정이 없어졌다."

"도독께서 이렇게 용병을 잘하시니 조조를 격파하지 못해서 근심하실 것은 없으시겠습니다."

노숙이 말하자 주유가 일렀다.

"여러 장수들도 나의 이런 계책을 알지는 못했을 거요. 오직 제갈량만은 그 식견이 나보다 월등 나으니 이런 꾀도 그를 속일 수는 없을 것이오. 자경이 한번 공명의 심중을 슬쩍 떠보시오. 이번 일을 아는지 모르는지? 곧 돌아와서 나에게 알려 주시오."

이야말로 상대방을 속이는 일에 성공해 놓고, 옆에서 싸늘한 눈초리로 남의 마음속을 떠보자는 셈이다.

46.
10만 개의 화살을 얻다

적의 화살을 거둬들이는 제갈공명의 묘책!

用奇謀孔明借箭
獻密計黃蓋受刑

　노숙이 주유의 말을 듣고 공명의 동정을 살피려고 배 안으로 찾아갔다. 공명이 안으로 청해들여 마주 앉자, 노숙이 말했다.

　"날마다 군무에 바빠 찾아 뵙지 못했습니다."

　"이 제갈량 역시 도독에게 축하 인사도 여쭙지 못하고 있습니다."

　"축하라니 어떤 일을 말씀하시는지요?"

　"공근(주유)이 선생을 보내셔서 이 제갈량이 아는지 모르는지 그것을 탐지하려 하신, 그 일에 대해서 축하한단 말씀이오."

　"선생께서는 어떻게 그 사실을 아셨습니까?"

　"이번 계교는 단지 장간을 곧잘 농락했을 뿐입니다. 조조는 한

번 속아넘어가기는 했겠지만, 필연코 깨닫게 되겠지요. 그가 자기의 잘못을 인정하려 들지 않는 것뿐입니다.

이제 채모·장윤 두 사람이 죽었으니 강동도 후환이 없어졌는데 어찌 축하하지 않겠습니까? 듣자니 조조는 모개와 우금을 수군도독에 임명했다고 하는데, 어쨌든 그들이 수군의 생명을 끊어 버리고 마는 결과가 되겠지요."

노숙은 이 말을 듣자 입도 벌릴 수가 없었다. 한참 동안 잡담을 하다가 물러나와 작별하면서 공명이 또 한번 다짐을 했다.

"주장군께서는 방금 내가 말씀드린 것을 알려 드리지 마십시오. 이런 일을 아신다면 그는 곧 이 제갈량을 미워하여 죽이려 드실 것입니다."

노숙은 그렇게 하겠다 약속하고 돌아가기는 했으나 주유를 만나자 모든 사실을 그대로 이야기해 주었다. 주유가 대경실색했다.

"흐음! 무슨 일이 있어도 그자를 살려 둘 수는 없겠는걸! 꼭 죽여 없애야지!"

"만약에 공명을 죽이신다 하면 조조에게 조롱거리가 되지 않을까요?"

"물론, 까닭없이 목을 베겠다는 것은 아니오. 죽어도 원한이 없을 만한 공도(公道)를 가지고 없애 버리겠소."

"무슨 공도로써 그의 목을 베시겠다는 겁니까?"

"그건 묻지 마시오. 내일 보시면 알게 될 것이오."

이튿날 여러 대장들은 장하에 모아 놓고 공명을 청해서 대책을 협의하도록 하라고 지시했다. 공명이 흔연히 출석하여 자리 잡고 앉자 주유가 이렇게 말을 물었다.

"당장 조조의 군사와 교전을 해볼 작정인데 수로(水路)에서 싸우는 데는 어떤 무기가 제일 좋겠습니까?"

"큰 강 위에서 활이 제일이지요."

"선생의 말씀은 나의 의견과 매우 합치됩니다. 그러나 현재 우리 군중에는 쓸 만한 화살이 없으니, 수고스럽지만 직접 선생께서 감독하셔서 화살 10만 자루를 만들어 주셨으면 합니다. 이는 공무이오니 남에게 밀지 말아 주십시오."

"도독의 부탁이시라면 힘써 보겠습니다. 그 10만 자루의 화살은 언제 쓰실 겁니까?"

"열흘 이내로 끝내실 수 없을까요?"

"조조의 군사가 당장 쳐들어오려는데 열흘 동안이나 기다리신다면 반드시 대사는 그르치실 겁니다."

"그러면 선생께서는 며칠이면 끝내실 수 있을 것 같습니까?"

"단 사흘 만에 화살 10만 자루를 만들어서 올리겠습니다."

"군중에서는 농담이란 있을 수 없습니다!"

"어째 감히 도독과 농담을 하겠습니까? 사흘 동안에 만들지 못한다면 어떠한 엄벌이라도 달게 받겠습니다. 군령장(軍令狀)을 작성해서 올려도 좋습니다."

주유는 크게 기뻐하며 군령사(軍令司)에 명령하여 서약서를 받고, 곧 술상을 차려 내서 공명을 대접하면서 말했다.

"군사(軍事)가 끝난 다음에는 또다시 사례하겠습니다."

"오늘은 이미 늦었고, 내일부터 만들기 시작할 것이니 사흘째 되는 날 병졸 5백 명을 강변에 파견하셔서 화살을 운반해 가도록 해주십시오."

술을 몇 잔 마시고 공명이 돌아간 뒤에 노숙이 말했다.

"이 사람은 거짓말을 하는 게 아닐까요?"

주유가 대답했다.

"스스로 죽음을 택하는 거요. 내가 강요한 것은 아니니까. 또 여러 사람 앞에서 서약서까지 썼으니 날개가 돋쳤어도 뺑소니를 칠 수는 없을 거요. 나는 군장(軍匠)들에게 분부해서 고의로 기일을 지연시키도록 하고, 쓰는 물품을 골고루 마련해 주지 않으면 그뿐이오. 이렇게 하면 필시 기일을 지키지 못할 테니 그때에는 죄를 다스린들 할말이 있겠소? 이제부터, 공은 가서 허실을 탐지하여 나에게 알려 주시오."

노숙은 주유의 명령을 받들고 공명을 찾아갔다. 그랬더니 공명이 말했다.

"노공께 미리 말씀드린 것을 어째서 약속을 어기셨습니까? 그래서 이런 결과가 생겼습니다. 그런 말씀을 주도독에게 하시면 반드시 나의 생명이 위태로울 것이라고 그렇게까지 말씀드렸는데 사흘 동안에 10만 자루의 화살이 만들어질 까닭이 없지 않습니까? 노공께서 나를 좀 구해 주십시오!"

"그건 공께서 자원해서 만드신 화가 아닙니까? 어떻게 공을 구해 드리겠습니까?"

"배를 20척만 빌려 주십시오. 그리고 배에는 각각 병졸을 30명씩 태우고 푸른 장막을 죽 둘러치고 양편으로 짚단을 천 단씩만 벌여 놓아 주시면 나는 나대로 묘안이 있습니다. 사흘째 되는 날에는 책임지고 화살 10만 자루를 해놓겠습니다. 이런 일을 또 주도독에게 알리지 않도록 해주십시오. 그가 알게 되면 나의 계책은 실패하고 말 것입니다."

노숙은 그렇게 하겠다고 승낙은 해놓고도 그것이 무슨 뜻인지 알지도 못한 채, 주유에게 가서 보고했다. 배를 빌려 달라는 말은 숨겨 두고, 단지 공명이 화살을 만드는 댓가지나, 새털이나 아교·칠 따위를 쓰지 않고도 만드는 방법이 있다고 하더라는 말만 해주었다. 주유가 의심을 품었다.

"우선 사흘 후에 나에게 무슨 대답을 할는지 두고보기로 합시다."

노숙은 남몰래 경쾌선(輕快船) 20척을 마련해 가지고, 배마다 병졸을 30명씩 태우고, 공명의 말대로 짚단, 휘장을 준비해 놓고, 공명이 사용하기를 기다리고 있었다.

그런데 공명은 첫날에는 아무 말도 없었다. 그 이튿날도 움직이는 기색이 보이지 않았다. 사흘째 되는 날 4경쯤 되었을 때, 갑자기 공명이 노숙더러 나오라고 사람을 보냈다. 노숙이 경각을 지체치 않고 달려가서 무슨 일이냐고 물었다.

공명이 말했다.

"수고스럽지만, 나하고 화살을 가지러 갑시다."

"어디로 화살을 가지러 간단 말씀이시오?"

"잠깐만 기다리십시오. 가보시면 아실테니."

공명은 20척의 경쾌선을 동아줄로 연결시켜 가지고 북쪽 강기슭을 향하여 노를 저어 나갔다. 그날밤에 안개가 유난히 짙어서 장강 한복판에선 마주 보는 사람의 얼굴도 잘 알아볼 수 없을 지경이었다. 자욱한 안개 속으로, 공명은 배를 빨리 몰도록 명령했다. 모든 사람들은 무슨 영문인지를 알 수가 없었다.

그날밤 5경쯤 되었다.

공명의 배는 조조의 수상영채의 근처까지 들어갔다. 공명은 경쾌선을 서쪽에서 동쪽으로 일렬로 나란히 몰아 놓더니 일제히 북을 두드리며 함성을 지르라고 지시했다.

"이건 큰일인데! 조조의 군사가 덤벼들면 어찌하실 작정이십니까?"

노숙은 대경실색했지만, 공명은 싱글벙글 웃고 있을 뿐이었다.

"이렇게 안개가 지독한 밤이니, 조조는 덤벼들지 않을 겁니다. 우리는 술이나 마시면서 안개가 걷힌 다음에 화살이나 거두면 됩니다."

한편, 조조의 진지에서는 갑자기 들려오는 북소리와 고함소리에 모개와 우금이 당황하여 조조에게 급히 보고했다.

조조가 명령했다.

"이렇게 자욱한 안개 속에서, 적군이 급습해 왔다면 반드시 복병이 있을 것이니 절대로 경솔히 덤벼들지 말고 수군의 궁노수를 동원해서 화살이 있는 데까지 마구 쏘아 대시오."

조조는 사람을 육지로 파견해서, 장요(張遼)·서황(徐晃)에게 궁노수 3천 명을 거느리고 강변으로 나와 싸움을 거들라고 명령을 내렸다.

조조의 명령이 한번 전달되자, 모개와 우금은 남녘의 군사가 쳐들어올 것을 겁내고 재빨리 궁노수를 총동원해서 화살을 쏘게 하였고, 뒤쫓던 육지의 궁노수들까지 합쳐서 1만여 명이 숨쉴 틈도 없이 빗발치듯 강물을 향해서 화살을 퍼부었다.

한편, 공명은 유유히 뱃머리를 돌려서 동쪽에서 서쪽으로 방향을 바꾸어서 적진에 접근하여 화살을 받아들이며, 또 북소리와 함성을 요란스럽게 울리도록 했다.

아침 해가 솟아오르고 안개가 걷혔다.

20척의 경쾌선 양편으로는, 짚단에 화살이 산더미처럼 꽂혀

있었다. 공명은 급히 되돌아갈 것을 명령하면서, 한편 배를 타고 있는 전원에게 소리를 합쳐서,

"승상! 화살을 주셔서 감사하오!"

하고 고함을 지르라고 지시했다.

이런 전보가 조조에게 전달됐을 때에는 공명의 배는 이미 급한 물줄기를 타고 20여 리나 달려가고 있었다. 도저히 추격할 수 없으니, 조조는 약이 올라서 견딜 수가 없었다.

공명은 선척을 노숙에게 돌려주고 말했다.

"배마다 화살이 5, 6천 자루씩은 꽂혀 있을 겁니다. 강동에서는 힘도 들이지 않고 10만 자루 이상의 화살을 얻었으니, 내일 조조의 군사가 쳐들어온다 할지라도 이 화살을 쓰면 심히 편리하지 않겠습니까?"

노숙은 감탄하며 말했다.

"선생은 정말 신인(神人)이십니다! 어떻게 오늘 안개가 이렇게 자욱하리라는 것을 미리 아셨습니까?"

"대장이 되어서 천문에도 통하지 못하고, 지리도 모르고, 기문(奇門—陣法)도 모르고, 음양도 모르고, 진도(陣圖)도 볼 줄 모르고, 병세(兵勢)에도 밝지 못하다면 이는 쓸모 없는 위인입니다.

이 제갈량은 이미 사흘 전에 오늘 지독한 안개가 낄 것을 계산에 넣었기 때문에 감히 사흘의 기한을 정했던 것입니다. 주장군께서는 열흘 동안에 10만 자루의 화살을 만들어 내라고 하시면

서, 일꾼도, 만들 재료도 거절하셨으니 이 멋들어진 죄과를 가지고 공명을 죽이시려는 것이 분명합니다, 제갈량의 명은 하늘에 달렸습니다. 어찌 주장군이 나를 죽일 수 있겠습니까?"

노숙은 공명에게 절하며, 그저 감탄하여 마지않을 뿐이었다.

배가 강기슭에 이르자, 주유가 보낸 병사 5백 명이 화살을 운반하러 와 있었고, 공명의 배에서 뽑아 내라 했더니 10만 자루가 훨씬 넘어 모조리 중군 장하(帳下)로 반입했다.

노숙이 주유를 만나 보고 공명이 화살을 빼앗은 경과를 보고했더니 주유가 크게 놀라며 감탄했다.

"공명의 신기묘산(神機妙算)은 과연 내가 따르지 못하겠도다!"

뒷사람이 이 사실을 찬양한 다음과 같은 시구가 있다.

하늘에 온통 자욱한 안개 장강에 가득 차서

멀고 가까움을 분간할 수 없이 강물은 묘망할 뿐이다.

소나기가 퍼붓듯, 황충이 날아들듯 화살이 전함에 퍼부어지니,

공명 오늘 주유를 굴복시켰다.

一天濃霧滿長江　遠近難分水渺茫

驟雨飛蝗來戰艦　孔明今日伏周郞

잠시 후에, 공명은 영채로 주유를 만나러 갔다. 주유는 장에서 나와 영접하며 칭찬을 아끼지 않았다.

"선생의 신산(神算)에는 오로지 경복할 따름입니다."

"잔재주를 부려 본 것뿐입니다. 뭐 기묘하달 게 있습니까?"

주유가 공명을 청해 가지고 장으로 들어가 함께 술을 마시면서 말했다.

"어제 우리 주공께서 사자를 보내셔서 진군하라고 독촉하시는데, 이 주유에게는 아직 기계(奇計)가 없습니다. 선생께서 좀 가르쳐 주십시오."

"이 제갈량은 아무런 재간도 없는 위인입니다. 어찌 묘계가 있겠습니까?"

"내가 어제 조조의 수상영채를 관망했더니, 엄밀하고 조리있게 병법을 따른 것이어서, 섣불리 공격할 것이 못 됩니다. 한 가지 계교를 생각했는데 어떨지 알 수 없습니다. 선생께서 결정해 주셨으면 좋겠습니다."

"도독께서는 그런 말씀 마시고 각자 손바닥에 써 가지고 같은지 다른지 보기로 하시지요."

주유는 기뻐하면서 붓과 벼루를 가져오게 해서 먼저 자기가 몰래 쓰고 공명에게 붓을 넘겨주니 공명도 몰래 썼다. 두 사람이 자리를 가까이하고 각각 손바닥에 쓴 글자를 내보였다. 두 사람이 똑같이 소리 높여 웃었다.

주유의 손바닥에 쓴 글자도 불 화(火) 자요, 공명의 손바닥에 쓴 글자도 역시 불 화 자였다. 주유가 말했다.

"우리 두 사람의 의견이 같다면 이 이상 망설일 게 없습니다. 누설되지 않도록 해주셔야겠습니다."

"다같이 공사(公事)인데 어찌 누설될 까닭이 있습니까? 내 생각 같아서는 조조는 비록 두 번이나 나의 이런 계교를 경험해 봤지만, 역시 대비하는 바는 없을 것입니다. 이제 도독께서 힘껏 해보시면 될 것입니다."

이리하여 술자리가 끝나자 두 사람은 헤어졌는데, 여러 장수들은 모두 이런 사실을 알 리 없었다.

한편, 조조는 15, 6만 자루나 되는 화살을 싱겁게 없애 버려서 내심 여간 약이 오른 게 아니었다. 순유가 계책을 제공했다.

"강동에서 주유와 제갈량 둘이 계책을 쓰고 있으니 시급히 격파하기는 어렵습니다. 사람을 파견해서 동오에 항복하는 체 거짓말을 하게 하고 간세(奸細―間諜)가 되어서 내응하도록 만들어서 소식을 통하도록 해놓으면 일을 계획할 수 있을 것 같습니다."

"내 의사와 똑같은 말이오. 그대 생각에는 군중에서 누가 이 계책을 해낼 만하겠소?"

"채모가 주살되고 나서 채씨 종족은 모두 군중에 있습니다. 채모의 아우 채중(蔡中)·채화(蔡和)는 현재 부장으로 있으니, 승상께서 관대하게 관련을 맺으시고 동오로 보내셔서 거짓 투항을 시키시면 저편에서도 반드시 이상하게 생각지 않을 것입니다."

조조는 그 말대로, 그날밤에 두 사람을 몰래 장안으로 불러 가지고 분부했다.

"그대 둘은 병졸을 몇 명 데리고 동오로 가서 투항하는 체하시오. 무슨 동정이 있으면 사람을 시켜서 이곳으로 밀보해 주면 성사한 뒤에는 상을 후히 줄 것이니 결코 다른 생각을 먹지 말고……."

"저희들의 처자는 모두 형주에 있습니다. 결코 다른 생각을 먹을 리 없습니다. 저희들에게 맡겨 주신다면 기필코 주유와 제갈량의 목을 베어서 휘하에 바치겠습니다."

두 사람은 쾌히 승낙했고, 조조는 선물까지 주어서 그들의 환심을 사려고 애썼다. 이튿날 두 사람은 병졸 5백 명을 거느리고 몇 척의 배로 순풍을 타고 남녘 강기슭을 향하여 떠났다.

주유가 싸움할 계책을 짜내고 있는 데 북쪽에서 배가 도착했으며, 채모의 아우 채중·채화가 투항하러 왔다는 보고가 들어왔다. 불러들였더니 두 사람은 주유 앞에 울면서 꿇어 엎드렸다.

"저희 형은 아무 죄도 없이 조조의 손에 죽었습니다. 저희들 둘은 어떻게든지 해서 형의 원수를 갚아 보고 싶어서 이렇게 투항해 왔습니다. 원컨대 저희들을 받아들여 주시고 앞에 내세워 주십시오."

주유는 크게 기뻐하면서 두 사람에게 상을 후히 베풀었다. 당장에 감녕과 함께 앞장서서 군사를 인솔하도록 명령했다. 두 사람은 감사하다 절하며 자기네 계책이 들어맞는 줄로만 생각했다.

한편, 주유가 감녕을 살며시 불러 가지고 분부했다.

"이 두 사람은 가족을 거느리고 오지 않았으며 진심으로 투항해 온 것이 아니고, 조조가 염탐하러 보낸 자들이오. 나는 여기 대처할 계책을 세우고 그들이 소식을 조조에게 통보하도록 내버려두겠소. 그대는 그들을 정중하게 다루는 체하면서 내심 경계를 게을리하지 마시오. 출병하는 날에는 먼저 놈들 둘을 죽여서 깃발 아래서 제사나 올리겠으니, 부디 조심 조심, 실수함이 없도록 해주시오."

감녕은 명령을 받고 나갔다. 노숙이 들어와서 주유를 보고 말했다.

"채중·채화의 투항은 진심인 것 같지 않습니다. 받아들이시면 안 됩니다."

"그들 두 사람은 형이 조조의 손에 죽어서 원한을 품고 투항해 온 것이오. 어찌 거짓이겠소? 그대가 이다지도 의심이 많다면 어찌 천하의 선비들을 용납할 수 있겠소."

노숙은 묵묵히 자리를 물러가서 그길로 공명에게로 갔다. 공명은 싱글벙글 웃기만 하고 말이 없었다. 노숙이 물었다.

"공명께선 어째서 그렇게 웃기만 하시나요?"

"자경이 주장군께서 계책을 쓰는 것을 알지 못하셔서 웃었을 뿐입니다. 이 장강은 너무나 거리가 멀어서 간첩이 왕래하기 극히 어렵습니다. 그래서 조조는 그들 두 사람을 거짓 투항 시켜 놓고, 우리 편 군정을 탐지하려는 것입니다. 주장군은 그것을 알아차리시고 일부러 그들 두 사람이 내통하도록 내버려두자는 겁니다. 싸움에 있어서는 서로 속이는 것도 상관없습니다. 주장군의 꾀가 바로 이것입니다."

노숙은 그제야 선뜻 깨달았다.

주유가 그날밤 장중에 앉아 있으려니까, 홀연, 황개가 중군으로 몰래 들어와서 주유를 만났다. 주유가 물었다.

"공은 밤중에 이렇게 나타났으니, 필시 무슨 좋은 계책이라도 일러주려는 것 같구려."

"적은 수효가 많고, 우리 편은 수효가 적으니 오래 버틴다는 건 좋지 못합니다. 왜 불을 써서 공격하지 않으십니까?"

"누가 공더러 이런 계책을 제공하라고 했소?"

"저 자신의 의사입니다. 남이 가르쳐 준 것이 아닙니다."

"나도 바로 그렇게 해볼 생각이 있어서, 채중·채화같이 거짓으로 투항해 온 위인들을 잡아 두고 소식을 통하도록 하는 것이오. 그런데 아무도 나를 위해서 저편에 거짓으로 투항하는 체하고 계교를 실행해 줄 사람이 없는 게 유감이오."

"제가 그 계교를 실행해 보고 싶습니다."

"여간해 가지고는 저편에서 믿으려 들겠소?"

"저는 손장군의 두터우신 은혜를 입은 자이오니, 몸이 으스러지는 한이 있다 하더라도 후회나 원망은 하지 않겠습니다."

주유가 감사하다 절하며 말했다.

"그대가 이렇듯 육신을 내던지는 괴로운 계책을 실행해 준다면 이는 강동을 위해서 천만 다행한 일이오."

"죽는다 해도 원한은 없겠습니다."

황개는 이런 말을 남기고 돌아갔다.

이튿날, 주유는 북을 울려서 여러 장수들을 장하에 소집했다. 공명도 그 자리에 있었다. 주유가 말했다.

"조조는 백만 대군을 거느리고 3백여 리에 걸쳐 연결하고 있으니 당장 격파할 수는 없소. 이제 여러 장수들에게 명령하고자 하는 바는, 각각 3개월 동안의 군량을 받아 두고 적을 막아내도록 준비해 달라는 것이오."

말이 채 끝나기도 전에 황개가 불쑥 나섰다.

"3개월은 그만두고 30개월의 군량을 주신다 해도 일을 치를 수는 없습니다. 이달 중으로 격파하면 격파할 것이고, 이달 중으로 격파하지 못한다면 장자포(장소)의 말대로 무기를 버리고 항복하는 것뿐입니다."

주유가 발연 변색하고 대로했다.

"내, 주공의 명령을 받들고 군사를 독려하여 조조를 격파하려는 마당에, 감히 두 번 다시 투항을 입에 담는 자 있으면 반드시 참하겠다고 했다! 이제 양군이 서로 대적하고 있는데 그대가 감히 이런 말을 해서 군심을 어지럽게 하다니 그대의 목을 베지 않고는 많은 사람들을 복종시키기 어렵다!"

황개도 역시 분노했다.

"나도 파로장군(破虜將軍)을 따라 다닌 이후, 동남 땅을 종횡으로 달리며 이미 3대를 지내 온 몸이다! 그대 따위는 안중에도 없다!"

주유는 격분을 참지 못하고 당장에 목을 베라고 호령을 했다. 감녕이 나섰다.

"공복(황개)은 동오의 구신(舊臣)이오니 관대히 용서하시기 바랍니다."

"그대도 쓸데없는 소리를 해서 우리의 법도를 어지럽게 하자는 건가?"

먼저 좌우 장수들에게 호통을 쳐서 감녕을 몽둥이 찜질을 해서 내쫓았다. 여러 관원들이 꿇어 앉아서 말했다.

"황개의 죄는 물론 마땅히 주살해야 할 것이지만, 우리 군에 불리한 일입니다. 도독께서 관대히 용서하시고 죄상만 기억해 두셨다가, 조조를 격파하신 뒤에 처리하셔도 늦지 않을까 합니다."

주유의 격분은 좀처럼 풀어지지 않았다. 여러 관원들이 손이 발이 되도록 빌면서 애원하는 바람에 주유는 그제야 말했다.

"여러 관원들의 체면을 생각하지 않는다면 즉시 참해 버릴 것 이지만, 우선 처형은 보류하기로 하겠소!"

좌우에 명령하여 척장(脊杖) 1백 대를 때리게 하여 죄과를 명심 시키도록 했다. 여러 관원들이 또 애원을 하니, 주유는 화를 내며 여러 관원에게 호통을 치고 당장 매를 때리라고 명령했다.

황개가 옷을 벗고 땅바닥에 나뒹구니, 곧 척장 50대를 때렸다. 여러 관원들이 또다시 용서하라고 애원하니, 주유가 벌떡 일서 서서 황개를 가리키며 소리쳤다.

"네놈이 감히 나를 업신여기다니! 우선 매 50대는 내가 맡아 두기로 하고 후에 또다시 괘씸한 짓을 하면 두 가지 죄를 겹쳐서 처벌할 것이다!"

주유는 황개를 매도하는 소리를 그치지 않고 뇌까리면서 장안 으로 들어갔다.

여러 관원들은 황개를 부축해 일으켰다.

살이 터지고, 살점이 묻어 나고, 피가 줄줄 흐르는 것을 영채 안으로 부축해 들여갔더니, 몇 번이나 정신을 잃고 쓰러졌는지 몰랐다. 인사를 온 사람들도 눈물을 흘리지 않는 사람이 없었다.

노숙도 인사차 건너갔다가 공명이 있는 배 안으로 돌아와서 말했다.

"오늘은 주장군이 황공복을 호되게 꾸지람하셨습니다. 우리들은 모두 그의 부하이니, 감히 그의 비위를 거스르고 충고할 수도 없었습니다. 선생께서는 손님의 입장에 계신데 어째서 수수방관만 하시고, 한 마디도 말씀이 없으십니까?"

공명은 대단치도 않은 일이라는 듯, 여유작작한 태도로 껄껄껄 웃었다. 그리고 태연히 말했다.

"공은 나를 속이시는 겁니다."

노숙이 깜짝 놀라는 표정을 지었다.

"이 노숙은 선생과 함께 강을 건너온 이래 무슨 일에나 한 가지라도 선생을 속인 일은 없었습니다. 이제 어째서 이런 말씀을 하십니까?"

공명이 계속해서 말했다.

"공은 오늘 주장군(공근)이 황개를 호되게 매질한 것이 어떤 계책에서 나왔다는 것을 어찌 모르실 리 있겠소? 이런 일에 나더러 어떻게 그를 권고하란 말씀입니까?"

노숙은 그제야 선뜻 깨닫는 바가 있었다. 공명이 이어서 말했다.

"육신을 괴롭히는 계책이라도 쓰지 않고서야 어찌 조조를 속일 수 있겠습니까? 이제 황개에게 명령하여 거짓 투항을 시켜놓고, 한편으로는 채중·채화를 시켜서 이런 사실을 저편에 내통하게 하자는 겁니다. 공은 주장군을 만나시더라도 제갈량이 이런 사실을 미리 알고 있었다는 말씀은 절대로 하시지 마십시오. 그저, 제갈량 역시 주도독을 원망하고 있더라고만 말씀하시면 됩니다."

노숙은 그 자리를 물러나서, 장안으로 들어가서 주유을 만나 보았다.

주유가 안으로 청해들이자 노숙이 물었다.

"오늘은 무슨 일 때문에 황공복을 그다지 호되게 꾸지람하셨습니까?"

주유가 대답했다.

"여러 장수들이 나를 원망하고 있습디까?"

"내심 불만을 품고 있는 사람들이 많습니다."

"공명의 의사는 어떠합디까?"

"그 역시 주도독께서 너무 매정하다고 원망하고 있습니다."

주유는 자못 통쾌하다는 듯, 한바탕 호탕하게 웃어젖혔다.

"허허허……허허……. 이번만은 그를 속여 넘길 수 있었군!"

"그건, 무슨 뜻입니까?"

"오늘 황개를 호되게 매질한 것은 한 가지의 계책이었소. 나는 그에게 명령하여 거짓 투항을 시킬 생각이 있어서 먼저 육신을 괴롭히는 계책을 써서 조조를 속여야만 했소. 그래야만 화공의 전법을 써서 싸움에 승리를 거둘 수 있는 것이오."

노숙은 남몰래, 공명의 통찰력이 얼마나 예리한가를 깨닫고 탄복하면서도 그런 눈치를 주유에게는 보이지 않았다.

장안에 누워 있는 황개에게, 여러 장수들이 나타나서 위문을 해주었다. 황개는 통 말이 없이 한숨만 내쉴 따름이었다. 홀연 참모 감택(闞澤)이 위문을 왔다고 하자 황개는 안으로 들어오게 하고 좌우의 사람들을 밖으로 몰아내 버렸다. 감택이 물었다.

"장군은 주도독과 무슨 원수라도 지신 일이 있으시오?"

"그런 일은 없소."

"그렇다면 공이 질책을 받으신 것은 육신을 괴롭히는 계책이 아닙니까?"

"어떻게 그걸 아셨습니까?"

"주도독의 거동을 보고 대충 알아차렸습니다."

"나는 오후께 3대를 두고 두터운 은혜를 입은 몸으로서 보답도 못하고 있는 차에, 이런 계책을 제공해서 조조를 격파하려는 것이오. 내 비록 괴로움을 당한다 하더라도 한이 없소. 군중(軍中)을 두루 살펴보아도 심복될 만한 사람이 없는데, 오직 공만은 평소에도 충의지심이 대단한 분이시기에 비밀을 고백하는 것이오."

"내게 알려 주시는 것은, 나더러 거짓 투항의 편지를 전하라고 하시는 게 아니오?"

"사실 그런 의사가 있는데, 들어 주실는지?"

감택은 흔연히 승낙했다. 이야말로 용감한 장수, 몸을 던져 주

공에게 보답하려 하고, 모신(謀臣)이 나라를 위하여 합심하는 것
이다.

47.
방통의 연환계(連環計)

황개는 고육계를, 감택은 가짜 투항서를,
방통은 연환계로?

闞澤密獻詐降書
龐統巧授連環計

감택은 자를 덕윤(德潤)이라 했고, 회계군(會稽郡) 산음현(山陰縣) 사람이었는데, 집안은 가난했지만 항상 글을 좋아해서 언제나 남에게서 책을 빌려다 보았는데, 한번 읽은 내용은 결코 잊어버리는 일이 없었다.

언변이 능하고 어렸을 적부터 배짱이 있었다. 손권이 모사로 불러들이자, 황개는 그와 가장 친하게 지냈다. 황개는 그가 말솜씨가 좋고 배짱이 있는 것을 알기 때문에 투항의 편지를 전달하도록 심부름을 시키려고 한 것이었다. 감택이 흔연히 승낙했다.

"대장부로서 처세함에, 공명 하나쯤도 세우지 못한대서 초목처럼 썩어 버리는 것과 뭣이 다르겠소? 공까지도 몸을 바쳐서 주공께 보답하려고 하는데 이 택인들 하찮은 목숨이 뭣이 아깝겠소?"

황개는 침상에서부터 굴러떨어지다시피 내려와서 고맙다고 절했다. 감택이 또 말했다.

"일이란 우물쭈물해선 안 되오. 즉시 실행하도록 합시다."

"편지는 이미 다 마련되어 있소."

감택은 편지를 받아 가지고 그날밤으로 어부로 변장을 하고 배에 올라 북쪽 강기슭을 향해서 떠났다.

그날밤, 하늘에는 싸늘한 별빛만 가득차 있었다. 감택은 3경쯤 되어서 벌써 조조의 군사들이 있는 수상영채에 도착했다. 강을 순찰하던 군사가 그를 가로막았다. 밤중인데도 불구하고 시급히 조조에게 보고했다.

조조가 의아해했다.

"간첩이 아닐까?"

군사가 대답했다.

"늙은 어부 차림인데, 동오의 모사 감택이라 자칭하며, 기밀에 속하는 일이 있어서 왔다고 합니다."

조조는 곧 불러들이라고 분부했다.

감택이 병사들에게 끌려서 안으로 들어가니 조조는 책상 옆에 단정히 앉아 있고 등불이 휘황하였다.

"동오의 모사라는 분, 무슨 일로 오셨소?"

"조승상께서 현사를 간절히 구하고 계시단 소문을 들었는데, 이제 그런 걸 물으시는 것을 보니, 소문과는 아주 다르군요. 황공복(黃蓋), 그대는 또 사람을 아주 잘못 보았군!"

"나는 동오와 곧 싸우려 하는데 그대가 이곳에 몰래 나타났으니 어찌 그런 것을 묻지 않겠소?"

"황공복으로 말하자면 동오의 3대째 내려오는 구신(舊臣)인데, 주유에게 끌려 여러 장수들 앞에 나서서 이유 없이 혹독한 매를 맞고, 분노와 원한을 참지 못하고 있습니다. 승상께 투항하여 복수를 해볼 생각으로 특히 나와 더불어 이런 계획을 세운 것입니다. 나와 황공복은 친형제나 다름없는 사이라서 밀서를 올리려고 온 길입니다. 승상께서는 이것을 받아들여 주시겠는지요?"

"편지는 어디 있소?"

조조는 감택이 내주는 편지를 받아 들고 등잔불 가까이 가서 읽어 내려갔다.

그 대강 사연은 이러했다.

이 황개는 손씨의 두터운 은혜를 입은 자로서 다른 생각을 품고 있다는 게 본래 부당한 일이오나, 오늘날의 정세로써 판단하자면, 강동 6군의 병졸을 가지고 중국(中國) 백만 대군을 당해 내려면 작은 힘으로 큰 힘을 도저히 막아낼 수 없다는 것이, 군내·군외의 똑같은 견해입니다.

동오의 장리(將吏)들도 현명한 자나 어리석은 자나 불문하고 모두 그 부당함을 알고 있습니다. 주유라는 변변치 못한 위인이 쓸데없는 고집만 가지고, 제 능력을 자부하여 계란으로써 돌을 대적하겠다 하며, 제멋대로 위복(威福)을 떨치고 죄없는 자를 형에 처하고 공로 있는 자도 상을 내리지 않습니다. 이 황개는 구신(舊臣)으로서 까닭없이 모욕을 당하게 되니 원한이 마음속에 맺히게 됐습니다.

듣자오니 승상께서는 성심성의껏 사람을 대접하시고, 허심탄회하게 현사들을 받아들이신다 하옵기, 이 황개는 여러 부하들을 거느리고 투항하여 공을 세우고 설욕해 보기를 원하는 바입니다. 군량이나 수레, 무기나 배까지 모조리 바치려 하오며, 피눈물로써 고백하오니 추호라도 의심하지 마시기 바랍니다.

조조는 책상 위에서 그 편지를 뒤적뒤적하며 열 번도 더 읽었다. 갑자기 책상을 치며 눈을 부릅뜨고 격분했다.

"황개라는 자 고육계(苦肉計)를 써서 그대를 보내어 거짓 투항서를 전하게 하고 그 중간에서 일을 꾀하려는 수작이로구나! 괘씸하게도 감히 나를 조롱하고 모욕하다니!"

당장, 좌우 측근자들에게 분부하여 끌어내다가 목을 베라고 호통을 쳤다. 감택은 좌우에서 덤벼들어 끌어내리려는데도 얼굴빛 하나 변하지 않고 앙천대소할 뿐이었다.

　"내, 이미 네놈의 간계를 간파했거늘 네놈은 왜 웃고 있느냐?"

　"그대를 웃는 것이 아니라, 나는 황공복이 사람을 알아볼 줄 모르는 것을 웃은 것이다."

　"어째서 사람을 알아보지 못했다는 거냐?"

　"죽일 테면 선뜻 죽여라! 무슨 시시한 소리를 자꾸 묻느냐?"

　"나는 어렸을 적부터 병서(兵書)를 숙독했다. 간계와 거짓말의 방법을 잘 알고 있다. 네놈의 이따위 계교는 다른 사람을 속이기는 쉬울지 모르나, 어찌 나까지 속일 수 있겠느냐?"

　"편지 가운데서 어떤 점이 간계인지, 우선 그걸 말해 봐라."

　"네놈의 선부른 수작을 탄로시키면, 네놈은 죽어도 원망은 못하겠지! 진심으로 편지를 보내서 투항하는 것이라면 어째서 어느 때라는 것을 밝히지 않았느냐? 그래도 너에게 할말이 또 있다는 거냐?"

　감택은 그 말을 듣더니 너털웃음을 쳤다.

　"뻔뻔스럽게도 병서를 숙독했다고 감히 자랑을 하다니! 일찌감치 군사를 거두어 가지고 돌아가는 게 나을게다! 만약에 싸움이 일어난다면 주유에게 반드시 붙잡히고 말 것이다! 배우지 못한 자식, 내가 네놈의 손에 굴복한다는 게 분하다!"

"어째서 배우지 못했다는 거냐?"

"네놈은 기모(機謀)를 모르고 사리를 판단할 줄도 모르니 배우지 못한 게 아니고 뭐냐?"

"내가 어디 어디가 막혔다는 거냐? 우선 그걸 말해 봐라!"

"현사를 대하는 예의도 모르는 놈에게 내가 말해서 무슨 소용이랴? 죽일 테면 죽여라!"

"만약에 도리에 맞는 말을 한다면, 나도 물론 경복할 것이다."

"주인을 배반하고 도둑질을 하는 데는 시기를 정할 수 없다는 말을 듣지도 못했느냐? 만약에 기일을 작정했다가, 급히 손을 대지 못하게 되면 이편에서만 일을 서두르게 되어서 일이 누설되고 말 게 아니냐? 이런 일은 눈치껏 그때 그때 잘 봐서 행할 일이지 어찌 기일을 서로 미리 작정할 수 있겠느냐? 네놈은 이런 이치도 모르고, 착한 사람을 덮어놓고 죽이려 하니 정말 배우지 못한 자식이다."

조조가 그 말을 듣더니 얼굴빛이 달라지며 자리에서 내려와 사과했다.

"내 사리를 명백히 가리지 못하여 존위를 손상시켰으니 너무 언짢게 생각지 마시오."

"나와 황공복은 온 마음을 기울여 투항하고 싶은 심정이 마치 어린아이가 부모를 바라는 거나 마찬가지요. 어찌 거짓이 있으리까?"

조조가 자못 기뻐했다.

"그대들 둘이서 큰 공을 세워 준다면 후에 다른 사람보다 두둑하게 작(爵)을 내리리라."

"우리들은 작록(爵祿)을 위해서 온 것은 아니오. 천의(天意)에 응하여 사람을 따르는 것뿐이오."

조조는 술상을 가져오게 해서 대접했다.

술을 마시고 있는데 한 사람이 장안에 나타나더니 조조의 귀에다 대고 무엇인지 속삭였다.

조조가 말했다.

"그 편지를 가져와!"

편지를 소리없이 읽어 내려가는 조조의 얼굴은 희색이 만면했다. 감택은 내심 이것이 채중·채화가 황개의 사실을 보고하는 편지임을 알아차렸고, 자기의 투항을 진심에서 나온 것으로 알리라는 자신이 생겼다.

편지를 다 보고 난 조조는, 감택더러 다시 한 번 강동으로 돌아가서 황개와 타협한 다음 결정적인 내통을 해달라고 했다.

감택은 다시 조그만 배를 타고 강동으로 돌아와서 황개를 만나보고 여태까지의 경과를 자세히 이야기했다. 황개가 말했다.

"공의 말솜씨가 아니었더면 이 황개는 공연히 혼이 날 뻔했소."

"이제 감녕의 영채로 가서, 채중·채화의 소식을 탐지해야겠소."

"좋은 생각이시오."

감택이 감녕의 영채로 갔더니, 감녕이 그를 안으로 맞아들였다. 감택이 말했다.

"장군은 어제 황공복을 구하시려고 하시다가 주공근에게 욕을 보셨는데, 나도 대단히 불만이오."

감녕은 웃으면서 대답이 없었다. 이때 채중·채화가 나타났다. 감택은 감녕에게 찡긋하고 눈짓을 했다. 감녕이 그 의미를 알아차리고 말했다.

"주공근은 제 능력만 믿고 도무지 우리 생각은 하지 않는단 말이오. 나는 그런 모욕을 당했으니 강좌(江左)의 여러 사람들을 대하기도 부끄럽소!"

말을 마치자, 이를 악물고 상을 두들기며 소리를 질렀다. 감택은 일부러 감녕의 귓전에다 대고 뭔가 속삭였다. 감녕은 머리를 수그린 채 묵묵히 한숨질 따름이었다.

채화와 채중은 감택이나 감녕이 모두 주공근에게 반의(反意)를 품고 있는 줄 알고, 속을 떠보고 싶어서 이렇게 말했다.

"장군은 왜 괴로워하시오? 선생은 무슨 불평이 있으시오?"

감택이 대답했다.

"우리들의 가슴 속에 서린 괴로움을 그대가 어찌 아시겠소?"

"오(吳)를 배반하고 조조에게 투항하시려는 게 아니시오?"

이 말을 듣자 감택은 대경실색하고 감녕은 칼을 뽑아 들고 벌떡 일어섰다.

"우리들의 일이 탄로난 이상에는 불가불 이놈들을 죽여서 입을 봉하게 하는 수밖에 없다."

채화와 채중이 당황해서 말했다.

"두 분은 걱정 마시오. 우리도 비밀을 솔직히 말씀해 드리리다."

"빨리 말해!"

"우리 두 사람은 조공(曹公)이 파견해서 거짓 투항을 해온 것이오. 두 분이 귀순하실 마음이 있으시다면 우리가 주선하리다."

감녕이 놀라운 표정으로 기쁜 듯이 말했다.

"그대의 말이 진정인가?"

"어찌 감히 속이기야 하겠소!"

감녕이 기쁨을 참지 못하겠다는 듯이,

"그렇다면 이는 하늘에서 우리에게 편리를 도모해 주시는 일이오!"

"황공복과 장군이 모욕을 당하신 사실도 벌써 우리들이 조승상께 보고했소."

감택이 말했다.

"나도 벌써 황공복을 위해서 조승상께 편지를 전해 드리고 이리로 와서 감녕과 함께 투항할 것을 상약하려던 참이오."

감녕도 말했다.

"대장부, 이미 명주(明主)를 만났으니, 이제는 온갖 마음을 기울여 모두 투항하는 길뿐이오."

이리하여 네 사람은 함께 술을 마시면서 서로 흉금을 털어놓았다.

채화·채중은 비밀편지를 작성하여 감녕과 함께 이곳에서 내응하겠다는 뜻을 조조에게 전달했고, 감택도 따로 편지를 써서 조조에게 밀사를 보내서 이런 뜻을 전달했다.

그 편지 속에는, 황개는 일각이라도 빨리 조조에게로 가고 싶으나, 아직도 기회를 노리고 있다는 것과 언제든지 선두(船頭)에 청아기(靑牙旗)를 달고 나타나거든 바로 그인 줄 알라는 사연을 적었다.

조조는 두 통의 편지를 받았지만, 내심 의아한 생각을 풀 길이 없어서 모사들을 모아 놓고 말했다.

"적군의 감녕이 주유에게 모욕을 당했다 하여 우리편에 내응하겠다 하며, 황개도 벌을 받고 감택을 내세워서 투항서를 보내왔는데, 이것을 꼭 믿을 수가 없소. 누구든지 주유의 영채로 가서 믿을 만한 사실을 탐지해 올 사람이 없겠소?"

이때 앞으로 선뜻 나서는 사람이 있었다. 바로 장간(蔣幹)이었다.

"지난번에 동오에 갔다가 빈손으로 돌아온 것을 심히 부끄럽게 여기던 차에 이제 목숨을 내걸고라도 다시 한 번 가서 믿을 만한 소식을 탐지하여 승상께 보고하고자 합니다."

조조는 무척 기뻐하며 그 즉시 배를 타도록 명령했다. 장간은 조그마한 배를 타고 강남 수상영채 가까이 들어가서 사람을 시켜서 자기가 왔다는 소식을 전달시켰다.

주유가 장간이 왔다는 소식을 듣더니 하는 말이,

"나의 성공은 오로지 이 사람에게 달렸다!"

하더니, 곧 노숙을 불러서 분부했다.

"방사원(龐士元─방통)을 불러서 이렇게 이렇게 하도록 전해 주시오."

양양(襄陽)의 방통은 전란을 피하여 강동에 와서 살고 있었는데, 노숙이 주유에게 일찍이 그를 기용하도록 권한 일이 있었지만, 아직 만날 기회가 없었다. 전에, 주유는 노숙을 통해서 방통에게 이런 상의를 해보기도 했다.

"조조를 격파하려면 어떤 계책을 쓰면 되겠소?"

그때 방통이 말했다.

"조조의 군사를 격파하려면 화공(火攻)의 방법밖에 없는데, 장강에서 이 방법을 쓰려면 배 한 척에 불이 붙을 때 다른 선척들이 뿔뿔이 흩어져서 뺑소니를 쳐버리게 되니, 연환계(連環計)에 빠뜨려서 적군의 선척을 모조리 한 군데 묶어 놓을 수만 있다면,

성공은 틀림없소."

노숙이 이 계책을 주유에게 말했더니 그가 말했다.

"이런 계책을 실행할 수 있는 사람은 방통밖에 없을 것이오."

"조조는 간활한 위인이니, 어떻게 침투해 들어가느냐가 걱정입니다."

주유는 곰곰 생각하며 결정을 내리지 못했다. 아무리 생각해도 좋은 실마리를 찾아낼 수가 없었다. 이때 갑자기 장간이 또 왔다는 보고가 들어왔다.

주유는 심히 기뻐하며 방통더러 계책을 쓰라고 분부하는 한편, 장상(帳上)에 앉아 사람을 보내서 장간을 청해 들였다.

장간은 주유가 그를 맞이하러 나오지 않는 것을 보자 마음속에 의심을 품고, 배를 강반의 인적이 드물고 조용한 곳에다 매놓도록 분부했다. 영채로 돌아가서 주유를 만났더니 주유가 정색을 했다.

"그대는 어째서 나를 이렇게 속이려 드는 건가?"

장간이 웃으면서 말했다.

"나는 그대와 옛날에 형제같이 지내던 정리를 생각하고 모처럼 여기까지 와서 숨김없는 이야기를 해보자는 건데 뭘 속였다고 하는 건가?"

"그대는 나를 항복하도록 설복을 시키려고 왔겠지만 바다가 마르고 돌이 녹는다면 모르거니와……. 지난번에 나는 옛정리를 생각하여 통쾌하게 취하도록 술을 마셨고 같은 자리에서 함께 자기까지 했는데, 그대는 도리어 나의 편지를 훔쳐 가지고 말없이 뺑소니를 쳐서 조조에게 돌아가 고해 바쳐 가지고 채모와 장윤을 죽여서 내 일을 그르치고 말았지. 오늘 또 까닭없이 나타났으니, 좋은 심보가 아니겠지! 당장 쫓아 버리고 싶지만 나는 이 2, 3일 중으로 조조를 격파할 작정이다. 그렇다고 그대를 군중에 머물러 있게 한다면 반드시 일이 누설될 것이고."

이렇게 말하더니 좌우 측근자에게 장간을 서산(西山) 암자로 보내서 쉬게 하라고 분부했다.

"내가 조조를 격파하고 나서 그때 그대가 강을 건너가게 해도 늦지는 않을 걸세!"

장간은 마침내 서산 산비탈에 있는 암자로 끌려갔으며, 2명의 파수병까지 배치되었다.

마침 달이 밝은 밤에 잠도 오지 않아서 그는 혼자서 암자 뒤로 걸어 나왔더니 어디선지 책을 읽는 소리가 들려왔다. 그 소리를 따라서 더 걸어갔더니 바윗돌 옆에 초가집이 몇 채 있는데, 불빛이 훤하게 흘러나오고 있었다. 가까이 가서 안을 기웃거려 보니까 한 사람이 등잔불 앞에 칼을 풀어놓고 《손오병서》(孫吳兵書)를 읽고 있었다.

장간은 이 사람이 반드시 이인(異人)이라 생각하고 문을 두들겨 만나 보자고 했다. 그 사람은 문을 열고 나와서 맞아들이는데 모습이 속되 보이지 않았다.

장간이 성명을 물어 봤더니, 그가 대답했다.

"성은 방(龐), 이름은 통(統), 자를 사원(士元)이라 하오."

"그렇다면 바로 봉추(鳳雛)선생이 아니십니까?"

"그렇소."

"고명은 익히 듣고 있었습니다만, 어째서 이런 궁벽한 곳에 살
고 계십니까?"

방통과 장간은 기탄없이 이야기를 서로 주고받았다. 주유의
이야기가 나왔을 때, 방통은 그가 사람을 용납할 도량이 없는 위
인이기 때문에 자기는 이런 곳에 숨어서 지낸다고 하자, 장간은
조조를 섬길 생각이 있다면 그를 천거하겠노라고 말했다.

그 말을 듣더니 방통은 주유가 알지 않도록 시급히 떠나자는
것이었다.

이리하여 방통은 장간을 따라서 조조의 영채에 도착했다. 봉
추선생이 왔다는 말을 듣고 조조는 무척 기뻐했으며, 장간은 여
태까지의 경위를 조조에게 자세히 말했다.

조조가 말했다.

"주유는 나이도 많지 않은데 제 재간만 믿고 사람을 속이며,
좋은 계책을 받아들이지 않는다는데, 이 조조는 선생의 대명을
오래 전부터 알고 있다가 이제야 만나 뵙게 됐으니, 잘 지도해
주시기 바랍니다."

"나는 평소부터 승상께서 용병에 법이 있으시다는 말을 들었는데, 한번 군용(軍容)을 구경하고 싶습니다."

조조는 즉시 말을 준비하라 명령해서 우선 방통을 육지의 진지로 안내할 작정으로 말을 나란히 하고 높직한 언덕에 올라가서 아래를 관망했다.

방통은 조조의 진법을 극구 찬양해 주었고, 조조는 다시 수상 영채도 구경시켰다. 남쪽을 향하여 스물네 군데 문이 있으며, 몽동(艨艟)과 전함(戰艦)이 성곽처럼 나란히 모여 있고 그 안으로는 조그마한 배들이 있어 마치 거리에서처럼 왕래하고, 기복이 질서 정연했다.

방통이 웃으면서 말했다.

"승상의 용병이 이처럼 놀라우시니 결코 헛되이 전해진 소문이 아니었습니다."

그리고 강남을 가리키며 외쳤다.

"주랑(周郞), 주유! 때가 됐으니 반드시 멸망하고야 말 것이다!"

조조는 대단히 기뻐하며 함께 영채로 돌아와 안으로 들어가서 술잔을 나누면서 군략(軍略)을 상의했다. 방통의 높은 견식과 청산유수 같은 말솜씨에 조조는 점점 더 탄복하고, 그를 정중하게 대했다. 얼마만에 방통은 술이 취한 체하고 이런 말을 했다.

"감히 여쭈어 보렵니다만, 군중에 양의(良醫)는 없습니까?"

조조가 양의를 뭣에 쓰려느냐고 묻자 방통이 말했다.

"수군(水軍)에는 병이 많으니 꼭 양의를 데려다 고쳐야겠습니다."

이때 마침 조조의 군사들은 수토불복(水土不服)으로 모두 구토증에 걸렸으며 사망하는 자가 많았다. 바로 이 일을 걱정하고 있던 판이었는데 방통의 말을 듣고 어찌 그 까닭을 캐지 않을 수 있으랴. 방통이 말했다.

"승상이 수군을 교련하시는 방법은 심히 묘하시지만, 완전하지 못한 점이 하나 있으니 유감입니다."

조조가 재삼 질문을 하니 그제야 방통이 대답했다.

"내게 한 가지 계책이 있습니다. 대소 수군으로 하여금 아무 질병도 없이 안온히 성공시킬 수 있습니다."

조조는 기뻐하며 그 묘책이 뭐냐고 질문했다. 방통이 대답했다.

"큰 강 한복판에서는 조수가 심하고 풍랑이 쉴 새 없기 때문에 북쪽 병사들은 배를 타는데 익숙하지 못해서 심히 흔들리면 곧 병이 납니다. 만약에 큰 배, 작은 배를 모두 배열해 놓고 30척을 한 줄로, 혹은 50척을 한 줄로 하여, 배꼬리를 철환(鐵環)으로 연결해 놓고 그 위에다 넓은 판자를 깔면, 사람이 건너갈 수 있는 것은 물론 말도 다닐 수 있습니다. 이것을 타고 나가면 풍랑이나 조수가 제아무리 심하더라도 겁날 것이 뭣이 있겠습니까?"

조조는 자리를 내려와서 감사하다 절하고, 그 즉시 명령을 내려 군중의 대장장이를 불러서 밤을 새워 가며 연환(連環)을 할 수 있는 큰 못(大釘)을 만들어 선척을 연결시켜 잡아매도록 했다.

방통이 또 조조에게 말했다.

"내가 보건대 강동의 호걸들 중에는 주유를 원망하는 자가 많습니다. 내 말솜씨로 승상을 위해서 모두 설복시켜 투항시키겠습니다. 주유도 고립무원이 되면 반드시 승상께 붙잡히고 말 것입니다. 주유가 없어지면 유현덕도 형편없이 돼 버릴 것입니다."

"선생께서 과연 큰 공을 이루시게 되면, 이 조조가 천자께 계주(啓奏)하여 삼공지열(三公之列)에 봉하시도록 하겠습니다."

"나는 부귀를 위해서 하는 노릇이 아니고, 만백성을 구하고 싶은 것뿐입니다. 승상께서는 강을 건너시더라도 까닭 없는 살해는 되도록 삼가 주시기 바랍니다."

"나는 하늘을 대신하여 도를 행하는데 어찌 백성을 살육하겠소?"

방통은 절하며 종족을 안심시킬 수 있는 방문(榜文)을 써 달라고 요구했다.

"선생의 가속들께서는 어디 계십니까?"

"강변에 살고 있습니다. 이 방문만 있으면 안전을 보장할 수 있습니다."

조조는 방문을 쓰도록 명령해서 서명 날인까지 해가지고 방통에게 주었다. 방통은 감사하다고 작별 인사를 하며 말했다.

"작별한 뒤에는 시급히 진병(進兵)시키셔서 주랑(주유)이 눈치채지 못하게 하셔야 합니다."

방통이 강변에 나와서 배를 타려고 했을 때, 홀연 강기슭에서 도포 죽관(道袍竹冠)의 차림을 한 사람이 방통을 덥석 움켜잡으며 말했다.

"어지간히 대담한 놈이구나! 황개는 고육계를 쓰고, 감택은 가짜 투항서를 보내고, 너는 또 연환계를 제공하러 왔으니, 깡그리 태워 버리고야 말겠다는 거지! 너희들은 이런 지독한 방법을 써 가지고 조조쯤은 속일 수 있겠지만 나를 속이지는 못할 것이다!"

깜짝 놀란 방통은 혼비백산. 이야말로, 동남을 통틀어 제압하고 승리할 수 있다고 장담하지 마라, 누가 서북쪽에는 사람이 없다더냐 하는 격이다.

48.
주유, 선혈을 쏟다

"이 까마귀는 어찌하여 밤에도 우는 것일까?"

宴長江曹操賦詩
鎖戰船北軍用武

난데없이 들려오는 사람의 음성에 방통은 대경실색, 훌쩍 머리를 돌이켰다. 알고 보니 그것은 다른 사람이 아니라 바로 서서(徐庶)였다. 잘 아는 사람이라서 그래도 마음이 적이 놓였다. 좌우를 휘둘러보니 사람이 없자 그제야 입을 열었다.

"공이 만약에 나의 계교를 탄로시킨다면, 가석하게도 강남 81주(州) 백성들은 공이 죽이는 것이오."

서서가 웃으며 말했다.

"그러면 이편 83만 인마의 목숨은 어찌되는 거요?"

"원직! 정녕 나의 계교를 탄로시킬 작정이시오?"

"나는 유황숙의 두터운 은혜를 잊어버리고 보답하지 않는 것이 아니오. 조조가 나의 어머니를 죽였기 때문에, 나는 일찍이 평생을 두고 그를 위해서는 단 한 가지의 계책도 제공하지 않겠다고 생각했소. 이제 어찌 노형의 좋은 계책을 탄로시킬 수 있겠소.

단지 나도 군사들을 따라서 이곳에 있는 몸이니, 군사가 싸움에 패하게 되면 옥석을 가리지 않을 것이므로 어찌 난을 면할 수 있겠소? 공이 나에게 달아날 방법만 가르쳐 준다면 나는 입을 꽉 다물고 멀리 달아나겠소."

"그렇게 앞을 내다볼 줄 아는 식견이 있다면 이만 일에 무슨 재난을 걱정하겠소?"

방통이 이렇게 웃으면서 말하니, 서서가 또 말했다.

"선생께서 꼭 가르쳐 주시오."

방통은 서서의 귓전에 대고 몇 마디를 속삭였다. 서서는 매우 기뻐하면서 감사하다 절을 하고 물러갔다. 방통은 서서와 작별하고 나서 배를 타고 강동으로 돌아갔다.

서서는 그날밤 몰래 친밀한 사람들을 각 영채 속으로 들여보내서 비밀리에 요언을 퍼뜨리게 했다. 이튿날, 영채 속에서는 삼삼오오, 머리들을 맞대고 쑥덕쑥덕. 이런 사실을 염탐꾼이 재빨리 조조에게 고해 바쳤다.

"군중에는 서량주(西涼州)의 한수와 마등이 반역을 꾀하고 허도로 쳐들어갔다는 말이 돌고 있습니다."

조조는 대경실색하여 급히 여러 모사들을 모아 놓고 상의했다.

"나는 군사를 거느리고 남정함에 있어서 마음 속에 꺼림칙한 것은 한수와 마등 둘이었소. 군중에 떠돌고 있는 요언은 그 허실을 알 수는 없으나 이를 방비하지 않을 수 없소."

말이 끝나기도 전에 서서가 나타나며 말했다.

"이 서서는 승상께서 용납해 주신 뒤부터 아무런 보답도 해드리지 못했는데, 3천 인마를 주시기만 하신다면 밤을 새서라도 산관(散關)으로 가서 요소를 지키겠습니다. 긴급한 사태가 생기면 다시 보고하겠습니다."

"원직이 갈 수만 있다면 나는 아무런 걱정도 없소. 산관에도 우리 군병이 있으니까, 공이 통솔해 주시오. 당장 3천 명의 마보군(馬步軍)을 동원해서 장패를 선봉으로 명령하고 밤을 새서라도 지체없이 떠나 주시오."

서서는 조조의 곁을 떠나 장패와 함께 곧 산관으로 출발했다. 이것이 바로 방통이 서서를 구출하는 계책이었다.

조조는 서서를 떠나 보내고 나자 다소나마 불안한 마음이 가라앉아서 말을 타고 우선 강변에 쳐놓은 육상의 진지를 돌아보고, 수상영채까지 시찰했다. 큰 배 한 척을 타고 그 중앙에는 수(帥) 자 기호를 내걸고 양편으로 수상영채를 거느리며 배 위에는 궁노(弓弩) 천 장(張)을 매복시켜 놓았다. 때는 건안 12년(서기 208년)

겨울, 11월 15일.

날씨가 맑고 깨끗하며 바람도 일지 않고 파도도 조용히 가라앉았다.

조조는 큰 배 위에, 술을 마련하고 풍악을 연주하라고 명령했다.

"내 오늘밤에 여러 장수들과 자리를 같이하리라."

날이 어두우니 동산에는 달이 떠올라 교교하기 백주와 같았다. 장강 일대는 마치 흰 비단을 가로질러 펼쳐 놓은 듯, 큰 배 위에 앉아서 좌우로 모시고 섰는 자 수백 명, 모두 비단옷으로 몸을 감았고 무기를 손에 잡고 있었다.

문무백관이 각각 차례차례 앉았다. 조조가 남병(南屛)을 바라다보니 산색이 그림과 같고, 동쪽을 바라다보면 시상의 경계요, 서쪽을 보면 하구의 강, 남쪽은 번산(樊山), 북쪽은 오림(烏林), 사방을 휘둘러보면 그저 넓고 시원하기만 하니 마음속으로 기쁨을 금치 못했다.

"나는 의병을 일으킨 이래, 국가를 위하여 흉한 놈을 제거하고, 맹세코 사해(四海)를 깨끗하게 천하를 평안하게 하려고 애써 왔는데, 아직도 뜻을 이루지 못한 것은 강남뿐이오. 이제 내게는 백만 대군이 있고, 더구나 여러 장수들에게 마음놓고 명령할 수 있으니 뭣을 성공하지 못하겠다 걱정하리까? 강남을 굴복시켜 수중에 넣고 나면 천하는 무사해지리니, 그때는 여러 장수들과 함께 부귀를 누리고 태평을 즐기도록 합시다."

문무백관이 모두 일어서서 고마운 뜻을 표시했다.

"하루바삐 개가를 올리기만 바랍니다. 저희들은 종신토록 승상의 덕택만 믿습니다."

조조는 기뻐서 어쩔 줄 모르며 좌우에 명령해서 술을 마시라고 했다.

밤중까지 술을 마시니, 조조는 기분 좋게 거나했다. 멀리 남쪽 강변을 가리키며 말했다.

"주유와 노숙은 천시(天時)를 분간하지 못한다! 이제 다행히 나에게 투항한 사람들이 놈들의 심복 속의 우환 덩어리가 돼 있으니! 이는 하늘이 나를 도와 주심이다!"

순유가 말했다.

"승상, 그런 말씀을 마십시오. 누설될지도 모릅니다."

조조는 깔깔대고 웃었다.

"좌중의 여러 장수들은 모두 가까운 나의 심복뿐인데 말한들 무슨 상관이 있겠소?"

또다시 하구를 가리키며 말했다.

"유비·제갈량! 네놈들은 개미 같은 힘을 알지 못하고 태산을 흔들어 보겠다니, 그게 얼마나 어리석은 일이냐 말이다!"

또 내장들을 휘둘러보며 말을 계속했다.

"나는 올해 쉰네 살이오. 만약에 강남을 수중에 넣게 된다면,

나는 남몰래 기뻐할 일이 있소. 예전에 교공(喬公)과 나는 절친하게 지냈는데, 나는 그의 두 딸들이 경국지색(傾國之色)임을 알고 있소. 그 뒤에 뜻밖에도 손책과 주유에게 시집을 가게 됐소. 나는 이제 장수(漳水)에 동작대를 신축하고, 만약에 강남을 수중에 넣게 되면 이교를 데려다가 여기에 두고 만년을 즐길 작정이니, 이만하면 나의 소원도 만족하게 이루어지는 셈이오!"

말을 마치면서 조조는 통쾌하게 웃어졌혔다.

바로 이때, 한 마리의 까마귀가 깍깍거리며 남쪽 하늘로 날아갔다.

"이 까마귀는 어찌하여 밤에도 우는 것일까?"

옆에서 대답했다.

"까마귀란 것이 밝은 달빛을 보자 날이 밝은 줄 알고, 나무를 떠나서 울고 가는 것입니다."

조조는 여전히 통쾌하게 웃었다. 그 때, 이미 조조는 술이 취했다. 삭(槊─크고 긴 창)을 손에 잡고 뱃머리에 서서 술을 강물에 뿌리더니 석 잔을 연거푸 들이켰다. 그러더니 삭을 옆에 놓고 여러 장수들에게 말하기를,

"나는 이 삭을 가지고 황건적을 쳐부쉈고, 여포를 잡았고, 원술을 거꾸러뜨렸으며, 원소를 진압했고, 변경지대 북쪽으로 깊숙이 들어가서 곧장 요동까지 누르고 천하를 종횡으로 달려 봤으니 대장부의 뜻을 다해 본 셈이오. 이제 이렇게 좋은 경치를 대

하게 되니 심히 강개한 바 있소. 내 노래를 지어 부를 것이니 그
대들도 다같이 들어주시오."

　하더니 노래를 불렀다.

　　　　술을 대했으니 노래를 부르자

　　　　인생이 몇 해나 산다는 거냐.

　　　　비유하면 아침 이슬 같고

　　　　지나간 나날에는 괴로움만 많다.

　　　　가슴이 벅차는 강개한 마음

　　　　근심 걱정을 잊기 어렵다.

　　　　어떻게 이 근심 걱정을 풀어 버릴 것이랴.

　　　　단지 술(杜康—周人.善造酒)이 있을 뿐이다.

　　　　푸른 그대 옷깃, 유유한 내 마음

　　　　유유히 사슴은 울면서

　　　　들의 쑥을 뜯어 먹는구나.

　　　　내 귀한 손님을 모시고

　　　　비파를 타고 생황을 분다.

　　　　교교하기 달빛 같아서

　　　　언제 그칠 때가 있으랴.

　　　　속에서 치밀어오르는 근심 걱정

　　　　끊어 버릴 수 없네.

밭두둑 좁은 길을 넘고 지나며
그럭저럭 서로 살아가세.
오래 헤어졌다 다시 만나
이야기하고 술 마시니
마음에 생각나는 것은 옛 은혜.
달 밝고 별은 드문드문한데
까마귀 까치 남쪽으로 나니
나무를 세 번이나 돌고 돌아도
의지해 볼 가지라곤 없네.
산은 높아서 싫지 않고
물은 깊어서 싫지 않다.
주공(주유)이 씹었던 것을 뱉으니
천하가 마음을 돌리네.

對酒當歌　　人生幾何
譬如朝露　　去日苦多
慨當以慷　　憂思難忘
何以解憂　　惟有杜康
青青子衿　　悠悠我心
呦呦鹿鳴　　食野之苹
我有嘉賓　　鼓瑟吹笙

皎皎如月　何時可輟

憂從中來　不可斷絶

越陌度阡　枉用相存

契闊談讌　心念舊恩

月明星稀　烏鵲南飛

遶樹三匝　無技可依

山不厭高　水不厭深

周公吐哺　天下歸心

　　노래가 끝나고 여러 사람들의 환호성이 요란스럽게 일 때, 좌
중에서 불쑥 나서는 사람이 있었다. 양주(楊州) 자사 유복(劉馥)이
었다. 그는 합비(合肥)에서 주치(州治)를 창립해 놓고 피난하여 흩
어진 백성들을 모아 놓고, 학교를 세우며 둔전(屯田)을 넓혀 교육
에 힘쓰며, 오랫동안 조조를 섬겨서 공적을 많이 세운 사람이었
다. 그가 말했다.

　"대군이 일어서려 하고 장수들이 목숨을 버리려는 이 마당에
서, 승상께서는 어찌하여 이런 불길한 말씀을 하십니까?"

　"나의 노래의 어디가 불길하단 말이오?"

　"'달 밝고 별이 드문드문한데 까마귀 까치 남쪽으로 나니 나
무를 세 번이나 돌고 돌아도 의지할 가지 없다.'고 하신 구절입
니다."

"네놈이 감히 나의 흥을 깨치다니!"

조조는 격분하여 다짜고짜로 삭을 불쑥 내밀더니 유복을 찔러 죽여 버렸다.

여러 사람들이 깜짝 놀라서 어쩔 줄 모르는 가운데, 주연은 끝나고 말았다.

이튿날 술에서 깨어난 조조는 후회하여 마지않았다. 유복의 아들 유희(劉熙)가 부친의 유해를 고향땅에 매장하고 싶다고 하자 조조는 눈물을 흘리면서 말했다.

"내가 어제 술이 너무 취해서 너의 아버지를 잘못 죽였다. 후회막급이다. 삼공후례(三公厚禮)를 갖추어서 매장하도록 해다오!"

군사를 풀어서 영구를 호송시켜 그날로 고향에 돌아가 매장하도록 했다.

그 이튿날 수군도독 모개와 우금이 영채에 나타났다. 그들이 말했다.

"크고 작은 전선을 모조리 쇠줄로 연결시켰습니다. 정기(旌旗)며 전구(戰具)도 일제히 준비됐습니다. 승상께서 곧 날짜를 작정하셔서 출동 명령을 내려 주시기 바랍니다."

조조는 수군 한복판에 있는 큰 배에 자리잡고 앉아서 대장들을 불러서 각각 배치해 주었으며, 전군을 수륙 양군으로 나누고, 각군을 다시 5대(隊)로 나누어서 5색 기를 작정해 주었다.

수군의 중앙은 황기(黃旗)로 모개와 우금이 지키고, 선봉은 적기(赤旗)에 장합, 후군은 흑기(黑旗)에 여건, 좌익은 청기(靑旗)에 문빙, 우익은 백기(白旗)에 여통이 각각 지휘하고, 육상의 군사는 선봉이 적기(赤旗)에 서황, 후군이 흑기(黑旗)에 이전, 좌익이 청기에 악진, 우익이 백기에 하후연이었다. 그밖에, 수륙도로접응사(水陸都路接應使)로 하후돈·조홍, 호위왕래감전사(護衛往來監戰使)로 허저와 장요를 임명했다.

명령이 끝나자, 수상영채에서 북을 세 번 울리고 각 대오의 전선들이 여러 문으로 나누어서 출동했다. 이날은 서북풍이 몹시 불어서 여러 배들은 각각 돛을 펼치고 격랑을 헤치며 나가니 마치 평지를 가는 것같이 안온했다.

북군의 병사들은 배 위에서 뽐내면서 창칼을 휘두르며 자기네들의 실력을 과시했고, 전후좌우 각군들은 정기(旌旗)를 질서정연하게 내세우고, 또 50여 척의 작은 배들이 왕래하며 순경과 독촉의 책임을 다하고 있었다.

조조는 장대(將臺) 위에 서서 이 조련하는 모습을 관망하다가, 이야말로 필승의 방법이라고 기뻐서 어쩔 줄 모르며 잠시 돛과 휘장을 거두고 차례차례 영채로 돌아가라고 지시했다. 조조는 영채로 돌아가자 여러 모사들에게 이렇게 말을 했다.

"만약에 하늘이 나를 돕지 않았다면 어찌 봉추(鳳雛)의 묘계를 얻었으리요? 쇠줄로 배를 연결시키니 과연 강을 건너는 것이 마치 평지를 밟는 것과 같소."

이때 정욱이 말했다.

"배를 쇠줄로 연결해 놓으면 흔들리지는 않겠지만, 만약에 적군이 화공의 방법으로 덤벼들 때에는 피하기 어렵습니다. 꼭 방비함이 있어야 합니다."

조조가 깔깔대고 웃어젖히며 말했다.

"정중덕(程仲德―정욱)은 앞을 내다볼 줄 알지만, 아직도 모자라는 점이 있소."

순유가 참견하고 나섰다.

"중덕의 말이 옳습니다. 승상께서는 어째서 웃으십니까?"

"화공에는 반드시 바람의 힘을 빌려야만 되는데, 지금은 엄동의 계절이니 서북풍은 불어도 동남풍은 불 까닭이 없소. 우리 군사는 서북쪽에 있고 적군은 모두 남쪽 강변에 있으니, 만약에 적군이 화공의 전법을 쓴다면 도리어 제편을 태워 버리고 말 것이니 겁낼 것은 없소. 이것이 만약에 10월 소춘지시(小春之時)였다면 나도 미리 알아차려서 방비함이 있었을 것이오."

모든 장수들이 꿇어엎드려 절하며 말했다.

"승상의 고견은 정말 보통사람이 따르지 못할 바입니다."

"청(靑)·서(徐)·연(燕)·대(代) 여러 고을 사람들은 배를 타는데 익숙하지 못하니, 이런 계책이 아니면 어찌 큰 강의 위험을 극복할 수 있겠소?"

이때 반부(班部) 중에서 두 장수가 불쑥 나서며 말했다.

"소장이 비록 유연(幽燕) 사람이긴 합니다만, 배를 탈 줄도 압니다. 이제 순선(巡船) 20척만 빌려 주시면 곧장 북쪽 강어귀로 달려가 기와 북을 뺏어 가지고 와서 북군도 배를 탈 줄 안다는 것을 보여 주고 싶습니다."

조조가 바라다보니 바로 원소의 수하에 있던 구장 초촉(焦觸)과 장남(張南)이었다.

"그대들은 북방에서 생장했으니 아마 배를 타는 게 서투를 거요. 강남의 장수들은 물 위를 노상 왕래하며 익숙하게 연습을 했소. 목숨을 경솔히 여겨서는 안 되오. 어린아이들 장난이 아니니까."

초촉과 장남은 그래도 큰 소리를 쳤다.

"만약에 승리하지 못한다면 군법의 처벌을 달게 받겠습니다."

"전선은 이미 모두 연결해 버렸고 작은 배가 있을 뿐인데, 한 척에 겨우 20명을 태울 수 있으니 이걸 가지고는 아마 접전하기 불편할 것이오."

"큰 배를 타고 간다면 그야 뭣이 장하겠습니까? 작은 배 20여 척만 주십시오. 저는 장남과 같이 각각 절반씩 거느리고, 오늘 당장에 강남 수상영채로 달려가서 반드시 깃발을 빼앗고 장수의 목을 베어 가지고 돌아오겠습니다."

"그렇다면 그대들에게 배 20척과, 정예군 5백 명에게 모두 장창(長槍)과 경노(硬弩)를 지니게 해주겠소. 내일 날이 밝거든 영채의 큰 배들이 강상에 나가 멀리 위력을 떨치게 하고 또 문빙이 배 30척을 거느리고 순선(巡船)하다가 그대들과 연락을 취하며 돌아오도록 하시오."

초촉과 장남은 기뻐서 어쩔 줄 모르며 자리를 물러났다.

이튿날 4경이 되자 군량을 마련하고, 5경이 되어서는 만반준비를 끝내고, 진지에서 울리는 북소리·징소리를 신호로 여러 선척들은 일제히 출동해서 강물 위에 당당히 진을 쳤다.

홀연, 장강 일대는 붉은 깃발, 푸른 깃발로 뒤덮였다. 그 가운데서 초촉과 장남은 순선 20척까지 거느리고 위풍당당히 강남을 향하여 노를 젓기 시작했다.

한편, 남쪽 강변에서는 밤중에 요란스런 북소리를 듣고, 멀리서 조조가 수군을 훈련하고 있다는 눈치를 채고 염탐꾼이 주유에게 보고했지만, 주유가 산꼭대기에 올라가서 관망했을 때에는 조조의 군사가 이미 철수한 뒤였다.

그 이튿날.

또다시 난데없이 북소리가 천지를 진동할 듯이 일었다. 병사들이 놀라 높은 언덕으로 달려올라가 봤더니, 작은 배들이 물결을 헤치며 이편을 향해서 오고 있지 않은가!

비보(飛報)가 중군(中軍)으로 날아들었다. 주유는 장하에 물어 봤다.

"누가 먼저 나서 줄 사람이 없겠소?"

이 말을 듣자 한당(韓當)과 주태(周泰) 두 사람이 일제히 내달으며,

"제가 선봉으로 나가서 적군을 격파하겠습니다!"

하니 주유는 매우 기뻐하며 각진에 지시하여 수비를 견고히 하고 경솔히 움직이지 말도록 명령을 내렸다.

한당과 주태는 각각 다섯 척의 순선을 거느리고 좌우로 갈라져서 강으로 나섰다.

또 한편, 초촉과 장남은 무작정 배를 들이몰고 달려들었다. 한당은 가슴을 엄심(掩心)으로 가리고 손에는 장창(長槍)을 잡고 선두에 버티고 섰다.

초촉의 배가 앞장을 서서 달려들더니, 한당을 겨누고 화살을 빗발처럼 퍼붓는 것을, 한당은 패(牌)를 가지고 막아냈다. 초촉이 긴 창을 휘두르며 찌르려고 덤벼들었을 때 한당의 긴 창이 한 번 번쩍하는 찰나, 초촉을 찔렀다. 상처에서 붉은 피가 왈칵 용솟음쳐 나오며 배 위에 나둥그러져 목숨이 끊어지는 초촉의 처참한 꼴을 목격한 장남이 격분을 참지 못하고 결사적으로 덤벼들었다.

"네 이놈! 장남이 예 있다! 어디 덤벼 봐라."

그러나 이편에서도 그대로 주저앉을 리 없었다. 주태의 배가

옆구리로부터 전광석화같이 덤벼들었다. 장남이 창을 뱃머리에 꽂아 놓고 우뚝 버티고 서니 양편에서는 화살이 빗발치듯 퍼부어졌다. 주태는 한쪽 팔에 패를 움켜잡고 또 한쪽 손에는 칼을 움켜 잡고 있었다. 쌍방의 배가 불과 7, 8척의 가까운 거리밖에 남기지 않고 접근해 있을 때, 주태는 훌쩍 몸을 날렸다.

곧장 장남의 배 위로 화살처럼 날아들었다.

번쩍! 주태의 손이 올라갔다 떨어지는 순간 장남의 목은 허공에 떴다가 강물 속으로 풍덩 떨어지고 말았다. 주태는 연거푸 노를 젓고 있는 군사들을 닥치는 대로 마구 찔렀다.

주태의 무서운 기세에 여러 배들은 뱃머리를 재빨리 돌리고 뺑소니를 치느라고 갈팡질팡, 극도로 혼란했다. 주태와 한당은 배를 급히 몰아 패주하는 적군의 선척을 그대로 추격했다. 장강 한복판까지 나왔을 때, 공교롭게도 문빙과 맞닥뜨리게 되었다.

이리하여 쌍방이 똑같이 선척을 제자리에 배치해 놓고 일대 접전을 전개하고야 말았다.

주유는 여러 장수들을 거느리고 산꼭대기에 있었다. 멀리 관망하자니 북쪽 강변을 끼고 대소 수많은 전선들이 한 줄로 배치되어서 정기를 휘날리면서 당당히 진을 치고 있는 것이었다.

머리를 돌려 이쪽을 바라다보자니 문빙이 한당 · 주태와 대결하고 있었다. 한당과 주태가 워낙 결사적으로 공격을 가하자, 문빙은 적을 감당해 낼 도리가 없이 뱃머리를 돌려 도주하고 말았다. 한당과 주태는 그대로 배를 몰아 도주하는 문빙을 추격했다.

주유는 두 사람이 그 이상 깊이 쫓아 들어가는 것이 도리어 불안해서, 그 즉시 백기를 흔들고 여러 사람에게 명령하여 징을 치도록 했다.

한당과 주태는 징소리를 듣자, 곧 배를 저어 자기편 진지로 돌아왔다.

주유는 그때까지도 여전히 산꼭대기에 서서 건너편 강변의 전선을 바라다보고 있었다. 수많은 선척들이 그들의 진지로 철수해 가고 있었다. 그 광경을 바라다보던 주유는 여러 장수를 돌아다보며 말했다.

"강북에는 전선이 마치 갈대숲처럼 빽빽하게 들어찼고, 또 조조는 꾀가 대단하니 무슨 계책을 써서 격파했으면 좋겠소?"

여러 사람들이 대답을 못하고 있을 때, 홀연 조조의 군채(軍寨) 가운데서 중앙의 황기가 바람에 꺾여서 강물 속으로 떨어져 버렸다.

주유가 호탕하게 웃어젖히며 말했다.

"저것은 불길한 조짐이다!"

주유가 웃으며 그대로 바라다보고 있는데, 또다시 사나운 바람이 휘몰아쳐 일더니 장강 물 위에는 흉흉한 파도가 밀려들고, 일진의 맹렬한 바람이 기각(旗角)을 휘날려 주유의 얼굴을 때리고 지나갔다. 주유는 무슨 일인지, 갑작스레 마음속에 떠오르는 모양이었다.

"아아앗!"

고함을 지르며 벌떡 뒤로 나자빠져서 입에서 선혈을 토하는 것이었다.

여러 장수들이 달려들어 부축해 일으켰을 때 그는 벌써 인사 불성이었다. 이야말로 홀연 웃다가 홀연 고함을 지르니, 남군이 북군을 격파하기는 어렵게 되었다.

49.
칠성단에 앉아 동남풍을 빌다

조조의 진지에서는 황황급급, 겨울철에 동남풍?
난데없는 사태에 혼비백산

七星壇諸葛祭風
三江口周瑜縱火

　인사불성이 되어서 쓰러진 주유를 좌우의 사람들이 부축해 가
지고 영채 안으로 들어갔다. 위문 온 여러 장수들의 놀라움은 이
루 형언하기도 어려웠다.

　"강북에서는 백만 대군이 호시탐탐 우리 편의 정세만 기웃거
리고 있는데, 도독께서 이런 형편이시니, 적군이 쳐들어오면 어
찌 막아내리까?"

　여러 장수들은 이구동성으로 이렇게 걱정하면서 황급히 사람
을 파견하여 이런 사실을 오후(吳侯一손권)에게 보고하는 한편, 의
사를 불러다가 치료하도록 했다.

　주유가 병석에 드러눕게 되니 누구보다도 근심하는 사람은 노

숙이었다. 그는 대뜸 공명을 찾아가서 주유가 갑자기 병이 난 사실을 알렸다.

그랬더니 공명이 당장 말했다.

"공께서는 어떻게 생각하십니까?"

"이것은 조조에게는 다행한 일이오, 강동에는 화가 된다고 생각합니다."

제갈량이 싱글싱글 웃으며 말했다.

"주도독(공근)의 병은 이 제갈량도 고칠 수 있습니다."

"정말 그렇다면 국가를 위해서 천만다행이겠습니다."

노숙은 즉시 공명을 데리고 문병을 갔다. 노숙이 먼저 들어가 봤더니, 주유는 병상에 누워서 이불을 푹 뒤집어쓰고 있었다.

"도독님! 좀 어떠십니까?"

"가슴과 배가 아프고 때때로 현기증이 나오."

"무슨 약을 잡숴 보셨습니까?"

"구역질이 나서 약이 넘어가질 않소."

"방금 공명을 찾아갔더니, 능히 도독님의 병환을 고칠 수 있다고 했습니다. 장 밖에까지 와 있는데, 한번 고쳐 봐 달라는 게 어떻겠습니까?"

주유는 안으로 불러들이라고 했다.

좌우에서 부축해서 주유는 자리에 일어나 앉았다. 공명이 말했다.

"며칠 동안 뵙지 못했더니, 어찌 이렇게 몸이 편치 않으신 줄 알았겠습니까?"

"사람에게는 조석으로 화와 복이 닥쳐온다는 말이 있으니 어쩔 수 있겠습니까?"

공명이 웃으면서 말했다.

"하늘에도 예측하기 어려운 풍운이 있다 했으니, 사람이 어찌 능히 미리 짐작할 수 있겠습니까?"

주유는 그 말을 듣더니 갑자기 얼굴빛이 변하며 앓는 소리를 냈다. 공명이 또 말했다.

"도독님께서는 마음속이 뭣이 꽉 차서 답답하신 게 있으십니까?"

"그렇습니다."

"그러면 양약(凉藥)을 써서 그것을 풀어 버리셔야겠습니다."

"양약을 먹어 봤지만 통 효과가 없습니다."

"먼저 화기를 다스려야 합니다. 화기만 순해지면, 숨을 쉬는 동안에 자연 병을 돌리시게 됩니다."

주유는 공명이 자기의 심중을 반드시 알아차린 것이라 생각하고 일부러 짓궂게 물어봤다.

"화기를 순하게 다스리자면 무슨 약을 먹어야합니까?"

공명이 웃으며 대답했다.

"이 제갈량에게 한 가지 처방이 있는데, 그것이면 도독님의 화기를 순하게 다스릴 수 있습니다."

"그 처방을 좀 가르쳐 주십시오."

공명은 종이와 붓을 가져다가 좌우의 사람들을 물리치고 아무도 모르게 열여섯 자를 썼다.

"조공을 격파하자면 화공법을 써야 합니다(欲破曹公 宜用火攻). 만사가 구비됐지만, 단지 동풍이 불지 않습니다(萬事俱備 只欠東風)."

다 써 가지고 그것을 주유에게 주면서 말했다.

"이것이 도독님의 병의 원인입니다."

그것을 보자 주유는 대경실색. 혼자서 곰곰 생각했다.

'공명은 정말 신인이다. 벌써 내 마음을 알고 있었구나! 사실대로 솔직히 고백해야겠다.'

주유는 대뜸 웃으면서 이렇게 말했다.

"선생께서는 이미 내 병의 원인을 아셨다니, 무슨 약을 써서 고치면 되겠습니까? 사태가 위급하니 빨리 가르쳐 주십시오."

"이 제갈량이 비록 재주 없는 몸이오나, 일찍이 이인(異人)을 만나 기문둔갑천서(奇門遁甲天書)를 전수받아서 바람을 부르고 비를 일으킬 수 있습니다. 남병산(南屛山)에 대(臺)를 하나 세우고, 이름을 칠성단(七星壇)이라 하고, 높이를 아홉 자, 3층으로 짓고, 120명에게 손에 깃발을 들고 주위를 둘러싸고 있게 해주신다면, 이제갈량이 대 위에서 술법을 써서 사흘 밤낮을 두고 동남 대풍을 일으켜 도독의 용병을 도와 드리면 어떻겠습니까?"

"사흘 밤낮은 고사하고라도, 하룻밤만 큰 바람이 불어 주면 대사는 곧 이루어질 것이오. 사태가 급하니 지체치 말아 주십시오."

"11월 20일 갑자(甲子)날, 바람에 제사를 지내고 22일 병인(丙寅)날에 바람이 그치도록 하면 어떻겠습니까?"

주유는 그 말을 듣더니 벌떡 일어섰다. 당장에 명령을 내렸다. 정병 500명을 남병산에 파견하여 단을 세우도록 하고, 또 군사 120명을 뽑아서 깃발을 들고 단을 지키라 하며, 일체 공명의 지시하는 대로 복종하라고 했다.

공명은 주유와 작별하고 밖으로 나오자 그길로 노숙과 함께 말을 달려서 남병산에 도착, 지세를 잘 살펴본 다음, 병사들을 시켜 동남방에서부터 적토(赤土)를 파다가 단을 쌓아올리라고 명령했다. 이 칠성단은 주위가 24장(丈), 한 단의 높이가 3척, 도합 9척의 높이였다.

11월 20일, 갑자의 길일(吉日)이 되자, 공명은 목욕재계하고 도의(道衣)를 입고 맨발에 머리를 풀어 흐뜨러뜨리고 단 앞에 나갔다. 그리고 노숙을 보고 말했다.

"자경은 군중(軍中)으로 가서서 주도독을 도와 드리고 군사를 정비하도록 하십시오. 또 나의 기도의 효험이 나타나지 않더라도 꾸지람하시지 말기 바랍니다."

그리고 노숙이 가고 난 다음에 단을 지키는 장사들에게 이렇게 말했다.

"함부로 지정된 위치에서 이탈해서는 안 되오. 또 머리를 맞대고 쓸데없는 소리를 함부로 지껄여도 안 되오. 여하한 일이 있더라도 이 자리를 떠서는 안 되오. 나의 명령을 거역하는 자는 목을 베겠소."

모든 사람이 그 명령을 받들었다.

공명은 천천히 걸어서 단에 오르더니, 방위를 살펴서 작정해 놓자, 향로에 분향하고 대접에다 물을 붓고 하늘을 우러러 무엇인지 혼자서 기도를 올렸다. 단을 내려와서 장중에 들어가 잠시 쉬면서 군사들에게 명령하여 교체해 가면서 식사를 하라고 했다.

공명은 하루 세 차례나 단에 올라갔고, 또 세 차례를 단에서 내려오곤 했지만, 동남풍이 일어나는 기색을 볼 수는 없었다.

한편, 주유는 정보·노숙 등 1반(班)의 군관들을 장중에서 대기하도록 하고, 동남풍만 일기 시작하면 곧 공격을 개시할 작정으로 바람만 기다리면서, 손권에게도 연락을 긴밀히 해달라고 보고했다.

황개는 화선(火船) 20척을 준비해 가지고 장하에서 주유가 호령하기만 기다리고 있었다. 이 화선은 뱃머리에 큰 못을 빽빽하게 박아 놓고 배 속에는 갈대며 마른 풀들을 실어 놓고 어유(魚油)

를 뿌렸으며, 그 위에 또 유황염초(硫黃焰硝) 같은 인화물을 발라 가지고 청포유단(靑布油單)으로 덮었다. 뱃머리에는 청룡기(靑龍旗)를 꽂고 배꼬리에는 각각 급히 연락을 취하도록 조그만 배를 매어 놓았다.

감녕과 감택은 수상영채 안에서 채화·채중을 구슬러 가며 매일 술만 마시고 병졸 하나라도 강변으로 나가지 못하게 했다. 주위에는 모조리 동오의 군사들이 물 샐 틈도 없이 삼엄한 경계를 하면서 오직 장상에서 호령이 내리기만 기다리고 있었다.

주유가 장중에 앉아서 협의를 하고 있는데, 염탐꾼이 와서 보고했다.

"오후(吳侯)의 선척이 영채에서 85리쯤 떨어진 곳에 머무르면서 도독님에게서 좋은 소식이 있기만 기다리고 있습니다."

주유는 즉시 노숙을 파견하여 각 부하 관병 장사들에게 골고루 알리도록 했다.

"일제히 선척·군기·돛(帆)·노 등을 수습해 가지고 호령이 내리는 대로 출동하고 시각을 지연시키지 말 것, 명령을 거역하거나 일을 그르치는 자는 군법에 의하여 처벌한다."

여러 장병들은 명령을 받자, 주먹을 쥐고 손을 비비며 한바탕 싸워 보려고 준비를 든든히 했다.

그날도 밤이 다가왔지만 하늘빛이 청명하고 미풍도 불어오는 기색이 없었다.

"공명의 말은 틀렸소, 엄동 추위에 어찌 동남풍이 불겠소?"

"공명은 허튼소리를 함부로 할 리가 없다고 생각됩니다."

3경이나 되어 올 때였다.

느닷없이 바람이 이는 소리가 들리더니 깃발이 흔들리는 소리도 들렸다. 주유가 장 밖으로 나와서 보니 깃대가 서북쪽으로 휘날리며 동남풍이 맹렬히 부는 것이었다.

주유가 깜짝 놀라며 말했다.

"공명은 천지를 마음대로 하는 조화의 술법을 지니고 있다. 귀신도 생각지 못한 술법이다! 이자를 살려 두었다가는 동오의 화근이 될 것이다. 일찌감치 죽여 버려서 앞날의 걱정거리가 되지 않도록 해야겠다!"

급히 장전호군교위(帳前護軍校尉) 정봉(丁奉) · 서성(徐盛) 두 장수를 불러서 일렀다.

"각각 군사 백 명씩을 거느리고 서성은 강으로, 정봉은 육로로 남병산 칠성단 앞에 가서 불문곡직하고 제갈량을 잡아다 당장에 목을 베도록 하라. 수급을 가지고 와서 공로를 표창받도록 하라."

두 장수가 명령을 받자, 서성은 배를 타고 도부수 백 명이 노를 저어 떠났으며, 정봉은 말을 타고 도부수 백 명이 각각 정구(征駒)를 타고 남병산으로 향했다. 도중에서 그들은 맹렬한 동남풍에 휩쓸렸다.

정봉의 마군이 먼저 도착했다.

단상에는 깃발을 잡고 있는 병사가 바람을 맞으며 서 있었다. 정봉이 말을 내려 칼을 뺏쳐 들고 단 위로 올라갔으나 공명은 보이지 않았다. 당황해서 단을 지키는 병사에게 물었더니, 그가 대답했다.

"방금 단에서 내려가셨습니다."

정봉은 급히 단 아래로 뛰어 내려와 찾아보았다.

이때, 서성의 배도 도착되었다. 두 사람이 강변으로 함께 나오니, 소졸(小卒)이 알려 주었다.

"어젯밤에 쾌선 한 척이 앞 여울에 매여 있었는데, 조금 전에 공명이 머리를 흐트러뜨린 채 그 배를 타고 상류를 향해서 가 버렸습니다."

정봉과 서성은 그길로 수륙 두 방면으로 갈라져서 추격했다. 서성이 돛을 활짝 펼치고 순풍에 밀리며 급히 배를 몰아가니, 멀리 떨어지지 않은 곳에 배가 바라다보였다. 서성이 뱃머리에서 큰 목소리로 외쳤다.

"군사(軍師)! 가지 마시오! 도독께서 부르십니다!"

공명이 배꼬리에 서서 껄껄대고 웃으며 말했다.

"용병이나 잘하시라고 돌아가서 도독께 말씀드리시오. 제갈량은 잠시 하구(夏口)로 돌아가니 다음날 또다시 뵐 수 있을 것이라고."

서성이 말했다.

"잠깐만 멈추십시오. 긴히 말씀을 드릴 것이 있습니다."

공명이 대답했다.

"도독이 나를 용납하지 않고 반드시 죽이려 들 것을 나는 벌써 알아차렸소. 미리 조자룡을 시켜서 나를 데려가도록 했으니, 장군은 쫓아오실 게 없소."

이때 서성이 앞에 있는 배를 바라다보니 돛을 펼치고 있지 않아서 무작정 쫓아갔다. 가깝게 다가들어가서 보니 조자룡이 활에 화살을 꽂아 가지고 배꼬리에 버티고 서서 소리를 지르는 것이었다.

"내가 바로 상산(常山)의 조자룡이다. 명령을 받들고 군사를 마중나온 길이다. 그대는 어째서 쫓아오는 거냐? 화살 한 자루면 쏘아 죽일 것이지만, 그렇게 하면 쌍방의 화기(和氣)를 잃게 될 것이니, 우선 나의 솜씨나 한번 봐 둬라!"

말을 마치자 화살이 쉭 하고 날아가더니 서성이 타고 있는 배위 선봉(船蓬)의 줄을 끊어 버렸다. 그 선봉은 물 속으로 떨어져 버렸고, 배는 그대로 옆으로 쏠리기 시작했다. 조자룡은 즉시 자기 배에 돛을 활짝 펼치게 하고 순풍을 따라 사라져 버렸다. 날 듯이 달아나는 그 배를 도저히 쫓아갈 수 없었다.

강변에서는 정봉이 서성의 배를 가까이 대라고 불렀다.

"제갈량의 신기묘산은 따를 만한 사람이 없고, 거기다 또 조자룡은 어느 누구도 당할 수 없는 용맹을 지니고 있으니, 그대도 그가 당양 장판(當陽長坂)에 있을 때 보인 놀라운 솜씨를 알고 있지 않소! 빨리 돌아가서 보고나 하도록 합시다."

두 사람이 주유에게 돌아가서, 공명이 미리 조자룡더러 마중을 나오라 해서 함께 돌아갔다는 사실을 보고했더니, 주유는 대경실색했다.

"이 사람이 이다지도 꾀가 놀라우니 나는 정말 밤잠도 편안히 못 자겠는걸!"

노숙이 말했다.

"우선 조조부터 격파해 놓고 서서히 생각해 보시기로 합시다."

주유는 노숙의 말대로 싸움에 대한 명령을 내리려고 여러 장수들을 소집했다. 우선 감녕에게 채중과 그밖의 투항병들을 거느리고 남쪽 강변을 끼고 진격하도록 했다.

"북군의 깃발을 내걸고, 조조가 군량을 쌓아 둔 오림(烏林)을 습격하시오. 일이 여의하게 되면 횃불을 올려서 신호를 하시오. 채화만은 내가 따로 생각하는 바가 있으니 이곳에 남겨 두고 가시오."

그 다음에 태사자(太史慈)에게 이런 명령을 내렸다.

"부하 3천 명을 거느리고 곧장 황주(黃州) 경계지대까지 쳐들어가서 합비로부터 내닫는 조조의 원군을 막을 것이며, 적군에 접근하게 되거든 횃불을 올리시오. 붉은 깃발이 보이거든 우리 편 원군이 도착한 줄로 아시오."

이렇게 해서 이 2대의 군사들을 가장 먼곳으로 먼저 출동시켰다.

세번째로 여몽(呂蒙)을 불러 군사 3천을 거느리고 오림으로 가서 감녕을 거들어서 함께 조조의 영채에 불을 지르라고 명령했다.

주유는 또 능통(凌統)에게 군사 3천을 거느리고 이릉(彝陵) 경계지대 앞으로 곧장 나가서 오림에서 불길이 오르는 것을 보기만하면 곧바로 싸움을 거들고 덤벼들 것을 명령했다.

다섯번째로 동습(董襲)에게는 군사 3천을 거느리고 한양(漢陽)을 공격하여 한천(漢川)에서 조조의 영채로 쳐들어가며, 백기(白旗)가 나타나면 원군이 도착하는 줄 알고 기다리고 있으라고 했다.

그리고 여섯번째로 반장(潘璋)을 불러 군사 3천을 거느리고 총력을 경주하여 백기를 밀고 한양까지 쳐들어가서 동습을 거들어주라고 했다.

이렇게 6대의 선척들을 각각 맡은 방향으로 나가게 하고, 또한편으로는 황개에게 명령하여 화선을 마련해 가지고 소졸을 급히 파견해서 오늘밤에 투항하겠다는 편지를 전달하게 했다. 전선 세 척을 따로 내보내서 황개의 화선을 뒤쫓아가며 거들어 주도록 했고, 한당(韓當)·주태(周泰)·장흠(蔣欽)·진무(陳武) 등 네 장수를 4대의 대장으로 임명, 각각 전선 3백 척을 거느리고, 앞으로는 화선 20척씩을 배치해 놓도록 명령했다.

주유 자신은 정보와 더불어 큰 몽동(艨艟) 위에서 독전(督戰)을 하고, 서성·정봉을 좌우의 호위병으로, 노숙과 감택 그리고 그 밖의 여러 모사들만 남아서 영채를 지키도록 했다.

손권에게서는 사자가 파견되어 왔는데, 그는 이미 육손(陸遜)을 선봉으로 하고 기주와 황주 방면을 육로로 진격시켰으며, 손권 자신이 그 후군의 책임을 지고 나섰다는 소식을 전해서, 주유 편에서도 서산(西山)에 사람을 파견하여 화포(火礮)를 쏘게 했다. 또, 남병산에서 기호(旗號)를 올리도록 하고, 각각 모든 준비를 마치고 날이 저물기만 하면 행동을 개시하려고 대기하고 있었다.

유현덕은 하구에서 공명이 돌아오기만 눈이 빠지도록 기다리고 있었는데, 난데없이 유기(劉琦)를 태운 배가 나타났다. 정세를 살피려고 친히 여기까지 온 것이었다.

얼마 후 제갈량의 배도 돛을 펼치고 호기있게 돌아왔다. 공명은 자세한 보고도 뒤로 미루고 시급히 군사의 배치가 되었느냐고 물었다. 공명은 현덕과 유기와 함께 영채로 돌아와서 조자룡에게 말했다.

"공은 3천의 군사를 거느리고 장강을 건너서 오림에서 뻗은 샛길로 빠져나가서 숲속에 숨어 계시오. 오늘밤 4경이 지나면 조조의 군사가 반드시 그 길로 달려가게 될 것이니 절반쯤은 지나쳐 보내고 불을 지르시오. 몰살은 시키지 못해도 절반은 없애 버릴 수 있을 것이오."

"오림에서 뻗어 나온 샛길은 한 갈래는 남군(南郡)으로, 한 갈래는 형주로 통하는 데, 어느 편 길을 말씀하시는 거죠?"

"남군 쪽은 불리하니까 조조도 그 편으로는 가지 않을 것이오. 형주로 나가서 일단 패잔군을 수습해 가지고 허창으로 돌아갈 것이오."

그 다음으로 장비에게 계책을 알려 주었다.

"장 장군은 부하 3천 명을 거느리고 건너편 강변으로 건너가서 이릉으로 통하는 길을 뚫고, 호로곡(胡蘆谷)에 숨어 계시오. 조조는 남이릉으로는 가지 않고 북이릉을 향하여 올 것이니, 내일 비가 개는 대로, 밥 짓는 연기가 올라오는 것을 보는 대로 당장에 불을 지르시오. 조조를 산채로 잡기는 어렵겠지만, 큰 공로를 세우실 수 있을 것이오."

그 다음 미축·미방과 유봉 세 사람에게는 전선을 타고 강 위로 나가서 빠져 달아나려는 병사들을 붙잡도록 명령했다. 또 유기에게 일렀다.

"무창(武昌)은 중요한 지점이오니 공자께서는 그 즉시 귀성하셔서 부하의 군사들을 거느리고 강변을 끼고 진을 치십시오. 조조가 싸움에 패하면 반드시 그곳으로 빠져 나갈 것이니 깡그리 산채로 잡으십시오. 단지 성에서 너무 멀리 나가시는 것은 삼가셔야 할 것입니다."

공명이 다시 현덕에게 말했다.

"주공께서는 번구(樊口)에 둔병(屯兵)하시고 오늘밤에 주랑(주유)이 크게 성공하는 광경을 관망하고 계십시오."

이때, 옆에 있던 관운장이 못마땅한 얼굴을 하고 나섰다.

"군사께서는 일을 어떻게 하시는 것입니까? 이 운장은 형님을 모시고 여러 차례 싸움에 나가서 별로 남에게 뒤진 일이 없었는데, 이번 큰 싸움에 어째서 저를 써 주시지 않는 겁니까?"

공명이 씽긋 웃으며 솔직히 말했다.

"사실은 관장군에게는 가장 중요한 지점인 화용(華容)의 길목을 막아 달라고 하고 싶었지만, 과거에 조조에게 입은 은혜를 생각하셔서 그대로 놓아 보내실까 그것을 꺼려서 망설인 것이오."

"군사님! 그건 천만의 말씀입니다. 나는 안량과 문추를 죽여서 그의 은혜는 충분히 보답했습니다. 이번에는 만나기만 하면 살려 두지는 않겠습니다."

"만약에 놓쳐 보내시는 일이 있으면 그때는 어찌하시겠소?"

"군법에 의해서 처벌을 받겠습니다."

이리하여 관운장은 조조를 절대로 놓아 주지 않는다는 군령장(軍令狀)까지 작성해 놓았고, 공명은 관운장에게 화용의 계곡에 풀을 쌓아 놓고 불을 질러서 연기를 올려 보내도록 하면 조조가 반드시 이편에서 허세를 부리는 줄 알고 덤벼들 것이니, 그때에는 인정에 끌리지 말고 싸워 달라고 분부했다.

관운장이 공명의 명령대로 관평(關平)·주창(周倉)과 함께 5백 명의 병사를 거느리고 화용으로 향했다. 현덕이 공명에게 말했다.

"아우는 의리를 존중하기 때문에 조조가 화용에 나타나면 반드시 놓아 보낼 것 같습니다."

"이 제갈량이 천문(天文)으로 따져 보니, 조조의 목숨은 아직도 다 되지는 않았습니다. 그래서 관운장에게 이번 기회에 그에게 대한 의리를 지킬 수 있게 해주자는 생각에서 그렇게 한 것입니다."

공명의 묘한 꾀에는 유현덕도 언제나 그저 탄복할 따름이었다. 공명은 현덕과 함께 번구로 나가서 주유의 싸우는 광경을 관망하기로 하고, 손건(孫乾)과 간옹(簡雍)에게 성을 지키도록 명령했다.

조조의 진지에는 이날 난데없이 동남풍이 불어갔다. 정욱이 그것을 걱정했으나, 조조는 일소에 붙였다.

"동지 때 동남풍이 부는 것은 당연하니 조금도 이상히 여길 게 없지 않소?"

이때 강동에서 한 척의 조그만 배가 도착했다. 황개가 밀서를 보내고 투항하겠다는 것이었다. 주유의 감시가 엄격해서 감행하지 못하고 있었는데, 이번에 파양호에 군량이 도착해서 그 순시의 책임을 맡고 나선 기회를 타서 탈출하기로 작정했으며, 청룡기(靑龍旗)를 달고 가는 배가 바로 그 군량선이니 그리 알아달라는 사연이었다.

조조는 크게 기뻐하면서 여러 장수들을 거느리고 황개의 배가 도착하기만 기다리고 있었다.

한편, 강동에서는 날이 저물자 주유가 채화를 불러들이더니 병사에게 명령하여 결박하고 호통을 쳤다.

"이 괘씸한 놈! 네놈의 투항이 진실이 아닌 줄은 벌써 알고 있었지만, 출진하게 될 때 제물로 바칠 것이 없어서 네놈의 목을 빌리기로 했다! 감택 · 감녕도 모두 우리 편에서 지시한 노릇이다!"

채화는 아무리 생각해도 후회막급, 주유는 채화를 군기(軍旗) 밑으로 끌고 가서 한칼에 목을 베었다. 그 피로써 군기에 제사를 지내고 출동 명령을 내렸다.

이때 조조는 수상영채에서 장강을 멀리 바라다보고 있었다. 교교한 달빛이 강물에 비쳐서, 마치 수많은 금빛 뱀들이 파도를 희롱하며 날뛰고 있는 것만 같았다. 그는 얼굴을 마구 때리는 바람을 그대로 맞으며 성사가 멀지 않다고 만면에 웃음이 가득 차 있었다. 이때 보고가 들어왔다.

"남쪽 강변으로부터 순풍에 돛을 단 전선들이 이편을 향하여 달겨들고 있습니다."

조조가 여전히 높은 데서 바라다보고 있자니, 연거푸 보고가 날아들었다.

"배들은 모조리 청룡기를 달고 그 중 큰 깃발에는 선봉황개(先
鋒黃蓋)라고 씌어 있습니다!"

"황개가 우리 편으로 와 주는 것은 하늘이 도우심이다!"

조조가 웃고 있는 사이에 배는 점점 가까이 다가오고 있었다.
그것을 바라다보고 있던 정욱이 말했다.

"저것은 적군의 계책인 것 같습니다. 진지로 접근시켜서는 안
됩니다."

이 말을 듣고 조조가 물었다.

"어떻게 그런 줄 안단 말이오?"

"군량을 싣고 있다면 배가 무겁게 움직일 텐데, 저 배는 아주
가볍게 떠 있습니다. 또 이렇게 동남풍이 사납게 부는데, 만약에
적군의 계책이라면 어찌하실 작정입니까?"

조조는 선뜻 깨달았다.

"누가 나가서 저 배를 막아낼 사람은 없소?"

조조의 말이 떨어지기 무섭게 문빙이 선뜻 나섰다.

"제가 물에는 익숙하니 나가도록 해주십시오!"

문빙은 그길로 작은 배를 타고 손을 번쩍 쳐들어 자기 편에 신
호를 보내니 다른 배 10여 척도 그 배의 뒤를 따라서 출동했다.

"야아! 승상의 명령이시다! 남군(南軍)의 배, 영채에 접근해서
는 안 된다."

선두에 서서 고함을 지르는 문빙의 말이 채 끝나기도 전에, 난데없이 날아드는 화살이 문빙의 왼쪽 어깨에 꽂히니 그대로 배 위에 쓰러졌으며, 병사들은 당황해서 어쩔 줄 몰랐다.

남군의 배는 조조의 진지에서 불과 2리쯤 떨어진 지점까지 접근해 들어갔다.

황개가 큰 칼을 높이 쳐들고 휘둘렀다. 앞에 있던 배들이 일제히 불을 뿜었다. 불길은 바람을 타고, 바람은 불길을 휘몰아치며 충천하는 화염 속에서 20척의 화선이 쏜살같이 적군의 진지로 돌진했다.

조조의 진지에서는 황황급급.

난데없는 사태에 당황하여 어찌해야 좋을지를 모르며 허둥지둥, 혼비백산.

수많은 배들이 모조리 쇠줄로 연결되어 한덩어리로 뭉쳐져 있으니, 재빨리 도주하려 해도 도리가 없었다.

이때, 또 남쪽 강 건너에서 포소리가 한 번 요란하게 울리더니 사방에서부터 화선들이 일제히 몰려들었다.

장강의 수면은 순식간에 바람이 일고 지둥 치듯 하는 불바다로 변했다.

하늘도, 물도, 시뻘겋게 타오르고 용솟음치는 불길과 사나운 바람에 삼켜지는 것만 같았다.

조조는 홀쩍 머리를 돌려 육지 위의 영채를 돌아다보았다. 거기서도 벌써 여기저기서 불길이 치밀어오르고 있었다.

조그만 배로 홀쩍 날아든 황개는 수 명의 병사들에게 배를 젓게 하고, 용솟음치는 불길을 헤치면서 조조를 붙잡으려고 필사적으로 날뛰었다.

도저히 대적할 수 없다고 생각한 조조가 강변을 향하여 몸을 날리려고 했을 때, 장요가 작은 배를 저어다 대고 그를 구출했다. 그러나 이때 벌써 전선에는 불이 붙고 있었다.

장요는 10여 명의 병사들과 조조를 호위하면서 날듯이 강변 쪽으로 뺑소니쳤다.

이때 황개는 붉은 전포를 입은 자가 배에서 내리는 것을 발견했다.

"앗! 저게 바로 조조로구나!"

고함을 지르며 칼을 휘두르고 배를 급히 몰아 쫓아갔다.

"조조 역적아! 꼼짝 말고 게 있거라! 황개가 예 왔다!"

조조는 거의 절망적인 비명을 지를 판인데, 아까부터 활을 재고 황개를 노리고 있던 장요가 재빨리 활을 쏴 버렸다.

미친 듯이 울부짖는 바람소리가 하늘을 찌르기 때문에 화염 속에서 날뛰고 있는 황개에게 화살이 날아드는 소리가 들릴 까닭이 없었다.

어깨에 화살이 꽂히자, 황개는 드디어 물 속으로 거꾸러지고

말았다. 이야말로 불을 지르고, 화살에 맞아 물 속에 떨어지는 광
경이다.

50.
관운장, 조조를 놓아주다

"사방으로 흩어져서 길을 터줘라!"
조조를 놓아 보내려는 관운장의 배려

諸 葛 亮 智 算 華 容
關 雲 長 義 釋 曹 操

    그날밤, 장요는 한 자루의 화살로 황개를 강물에 처박아 버리고 조조를 구출해 가지고 강언덕으로 올라왔다. 온 군사들이 뒤죽박죽이 되어서 일대 소동을 일으키고 있었다.

    한당이 화염 속을 헤치며 수군의 진지를 향하여 돌진하고 있었는데, 난데없이 병졸 하나가 달려들었다.

    "배꼬리에 매달려서 장군의 성함을 자꾸 부르고 있는 자가 있습니다."

    해서, 귀를 기울여보니 바로 황개의 음성이었다. 급히 배 위로 끌어올렸더니 황개의 어깨에는 화살이 꽂혀 있어서 입으로 화살을 물어 뽑아 냈지만, 활촉이 살 속에 깊이 박혀서 잘 빠져 나오지 않았다.

칼 끝으로 그 활촉을 파내고 깃발을 찢어서 동여맨 다음, 자기의 전포를 벗어 입히고, 다른 배에 태워서 영채로 돌아가서 치료하도록 해주었다. 본래 황개는 물에 익숙해 있었기 때문에 이렇게 엄동시절에도 갑옷을 입고 강물에 빠졌지만 생명을 건질 수 있었던 것이다.

그날, 장강을 뒤덮은 불바다 속에서 고함소리가 천지를 진동하는 가운데, 왼쪽 적벽(赤壁)의 서쪽에서부터는 한당·장흠의 양군이 달려들고, 오른편 적벽의 동쪽으로부터는 주태·진무의 양군이 달려들고, 정면에서는 주유·정보·서성·정봉의 대군이 노도처럼 몰려들었다. 이야말로 불길은 군사에 응하고, 군사는 불길의 위력을 믿고 미칠 듯이 날뛰는 삼강 수전(三江水戰), 적벽 오병(赤壁鏖兵)이라는 치열한 싸움판이었다.

한편, 감녕은 채중을 앞장세우고 조조의 진지로 깊숙이 뚫고 들어간 다음, 채중을 한칼에 목을 베어 버리고 근처 숲에다 불을 질렀다.

여몽은 적군의 진지에서 불길이 치밀어오르는 것을 보자, 그도 수십 군데다 불을 지르고, 감녕의 군사에 가담하였고, 반장·동습도 각각 불을 지르고 고함을 지르며 사방에서 북소리가 요란스럽게 일어났다.

조조와 장요는 불과 백여 기를 거느리고 화염 속을 필사적으로 헤치며 살 길을 찾아서 도주했다. 미친 듯이 말을 몰고 있을 때, 모개(毛玠)가 문빙을 구해 가지고 10기를 거느리고 뒤쫓아왔기 때문에, 도망칠 길을 뚫도록 협력하게 했다.

조조가 장요의 의견대로 오림으로 향해 말을 몰고 있을 때, 난데없이 등뒤에서 추격해 오는 군사들이 있었다.

"조조! 게 있거라!"

불 속에서 튀어나오는 건 여몽의 군사들이었다. 조조는 부하들을 앞으로 달리게 하고 장요를 후군으로 밀어서 여몽을 막아내게 하고 있는데, 앞에서부터 횃불이 또 치밀어오르더니 산곡간에서 몰려드는 군사들이 있었다.

"능통이 예 왔다!"

호통소리에 조조가 가슴이 섬뜩했을 때, 한편에서 또 달려드는 군사들이 있었다.

"승상! 이젠 안심하십시오! 서황(徐晃)이 예 왔습니다."

하고 호통을 치며, 양군이 일대 혼전을 전개했다. 이 틈을 타서 조조가 북쪽으로 뺑소니를 치는데 또 1대의 군사들이 산을 등지고 앞을 가로막으며 버티고 서 있었다.

서황이 나서서 물어 보니, 그들은 원소의 부하로 있다가 투항해 온 마연(馬延) · 장의(張顗)로서 북방의 군사 3천 명을 거느리고 여기서 진을 치고 있었다.

조조는 천만다행이라 생각하고 그들 두 장수에게 병사 1천 명을 거느리고 선봉에 나서라고 명령했으며, 나머지 군력으로써 자신의 주변을 견고히 지키도록 하고 앞으로 나갔다.

일행이 10리도 더 가지 못해서 앞을 가로막는 군사들이 있었으며, 선두에선 대장이 호통을 쳤다.

"나는 동오의 감흥패(甘興覇—감녕)다!"

감녕은 한칼에 앞으로 내닫는 마연의 목을 베어 버리고, 창을 휘두르며 덤벼드는 장의도 말 위에서 거꾸로 박히게 해버렸다.

이런 소식이 전해지고 있을 때, 조조는 합비에서 원군이 오기만 눈이 빠지도록 고대하고 있었다.

그러나 이때, 한편에서 손권은 합비로 통하는 길을 든든히 지키면서 장강에서 불길이 이는 것을 보자 자기 편의 승리를 확인하고, 육손에게 신호의 횃불을 올리도록 했다. 이 신호를 받은 태사자가 육손과 합세하여 쳐들어오니, 조조는 이제야말로 최후의 위기가 닥쳐오는구나 하는 비장한 심정으로 이릉을 향하여 뺑소니를 치다가, 도중에서 다행히 장합을 만나게 되어 후군을 당부하고, 5경이 되도록 결사적으로 말을 몰았다.

그제야 뒤를 돌아다보자니 불길도 뜸해진 것 같아서, 다소 마음을 진정하고, 부하들에게 물어서 그것이 오림의 서쪽, 의도(宜都)의 북쪽 지점인 것을 확인했다.

이런 위태로운 지경에서도 조조는 자신의 꾀에 자신이 만만하여 남을 비웃는 버릇을 버리지 못했다. 그는 말을 멈추고 혼자서 껄껄대고 있었다. 부하가 그 까닭을 물었더니, 주유와 공명이 정말 꾀가 부족한 것을 비웃고 있다고 했다. 이런 지점에다 미리 복병을 숨겨 두었다면 자기는 옴쭉못할 게 아닌가.

남을 비웃고 있는 찰나에, 길 양편에서 북소리가 요란스럽게 일어나더니 하늘을 찌르는 듯한 사나운 불길이 일었다.

조조는 어찌나 당황했던지 말 위에서 굴러 떨어질 뻔했다. 옆에서 내닫는 1대의 인마. 그 선두에 선 것은 조자룡이었다.

"나는 조자룡이다! 군사(軍師)의 명령을 받들고 오래 전부터 여기서 대기하고 있었다!"

조조는 서황과 장합 두 사람을 시켜서 조자룡을 막아내도록 하고 자신은 그 틈을 타서 뺑소니를 쳤으며, 조자룡도 그들의 기치(旗幟)를 뺏는데 그치고 더 추격하지 않아서 조조는 간신히 도주할 수가 있었다.

날이 훤히 밝아 올 무렵에, 조조 편 군사들의 쫓기기만 하는 모습이란 정말 말이 아니었다. 모진 바람 속을 시달리며 달아나는 그들에게 사나운 비마저 퍼붓고, 창자가 끊어질 듯한 시장기를 참을 길 없어서 병사들은 부락을 습격하고 식량을 약탈해다가 밥을 짓고 있었다. 이때, 또 난데없이 1대의 군마가 달려드는 말굽 소리.

조조의 얼굴빛이 핼쑥해지며 어쩔 줄 모르는 판인데, 앞에 나타나는 장수를 보니, 그것은 적군이 아니라 자기 편의 이전과 허저여서 간신히 한숨을 내쉬게 되었다.

조조는 남이릉을 향하여 길을 잡았다. 호로구까지 왔을 때에는 말도 지치고 사람도 기진맥진해서 병사들은 배가 고파 한 걸음도 옮겨 놓을 수 없게 되었다. 산기슭 마른 땅을 골라 앉아서 말똥을 그러모아 불을 지르고 말고기를 구워 먹을 지경이었다.

시장기를 다소 면하고 났더니, 조조는 나무가 띄엄띄엄 서 있는 숲속에 앉아서 무엇을 생각했음인지 또 혼자서 껄껄대며 웃어댔다. 부하가 그 까닭을 물었더니, 조조가 대답했다.

"제갈량·주유는 역시 무능한 자들이야! 내가 만약에 그들이었다면 이런 곳에다 복병을 숨겨 두었다가 기진맥진한 적군을 옴쭉 못하게 했을 텐데!"

이런 깜찍한 소리를 하고 있는데, 앞뒤에서 별안간 요란스러운 고함소리가 일어났다. 말과 갑옷을 찾느라고 허둥지둥 아우성을 치고 있는데, 벌써 사방에서는 불길이 치밀어오르고 있었다.

산곡간에서 1대의 군사들이 자못 위엄 있게 달려나오고 있었다. 사모창을 옆구리에 끼고, 말고삐를 든든히 잡고 있는 장수는 바로 장비였다.

"조조! 어디로 뺑소니를 칠 작정이지?"

허저가 대담하게도 안장도 없는 말을 타고 달려나와 도전을 하니, 장요·서황도 좌우 양편에서 덤벼들었다. 이리하여 양군이 혼전을 전개하는 틈을 타서 조조는 앞장을 서서 말을 달려 뺑소니를 쳤고, 다른 장수들도 그 뒤를 쫓아서 도주했다. 장비는 물론 추격했지만 조조는 결사적으로 도망을 쳤고, 그를 따르는 장수 몇 명도 모조리 부상을 당했다.

조조는 눈코 뜰 새 없이 도망을 쳤다. 갈림길에 다다르자 한동안 망설였으나, 결국 화용(華容)을 지나쳐 가는 지름길을 택하기로 결정했다.

이때 병사들은 시장기를 참지 못하여 차례차례 쓰러지고, 말들도 힘이 빠져 움직이려 들지 않았다. 얼굴이 터지고 머리가 불에 탄 자들은 지팡이에 의지해서 간신히 걸었고 화살을 맞고 온전치 못한 몸으로 끌려가는 병사들의 모습은 눈을 뜨고 볼 수 없을 만큼 처참했다.

그러나 그뿐이랴.

갑옷도 군장도 비에 젖었고, 옷 한 벌 제대로 입은 자가 없으며, 갈가리 찢긴 깃발도 보기에 처량하기만 했다. 장비가 맹렬히 몰아치는 바람에 당황해서 말에 안장도 얹지 못하고 쥐구멍이라도 찾게 됐으니, 군사들의 꼴이 형편없는 것은 더 말할 나위가 없었다. 엄동의 계절에 이런 꼴을 하고 추위와 싸워야 하는 군사들의 괴로움이야말로 형언하기도 어려운 것이었다.

이런 처참한 꼴을 하고 도주를 계속하고 있는데, 또 별안간 선두에서 행진을 멈췄다.

조조가 무슨 까닭이냐고 물었더니, 앞에서 달려온 병사 하나가 말했다.

"앞으로 나가야 할 길은 산이 가로막히고 길이 좁은데다가, 오늘 아침 사나운 비 때문에 시궁창이 깊이 패여 말굽이 한 번 빠지면 다시 빠져나올 수가 없어서 고생을 하고 있습니다."

이 말을 들은 조조는 불끈해서 호통을 쳤다.

"진군을 하는 도중에는 산이 닥쳐오면 길을 뚫고, 강물이 가로막으면 다리를 놓고라도 앞으로 나가야 하는 것이다. 시궁창쯤이 무서워서 진군을 중지하고 우물쭈물한대서야 말이 되느냐?"

조조는 추상같은 명령을 내렸다.

늙은이와 부상자는 뒤로 처지도록 하고 기력 있는 자는 곧바로 흙과 갈대를 날라다가 길을 메울 것, 이 명령에 추호라도 거역하는 자는 목을 베겠다고 했다.

병사들은 어쩔 수 없이 말을 내려서 길바닥의 대와 나무를 베어 가지고 시궁창을 메우기 시작했다. 그런데 뒤에서 적군이 추격해 올 것을 겁낸 조조는 장요·허저·서황에게 명령하여 마병 1백 기를 거느리고, 그들에게 칼을 뽑아 손에 들게 하고, 우물쭈물하는 군사들은 모조리 목을 베도록 했다.

배가 고프고 피곤하여 군사들은 모두 땅바닥에 쓰러졌다. 조조는 그 시체를 디디고 넘어서서 진군을 강행해 나가니, 목숨을 버린 자 이루 헤아릴 수 없으며, 울음소리·아우성 소리가 하늘을 찌르며 산곡간을 흔들었다.

그래도 조조는 격분했다,

"생사에 명이라는 게 있다! 울면 무슨 소용이 있다는 거냐? 그래도 우는 자가 있다면 목을 베겠다!"

이리하여 조조의 군사는 세 토막으로 잘라진 셈이었다. 한 토막은 낙오자가 돼 버렸고, 한 토막은 시궁창에 파묻혔고, 한 토막만이 조조의 뒤를 따르게 된 것이다.

험준한 산 고개길을 넘어서자니, 길이 다소 평탄해졌다.

조조가 뒤를 홀쩍 돌아다보았다.

처량한 광경이었다.

자기를 따르고 있는 것은 불과 3백여 기.

그것도 옷차림 하나 제대로 갖춘 자라곤 없었다. 조조가 앞길을 재촉했더니, 대장들이 말했다.

"말들도 몹시 피곤해 있으니, 잠시 쉬도록 해주십시오!"

그러나 조조의 대답은 싸늘했다.

"형주까지만 도착하게 되면 쉬도록 할 것이니 참고 가시오!"

또 몇 리 길을 앞으로 나갔을 때, 조조는 무슨 생각을 했음인지, 채찍을 높이 휘두르며 깔깔대고 웃었다.

"승상께선 또 뭣을 그렇게 웃고 계십니까?"

대장들이 이렇게 물었더니, 조조가 대답했다.

"사람들은 제갈량과 주유의 지모가 놀랍다고 칭찬하지만, 내가 보건대 역시 무능한 자들이오! 만약에 이런 지점에다 복병을 배치해 두었다면 우리들은 옴쭉 못하고 붙잡혔을 게 아니겠소!"

이 말이 채 끝나기도 전에 포성이 한 번 요란하게 울리더니 좌우 양편에서 5백 명의 교도수(校刀手)가 내닫는데, 그 앞장을 서서 말을 달려 나오는 것은 바로 관운장이었다. 청룡도를 휘두르며 적토마를 타고 무서운 기세로 앞길을 가로막았다.

조조의 군사들은 이 광경을 보자 간담이 서늘하여 서로 얼굴을 쳐다볼 뿐 어찌해야 좋을지 어리둥절했다.

"이제는 마지막이다! 죽느냐 사느냐, 마지막 대결을 해보는 것뿐이다!"

조조가 이렇게 말하니 여러 장수들이 입을 모아 말했다.

"우리들도 비겁한 것은 아닙니다만, 말들이 이미 아무 짝에도 못 쓰는 폐물이 돼 버렸습니다. 대결한다는 것은 절대 불가능합니다!"

이때, 정욱이 나섰다.

"저는 관운장을 잘 알고 있습니다. 그는 윗사람에게는 강경하지만, 아랫사람에게는 약하고, 강한 자를 무찌르고 약한 자를 돕는 성격입니다. 은혜와 의리를 지키기로 유명한 장수입니다. 승상께서는 일찍이 그를 돌봐 주신 은혜가 이만저만한 것이 아니셨으니 이런 곤란한 처지를 돌파하실 수 있으리라고 생각됩니다."

조조는 그럴 듯한 의견이라고 고개를 끄덕끄덕, 즉시 말을 앞으로 몰고 나가서 관운장에게 웃는 낯으로 인사를 하고 말했다.

"장군! 그동안 별고 없으셨소?"

관운장도 빙그레 웃으며 대답했다.

"내 이번에는 군사의 명령을 받들고 오랫동안 승상을 기다리며 대기하고 있었소!"

"나는 이번에 싸움에 패하여 무수한 군사를 죽이고 이렇게 궁지에 빠지게 됐는데, 장군은 과거의 정리를 생각하시고 한 번만 이곳에서 나를 놓아 보내 주시오!"

"나도 승상의 두터우신 은혜를 입은 적이 분명히 있었소. 그러나 이미 안량·문추의 목을 베서 백마(白馬)에서의 위태로운 지경을 구원해 드렸으니, 그만한 은혜는 보답했다고 생각되오. 오늘은 사사로운 정리에 끌릴 수는 없소!"

"공은 오관참장(五關斬將)을 당하시던 때 일을 아직도 기억하고 계실 것이오. 대장부란 신의를 생명같이 아는 것이 아니겠소!"

관운장이야말로 누구보다도 의리란 것을 생명같이 아는 장수가 아니었던가. 일찍이 조조에게 받은 남다른 은혜, 그리고 오관참장의 과거를 돌이켜 생각해 볼 때, 가슴이 남몰래 뭉클해지지 않을 수 없었다.

그뿐이랴, 조조의 군사라는 꼴들을 보자니 모두 전전긍긍, 눈물을 줄줄 흘리며 구차스럽게 목숨을 건지고자 처참한 모습을 하고 있으니 딱하고 불쌍한 생각을 금할 길이 없었다.

대장부 관운장은 마침내 말머리를 홀쩍 돌렸다. 여러 군사에게 명령했다.

"사방으로 흩어져서 길을 터 주어라!"

이는 분명히 조조를 놓아 보내려는 의사였다.

조조는 관운장이 말머리를 돌리는 것을 보자, 경각을 지체치 않고 대장들과 함께 뺑소니를 쳤다.

관운장이 다시 정면으로 말머리를 돌렸을 때, 이미 조조 일행의 그림자는 하나도 없었다.

또 한번 호통을 쳤더니 조조 편의 군사들이 일제히 말에서 내려와 땅에 엎드려 울부짖어서, 관운장은 점점 더 딱하고 불쌍한 생각이 드는 것이었다.

이때, 장요가 말을 몰고 달려들었다. 그것을 본 관운장은 또 다시 옛일이 가슴을 아프게 하는 바람에 두 눈을 딱 감고 긴 한숨을 내쉬며 나머지 병사들마저 통과시켜 주었다.

조조가 화용에서 온갖 어려움을 돌파하고 계곡 어귀까지 나왔을 때 그를 따르는 군병이라곤 겨우 27기에 불과했다.

그날 날이 저물 무렵에야 간신히 남군(南郡) 가까이 이르렀다. 그런데 또 횃불을 훤하게 비추며 1대의 군마가 앞길을 가로막고 내달았다.

조조가 간이 콩알만 해지며 말했다.

"내 목숨은 이제 다 됐구나!"

1군의 초마(哨馬)가 앞으로 달려들었다.

조조가 가슴이 섬뜩하여 자세히 바라다보니 그것은 조인(曹仁)의 부하들이었다. 그제야 두근거리는 가슴을 진정하며 한숨을 돌리고 있노라니, 조인이 그를 영접하러 나왔다.

"싸움에 패하셨다는 사실을 벌써 알고 있었습니다만, 맡은 자리를 경솔히 뜨기가 어려워서 망설이다 겨우 여기까지 나와서 영접해 드리게 되었습니다."

조조의 대답하는 음성은 처량했다.

"하마터면 너의 얼굴을 두 번 다시 볼 수 없을 뻔했구나!"

이리하여 남군에 도착하자, 그곳에서 잠시 쉬기로 했다. 뒤쫓아 다다른 장요는 관운장의 의리를 생명같이 여기는 덕을 입에 침이 마르도록 칭찬했다.

장수들을 점검해 보자니 부상자가 태반이었다. 조조는 몸조리를 잘하도록 명령했다.

조인이 한편으로 조조를 위로하려고 주연을 베풀자 여러 모사들도 자리를 같이하게 되었다. 그런데, 갑자기 조조가 하늘을 우러러보며 목을 놓아 우는 것이었다.

여러 모사들이 물었다.

"승상께서는 호랑이 굴 속 같은 데서 난을 피해 나오실 적에도 도무지 두려워하시지 않더니, 이제 성 안에 이르러 사람들이 이미 먹을 것을 얻었고, 말도 꼴을 얻게 되어 이제야말로 군마를 정돈하셔서 복수를 꾀하셔야 할 때에, 어째서 도리어 통곡을 하십니까?"

조조는 심각한 표정을 하고 지극히 가라앉은 음성으로 천천히 대답하는 것이었다.

"나는 곽봉효(郭奉孝―곽가)를 생각하고 눈물을 금할 수 없소. 만일에 봉효가 지금까지 살아 있었다면, 이렇게 지독하게, 무참하게 싸움에 패하지는 않았을 것을……."

조조의 통곡소리는 간장이 녹을 듯 절절했다.

가슴을 두드리면서 언제까지고 흐느낌을 그칠 줄 몰랐다.

이런 광경을 목격하는 여러 모사들은 묵묵히 고개를 수그리고 자기네들의 불민함을 부끄럽게 생각할 뿐이었다.

그 이튿날, 조조는 조인을 불러들여 이런 말을 했다.

"나는 이제 허도로 돌아가 군사를 재정비해 가지고 반드시 복수를 꾀할 것이다. 너는 부디 남군을 든든히 지켜 다오. 여기 거기에 대한 계책을 적어 놓았으니 받아 두고, 아무 일도 없을 때는 절대로 이것을 펼쳐 볼 생각은 하지 말아라. 만부득이한 위급한 사태가 닥쳐왔을 때 이것을 펼쳐 보고 여기 적힌 대로만 하면 될 것이다. 그렇게 하면 동오에서도 남군을 감히 바라보지는 못할 것이다!"

조인이 물었다.

"합비와 양양은 누가 지킬 수 있겠습니까?"

조조가 대답했다.

"형주는 그대에게 맡겨서 관령(管領)하도록 하겠다. 양양은 내가 이미 하후돈을 파견해서 수비하도록 했다. 합비는 가장 중요한 지점이니까 장요를 주장으로 하고, 악진·이전이 그 땅을 잘 지키도록 명령한다. 무슨 사고든지 발생하면 비보(飛報)를 전해 주기 바란다."

하고 이렇게 여러 방면으로 부하들의 배치를 끝내자, 다시 말에 올라 군사를 거느리고 허창(許昌)으로 급히 달려갔다.

형주에서 본래 투항해 온 문무관원들은 전과 같이 허창으로 데리고 가서 쓰기로 했다.

한편, 조인은 조홍을 이릉과 남군으로 보내서 주유의 공격에 대비하도록 했다.

의리를 생명같이 알기 때문에 군령장도 잊어버리고, 조조를 무사히 통과시켜 버린 관운장은 군사를 거느리고 진지로 돌아왔다.

이때, 각 방면으로 나갔던 여러 군사들은 모두 마필(馬匹)·기계(機械)·전량(錢糧) 등을 얻어 가지고 하구로 돌아와 있었으나,

관운장만은 사람도, 말 한 필도 얻은 것이 없이 빈손으로 터덜터덜 돌아와서 유현덕을 만나게 되었다. 이때 마침 제갈공명은 유현덕과 함께 축하의 주연을 한창 베풀고 있던 중이었다.

갑자기 관운장이 돌아왔다는 소식을 듣자, 공명은 자리에서 벌떡 일어나며 술잔을 들고 영접했다.

"장군께서 이렇게 세상에 드문 큰 공을 세워 주셨고 천하의 역적을 제거해 주셨으니 응당 멀리 나가서 영접하고 축하해 드렸어야 했을 겁니다."

관운장은 묵묵히 말이 없었다.

"장군은 우리들이 멀리 영접해 드리지 않은 것이 못마땅하신 건가요?"

공명이 이렇게 묻더니, 다시 좌우 사람들을 돌아다보며 한 마디 더했다.

"그대들은 어째서 미리 보고를 하지 않았단 말이오?"

그제야 관운장이 입을 열었다.

"이 관운장은 특히 죽을 죄를 졌기에 벌을 받으러 왔습니다."

공명이 또 물었다.

"조조가 화용의 길로 나타나지 않았다는 말씀은 아니시겠지요?"

"그곳에 나타났습니다, 이 관운장이 무능해서 놓쳐 버린 것뿐입니다."

"그러면, 어떤 장수들을 잡아 가지고 오셨습니까?"

관운장이 대답했다.

"아무 장수도 붙잡지 못했습니다."

"이것은 관장군이 과거의 은혜를 생각하시고 고의로 놓아 주신 것입니다. 군령장이 여기 있는 이상 할 수 없이 군법대로 처벌해야겠습니다."

여러 무사들에게 명령해서 끌어내다 목을 베라고 했다. 이야말로 한 번 죽더라도 지기(知己)에게 보답하고, 의리와 명예는 천추를 두고 존경을 받아야 한다는 격이다.

51.
화살을 맞은 사나이

군권을 장악할 수 있는
모든 병부를 손에 넣은 제갈량의 묘술!

曹仁大戰東嗚兵
孔明一氣周公瑾

    제갈공명이 관운장의 목을 베라고 호령을 하자 유현덕이 말했다.

    "옛날에 우리 셋이서 형제를 맺었을 적에 생사를 같이하겠다고 맹세했습니다. 이번에 관운장이 군법에 어긋나는 일을 한 것은 분명하지만, 그렇다고 해서 저희들의 맹세했던 바를 무시할 수는 없으니, 우선 이번 죄과는 이편에 맡겨 두기로 하고, 뒷날의 공로로써 이를 보상할 수 있도록 해주시기 바랍니다."

    유현덕의 부탁의 말을 듣고 공명도 어쩔 수 없이 관운장의 죽을 죄를 사해 주기로 했다.

    주유는 군사를 거둬들여 대장들을 모아 놓고 각각 그들의 공로를 기록해 두고, 오후 손권에게 보고하는 한편, 투항한 군사들은 모조리 강을 건너 돌아가도록 해주고, 3군(三軍)의 군사들에게 크게 상을 베풀어서 다시 남군을 공략하도록 했다.

전대(前隊)는 강을 끼고 진을 치게 했으며, 다시 전후 다섯 영(營)으로 나누고 주유 자신은 가운데를 차지하고 있었다. 여러 사람들과 싸움에 대한 일을 상의하고 있는데, 뜻하지 않은 보고가 날아들었다.

유현덕에게서 축하의 사자로 손건이 방문했다는 것이었다.

주유가 안으로 안내하라 했더니, 손건이 나타나서 인사를 한 후 말했다.

"이번에 큰 힘이 돼 주셔서 깊이 사례를 드립니다. 우리 주공 유현덕장군께서 특히 이 손건에게 명령하셔서 도독님의 그 어질고 높으신 덕에 감사하고 대단치 않은 예물이나마 올리라고 하셨습니다."

"유현덕장군은 지금 어디 계시오?"

"군사를 이동하셔서 유강구(油江口)에 주둔해 계십니다."

주유가 깜짝 놀라며 물었다.

"공명도 유강구에 계시오?"

"공명과 주공께서 함께 유강구에 계십니다."

"공은 먼저 돌아가시오. 나중에 내가 친히 인사를 드리러 갈 것이니."

주유는 예물을 받아들이고 손건을 먼저 돌려보냈다. 그러자 노숙이 물었다.

"방금, 뭣 때문에 그다지 놀라셨습니까?"

"유현덕이 유강구에 진을 치고 있는 것은 분명히 남군을 빼앗자는 의도요. 우리 편에서 무수한 인마를 죽이고 온갖 희생을 무릅쓰고 간신히 남군을 손에 넣게 될 마당에, 그들이 괘씸하게도 가로채려 하니, 이 주유가 살아 있는 한 그대로 내버려둘 수는 없소."

"무슨 계책을 써서 그들을 물러가게 할 수 있겠습니까?"

"내가 친히 가서 그와 이야기하겠소. 말이 잘 되면 좋고, 말이 잘 통하지 않을 때에는 그들이 남군을 손에 넣기 전에 유현덕을 처치해 버리겠소."

"이 노숙도 동행하고 싶습니다."

이리하여 주유는 노숙과 함께 날쌘 기병 3천을 거느리고 유강구로 달려갔다.

손건은 돌아와서 유현덕을 만나자 주유가 인사를 하러 친히 오겠다는 뜻을 전달했다. 유현덕이 공명에게 물었다.

"무엇 때문에 주유가 온다는 것일까요?"

공명이 웃으면서 대답했다.

"그만한 예물을 받았다고 친히 인사를 하러 올 것까지는 없을 것입니다. 반드시 남군 일 때문에 오는 것입니다."

"군사를 거느리고 온다면 어찌하면 좋겠습니까?"

"만약에 정말 나타나거든 여차여차하게 대답하십시오."

그리하여 유강 어귀에 전선을 늘어세워 놓고 강변에는 군마를 대기시켜 놓았다.

"주유와 노숙이 군사를 거느리고 나타났습니다."

하는 급보가 날아들었다. 공명은 조자룡에게 몇 기를 거느리게 하고 그들을 영접하게 했다. 주유는 군세(軍勢)가 웅장한 것을 보자 마음이 매우 불안했으나, 영문(營門) 밖에 이르렀을 때 현덕과 공명이 영접해서 장중으로 안내했다. 서로 인사가 끝난 뒤 주연을 마련하고 함께 앉았다. 현덕은 술잔을 들어서 적군을 몰살시킨 일을 치하했다.

술이 몇 순배 돌아갔을 때 주유가 말했다.

"유예주(劉豫州)께서 이곳으로 군사를 이동하신 것은 남군을 수중에 넣으시자는 의도가 아니시오?"

"주도독께서 남군을 빼앗으려고 하신다기에 거들어 드리려고 온 것입니다. 만약에 도독께서 빼앗지 않으신다면 이 유현덕이 반드시 수중에 넣겠습니다."

주유가 웃으며 말했다.

"우리 동오는 오래 전부터 한강(漢江)을 손에 넣으려 하고 있었소. 이제 이미 남군이 손 안에 들어와 있는데 어째서 빼앗지 않겠소?"

"싸움의 승부란 것은 예측할 수 없습니다. 조조는 돌아갈 때 조인에게 명령하여 남군과 그밖의 여러 군데의 수비를 명령했으니, 반드시 기계(奇計)가 있을 것입니다. 더군다나 조인의 용맹은 당하기 어려우니 아마 도독께서 수중에 넣지 못하실 것 같습니다."

"만약에 내가 수중에 넣지 못하게 되거든 그때에는 공이 마음대로 수중에 넣으시오."

"자경과 공명이 여기서 증인이 되셨으니 도독께서는 후회하시면 안 됩니다."

노숙이 뭐라고 대답해야 좋을지 몰라서 망설이고 있을 때, 주유가 대답했다.

"대장부가 한 번 말한 이상 뭣을 후회하겠소!"

공명이 말했다.

"도독의 말씀은 심히 옳은 말씀이십니다. 먼저 동오에서 빼앗도록 양보하고, 만약에 빼앗지 못할 때는 주공께서 수중에 넣으신 들 안 될 게 뭐 있겠습니까?"

주유와 노숙이 돌아간 다음, 현덕이 공명에게 물어 봤다.

"아까는 선생님 말씀대로 대답해 주었지만 말을 해놓고 곰곰 생각해 보자니 아무래도 일이 탐탁지 않습니다. 이제 나는 외로운 처지에 빠져 있어 디디고 설 곳이 없게 되어서 남군을 손에 넣고 우선 용신(容身)해 볼까 하는데, 이것마저 주유에게 먼저 빼앗긴다면 성지(城池)가 동오의 것이 돼 버린 다음에야 어찌할 도리가 있겠습니까?"

공명이 껄껄대고 웃었다.

"애당초에 이 공명은 주공께 형주를 뺏도록 하시라고 권했더니 듣지 않으시고, 이제 와서 그것을 생각하십니까?"

"전에는 유경승(劉景升)의 땅이어서 차마 빼앗을 수 없었지만, 이제는 조조의 것이 됐으니 빼앗아도 상관없지 않겠습니까?"

"걱정하실 것은 없습니다. 주유가 하는 대로 내버려두시면, 불원간 주공께서는 남군성에 높직이 올라 앉으시게 될 것입니다."

"무슨 계책으로 그렇게 할 수 있단 말입니까?"

"여차여차하시기만 하면 됩니다."

현덕은 크게 기뻐하고, 그대로 유강구에 군사를 주둔시키고 움직이지 않기로 했다.

주유와 노숙은 영채로 돌아왔다. 노숙이 말했다.

"도독께서는 어째서 유현덕에게 남군을 빼앗아도 좋다고 말씀하셨습니까?"

"남군은 이미 내 손에 든 거나 마찬가지가 아니오? 그래서 일부러 인정을 쓰는 체해 본거요."

그리고 장하의 장사들에게 물어 봤다.

"누가 먼저 남군을 공략해 주겠소?"

그 말을 듣자마자 내달은 것이 바로 장흠이었다. 주유가 말했다.

"그대가 선봉이 되고, 부장으로는 서성과 정봉, 정예 군마 5천 명을 풀어 가지고 먼저 강을 건너가시오. 나도 곧 군사를 거느리고 뒤를 받치리다."

이때, 조인은 남군에서 조홍에게 이릉을 견고히 수비하게 하고, 앞으로는 밀면서 뒤로는 잡아당기는 형세를 갖추고 있었는데, 별안간 오병(吳兵)이 이미 한강을 넘어섰다는 급보가 날아들었다. 조인이 말했다.

"단단히 지키고 싸우지 않는 것이 상책이오."

이때 효기(驍騎)의 대장 우금(牛金)이 분연히 나서며 말했다.

"적군이 성 밑에까지 쳐들어왔는데 대적하지 않는다는 것은 비겁합니다. 하물며 우리 편 군사는 싸움에 패한 지 얼마 안 되니, 이제야말로 예기(銳氣)를 가다듬어 일으켜야 할 때입니다. 이 우금이 정병 5백 명만 거느리고 한 번 결사적으로 싸워보고 싶습니다."

조인은 이에 찬성하고 우금에게 5백 기를 주어서 나가 싸우도록 했다. 저편에서는 정봉이 말을 달려 덤벼들었는데, 너덧번 말과 말이 부딪치자 정봉이 일부러 도망치자, 우금은 부하를 거느리고 적진으로 달려들었다.

그때, 정봉은 부하에게 명령하여 우금을 포위해 버렸다. 우금은 좌우 양편으로 미친 듯이 날뛰어 봤지만 포위망을 돌파할 수 없었다.

성 위에서 우금이 포위당한 광경을 내려다보고 있던 조인은 무장을 단단히 하고 정예 부하 수백 기를 거느리고 말을 몰아 칼을 휘두르며 오병의 진지로 쳐들어갔다.

서성이 막아 보려고 애썼지만 조인은 그것을 용감히 일축해 버리고 단숨에 진지 깊숙이 뚫고 들어가서 우금을 구출했다. 뒤를 돌아다보자니 아직도 자기 편의 수십 기가 포위당한 채 있어서 다시 말머리를 되돌려 그것마저 포위망에서 구출했다.

이때 장흠이 앞을 가로막고 덤벼들었지만, 조인과 우금은 조인의 아우 조순(曹純)과 합세하여 일대 혼전을 전개하고 적군을 용감하게 무찔렀다.

장흠은 싸움에 대패하고 돌아가서 주유 앞에 나섰다. 주유는 격분하여 장흠의 목을 당장에 베라고 펄펄 뛰었다. 여러 장수들이 간신히 말리고 권고해서 목숨만은 건지게 되었다.

주유는 그길로 군사를 정돈하고 친히 출마하여 조인과 자웅을 겨루겠다고 서둘렀다. 이때 감녕이 나서면서 말했다.

"경솔히 처사하지 마십시오. 이제 이 감녕이 군사 3천을 거느리고 이릉을 지키고 있는 조홍을 먼저 쳐부술 테니, 도독께서는 그때를 기다리셨다가 남군을 손에 넣도록 하시기 바랍니다."

주유는 그 의견에 찬성하고 그 즉시 군사 3천을 감녕에게 주어서 이릉으로 향하도록 했다.

이런 정보가 재빨리 조인에게도 날아들었다. 조인이 진교(陳矯)와 대책을 강구했더니 진교가 말했다.

"이릉을 빼앗긴다면 남군도 지키기 어려우니, 먼저 저편의 위기를 구출하도록 하십시오."

조인은 조순과 우금에게 명령하여 군사를 거느리고 조홍을 구원하러 나가게 했다. 조순은 앞장을 서서 먼저 이런 뜻을 조홍에게 알리고, 그더러 성 밖으로 나와서 적군을 유인해 내도록 했다.

저편에서는 감녕이 군사를 거느리고 이릉으로 쳐들어갔더니 조홍이 도전을 하고 덤벼들어, 20여 합을 싸웠으나 결국 조홍이 뺑소니를 쳐버려서 그대로 이릉의 성을 점령해 버렸다.

날이 저물 무렵, 조순·우금의 군사가 도착하면서, 조홍과 협력하여 성을 물 샐 틈 없이 포위해 버렸다.

감녕이 이릉성에서 포위를 당했다는 급보가 날아들자, 주유는 깜짝 놀랐다. 정보가 말했다.

"잠시도 지체하지 말고 군사를 나누어서 구원병을 보내야겠습니다."

"그러나 이곳도 중요한 곳이니 원군을 내보내 놓고 조인이 쳐들어온다면 그때는 뭣으로 감당을 하겠소?"

이 말에 여몽이 말했다.

"감녕은 강동의 대장입니다. 어찌 구원하지 않을 수 있겠습니까?"

"나도 친히 가서 구원해 주고 싶소. 하지만 누가 여기 남아 있으면서 나를 대신해서 막아내 줄 수 있겠소?"

"능통에게 부탁하는 게 좋겠습니다. 이 여몽이 선봉을 맡고, 도독께서는 후군을 책임지시면 열흘도 못 되어서 승리할 게 틀림없습니다."

"능통! 그대는 잠시 이곳을 맡아 주겠소?"

"열흘쯤이라면 맡아 보겠습니다만, 그 이상 오래 간다면 자신이 없습니다."

주유는 크게 기뻐하며 만여 명의 군사를 능통에게 맡기고, 그날로 대군을 거느리고 이릉으로 급히 달려갔다. 도중에서 여몽이,

"이릉의 남쪽 샛길은 남군으로 가는 지름길이니, 그곳에 군사를 5백 명만 파견해서 나무를 쓰러뜨려 길을 막아 버리는 게 좋겠습니다. 적군은 싸움에 패하면 반드시 샛길로 달아날 것입니다. 말을 타고 갈 수 없으니까 반드시 말을 버리고 걸어갈 것입니다. 그러면 말을 모조리 수중에 넣을 수 있습니다."

하자, 곧바로 병사를 그곳으로 파견했다.

주유의 대군이 이릉에 도착하자, 그는 여러 사람들에게 이렇게 말했다.

"누구든지 포위망을 돌파하고 감녕을 구출할 사람은 없겠소?"

말이 떨어지기 무섭게 선뜻 내닫는 것은 바로 주태였다. 그 즉시 칼을 휘두르며 말을 몰아서 단숨에 성 밑까지 돌진해 들어가니 감녕은 주태가 달려오는 것을 보자 성 밖으로 나와서 영접했다.

"도독께서도 친히 출마하셨소!"

하는 주태의 말을 듣자, 감녕은 당장에 성 안에 말을 전하여 병사들에게 몸차림을 단단히 하고 배불리 먹고 언제든지 싸움을 할 수 있도록 대기하고 있으라는 명령을 내렸다.

한편, 조홍·조순·우금은 주유의 군사가 쳐들어온다는 소식을 듣자, 우선 남군으로 급보를 날려서 이런 사태를 조인에게 알리고 군사를 나누어서 이에 대적하기로 작정했다.

오군(吳軍)이 도착하자 조홍의 군사가 이와 대결하고 접전이 벌어지려는 판인데, 감녕과 주태가 두 갈래로 갈라져서 쳐들어오는 바람에 조홍의 군사들은 당황하여 허둥지둥, 이 틈을 타서 오군은 사방에서 노도같이 몰려들었다.

조홍·조순·우금은 예측한 것과 틀림없이 샛길로 접어들고 보니 나무가 잔뜩 가로놓여져 있어서 앞으로 나갈 수 없었다. 할 수 없이 말을 버리고 도주해 버려서 오군은 힘 안 들이고 말을 5백 필이나 얻게 되었다.

주유는 숨 쉴 틈도 없이 남군을 향하여 돌격을 감행했다. 도중에서 이릉을 구출하려고 달려드는 조인의 군사와 맞닥뜨리게 되어서 일대 접전이 벌어졌는데, 날이 저물 무렵에는 쌍방이 다같이 군사를 뒤로 물렸다.

조인은 성으로 돌아와서 여러 대장들과 대책을 강구했다. 조홍이 말했다.

"이릉을 상실했으니 이 성의 위기도 박두했습니다. 이제야말로 승상께서 지녀 두라고 주셨던 계책을 펼쳐 보고 이 위기를 모면해야 할 때라고 생각됩니다."

"그대의 말이 내 생각과 똑같군!"

조인은 조조가 준 계책이 들어 있는 봉투를 뜯어보자 크게 기뻐하며 당장 명령을 내렸다. 5경에 군량을 수습해 가지고 날이 밝을 무렵에는 전군 성을 버리고 도주할 것이며, 그때 성벽에 깃발을 무수히 꽂아 두어서 군사들이 아직도 있는 것처럼 보이도록 하고 세 성문으로 갈라져 성 밖으로 나가라는 것이었다.

이때, 주유는 감녕을 구출해 가지고 남군 성 밖에 진을 치고 있었다. 조인의 군사가 세 성문 밖으로 나오는 것을 보자, 장대(將臺)에 올라가서 관망했다. 단지 성벽 위 여장(女牆)가에만 정기(旌旗)가 아무렇게나 꽂혀 있고, 지키는 사람도 없으며, 또 군사들이 허리에 보따리를 차고 있어서 주유는 이것이 반드시 조인이 먼저 뺑소니를 치려는 것이라고 혼자 알아차리고, 곧바로 장대에서 내려와 명령을 내렸다. 전군이 좌우 양쪽으로 갈라져서, 선봉이 승리하게 되기만 하면 그저 앞만 향하고 추격해 들어가서 징이 울리면 그때에 뒤로 물러서라는 지시였다.

이리하여 정보에게 후군의 책임을 맡기고, 친히 군사를 거느리고 진격했는데, 양군의 진지가 자리잡히자 북소리도 요란스럽게 조홍이 친히 말을 달려 나가 도전했다.

주유도 문기(門旗) 아래까지 말을 몰았다. 한당을 내세워서 조홍과 대결시켰다.

두 장수의 말들이 서로 맞닥뜨리기 30여 합, 조홍은 드디어 견디지 못하고 말머리를 돌려서 되돌아왔다. 그것을 보고 있던 조인이 그를 대신하여 말을 몰고 달려나갔지만, 저편에서는 주태가 말을 달려서 내달으니 10여 합을 싸우다가 조인도 패주해 버리고, 군사들은 갈팡질팡 흩어지고 말았다. 마침내 조인의 군사들은 주유의 군사들에게 성 아래까지 추격을 당하게 되니 성을 버리고 서북쪽으로 도주해 버렸다.

한당과 주태는 선봉을 거느리고 패주하는 조조의 군사를 한 놈도 놓치지 않겠다고 맹렬히 추격했다.

한편, 주유는 성문이 활짝 열렸고 성 위에 사람이 없는 것을 보자, 여러 군사들에게 성을 점령하라고 명령하고, 먼저 수십 기가 앞장을 서서 쳐들어가라고 지시했다. 주유 자신도 그 뒤를 따라서 채찍질을 해서 말을 몰아 옹성(甕城)으로 들어섰다.

이때, 진교가 적루(敵樓) 위에서 주유가 친히 성 안으로 들어서는 것을 바라다보다가, 남몰래 갈채를 하며 중얼거렸다.

"승상의 묘한 꾀는 과연 귀신 같구나!"

딱다기 소리가 울렸다. 양편에서 일제히 활과 쇠뇌가 발사되었다. 그 기세 소낙비가 퍼붓는 듯. 앞을 다투어서 성 안에 들어선 자들은 모조리 함갱(陷坑) 속에 빠져 버렸다. 주유가 급히 말머리를 돌렸을 때, 한 자루의 화살이 공교롭게도 왼쪽 겨드랑 밑을 명중해서 말 위에서 나둥그러지고 말았다. 성 안에서 달려나오던 우금이 주유를 산채로 잡으려고 덤벼드는 것을 서성 · 정봉 두 장수가 결사적으로 대항하여 간신히 구출했다.

이때 성 안에서는 난데없이 또 무수한 군사들이 달려나왔다. 오군은 자기편 군사들을 서로 짓밟으면서 아수라장, 혼비백산이 되어서 함갱에 빠져 버린 병사들도 부지기수였다.

정보가 곧바로 군사를 수습하려는 찰나에, 조홍 · 조인이 양편에서부터 되돌아와서, 오군은 또 한번 뿔뿔이 흩어지지 않을 수 없었는데, 다행히 능통이 군사를 거느리고 옆에서 거들었기 때문에 조인의 공격을 간신히 막아낼 수 있었다.

이리하여 조인은 큰 승리를 거두고 성 안으로 돌아갔으며, 정보는 패잔병들을 거느리고 간신히 진지로 돌아왔다.

정봉 · 서성 두 장수들은 주유를 구출해 가지고 영채로 돌아와서 행군(行軍) 의사를 불러서 화살촉을 뽑아 내고, 금창약(金瘡藥)을 상처에다 붙이니, 주유는 아픔을 견디지 못하고 음식을 전폐

했다.

의사가 주의시켰다.

"이 화살 촉에는 독이 묻어서 빨리 나으시지는 못할 것입니다. 노한 기운이 충격(沖激)되신다면 상처가 아물지 못하고 도로 터질 것입니다."

정보는 이 말을 듣고 전군 장병에게 진지를 고수하고 일체 싸움을 하러 나서지 말라고 지시했다. 사흘째 되던 날, 우금이 군사를 거느리고 도전해 왔으나 정보는 꾹 참으면서 모른 체하고 응전하지 않았다. 우금은 날이 저물 무렵까지 온갖 입에 담지 못할 욕설을 퍼붓고 돌아갔는데, 그 이튿날도 줄기차게 나타났다.

정보는 주유가 화를 내고 격분할까 걱정해서 이런 사실을 전혀 알리지 않았다. 그랬더니 우금은 영채 앞까지 가까이 들어와서 주유를 산채로 잡아가겠다고 마구 고함을 지르며 매도했다. 정보는 여러 사람들과 상의한 끝에 우선 군사를 뒤로 물리고 오후 손권을 만나 보고 나서 이후의 태도를 결정하기로 했다.

주유는 비록 상처 때문에 앓고 있기는 하지만 심중에는 뚜렷한 생각이 있었다. 조조의 군사가 노상 영채 앞까지 쳐들어와서 매도하고 있는데도 여러 장수들이 자기에게는 보고하지 않는다는 사실을 알고 있었다.

하루는 조인이 친히 대군을 거느리고 북을 두들기고 고함을 지르며 도전해 왔다.

그런데도 정보가 군사를 풀지 않고 나서서 싸우려 하지 않자, 주유는 여러 장수를 장 안으로 불러들여 물었다.

"어디서 북소리와 아우성 소리가 이렇게 들려오는 거요?"

여러 장수들이 대답했다.

"군중에서 병졸들을 교연(敎演)하는 것입니다."

주유는 화가 치밀었다.

"어째서 나를 속이려는 거요? 조조의 군사가 노상까지 와서 매도하는 것을 나는 벌써부터 알고 있었소. 정보는 병권을 장악하고 있으면서도 어째서 가만히 앉아서 보고만 있는 것이오?"

드디어 사람을 시켜서 정보를 장중으로 불러들여서 힐문했다.

정보가 대답했다.

"공의 상처가 아물기 전에는 화를 내시게 하면 안 된다고 의사가 말했기에 조조의 군사가 도전해 와도 알려 드리지 않았습니다."

"싸우지 않는다면, 대체 어찌할 작정이오?"

"여러 장수들은 모두 우선 군사를 거두어 가지고 강동으로 돌아가서, 공께서 화살의 상처를 회복하신 다음에 다시 방침을 세우기를 바라고 있습니다."

주유가 그 말을 듣더니, 침상 위에서 벌떡 뛰어 일어나면서 말했다.

"대장부, 군록(君祿)을 먹고 있는 이상, 마땅히 싸움터에서 죽어야 할 것이며, 말가죽에 시체를 싸가지고 제 고장으로 돌아감이 명예스러운 일이리다! 어찌 나 한 사람을 위해서 국가의 대사를 돌보지 않는단 말인가?"

말을 마치자 곧 갑옷을 걸치고 말 위에 올라탔다. 여러 장수들은 깜짝 놀라지 않는 사람이 없었다. 드디어 수백 기를 거느리고 영채 앞에 나섰다. 앞을 내다보자니 조조의 군사가 이미 진세를 펼치고, 조인이 말을 타고 문기 아래 서서 채찍을 높이 휘두르며 소리 높여 매도하고 있었다.

"주유란 놈아, 이제는 살 날이 며칠 남지 않아서 아마 우리 군사를 마주 대하지는 못할 것이다!"

매도하는 소리가 끝나기도 전에 주유가 여러 말들 속에서 불쑥 나서며 소리쳤다.

"조인, 이 못생긴 놈아! 네 눈에는 이 주랑이 보이지 않느냐?"

조조의 군사들은 주유의 모습을 보고 모두들 깜짝 놀랐다. 주유는 대로하여 반장(潘璋)더러 나가 싸우라 했다. 그러나 반장이 나서서 적군과 맞부딪치기도 전에, 주유는 갑자기 악을 쓰더니 입으로 피를 뿜고 말 아래로 굴러떨어졌다.

조조의 군사들이 일제히 쳐들어오니, 여러 장수들이 이것을 앞으로 나가서 막아내고, 한바탕 혼전을 치르고 난 다음에 주유를 구출해 가지고 장중으로 돌아왔다.

그러나 이것은 주유의 계책이었다. 그는 걱정하는 정보에게 말했다.

"내 몸은 본래부터 대단한 고통이 있는 것은 아니었소. 내가 이렇게 한 것은 조조의 군사들이 내가 병이 위독한 줄 알도록 속여 보려는 것이었소. 심복의 군사를 시켜서 성 안에 가서 거짓 투항을 시키고, 내가 이미 죽었다고 말하게 하면, 오늘밤에 조인은 반드시 영채를 습격할 것이오. 우리 편에서는 사방에 군사를 매복시켰다가 이와 대적하면 조인은 단번에 잡을 수 있소."

정보는 즉시 영채 속에서 통곡소리를 요란하게 울리고 여러 병사들은 당황히 서두르며 주도독이 화살의 상처가 악화되어서 세상을 떠났다고 떠들도록 하며, 여러 영채의 병사들에게는 모조리 거상을 입혔다.

주유가 화살의 상처가 더쳐서 죽었다는 소문이 퍼지자, 조인은 여간 기뻐하지 않았고, 주유의 시체마저 빼앗아서 그 수급을 허도로 갖다가 바칠 작정을 했다.

마침내, 우금을 선봉으로 조인은 친히 중군을 맡고, 조홍·조순이 후군을 책임지고, 진교에게 약간의 군사를 주어서 성을 지키도록 하고, 그밖의 병력을 총동원해서 공격을 감행하기로 했다. 그리고 초경이 지나자 성 밖으로 나와서 단숨에 주유의 영채로 밀고 들어갔다.

그러나 결국, 조인은 주유의 꾀에 빠지고 만 것이었다. 영채 문 앞까지 와서 안에 인기척이 없고 깃발만 휘날리는 것을 보자, 아차! 꾀에 넘어갔구나! 하고 되돌아서려는데, 이미 사방에서 포성(礮聲)이 일어나더니 동쪽에서는 한당·장흠, 서쪽에서는 주태·반장, 남쪽에서는 서성·정봉, 북쪽에서는 진무·여몽이 일제히 덤벼들었다.

조인의 군사는 지리멸렬, 일대 혼란을 일으키고 갈팡질팡. 조인은 간신히 10여 기를 거느리고 포위망을 탈출해서 도주하다가 다행히 조홍을 만나게 되어서 패잔병을 거느리고 쥐구멍을 찾아서 뺑소니를 쳤다.

5경이 넘어서 남군이 바라다뵈는 지점까지 도망쳐 왔을 때에는 북소리가 요란스럽게 일어나더니 능통의 군사가 또 앞길을 가로막아서, 조인은 남군으로도 달아나지 못하고 구사일생, 간신히 양양 방향으로 도주해 버렸다.

주유와 정보가 남군으로 쳐들어갔더니, 성 위에는 벌써 깃발이 휘날리고 있었으며, 장수 한 사람이 적루 위에 서서 소리를 질렀다.

"도독, 미안하게 됐소! 나는 군사(軍師)의 명령을 받들고 이미 이 성을 점령했소. 나는 상산의 조자룡이오."

주유는 격분을 참지 못하고 당장에 성을 공격하라는 명령을 내렸다.

그러나 성 위에서는 화살이 빗발치듯 쏟아졌다. 주유는 또 명령을 내렸다.

우선 군사를 뒤로 물리고 영채로 돌아가서 상의해 가지고, 감녕을 시켜서 군마 수천을 거느리고 형주을 점령하도록 하고, 능통도 군마 수천을 거느리고 양양을 점령하도록 명령했으며, 그 다음에 남군을 공략해도 늦지 않으리라는 결정을 내렸다.

　이렇게 배치를 하고 있는데, 홀연 탐마가 급히 달려와서 보고했다.

　"제갈량이 친히 남군을 점령하고, 병부(兵符)까지 사용해서 밤중에 형주성을 지키는 군마들을 속여서 응원오도록 하고, 한편 장비를 시켜서 형주를 습격했습니다."

　또다른 탐마가 달려와서 보고하는데, 하후돈은 양양에서 조인이 원군을 청한다는 조조의 거짓 병부에 속아 출병했다가 관운장에게 급습을 당하고 양양을 빼앗겼다는 것이었다.

　결국, 두 성지가 아무런 힘도 들이지 않고 유현덕의 수중으로 들어가고 말았다.

　주유가 물었다.

　"제갈량이 어떻게 해서 병부를 수중에 넣었단 말인가?"

　정보가 대답했다.

　"그가 진교를 붙잡았으니, 병부를 모조리 수중에 넣게 됐을 것이 아닙니까?"

　주유는 또 한번 악을 썼다. 금창약을 붙인 화살의 상처가 터져버리고 말았다.

이야말로 몇 군의 성지 가운데 자기 것은 하나도 없고, 한바탕 고생한 것이 누구를 위해 애썼는지 모르게 된 것이다.

52.
조자룡, 계양을 빼앗다

군사가 기이한 계책으로 싸움에 이기니
장사들은 전공을 다툰다

諸 葛 亮 智 辭 魯 肅
趙 子 龍 計 取 桂 陽

주유는 남군을 눈앞에 놓고 공명에게 뺏긴 판에, 형주·양양 마저 남의 수중에 들어갔다는 말을 듣게 되니 분통이 터지지 않을 도리가 없었다.

불끈 화가 치밀어오르는 순간에 상처가 다시 터져서 정신을 잃었다가 반 시간이나 더 지나서야 간신히 맑은 정신이 들었다.

여러 대장들이 진정시키려고 이구동성으로 어린아이를 달래 듯 했지만 그는 막무가내, 고집을 부리며 당장에 남군을 공략해서 도로 뺏고야 말테니, 정보·노숙도 힘을 빌려 달라는 것이었다.

노숙이 누구보다도 간곡히 만류했다.

유현덕은 조조와 옛날부터 친분이 있는 사이니, 만일에 싸움을 하러 나갔다가 조조의 군사가 이편의 허를 찌르게 되는 날에는 큰일이라고 하면서, 우선 자기가 유현덕을 만나 도리를 따져서 이야기해 보고, 그래도 듣지 않을 경우에는 힘으로써 해결하도록 하자고 했다.

다른 대장들도 모두 노숙의 의견에 찬성하자, 노숙은 종자(從者)를 거느리고 남군으로 달려갔다.

성 밑에 이르러 문을 열라고 하니, 마침 조자룡이 나와서 하는 말이, 공명은 그곳에 없고 형주성에 가 있다는 것이었다.

"공명은 정말 보통 사람이 아니구나!"

노숙은 이렇게 탄복해 마지않으면서 곧 형주성으로 달려가서 공명을 만났다. 노숙이 공명에게 따졌다.

지난번에 조조가 백만 대군을 거느리고 강남(江南)으로 쳐내려왔을 때엔, 사실 유황숙을 토벌하려는 의도에서 나온 것이었고, 이런 위급을 구해준 것은 동오(東吳) 편이었는데, 당연히 동오에 속해야 될 형주 9군(郡)을 유현덕이 술책을 써서 탈취한다는 것은 지극히 부당한 일이라고 역설했다.

그랬더니 공명이 대답했다.

"그건 천만의 말씀입니다. 형주 9군은 애당초부터 동오의 영지가 아니었고, 유경승(劉景升)이 다스리고 있던 땅이오. 우리 주공께서는 경승의 아우뻘이 되시는 분이니 유경승께서 세상을 떠나신 뒤에는 그에게도 아드님이 계시니까, 그 아드님을 거들 어서 이 땅을 다스리게 하자는 건데, 뭣이 잘못된 일이란 말씀 이오?"

"만약에 공자 유기(劉琦)가 이 땅을 점령한다면 우리로서도 더 할말이 없지만, 지금 공자는 강하에 계시고 여기는 안 계시지 않 습니까?"

"그래, 공자께서 여기 계시다면 아무 말씀도 못하시겠다는 겁 니까?"

하더니, 좌우에게 명령하여 공자 유기를 병풍 뒤에서 부축해 내도록 했다.

유기의 얼굴을 눈앞에 보게 된 노숙은 입을 딱 벌린 채 뭐라고 더 할말이 없었다. 한참 만에 노숙이 물었다.

"공자께서 세상을 떠나신 뒤에는 어찌하실 작정이십니까?"

"공자께서 이 땅을 내놓으실 까닭도 없겠지만, 세상을 떠나시 게 된다면야 이야기는 달라지겠지요."

"그때에는 반드시 동오의 영토가 되도록 돌려 주시겠습니까?"

"좋소! 그렇게 하도록 승낙하겠소!"

노숙은 공명과 작별하고 주유에게 돌아와서 사실대로 보고 했다.

주유가 물었다.

"유기는 아직도 나이가 어린데, 어느때 그가 죽기를 기다리고 있겠소?"

"이 노숙이 보건대, 유기는 주색에 빠져서 몸이 약하고, 두 볼이 쑥 들어간 게 숨소리도 제대로 들리지 않았습니다. 앞으로 반 년도 못 갈 겁니다. 그때를 기다려서 형주 땅을 뺏게 되면 그때 가서야 유현덕인들 또 무슨 구실을 붙일 수 있겠습니까?"

이렇게 두 사람이 어림도 없는 수작을 하고 있을 때, 홀연 손권이 보낸 사자가 도착했다. 전하는 말이, 합비에서 손권이 적군에 포위당하여 악전고투를 계속하고 있으니 주도독이 군사를 거느리고 시급히 합비로 나와서 구원해 달라는 것이었다.

주유는 어쩔 수 없이 영채를 수습해 가지고 시상(柴桑)으로 돌아왔다. 자신은 병 때문에 나설 수 없으니, 정보에게 명령하여 전선(戰船)과 군사를 정비해 가지고 합비로 나가서 손권을 거들어 주도록 했다.

유현덕은 형주·양양·남군을 손에 넣게 되자 자못 만족한 나날을 보내며 앞으로 닥쳐올 일의 계책을 세우느라고 머리를 짜고 있었다. 하루는 이적(伊籍)이 나타나서 형주를 편안하게 진압하기 위해서는, 그곳에 마씨(馬氏) 형제 다섯 사람이 있는데 이들은 유명한 현사(賢士)들이며, 그 중에서도 가장 뛰어난 머리를 가진 마량(馬良―子는 季常)을 기용해 보라는 것이었다.

현덕은 전에 이적의 은혜를 입은 일도 있고 해서 서슴지 않고 마량을 불러오도록 했다. 그에게 형주를 다스릴 좋은 방책이 없느냐고 묻자, 마량이 대답했다.

"형주는 사면을 적에게 포위당하고 있으니, 길이 보전한다는 것은 지극히 어렵습니다. 그러니까 유기 공자께서는 이곳에 계시며 몸조리나 하시도록 하고, 옛날 신하들을 모으셔서 방비를 견고히 하시는 한편, 상주문을 올려서 공자를 형주 자사(刺史)에 임명하시면 민심을 수습하실 수 있을 것입니다. 그렇게 하신 다음에 남쪽의 무릉(武陵)·장사(長沙)·계양(桂陽)·영릉(零陵)을 공략하여 점령하시고 금은과 군량을 저장하여 기초를 단단히 하심이 형주를 오래 다스릴 방책입니다."

"그 네 군 중 어디를 먼저 손대는 것이 좋겠소?"

"상강(湘江) 서쪽에 있는 영릉이 가장 가까운 거리에 있으니 이곳을 먼저 점령하시고, 그 다음에 무릉을 점령하시고 나서 상강 동쪽에 있는 계양을 점령하시고 마지막으로 장사를 점령하심이 좋을까 합니다."

현덕은 마량을 기용하여 종사(從事)를 삼고 이적을 부관(副官)으로 삼았다.

한편, 영릉 태수 유도(劉度)는 현덕의 군사가 쳐들어온다는 소식을 듣자, 아들 유현(劉賢)을 불러 가지고 대책을 상의했다.

유현은 자기 편에도 만인을 대적할 수 있는 형도영(邢道榮)이란 대장이 있으니, 적군의 장비나 조자룡 따위는 겁낼 것이 없다고 뽐냈다.

마침내, 유도는 아들 유현과 대장 형도영에게 명령하여 군사 만여 명을 거느리고 30리 앞에 있는 산을 등지고 강변에 진을 치도록 했다. 얼마 안 되어서 급보가 날아들었는데, 제갈공명이 군사를 거느리고 친히 출마해서 쳐들어온다는 것이었다. 형도영은 서슴지 않고 선두에 나서서 호통을 쳤다.

"이 역적아! 우리 영토를 어째서 침범하느냐?"

그런데 저편 진두에서는 수많은 황기(黃旗)가 휘날리고 있었다. 문기(門旗)가 양편으로 갈라지면서 한 채의 사륜거(四輪車)가 내달았다. 그 속에는 한 사람이 단정히 앉아 있는데, 머리에는 윤건(綸巾)을 썼고, 몸에는 학창(鶴氅)을 입었으며, 손에는 털부채(羽扇)를 들었는데, 부채질을 해가면서 형도영을 불렀다.

"나는 남양의 제갈공명이다. 조조의 백만 대군도 나의 말 한 마디로 몰살을 당했는데, 너희들이 어찌 감히 나와 대적하겠다는 거냐? 어째서 당장에 항복하지 않고 있느냐?"

형도영이 껄껄껄 호탕하게 웃어젖혔다.

"적벽(赤壁)에서 적군을 몰살시킨 것은 주랑(주유)의 꾀였다. 그대가 무슨 아랑곳이나 했기에 감히 나타나서 허튼 수작을 하고 있느냐?"

형도형이 큰 도끼를 휘두르며 공명에게 덤벼들었다. 공명이 재빨리 사륜거를 돌려 세워 진중을 향하여 달리니 진문(陣門)은 다시 닫혀 버리고 말았다.

형도영이 다짜고짜로 쳐들어가니 공명의 군대는 두 갈래로 갈라져서 달아나 버렸다.

형도영이 멀리 앞을 바라다보니 또 무수한 황기가 휘날리고 있었다. 그것이 바로 공명이거니 하고 황기만 보며 쳐들어갔다.

산기슭을 빙 돌고 나니, 그 황기는 옴쭉도 않고 있었다. 그러더니, 갑자기 중앙이 갈라지며 사륜거는 어디로 갔는지 보이지 않고 장수 한 사람이 사모창을 휘두르며 말 위에 앉아 호통을 치고 있었다. 바로 장비였다.

형도영은 큰 도끼를 휘두르며 대적해 봤지만 몇 합도 싸우지 못하고 겁이 나서 뺑소니쳐 버렸다.

장비에게 혼이 난 형도영이 죽을 힘을 다해서 도주하는데, 앞길을 가로막는 또 하나의 장수가 있었으니 그는 바로 조자룡이었다.

"상산의 조자룡을 모르느냐?"

호통 소리에 형도영은 도망칠 곳도 찾지 못하고 말을 내려 항복했다. 조자룡은 형도영을 묶어 가지고 현덕과 공명 앞에 무릎을 꿇게 했다. 현덕이 당장에 목을 베라고 하는 것을 공명이 말리면서 이렇게 말했다.

"유현을 잡아온다면 목숨을 살려 줄 것이다!"

"군사께서 이 형도영을 한번 진지로 돌려보내 주시기만 한다면, 반드시 일을 빈틈없이 처리하겠습니다. 오늘밤에 야습을 감행시키면 저는 진중에서 내응하여 유현을 산채로 잡아서 군사께 바치겠습니다. 유현이 붙잡히면 유도는 자연히 항복하게 될 것입니다."

현덕은 믿으려 하지 않았지만, 공명이 우겨서 형도영을 진지로 돌려보냈다.

진지로 돌아간 형도영은 여태까지의 경위를 유현에게 보고하고 나서 한 가지 계책을 제공했다.

"저편에서 계책을 쓰면 이편에서도 계책으로 싸워 보는 겁니다. 오늘밤에 군사들을 영채 밖에 매복시켜 놓고 군중에서는 깃발을 휘날리고 있다가, 공명이 밤에 습격해 오면 산채로 붙잡기로 합시다."

유현도 물론 그 의견에 찬성했다.

그날밤 2경쯤 되어서, 과연 수많은 군사들이 손에 풀단을 들고 영채로 몰려들더니 불을 질렀다. 경각을 지체치 않고 유현과 형도영이 양편에서 쳐나가니 그 군사들은 그대로 후퇴했다. 그것을 추격해서 10리쯤 가자 홀연 앞에서 달아나고 있던 군사들이 종적을 감추었다.

유현과 형도영이 진지로 되돌아와 보니 아직도 불길이 충천하고 있는 영채 속에서 한 사람의 대장이 뛰어나오며 호통을 쳤다.

그는 바로 장비였다.

"이대로 공명의 영채를 습격합시다. 우리 영채로는 들어갈 수 없으니……."

유현은 이렇게 형도영에게 고함을 지르며 다시 군사를 거느리고 돌아서서 10리도 못 갔는데, 이번에는 옆쪽에서 조자룡이 군사를 거느리고 덤벼들었다.

조자룡의 용맹을 당할 도리는 없었다. 형도영은 단번에 조자룡의 창에 찔려 말 아래로 나둥그러졌다.

유현이 당황해서 어쩔 줄 모르며 도주하는 판인데 이번에는 장비가 뒤쫓아와서 덤벼들었다. 결국 유현도 장비에게 꽁꽁 묶여서 공명의 앞에 나섰다.

"모든 일이 형도영이 저지른 노릇이지 소생이 본심에서 한 일은 아닙니다!"

애원하는 유현의 말을 듣자, 공명은 결박한 것을 풀어 주고 옷을 입히고 술 대접을 해서 제 성으로 돌려보냈다. 성으로 돌아가서 아버지 유도에게 항복을 권고할 것이며, 만약에 항복하지 않는다면 일문을 멸족할 것이라고 일러 보냈다.

유현은 영릉(零陵)으로 돌아와서 아버지 유도에게 공명의 인정 많은 처사를 낱낱이 보고하고 항복하기를 권고하자, 유도도 아들의 권고대로 성위에 백기를 꽂고, 성문을 활짝 열어젖히고 인수(印綬)를 받들고 성 밖에 있는 영채로 가서 투항하기를 자원했다. 공명은 유도를 그대로 태수 노릇을 하게 하고, 유현을 형주로 데리고 와서 군사들을 따라서 일을 보도록 해주니, 영릉 1군의 백성들이 모두 기뻐서 어쩔 줄 몰랐다.

현덕은 성 안으로 들어서자, 백성들을 안정시키고 3군 군사들에게 후하게 상을 베풀고 말했다.

"영릉은 이미 점령했소. 이제 계양군(桂陽郡)을 공략하러 나갈 사람은 없소?"

이 말을 듣자, 조자룡과 장비가 동시에 선뜻 나섰다. 저마다 앞장을 서서 나가겠다는 것이었다. 공명은 조자룡을 보내려고 했지만, 장비가 막무가내 말을 듣지 않았다.

결국, 제비를 뽑아서 조자룡이 가기로 결정되었는데도 장비는 자기를 보내 주지 않는다고 불평스러워 투덜거렸다.

조자룡은 군사 3천 명을 거느리고 그길로 계양으로 떠났다. 계양의 태수 조범(趙範)은 급보가 날아들자, 당황하여 여러 장수들과 대책을 상의한 결과, 관군교위(管軍校尉) 진응(陳應) · 포룡(鮑龍)이 자원해서 싸움에 나서겠다고 했다.

본래, 이 두 장수는 계양령 산 속에서 사냥을 하고 있던 자들인데, 진응은 비차(飛叉)라는 독특한 무기를 쓸 줄 알며, 포룡은 일찍이 호랑이 두 마리를 쏘아 죽였다는 기개가 대단한 사나이였다.

그들은 자기네들이 지닌 힘과 재간만 믿고 관운장이건 장비건 조자룡이건 두려울 것이 조금도 없다고 큰 소리를 탕탕 치면서 기어이 한번 싸워 보고야 말겠다는 것이었다.

태수 조범도 그들이 자신만만하게 설치는 바람에 승낙하지 않을 도리가 없었다.

진응이 3천 명의 군사를 거느리고 성 밖으로 나섰더니 벌써 조자룡의 군사가 쳐들어오는 것이 바라다보였다. 진응은 진지를 정돈하고 말을 달려 비차를 휘두르며 달려나갔다. 조자룡도 창을 휘두르며 덤벼들어 호통을 쳤다.

"우리 주공 유현덕장군은 유경승(劉景升)장군과 형제 관계로, 이번에 유기 공자를 도와서 형주를 다스리시게 된 것이다. 백성을 안정시키려는 이 마당에, 네놈들이 우리에게 대적하고 나서다니 괘씸하기 이를 데 없는 일이다."

진응도 지려고 하지 않았다.

"우리들은 조승상의 명령에 복종할지언정 유현덕 따위의 말을 들어야 될 까닭은 없다!"

조자룡은 격분해서 창을 휘두르며 진응에게 육박해 들어갔다. 진응도 비차를 휘두르며 대적하여 말과 말이 맞닥뜨리기를 너덧 차례, 그러나 진응이 조자룡의 적수가 될 리 없었다. 견디다 못해서 뺑소니를 쳐버렸다.

조자룡이 추격하니 진응은 조자룡이 가까이 오기를 노리고 있다가 비차를 훌쩍 던졌다. 그러나 조자룡은 그것을 한 손으로 덥석 움켜잡아서 진응에게 되던졌다.

진응이 훌쩍 몸을 돌리는 찰나에, 조자룡은 그대로 말을 달려 들어가서 진응을 움켜잡고 땅 위에 내동댕이쳤다. 당장에 병졸들에게 명령해서 꽁꽁 묶어 가지고 영채로 돌아오니, 진응의 군사들은 사방으로 뿔뿔이 흩어져서 도주하는 수밖에 없었다.

조자룡이 영채로 돌아와서 호령을 했다.

"제 분수도 모르고 날뛰는 놈아! 목숨만 살려줄 것이니 빨리 돌아가서 조범에게 권고해서 항복하도록 해라!"

진응은 살려 달라고 애원하면서 간신히 성으로 도주하여 조범에게 경위를 보고했다. 조범이 말했다.

"나는 진작 투항하고 싶은 생각이었는데, 그대가 선불리 설쳤기 때문에 마침내 이런 결과를 가져온 것이지!"

진응이 질책하나 조범은 인수를 받들고 10여 기를 거느린 채 조자룡의 영채로 와서 투항을 자원했다. 조자룡은 영채 앞에 나와서 그들을 영접했고, 빈객의 예의를 다했으며, 주연을 베풀어 그들을 대접했고 인수도 받아들였다.

술이 몇 순배 돌아갔을 때 조범이 말을 꺼냈다.

"장군의 성은 조이시고 저의 성도 조이니, 5백 년을 거슬러 올라가서 따지자면 같은 일문(一門)일 것이 틀림없습니다. 또 장군의 고향이 진정(眞定)이시고 보면 저도 진정 태생으로 또한 동향입니다. 만약에 꺼리지만 않으시고 의형제를 맺어 주신다면 정말 다행으로 알겠습니다."

조자룡이 크게 기뻐하며 생년월일을 따져 봤더니 조자룡이 넉 달 먼저 세상에 나왔으니, 조범은 조자룡을 형님으로 모시게 됐다. 그러고 보니 두 사람은 정말 동향(同鄕) 동년(同年) 동성(同姓)이라서 서로 각별히 친해졌다.

밤이 되어서 주연이 끝나자 조범은 성으로 돌아갔다. 그 이튿날, 조자룡에게 잠깐 성으로 들어와서 백성들을 안심시켜 달라는 전갈이 오자, 조자룡은 5천 기를 거느리고 성 안으로 들어가서 조범을 만났다.

백성들은 향불을 피워 들고 길에 엎드려서 조자룡을 영접했으며, 백성들이 안정되자 조범은 아문에 주연을 베풀어 조자룡을 대접했다.

술이 거나하게 돌아가고 있을 때, 조범은 자리를 달리하여 후당 깊숙한 곳으로 조자룡을 안내했다. 조자룡이 술이 다소 취한 듯했을 때, 조범은 여자 하나를 불러들여서 조자룡에게 술을 따르도록 했다. 조자룡이 보자니, 그 여자는 몸에 소복을 했으며, 경국경성(傾國傾城)의 미모를 지니고 있었다.

조범에게 물어 봤다.

"이분은 누구신가?"

"형수 번씨(樊氏)입니다."

자룡은 정색을 하고 경의를 표시했다.

번씨가 술을 다 권하고 나니, 조범은 그 자리에 그대로 앉아 있으라고 했다. 조자룡은 그럴 필요가 없다고 사양했다. 번씨가 후당으로 물러나간 다음에 조자룡이 말했다.

"이사람아, 뭣 때문에 형수를 시켜서 술을 따르게 한단 말인가?"

조범이 싱글벙글 웃으면서 말했다.

"우리 선형께서 세상을 떠나신 지는 이미 3년이나 됩니다. 형수는 끝내 과부로 지내시지 못할 바에야 개가를 하시라고 나는 권해 왔습니다. 그랬더니 형수의 말씀이 만약에 세 가지 조건을 구비한 사람이 있다면 개가하시겠다고 하셨는데, 그 첫째는 문무를 겸비해서 천하에 명성이 높아야 하고, 둘째는 풍채가 당당해서 위의출중(威儀出衆)해야 되고, 셋째는 가형(家兄)과 동성이어야 한다는 것입니다. 천하에 이렇게 입에 맞는 떡이 어디 있겠습니까? 그런데 곰곰 생각하니 장군께서는 이 세 가지 조건을 모두 갖추셨으니, 우리 형수를 부인으로 삼으셔서 누세의 친척을 맺으시면 좋을 것 같습니다."

그 말을 듣고 조자룡은 화를 벌컥 내고 일어서며 무서운 음성으로 호령을 했다.

"내가 자네와 형제를 맺은 이상, 자네의 형수는 곧 나에게도 형수인데 어찌 이런 인륜을 어지럽게 하는 일을 할 수 있단 말인가?"

조범은 부끄러움이 얼굴에 가득 차서 말했다.

"이 아우가 호의로써 말씀드리는 건데 어찌 그다지도 노여운 말씀을 하십니까?"

조범은 좌우 사람들에게 눈을 찡긋하고 암시를 주어 조자룡을 죽여 버리자는 배짱을 표시했다. 눈치가 빠른 조자룡, 주먹 한 대로 번갯불처럼 조범을 때려눕히고는 부문(府門)을 나와서 말을 타고 곧장 성 밖으로 달렸다.

조범은 당황해서 진응·포룡 두 장수를 불러 가지고 상의했다. 진응·포룡은 둘이서 투항을 가장하고 조자룡의 영채로 갈 테니 태수 조범은 군사를 거느리고 습격을 하라고 했다. 조범도 이 계책에 찬동하여 그날밤 진응·포룡은 5백 기를 거느리고 조자룡의 영채로 가서 거짓 투항을 했다. 눈치빠른 조자룡, 벌써 그들의 배짱을 알아차렸지만, 시치미를 뚝 떼고 그들을 맞아들였다.

그들이 말하기를,

"조범은 미인계를 써서 장군을 속이고, 장군께서 술이 취하시기를 기다려 후당으로 끌어들여 모살하고 수급을 조승상에게 바쳐서 공을 세우자는 배짱이었습니다. 저희들 둘이 장군께서 역정을 내시고 돌아가시는 것을 보았으니 입장이 매우 곤란해서 투항하러 온 것입니다."

하니 조자룡은 그 말을 곧이듣는 체하고 술상을 차려서 둘을 취하도록 마시게 한 다음, 부하를 시켜서 꽁꽁 묶어 버렸다.

그리고 그들의 부하를 붙잡아다가 힐문해 보니 과연 거짓 투항임이 판명되었다.

조자룡은 당장에 진응·포룡 둘의 목을 베었다. 그들이 거느리고 온 병사 5백 명을 앞장세우고, 조자룡은 친히 따로 1천 기를 거느리고 그날밤으로 계양성 아래까지 쳐들어가서 문을 열라고 호통을 쳤다.

문에서 파수를 보고 있던 병사들이 물어 보니 진응·포룡 두 장수가 조자룡의 수급을 베어 가지고 태수를 만나 보고자 한다고 하자 횃불을 밝히고 성 위에서 내려다보니 과연 틀림없이 자기편 군사들이었다.

조범이 급히 성 밖으로 영접하러 나오려 하는 것을 조자룡이 부하에게 명령하여 붙잡았다. 이리하여 성 안으로 들어가서 백성들을 안정시키고 나서 현덕에게도 이런 경위를 보고했다.

현덕과 공명이 계양에 도착했다.

조범은 섬돌 아래 꽁꽁 묶여 있었다. 공명이 연유를 물었더니, 조범이 자기 형수를 조자룡에게 시집보내려던 사연을 일일이 고백했다.

공명이 조자룡에게 어째서 거절했느냐고 묻자 조자룡이 대답했다.

"조범하고 형제의 연을 맺은 이상, 그의 형수를 저의 아내로 만든다면 세상사람들의 비방을 면할 길이 없을 겁니다. 이것이 첫번째 이유이고, 남의 아내 노릇을 하던 여자가 개가를 한다는 것은 정조를 지키지 못함이니 이것이 두번째 이유요, 투항해 온 조범의 내심을 알 수 없음이 세번째 이유입니다. 또 나 혼자서만 아내를 거느리고 재미를 보면서 맡은 바 임무를 소홀히 한대서 야 어디 될 말입니까!"

현덕이 물었다.

"이제 큰일도 이미 끝났으니, 장가들도록 해줄 텐데 어떻 겠나?"

"천하에는 여자가 얼마든지 있습니다! 그러나 명예를 세우 지 못함이 걱정이지, 처자가 없다는 게 뭐가 걱정되는 일이겠습 니까?"

"자룡은 정말로 대장불세!"

조범을 석방해서 도로 계양 태수에 명했으며, 조자룡에게 후 히 상금을 내렸다.

이때, 장비가 호통을 쳤다.

"자룡 혼자만 공을 세우게 하니, 나는 무용지물이란 말이오? 나도 군사 3천만 주면 당장에 무릉군(武陵郡)을 쳐부수고 태수 김 선(金旋)을 잡아오겠소!"

공명이 말했다.

"가시는 건 좋은데, 꼭 한 가지 지켜야 할 일이 있습니다."

이야말로 군사가 기책(奇策)을 많이 써서 싸움에 이기니, 장사들은 서로 전공(戰功)을 다툰다.

53.
황충, 관운장에게 투항하다

장비가 무릉을 손에 넣자
관운장은 장사를 손에 넣고…

關雲長義釋黃漢升
孫仲謀大戰張文遠

공명이 장비에게 말했다.

"조자룡장군이 계양으로 떠나갈 때에는 군령장을 써 놓고 가셨으니, 공께서도 무릉을 공략하시겠다면 군령장을 제출해 놓고 가시오."

장비는 당장에 군령장을 작성해 놓고 군사 3천을 거느리고 무릉으로 달려갔다.

무릉군 태수 김선은 장비가 쳐들어온다는 소식을 듣자 여러 장수들을 소집하고 정예군사를 총동원해서 성 밖에 나가 대결하기로 했다. 그런데 종사(從事)로 있는 공지(鞏志)가 유현덕은 황숙이요, 장비는 천하의 맹장이니 항복하는 것이 좋으리라고 권고했다. 그랬더니 김선은 적군과 내통한 놈이니 목을 베라고 펄펄 뛰었다.

좌우 사람들이 간곡히 목숨만 살려달라고 애원하자 그를 용서해 주고, 친히 군사를 거느리고 성 밖 20리 지점에 나왔을 때 장비와 맞닥뜨려졌다. 그러나 장비가 말을 달려 호통을 치며 나서니, 그 위력에 겁을 집어먹고 김선은 쥐구멍을 찾듯이 뺑소니를 쳤다. 김선이 성벽 아래까지 도망쳐 왔을 때에는 화살이 빗발치듯 퍼부었다. 깜짝 놀라서 위를 쳐다보니 공지가 버티고 서서 호령을 했다.

"천시(天時)를 거역하고 싸움에 패한 어리석은 자야! 나는 백성을 거느리고 투항하겠다.!"

그 말도 채 끝나기 전에, 화살 한 자루가 날아들더니 김선의 얼굴에 꽂혀서 말 위에서 나가 떨어져 버렸다. 그 수급을 병사들이 장비에게 바쳤고, 공지는 성 밖에 나와서 투항했다. 장비는 공지를 시켜서 인수를 가지고 계양으로 가서 현덕에게 바치게 했다. 현덕은 매우 기뻐하고 공지를 김선의 후임자로 임명해 주었다.

이제 남은 것은 장사(長沙) 한 고을뿐이었다. 관운장이 자기도 한번 공로를 세워 보겠다고 간곡한 편지를 써서, 현덕은 곧 장비를 형주로 보내서 수비를 책임지도록 하고 관운장을 불러 올려서 장사를 공략하도록 명령했다.

관운장이 장사를 공략하려고 떠나려는데 공명이 당부하는 말이 있었다. 장사의 태수 한현(韓玄)은 하잘것없는 위인이지만, 그 밑에 있는 60세의 노장 황충(黃忠)은 능히 만인을 대적해 낼 만한 맹장이니, 이번에는 군사를 더 충분히 동원해 가지고 가라는 것이었다.

그러나 관운장은,

"아무리 적장이 세다 하기로 우리 편 위신도 소중하니 나는 5백 기만 가지면 충분하오. 내 기필코 황충과 한현의 목을 베어 가지고 돌아오리다."

하면서, 현덕이 권고하는 것도 듣지 않고 끝끝내 겨우 5백 기만을 거느리고 떠나갔다. 이때 공명이 현덕에게,

"관운장장군은 황충을 우습게 여기고 고집을 부리고 떠났으니, 주공께서 후군을 돌봐 주셔야겠습니다."

해서 현덕은 공명의 의견대로 군사를 거느리고 장사로 뒤쫓아 떠났다.

황충은 이석력궁(二石力弓)을 혼자 당겨서 백발백중한다는 무서운 솜씨를 지닌 맹장이었다.

장사의 태수 한현은 황충을 불러서 대책을 강구했고, 황충이 서슴지 않고 싸움터로 나가겠다 하고 있을 때, 관군교위(管軍校尉) 양령(楊齡)이 노장군께서 앞장서실 것 없이 자기가 나서겠노라고 하며 1천 기를 거느리고 관운장을 대적해 보려고 내달았다. 그

러나 양령이 관운장을 대적할 수 있을 리 없었다. 청룡도가 한
번 번쩍 하는 순간 양령의 목은 허공으로 날았고, 관운장은 도주
하는 적군을 추격하여 성 아래까지 밀고 들어갔다.

태수 한현은 깜짝 놀라서 그 즉시 황충을 출마하도록 했다.

황충은 한 손에 칼을 잡고 말을 달려 5백 기를 거느리고 적교
(吊橋)를 날듯이 넘어서 관운장과 대결했다. 쌍방이 모두 맹장들
이었다.

백여 합을 싸웠는데도 승부가 좀처럼 나지 않아서 황충은 한
현이 돌아오라고 신호를 보내는 징소리를 듣고 진지로 돌아갔으
며, 관운장도 성에서 10리쯤 떨어진 지점에 진을 치고 군사를 물
렸다. 관운장이 혼자서 곰곰 생각했다.

'몸은 늙었다 하지만, 황충은 과연 전하는 말과 조금도 틀림없
는 천하의 맹장이다! 내일은 도주하는 체하다가 뒤로 손을 급히
써서 한칼에 처치해 버리리라!'

그 이튿날, 아침 식사가 끝나자 싸움은 또 치열하게 시작되
었다.

5, 60합을 또 계속해서 싸웠건만 여전히 승부가 나지 않았다.
관운장은 미리 작정한 계책대로 말머리를 돌려서 도주하는 체했
다. 황충은 그대로 추격해 왔다.

관운장이 청룡도를 번쩍 처들고 한칼에 내리치려는 순간, 등
뒤에서 말이 울부짖는 소리가 들렸다. 깜짝 놀라 고개를 돌려 보

니, 황충을 태운 말이 앞으로 고꾸라져서 앞다리를 일으켜 세우지 못하고 한편에 나뒹굴고 있었다.

관운장, 청룡도를 선뜻 멈추며 말머리를 돌리고 소리쳤다.

"약점을 찌르지는 않겠다! 빨리 말을 바꿔 타고 다시 나오너라!"

황충은 말을 일으켜 세우더니 훌쩍 올라타고 비호같이 성 안으로 달아났다.

"백발백중의 솜씨를 지닌 장군이 어째서 활을 쓰지 않았단 말이오?"

황충은 한현에게 힐문을 받았다.

말이 좋지 못했다는 평계를 했더니, 한현은 황충에게 다른 청마(靑馬) 한 필을 주었다.

"내일은 반드시 도주하는 체해서 관운장을 적교 근처까지 유인해 가지고 활로 쏘겠소이다."

황충은 이렇게 대답을 하기는 했지만, 밤새도록 곰곰 생각을 하며 망설이고만 있었다.

'관운장의 인정과 의리는 세상에서 보기 드문 것이다. 내 목숨을 뺏고자 하지 않은 그를 내가 어떻게 활로 쏘아 죽일 수 있단 말인가?'

그 이튿날 싸움에서, 황충은 미리 계책을 세운 대로 관운장을 적교 근처까지 유인해 오기는 했으나, 어제 생명을 건져 준 그에게 화살을 정통으로 겨누고 쏠 수는 없었다.

어쩔 수 없이 칼을 허리에 도로 차고 활을 쏘기는 했지만, 화살도 꽂지 않고 헛발을 쏜 것이었다.

활을 쏘는 소리는 들렸는데, 관운장에게 날아드는 화살은 없었다. 관운장은 그대로 추격해 갔다. 또 활을 쏘는 소리가 들렸다. 그러나 역시 날아오는 화살은 없었다.

관운장은 황충의 활 쏘는 솜씨가 서투른 까닭이라고만 생각하고 안심하며 여전히 뒤를 추격했다.

그러나 적교 근처까지 와서는 황충은 정말 활을 쏘았다. 쉭! 하는 무서운 소리와 함께 그 화살은 관운장의 투구끈을 맞혔다. 성 안의 군사들은 모두 고함을 질렀으며, 관운장은 화살이 꽂힌 채로 영채로 돌아왔다.

그제야 관운장은 황충이 백 보 떨어진 곳에서 버들잎을 꿰뚫을 수 있는 놀라운 활쏘기의 솜씨를 지니고 있으면서도, 자기 목숨을 살려 준 의리를 잊지 않았기 때문에 이렇게 활을 쏘았다는 것을 깨달았다.

태수 한현은 성 안으로 돌아온 황충을 꽁꽁 묶어 놓고 호통을 쳤다.

"무슨 싸움하는 꼴이 그 모양이냐? 사흘 동안이나 두고 싸움하는 꼴이 나를 속이려만 드니. 나를 배반하자는 배짱이 뚜렷하다! 어제 말이 쓰러졌을 때 관운장이 그대를 죽이지 않은 것도, 또 화살로 투구끈만 맞힌 것도 서로 내통하고 있는 까닭이다! 살려 두면 큰일날 놈이다!"

도부수에게 호령을 해서 황충을 성문 밖에 끌어내어 목을 베 라고 했다. 도부수들이 황충을 문 밖으로 끌어내고 칼을 번쩍 쳐 든 순간, 갑자기 대장 한 사람이 칼을 휘두르며 내닫더니 도부수 의 목을 베어 버리고 황충을 구출했다.

그는 의양(義陽) 사람 위연(魏延)으로서, 양양에서 유현덕을 따르 고자 뒤를 쫓았으나 만나지 못하고 할 수 없이 한현에게 몸을 의 탁하고 있는 사람이었다.

위연은 장사(長沙)의 기둥 같은 황충을 죽이려는 것은 장사의 백성을 죽이는 것이나 마찬가지라고 격분하면서 한칼에 태수 한 현의 몸뚱이를 두 동강내 버리고, 수급을 들고 그를 따르는 백성 들을 거느리고 관운장에게 투항했다.

한편, 현덕은 관운장이 장사를 공략하러 떠난 다음 후군의 책 임을 지고 뒤를 쫓았었는데, 도중에서 푸른 깃발이 하늘을 향해 서 휘날리더니 한 마리의 까마귀가 북쪽에서 남쪽으로 세 번을 울면서 날아갔다.

"이것은 무슨 화복을 말하는 징조일까요?"

하고 공명에게 물어 봤더니, 공명이 팔짱을 끼고 말 위에서 점 을 쳐보더니 말했다.

"장사군도 이미 수중에 들어왔으니, 주공께서는 또 대장을 얻으시게 됐습니다. 오시(午時) 후면 판명되겠지요."

얼마 안 되어서 한 사람의 대장이 말을 달려 나타나더니 일렀다.

"관장군께서는 이미 장사를 수중에 넣으셨습니다. 장수 위연이 투항했습니다. 주공께서 도착하시기만 고대하고 있습니다."

현덕이 한층 더 기뻐하며 장사에 도착하자 곧 황충을 찾아가서 협력해 달라고 했더니, 그는 그제야 투항을 표명했으며, 한현의 시체를 장사의 동쪽 땅에 매장하게 해달라고 부탁했다.

현덕은 황충을 매우 후하게 대접했다. 관운장이 위연을 공명에게 대면시켰더니, 공명은 호통을 치면서 도부수에게 명령하여 위연의 목을 베라고 했다.

현덕이 깜짝 놀라서 그 까닭을 물으니, 공명이 설명했다.

"자기 주인을 죽인다는 것은 불충(不忠), 내 나라를 남에게 바치는 것은 불의(不義)입니다. 이 제갈량이 보건대 위연의 뇌후(腦後)에는 반골(反骨)이 있습니다. 오래 되면 반드시 모반할 것입니다. 그런 까닭으로 일찌감치 목을 베어서 화근을 없애자는 것입니다."

그러나 현덕은 그와 함께 투항한 사람들이 불안해할 것을 생각하고 극력 만류해서 위연의 생명을 건져 주었다.

공명이 손가락으로 위연을 가리키며 말했다.

"주공님의 이런 깊으신 은혜에 보답하기 위해서 다른 마음을 먹지 말고 충성을 다해야 하오. 만약에 표리부동한 마음을 먹는다면 서슴지 않고 목을 벨 테니 그리 아오."

황충은 그때 유현(攸縣)에 은거하고 있는 유표(劉表)의 조카 유반(劉磐)을 현덕에게 천거하여 현덕은 그를 불러서 장사군을 다스리도록 했다.

4군을 진압한 현덕은 군사를 형주로 되돌려 유강구(油江口)를 공안(公安)이라 개칭하고, 이때부터 금은·군량을 충분히 축적하게 됐으며, 현사들이 많이 몰려들었고, 각 요새지대에 군사를 주둔시켜서 수비를 견고히 했다.

한편, 주유는 몸을 휴양하려고 시상으로 돌아온 다음에는 감녕에게 파릉군(巴陵郡), 능통에게 한양군(漢陽郡)의 수비를 명령하고, 각각 전선을 배치시켜서 돌발 사고에 대비하도록 해놓고, 그밖의 병력은 모조리 정보에게 주어서 합비(合淝)현으로 가게 했다.

손권은 적벽에서 큰 승리를 거둔 후 벌써 오랫동안 합비에서 조조의 군사와 10여 차례의 격전을 해왔지만, 승부가 나지 않자, 성 아래에 진을 치기를 피하고 50리쯤 떨어진 지점에 진을 치고 있었다.

손권은 정보의 군사가 왔다는 소식을 듣자 영채 밖에까지 나가서 영접하려고 하니, 노숙이 한 걸음 앞서서 달려들어, 손권은 정중하게 그를 영접해서 모든 대장들이 감탄하여 마지않게 했다.

손권은 영채로 돌아오자 성대한 주연을 베풀고 적벽에서 큰 공을 세운 장병들에게 후히 상을 주고 합비를 공략하려는 대책을 협의했다.

이때 장요(張遼)의 사자가 도전장을 가지고 나타났다. 손권은 봉투를 뜯어서 보더니 격분하는 것이었다.

"장요, 괘씸한 놈! 정보의 군사가 도착했다는 것을 알고 일부러 도전해 온다는 거지? 좋다! 내일은 내 친히 솜씨를 보여 주마!"

그날밤 5경에 전군에 동원령을 내려서 합비를 향하라고 했다. 군마가 절반쯤 행군했을 때, 벌써 조조의 군사도 같은 지점에 도착하여 양군은 각각 진지를 정비했다.

손권은 금투구 · 금갑옷으로 출마했으며, 방천화극(方天畵戟)을 잘 쓰기로 유명한 송겸(宋謙) · 가화(賈華) 두 장수가 그를 든든히 경호하고 있었다.

북소리가 세 번 울리자, 조조 편의 진지에서는 문기가 활짝 열리더니 세 사람의 장수가 위풍당당히 진두에 나섰다.

중앙이 장요, 왼쪽이 이전, 오른쪽이 악진이었다.

장요가 제일 먼저 말을 달려 손권과 단둘이서 대결해 보자는 듯이 덤벼들었다.

손권도 창을 든든히 움켜잡고 대적하려고 하는 순간, 태사자(太史慈)가 창을 휘두르며 말을 달려 나왔다.

장요와 태사자는 7, 80합이나 접전을 계속했지만 승부가 나지 않았다.

조조의 진지에서는 이전이 악진에게 이렇게 말했다.

"저 금투구를 쓴 자가 손권이란 말이지! 저놈을 붙잡기만 한다면, 지난번에 죽은 우리 편 83만 명의 원수를 갚을 수 있을 텐데……."

악진은 이전의 말이 채 끝나기도 전에 단기(單騎)로 칼을 휘두르며 옆에서 손권을 노리며 덤벼드는 것이었다.

전광석화 같은 빠른 솜씨.

앗! 하는 짧은 순간.

손권의 눈앞으로 대드는 악진은 칼을 높이 들어 손권을 내리치려는 찰나에 송겸·가화가 재빨리 화극으로 그것을 막아내니, 화극의 끝이 날아가 버렸다.

'이크! 이것 큰일이구나!'

화극 자루로 악진의 말을 후려쳤다. 악진이 다시 말머리를 돌리려고 하는 것을 송겸은 다른 병사의 창을 빼앗아 가지고 추격했다.

이 광경을 보고 있던 이전이 활을 재 가지고 송겸의 앙가슴을 겨누고 쏘았다. 송겸이 그 화살을 맞고 말 위에서 거꾸로 박혀 떨어지니, 태사자는 장요를 물리치고 영채를 향하여 달려갔다. 장요가 숨쉴 틈도 없이 그 뒤를 또 추격하니, 오군은 뿔뿔이 흩어져서 사방으로 도주했다.

장요는 손권을 발견하자 말을 달려 쫓아갔다. 손권을 잡을 듯 잡을 듯 아슬아슬한 순간에, 옆에서 우르르 달려드는 1대의 군사들, 선두에 선 사람은 바로 정보였다. 치열한 싸움 끝에 정보는 손권을 구출해 가지고 영채로 돌아왔으며, 장요도 군사를 걷어 가지고 합비로 돌아왔다.

정보가 손권을 호위하고 영채로 돌아오니, 나머지 군사들도 뒤쫓아 돌아왔다. 손권은 송겸의 죽음을 심히 슬퍼하고 울부짖으며 통곡했다. 이때 장굉(張紘)이 말했다.

"주공께서는 성장(盛壯)한 혈기만 믿으시고 대적을 경시하셨습니다. 3군의 여러 사람들이 걱정하지 않은 자 없었습니다. 적장의 목을 베고 깃발을 빼앗아서 싸움터에서 위세를 떨치는 것은 역시 편장(偏將)의 할 바요, 주공께서 하실 일이 아니십니다. 오늘 송겸이 적의 봉적(鋒鏑) 아래서 목숨을 빼앗긴 것도 모두 주공께서 적군을 경시하신 탓입니다. 앞으로는 제발 자중하시기 바랍니다."

손권도 뉘우치며 말했다.

"나의 잘못이었소! 앞으로는 고치리다."

얼마 있다가, 태사자가 장 안으로 들어와서 말했다.

"저의 수하에 한 사람이 있는데, 과정(戈定)이라고 합니다. 장요 수하에서 말을 관리하고 있는 자와 형제입니다. 말을 먹이는 후조(後槽)가 꾸지람을 듣고 원한을 품게 되자, 오늘밤에 사람을 보내서 알리는 말이, 횃불을 신호로 삼고, 장요를 찔러 죽여서 송겸의 원수를 갚도록 하자고 해서, 저는 군사를 거느리고 외부에서 이에 응하기로 하겠습니다."

손권이 물었다.

"과정이란 사람은 어디 있소?"

"이미 합비 성중으로 사람 틈에 휩쓸려서 들어가 있습니다. 그러니 저에게 병사 5천 명만 주시기 바랍니다."

이때 제갈근이 말했다.

"장요는 꾀가 많은 사람이니 섣불리 할 일이 아니오."

그러나 태사자는 고집을 부리며 꼭 그렇게 하고야 말겠다는 것이었다. 손권은 송겸의 죽음을 슬퍼하던 중이고 급히 원수를 갚고 싶은 생각에, 마침내 태사자에게 병사 5천 명을 거느리고 외부에서 이에 호응하도록 명령했다.

과정은 태사자와 동향 사람이었다. 그날 병사들 틈에 휩쓸려서 합비 성 안으로 잠입해 가지고 말을 기르는 후조와 둘이서 상의했다. 과정이 말했다.

"나는 이미 사람을 시켜서 태사자장군에게 보고했네. 오늘밤에 반드시 이리로 와서 우리들과 호응할 걸세. 그러니 자네는 어떻게 일을 해치울 작정인가?"

후조가 계책을 말했다.

"이곳은 군중(軍中)에서 멀리 떨어져 있어서 밤중에 급히 침범하기는 어려우니까, 그냥 풀더미 위에다 불을 지를 테니, 자네는 앞으로 돌아가서 반란이 일어났으며 성 안에 난리가 났다고 소리를 지르고 틈을 타서 달려들어가 장요를 찔러 죽여 버리면 나머지 군사들은 저절로 도망쳐 버리고 말 걸세."

"그 계책이 대단히 묘하군!"

그날밤에 장요는 싸움에 승리를 하고 성으로 돌아와서 3군 장병에게 후히 상을 베푸는 한편, 여전히 무장을 풀어놓고 잠을 자지 말라는 명령을 내렸다.

좌우 사람들이 말했다.

"오늘은 싸움에 통쾌하게 승리했고, 오병은 멀리 달아났는데, 장군께서는 어째서 무장을 풀어놓고 편히 쉬지 않으십니까?"

장요가 대답했다.

"천만에, 장수의 도리라는 것은 승리했다고 기뻐하지도 말고 패했다고 근심하지도 말아야 하는 거요. 만약에 오병이 우리 편에서 아무런 방비도 하지 않고 있는 줄 알고 허를 찔러서 공격해 온다면 무엇으로 막아낼 것이오? 오늘밤의 방비는 평소의 밤보다도 더 한층 조심해서 해야 될 것이오."

말이 채 끝나기도 전에, 후채(後寨)에서 불이 일어나며, 반란이 일어났다고 떠들고 아우성을 치는 자들이 벌떼와 같았다.

장요는 장 밖으로 나와서 말을 탔다. 친종장교(親從將校) 10여 명을 불러서 길을 막으라고 명령했다. 좌우에서 말했다.

"함성이 몹시 급박합니다. 나가 보셔야겠습니다."

장요가 외쳤다.

"어찌 성 안의 사람이 모조리 반란을 일으킬 수야 있겠소. 이 것은 모반하는 자가 고의로 군사들을 놀라게 하자는 것뿐이오. 소란스럽게 하는 자부터 먼저 목을 베시오!"

얼마 안 되어서 이전이 과정과 후조를 잡아 가지고 왔다.

장요는 사건의 자초지종을 힐문한 다음, 당장 말 앞에서 그들의 목을 베어 버렸다. 이때 성문 밖에서 징소리 북소리가 들리더니 고함소리가 천지를 진동했다. 장요가 말했다.

"이는 오병이 밖에서 호응하자는 거요. 우리 편에서도 계책을 써서 격파해야겠소."

곧 성문 안에서 불을 지르게 했다. 그리고 반란이 일어났다고 고함을 지르게 하고, 성문을 활짝 열어젖히고 적교를 내려놓게 했다.

태사자는 성문이 열리는 것을 보자, 미리 약속했던 신호인 줄로 잘못 알고 앞장을 서서 말을 달려들어갔다.

그러나 어찌 뜻했으랴!

성 위에서 포성이 한 번 들려오더니 화살이 빗발치듯했다. 태사자는 급히 뒤로 물러섰으나 이미 몸에는 여러 자루의 화살을 맞았다.

또, 이전·악진이 군사를 몰고 덤벼들어서 오병의 태반을 무찔러 버리고 그 기세를 그대로 밀고 나가서 오군의 영채 안 깊숙이 습격해 들어갔다.

그러나 오군 진지에서도 가만히 있을 리는 없었다. 육손·동습이 결사적으로 내달아서 위기에 빠진 태사자를 구출했다.

조조의 군사는 여기서 일단 군사를 뒤로 물려 철수했다.

손권은 이번 싸움에 태사자가 몸에 큰 상처를 입게 된 것을 무엇보다도 마음 아파했는데 싸움을 일단 중지하자는 장소의 권고를 받아들여 군사를 수습해서 배를 타고 남서(南徐) 윤주(潤州)로 돌아왔다.

군마를 정돈하여 다시 주둔시켜 놓고 있을 때, 태사자의 병세가 위독해졌다.

손권이 장소와 그밖의 몇 사람을 문병차 보냈더니 태사자가 언성을 높였다.

"대장부가 난세에 태어났다가 마땅히 3척 검을 차고 불세지공(不世之功)을 세워야 하겠거늘, 여태 뜻을 이루지 못했으니 내 어찌 이대로 죽는단 말이오!"

말을 마치자 그대로 눈을 감아 버렸다. 그때, 태사자의 나이 41세.

손권은 태사자가 죽었다는 말을 듣고 비통함을 금치 못하고 남서 북고산(北固山) 기슭에 정중히 매장하도록 명령했고, 그의 아들 태사형(太史亨)을 부중에 데려다가 키우도록 했다.

한편, 유현덕은 형주에서 군마를 정돈하고 있었는데, 손권이 합비에서 패하여 남소로 갔다는 소식을 듣자 공명과 상의했다.

공명의 말이,

"어젯밤에 성상(星象)을 봤더니 서북쪽에서 땅으로 떨어지는 별이 있었습니다. 반드시 황족 한 분께서 세상을 떠나셨음이 분명합니다."

하니, 바로 이때, 공자 유기가 병사했다는 보고가 들어왔다. 현덕은 그 말을 듣자 통곡하여 마지않았으며, 공명은 시급히 사람을 파견하여 그곳의 수비를 견고히 하고 장례를 지내자고 주장했다.

현덕은 곧바로 관운장을 양양으로 파견하고, 공명에게 물었다.

"유기 공자가 세상을 떠나셨으니, 동오에서는 형주를 돌려 달라고 할 것입니다. 그때에는 어떻게 대답하면 좋을까요?"

"동오에서 사람이 온다면 이 제갈량이 대답할 말이 있습니다."

보름쯤 지나서 동오에서 노숙이 조상을 하러 왔다는 보고가 들어왔다. 이야말로 미리 계책을 세워 놓고 동오의 사자를 기다리는 셈이다.

54.
내 딸은 과부가 될 수 없다

환한 등불 밑으로 환하게 보이는 것은
수두룩하게 쌓인 활과 창뿐

嗚國太佛寺看新郞
劉皇叔洞房續佳偶

노숙은 유현덕과 공명을 만나자, 대뜸 영토 반환 문제를 따졌다.

"먼젓번에 유황숙께서는 유기 공자가 세상을 떠나시면 형주를 즉시 반환하시겠다고 약속하셨는데 언제쯤이나 돌려주시겠습니까?"

유현덕이 대답하기도 전에 공명이 선뜻 말을 받아 입을 열었다.

"그건 안 될 말씀입니다. 우리 주공께서는 정왕(靖王)의 후예이시며, 효경(孝景)황제의 현손이시고 금상황제의 숙부시니, 아무렇게나 분배하실 수는 없습니다. 귀공의 주공 되시는 분은 전당(錢

塘) 땅 소리(小吏)의 아들로서, 조정에 아무런 큰 공로도 없이 힘만 믿고 6군 81주를 혼자서 점령하고도, 그래도 부족해서 한(漢)나라의 영토까지 수중에 넣으려 한다는 것은 너무나 지나친 욕심입니다.

적벽의 싸움에서 승리를 거두신 것도, 우리 주공께서 애쓰신 덕이오, 여러 대장들이 잘 싸웠기 때문이며, 내가 동남풍을 일으키지 않았다면 동오 혼자 힘으로는 도저히 불가능했을 겁니다. 지금 우리 주공께서 이 자리에서 대답을 회피하시는 것은, 공이 그만한 사리는 충분히 판단하실 수 있는 분이라고 믿으시기 때문입니다."

노숙은 입장이 곤란하지 않을 수 없었다.

"이 노숙이 돌아가서 뭣이라고 회답을 드리면 되겠습니까? 우리 주공님이나 주도독께서 이 노숙을 그대로 두시지는 않을 것입니다. 목숨이 아까워서 겁이 난다기보다는 만일에 무력으로 해결하자는 불행한 사태가 벌어지게 된다면 유황숙께서도 형주에 편안히 계실 수 없게 될 것이니, 그것이 걱정스럽습니다."

"백만 대군을 거느렸다고 뽐내며 사사건건 천자라는 명분을 내세우는 조조도 내 대단치 않게 여기는데 주유 따위 어린 사람을 무서워하겠소! 내 우리 주인께 권해서 서약서를 작성해 드릴 것이니 당분간 형주를 우리 편에 빌려 주시도록 하시오. 우리 주군께서 다른 성지(城池)를 수중에 넣게 되시는 날 이 형주를 반환하기로 서약서를 작성해 드릴 것이니 가지고 가져서 전달해 주시오."

공명의 꾀에는 노숙이 넘어가지 않을 수 없었다. 마침내 현덕이 친히 서약서를 작성하고 공명과 노숙이 증인으로서 서명 날인까지 했다.

서약서를 받아 가지고 돌아가는 노숙에게 공명은 또 신신당부했다.

"돌아가시거든 오후께서 오해 없으시도록 잘 말씀드리시오. 만약에 이 서약서를 받아들이지 않으신다면 81주를 우리가 물려받겠다고 하시오. 지금은 양편이 다같이 친목을 꾀해 나가면서 함부로 날뛰는 조조의 기세를 꺾어 주어야 할 때라는 것을 명심하시라고 전해 주시오."

서약서를 가지고 돌아간 노숙이 그것을 주유에게 보여 주었더니, 주유는 격분해서 펄펄 뛰며 호통을 쳤다.

"10년이 되건 20년이 되건 다른 성지를 수중에 넣기 전에는 반환하지 않겠다는 배짱이구나! 이따위 휴지조각 같은 서약서가 무슨 소용이 있다는 건가?"

노숙은 입장이 곤란할 정도가 아니고 도무지 불안해서 견딜 수가 없었다. 며칠을 지난 어느 날 염탐꾼이 바친 정보에 의하면 형주성 안에서는 병사들이 모두 거상을 입고, 성 밖에 새로 묘지 한 군데를 마련하느라고 정신이 없다 하며, 바로 유현덕의 감부인이 세상을 떠났다는 것이었다.

이 소식을 듣고 제일 기뻐한 것은 주유였다. 그는 희색이 만면해서 노숙에게 형주를 손쉽게 빼앗을 수 있는 한 가지 계책이 있다고 말했다.

미인계를 써서 유현덕을 잡자는 것이었다. 손권에게는 누이동생이 하나 있었다. 상처를 한 유현덕은 필시 재취를 얻을 것이니, 자기가 친히 편지를 써서 손권에게 사람을 파견해서 유현덕을 신랑으로 맞아들이도록 권고하자는 계교였다. 그리고 현덕을 남서까지 유인해 놓은 다음에는 다짜고짜로 옥에 가두어 버리고, 사람을 시켜서 형주 땅과 교환조건으로 석방해 주겠다고 전달시키자는 것이었다.

주유는 곧 편지를 써서 노숙에게 주고, 남서에 있는 손권을 만나 보도록 파견했다.

유현덕이 형주를 내놓지 않겠다는 사실과, 서약서를 받아왔다는 경위를 자세히 듣고 난 손권은 그 즉시 주유의 계책에 동의하고, 여범(呂範)을 그날 중으로 배를 태워서 종자 몇 명을 거느리고 형주로 떠나게 했다.

감부인이 세상을 떠난 뒤 쓸쓸한 나날을 보내고 있던 현덕이, 하루는 공명과 한담을 하고 있는데 동오에서 사자 여범이 왔다는 보고가 들어왔다.

눈치빠른 공명이 당장에 알아채고 현덕에게 일러 두었다.

"이것은 주유의 계책입니다. 형주 문제 때문에 온 것이 틀림없습니다. 이 제갈량이 병풍 뒤에서 듣고 있을 테니 무슨 말을 꺼내든지 듣고만 계십시오. 그리고 사신은 관역에서 쉬도록 해두십시오. 나중 일은 다시 따로 상의하시기 바랍니다."

현덕을 대면한 여범은 대뜸 혼담을 꺼냈다. 그러나 현덕은 완강히 거절했다.

"아내의 장례를 치른 지 얼마 되지도 않은 이때에 후처를 얻고 싶은 생각은 해본 일도 없소."

"하지만 국태(國太) 오부인(吳夫人)께서는 따님을 어찌나 사랑하시는지 먼곳으로는 절대로 보내시지 않겠다 하시니 친히 유황숙을 우리나라로 부르실지도 모를 일입니다."

"내 나이 이미 반백에 수염과 머리가 또한 반백(斑白)인데 오후의 매씨로 말하면 이제 바로 묘령, 아무래도 배필이 될 수 없을 것 같소."

"오후의 매씨께서는 몸은 비록 여자이지만, 뜻은 남자보다 훨씬 높으십니다. 언제나 말씀하시길 천하의 영웅이 아니면 시집가지 않겠다고 하시니, 이제 황숙께서는 사해에 명성을 떨치셨고, 이야말로 숙녀와 군자가 짝을 지으심이니 어찌 연치(年齒)의 상하를 꺼리실 게 있겠습니까?"

"공은 잠시 이곳에 머물러 계시오. 내일 회답을 드리리다."

현덕이 밤에 공명에게 넌지시 이 문제를 상의했더니 공명이 말했다.

"점을 쳐보았더니 대길 대리(大吉大利)의 징조가 나타났습니다. 주공께서는 승낙하셔도 좋겠습니다. 우선 손건을 여범과 동행시키셔서 오후와 대면토록 하시고, 상대편의 확실한 승낙을 받으신 다음에 길일을 택하셔서 혼사를 치르러 가시는 게 좋을까 합니다."

"이것은 주유가 나를 없애 버리려고 꾸며낸 계책 같은데, 섣불리 위험한 곳에 갈 필요가 없을 것 같습니다."

공명은 자신만만하게 웃어젖혔다.

"주유가 비록 계책을 쓰는데 능하다 하지만, 어찌 능히 제갈량의 생각에서 벗어날 수야 있겠습니까? 이 제갈량이 잔꾀를 좀 부려서 주유를 옴쭉도 못하게 만들고, 또 오후의 매씨도 주공님께 매이도록 하고, 형주를 무슨 일이 있어도 빼앗기지 않도록 하겠습니다."

현덕이 그래도 여전히 주저하자 공명이 당장에 손건을 불러서 강남으로 가서 혼사를 작정하고 오라고 명령했다. 손건은 공명의 명령을 받들고 여범과 함께 강남으로 가서 손권과 대면하게 됐다.

사전에 연락을 받고 있던 손권이 다른 소리를 할 리 없었다. 선선히 사실을 승인했다.

"나는 나의 누이동생의 배필로 유현덕장군을 맞이하기를 원하고 있소. 여기에 추호도 다른 생각은 없소."

손건은 이런 확답을 듣고 형주로 돌아와서 현덕에게 보고했다. 그래도 현덕은 주저하고 움직이려 하지 않는 것을 공명이 간곡히 권했다.

"이 제갈량에게는 이미 세 가지 계책이 서 있는데, 이것은 조자룡장군의 솜씨를 빌려야 될 일입니다."

이렇게 말하더니 공명은 그 즉시 조자룡을 불러서 귓전에다 대고 나지막한 음성으로 당부했다.

"공은 이 세 개의 비단주머니를 가지고서 주공을 보호하여 오국(吳國)으로 들어가시오. 주머니 속에는 세 가지 묘계가 들어 있는데 그 차례대로만 실천하시오."

때는 건안 14년(서기 209년) 10월.

조자룡은 공명이 준 비단주머니 세 개를 품 속에 깊이 간직하고, 현덕·손건과 함께 쾌선 10척을 동원하고 수행인원 5백여 명을 데리고 형주를 떠나 남서(南徐)로 향했다. 형주의 일은 모두 공명에게 맡겼다.

현덕의 마음속은 여전히 불안하기만 했다. 조자룡은 배가 강변에 닿자 우선 첫째 비단주머니를 풀어 보았다.

그 속에 적혀 있는 계책을 알고 난 조자룡은 당장에 병사 5백 명을 불러 가지고 여차여차 이렇게저렇게 하라고 명령을 내렸

다. 그리고 유현덕에게는 먼저 교국로(喬國老)를 찾아보라고 권고
했다.

교국로라 함은 바로 저 이교(二橋)의 부친으로서 남서에 살고
있었다. 현덕은 조자룡의 권고대로 교국로를 찾아가서, 여기까
지 오게 된 연유를 자세히 말했다.

한편 수행해 온 5백 명의 군사들로 하여금 붉은 옷을 입고 남
서성 안으로 들어가서 현덕이 동오땅으로 장가들러 왔다는 소문
을 퍼뜨리고 돌아다니게 했다.

성 안에 이런 소문이 퍼지자, 손권은 현덕이 도착했다는 것을
알고 여범을 내보내서 영접하게 하고 관역으로 맞아들여 쉬도록
했다.

한편, 교국로는 현덕을 만나 보자마자 바로 오국태를 찾아가
서 축하 인사를 드렸다. 오국태는 깜짝 놀랐다. 유현덕이 자기 딸
에게 장가를 들러 이곳에 와 있다는 사실을 오국태는 전혀 모르
고 있었기 때문이었다.

"그게 무슨 말씀입니까? 나는 전혀 모르는 일입니다."

오국태는 놀라움을 금치 못하여 곧바로 오후 손권에게 사람을
파견해서 사실을 확인해 보는 동시에, 성 안으로도 사람을 보내
서 풍문을 정확히 듣고 오라고 명령했다. 그랬더니 성 안으로 들
어갔던 종자들이 돌아와서 말했다.

"과연 그런 일이 있습니다. 사위님 되실 분은 벌써 관역에서

편히 쉬고 계십니다. 그리고 5백 명의 수행해 온 군사들이 모두들 성 안에서 돼지며 양이며 과일을 사들이고 혼례준비를 하고 있습니다. 중매를 서신 분은 여자 편은 여범이고 남자 편은 손건이라 하는데, 다같이 관역에 머물러 계시다고 합니다.”

오국태는 깜짝 놀랐다.

얼마 있다가 손권이 문안을 드리러 나타나니, 오국태는 주먹으로 가슴을 두드리며 방성통곡을 했다.

“어머님, 어째서 이렇게 화를 내십니까?”

“너는 이다지도 나를 무용지물로 여긴단 말이냐? 너의 형님이 임종시에 너에게 뭐라고 분부했더냐?”

손권이 어리둥절해했다.

“어머님, 하실 말씀이 있으시면 분명히 말씀해 주십시오. 대체 무슨 일 때문에 이다지도 심하게 화를 내십니까?”

“돌아가신 네 친어머니와 같이 나도 네 어미다. 무슨 일이나 나와 상의해야 마땅하겠거늘, 유현덕을 내 사위로 맞이한다면서 어째서 내게는 말 한 마디도 없었단 말이냐? 내 딸은 내가 낳은 자식이다!”

손권은 깜짝 놀라며 물었다.

“어디서 그런 말씀을 들으셨습니까?”

“성 안의 백성들까지 다 알고 있는 일을 나한테만 속일 작정이냐?”

"이것은 주유의 계책입니다. 형주를 탈환하려고 유현덕을 유인해 내서 혼사를 치른다 속여 가지고 인질로 옥에 가두어 형주와 교환할 것이며, 말을 듣지 않으면 유현덕의 목을 베어 버리자는 생각에서 나온 일입니다."

오국태는 격분해서 주유를 매도했다.

"주유란 놈이 나의 딸을 미인계로 쓰려고 하다니, 유현덕을 죽여 버린다면 내 딸은 시집도 가기 전에 과부가 되란 말이냐? 내 딸의 일평생을 망쳐도 너는 좋단 말이냐?"

교국로가 옆에서 말했다.

"그런 계책을 쓴다면 형주를 수중에 넣을 수는 있겠지만, 천하의 웃음거리를 면치 못할 것입니다."

손권은 묵묵히 대답할 말이 없었다.

결국, 교국로가 중간에 들어서 일을 원만히 해결하도록 했다.

"일이 이렇게 벌어진 이상 유황숙으로 말하면 한나라 왕실의 후예이니, 그대로 사위로 맞으시면 세상의 수치거리가 되지 않을까 합니다."

또 교국로는 유현덕이 당대의 명성이 놀라운 영웅이고 보니 나이 같은 것을 따질 필요가 없다는 점을 역설했다. 여기에 마음이 끌린 오국태는 선선히 대답했다.

"내일 감로사(甘露寺)에서 유현덕을 만나 보기로 하겠소. 내 마음에 들기만 한다면 딸을 시집보내기로 하겠소."

손권은 효성이 극진한 사람이어서, 모친의 말을 듣자 즉시 물러나와서 여범을 불러 가지고 내일 국태께서 감로사 방장(方丈)에서 유현덕과 대면하실 것이니, 연석의 준비를 하라고 명령했다.

명령을 받은 여범은 또다른 꾀를 생각했다. 가화(賈華)에게 도부수 3백 명을 거느리고 양편 복도에 숨어 있다가, 만약에 국태의 마음에 들지 않을 때에는 호령에 따라서 유현덕을 붙잡아 버리자는 계책이었다.

손권도 그 계책에 찬성하고 그 즉시 가화를 불러서 오국태의 거동을 살피도록 명령했다.

교국로는 오국태의 앞을 물러나오자 그길로 유현덕에게 사자를 보내서 연락해 주었다. 내일 국태가 대면하게 될 것이니 잘 알아차려서 처신하라는 말이었다.

현덕이 손건·조자룡과 상의를 했더니, 조자룡이 말했다.

"내일 대면하신다는 것은 심히 위험한 노릇입니다. 이 조자룡이 군사를 거느리고 동행하겠습니다."

유현덕은 감로사 문앞에서 말을 내려 손권과 대면했다. 손권은 유현덕의 비범한 풍채를 한 번 보자, 그대로 머리가 수그러질 지경이었다. 두 사람은 인사를 마치고 방장으로 들어가서 오국태와 대면했다. 국태는 현덕이 첫눈에 들었다.

"정말 나의 사윗감이로군!"

교국로도 칭찬했다.

"유현덕장군은 봉룡지자(鳳龍之姿), 천일지표(天日之表)를 갖추었고, 겸하여 인덕을 천하에 펼쳤으니, 국태께서 이렇게 훌륭한 사위님을 맞이하심은 실로 경사스러운 일입니다."

현덕은 방장 안에서 베풀어진 연석에 나갔다. 조자룡은 칼을 찬 채로 들어와서 현덕의 옆에 섰다.

오국태가 물었다.

"저 사람은 누구요?"

"상산의 조자룡입니다."

현덕이 대답했더니, 국태가 또 물었다.

"당양(當陽) 장판(長坂)에서 아두(阿斗)를 구출했다는 바로 그 장수시오?"

"그렇습니다."

"정말 훌륭한 장군이오!"

국태는 조자룡에게 술잔을 주었다. 조자룡이 현덕에게 넌지시 말했다.

"방금 낭하(廊下)를 순시했더니 방안에 도부수가 매복해 있었습니다. 반드시 좋지 못한 까닭이 있을 것이니 국태께 알리십시오."

현덕은 국태 앞에 나가 무릎을 꿇고 앉아서 눈물을 흘리면서 말했다.

"유현덕을 죽이시겠다면 당장에 주살하십시오."

"그게 무슨 말씀이오?"

"낭하에 도부수들이 숨어 있사오니 유현덕을 죽이자는 게 아니면 무엇입니까?"

국태가 대로하여 손권을 꾸짖었다.

"오늘 현덕은 나의 사위가 되었으니, 나의 자식이나 마찬가지다. 어째서 도부수를 낭하에 매복시켰느냐?"

손권은 모른 체하고 여범을 불러들이니, 여범은 또 가화에게 슬쩍 밀어 버렸다. 국태는 가화를 불러서 호되게 꾸지람을 했다. 가화가 대답도 못하고 쩔쩔 매는 것을 보고 국태는 당장에 가화의 목을 베라고 호통을 쳤다. 현덕이 만류했다.

"지금 대장의 목을 베신다는 것은 혼사를 앞두고 불길한 일이오니, 그렇게 되면 저 역시 오래 모실 수가 없게 되겠습니다."

그러니 오국태도 간신히 노기를 거두고 가화를 물러가게 했다.

현덕이 자리에서 일어나 뜰로 나왔다. 아래를 바라보았더니 큰 돌이 하나 놓여 있었다.

현덕은 종자가 차고 있는 칼을 뽑으라고 해서 받아들고 하늘을 우러러 소리를 질렀다.

"만약에 유현덕이 무사히 형주에 돌아가서 왕패지업(王覇之業)

을 이룩할 수 있다면 칼을 한 번 휘둘러서 돌이 두 쪽이 나게 하시고, 그대로 이 땅에서 죽게 될 것이라면 칼이 돌을 쪼개지 못하도록 하소서!"

말을 마치자, 손을 높이 들어 칼로 내리치니 불빛이 번쩍하면서 그 돌이 두 쪽으로 갈라지고 말았다.

손권은 뒤에서 그 광경을 바라다보고 있었다. 현덕에게 물었다.

"현덕공은 어째서 그 돌을 그다지 미워하시오?"

현덕이 대답했다.

"이 유현덕이 나이 50에 가깝도록 국가를 위하여 적당(賊黨)을 소탕하지 못해서 마음이 항시 안타까울 뿐이었소. 이제 국태께서 부르셔서 사위가 되라 하시니 이는 평생에 드문 기회요. 방금 조조를 격파하고 한나라를 부흥시킬 수 있다면 이 돌이 두 쪽으로 갈라지라고 하늘을 우러러 점을 쳐봤더니 과연 돌이 두 쪽으로 갈라졌소."

손권이 혼자 마음속으로 생각했다.

'유현덕은 이따위 소리를 해 가지고 나를 속이려는 것이구나!'

손권도 칼을 뽑아 들고 현덕에게 이렇게 말했다.

"나도 하늘을 우러러 점을 쳐 보겠소. 만약에 조조를 격파할 수 있다면, 이 돌이 두 조각으로 갈라질 것이오."

그리고 마음속으로 빌었다.

'만약에 다시 형주를 점령하게 되고 동오 땅을 흥왕(興旺)케 할 수 있다면 이 돌이 두 쪽으로 갈라지게 하소서!'

손을 번쩍 쳐들어서 칼로 내리치니 거석(巨石)은 역시 두 쪽이 났다. 지금까지도 그때 십자(十字)의 흔적이 있는 한석(恨石)이 남아 있다.

두 사람은 칼을 던지고 나란히 자리로 돌아와서 몇 순배의 술을 마셨다. 손건이 현덕에게 눈짓을 하니 현덕은 그 자리를 사양하며,

"현덕은 술이 세지 못하여 그만 물러가겠소."

하며 물러나왔다. 손권은 유현덕을 절간 문앞까지 전송했다. 두 사람은 나란히 서서 강산의 경치를 바라다보았다.

현덕이 경치에 감탄해했다.

"이곳이 바로 천하 제일강산(天下第一江山)이오!"

지금도 감로사의 비석에는 '천하 제일강산'이라는 글자가 새겨져 있다.

둘이 함께 바라다보고 있으니, 강바람이 호탕하게 불고 거센 파도가 눈보라 치는 듯 흰 물결이 하늘을 찌를 것 같은데, 갑자기 파도 위에 일엽 편주가 마치 평지를 지나가듯이 달려왔다.

현덕이 말했다.

"남쪽 사람은 배를 잘 타고, 북쪽 사람은 말을 잘 탄다고 하더니 정말 틀림없는 말이오."

손권이 내심 생각했다.

'유현덕의 이 말은 내가 말타기가 서투르다는 것을 비웃는 것이로구나!'

손권은 당장에 좌우에 명령하여 말을 끌어오라고 해서 비호같이 말을 달려 산 아래로 내려갔다가 다시 채찍질을 하면서 올라왔다.

"남쪽 사람이 이래도 말을 못 탄단 말이오?"

현덕도 그 말을 듣자, 선뜻 말 위에 뛰어올라 단숨에 산 아래로 달려 내려갔다가 다시 되돌아 올라왔다. 두 사람은 산비탈 위에 말을 세우고 채찍을 높이 휘두르며 호탕하게 웃어젖히고 있었다.

지금도 이 산비탈을 '주마파(駐馬坡)'라고 부르고 있다.

그날, 두 사람이 말을 나란히 하고 돌아오니, 남서의 백성들은 모두 만세를 드높이 불렀다.

현덕은 관역으로 돌아와서 손건과 상의했다. 손건은 시일을 오래 끌면 좋지 않으니, 교국로에게 부탁해서 시급히 혼례를 거행하도록 하라는 것이었다.

이튿날, 현덕은 교국로를 찾아가서 이렇게 말했다.

"이 고장에는 이 유현덕의 목숨을 노리는 자들이 많은 것 같사오니 오래 머물러 있기 어려울 것 같습니다."

"그런 걱정은 할 것 없소. 내가 오국태께 여쭈어서 보호하도록 해드리겠소."

교국로는 오국태에게 가서 유현덕이 신변의 위험을 느끼고 시급히 돌아가고 싶어한다는 뜻을 전달했다. 국태가 말했다.

"나의 사위를 누가 감히 건드린다는 말이냐?"

국태는 대로하여 현덕을 즉시 서원으로 옮겨오도록 하고, 날짜를 택하여 혼례를 치르도록 했다.

현덕이 친히 국태 앞에 나와서 말했다.

"조자룡이 밖에 있으니 군사들에게 무슨 일이 있을까 걱정됩니다."

국태는 그들도 모조리 부중으로 옮겨오도록 하고 관역에서 무슨 일이 생기지 않도록 하라고 분부하니, 현덕은 남몰래 기뻐했다.

며칠 후, 성대한 연석을 마련하고 손부인과 유현덕의 혼례식이 거행되었다.

밤이 되어서 들끓던 손님들은 모두 돌아갔다.

좌우 양편으로는 붉은 등불이 찬란하게 밝혀져 있었다.

유현덕은 신랑이 되어서 이 찬란한 등불 속을 헤치며 동방(洞房)으로 들어갔다.

이상한 일이었다. 밤이 낮같이 환한 등불 밑으로 보이는 것은 수두룩하게 쌓인 활과 창이었다.

시비들까지 모조리 칼을 차고 양쪽으로 늘어서 있었다.

깜짝 놀란 유현덕은 얼이 다 빠져서 어찌해야 좋을지 몰라 당황했다.

이야말로 늘어서 있는 무수한 시녀들이 모조리 칼을 차고 서 있으니, 이는 필시 동오에서 복병을 숨겨둔 것이라고밖에 생각할 수 없었다.

55.
남편 몸에 손대지 마라

미인만 빼앗긴 주유의 미인계,
미인을 얻은 유현덕

玄德智激孫夫人
孔明二氣周公瑾

　유현덕은 손부인의 방에 창과 긴 칼이 죽 늘어서 있으며, 시비들까지도 칼을 차고 있는 것을 보자, 얼굴이 핼쑥해졌다.

　이때, 늙은 시녀가 나타났다.

　"귀인께서는 놀라지 마십시오. 부인께서는 어렸을 적부터 무술 구경하시기를 좋아하셔서 언제나 시비들에게 칼 싸움을 시키기를 즐겨 하기 때문에 이렇게 벌여 놓으신 겁니다."

　"이것은 부인이 구경하실 일이 아닌데, 나는 마음이 섬뜩하니 잠시 거두도록 명령하게."

　늙은 시녀가 이런 뜻을 손부인에게 전했다.

　"방안에 무기가 벌여져 있어서 귀하신 손님께서 불안을 느끼신다 하오니 거두시도록 하십시오."

손부인이 말하기를,

"반생을 싸움판에서 지내셨다면서 무기를 무서워하시다니!"

하며 손부인은 웃으면서 무기를 전부 걷어 버렸고 시비들에게
도 칼을 풀어 놓도록 명령했다.

그날밤, 현덕과 손부인은 성친(成親)하고 두 사람의 정분이 흐
뭇하게 합쳐졌다.

현덕은 우선 손건을 형주로 보내서 이 기쁜 소식을 전하게 했
다. 이날부터 날마다 주연이 계속되었고, 국태는 유달리 현덕을
사랑하고 공경했다.

한편, 손권은 사람을 시상군으로 파견하여 주유에게 소식을
전했다.

즉, 어머니께서 고집을 부리셔서 누이동생을 이미 현덕에게
출가시켰으며, 천만뜻밖에도 농간을 부려 보자는 것이 진짜가
돼 버렸으니 이 일을 또 어찌했으면 좋겠느냐는 말이었다.

주유는 어리둥절하여 벌어진 입을 다물지 못하고 있다가, 한
참 만에야 또 한 가지 계책을 생각해 내어, 그길로 밀서를 작성
해서 사자에게 주어 돌려보냈다, 손권이 그 밀서를 뜯어보니 대
강 사연은 이러했다.

계획했던 일이 천만뜻밖에도 뒤집혀졌습니다. 이왕 속

임수를 쓰려다가 그것이 진짜가 돼 버렸으니, 즉시 다른 계책을 쓰는 수밖에 없습니다. 유현덕은 효웅지자(梟雄之姿)에다가 또 관운장·장비·조자룡 같은 맹장들이 있고, 지모에 능숙한 제갈공명까지 딸려 있으니, 오래 남의 밑에 있을 위인이라고는 생각되지 않습니다.

유현덕을 오중(吳中)에 잡아 두고, 궁실을 화려하게 건축해 주어서 그 심지(心志)를 상실하도록 하고, 미색을 주어서 완롱케 함으로써 그의 이목을 어지럽게 해놓고, 관운장·장비의 정을 갈라놓고, 제갈량과의 밀접한 관계를 멀리해 놓은 다음에 일거에 들이쳐 버리면 대사는 결정 나고 말 것입니다. 이제 그를 놓쳐 버린다는 것은 마치 교룡에게 구름과 비를 얻게 하여 못 가운데 작은 물고기가 되지 않게 하는 것과 같은 일이니, 공께서는 이 점을 심사숙고하시기 바랍니다.

손권이 그 편지를 다 읽고 나서 장소(張昭)와 상의하니, 장소 역시 주유가 편지에 제시한 계책에 찬성을 표명했다.

손권은 기뻐하면서, 그 즉시 동부(東府)를 수축 정리하고, 화초를 널리 심고, 세간은 화려하게 차려 주어서 현덕과 누이동생을 거처하도록 했다. 그리고 또 여악사 수십 명을 증원해 주고, 금옥금기(金玉錦綺)와 온갖 진귀한 물건을 마련해 주었다. 오국태는 손권의 호의인 줄로만 알고 여간 기뻐하지 않았다.

　현덕도 마침내 성색(聲色)에 마음이 혹하여 도무지 형주로 돌아 갈 생각을 하지 않았다.

　조자룡은 5백 명의 군사를 거느리고 동부에 머물러 있었는데, 하루종일 할 일이 없어서 매일같이 성 밖에 나가서 활이나 쏘고 말이나 달리며 소일하고 있었다. 이렇게 해서 그럭저럭 한 해가 저물어 가게 되었다.

　조자룡은 문득 생각나는 바가 있었다.

　'공명께서 세 개의 비단주머니를 나에게 주실 때 남서(南徐)에 도착하거든 첫째 주머니를 풀어 보고, 섣달 그믐께가 되거든 둘 째 주머니를, 위급한 때에는 셋째 주머니를 풀어 보라고 하셨으 며, 그 주머니 속에는 묘계가 들어 있으므로 주공님을 무사히 모 시고 돌아올 수 있을 것이라 하셨지. 올해도 벌써 저물어 가고 주공님은 여색에 빠지셔서 만나 뵐 수도 없으니, 이런 때 어찌 둘째 주머니를 풀어 보지 않을 수 있으랴!'

　그 비단주머니를 풀어 보니 과연 신책(神策)이 들어 있었다. 그 길로 현덕을 찾아가서 대면했다. 조자룡은 일부러 당황한 체 했다.

　"주공님께서는 어찌하셔서 이런 화당(畵堂)에 깊숙이 들어 계 시며, 형주로 돌아가실 생각은 조금도 하시지 않으십니까?"

"무슨 일이 있기에 이다지 허둥지둥하는 거요?"

"오늘 아침에 공명께서 사람을 보내셔서 알려 주셨습니다. 조조가 적벽에서 대패한 보복을 꾀하여 정병 50만을 이끌고 형주로 침공하여 성이 함락될 위기가 박두해 오니 경각을 지체함이 없이 주공님께서 돌아오시도록 해달라는 청이 있습니다."

"그렇다면, 부인과 상의해 봐야겠군!"

"만약에 부인과 상의하신다면, 반드시 주공님을 돌아가시지 못하게 하실 것이오니 말씀하시지 않는 것만 같지 못합니다. 오늘 밤 그대로 떠나시도록 하십시오. 늦으면 일을 그르치게 됩니다."

"잠시 물러나가 있소. 나에게도 생각이 있으니."

조자룡은 몇 번이나 재촉하는 말을 남겨 놓고 그 자리를 물러나왔으며 현덕은 안으로 들어가서 손부인을 만나자, 눈물을 줄줄 흘렸다.

손부인이 물었다.

"장부(丈夫)께선 뭣을 그다지 괴로워하십니까?"

"이 유현덕은 일신이 남의 고장으로만 떠돌아다니다가 평생에 양친을 봉양하지 못했소. 또 조종(祖宗)의 제사도 제대로 지내지 못했으니 큰 불효가 아니겠소! 머지않아서 해도 바뀔 것이므로 자연 슬픔을 금할 수가 없소."

그러나 손부인은 그 말에 속아넘어가지 않았다. 이미 조자룡이 형주의 위기를 보고했다는 사실을 알고 있었기 때문이었다.

손부인은 끝까지 남편 유현덕을 따라서 동행하겠다는 완강한 태도를 표시했다. 현덕이 말했다.

"그대의 심정은 알고도 남음이 있소만, 국태와 오후께서 그대를 보내지 않으실 거요. 진실로 남편을 생각해 준다면 잠시 혼자서 이곳에 떨어져 있어 주시오."

"어머님께 말씀드려서 반드시 승낙을 얻고야 말겠습니다."

손부인은 이렇게 말하고 나서, 무엇인지 한참 동안 곰곰 생각하더니 이윽고 야무진 음성으로 말했다.

"정월 초하룻날 아침에 배례(拜禮)가 있을 때, 우리들은 함께 강변에 나가서 제사를 지낸다 하고는 아무 말 없이 떠나 버리도록 합시다."

두 사람이 이렇게 결정하자, 현덕은 그 즉시 조자룡을 불러들였다.

"정월 초하룻날, 조장군은 군사를 거느리고 성 밖에 나가서 길가에서 나를 기다려 주오. 나는 제사 지낸다는 핑계를 대고 아내와 함께 도주하겠소."

조자룡도 두 말 없이 그렇게 하겠다 약속하고 물러나갔다.

제사를 지내러 나간다는 말에 오국태도 반대할 리 없었다.

건안 15년 봄, 원단(元旦) 원월.

손권에게는 아무 말도 하지 않고 손부인은 값진 물건만 추려 가지고 수레를 탔으며, 현덕도 종자 몇 기만을 거느리고 말을 달려 성 밖으로 나오니 거기에는 조자룡이 기다리고 있었다. 조자룡과 5백 명의 병사들이 앞뒤를 호위하고 남서를 향하여 걸음을 재촉했다.

손권은 그날밤 술이 몹시 취해서 잠들어 있었다. 부하들이 현덕이 손부인과 도주한다는 급보를 손권에게 전하였을 때는 밤도 이미 깊은 후였다.

손권이 눈을 떴을 때에는 이미 5경. 급히 대신들을 불러 가지고 대책을 강구했다.

장소의 의견대로 곧 뒤를 쫓기로 했다.

손권은 진무 · 반장에게 정병 5백 명을 딸려서 밤낮을 가리지 말고 쫓아가서 잡아오라고 명령했다.

이렇게 해놓고도 손권은 격분이 가라앉지 않아서 칼을 선뜻 뽑아 들고 장흠과 주태를 불러들여서 호통을 쳤다.

"그대들은 이 칼을 가지고 가서 내 누이동생과 유현덕의 목을 베어 가지고 오시오! 내 명령에 거역한다면 용서하지 않을 것이오!"

장흠과 주태는 그 즉시 따로 군사 1천 기를 거느리고 뒤를 쫓았다.

현덕이 말을 급히 몰아서 시상군 경계지대까지 다다랐을 때,

뒤를 돌아다봤더니 먼곳에서 흙먼지가 뿌옇게 일어나고 있었다.

"추격해 오는 자들이 있는 모양인데 어찌하면 좋겠소?"

현덕이 당황하여 조자룡에게 상의했더니 조자룡이 말했다.

"주공께서는 앞에서 빨리 달리십시오. 후군은 이 조자룡이 맡겠습니다."

현덕이 앞장을 서서 어느 산기슭을 돌아가고 있노라니, 난데없이 1대의 군마가 앞을 가로막으며 선두에 한 대장이 나서면서 호통을 쳤다.

"유현덕! 빨리 말을 내려서 동앗줄이나 받아라! 우리들은 주도독의 명령을 받들고 여기서 대기하고 있었다!"

그들은 주유가 현덕이 도주할까 미리 겁을 내고 3천 기를 주어서 배치시켜 두었던 서성과 정봉이었다.

현덕은 시급히 조자룡에게로 되돌아갔다.

"앞에는 가로막는 군사가 있고 뒤에는 추격해 오는 자들이 있으니 진퇴양난하게 되었소!"

"주공님, 걱정 없습니다! 군사님에게서 받아 가지고 온 세 가지 묘계가 이 비단 주머니 속에 들어 있는데, 위급할 때 열어 보라고 하신 셋째 주머니가 아직도 남아 있습니다. 이제야말로 이것을 풀어 봐야겠습니다."

조자룡은 그 셋째 비단주머니를 풀어서 현덕에게 주었다. 현덕은 그 속에 든 것을 읽어 보자, 당장에 손부인에게로 달려가서 눈물을 흘리면서 호소했다.

"오후와 주유가 계책을 짜 가지고 그대와 나를 짝지어 놓은 것은 그대를 위한 일이 아니었고, 나를 붙잡아 두고 형주를 뺏자는 계교였소. 형주를 수중에 넣지 못한다면 나를 살려 두지 않으려고 했던 것이오. 이것은 그대를 미끼로 내세워서 나를 잡자는 꾀였소. 이것을 알고도 내가 그대를 거느리고 죽음을 무릅쓰고 여기까지 도주해 온 것은 그대의 남자 못지않은 성질을 알았기 때문에 반드시 나에게 동정해 주리라고 믿은 까닭이었소.

그런데 이제 뒤에서 쫓아오는 자들이 있고 또 앞을 가로막는 군사들까지 나타났으니 이 위기를 돌파할 수 있는 힘은 그대에게만 있을 뿐이오. 만약에 그대가 이 난관을 돌파해 주지 않는다면 나는 이 자리에서 자결하여 그대의 은혜에 보답하겠다는 결심뿐이오."

이 말을 듣더니 손부인은 수레를 앞으로 내밀게 하고 휘장을 걷어올리며 서성과 정봉을 꾸짖었다.

"그대들은 모반할 셈인가?"

서성과 정봉은 말에서 굴러떨어지듯 내려와서 무기를 땅 위에 풀어놓고 수레 앞에 꿇어 앉았다.

"모반이라니요? 천만의 말씀입니다! 저희들은 단지 주독님의 명령을 받들고 이곳에서 유현덕장군을 기다리고 있었을 뿐입니다."

손부인은 노기가 충천했다.

"주유, 그 역적 놈은 나라의 은덕을 저버렸단 말인가? 유현덕 장군께서는 왕실의 한나라 후예시며 나의 남편이시다! 우리는 어머님과 오라버니로부터 형주로 돌아가라는 승낙을 받고 떠나온 길이다! 이런 산곡간에 군사를 배치하고 길을 가로막다니 이 무슨 괘씸한 짓이냐? 나의 남편의 몸에 손을 대는 자는 국법으로 목을 벨 것이다."

서성과 정봉은 그저 황공하여 어쩔 줄 모르면서 벌벌 떨었다.

"천만에……. 용서해 주십시오. 이는 주도독님의 명령이지 저희들의 죄가 아닙니다!"

"그대들은 주유의 명령만 듣고 우리 말은 들을 수 없다는 건가? 주유가 그대들을 죽인다면 우리들도 주유를 그대로 둘 수 없다!"

손부인은 주유를 실컷 매도하고 나서 수레를 앞으로 몰라고 했다.

서성과 정봉은 역시 신하의 몸으로 손부인에게 거역할 수는 없다고 생각했을 뿐더러, 조자룡이 눈을 부릅뜨고 노려보고 있는 바람에 겁을 집어먹고 군사를 헤쳐서 그들을 통과시켰다.

그러나 앞으로 불과 5,6리쯤 더 나갔을 때, 이번에는 진무와 반장이 뒤쫓아오다가 서성·정봉과 맞닥뜨렸다. 현덕 일행을 그대로 통과시켰다는 말을 듣더니, 진무가 말하기를,

"그걸 통과시켜 보내다니 어디 될 말이오? 우리는 오후의 명령을 받았으니 역시 쫓아가야만 되오!"

하고는, 네 사람이 군사를 합쳐 가지고 뒤를 쫓게 되었다.

현덕이 앞으로만 빨리 달리고 있는데 뒤에서 또 고함소리가 요란하게 들려오는 바람에 손부인에게 말했다.

"뒤를 쫓는 자들이 또 있으니 어쩌면 좋겠소?"

"걱정 마시고 먼저 앞으로 나가십시오. 제가 조자룡장군과 후군을 맡겠습니다."

이 말을 듣자, 현덕은 군사 3백 명을 거느리고 강변을 향하여 먼저 달렸고, 조자룡은 손부인의 옆에 말을 멈추고 서서 군사를 이끌고 쫓아오는 자들을 막아낼 작정이었다.

가까이 다가들어 온 네 사람의 대장들은 손부인을 보자 하는 수 없이 말을 내려서 공손히 앞에 섰다.

손부인이 싸늘한 음성으로 물었다.

"진무 · 번장, 뭣하러 여기까지 온 것이오?"

"주공님의 명령을 받들고 부인과 유현덕장군을 맞이하러 왔습니다."

손부인의 눈초리가 매서워졌다.

"그대들은 우리 남매에게 이간을 붙여서 불목하게 하자는 건가? 나는 이미 출가한 몸으로 오늘 그분을 따라서 돌아가는 것이지 마음대로 도망하는 것이 아니고, 우리 부부가 형주로 돌아가도 좋다는 어머님의 분부를 받은 터이니, 설사 우리 오라버니가 나타났다 해도 예의를 차릴 줄 알아야 할 것인데, 그대들은 군사의 위엄만 내세우고 나를 죽이겠다는 건가?"

네 장수들은 묵묵히 서로 얼굴만 쳐다보고 있었지만, 각각 내심으로 생각하는 바는 똑같았다.

'만년이 지난다 해도 남매는 결국 남매. 또 국태께서 주장해서 하시는 일이라면 오후께서는 효성이 지극하신 분이니 어찌 감히 모친의 말씀을 거역할 수 있으랴? 내일이라도 생각을 돌리신다면 우리들만 꾸중을 듣는다. 차라리 이 자리에서 인정을 베풀어 두느니만 같지 못하다.'

이렇게 생각하며 다시 군중(軍中)을 휘둘러 봤더니 현덕의 그림자는 찾을 수도 없고, 조자룡이 두 눈을 부릅뜨고 당장이라도 죽이려 덤벼들 기세였다.

그래서 네 장수들은 손부인에게 연방 절을 하면서 그 자리를 물러났다.

손부인은 그대로 수레를 몰고 앞으로 나가라고 명령했다. 손부인의 수레가 아득히 사라진 후였다.

그제야 서성이 말했다.

"우리 넷이 함께 돌아가서 주도독을 만나 뵙고 이런 사실을 솔직히 보고하기로 합시다."

네 장수들이 망설이고 있을 때, 홀연 1대의 군마가 선풍이 휘말려들듯 대들었다. 자세히 보니 장흠과 주태였다.

"여러분, 유현덕을 보시지 못했소?"

네 사람이 대답했다.

"아침에 이곳을 지나갔소. 벌써 반나절이나 넘었소."

"어째서 붙잡지 않았소?"

네 사람이 다같이 손부인이 하던 말을 그대로 옮겨 전했더니, 장흠이 말했다.

"오후께선 이렇게 될까봐 미리 걱정하신 거요. 이 칼을 받았을 때, 먼저 누이동생을 죽이고 나서 유현덕의 목을 벨 것이며, 명령에 거역하는 자는 참하시겠다고 하셨소."

네 장수의 말이,

"이미 멀리 사라졌으니 어찌하겠소?"

하니 장흠이 또 말했다.

"어째든 저편은 걸어서 가는 길이니, 빨리 달아나지는 못할 것이오. 서성·정봉 두 장군은 도독께 비보를 전해 드리도록 해서 수로로 쾌선을 동원하여 쫓아가게 하시오. 우리 네 사람은 강변으로 쫓아갈 것이니, 수로로 가든 육지로 가든 붙잡기만 하면 죽여 버릴 것이오. 저편의 말을 들어서는 안 되오."

하자 서성과 정봉은 주유에게로 말을 되돌려 달려갔고, 장흠·주태·진무·반장 네 사람은 군사를 거느리고 강변을 끼고 여전히 유현덕의 뒤를 쫓아가게 되었다.

유현덕 일행은 시상군 유랑포(劉郞浦)에 이르러서 간신히 한숨을 돌리고 있었으며, 나룻배를 찾아서 강변을 거닐고 있었는데, 바라다뵈는 것은 끝 닿은 데 없이 펼쳐진 장강의 물뿐이요, 배라고는 찾아볼 길이 없었다. 현덕은 고개를 수그리고 곰곰 생각할 뿐이었다.

조자룡이 말했다.

"주공님, 이미 호구(虎口)에서 빠져 나왔으며 우리나라 땅도 가까워졌으니 반드시 군사께서 마련이 있으실 겁니다. 그런데 무엇을 그다지 걱정하십니까?"

현덕은 이 말을 들으면서, 퍼뜩 오나라에 있을 때의 영화스럽던 가지가지 일들이 생각나서 눈물을 금치 못했다.

유현덕이 눈물을 씻으며 조자룡에게 명령하여 나룻배를 찾고 있는데, 행렬의 맨뒤에서 하늘을 찌를 것 같은 흙먼지가 일어난다는 연락이 왔다. 높은 곳에 올라가 내려다보니 수많은 군사들이 땅에 좍 깔려서 달려오고 있었다.

"며칠 계속 길을 달리느라고 사람도 말도 모두 기진맥진했는데 추격해 오는 군사들을 만나게 됐으니 이제는 옴쭉할 도리도 없구나!"

현덕이 이렇게 한탄하고 있을 때 고함소리가 점점 가까이 들려왔다.

당황해서 어쩔 줄 모르는데, 홀연 강변에 돛을 단 배들이 20여

척이나 한 일(一) 자로 죽 늘어서는 것이 바라다보였다.

조자룡이,

"천행으로 이런 배들이 여기 있습니다. 어째서 빨리 배를 타시고 저편으로 건너가셔서 다시 대책을 강구하실 생각을 하십시오."

하니 현덕은 손부인과 함께 배 위로 올라갔다. 조자룡도 군사 5백 명을 거느리고 함께 배를 탔다.

배 위에는 윤건에 도포를 입은 한 사람이 큰 소리로 웃으면서 이렇게 말하고 있었다.

"주공님, 축하합니다! 제갈량이 여기서 오랫동안 대기하고 있었습니다."

배 속에서 선객 몸차림을 하고 있는 사람들은 모두가 형주의 수군들이었다.

현덕은 기뻐서 어쩔 줄 몰랐다.

얼마 후 네 장수들이 쫓아왔다.

공명은 깔깔깔깔 웃음을 참지 못하며 강변에 나타난 사람들을 손가락으로 가리키며 말했다.

"내 이미 이럴 줄 알고 여기에 있은 지 오래 됐소! 그대들은 돌아가서 주랑(주유)께 두 번 다시 미인국(美人局)의 수단을 쓰실 생각은 하시지 말라고 전달이나 하시오."

강변에서는 배를 향하여 화살을 마구 쏴 댔다.

그러나 배는 이미 멀찍이 떠나갔다.

장흠 등 네 장수는 어처구니없다는 얼굴을 하고 멍청히 바라보고 있을 뿐이었다.

현덕과 공명이 배를 급히 몰고 앞으로 나가고 있을 때, 홀연 강변에서는 천지를 진동하는 고함소리가 들려왔다.

돌아보니, 수많은 전선(戰船)들이 달려들고 있었다. '수(帥)'자 깃발이 높이 휘날리는데, 그 깃발 밑에서는 주유가 친히 수군을 지휘하면서 왼쪽에는 황개, 오른쪽에는 한당을 거느리고 있었다. 그 기세는 비마(飛馬)와 같고 유성(流星)과 같았다.

순식간에 그 전선들은 가까이 달려들었다.

공명은 북쪽 강변에 배를 멈추자, 일제히 육지로 올라가서 군마를 앞으로만 몰았다.

주유 역시 강변에 배를 대자, 군사를 전부 상륙시키고 추격해 가려고 했지만, 수군은 모조리 두 발 뿐이요, 말을 가진 것은 대장들 뿐이었다. 주유는 그대로 앞으로 나갔다.

그리고 황개·한당·서성·정봉이 그 뒤를 바싹 따랐다.

한참 만에 주유가 물었다.

"여기는 어디요?"

한 군사가 대답했다.

"앞이 바로 황주(黃州)의 경계선입니다."

앞을 바라보니, 현덕의 군마가 그다지 멀지 않은 곳에 보이기 때문에, 주유는 온갖 힘을 다해서 추격하라고 명령했다.

정신없이 쫓아가는데 난데없이 북소리가 한 번 울리더니, 산곡간에서 한 떼의 도부수들이 몰려나왔다. 선두에 나서는 대장은 다른 사람이 아니라 관운장 바로 그였다.

주유는 황황 망극.

황급히 말머리를 돌리니 관운장이 한사코 말을 몰아 뒤를 쫓아온다.

그러나 그뿐이랴. 왼쪽에서는 황충, 오른쪽에서 위연이 각각 1대의 군사를 거느리고 덤벼드니, 오군은 뿔뿔이 흩어져서 도주하는 수밖에 없었다.

주유는 간신히 몸을 피해서 배 위로 올라가자 강변에 늘어서 있던 형주의 군사들이 와! 하고 떠들어 대기 시작했다.

"주랑(주유)의 묘한 계책은 모두 다 어디로 갔나? 손부인마저 빼앗기고 군사들도 맥을 못 추게 만들다니!"

주유는 약이 바싹 올라서 고함을 질렀다.

"육지로 올라가서 다시 결사적으로 싸워 보자!"

황개와 한당이 극력 만류했으나, 주유는 무슨 면목으로 오후를 대할 것이냐 하는 생각에 자신도 모르게 소리를 버럭 질렀다. 그 바람에 금창약을 붙인 상처가 또 터져서 배 위에서 그대로 쓰러져 버리니, 여러 장수들이 급히 달려들어 부축했을 때에는 인사불성이었다.

이야말로 두 번이나 재간을 부리려다가 결과는 졸렬하게 되고 격분 속에 부끄러움뿐이었다.

56.
권력이 없어진다면

가관을 넘은 집권자 조조의 성대한 놀음판!

曹操大宴銅雀臺
孔明三氣周公瑾

금창약을 붙이고 간신히 견디던 상처가 너무나 격분했기 때문에 터지기는 했으나, 주유는 목숨만은 간신히 건졌다.

여러 대장들은 졸도한 주유를 부축해 일으켜서 배에 싣고 도주했다. 공명은 그 이상 추격하지 않았고 현덕과 함께 형주로 돌아와서 기쁨을 이기지 못할 뿐만 아니라 여러 대장들에게도 후히 상을 내렸다.

주유는 우선 시상군으로 돌아왔으며, 장흠과 그 밖의 여러 군사들은 남서로 돌아와서 이런 사실을 손권에게 보고했다.

손권은 분노가 치밀어올라 당장에라도 정보를 도독에 임명해 가지고 형주를 습격하려고 했다. 주유에게서도 군사를 풀어서 설욕을 하자고 편지가 날아들었지만, 장소가 그것을 간곡히 말렸다.

조조가 적벽에서의 패전에 앙심을 먹고 복수하고 싶은 생각이 불길처럼 치미는 것을 억지로 참고 있는 것은 손권·유현덕 둘을 무서워함에서인데, 이제 이 두 사람이 서로 물고 으르렁거린다면 반드시 그 허를 찔릴 위험성이 있으니 신중히 생각하라는 것이 장소의 의견이었다.

또 옆에서 고옹(顧雍)이 이런 의견을 제시했다.

"지금 가장 좋은 계책은 사자를 허도에 파견하셔서 유현덕을 형주 목(牧)에 천거하시는 길입니다. 이것을 알게 되면 조조도 동남쪽으로 출병할 것을 단념하지 않을 수 없을 것이며, 유현덕의 주공님께 대한 원한도 풀어질 것입니다. 그렇게 해 놓고 우리 편에서 심복을 시켜서 이간책을 써가지고 조조와 유현덕을 서로 물고 뜯게 하면 형주를 뺏기는 수월할 것입니다."

고옹은 이런 계책을 제공해 놓고, 파견할 만한 인물까지 천거했다. 그는 바로 화흠(華歆)이었는데, 조조가 심히 존경하는 인물이라는 것이었다.

손권은 크게 기뻐하며 그 즉시 상주할 표(表)를 화흠에게 주어서 허도로 파견했다. 화흠이 급거 허도로 가서 조조를 면회하려고 했을 때에는, 조조는 신하들을 업군(鄴軍)에 모아 놓고 동작대의 낙성을 축하하기에 여념이 없어서, 화흠도 하는 수 없이 업군으로 가서 면회할 수 있기를 기다리고 있었다.

건안 15년 봄.

동작대가 낙성되면서부터 집권자 조조의 놀음판은 가관이었
다. 문무백관을 업군에 모아 놓고 성대한 축하연을 베풀었다.

동작대는 장하(漳河) 강가에 건축되었으며 중앙이 동작대, 왼쪽
이 옥룡대(玉龍臺), 오른쪽이 금봉대(金鳳臺)로 각각 높이가 10장(丈)
이었고, 위로 가로질러서 두 구름다리가 서로 통하게 됐으며, 천
문만호(千門萬戶)가 금벽(金碧)의 찬란한 광채 속에 휩싸여 있었다.

이날, 조조는 머리에 보석을 박은 금관을 쓰고, 몸에는 녹금나
포(錄金羅袍)를 입고, 옥대를 두르고 구슬신 신고, 높은 자리에 올
라앉아서 활쏘기 경쟁을 시켜 놓고 그것을 흥겹게 구경하고 있
었다.

좌우에게 시켜서 서천(西川) 땅에서 만든 홍금전포(紅錦戰袍) 한
벌을 수양버들 가지에 걸쳐 놓고, 그 아래에 과녁을 만들어 놓았
다. 그러고는 백 보 밖에서 활을 쏘아서 과녁 맨 가운데 홍심(紅
心)을 쏜 자에게는 바로 그 버드나무에 걸쳐 놓은 금포를 상으로
줄 것이며, 맞히지 못한 자에게는 벌로 물 한사발을 준다는 규정
아래 무관들의 무예를 겨루는 대회를 거행한 것이었다.

활쏘기 재간을 다투는 이 대회에는 수없는 무관들이 앞을 다
투어서 내달았는데, 그 중에서도, 조휴 · 문빙 · 조홍 · 장합 · 하

후연·서황·허저 등 쟁쟁한 장수들의 서로 경쟁하는 솜씨들이
자못 장관이었다. 나중에 서황과 허저는 경쟁을 하다 못해서 활
을 던지고 서로 주먹다짐을 벌여 싸우기까지 되었다.

조조는 두 사람을 모두 대 위로 올라오라고 했다. 서황은 눈썹
이 찢어질 듯 노한 눈을 부릅뜨고, 허저는 이를 악물고 입술을
깨물고 서로 으르렁거리는 것이었다. 조조가 통쾌하게 웃으며
하는 말이,

"내 특히 공들의 용맹을 구경하자는 것이지, 어찌 한 벌의 금
포쯤이 아깝겠소!"

하면서 곧 여러 장수들을 모두 대 위로 올라오게 하여 비단 한
필씩을 주었다.

풍악소리가 요란하게 일어나며 산해진미가 골고루 차려져 나
오는 가운데, 문관·무관들이 차례차례 술잔을 돌리고 서로 주
고받고, 성대한 장면이 벌어졌다.

조조가 여러 문관들을 돌아다보면서 말했다.

"여러 장수들은 활쏘는 재간으로 용맹을 보여 주어서 즐거웠
소. 공들도 모두 포학(飽學)의 선비들이니 이 고대(高臺)에 올라앉
아 아름다운 문장을 내놓아 한때의 경사를 뜻깊게 해주시오!"

이리하여 왕랑(王郞)·종유(鍾繇)·왕찬(王粲)·진림(陳琳) 등 여러
문관이 각각 시를 지어서 바쳤다. 그런데, 그 시구에는 모두 조조
의 높은 덕을 찬양했고, 천명을 받음이 마땅하다는 의미가 적혀

있었다.

조조가 한 편 한 편 읽고 나서 자못 만족한 듯이 웃으며 말했다.

"여러분의 아름다운 작품들은 나를 너무 지나치게 칭찬했소. 난 본래 변변치도 못한 위인으로 효렴(孝廉)에 추거되어서, 천하에 큰 난리가 일어나자 초군(譙郡) 동쪽 50리 되는 땅에 은거하면서 봄·여름으로는 책이나 읽고 지내며, 가을·겨울에는 사냥이나 하면서 천하가 안정되면 출사(出仕)해 볼 작정이었소. 뜻밖에도 조정에서 나를 부르셔서 점군교위(點軍校尉)에 임명해 주시니 마침내 생각을 달리하여 국가를 위하여 적을 토벌해서 공을 세우는 데 전심전력하고, 죽은 다음에는 묘비에 '한고정서장군 조조의 묘(漢故征西將軍曹操之墓)'라고나 기입된다면 평생 소원을 다하는 일이라고 생각했었소.

동탁을 쳐부수고, 황건적을 진압하고, 여포를 격파하고, 원소를 거꾸러뜨리고, 유표를 평정한 다음, 이몸은 재상이 되어서 인신(人臣)으로서의 귀함이 그 극에 달했으니, 또 무엇을 더 바라겠소.

하지만, 국가에 나 한 사람이 없으면 이야말로 몇 사람이 인군이라 일컫고, 몇 사람이 왕이라 일컫게 될 지 알 수 없는 노릇이오. 내가 권력을 장악했다고 해서 어떤 사람들은 이것이 천하를 점령하고 싶은 야심이라고 억측하지만, 이것은 큰 잘못이오.

만약에 나에게 권력이 없게 되고 병권을 내 손에서 내놓는다면, 나는 남의 손에 죽을 것이오. 내가 죽게 되면 국가는 위태롭게 기울어지고 말 것이니, 이것이 바로 내가 허명(虛名)을 취하여 실화(實禍)에 대처하는 까닭이오. 여러분 가운데도 나의 이런 뜻을 아는 사람은 드물 것이오!"

조조는 술잔을 거듭하는 동안, 취흥이 도도하게 되어서 좌우에게 명령하여 붓과 벼루를 가져오라 하더니 동작대에 대해서 시를 읊으려고 했다. 붓을 들어 쓰기 시작했을 때 홀연 보고가 날아들었다.

동오의 사자 화흠이 유현덕을 형주 목에 천거하는 상주 표를 가지고 왔는데, 손권은 그 누이동생을 이미 유현덕에게 시집보냈으며, 형주 9군의 절반은 벌써 유현덕의 수중에 들어갔다는 것이었다.

조조는 금세 안색이 변하더니 시를 읊으려던 붓대를 집어던졌다.

그것을 옆에서 보고 있던 정욱이 물었다.

"승상께서는 천군만마 속에서도, 화살이 빗발치듯하는 가운데서도 일찍이 한 번도 낭패하는 기색을 보이신 일이 없었는데, 이제 유현덕이 형주를 수중에 넣었다는 일쯤으로 뭘 그다지 놀라십니까?"

"유현덕은 인중지룡(人中之龍)이오. 지금까진 물을 수중에 넣지 못하고 있었는데, 이제 형주를 수중에 넣었으니 용이 대해(大海)로 나간 것이나 다름없게 됐소. 이 어찌 놀라지 않을 수 있겠소?"

"승상께선 화흠이 이곳에 온 진의를 아십니까?"

"아직 모르오."

"손권은 평소부터 유현덕을 꺼리면서 무력으로써 쳐부수려고 하지만, 승상께 그 허를 찔릴까 겁이 나고, 화흠을 사자로 파견하여 유현덕을 추천해 놓아서 유현덕의 마음을 잡아 놓는 한편, 승상께서 바라시는 바를 성취하실 수 있도록 하자는 생각입니다."

조조, 머리를 끄덕끄덕했다.

"흐음, 그렇군!"

"이 정욱에게 한 가지 계획이 있습니다. 손권과 유현덕을 서로 물고 뜯게 만들어 놓으시고 승상께서 그 허를 찌르시면, 쉽사리 쌍방을 다 격파하실 수 있을 것입니다."

조조가 매우 기뻐하며 그 계책을 물었더니, 정욱이 또 말했다.

"동오에서 가장 믿고 있는 인물은 역시 주유입니다. 그러니까, 지금 승상께서는 천자께 글월을 올리셔서 주유를 남군(南郡)의 태수, 정보를 강하의 태수로 임명하게 하시고, 화흠을 조정에 잡아 두시고 중용(重用)해 주신다면 주유와 유현덕은 서로 버티려 들 것이며, 그들이 싸우게 될 때, 우리 편에서도 쳐내려간다면 좋지 않겠습니까?"

"그거 정말 내 마음에 꼭 맞는 말이오!"

이리하여, 조조는 화흠을 만나 보고 가지가지 상사(賞賜)를 후히 해주었다. 그날, 연석이 끝나자, 조조는 그 즉시 문무백관을 거느리고 허창으로 돌아와서 천자께 글을 올려 주유를 남군의 태수, 정보를 강하의 태수로 삼고, 화흠을 대리사경(大理寺卿)에 봉하여 허도에 머무르도록 했다. 칙사가 동오땅으로 내려가니 주유와 정보도 각각 벼슬을 받았음은 물론이다.

주유는 남군의 태수가 되면서부터 복수해 보고 싶은 생각이 점점 더 심해져서 오후에게 글을 보내어 노숙을 파견해서 형주를 도로 찾도록 해달라고 졸라댔다.

손권은 노숙에게 이런 말을 꺼냈다.

"먼저 형주와 유현덕 문제에 관해서 그대가 보증인이 되었는데, 이제까지도 유현덕은 질질 끌고 반환하려 들지 않으니, 언제까지 기다려야 한단 말이오?"

"문서상에도 명백히 써 있는 것과 같이, 서천을 수중에 넣게 되면 곧 반환하겠다는 겁니다."

"서천을 수중에 넣는다는 것은 말뿐이오, 아직도 군사를 움직이지 않고 있으니, 늙어 죽도록 기다리기만 하란 말이오?"

"그러면 이 노숙이 가서 따져 보겠습니다."

노숙은 곧 배를 타고 형주로 갔다.

유현덕은 공명과 함께 형주에 있으면서 널리 군량을 수집하고 군사를 훈련시켰으며, 멀고 가까운 곳의 선비들이 많이 몰려들었다. 이때, 홀연 노숙이 왔다는 소식을 듣고는 현덕이 공명에게 물었다.

"노숙이 이곳에 온 것은 무슨 의미일까요?"

"먼저, 손권이 글을 올려 주공님을 형주 목에 천거한 것은 조조를 눌러 보자는 의도에서 나온 것이었는데, 조조가 주유를 남군 태수로 봉한 것은 쌍방을 서로 물고 뜯게 하여서 그는 그 중간에서 자기 욕심만 채우자는 배짱입니다. 이제 노숙이 이곳에 나타난 것도, 주유가 태수 직을 받은 것도, 모두 형주를 도로 찾자는 뜻에서 나온 것입니다."

"그러면 어떻게 답변해야 좋겠습니까?"

"만약에 노숙이 형주 문제를 끄집어내면 주공께서는 그대로 방성통곡만 하십시오. 그러면 그 틈을 엿보아서 이 공명이 나서서 적당히 선처해 드리겠습니다."

이렇게 계책이 작정되자, 노숙을 부중(府中)으로 불러들여서 인사를 끝냈다. 자리에 앉으려다가 노숙이 말을 꺼냈다.

"유황숙께서는 우리 동오의 여서(女婿)가 되셨으니 바로 이 노숙의 주공이 되신 거나 다름 없습니다. 어찌 감히 마주 대하고 앉을 수 있겠습니까?"

현덕이 웃으면서 말했다.

"자경(子敬)과 나는 구교가 있지 않소. 뭘 그다지 지나치게 겸손할 게 있겠소!"

그제야 노숙은 자리잡고 앉았는데, 차를 마시고 나자마자 대뜸 말했다.

"이번에는 오후의 명령을 받들고 형주 일 때문에 왔습니다. 황숙께서 이미 이 땅을 빌리신 지 오래 됐는데도 반환하시려는 기색이 없으시니, 이제는 양가가 결친(結親)도하셔서 사돈간이 되셨는데 시급히 반환해 주심이 좋겠습니다."

현덕은 그 말을 듣더니 얼굴을 가리고 통곡했다. 노숙이 깜짝 놀랐다.

"황숙께서는 어째서 이러십니까?"

현덕의 울음소리는 그칠 줄 몰랐다.

공명이 병풍 뒤에서 나오며 말했다.

"이 제갈량이 계속 듣고 있었는데, 자경공은 우리 주공께서 통곡하시는 까닭을 아십니까?"

"전혀 모릅니다."

"그걸 모르시다뇨? 애초에 우리 주공께서 형주 땅을 빌리셨을 적에 서천 땅을 수중에 넣게 되시면 곧 반환하겠다고 약속은 하셨지만, 곰곰 생각해 보시니 익주(益州)의 유장(劉璋)은 우리 주공의 아우가 되시고, 다같이 한조(漢朝)의 골육이시니, 만약에 군사를 일으켜서 그분의 성지(城池)를 뺏는다면 남에게 타매(唾罵)당할

것이오,

만약에 그곳을 뺏지 않고 형주를 반환하신다면 또 어디다 안신(安身)하실 곳이 있겠습니까? 그렇다고 해서 반환하지 않는다면 처가 쪽의 체면상 좋지 못하게 될 것이고, 일이 난처한 처지에 빠지게 되셔서 가슴 아프신 눈물을 금치 못하시는 것입니다."

공명이 말을 마치니, 현덕은 충심으로 자극을 받아 정말로 가슴을 치고 발을 구르며, 방성통곡했다. 노숙이 권하는 말을 했다.

"황숙께서는 괴로워하지 마십시오. 공명선생과 선후책을 강구해 보겠습니다."

공명이 노숙에게 말했다.

"자경공에게는 번거로운 일이지만, 돌아가셔서 오후를 뵙고 우리 주공님의 괴로운 사정을 잘 말씀드리셔서 얼마간만 더 참아 주시도록 해주십시오."

"하지만 오후가 고집을 부리고 듣지 않을 때엔 어찌하면 좋겠습니까?"

"오후는 이미 매씨를 황숙께 시집보내셨으니 어찌 고집을 부리실 까닭이 있겠습니까? 자경공께서 돌아가셔서 잘 말씀드려 주십시오."

노숙은 관대하고 어진 인물이라서, 현덕이 이렇게 애통해하는 것을 보자, 그렇게 하겠다고 승낙하는 도리밖에 없었다. 현덕과 공명은 노숙에게 깊이 사례하고 주연이 끝난 다음 함께 노숙을 전송하여 배를 태워 보냈다.

　노숙은 시상군으로 돌아가서 주유를 만나 보고 이런 사정을 자세히 이야기했다. 주유는 발을 구르고 펄펄 뛰었다.

　"자경은 또 제갈량의 계책에 빠졌소. 유현덕은 예전에 유표에게 의지해 있었을 적에도 언제나 그 땅을 빼앗을 생각만 하고 있었소. 하물며 서천이나 유장쯤이야 말할 나위도 없는 일이오. 이렇게 핑계를 대고 있다면 노형에게도 누가 미칠 것이오. 나에게 한 가지 계책이 있어서 제갈량을 옴쭉 못하게 할 수 있으니, 자경이 한 번만 더 다녀와 주시오."

　"무슨 묘책이 있으신지 듣고 싶습니다."

　"자경께서는 오후를 만나 보러 갈 것도 없이, 다시 형주로 가서 유현덕에게 이렇게 전해 주시오. 손·유 양가에서 이미 친척 관계를 맺었으니 한 집안이나 다름없는데, 만약에 유가에서 서천을 차마 뺏을 수 없다면 우리 동오에서 군사를 풀어서 공략하고 서천을 뺏을 것이니 그것을 가자(嫁資)로 삼아서 형주를 동오와 교환하게 해달라고 전달해 주시오."

　"서천은 험하고 먼 곳이어서, 쉽사리 수중에 넣기는 어려울 것입니다. 도독님의 그런 계책은 마땅치 않은 것 같습니다."

　주유가 웃으면서 또 말했다.

　"자경은 정말 지나치게 너그러운 사람이오. 내가 정말 서천을 빼앗아서 그에게 줄 줄 아시오? 나는 이러한 명목을 내세우고서 사실은 유현덕에게 준비할 겨를을 주지 않고 형주를 빼앗자는 것이오.

동오의 군사가 서천을 공략하려면 반드시 형주를 통과해야만 됩니다. 그러니까 그에게 전량을 마련하라고 하면 유비는 반드시 군사를 거느리고 성 밖으로 나올 것이오. 그때 단숨에 그들을 무찔러 버리고 형주를 빼앗아서 우리 원한을 풀어 버리고, 공의 화근도 없애 보자는 것이오."

노숙은 대단히 기뻐하면서 또다시 형주로 갔다. 현덕이 공명에게 상의했더니 공명이 말했다.

"노숙은 오후를 만나 보지도 않고 시상군으로 가서 주유와 무엇인지 상의하고 이 제갈량을 그럴듯한 말로 꾀어 볼까 하고 온 것뿐입니다. 그가 무슨 말을 꺼내든지, 주공께서는 이 제갈량이 고개를 끄덕끄덕하는 일만 승낙하십시오."

이때, 노숙이 나타나면서 오후 손권이 유황숙을 대신하여 서천을 공략해서 매씨의 가자로 삼아 형주와 교환할 생각이니, 군사가 통과할 때에는 전량을 협조해 달라는 말을 했다.

공명은 서슴지 않고 확답을 했다.

"군사가 이곳을 통과할 때에는 반드시 나와 영접하겠소."

노숙은 기뻐서 어쩔 줄 모르고 돌아갔다. 현덕이 대뜸 물었다.

"그건 무슨 뜻입니까?"

공명이 깔깔깔 웃으며 대답했다.

"주유도 죽을 때가 가까웠습니다. 그런 계획을 가지고는 어린 아이도 속지는 않을 겁니다. 그것은 서천을 공략하는 체하고 사실은 주공께서 성 밖으로 나가시면 다짜고짜로 붙잡아 놓고 성을 들이쳐서 빼앗자는 수작입니다."

"그렇다면 어떻게 하면 좋겠습니까?"

"주공께서는 마음을 턱 놓으십시오. 단지 활을 마련했다가 맹호(猛虎)를 잡고, 미끼를 마련했다가 큰 물고기를 잡는 것뿐입니다. 주유가 이곳에 나타나기만 하면 죽지는 않는다 해도, 맥을 못 쓰게 될 것입니다."

공명은 조자룡을 불러서, 이러저러 하게만 하면 그 뒷일은 자기가 맡겠다고 계책을 일러 주었다. 현덕도 공명의 계책을 대단히 만족해했다.

노숙이 돌아가서 주유를 만나 보고, 현덕과 공명이 성 밖에 나와서 영접하리라는 회답을 전달했더니, 주유가 자못 만족해하며 하는 말이,

"이번만은 제갈량도 나의 계책에 떨어지고야 말 테지!"

하면서, 주유는 노숙을 시켜서 이런 계책을 오후에게도 알리고, 한편 후군의 책임자로 정보를 내보내 달라는 부탁까지 했다.

이때, 주유의 상처는 많이 회복되어서, 서슴지 않고 감녕을 선봉으로, 자신은 서성·정봉과 같이 중군으로, 능통·여몽을 후

군에 배치하고, 수륙으로 대군 5만을 거느리고 형주를 향해서 진군했다.

하구에 도착하자 주유가 물었다.

"형주에서 마중 나온 사람이 없는가?"

보고가 들어왔다.

"유황숙의 사자 미축이 도독님을 만나 뵙겠다고 합니다."

주유는 미축을 불러들여서 만나 보고 자기 편 군사에게 협조해 줄 준비가 되었느냐고 물었더니, 미축이 대답했다.

"우리 주공께서는 만반 준비를 갖추시고 기다리고 계십니다."

"유황숙은 어디 계시오?"

"형주 성문 밖에서 도독님께 한잔 올리시겠다고 기다리고 계십니다."

"이번에는 그대들을 위하여 먼길에 출병(出兵)하는 길이니 노군(勞軍)의 예의를 소홀히 해서는 안 될 것이오."

미축이 돌아간 다음, 동오의 전선(戰船)은 빽빽하게 깔려서 질서정연하게 앞으로 나갔다.

그러나 공안(公安)에 도착했는데도 군선이라고는 한 척도 없고 또 멀리 나와서 영접하는 사람도 없었다. 주유는 배를 빨리 몰라고 재촉해서, 형주에서 10여 리 떨어진 지점까지 왔는데도 단지 잔잔한 강물이 바라다보일 뿐이었다. 이때 초탐의 보고가 날아들었다.

"형주성 위에는 양면으로 백기가 꽂혀 있을 뿐이고 사람들의 그림자라고는 하나도 보이지 않습니다."

주유는 의아하게 생각하며 배를 강변에 대고 친히 육지로 올라가서 말을 타고, 감녕·서성·정봉 등 대장들을 거느리고 정병 3천을 인솔하고 형주로 달려들어갔다.

성 아래까지 도착했는데도 사람의 그림자라곤 하나도 보이지 않자, 말을 멈추고 병졸에게 명령하여 성문을 열라고 소리를 지르도록 했다.

성문 위에서 누구냐고 묻는 소리가 들리니, 오군에서 대답했다.

"동오의 주도독께서 친히 이곳에 오셨소."

말이 끝나기도 전에 갑자기 요란한 딱따기 소리. 성 위에서는 수많은 군사들이 창·칼을 들고 버티고 일어섰으며, 적루(敵樓) 위에 나타나서 말하는 것은 조자룡이었다.

"도독이 친히 여기까지 오셨다니, 무슨 일이라도 있소?"

주유가 대답했다.

"나는 그대의 주공을 위해서 서천을 공략해 주려고 왔소. 그것을 모르고 있단 말이오?"

"우리 군사 공명께서는 계책을 벌써 다 알아차리시고 나를 시켜서 여기를 지키게 하신 것이오. 유황숙께서는 의리상 서천을 빼앗을 수 없다 하시며, 만약에 동오에서 정말 서천을 공략한다면 자기는 머리를 풀고 산 속으로 들어가는 한이 있더라도 천하에 대해서 신의를 저버리지는 않으시겠다고 하였소."

이 말을 듣자, 주유는 말머리를 돌려서 돌아서려고 했다.

그런데, 이때 마침 '영(令)'자 깃발을 휘날리면서 급보가 날아들었다. 사방에서 적군이 쳐들어오는데, 관운장이 강릉에서 장비가 자귀(秭歸)에서, 황충이 공안에서, 위연이 잔릉(屏陵)에서부터 각각 군사를 거느리고 쳐들어오면서, 이구동성으로 주유를 산 채로 잡겠다고 떠들고 있다는 정보였다.

주유는 말 위에서 큰 소리를 지르다가 그만 화살의 상처가 또 터져서 말 아래로 나뒹굴어 떨어지고 말았다.

이야말로 한 수라도 높은 기국(棋局)을 대적하기 어려워서 몇 번이나 궁리한 것이 그만 허사가 되고 만 셈이다.

57.
주유 죽다

공명이 하늘을 보니
큰 별 하나가 땅으로 떨어지고 있었다

柴桑口臥龍弔喪
耒陽縣鳳雛理事

너무 격분했기 때문에 화살의 상처가 또 터져서 말 위에서 굴러떨어진 주유는, 좌우 사람들의 부축을 받아서 다시 배 속으로 떠메어져 들어갔는데, 이렇게 긴장된 순간에 점점 더 분노하게 만드는 소식이 전달됐다.

"현덕과 공명은 산 위에서 통쾌하게 술을 마시고 있습니다."

하는 병졸들의 보고였다.

"괘씸한 놈! 내가 서천을 빼앗지 못할 줄 알고서! 무슨 일이 있더라도 내가 꼭 빼앗고야 말겠다!"

주유는 미친 사람처럼 날뛰며 이를 부드득 갈았다.

그런데 또다른 보고가 날아들었다.

오후가 아우 손유(孫瑜)를 파견해서 이미 도착했다는 것이었다.

주유가 안으로 맞아들이고 여태까지의 경위를 이야기해 주었더니 손유가 말했다.

"형님의 명령를 받들고 도독님을 도와 드리려고 왔습니다."

주유는 손유의 말을 듣고 나자 그 즉시 군사들을 재촉하여 진군을 계속했다. 파구(巴丘)까지 왔을 때, 유봉(劉封)·관평(關平) 두 장수가 군사를 거느리고 강 상류를 가로막고 있다는 정보가 들어왔다. 주유는 점점 더 격분해서 어쩔 줄 모르고 있는데, 이번에는 공명의 사자가 편지를 가지고 왔다는 소식이었다.

주유가 편지를 뜯고 읽어보니, 그 사연인즉슨 지금 주유가 원정의 대군을 거느리고 만리 길을 멀지 않다 날뛰는 것은 성공을 바랄 수 없다는 것, 이제 주유가 군사를 거느리고 원정을 한다면 조조에게 그 허를 찔릴 때에는 강남 땅은 가루가 되어 버린다는 것, 그래서 이런 사태를 모른 체하고 좌시할 수 없어서 특히 깨우쳐 주는 것이니 잘 알아서 선처하라는 것이었다.

이 편지를 다 읽고 난 주유는 긴 한숨을 쉬고, 오후에게 보낼 편지 한 장을 써 놓고는,

"이 주유를 생겨나게 했다면, 어째서 또 제갈량을 세상에 태어나게 했단 말이냐?"

하고 몇 번인가 탄식하더니 눈을 감고 말았다. 그때 주유의 나이 불과 36세.

대장들은 주유의 유서를 시급히 손권에게 보냈다. 손권은 주유가 죽었다는 소식을 듣고 방성통곡하며 유서를 뜯어 보았다. 그 유서는 자기 후임으로 노숙을 천거하겠다는 사연으로, 노숙의 충렬과 신뢰할 만한 인품을 역설했으며, 자기는 운명을 거역할 수 없어 단명으로 생애를 마치며, 조조와 유현덕 때문에 천하통일이 쉽사리 이루어지지 않는 점을 슬프게 생각한다는 것이었다.

손권은 그날로 노숙을 도독에 임명했으며, 동시에 주유의 시체를 옮겨다가 매장하도록 명령했다.

한편, 공명은 형주에서 밤에 별 모양을 바라보고 있었는데, 장성(將星) 하나가 땅에 떨어지는 것을 보자 웃으면서 말했다.

"주유가 죽었구나!"

새벽녘이 되어서 이런 일을 현덕에게 알리자, 현덕이 사람을 내보내서 탐지해 보니 과연 주유가 세상을 떠났다는 것이었다.

"주유가 죽었으니 이제 어떻게 했으면 좋겠습니까?"

현덕의 묻는 말에 공명이 대답했다.

"주유를 대신하여 군사를 거느릴 자는 바로 노숙입니다. 제갈량이 별 모양을 본즉, 장성들이 동방에 모여 있으니 조상한다는 핑계로 강동으로 건너가서 주공님을 보좌할 만한 현사를 찾아오겠습니다."

"오의 장사들이 선생께 해를 끼칠까 걱정됩니다."

"주유가 살아 있을 때에도 이 제갈량은 겁을 내지 않았는데, 주유가 이미 죽고 없는데 뭐가 또 걱정이겠습니까?"

그 즉시 공명은 조자룡과 군사 5백 명을 거느리고 제례를 갖추어 가지고는 배를 타고 파구로 조상차 떠났다.

도중에서 주유의 시체가 시상(柴桑)으로 옮겨져 갔다는 소식을 듣고, 곧 시상으로 달려갔더니, 그곳에서 노숙이 영접하고 있었다. 주유의 부장들은 모두 공명을 없애 버리려고 했지만, 조자룡이 칼을 차고 옆에 버티고 서 있는데는 섣불리 손을 대지 못했다.

공명은 제물을 영전에 올리고 땅에 꿇어앉아 구곡 간장이 녹을 것만같이 애절히 제문을 읽었다.

살아 생전에 서로 속을 태워 주던 사이였지만, 인생이 한번 눈을 감아 버린 다음에야 공명인들 어찌 눈물을 흘리지 않을 수 있었으랴. 땅을 치며 통곡하는 공명의 구슬픈 울음소리에 여러 대장들도,

"풍문에는 주공(주유)과 공명이 사이가 나쁘다고 하더니, 슬퍼하는 모습을 보니 역시 그것은 풍문에 지나지 않았구나!"

하면서 탄복하여 마지않았다. 노숙도 너무나 애통해하는 공명을 보자,

'공명선생이 역시 마음이 넓으신 분이시다! 주공이 속이 좁아

서 죽음을 스스로 원하신 거나 다름없게 됐구나!'

하는 생각이 들 지경이었다.

노숙은 주연을 베풀어서 공명을 대접했는데, 공명이 노숙과 작별하고 배 위에 오르려고 했을 때, 강변에 도포 죽관(道袍竹冠)을 쓰고 검정띠를 두르고 흰 신을 신은 사람이 공명을 덥석 움켜잡고 너털웃음을 치면서 말했다.

"그대는 주유를 약올려서 죽게 해놓고도 조상을 왔다니, 이건 숫제 동오에는 사람이 없다고 업신여기는 건가?"

공명이 홀쩍 돌려보니, 그것은 봉추선생(鳳雛先生)이라는 방통(龐統)이었다. 공명도 또한 반갑게 웃으며, 두 사람은 손을 맞잡고 배 위로 올라와서 서로 마음속에 서렸던 일들을 호소했다. 공명은 편지 한 장을 써서 방통에게 주면서 이렇게 말했다.

"내가 보건대, 손권은 공을 중용하지는 못할 것 같소. 조금이라도 여의치 않거든 형주로 오셔서 함께 유현덕장군을 도와 주도록 하십시다. 장군은 너그럽고 후덕해서 공이 평생에 배우신 바를 알아 주실 것이오."

방통은 그렇게 하겠다 승낙하고 작별을 했으며, 공명은 형주로 돌아갔다.

노숙이 주유의 영구를 받들고 무호(蕪湖)로 돌아갔더니, 손권이 영접하여 통곡하며 고향땅에 정중하게 매장하도록 명령했고, 주유의 아들 주순(周循)·주윤(周胤)에게도 후하게 돌보아 주었다.

시상군으로 돌아온 손권은 주유의 말만 나오면 마치 수족을 잃은 듯이 슬퍼했다. 이때, 노숙이 손권에게 자기보다도 더 훌륭한 사람이 있어서 수족처럼 도와 줄 사람을 소개하겠다 하며 봉추선생 방통을 손권에게 천거했다.

손권도 평소에 소문을 듣던 인물이라, 즉시 만나 보고 싶다고 했다. 노숙은 방통을 영접해 들여서 손권과 대면하게 했다.

그러나 손권은 방통의 진한 눈썹과 들창코, 거무튀튀한 얼굴에 짧은 수염, 이런 괴상한 모습을 보자 내심 마땅치 않아서 물었다.

"공께서 평생 배우신 학문은 무엇이 주(主)가 되십니까?"

"무슨 일에나 서슴지 않고 임기응변할 수 있는 것입니다."

"공의 재주나 학문이 주유와 비교하면 어떠하신가요?"

방통이 웃으며 대답했다.

"제가 배운 것은 주유와는 전혀 딴판입니다."

손권은 평생에 주유를 제일 좋아했기 때문에 방통이 주유를 대단치 않게 여기는 것을 보자 마음속으로 점점 불쾌해져서 이렇게 말했다.

"잠시 물러가 계십시오. 공을 채용하게 될 때에는 다시 모셔오겠습니다."

방통은 긴 한숨을 한 번 내쉬면서 물러나왔다.

노숙이 손권에게 어째서 방통을 기용하지 않느냐고 물었더니,

손권은 미친 사람을 써서 무슨 유익함이 있겠느냐고 일축해 버렸다. 적벽(赤壁)의 싸움에 연환계(連環計)를 쓰라고 제의한 사람이 바로 방통이라고 노숙이 역설했지만, 손권은 끝끝내 방통을 거절하고 쓰지 않았다.

노숙은 또 방통을 찾아갔다. 이제는 누구에게로 가보겠느냐고 솔직히 그의 심정을 물어 봤더니, 역시 현덕에게로 가고 싶다고 했다. 노숙은 현덕에게 보내는 편지 한 통을 써주고, 유·손 양가의 우의를 돈독하게 하기 위해서 현덕을 받들고 많이 노력해 달라는 부탁까지 했다. 방통은 노숙의 편지를 받아 들고 형주로 와서 현덕을 만나 보았다.

그러나 유현덕을 대하는 방통의 태도는 손권을 대할 때와 조금도 다름없었다. 괴상한 얼굴에다 무뚝뚝한 표정으로 노숙이 준 편지도, 공명이 준 편지도 내놓지 않았고 뻣뻣한 태도가 누구에게나 호감을 줄 수 없었다. 유현덕도 마땅치 않게 생각했다.

"원로에 찾아오시느라고 수고하셨습니다만, 지금은 형주도 다소 안정되었고, 마땅한 자리도 없고 하니 우선 뇌양현(耒陽縣)에 가셔서 현령으로 계시면, 좋은 기회가 있을 때 다시 모시도록 하겠습니다."

라고 말했다. 그 말을 들은 방통은,

'아니꼬운 놈! 내 재간을 한번 발휘해서 깜짝 놀라게 해줄까 보다!'

하는 생각도 했지만, 공교롭게도 공명도 없어서 화를 참고 그대로 물러나왔다.

이리하여 뇌양현의 현령이 된 방통은 하고 많은 날 술만 마시고 현을 다스리는 일이라곤 한 가지도 돌보지 않았다.

이런 소문이 현덕의 귀에 들어가자, 그는 당장에 장비를 불러서 명령했다. 손건과 함께 형남(荊南) 여러 현을 시찰하고 공무집행에 태만한 자는 용서 없이 처벌하라는 것이었다.

장비는 손건을 데리고 뇌양현에 도착했다. 군민과 관리들이 모두 성 밖에 나와서 영접하건만, 현령의 그림자만은 찾을 수가 없었다.

현령은 어디 있느냐고 동료들에게 알아보았더니, 방통은 부임한 지 백여 일이 돼 오는데도 현 중의 공무는 아랑곳없이 하고 많은 날 술이나 마시고, 낮이나 밤이나 고주망태가 되어서, 지금도 작취가 미성인 채로 자리에 누워서 일어나지 않고 있다는 것이었다.

장비가 대로하여 방통을 불러들여서 힐문했다. 방통은 너털웃음을 치면서,

"사방 백 리밖에 안 되는 작은 현의 공무쯤은 이 방통이 그다지 시간을 소모할 일도 아니오. 당장에 처리할 테니 잠깐만 기다려 보시오."

하고 그 즉시 백여 일 동안에 쌓인 서류며, 고소인 · 피고소인

을 모조리 뜰 앞에 모아 놓고 일사천리로 사리를 따지고 시비곡
직을 가려서 처결해 버렸다.

장비는 방통의 뛰어난 두뇌와 솜씨에 깜짝 놀라 자리에서 내
려서서 지금까지의 무례함을 사과했다. 방통은 그제야 노숙의
편지를 내놓았다.

"천거하는 편지를 내놓고 벼슬자리를 구하는 일은 싫었기 때
문에 여태껏 간직하고 있었소."

장비가 형주로 돌아와서 이런 사연을 현덕에게 말하고 노숙의
편지를 내주었다. 현덕이 깜짝 놀라 감탄하고 있을 때 마침 공명
이 돌아왔다. 방통의 말을 했더니 공명은,

"대현(大賢)은 대단치 않은 임무를 맡게 되면 왕왕 술로써 어물
어물 해치우고 일을 보기에 게을러지는 법입니다."

하니 현덕은 매우 기뻐하며, 방통을 부군사 중랑장(副軍師 中郞
將)에 임명하고, 공명과 함께 방략(方略)에 참여하게 하여 군사를
교련하여 정벌에 나설 때를 기다리고 있도록 했다.

형주 유현덕에 관한 모든 동향이 허창에 있는 조조에게도 그
때그때 알려졌다. 유현덕이 제갈량 · 방통을 모사로 하고 머지않
아 반드시 북벌을 단행하리라는 정보를 입수하자, 조조는 순유
(荀攸)와 대책을 강구했다.

조조가 원정을 떠나게 되면, 마등(馬騰)이 허도를 공격하지나

않을까 하는 걱정 때문에, 마등을 우선 정남장군(征南將軍)에 임명하게 해서, 손권을 토벌한다 자칭하고 불러올려서 먼저 처치해 버려 후환이 없도록 하자는 데 의견이 일치했다.

마등은 자를 수성(壽成)이라 하며, 한나라 복파장군(伏波將軍) 마원(馬援)의 말손(末孫)이었다. 정남장군에 임명한다는 조서가 내리자, 그는 맏아들 마초(馬超)를 불러 놓고 이런 말을 했다.

"나는 동승공과 의대(衣帶) 속의 비밀 조서를 받게 된 이래, 유현덕장군과 함께 적을 토벌할 약속을 하고 있었다. 그런데 이런 궁벽한 곳에 있어서 유장군에게 협력하지 못하고 있던 차에 이제 조조에게서 나서 달라는 연락이 있으니 어찌하면 좋단 말이냐?"

"조조는 만사에 천자라는 명분을 내세우고 있어서 그의 명령에 거역한다면 모반이란 혐의를 받을 것이오니, 우선 올라가셨다가 적당한 기회를 보서서 선처하심이 좋을까 합니다."

마등도 조조의 명령을 거역하기 어려워서 일단 나서기는 하지만, 임기응변으로 자기는 자기대로 다른 배짱을 품었다. 그래서 맏아들 마초에게는 서량(西凉)을 지키도록 해놓고, 둘째아들 마휴(馬休)와 셋째아들 마철(馬鐵)을 선봉으로 삼고, 조카 마대(馬岱)를 후군의 책임자로 하여 허창에서 20리 떨어진 지점에까지 진군했다.

조조는 마등이 도착했다는 소식을 듣자 문하시랑(門下侍郎) 황규(黃奎)를 불러 이렇게 명령했다.

"이번에 마등이 남정(南征)을 하게 되어서 공을 행군참모(行軍參謀)에 임명하겠소. 우선 마등의 영채로 나가서 군사들을 위로해 주고, 서량은 길도 멀고 군량을 운반하기도 곤란하여서 그다지 많은 군사를 거느리고 가기도 힘드니, 내가 나가 대군을 동원해서 토벌을 거들어 주도록 할 것이며, 내일 천자께 배알시키고 나서 군량을 공급해 주겠다고 전해 주시오."

명령을 받은 황규는 마등을 찾아갔다. 마등이 술상을 차려 놓고 대접하니, 황규는 술이 거나해지자 이런 말을 했다.

"우리 아버지 황완(黃琬)은 이각(李傕)·곽사(郭汜)의 난 때 세상을 떠나셔서 늘 원통함을 품고 있었소. 그런데 오늘날 또다시 인군을 인군으로 알지 않는 역적을 만나게 되리라고는 생각지 못했소."

"인군을 인군으로 알지 않는 역적이라면 그대로 듣고 내버려 둘 수는 없소. 그런데 그것은 누구 말씀이지요?"

"말할 것도 없이 조조요. 공께서는 모르고 계셨소?"

마등은 황규를 조조가 보낸 염탐꾼인 줄 의심하고 얼른 가로막으면서 말했다.

"남의 이목이 무섭소이다! 말씀을 함부로 하지 마시오!"

황규가 꾸짖었다.

"공은 의대 속의 비밀 조서를 벌써 잊어버리셨소?"

마등은 그제야 황규의 진심을 알고 실정을 고백했더니 황규가
말을 계속했다.

"조조가 공을 천자께 배알시키겠다는 것은 반드시 호의에서
나온 것이 아니오. 경솔히 들어가셔서는 안 되오. 내일 군사를 성
아래 집결시켜 놓고, 조조가 성 밖에 나와서 점군(點軍)하기를 기
다려서 공은 점군하는 조조를 그대로 죽여 버리면 대사는 이루
어질 것이오."

두 사람은 이렇게 상의해 놓고 황규는 집으로 돌아왔는데, 원
한이 언제까지나 가슴 속에 서려 있었다.

그의 아내가 재삼 까닭을 물었으나 황규는 말하려 들지 않았
다. 그런데 뜻밖에도 그의 첩인 이춘향(李春香)이 그의 처남인 묘
택(苗澤)과 남몰래 정을 통하고 있었다. 묘택은 춘향을 수중에 넣
고 싶었으나 좋은 계책이 없었다.

황규의 첩은 황규가 분함을 참지 못하는 것을 보자 묘택에게
말했다.

"황시랑(黃侍郎)은 오늘 군정(軍情)을 상의하시고 돌아오시더니
분노가 극에 달해 있으시니 누구 때문에 그러시는지 알 수 없습
니다."

묘택이 말했다.

"한번 슬쩍 마음을 떠보시오. 사람들이 모두 유황숙은 인덕(仁
德)한 사람이요, 조조는 간웅(奸雄)이라고 하는데, 이것은 무슨 까

닭이냐고 한번 물어 보시오."

이날밤, 황규는 과연 춘향의 방에 나타났다. 첩이 묘택의 말대로 황규의 마음을 떠보았다.

황규가 술이 취한 김에 말했다.

"그대는 여자의 몸으로서도 옳고 그른 것을 아는데, 하물며 내가 어찌 그걸 모르겠소. 내가 미워하는 놈, 그리고 죽여 버리고 싶은 놈은 바로 조조요!"

"만약에 죽인다면 어떻게 손을 대실 작정이신가요?"

"내일 성 밖에 군사를 집결시킬 때 죽여 버릴 것이오. 이미 마 장군과 약속이 다 되었소."

첩은 이런 사실을 묘택에게 알렸으며, 묘택은 조조에게 보고했다.

조조는 경각을 지체치 않고 조홍과 허저를 불러서 무엇인지 귓속말로 분부해 놓고, 또 하후연·서황을 불러서 똑같이 귓속말로 무엇인지 분부해 놓았다.

그들은 분부를 받자, 우선 황규의 일가 일족을 모조리 체포했다.

그 이튿날, 마등은 서량의 군사를 거느리고 성 가까이 다가들었다.

그런데 앞에는 붉은 깃발이 죽 꽂혔으며, 승상의 깃발까지 휘날리고 있었다. 마등은 조조가 친히 점군하러 나왔거니 하는 생각으로 말을 달려서 앞으로 더 들어갔다.

바로 이때였다.

홀연, 포성이 한 번 들리더니, 붉은 깃발이 홀쩍 양편으로 갈라지며 화살과 쇠뇌가 일제히 쏟아졌다.

선두에 대장이 한 사람 나섰다.

바로 조홍이었다.

마등은 당황하여 급히 말머리를 돌리려고 했다. 그러나 그 순간 좌우 양쪽에서 우렁찬 고함소리가 일어났다.

왼쪽에서 허저, 오른쪽에서 하후연이 덤벼들며 배후에서는 서황이 쳐들어오니, 서량 군사와의 사이를 끊어 버리고 마등 세 부자를 한가운데 두고 포위해 버렸다.

마등도 그제야 각오했다.

사태가 이미 틀렸다는 것을 깨달은 마등은 힘있는 데까지 찌르고 베고 싸울 대로 싸웠다.

그러나 아들 마철은 얼마 안 되어서 빗발치듯하는 화살 속에 목숨을 잃었고, 마휴는 마등의 뒤에 붙어서 이리저리 갈팡질팡 따라다녔지만 도저히 뚫고 나갈 수가 없었다.

마등과 마휴 부자는 몸에 깊은 상처를 입게 되었고, 말까지 화살을 맞고 쓰러지니, 어쩔 수 없이 붙잡히고 말았다.

조조는 황규와 마등 부자를 결박하여 잡아들이라고 호령을 했다. 황규가 고함을 질렀다.

"나는 아무 죄도 없소!"

조조가 묘택을 불러다가 대증을 시켰다. 마등이 소리를 지르며 매도했다.

"사람같지 않은 놈이 나의 대사를 그르쳤구나! 나라를 위하여 역적 놈을 죽일 수 없다니 이는 하늘이 시키는 노릇이로다!"

조조는 밖으로 끌어내라고 명령했다.

마등은 끌려 나가면서도 줄곧 욕설을 퍼부으며 아들 마휴와 황규와 함께 처참한 최후를 마치지 않을 수 없었다.

황규의 첩 이춘향을 수중에 넣고 싶어서 밀고를 하여 매부까지 목이 달아나게 한 묘택이란 자는 이제야말로 자기의 뜻이 쉽사리 이루어질 줄만 알고 자못 통쾌해하고 있었다.

그러나 어찌 뜻했으랴.

조조가 또 호령을 했다.

"나의 위급을 구해 준 묘택이란 자도 이 자리로 불러들이시오!"

좌우 사람들은 무슨 영문인지 몰라서 눈이 휘둥그래졌으며, 병졸이 나가서 묘택을 조조 앞으로 끌고 들어왔다.

조조가 점잖은 얼굴로 물었다.

"그대는 매우 수고해 주었는데, 대체 그대의 소원은 무엇인고?"

묘택은 황송해서 우물쭈물하며 대답했다.

"소생은 이렇다 할 아무런 소원도 없습니다. 단지 이춘향이를 아내로 삼고 살게만 해주신다면 그것으로 만족하겠습니다."

"흐음! 그거 참 좋은 소원이군!"

조조는 아래턱을 끄덕끄덕하더니 별안간, 깔깔대고 마구 웃었다. 웃음을 웃고 난 조조의 표정은 순간 엄숙해졌다.

"에잇 고얀 놈! 네놈은 일개 여자를 위하여 네놈의 매부의 집 안까지 해친 놈이니, 너따위 불의의 인간을 살려 두어서 무엇에 쓴단 말이냐?"

묘택에게는 청천벽력이었다.

그러나 조조의 명령을 거역할 자 또한 누구냐.

조조는 마침내 묘택과 이춘향, 그리고 황규의 나머지 일족들을 모조리 시장판으로 끌어내어 참하라고 명령했다.

마등과 황규의 목이 난데없이 달아나고 보니 서량의 군사들은 항복하지 않을 도리가 없었다. 조조는 서량 군사들의 항복을 받아들이며 그들에게 훈계의 말을 했다.

"마등 부자의 모반은 그대들과는 하등 상관이 없는 일이니, 조금이라도 불안하게 생각할 필요 없다!"

그와 동시에 사람을 파견하여 중요한 지점을 단단히 경비하도록 하고 마대마저 붙잡아 들이라는 엄명을 내렸다.

마대는 2천 명의 군사를 거느리고 후군의 책임을 맡아 가지고 있었는데, 허창성 밖에서 도망쳐 온 병졸들에게서 변고가 일어났다는 소식을 듣자, 깜짝 놀라 어찌할 도리가 없어 군사를 버리고 장돌뱅이로 변장을 하고 간신히 도주하고 말았다.

조조는 드디어 마등과 그밖의 인물들을 죽여 버렸으니, 이제야말로 남쪽을 토벌할 배짱을 든든히 먹고 있었다.

이때, 또 정보가 날아들었다.

"유현덕은 군사를 교련하고, 무기를 정비해 가지고 서천을 공략하려고 합니다."

조조는 두 눈이 휘둥그래졌다.

"유현덕이 서천을 수중에 넣는다면 호랑이에게 날개가 돋친 것이나 마찬가지니, 격파하기는 어려울 것이다!"

이런 말을 하고 있을 때, 섬돌 아래로 선뜻 나서는 사람이 있었다.

"저에게 계책이 한 가지 있습니다! 유현덕과 손권이 서로 협력할 틈을 주지 않고, 강남과 서천이 승상께 돌아오도록 하겠습니다!"

이야말로 서천의 호걸이 죽자마자, 남국의 영웅이 또한 위태로운 지경에 빠지는 판이다.

58.
수염을 칼로 베고

"홍포가 조조다!"
"수염 긴 놈이 조조다"

馬孟起興兵雪恨
曹阿瞞割鬚棄袍

좋은 계책이 있다고 나선 사람은 바로 치서시어사(治書侍御史)
진군(陳群)이었다.

그의 계책이란, 조조가 합비의 군사와 합류해서 강남으로 쳐
들어가면, 유현덕은 마음이 서천에만 있으니 손권을 구하려 들
지 않을 것이므로, 우선 강동을 진압해 놓고 나서 형주를 점령하
면 서서히 서천을 공략할 수 있으리라는 것이었다.

조조는 그 계책에 찬성하고 그 즉시 30만 대군을 동원하여 강
남을 공격하기로 하고, 합비의 장요에게 출진을 위해서 군량을
준비해 두라는 명령을 내렸다.

손권에게 이런 정보가 날아들자, 그도 곧바로 여러 장수들을

소집해서 대책을 강구했다. 유현덕과 힘을 합쳐서 조조와 대결하는 길밖에 없다는 것이 장소의 의견이었고, 손권도 이에 찬성하고 그 즉시 노숙에게 편지를 주어서 유현덕에게로 파견했다. 현덕은 남군(南郡)에 가 있는 공명을 당장에 불러왔다. 공명은 노숙이 가져온 손권의 편지를 보더니,

"강남의 군사를 동원하지 않고, 또 형주의 군사도 그대로 두고, 조조가 옴쭉도 못하게 해놓겠습니다."

하면서, 노숙에게도 간단한 답장을 써 주어서 돌려보냈다. 그 답장의 사연이란 것도 북군(北軍)이 쳐들어온다면 유황숙에게는 물리칠 만한 힘이 충분히 있으니, 손권은 베개를 높이 하고 마음 편히 지내도 좋다는 자신만만한 것이었다.

현덕은 은근히 걱정이 되었다. 노숙을 돌려보내 놓고 공명에게 물었다.

"조조가 30만 대군을 거느리고, 또 합비의 군사까지 합류시켜서 밀고 들어온다 하는데, 선생께서는 무슨 묘계로 이것을 물리치실 작정이십니까?"

공명이 서슴지 않고 대답했다.

"조조가 지금 제일 겁내고 있는 것은 서량의 군사입니다. 이번에 조조가 마등을 죽이니, 그 아들 마초는 부친의 원수를 갚고자 몹시 분해 이를 갈고 있습니다. 주공께서 마초에게 편지를 보내셔서 마초로 하여금 군사를 일으켜 가지고 관내(關內)로 쳐들

어가게 하시면 조조는 강남으로 진격해 올 여유가 없게 될 것입니다."

현덕은 크게 기뻐하며, 그 즉시 편지를 써서 심복을 서량주로 급히 파견했다.

한편, 부친 마등을 싸움터로 내보내고 서량주를 지키고 있던 마초는 밤마다 불길한 꿈만 꾸고 있었다.

어느 날 밤에는 호랑이떼에게 습격을 당하는 꿈을 꾸더니, 과연 장돌뱅이로 가장하고 간신히 목숨을 건져 가지고 도주해 온 마대가 나타났다.

부친과 두 아우들까지도 시장판에 끌려나가 목이 달아났다는 소식을 들은 마초는 방성통곡하며 그 자리에 졸도했다가 여러 대장들이 간신히 부축해 일으키자 이를 갈며 조조를 저주하고 매도했다.

이런 판에 형주에서 유황숙의 편지를 가지고 온 사자가 나타났다. 마초가 조조의 오른쪽을 공격해 주면, 유현덕은 조조를 정면으로 공격하겠다는 내용이니, 마초는 용기가 나지 않을 수 없었다. 그 즉시 군사를 정비하고 진격을 개시하려고 하는데, 서량 태수 한수(韓遂)에게서 사자가 와서 만나자는 것이었다.

한수는 마초의 부친 마등과 의형제를 맺은 사이였다. 마초가 한수를 찾아가니 한수는 조조에게서 온 편지를 내보였다. 그것은 한수를 매수하기 위해서 마초를 붙잡아서 허도로 보내기만 하면 한수는 서량후(西凉侯)에 봉하겠다는 사연이었다.

한수는 조조의 유혹을 일축해 버리고 조조의 사자를 참해 버렸고, 자기 수하의 8군을 거느리고 마초에게 가담했다. 마초도 방덕·마대와 함께 20만 대군을 거느리고 장안을 향하여 진격을 개시했다.

장안군의 태수 종유(鍾繇)가 조조에게 급보를 띄우고, 마초의 군사를 막아내려고 성 밖 벌판에 진을 치니, 서량군의 선봉 마대는 1만 5천의 군사를 거느리고 산과 들을 뒤덮으며 노도같이 밀려들어갔다.

종유는 마침내 견디다 못해서 장안성으로 몸을 피하고 농성을 꾀했고, 뒤쫓아 몰려든 마초·한수의 대군은 마대와 함께 장안성을 물 샐 틈 없이 포위해 버렸다. 장안성은 일찍이 서한(西漢)의 도읍으로서, 난공불락의 공고한 성벽이어서 10일 동안이나 포위를 했건만 격파할 수가 없었다.

방덕의 계책을 써서, 마초의 군사는 전군이 후퇴하는 체하는 작전을 썼다. 이튿날 종유가 성 위에서 내려다보자니 적군이 모조리 퇴각하고 없어서 성문을 열고 출입을 자유롭게 했다. 닷새째 되던 날에는 마초의 군사가 또 쳐들어온다는 정보가 들어왔다.

종유는 또다시 성문을 굳게 닫아 버렸다. 방덕은 이렇게 후퇴작전을 쓰면서, 한편으로 종유의 아우 종진(鍾進)이 지키고 있는 서문(西門)을 맹공격하여 종진을 한칼에 머리가 떨어져 나가고 성문을 열어서 마초·한수의 군사를 맞아들였다.

종유는 드디어 성을 버리고 동쪽 문으로 도망쳐서 동관(潼關)으로 몸을 피하고 이런 불리한 정세를 조조에게 급히 보고했다.

조조는 장안성이 함락당했다는 소식을 듣자, 남정할 계획도 단념하고, 조홍과 서황을 동관으로 파견해서 1만 기를 거느리고 종유 대신 사수하라고 명령했으며, 열흘 이내에 패배한다면 목을 베겠다고 호령을 했다.

그러나 조홍·서황은 동관을 지킨 지 꼭 아흐레째 되던 날, 방덕·마초의 군사에게 함락당하고 말았다. 그것은 마초의 군사들이 관하(關下)에 와서 매일 조조를 매도하는 바람에 성미 급한 조홍이 서황의 만류도 듣지 않고 3천 기를 거느리고 대결했다가 대패한 것이었다.

조조는 동관이 함락당했다는 소식을 듣자 대로하여 당장 조홍을 참수하라고 야단쳤다. 좌우에서 간신히 만류해서 죽을 죄만은 면하게 해주었다.

이번에는 조조가 친히 나섰다.

왼쪽에 조인, 오른쪽에 하후연을 거느리고 동관 앞까지 쳐들어가니, 저편 서량 군사들도 진을 치고 대결했다.

싸움은 시작되었다.

마초가 이를 부드득 갈면서 창을 휘두르고 덤벼들었다.

"역적 조조야! 네놈은 나의 부친과 아우들을 죽인 불구 대천지 원수다! 네놈의 살점을 짓씹어야 내 원한이 풀리겠다!"

조조의 뒤에서는 우금이 대신 덤벼들었다.

마초와 우금이 싸우기를 8,9합, 우금은 패주해 버리고 장합이 또 덤벼들었지만 20합을 겨우 싸우고 역시 패주하고 말았다. 이통(李通)이 또 뒤를 이어서 덤벼드는 것을 마초는 조금도 힘에 부치는 기색 없이 일격에 거꾸러뜨리고 말았다.

조조의 군사는 뿔뿔이 흩어져서 도망쳤다. 마초 · 방덕 · 마대는 백여 기를 거느리고 조조의 본진으로 돌격을 감행하여, 조조를 찾아내려고 애썼다.

조조는 난군 중에 섞여 있다가,

"홍포(紅袍)를 입은 것이 조조다!"

하고 서량 편 군사들이 소리를 지르는 것을 듣고, 당황해서 말 위에 앉은 채로 홍포를 벗어 던졌다.

그랬더니 또,

"수염이 긴 놈이 조조다!"

하고 외치는 소리가 들려서 더욱 당황해진 조조는 얼른 허리에 찼던 칼을 뽑아 자기 수염을 잘라 버렸다.

어떤 병졸 하나가 조조가 수염을 잘랐다는 사실을 마초에게 알리자, 마초는 여러 사람들에게,

"수염이 짧은 놈이 조조다!"

하고 고함을 질렀다.

이 소리를 들은 조조는 얼른 깃발 폭을 찢어서 목을 싸매고 뺑소니를 쳐버렸다.

조조가 정신없이 도망을 치는데, 말 한 필이 추격해 와서 뒤를 돌아다 봤더니 바로 마초였다. 조조는 대경실색, 좌우의 장수들도 마초가 달려온 것을 보자 저마다 앞을 다투어서 도주해 버리고 조조 하나만 맨 뒤에 처지게 되었다.

"조조! 꼼짝 말고 게 섰거라!"

마초가 호통을 치니, 조조는 자기도 모르는 사이에 말채찍을 땅에 떨어뜨리고 말았다. 순식간에 육박해 오는 마초가 창을 조조의 등뒤에서 높이 쳐드는 순간, 조조는 나무 사이를 뚫고 도주하려고 했으며, 마초가 던진 창 끝이 그만 나무에 꽂혀서 그것을 급히 뽑아서 다시 손에 잡았을 때, 조조는 이미 멀리 저쪽으로 도망치고 있었다.

마초는 그대로 말을 달려 조조를 추격했다. 이때 산비탈에서 뛰어 내닫는 대장이 한 사람 있다.

"우리 주공께 손을 대지 마라! 조홍이 예 있다!"

호통을 치면서 칼을 휘두르고 말을 달려나와 마초를 가로막았다. 조조는 구사일생으로 목숨을 건져 가지고 도주할 수 있었다.

조홍은 마초와 4, 50합이나 접전했는데, 피차간에 칼 쓰는 솜씨가 차차 어지러워지고 기력이 부족하게 되었다. 또, 하후연이 수십 기를 거느리고 달려드는 바람에 단기로 대항하던 마초는 그 이상 깊이 쳐들어갔다가는 위태로울 것을 생각하고 말머리를 돌려 버렸으니, 하후연도 그 이상 덤벼들려고 하지 않았다.

영채로 돌아온 조조는 조인이 진지를 사수해 준 힘으로 인마에 그다지 큰 손실이 없음을 보고 여간 다행해하지 않았다.

조조가 장중으로 들어서자,

"만약에 내가 그때 성미를 부리고 조홍의 목을 베어 버렸다면 나는 오늘 마초의 손에 죽고 말았을 것이오!"

하면서 탄식하고, 조홍을 불러서 상을 후히 베풀었다. 그 후부터는 진지를 견고히 하고 심구고루(深溝高壘)로 방비에만 전력을 기울이고 나와서 싸우려 들지 않았다.

마초는 매일같이 군사를 거느리고 영채 앞에 나타나서 욕설을 퍼부으면서 도전했다. 그러나 조조는 군중에 명령을 내려 군사들은 진지를 사수하기만 할 것이며, 섣불리 난동을 부리면 참하겠다고 했다.

여러 장수들이

"서량의 군사들은 모두가 긴 창을 쓰고 있습니다. 활과 쇠뇌를 쏘아서 대적하면 될 것입니다."

하자 조조는 그 말을 듣지 않고 고집을 부렸다.

"싸우고 안 싸우는 건 나에게 달렸소. 적군이 제멋대로 하는 것은 아니오. 적군에게 비록 긴 창이 있다 하지만 어떻게 덮어놓고 찔러 댈 수야 있겠소? 공들은 잠시 든든히 지키기만 하면 적군은 저절로 물러갈 것이오."

그래서 대장들은 하는 수 없이 몰래 서로 수군거리기만 했다.

"승상은 여태까지 싸움을 할 때마다 앞장을 섰는데, 이제 마초에게 한 번 패하고 나더니 어째서 저렇게 풀이 죽었을까?"

며칠 후 염탐꾼이 보고했다.

"마초에게는 또다시 2만 명의 사병들이 싸움을 거들어 주러 왔습니다. 모두 강인부락(羌人部落) 사람들이라 합니다."

이 소식을 듣자 조조가 자못 기뻐하니, 여러 장수들이 물어봤다.

"마초에게 새 군사들이 증원됐다는데, 승상께서는 왜 기뻐하십니까?"

조조가 대답했다.

"내가 승리하고 난 다음에 그대들에게 말하리라."

사흘 후에 관상(關上)에는 또 군마가 증원됐다는 정보가 들어왔다. 조조는 또 깊이 기뻐했다. 장중에다 주연을 베풀고 축하까지 했다. 여러 장수들이 뒤에서 웃고들 있으니 이것을 알아차리고 조조가 말했다.

"여러 장수들은 나에게 마초를 격파할 만한 계책이 없다고 웃고 있지만 그래, 공들에게 무슨 좋은 계책이라도 있단 말이오?"

서황이 나서면서 말했다.

"승상께서는 지금 이곳에 대군을 집결시키셨고, 적군도 전군을 관(關)에 집중하고 있지만, 십중팔구 여기서 황하(黃河) 서쪽까지는 방비가 태만할 게 분명합니다. 그러니까 1대의 군사를 시켜서 포판진(蒲阪津)을 몰래 건너도록 해서 먼저 적군의 퇴로를 끊어 버리게 하시고, 승상께서는 하북(河北)으로 쳐들어가시면 적군은 양쪽으로 갈라져서 서로 응할 수 없어 형세는 필연적으로 위태롭게 될 것입니다."

"그 말은 바로 내 생각과 똑같소!"

조조는 이렇게 말하면서, 서황에게 정병 4천 명을 거느리고 주령(朱靈)과 함께 황하 서쪽으로 건너가서 산곡간에 숨어 있다가, 자기가 하북을 건너면 동시에 공격을 개시하도록 명령했다.

서황과 주령은 조조의 명령을 받들고 먼저 4천의 군사를 거느리고 비밀리에 떠났다.

조조는 조홍에게 포판진에 가서 배와 뗏목을 준비하라 명령하고, 조인은 그대로 머물러 영채를 지키도록 하며, 친히 군사를 거느리고 위하(渭河)를 건너기로 했다.

벌써 염탐꾼이 이 소식을 마초에게 알렸다. 마초가,

"조조가 동관을 공격하지 않고 사람을 시켜서 배와 뗏목을 준비하여 가지고 하북으로 건너서려는 것은 반드시 우리의 후방을 끊어 버리려는 작전일 것이오. 우리는 마땅히 군사의 일부를 거느리고 강을 건너가서 북녘 강변을 막아내야 하겠소. 이렇게 되면 조조의 군사는 건너지도 못하고 30일도 못 되어서 하동의 군량이 끊어질 것이니 반드시 소란을 일으킬 것이오. 이때 하남(河南)으로 돌아 들어가서 공격하면 조조를 잡아올 수 있을 것이오."

하니 한수가 말했다.

"그렇게 할 필요는 없습니다. 병법에 '군사는 반쯤 건넜을 때 습격하라(兵半渡可擊)'고 한 것을 듣지 못하셨습니까? 조조의 군사가 절반쯤 건너왔을 때 남쪽 강변에서 일제히 습격하면 조조의 군사는 강물에 빠져서 죽을 것입니다."

마초가 말했다.

"아저씨의 말씀이 옳습니다."

하고 그길로 사람을 파견해서 조조가 어느 때 강을 건널 것인지 시간을 탐지하게 했다.

조조는 군사의 정비를 끝내자, 3면으로 갈라 가지고 위하로 향했다. 강어귀에 도착했을 때에는 해가 솟기 시작할 무렵이었다.

조조는 먼저 정병을 뽑아서 북쪽 강변으로 건너 보내서 영채를 마련하게 하고, 자신은 친히 호위 장수 백 명을 거느리고 남쪽 강변에 칼을 쥐고 앉아서 군사들이 강을 건너는 광경을 말없이 바라보고 있었다.

이때 홀연 보고가 날아드는데,

"뒤로부터 백포(白袍)를 입은 장수가 달려들고 있습니다."

하는 것이었다.

모든 사람들은 그것이 마초라는 것을 알아차리자 모조리 배를 타려고 우르르 몰려들었다. 강변의 군사들은 먼저 배를 타려고 아우성을 치는데, 조조만은 옴쭉도 않고 앉아서 칼을 들고 지시하면서 당황하지 말라고 했다.

사람의 아우성 소리, 말들이 울부짖는 소리가 벌집을 쑤신 것 같이 시끄럽게 일었다.

배 위로부터 장수 한 사람이 강변으로 몸을 날려서 대들더니 소리를 질렀다.

"적군이 왔습니다! 승상께서는 빨리 배에 오르십시오!"

조조가 바라보니 바로 허저였다.

"적군이 왔으니 어쨌단 말이오?"

이렇게 태연히 말하면서 그제야 머리를 돌아보니, 마초가 벌써 백 보밖에 떨어지지 않은 곳까지 와 있었다.

허저가 조조의 손목을 잡고 배 위로 올라가려고 했을 때, 배는 이미 1장이나 강가에서 떠나가 있어서, 허저는 등에다 조조를 업고 껑충 뛰어서 배 위로 올라갔다. 수행하던 장수들이 모조리 물 속에 빠져서 뱃전을 움켜잡고 배 위에 올라 목숨을 건지려고 무진 애를 썼다.

배가 너무 작아서 뒤집힐 것만 같아서, 허저는 칼을 뽑아 뱃전을 마구 찍어 댔다. 뱃전을 붙잡고 있던 손들이 모두 칼에 잘려서 물 속으로 떨어져 버리자 배를 급히 몰아서 뺑소니쳤다. 허저는 배꼬리에서 정신없이 노를 저었으며, 조조는 허저의 발밑에 엎드려 있었다.

강변까지 나온 마초는 달아나는 조조의 배에다 일제히 활을 쏘도록 명령했고, 허저는 그 빗발치듯 하는 화살을, 말 안장을 왼손으로 걷어올려 막아내면서 간신히 조조를 보호했다.

마초의 활은 백발백중, 순식간에 조조의 배 위에서 10여 명이 화살을 맞고 쓰러졌다.

허저는 결사적으로 날뛰면서 한 팔로는 노를 젓고 한 팔로는 말안장을 들어서 화살을 막으면서 끝까지 조조를 보호해 주었다.

이렇게 위태로운 판국에 위남(渭南) 현령 정비(丁斐)란 자가 남쪽 강변 산꼭대기에서 조조가 궁지에 빠져서 위태로운 광경을 내려다보고 있다가 우리 안에 가두어 두었던 소와 말을 모조리 풀어놓아 조조를 위기에서 구출해 주려고 했다.

수많은 말과 소가 산과 들을 뒤덮으며 아우성치는 바람에 서량 군사들은 그만 허둥지둥했고 이 틈을 타서 조조는 무사히 저편 언덕으로 올라갈 수 있었다.

목숨을 겨우 건져 가지고 영채로 돌아온 조조는 그래도 깔깔대고 웃었다.

"하하하! 오늘은 고 대단치도 않은 놈 때문에 하마터면 혼이
날 뻔했는걸!"

허저가 말과 소를 풀어놓아 주어서 요행 위기를 모면하게 해
준 정비의 이야기를 했더니, 조조는 당장에 정비를 불러들여서
감사의 뜻을 표시하고 그를 전군교위(典軍校尉)에 임명했다.

적군은 일단 후퇴하기는 했지만 내일이면 또 쳐들어오리라는
것이 정비의 의견이었고, 조조 역시 이렇게 사태를 내다보고 있
었다. 그래서 대장들을 소집해서 강가에다 용도(甬道)를 구축해
서 우선 버틸 곳을 삼고, 적군이 만약에 쳐들어올 때에는 그 앞
에 병사들을 늘어서게 하고 그 안에는 정기(旌旗)를 꽂아 놓아서
군사가 있는 것처럼 보이고, 또 강가에는 참호를 파 놓고 그 위
에는 발을 만들어 덮어서 가려 놓고 적군을 유인하면 급히 달려
들다가 반드시 그 참호에 빠질 것이므로, 그대로 잡자는 계책을
썼다.

한편, 마초는 영채로 돌아오자 한수를 만나 보고 대뜸 물었다.

"조조를 산채로 잡을 수 있었던 그 위기 일발의 순간에, 조조
를 등에 업고 용감하게 배에 태운 장수가 있었는데, 그는 누구일
까요? 아주 훌륭한 장수더군요."

한수가 대답했다.

"내가 듣건대, 조조는 아주 정장(精壯)한 군사를 뽑아서 장전시
위(帳前侍衛)를 삼고 있으며, 이것을 호위군(虎衛軍)이라 부른다고

하오. 이것은 효장(驍將) 허저·전위가 영술하고 있었는데, 전위는 이미 죽었으니, 이번에 조조를 구출한 것은 허저에 틀림없을 것이오. 이 장수는 힘이 보통 사람보다 어찌나 센지, 사람들이 모두 호치(虎痴)라고 부르오. 그러니 그를 만나게 되면 섣불리 대해서는 안 되오."

"저도 그 이름을 들은 바 있습니다."

"그런데 조조는 강을 건너갔으니 반드시 우리 편의 후방을 공격할 것이오. 시급히 공격을 가해서 저편에서 영채를 구축할 시간적 여유를 주지 않도록 하는 것이 좋을 것이오. 영채를 완전히 마련하게 내버려두면 후에 쉽사리 쳐부수기는 어려울 것이니."

"이 조카의 생각으로는 역시 북쪽 강변을 견고히 해서 적군이 건너가는 것을 막아내는 것이 상책인가 합니다."

"조카는 진지를 견고히 지키고 있고, 내가 강변을 끼고 조조를 습격하는 것이 어떻겠소?"

"그러면 방덕을 선봉으로 하고 아저씨께서 거느리고 가시도록 하십시오."

이리하여 한수와 방덕은 5만의 군사를 거느리고 위남 땅으로 돌진했다.

조조는 대장들에게 명령하여 용도 양편에서 적군을 유인하도록 했다. 방덕은 무장한 기병 수천을 거느리고 앞장을 서서 돌진해 들어갔는데, 요란한 고함소리와 함께 말도 사람도 모두 참호

속에 빠져 버리고 말았다.

방덕은 참호에서 불끈 솟아 나와서 땅 위에 서자마자 몇 명을 찔러서 거꾸러뜨리고 포위망을 뚫고 빠져 나갔다.

한수가 포위를 당하고 있는 것을 보자 달아나던 방덕은 되돌아와서 그를 구출하려고 했더니, 조인의 부하 조승(曹承)과 맞부딪치게 되었다. 한 칼에 그를 말 위에서 거꾸러뜨려 버리고, 그 말을 집어타고 재빨리 한수를 구출하여 가지고 동남쪽으로 빠져 나왔다.

조조의 군사가 추격해 오는 것을 마초가 원군을 거느리고 나타나서 쫓아 버리고 이편 군사들을 대부분 구출해 냈다.

날이 저물 무렵까지 일진일퇴를 거듭하다가 영채로 돌아와서 인마를 점검해 보니, 정은(程銀)·장횡(張橫) 두 장수를 잃었으며, 참호에 빠져 죽은 자가 2백여 명이나 되었다.

경각을 지체할 수가 없었다.

조조가 진지를 구축한 다음에는 격파하기가 점점 더 어렵다는 결론에 도달한 마초와 한수는 친히 선봉에 나서서 방덕·마대에게 후군을 맡기고 그날밤으로 또다시 공격을 가하기로 했다.

한편, 조조는 군사를 위하 북쪽 강변에다 집결시켜 놓은 후, 여러 대장들을 소집해 가지고 이렇게 말했다.

"적군은 우리 몇이 아직도 영채를 완전히 마련하지 못한 것을 업신여기고 반드시 야영을 습격하러 올 것이오. 사방에 복병을 숨겨 놓고 중군을 비어 놓은 다음 호포(號礮)가 울리면 복병이 일제히 일어나서 단번에 잡아 버리도록 합시다."

대장들은 조조의 명령대로 복병을 사방에다 골고루 배치했다.

그날밤, 마초 편에서는 우선 성의(成宜)에게 30기를 주어서 전초(前哨)의 적의 정세를 살피도록 내보냈다.

그랬더니, 성의는 사람의 그림자가 보이지 않자, 그대로 중군에까지 침입했다. 조조의 군사들이 서량 편의 군사가 나타난 것을 보고 호포를 쏘아 복병이 사방에서 몰려나와서 포위하니 불과 30기다.

하후연이 성의의 목을 베어 던졌더니, 마초·방덕·마대가 등 뒤로부터 세 갈래로 갈라져서 노도처럼 덤벼드는 것이었다.

이야말로 제 아무리 복병을 사방에 숨겨서 적군을 기다려도 건장(健將)과 더불어 어찌 앞을 다툴 수 있으랴.

59.
발호하는 미적들

"승상의 신모(神謀) 앞에는 감히 따를 사람이 없습니다"

許褚裸衣鬪馬超
曹操抹書間韓遂

서량의 군사와 조조의 군사는 일대 혼전을 계속하다가, 다음 날 아침 동이 틀 무렵에야 양쪽 모두 군사를 철수했다.

조조는 위하에다가 배와 뗏목을 쇠줄로 연결시켜 세 갈래의 부교(浮橋)를 만들어서 남쪽 강변과 왕래할 수 있도록 했다. 그리고 조인이 부하들을 인솔해서 강을 끼고 양편 언덕에다 진지를 구축하고 마량초(馬糧草)와 차량을 연결시켜 놓고 주위를 견고히 지키고 있었다.

이것을 알게 된 마초는 한수와 함께 가까이 쳐들어가서 마른 풀단을 쌓아 놓고 불을 질렀다. 조조의 군사는 견디다 못해서 진지를 버리고 패주했으며, 마량초도 부교도 전부 흔적없이 모조리 타 버렸고, 서량의 군사는 이 틈을 타서 위하의 통행을 차단시키고 말았다.

조조는 언제까지나 영채를 완강히 구축하지 못하는 것이 여간 불안하지 않았다.

이때 순유가 말했다.

"위하의 흙과 모래를 가져다가 토성(土城)을 쌓아올리면 견고한 성이 될 수 있습니다."

조조는 그 말대로 3만 명의 병사를 동원하여 성벽을 쌓아 올리려고 했다. 그런데 마초가 방덕과 마대에게 각각 5백 기씩 주어 거느리게 하고 빈번히 습격을 하게 하니 도무지 마음놓고 공사를 진행하기 어려웠고 또 흙과 모래가 단단치 못해서 쌓아 올리면 곧 허물어지곤 하여서, 조조도 어찌 할 도리가 없었다.

때는 9월도 다 갈 무렵인데 급작스럽게 날씨가 차가워졌으며, 며칠 계속 짙은 구름이 끼고 맑은 날이 드물었다.

조조가 장중에서 혼자 따분한 시간을 보내고 있으니 밖에서 연락이 들어왔다.

"어떤 노인 한 분이 승상께 면회를 청하고 있습니다. 무슨 계책인지는 몰라도 승상께 꼭 여쭐 말씀이 있다고 합니다."

조조가 그 노인을 장중으로 불러들여서 자세히 살펴보니, 그 골상(骨相)은 학과 같고, 풍채가 소나무같이 깨끗해서 평범한 인품이 아닌 것 같아 보였다.

그는 누자백(婁子伯)이란 사람으로 도호(道號)를 몽매거사(夢梅居士)라고 했으며, 종남산(終南山)에 은거하고 있었다. 노인이 말했다.

"승상께서 위하의 양편 강변에다 진지를 구축하려 하신다는 소문을 들었습니다만, 지금이 제일 좋은 시기인데 어째서 진지를 구축하시지 않으십니까?"

"모래가 섞인 힘없는 흙이어서 도무지 쌓아 올릴 도리가 없소. 무슨 좋은 계책이라도 있으시면 가르쳐 주시오."

"승상께서는 용병하시는데는 귀신 같으신 분이지만, 천시(天時)를 판단하실 줄은 모르십니다. 요즘, 짙은 구름이 끼고, 날씨가 차가워지는 것은 천지가 꽁꽁 얼어붙을 수 있다는 징조입니다. 북풍이 이는 날을 기다리시고 우선 병사들을 동원하셔서 흙과 모래를 날라다가 높이 쌓아 놓으시고 물을 뿌려 두십시오."

그날밤에 조조는 노인의 말대로 병사들을 총동원해서 흙과 모래를 높이 쌓고 거기다 물을 뿌려 두었더니 사납게 불어오는 북풍에 꽁꽁 얼어붙어서 과연 훌륭한 토성을 만드는데 성공했다.

이 정도의 영채라도 마련되자, 조조는 그 이튿날 허저를 데리고 단기로 적진 앞으로 나섰으며, 저편에서는 마초가 대군을 거느리고 북을 치며 몰려들었다.

"그대들의 군중에는 호후(虎侯)라는 자가 있다는 데 누구냐?"

마초가 채찍을 휘두르며 호통을 쳤다.

"내가 바로 초군(譙郡)의 허저다!"

하며, 등뒤에서 칼을 뽑아 들고 버티고 나서는 장수. 무서운 안광, 위풍당당한 모습에 마초도 감히 덤벼들지 못하고 말머리를 돌려 버렸고, 이때부터 조조의 군중에서는 허저를 호후라는 별명으로 부르게 됐다.

그 이튿날은 호후 허저가 마초에게 도전을 했다. 둘 다 단기로써 대결하자는 허저의 도전장을 받자, 마초는 격분하여 호치(虎痴)를 한칼에 죽여 버리겠다는 답장을 보내고 양군이 진지를 나와서 대치하고 섰다.

그들 두 장수는 백여 합이나 접전을 계속해도 승부가 나지 않아서 또다시 백여 합을 싸웠으나 역시 승부가 나지 않았다.

약이 바짝 오른 허저는 일단 진지로 돌아와서, 갑옷·투구를 집어던지고 전포까지 훌훌 벗어 버리고 말을 달려 마초에게 덤벼들었다. 그러나 30여 합을 싸웠건만 역시 승부가 나지 않았고 두 사람의 칼과 칼이 맞부딪쳐서 절반씩 갈라지니 반 토막밖에 남지 않은 칼을 들고 주먹다짐까지 하면서 말 위에서 엎치락뒤치락 싸웠다.

조조는 허저를 걱정하여 하후연·조홍을 내보내서 싸움을 거들게 했다. 그것을 보고 있던 방덕·마대가 좌우의 날쌘 기병들에게 지령을 내려 일제히 덤벼들게 하니 마침내 조조의 군사는 뿔뿔이 흩어져서 패주했고, 마초도 위하로 일단 돌아와서 한수에게 이런 말을 했다.

"여태까지 싸움을 해본 중에서 허저 같은 맹장은 처음 보았습니다. 과연 호치란 별명이 들어맞습니다."

조조가 하루는 성벽에서 바라보고 있노라니 마초가 수백 기를 거느리고 진지 앞까지 와서 말을 달리며 오락가락하고 있는데, 하후연을 시켜서 천여 기를 거느리고 쫓아 나가서 대결하게 했다. 마초는 하후연과 싸우는 체하다가 재빨리 조조의 모습을 발견하고 말을 달려 쫓아갔다.

조조는 깜짝 놀라 뺑소니를 쳤고, 군사들이 좌왕우왕 흩어지기 시작하는 것을 마초가 그대로 추격하고 있는데, 뜻밖에도 조조의 또다른 1대의 군마가 이미 황하(黃河) 서쪽에다 진을 쳤다는 정보가 날아 들었다.

마초는 깜짝 놀라서 추격을 중지하고 급히 군사를 수습해서 진지로 돌아와 한수와 상의한 결과, 이번 싸움엔 일단 화해를 하고 겨울을 지나고 다시 내년 봄에나 싸우기로 하자는 데 의견이 일치했다.

마침내 한수는 양추(楊秋)에게 편지를 들려서 조조의 영채로 파견했더니, 조조는 내일 회답을 전달하겠다는 간단한 한 마디로 양추를 돌려보내고 가후와 대책을 강구했다.

조조와 가후의 계책은 우연중에도 일치했다. 우선 화해하자는 요구를 받아들여 놓고, 한수와 마초 사이를 이간책을 써서 갈라 놓고 공격을 해버리자는 것이었다.

그래서 조조는 '우리 편에서 서서히 군사를 후퇴한 다음에, 그 대들이 점령하고 있는 하서(河西) 땅을 반환해 주기 바란다.'는 답장을 써 보내 놓고, 그 다음날은 한수에게 사자를 보내서 단독회견을 하자고 했다.

한수가 그 즉시 내달으니, 조조는 칼도 차지 않고 갑옷도 입지 않은 채 단지 혼자서 달려나와서 한수를 만나게 됐다. 두 사람은 말머리를 나란히 하고 옛 친구같이 주거니받거니 이야기를 했는데, 통 싸움에 관한 이야기라곤 한 마디도 없이 잡담만 했다. 그리고 조조는 노상 깔깔대고 웃으면서 한수와 헤어졌다.

이런 광경을 멀리서 구경하고 있던 병사들이 마초에게 알렸더니, 마초는 당장에 한수를 찾아가서 무슨 이야기를 주고받았느냐고 추궁했다. 한수가 대답했다.

"조조 편에서 군사에 관해서는 아무 이야기도 꺼내지 않아서 나도 잡담만 하고 돌아왔소."

마초는 이상하게 생각했지만 그 이상 캐묻지 않았다.

조조가 진지로 돌아오니 가후가 말했다.

"승상께서는 과연 묘계를 쓰셨습니다만, 그것으로 양자의 사이를 갈라 놓을 수 있을지 모르지만 서로 물고 뜯고 죽이려 들도록 만들기는 어렵습니다.

승상께서 친필로 한수에게 편지를 쓰시되 애매한 귀절을 여러 군데 늘어놓으시고 군데군데 먹칠을 해서 지워 보내시면, 마초는 반드시 그 편지를 보고는 한수가 자기가 알까 겁이 나서 그 편지 내용을 지웠다고 생각할 게 틀림없으니, 이렇게 되면 그들 사이가 무사할 수는 없을 겁니다."

조조는 가후의 꾀대로 편지를 써 가지고 한수에게 사람을 파견해서 보냈으며, 결국 마초가 그 편지를 보고 한수에게 캐묻지 않을 수 없게 되었다.

한수는 사실대로, 자기는 편지를 받았을 뿐 아무것도 모른다고 했으나, 마초가 그것을 믿을 리 없었다. 힐문을 당하다 못해서 한수가 말했다.

"그렇게 나를 못 믿겠다면, 내일 내가 조조를 불러낼 테니 그대가 진중으로 달려들어서 단숨에 처치해 버리도록 하시오."

이리하여 양자가 대면하는 장면을 마초는 진문 뒤에서 몰래 보고 있었다. 조조는 조홍에게 수십 기를 거느리고 나가서 한수를 만나 보게 했다. 불과 몇 걸음의 사이를 떼 놓고 서서, 조홍이 한수에게,

"어젯밤 승상께서 장군께 부탁드린 일은 틀림없도록 해주시오."

하는 몇 마디를 남기고 그대로 돌아서서 와 버렸다.

이 말까지 듣게 된 마초는 격분하여 마지않으며, 당장 한수를

한칼에 찔러 죽이겠다고 펄펄 뛰었다. 간신히 대장 다섯 사람이 달려들어서 말리기는 했으나, 결국은 이런 사실 때문에 마초와 한수의 사이는 금이 가게 되었다.

그리하여 한수는 조조에게 투항할 것을 결심하고 양추에게 편지를 써서 조조의 진지로 보내니, 조조는 기뻐하며 한수를 서량후(西凉侯)에, 양추를 서량 태수에 봉하겠다 확약하고, 횃불을 지르는 것을 신호로, 협력해서 마초를 토벌하자고 했다.

마초는 재빨리 이런 소식을 탐지하자 방덕·마대에게 후군을 맡기고, 앞장서서 한수의 막중(幕中)으로 달려갔다.

한수는 다섯 장수들과 계책을 짜고 있는데 달려든 마초가 칼을 내리치니 한수는 한편 팔이 잘라진 채 좌우 사람들에게 부축되어서 어디론지 뺑소니를 쳤고, 다섯 장수들 중에서 마완(馬玩)·양흥(梁興) 두 장수도 마초의 칼을 맞고 거꾸러졌다.

이때, 마초의 영채에서는 불길이 활활 타올랐다. 조조의 군사가 대거 습격, 허저·서황·하후연·조홍 등 맹장이 쳐들어오니 서량 편 군사들은 허둥지둥, 마초 자신도 결사적으로 싸웠으나 조조의 군사에게 사면으로 포위를 당한 채, 말까지 화살을 맞고 쓰러졌다. 이 위기일발의 찰나에 서북쪽에서 달려든 1대의 군마가 있었으니, 그것은 바로 방덕과 마대였다.

구사일생, 마초는 간신히 그들에게 구출되어서 서북방으로 도주했으나, 조조가 줄기차게 마초를 추격하게 하고, 수급을 바치는 자에게는 상금 천금(千金)을 주겠다고까지 하니 무수한 대장들이 돈과 공명을 노리고 마초를 계속하여 추격하게 됐다.

마초는 기진맥진했다.

그러나 사람도 말도 피곤함을 생각할 겨를도 없이 앞으로만 달아났다. 뒤를 따라오던 부하들이 점점 줄어들고, 걸어서 따라오던 사람들은 거의 전부가 조조의 군사에게 붙잡히고 말았다.

마지막에는, 불과 30여 기를 거느리고 방덕·마대와 함께 농서(隴西), 임조(臨洮)를 향하여 겨우 목숨을 건져서 도주했다.

조조는 친히 안정(安定)까지 추격해 갔었으나, 마초가 멀리 뺑소니를 치는 것을 보자 그제야 군사를 수습해 가지고 장안으로 돌아왔다.

여러 대장들도 거의 전부 한곳에 모였는데, 한수만은 왼쪽 팔을 잃은 채 불구자가 되어 있으므로 조조는 그에게 장안에 머무르며 군사들을 쉬게 하라고 명령하고 서량후의 벼슬을 주었고, 양추·후선 등 유공자들도 열후(列侯)에 봉해서 위하를 지키라고 분부했다.

이렇게 해놓고 군사를 허도로 철수하도록 명령을 내리고 있는데, 양주의 참군(參軍) 양부(楊阜)가 장안으로 와서 조조를 만나 보고 싶다고 했다.

조조가 대면하고 용건을 물어 봤더니, 양부가 대답했다.

"마초는 여포만큼이나 용맹이 있고 서녘 오랑캐(羌人)들의 민심을 깊이 파악하고 있습니다. 이제 승상께서 이런 기회에 뿌리를 뽑아 버리시지 않는다면 그가 후에 세력을 회복했을 때에는 농서의 여러 군은 모조리 그의 수중에 들어갈 것입니다. 아예 군사를 철수하실 생각은 하지 마시기 바랍니다."

"나 역시 이대로 밀고 나가서 뿌리를 뽑아 버리고 싶지만, 중원(中原) 일도 걱정이 되고 또 남쪽 정세도 안정되지 못한 채 있으니까, 오래 군사를 한곳에 머물러 있게 하기가 어렵소. 그대가 잘 지켜 주기 바라오."

양부는 조조의 부탁을 받아들이는 한편, 위강(韋康)을 양주 자사로 천거해서 함께 기성(冀城)에 주둔하면서 마초에 대비하고 있겠다고 하니, 조조가 승낙했다.

조조가 떠나려는 마당에서, 양부는 거듭 간곡히 부탁했다.

"승상께서는 장안에 반드시 대군을 주둔시켜 두시고, 만일의 위급한 사태를 막아내도록 하시기 바랍니다."

"그것은 나도 생각하고 있으니 걱정할 것 없소!"

양부가 자리를 물러난 다음에 여러 장수들이 조조에게 물었다.

"처음에 적군이 동관에서 농성하고 있었을 때에는 위하의 북쪽 길이 차단되어 있었는데, 승상께서는 황하의 동쪽에서 풍상(馮翔)으로 쳐들어가시지 않고, 동관으로 향하셔서 시일을 오래 끄신 다음에, 북쪽으로 나가셔서 영채를 견고히 하시고 나가서 싸우려고 하신 것은 무슨 까닭입니까?"

조조의 대답이,

"적군이 동관에서 농성을 하고 있었을 때, 내가 당장 황하의 동쪽으로 향했다면 적군은 반드시 군사를 배치해서 강의 건널목을 든든히 방비했을 것이니, 우리는 강 서쪽으로도 쳐들어가지는 못했을 것이오. 그래서 나는 일부러 대군을 동관 앞에 집결시켰고, 적군에게 남쪽 수비에 주력하게 만들고 강 서쪽을 돌볼 겨를이 없도록 한 것이오.

서황과 주령이 강을 건널 수 있었던 것도 이런 계책 때문이었소. 그리고 나는 또 군사를 북쪽 강변으로 몰아 놓고 수레와 나무를 벌여 놓아서 진지를 만들고 모래와 흙과 물과 바람을 이용해서, 빙성(冰城)을 만들어 일부러 우리 편이 약한 것처럼 보이게 하고, 적군이 방심하고 날뛰도록 만들었소.

그리고 적군이 마음을 놓고 있는 틈을 타서 이간책을 쓰고, 그때까지 잘 키워 놓은 병사들의 힘으로 일거에 격파해 버린 것이오. 이야말로 '번갯불, 귀를 막을 틈도 없다(疾雷不及掩耳)'는 전법이오. 병법의 변화에 한 가지 길만 있는 것은 아니오."

하니 여러 장수들이 또 물었다.

"그러면 적군의 수효가 증원됐다고 할 때마다 승상께서 기뻐하신 까닭은 무엇입니까?"

조조가,

"관중(關中)은 변경지대의 먼 땅이라서 만약에 적군이 제각기 요새지대를 택해서 농성을 하고 버틴다면 1, 2년을 가지고는 도 저히 진압시킬 수 없는 것이오. 그것을 한 군데로 집결시킬 수 있다면, 그 수효가 아무리 많더라도 마음은 한덩어리로 뭉쳐질 수 없으므로 자연히 사이가 좋지 않을 것이니, 그때 일거에 쳐들 어가면 힘을 덜 들이고 멸하게 되는 것이오. 그래서 내가 기뻐 했소."

하고 대답하니 여러 장수들이 탄복하여 절하며 말했다.

"승상의 신모(神謀) 앞에는 감히 따를 사람이 없습니다."

조조가 계속 말했다.

"이 역시 여기 문무백관들의 힘이 있어서 이루어지는 노릇 이오."

조조는 여러 군사들에게 후히 상을 베풀었고, 하후연의 군사 를 장안에 머물러 두기로 하고 투항해 온 병사들을 각군에 배치 했다.

하후연이 보증을 서서, 풍상(馮翔) 고릉(高陵) 사람인 장기(張旣— 子는 德容)를 천거하여 경조(京兆)의 윤(尹)을 삼아서 함께 장안을 든든히 지키도록 했다.

이렇게 모든 배치를 끝내고 조조가 허도로 돌아왔더니, 헌제 는 친히 성 밖까지 거동하여 그를 영접했으며, '조조는 천자를 배 알하는 데도 이름을 밝힐 필요가 없고, 조정에 들어와서 걸음을 조심할 것도 없고, 칼을 차고 신발을 신은 채로도 전(殿)을 오를 수 있다', 마치 옛날 한나라의 재상 소하(蕭河)가 그러했듯이, 조조만을 특대하는 조서(詔書)를 내렸다.

이렇게 되고 보니 조조의 위력은 천하에 떨쳐지지 않을 수 없었다.

이런 소식이 한중에 전해지자, 한녕(漢寧) 태수 장로(張魯)를 깜짝 놀라게 했다.

원래, 이 장로란 패국(沛國) 풍현(豊縣) 사람으로 그의 조부 장릉(張陵)이란 사람이 서천 혹명산(鵠鳴山) 속에서 도서(道書)를 써서 세상 사람들을 현혹하게 해서 그를 공경하는 사람들이 많이 생겼었다.

이 사람이 세상을 떠난 뒤에는 아들 장형(張衡)이 그 뒤를 이었는데, 백성으로서 이 도를 배우고자 하는 자는 쌀 닷말을 바쳐야 했다. 그래서 세상에서는 그를 '쌀 도둑'이라고 불렀다.

장형이 세상을 떠난 뒤에는 또 장로가 후계자가 되었는데, 그는 한중에 있으면서 '사군(師君)'이라고 자칭했고, 자기에게 도를 배우러 오는 자를 모두 귀졸(鬼卒)이라고 불렀으며, 귀졸의 두목을 '제주(祭酒)'라 불렀고, 수많은 '귀졸'을 거느리는 자를 '치두대제주(治頭大祭酒)'라고 일컬었다.

이 도라는 것은 성신(誠信)을 위주로 하고 일체의 사기는 용납하지 않았다.

만약에 병자가 생기면 곧 제단을 만들어 놓고, 그 병자를 조용한 방으로 옮긴 다음, 여태까지의 자신의 잘못을 일일이 생각해 내서 면전에서 참회를 시키고, 그러고 난 다음에 그를 위하여 기도를 올려 주는 것이었다.

이 기도의 일을 주관하는 자를 '감령제주(監令祭酒)'라고 불렀으며, 기도하는 방법은 병자의 성명을 써 가지고 죄를 설복하는 의미를 쓴 '삼관수서(三官手書)'라는 것을 세 통 작정해서 세 통 중의 한 통은 산꼭대기에 올려다가 하늘에 바치고, 또 한 통은 땅 속에 파묻어서 땅에 드리고 나머지 한 통은 물 속에 가라앉혀서 수관(水官)에게 알리는 것이었다.

이렇게 해 가지고 병이 낫게 되면 쌀 닷말을 사례로서 내놓게 마련이었다. 이밖에도 의사(義舍)를 짓고, 그 집 안에는 쌀·나무·고기 등이 골고루 구비되어 있었다.

그리고 이곳을 지나가는 사람이면 누구든지 마음대로 배불리 먹을 수는 있지만, 욕심을 부리고 필요 이상으로 물건을 탐내는 자에게는 천벌이 내린다고 했다.

그 경내에서 법을 범하고 죄를 짓는 사람은 세 번까지는 용서를 받지만 그러고도 자기의 잘못을 고치지 않는 자는 형에 처하도록 규정되어 있었다.

경내에는 관장(官長)이라고는 한 사람도 없었고, 모든 일을 제

주가 맡아서 처리했다. 이와같이 한중 땅에 웅거하기를 이미 30
년이나 지냈다.

그런데도 국가에서는 워낙 먼곳이 되어서 토벌할 수도 없어서
할 수 없이 장로를 진남중랑장(鎭南中郞將)에 임명하고, 한녕 태수
의 직책까지 겸임하게 해서 매년 조정에 조공만 잘하도록 했다.

그해에 조조가 서량의 군사를 격파하고 위력이 천하에 떨치
게 됐다는 소식을 듣자 장로는 여러 부하들을 소집해 놓고 상의
했다.

"서량에서는 마등이 세상을 떠났고, 또 그 아들 마초까지 조조
에게 격파당하고 말았다면 이제 조조가 우리 한중 땅으로 쳐들
어올 것은 틀림없는 일이오. 그러니 이제 나는 한녕왕(漢寧王)이
라 자칭하고 군사를 동원해서 조조의 침공을 막아낼 생각이오.
여기에 대해서 여러분들은 어떻게 생각하시오?"

염포(閻圃)란 사람이 앞으로 불쑥 나서면서 이렇게 말했다.

"이 한중 땅의 백성은 모두 10여만 명으로, 살아 나가는 데 그
다지 걱정도 없고, 먹을 만한 양식도 제각기 충분히 저축해 놓았
으며, 또 사방이 아주 견고하게 요새지대로 둘러싸여서 편안히
살고 있습니다. 그런데 이번에 마초가 싸움에 패했기 때문에 자
오곡(子午谷)에서 한중 땅으로 흘러들어온 서량의 군사들만도 수
만 명이나 됩니다. 그러니까 소생의 어리석은 생각으로는 익주
(益州)의 유장(劉璋)은 아무것도 모르고 나약한 위인이니, 먼저 서

천 41주를 점령하여 본거지로 삼은 다음에 칭왕(稱王)하셔도 늦지는 않을까 합니다.”

장로는 이와같은 염포의 말에 크게 기뻐하면서 그 즉시 그의 아우 장위(張衛)와 군사를 일으킬 일을 상의했다.

한편, 이런 정보가 재빨리 염탐꾼을 통해서 서천으로 새어 들어갔다.

익주의 유장은 자(字)가 계옥(季玉), 유언(劉焉)의 아들로서 한로(漢魯) 공왕(恭王)의 후예였다. 장제(章帝)의 원화(元和)년간에 경릉(竟陵)으로 전봉(轉封)된 까닭에 그의 서손이 이곳에서 살게 된 것이었다.

유언은 나중에 익주의 목(牧)이 되었으며, 흥평(興平) 원년(서기 194년)에 종기를 앓다가 세상을 떠나게 되어, 주의 태사(太史)인 조위(趙韙) 등이 보증을 서서 유장을 익주의 목으로 밀어 올린 것이었다.

유장은 예전에 장로의 모친과 아우를 살해한 일이 있어서 평소부터 반목이 심했고, 유장은 방희(龐羲)란 사람을 파서(巴西)의 태수로 삼고 장로의 침공을 막아내도록 하고 있었다.

이때, 방희는 장로가 군사를 일으켜서 서천을 공략하려고 한다는 소문을 탐지하자 당장에 유장에게 급보를 띄웠다.

유장은 평소 나약한 위인으로 이런 보고를 받자 내심 몹시 걱정이 되어서 시급히 여러 관리들을 소집해 놓고 대책을 상의했다.

홀연 한 사람이 불쑥 내달으며 말했다.

"주공, 안심하십시오. 소생이 비록 재주 없는 몸이긴 하오나 남부럽지 않은 입심을 가지고, 장로란 자가 감히 우리 서천을 넘겨다보지도 못하게 해놓겠습니다."

이야말로 촉지(蜀地)의 모신(謀臣)의 말 한 마디에 형주의 호걸을 끌어내게 되는 셈이다.

60.
이가 부러져도

주인은 도량을 앞세우고,
나그네는 권모술 만 내세우니…

張永年反難楊修
龐士元議取西蜀

　유장에게 계책을 제공하겠다고 나선 사람은 익주의 별가(別駕)
로 있는 장송(張松—字는 永年)이었다.

　이 사람은 이마가 불쑥 나오고 머리가 삐죽한데다가 키가 5척
도 못 되며, 들창코에 이가 삐드러졌고, 말소리도 깨진 종소리 같
았다.

　그는 자기가 허도로 가서 조조를 설복시켜서 한중으로 출병하
여 장로를 격파시키도록 하겠고, 이렇게 되면 장로는 조조의 군
사를 막아내기에 여념이 없어서 서천은 거들떠볼 겨를도 없게
되리라는 것이었다.

　유장은 그의 계책을 쾌히 승낙하고 황금 · 진주 · 비단 등 값진

선물까지 마련해 주었으며 장송은 남몰래 그려 두었던 서천의 지도를 가지고 부하 몇 기를 데리고 허도로 떠나갔다.

장송은 그 용모도 괴상하게 생겼을 뿐더러 입심이 대단했고, 남의 약을 잘 올리는 앙큼스런 꾀를 가지고 있었다.

조조는 장송을 불러들여 놓고 대뜸 그대의 주공 유장이 어째서 몇 년 동안 조공을 게을리하고 있느냐고 물었다.

장송은 서슴지 않고, 그것은 거리가 멀고 험하며 도둑이 심해서 자주 못 오게 되는 탓이라고 대답했다. 조조가 이 당돌한 대답이 불쾌하지 않을 리 없었다.

"내가 이미 중원을 진압하고 있는데, 웬 도적이 그다지 심하단 말이오?"

장송이 태연히 대답했다.

"천만의 말씀이오! 남쪽에는 손권, 북쪽에는 장로, 서쪽에는 유현덕이 적어도 10여만의 군사를 거느리고 있는데 뭐가 진압이란 말씀입니까?"

장송의 이런 신랄한 말에, 조조는 발끈 성미가 나서 장송을 한번 흘끗 쳐다보더니 소맷자락을 뿌리치며 자리를 떠 버렸다.

조조의 좌우 사람들이 장송의 무례함을 책망하자 장송이 여전히 소리쳤다.

"우리 서천에는 덮어놓고 아첨만 하는 사람은 없소!"

"뭐라고? 그러면 우리 중원에는 아첨하는 사람만 있다는 말인가?"

장송의 괘씸한 말버릇에 발끈 화를 내고 대든 사람은 태위(太尉) 양표(楊彪)의 아들 양수(楊修—字는 德祖)였다. 그는 조조 밑에서 창고를 관리하는 주부(主簿)로 있는데 상당한 박학이요, 말솜씨가 능란했으며, 식견이 남보다 뛰어난 바 있었다.

장송과 양수는 서로 뽐내면서 입씨름을 한바탕 해봤다. 무슨 말을 꺼내도 척척 막히는 법이 없다는 장송의 말재간에 양수는 혓바닥을 내두를 지경이었다.

언변으로써 그를 당할 수 없다고 생각한 양수는, 좌우 사람에게 명령하여 상자 속에서 책 한 권을 꺼내 오라고 했다. 그것은 용병의 비결을 기록한 ≪맹덕신서(孟德新書)≫라는 책으로 모두 13편이나 되는 것이었는데, 양수의 말로는 그것이 바로 조조의 저서라는 것이었다.

장송은 코웃음을 치더니,

"이것이 무슨 신서(新書)요? 이것은 전국(戰國)시대의 무명씨가 만든 책인데 조승상이 남의 것을 도용해서 자기 것이라고 하시는 거요."

하고 나서, 그 ≪맹덕신서≫란 책은 펼쳐 보지도 않고 처음부터 끝까지 한 자도 틀림없이 외는 것이었다.

양수는 깜짝 놀라며, 장송을 천하의 기재라고 인정하지 않을 도리가 없었으며, 그 즉시 이런 사실을 조조에게 고해 바쳤다. 조

조가,

"흐음! 내가 도용했다고? 우연의 일치일지도 모르지!"

하면서, 그 ≪맹덕신서≫를 찢어서 불에 태워 버리라고 명령했다.

양수의 말을 듣고, 조조는 이 깜찍스럽게 입을 놀리는 장송에게 자기의 위풍을 한 번 보여 줄 생각으로, 이튿날 서쪽 조련장에 5만 명의 정예군사를 모아 놓고 장송에게 구경시키며 짐짓이런 말을 했다.

"우리 대군이 한번 가는 곳에 싸워서 지는 법이 없고, 공략해서 점령하지 못하는 성이 없으니, 나를 따르는 자는 살 것이요. 나를 거역하는 자는 죽는 것뿐이오. 그대는 이것을 알고 있는가?"

장송이 여전히 태연하게 대답했다.

"그것은 잘 알고 있습니다만, 예전에 복양에서 여포를 공격하셨을 적에, 완성에서 장수와 싸우셨을 적에, 적벽에서 주유와 대결하셨을 적에, 화용에서 관운장을 만나셨을 적에, 동관에서 수염을 칼로 베시고 홍포를 벗어 버리셨을 적에, 그때야말로 천하에 대적할 사람이 없는 용맹이셨다고 생각합니다.

조조는 노발대발, 당장에 장송을 끌어내다가 참하라고 호령했다. 양수와 순욱이 간신히 말려서 죽을 죄만은 면하게 하고 호되게 매를 때려서 내쫓아 버렸다.

유장에게 큰 소리를 탕탕 치고 떠나온 장송은 조조를 만나 본 결과가 이 꼴이 되고 보니 돌아갈 면목이 도무지 없었다. 퍼뜩 생각난 것이 유현덕이었다.

유현덕은 인의와 덕망이 높은 인물이라니 어디 한 번 만나나 보고 돌아가리라 하는 생각으로 장송은 형주의 경계지대에 다다랐다. 영주(郢州) 가까이 이르렀을 때, 5백여 기의 군사를 거느리고 그를 정중히 영접하는 장수가 있었으니, 이는 바로 조자룡이었다.

또 형주 가까이 다다랐을 때에는 관운장까지 나와서 군사를 거느리고 북을 울리며 그를 영접했고, 그 이튿날 아침에는 관운장·조자룡과 함께 4, 5리쯤 더 들어갔더니 유현덕이 친히 공명과 방통을 대동하고 영접하면서, 장송을 보더니 말 위에서 내려 정중하게 인사를 했다. 장송은 내심 감탄했다.

'유현덕은 정말 객을 관대하게 포용할 줄 아는 훌륭한 인물이로구나!'

유현덕은 사흘 동안이나 성대한 주연을 베풀어서 장송을 대접하면서도, 서천 이야기라고는 한 마디도 꺼내지 않았으며, 장송이 작별을 고하니 성 밖의 10리나 떨어진 역정(驛亭)에 송별연까지 베풀어 주고 눈물을 흘리면서 작별을 서운해했다.

유현덕의 관대한 태도와 아량에 탄복한 장송은 자기 주인 유장의 나약함을 지적하고, 서천을 점령하여 발판을 삼도록 유현덕에게 재삼 권고했으며, 자기는 돌아가서 심복의 친구인 법정 (法正)·맹달(孟達)과 협력해서 일을 추진시키겠다 하며 떠나갔다.

익주로 돌아온 장송은 그 즉시 법정·맹달 두 친구를 만나서 익주를 유현덕에게 내맡길 계책을 세워 놓고, 유장을 만나서 조조와 장로를 막아내는 길은 시급히 유현덕에게 간청해서 그의 출병을 원하는 방법밖에 없다고 역설했다.

유장도 장송의 의견에 찬성하고, 그 즉시 법정을 사자로 임명하여 파견하고, 맹달에게 정병 5천 명을 주어서 현덕의 서천 침공을 거들도록 할 작정이었다.

이렇게 네 사람이 대책을 협의하고 있는데, 홀연 유장 막하의 주부로 있는 황권(黃權)이 땀을 뻘뻘 흘리며 뛰어들더니 고함을 질렀다.

"주공님! 장송의 말을 들으시면, 우리 41주군(州郡)은 남의 수중에 들어가고 마는 겁니다."

그는 장송이 형주에 들렀다 온 것은 유현덕과 밀약을 하고 온 것이니, 장송의 목을 베고 유현덕과의 관련을 깨끗이 끊어 버리라고 역설했다.

유장이 그 말을 듣지 않고 법정을 그대로 떠나 보내려고 했더니, 또 홀연 장전종사관(帳前從事官) 왕루(王累)가 달려들며, 유현덕을 끌어들인다는 것은 큰 화근거리가 될 것이니 중지하라고 간곡히 권고하는 것이었다. 그러나 유장은 마침내 황권과 왕루를 밖으로 내쫓아 버리고 법정을 떠나 보내고야 말았다.

형주로 급히 달려와서 유현덕을 만나 본 법정은 유장의 편지를 전달했다.

현덕이 편지를 뜯어보니 사연은 대강 이러했다.

족제(族弟) 유장은 종형(宗兄) 유현덕장군 휘하에 재배하여 이 글을 올리나이다. 종형의 쟁쟁하신 명성은 오래전부터 익히 듣자 왔으나 촉(蜀) 땅의 길이 기구하여 한 번 조공을 드리러 가 뵙지도 못했습니다. 황송하고 부끄럽기 이를 데 없습니다.

길흉은 서로 구하고 환난은 서로 도와야 한다는 말과 같이, 친구 사이에도 그래야 하겠거늘 하물며 종족끼리야 더 이를 말이 있겠습니까! 이제 장로가 북쪽에 있어서 조석으로 군사를 일으켜서 이 유장의 경계를 침범하오니 심히 불안하옵니다.

사람 편에 삼가 이 글월을 올리게 됐사오니 양찰하심을 바라나이다. 동종(同宗)의 정리를 생각하시고 수족지의(手足之義)를 다하시기 위하여 즉시 군사를 일으키어 광구(狂寇)를 초멸(剿滅)해 주시면 길이 입술과 이의 밀접한 관계를 맺고 두고 두고 보답하올까 합니다. 아뢰옵고 싶은 말씀 많사오나 이만 줄이오며 거기(車騎)만 고대하나이다.

편지를 다 읽고 나자, 현덕은 자못 기뻐하면서 주연을 베풀어서 법정을 대접했다. 술이 거나하게 돌았을 때, 현덕은 좌우를 물러가게 하고 아무도 모르게 법정에게 이렇게 말했다.

"쟁쟁하신 공의 명성은 일찍부터 잘 알고 있었습니다. 또 장별가(張別駕―장송)께서 지난번에 하신 말씀도 잘 기억하고 있습니다만, 오늘 또 이렇게 먼길에 오셔서 모든 일을 지시해 주시니 정말 고맙습니다."

법정이 말했다.

"촉중(蜀中)의 하찮은 소리(小吏)에게 이렇게까지 인사를 차리실 거야 있습니까? 말은 백락(伯樂)을 만나면 울부짖고, 사람은 지기를 만나면 죽는다고 합니다. 지난번 장별가께서 말씀드린 대로 장군께서는 이미 결심하셨으리라고 믿습니다."

"유장은 나와 동족이고 보니, 경솔히 그의 영토를 빼앗을 수도 없는 노릇이오."

"오늘날, 장군께 내드리겠다고 자진해서 말씀드리는 걸 물리치실 까닭이 없습니까? 토끼를 쫓으려면 먼저 잡는 게 수라고 하지 않습니까?"

"잠시 생각해 볼 여유를 주시오."

현덕은 정중하게 의사를 표하고 이렇게 간단히 대답할 뿐이었다.

유현덕이 어찌해야 좋을지 몰라서 매우 망설이며 방통에게 의견을 물었더니, 방통이 대답했다.

"형주란 땅은 동쪽에는 손권이, 북쪽에는 조조가 버티고 있어서 뜻대로 하기는 어렵습니다. 익주는 호구가 백만, 땅이 넓고 재물이 풍부한 고장이니 대업을 이룩하시는 기반이 될 수 있는 곳입니다. 이제 장송과 법정이 저편에서 내응하겠다는 것은 천사(天賜)의 기회이오니, 망설이실 게 뭐 있겠습니까?"

"지금 나와 물과 불처럼 대적하고 있는 것은 조조요. 조그마한 이익을 취하기 위해서 천하에 신의를 잃게 되는 일은 하고 싶지 않소."

방통이 웃으면서 또 말했다.

"주공님의 말씀은 하늘의 이치에 부합하기는 합니다만, 어지러운 난세에 있어서 강한 것만 다투는 전쟁에는 길이 하나뿐은 아닙니다. 대업을 이룩해 놓으시고 의로써 보답하시며, 그곳을 대국(大國)으로 봉해 주시면 무슨 신의에 어긋나겠습니까?"

이 말을 듣자, 현덕도 문득 깨닫는 바 있었다. 즉시 공명을 불러서 군사를 일으켜 서쪽을 쳐볼 상의를 했다.

"형주는 중요한 지점이오니 반드시 군사를 배치시켜 지키셔야 합니다."

공명의 첫말이 이러하자 현덕이 말하기를,

"나는 방통 · 황충 · 위연과 함께 서천으로 떠날 것이니 군사(軍師)께서는 관운장 · 장비 · 조자룡을 거느리고 친히 형주를 지켜 주십시오."

하니 이에 공명도 찬성했다.

관운장은 양양의 요로(要路)로 나가서 청니(靑泥)의 길목을 지키도록 하고, 장비는 4군을 맡아 가지고 장강 연안을 순찰하고, 조자룡은 강릉에 주둔하면서 공안을 든든히 지키도록 명령했다.

한편, 현덕은 황충을 선봉으로, 위연을 후군으로 하고 친히 유봉(劉封) · 관평(關平)과 함께 중군을 맡고, 방통을 군사로 삼아 보병 5만을 거느리고 서천으로 떠나려 했다. 떠나기 전에 공교롭게도 요화(廖化)가 많은 군사를 거느리고 투항해 와서 관운장을 보좌하여 조조에게 대항하도록 했다.

그해 겨울에 유현덕이 군사를 거느리고 서천으로 떠나니, 맹달이 멀리 나와 영접하며 유장의 명령으로 병사 5천 명을 거느리고 마중을 나왔다고 했다.

현덕은 사자를 익주로 파견하여 유장에게 사전에 연락을 취했으며, 유장은 도중의 각 군에 대해서 금은 · 군량을 아낌없이 제공하라는 지시를 내렸다. 그리고 친히 부성(涪城)까지 나가서 영접하려고 만반준비를 갖추고 있었다.

이때, 주부 황권이 또 간하는 말이,

"주공께서 이번에 나가시면 반드시 유현덕에게 해를 입으실 것입니다. 이 황군은 다년간 녹을 받고 있는 몸으로서 주공께서 남의 간계에 빠지시는 것을 차마 볼 수 없습니다. 재삼 고려하시기 바랍니다."

하니 장송이 옆에 있다가 말했다.

"황권의 이런 말은 종족의 의리를 소홀하게 하며 구도(寇盜)의 위력을 조장시키는 것이니 주공께는 하등의 이로움도 없습니다."

유장이 황권을 꾸짖었다.

"내 마음이 이미 결정되었는데, 황권은 어째서 나에게 거역하자는 건가?"

황권은 머리를 부딪쳐서 피를 흘리며 앞으로 달려들어서 입으로 유장의 옷자락을 물면서 말리려고 했다. 유장이 노발대발하여 옷자락을 뿌리치며 벌떡 일어서니, 황권은 그래도 놓지 않다가 앞니 두 개를 뽑히고 말았다.

유장이 좌우에게 명령하여 황권을 끌어내게 하니, 황권은 울부짖으며 자리를 물러났다.

유장이 몸을 일으켜 나서려고 하는데, 또 한 사람이 난데없이 달려들며 소리를 질렀다.

"주공께서 황권의 충언을 받아들이시지 않으신다면 자진해서 사지로 들어가시는 것입니다."

이렇게 말하며 섬돌 아래 꿇어 엎드리는 것은 건녕(建寧) 유원

(愈元) 사람 이회(李恢)였다.

"'인군에게는 간하는 신하(諍臣)가 있고, 아버지에게는 간하는 아들(諍子)이 있다.' 하옵는데, 황권의 충의의 말씀, 반드시 들어주시기 바랍니다. 유현덕을 서천에 들여놓으심은 호랑이를 집안에 들여놓으심과 같은 일이옵니다."

"유현덕은 나의 종형이오! 어찌 나를 해치겠소? 두 번 다시 말하는 자는 목을 베겠소!"

좌우에게 꾸지람을 하고 이회를 내쫓았다. 이때, 장송이 또 말했다.

"촉중의 무관들은 각각 처자만 생각하고 주공께 힘을 다하려 들지 않습니다. 무장들이 자기네들의 무용만 믿고 교만을 떨고, 저마다 다른 생각이 있는 것입니다. 유황숙의 힘을 얻지 못한다면 적은 외부에서 침공하고, 안에서는 백성의 공격을 받아서 반드시 패망하고야 말 것입니다."

"공의 생각은 심히 나에게 유익하오."

이튿날 유장이 말을 타고 유교문(楡橋門)을 나섰더니 이런 보고가 들어왔다.

"종사 왕루가 제 손으로 목을 매고 성문 위에 매달려 한 손에는 간하는 글을 들고, 한 손에는 칼을 든 채, 간언이 용납되지 않으면 매달린 손을 제 손으로 끊어 버리고 땅에 부딪쳐 죽겠다 하고 있습니다."

유장이 왕루의 간서(諫書)를 가져오게 해서 읽어 봤더니 대강 다음과 같은 사연이었다.

익주의 종사신(從事臣) 왕루는 피눈물로써 간곡히 아뢰옵니다. '좋은 약은 입에는 쓰나 병에는 이롭고, 충성된 말은 귀에 거슬리나 행함에는 이로움이 있다.'고 했사오니, 이제 주공께서 경솔히 대군(大郡)을 떠나셔서, 유현덕을 부성으로 맞아들이려 하심에, 떠나가시는 길은 있사오나 돌아오실 길이 없어질까 걱정스럽습니다. 장송의 목을 장터에서 베어 버리시고 유현덕과의 약속을 끊어 버리셔야만 촉중 노유(老幼)의 다행함이 될 것이오며, 주공의 기업(基業)에도 다행함이 될 것입니다.

유장은 그것을 다 읽고 나더니 격분해서,

"내 어진 사람을 만남에 있어서 지란(芝蘭)과 같은 친분으로 대하려 하는데, 어째서 이렇게 거듭 나를 모욕하는 거냐?"

하니, 왕루는 소리를 한 번 버럭 지르고 매달렸던 줄을 스스로 끊어 버리고 땅에 떨어져 죽고 말았다.

유장은 드디어 3만의 군사를 거느리고 부성으로 향했다. 후군의 군사들은 군량·전백(錢帛) 1천여 량(輛)을 거느리고 유현덕을 영접하기로 했다.

유현덕의 군사의 선봉이 이미 숙저(塾沮)에 도착했는데, 가는 곳마다 서천 사람의 후대를 받았고, 또 백성들의 물건을 한 가지라도 뺏는 자는 참하겠다는 유현덕의 엄령을 가는 곳마다 추호도 범하는 병사들이 없어서, 백성들은 남녀노소 모두 길이 넘치도록 구경을 나와서 향을 피우며 절했다. 현덕도 좋은 말로써 그들을 위안해 주었다.

한편, 법정(法正)이 방통에게 넌지시 이런 말을 했다.

"근래에 장송에게서 밀서가 왔는데, 부성에서 유장과 대면하게 되는 기회에 처치해 버리자고 합니다. 그 기회를 절대로 놓치지 마십시오."

"유씨 두 분이 서로 대면할 때 재빨리 해치우기로 합시다. 그러나 미리 누설되면 사고가 일어날 것이니 아무 말씀도 하지 마시오."

법정은 마음속에만 간직하고 누구에게도 말하지 않았다.

부성은 성도(成都)에서 3백 60리나 떨어져 있었다. 유장은 먼저 이곳에 도착해서 현덕을 영접하라고 사자를 보내고, 양군은 다 같이 부강벌판에 주둔했다.

현덕은 성 안으로 들어가서 유장과 대면하고 서로 형제의 정리를 주고받고 한 다음, 눈물을 뿌리며 각자의 충정을 호소했다.

음연(飮宴)이 끝나자, 각각 채중(寨中)으로 돌아와서 쉬었다.

유장이 중관(衆官)에게 말하기를,

"가소롭게도 황권·왕루 따위들이 우리 종형의 마음도 모르고 제멋대로 의심을 품었었소. 내가 오늘 친히 만나 뵈니 인의가 대단하신 분이시요. 나는 그 분의 외원(外援)의 힘을 얻었으니, 이제는 조조나 장로를 근심할 것이 뭐 있겠소? 장송이 아니었더라면 놓칠 뻔했던 일이오."

하고 나서 입고 있던 녹포(綠袍)를 벗어 가지고, 황금 5백 냥과 함께 주어 성도로 파견하여 장송에게 보내 주었다.

이때, 좌우 측근에서 유궤(劉王貴)·냉포(冷苞)·장임(張任) 등현(鄧賢) 등 문무백관이 말했다.

"주공께옵서는 너무 기뻐하시지 마십시오. 유현덕은 부드러워 보이지만 속은 강함을 간직하고 있으니 그 마음을 추측하기 어렵습니다. 아직도 조심하셔야 합니다."

"그대들은 모두 지나친 걱정을 하고 있소. 우리 종형께 어찌 다른 마음이 있으시겠소?"

여러 사람들은 한탄하면서 자리를 물러났을 뿐이었다.

한편, 유현덕이 영채로 돌아왔더니, 방통이 나타나서 이런 말을 했다.

"주공님께서 오늘 석상에서 유장의 동정을 보시니 어떠했습니까?"

현덕이 대답하기를,

"그는 정말로 성실한 사람이었소!"

하니 방통이 말했다.

"유장 자신은 착하다 하지만, 그의 신하인 유궤·장임 등은 모두 불만스런 기색을 나타내고 있었으며, 앞으로의 길흉을 예측하기 어렵습니다. 내일은 주연을 베푸시고 유장을 자리에 청해 앉히신 다음, 벽의(壁衣) 중에 도부수(刀斧手) 백 명을 매복시켜 두셨다가 주공께서 술잔을 던지시는 것을 신호로 그 좌석에서 그대로 죽여 버리시고 성도로 밀고 들어가면 칼을 칼집에서 뽑지 않더라도, 활을 재지 않더라도 쉽사리 이 땅에 좌정(坐定)할 수 있을 겁니다."

현덕의 말이,

"유장은 나와 동종(同宗)이오. 성심성의껏 나를 대접할 뿐더러, 나는 이 촉중에 처음으로 와서 은혜도 신의도 베풀지 못했는데, 그런 짓을 한다면 위로는 하늘이 용납하지 않을 것이며, 아래로는 백성들까지도 원망할 것이오. 어찌 그런 짓을 하겠소? 공의 이런 꾀는 패자라 할지라도 쓰지 않을 것이오."

하니 방통이 또 말했다.

"이것은 이 방통의 꾀가 아닙니다. 장송이 법정에게 직접 밀서를 보내서 일을 지연시키지 말고 조만간 꼭 실행하라고 부탁한 것입니다."

그 말이 채 끝나기도 전에, 법정이 나타나서 말했다.

"저희들은 저희들 자신을 위해서 하는 노릇이 아닙니다. 이는 바로 천명을 따른 것뿐입니다."

현덕이,

"유장은 나와 동종이니 차마 그렇게 할 수는 없소!"

법정이 또 말했다.

"그것은 잘못 생각하신 겁니다. 만약에 이렇게 하시지 않는다면, 장로는 촉의 땅과는 어머니를 죽인 원한이 있기 때문에, 반드시 쳐들어올 것입니다. 주공께서는 멀리 산천을 넘어 말을 달려 이미 이곳까지 오셨으니, 앞으로 나가시면 공이 있고 뒤로 물러서시면 아무런 유익함도 없습니다.

만약에 망설이시기만 하고 시일을 오래 지연시킨다면 크게 실계(失計)하심이 될 것입니다. 또 이런 기모(機謀)가 한 번 누설된다면 도리어 남에게 해를 당하시게 될 것입니다. 이 하늘이 주셨고, 사람이 해야만 되는 기회에 그들이 뜻하지 않는 용단을 내려서 하루바삐 기업(基業)을 세우심이 상책인가 합니다."

하니 방통도 재삼 그렇게 하라고 권고했다.

이야말로 주인은 몇 번이고 후도(厚道)를 가지고 임하건만, 재신(才臣)은 끝까지 권모만 진언한다.

61.
연석에서의 칼춤

조조의 웅병(雄兵)이 북쪽으로 물러가니
손권의 장지(壯志)가 남쪽을 노린다

趙雲截江奪阿斗
孫權遺書退老瞞

방통과 법정 두 사람이, 주연을 베푼 자리에서 유장(劉璋)을 처치해 버리라고 재삼 권했지만, 현덕은 막무가내로 듣지 않았다.

그 이튿날, 또다시 성 안에서 주연을 베풀기는 했으나, 현덕은 시종일관 유장과 친밀하게 이야기를 주고받으며 다정스럽기 비길 데 없었다.

술이 거나하게 돌아가고 있을 때 방통이 법정에게 말했다.

"일이 이미 이에 이르렀으니 주공의 생각대로만 맡겨 둘 수는 없소."

마침내, 위연(魏延)을 불러서 당(堂)에 올라 칼을 들고 춤을 추게 하고, 그 틈을 엿보아서 유장을 죽여 버리라고 분부했다.

위연이 칼을 뽑아 들고 나서면서 말했다.

"연석에서 즐겨하실 것이 없는 듯하니 검무를 추어서 심심풀이라도 드릴까 합니다."

한편, 방통은 무사를 여러 명 불러들여서 당 아래 늘어서서 위연이 손을 대기만을 기다리고 있게 했다.

유장 수하의 여러 장수들도 위연이 연석 바로 앞에서 칼춤을 추는 것을 보고, 또 섬돌 아래에는 무사들이 칼자루를 움켜잡고 있는 것을 보자, 당 위만 노려보고 있었는데, 종사(從事) 장임(張任)이 또한 칼을 뽑아 들고 춤을 추기 시작했다.

"칼춤에는 반드시 짝이 있어야 하오. 내, 위장군과 짝지어서 함께 추고자 하오."

연석 앞에서 두 사람이 마주 대하고 칼춤을 추는데, 위연이 유봉(劉封)에게 눈짓을 하니, 유봉도 칼을 뽑아 들고 내달아서 춤을 추기 시작했다. 이 광경을 보고 있던 유궤(劉璝) · 냉포(冷苞) · 등현(鄧賢) 등도 각각 칼을 뽑아 들고 나섰다.

"우리들도 웃음거리로 군무(群舞)나 한번 추어 보겠다!"

이 광경을 보고 있던 유현덕, 깜짝 놀라서 좌우 양쪽에 차고 있던 칼을 동시에 뽑아 들고 벌떡 일어섰다.

"우리 형제가 서로 만나서 통쾌하게 마시고 있는 이 마당에 아무런 거리낌도 없거늘, 홍문회(鴻門會)도 아닌 이 연석에서 어째서 춤을 추는데 칼을 뽑는단 말이오? 칼을 거두지 않는 자는 참하겠소!"

유장도 꾸짖었다.

"형제가 모인 이 자리에서 어째서 칼을 뽑는단 말이오?"

좌우 사람에게 명령하여 여러 사람의 칼을 걷어 치우게 하니
그제야 그들은 뿔뿔이 흩어져서 당 아래로 내려갔다.

현덕은 그들을 다시 불러 올려서 술잔을 골고루 돌리면서 말
했다.

"우리 형제는 동종 골혈(同宗骨血)이오. 함께 대사를 상의함에
다른 마음이 있을 수 없소. 그대들은 조금도 이상하게 생각할 필
요 없소!"

모든 사람들이 현덕의 앞에 꿇어 엎드렸으며, 유장은 현덕의
손을 잡고 눈물을 줄줄 흘렸다.

"형님의 은혜 맹세코 잊지 않겠습니다!"

두 사람이 밤중이 되도록 잔을 주거니받거니 환담을 하고 헤
어졌는데, 현덕이 영채로 돌아와서 방통을 책망했다.

"공들은 어째서 이 유현덕을 불의의 난처한 입장에 빠뜨리려
고 하시오? 앞으로는 절대로 그런 짓을 하지 마시오."

방통은 한탄하면서 물러났다.

유장이 영채로 돌아오니 유궤가 말했다.

"주공께서는 오늘 연석의 광경을 어떻게 생각하십니까? 한시
바삐 이곳을 떠나심이 상책인가 합니다."

아무리 간곡히 말해 봐도, 유장은 현덕의 인품만을 믿고 주야로 긴밀히 내왕을 하고 있었다.

이때, 장로(張魯)가 군사를 거느리고 가맹관(葭萌關)을 습격하고 있다는 보고가 들어왔다. 유장은 이것을 막아 달라고 현덕에게 부탁했다. 현덕은 그날로 부하를 인솔하고 가맹관으로 떠났다.

여러 장수들은 현덕이 변심할 것을 겁내고 각처의 요로를 방비하도록 유장에게 권고했다. 유장도 처음에는 그 말을 받아들이지 않았지만, 여러 장수들이 간곡히 권고하여서, 백수(白水)의 도독(都督)인 양회(楊懷)·고패(高沛) 두 사람에게 부수관(涪水關)을 든든히 지키도록 수배하고 성도(成都)로 돌아왔다. 현덕은 가맹관에 도착하자, 병사들의 난폭한 행동을 엄금하고 은혜를 백성들에게 널리 베풀어 민심을 수습했다.

염탐꾼이 이런 정보를 동오(東吳)에 전했다. 오후(吳侯) 손권은 문무제관을 소집해 가지고 대책을 강구했다. 고옹(顧雍)이 나서면서 말했다.

"유현덕은 병력을 분산시켜 가지고 산간벽지로 출전하고 있으니, 쉽사리 돌아오기는 어려울 것입니다. 이번에 우선 1군을 파견하여 천구(川口)를 끊어 버려서 퇴로를 차단해 버리고, 동오의 군사를 총동원하여 일거에 형주·양양으로 밀고 내려가면 얼마나 좋은 기회이겠습니까?"

"그 계책이 대단히 묘하오!"

이렇게 상의를 하고 있을 때, 홀연 병풍 뒤에서 호통을 치며 내닫는 사람이 있었다.

"이따위 계책을 제공하는 자의 목을 베라! 내 딸의 목숨을 해치겠다는 거냐?"

여러 사람이 깜짝 놀라 바라보니 그것은 바로 오국태(吳國太)였다. 국태는 노발대발, 유현덕과 싸운다는 것은 자기에게 하나밖에 없는 딸을 죽이는 길이라고 손권을 호되게 꾸짖었다.

손권은 하는 수 없이 여러 사람을 물러 나가게 하고 혼자 밖으로 나와서 곰곰 생각했다.

'이번 기회를 놓친다면 두 번 다시 형주·양양을 뺏기는 어려울 텐데!'

이때, 장소(張昭)가 나타나서 또 한 가지 계책을 제공했다.

그것은 심복의 장수 5백 명을 형주로 파견하여 밀서 한 통을 유현덕의 부인에게 전하고 오국태의 병세가 위중하다는 핑계로 납치해 오고, 현덕의 단 하나인 아들 아두(阿斗)까지 데리고 오도록 하면, 유현덕이 반드시 형주와 교환 조건으로 아들을 찾아가리라는 의견이었다.

손권은 그 계책에 찬성하고, 비밀리 주선(周善)을 불러서 장사꾼으로 변장한 병졸 5백 명을 거느려 배 다섯 척에 갈라 타고 떠나가도록 했다. 또 일이 시끄러워질 경우를 생각하고 가짜 국서

(國書)까지 만들어 주고, 배 속에 무기를 감춰 두도록 했다.

주선은 손권의 명령대로 배를 몰아 형주에 도착, 강변에 배를 대어 두고 성 안으로 들어가서 문리(門吏)에게 손부인을 만나게 해달라고 했다. 부인을 대면하자 그는 대뜸 밀서를 전달했다. 손부인이 오국태의 병세가 위독하다는 사연을 읽고 눈물을 흘리며 물어보니, 주선은 꿇어 엎드려서 대답했다.

"국태께서는 몹시 수척하셨으며 조석으로 부인을 뵙기만 고대하고 계십니다. 시일을 지연하신다면 생전에 뵙기 어려우실지도 모릅니다. 아두님도 함께 모시고 오시라고 신신당부 하셨습니다."

"지금은 유황숙께서도 멀리 싸움터에 나가 계시니, 내가 돌아간다 하더라도, 군사(軍師)에게는 말 한 마디 하고 가야 할 게 아니겠소?"

"하지만, 군사께서 황숙의 승낙을 받아야만 떠나실 수 있다고 하시면 어떻게 하시겠습니까?"

"그렇다지만, 승낙을 받지 않고 떠나면 결과가 시끄러워질 것 같소."

"장강(長江)에 벌써 배가 대기하고 있습니다. 이제 곧 수레에 오르십시오."

손부인도 모친의 병이 위독하다는 말을 듣고는 견딜 수 없어서, 일곱 살 먹은 아두를 품에 안고 수레를 타고야 말았다.

종자 30여 명은 칼을 차고 말을 몰아 형주성을 뒤로 하고 떠났다. 그리고 강변까지 나와서 배를 탔다. 부중(府中)의 사람들이 소식을 보고하려고 허둥지둥할 때, 손부인은 이미 사두진(沙頭鎭)에서 배에 올랐을 때였다.

주선이 배를 저어 나가려고 하자 강변에서 고함소리가 들렸다.

"그 배, 떠나지 마시오! 부인께 인사를 여쭈어야겠소!"

그것은 조자룡이었다.

그는 순시를 마치고 돌아오던 길에 이 소식을 알고 다짜고짜로 4, 5기를 거느리고 질풍같이 달려든 길이었다. 주선은 긴 칼을 손에 움켜잡은 채 호통을 쳤다.

"그대가 뭣인데, 감히 주모(主母)님의 떠나실 길을 막는가?"

병사에게 배를 저어 떠나라 명령하고 무기를 들고 배 위에 늘어서라 분부했다. 순풍에 물줄기가 순조로워서 배는 그대로 나아갔다. 조자룡은 강을 끼고 쫓아가면서 소리를 질렀다.

"부인께서 떠나가시더라도 꼭 한 마디 여쭐 말씀이 있습니다."

주선은 못 들은 체하고 배를 빨리 몰기만 했다. 조자룡이 그대로 10리쯤 쫓아가노라니 강변에 한 척의 고기잡이 배가 머물러 있는 것이 눈에 띄었다.

'이거 됐다!'

조자룡은 선뜻 말을 버리고 창을 한 손에 움켜잡은 채 배 위로 껑충 뛰어 올라 뱃사공과 둘이 힘을 합쳐서 노를 저어 손부인이 타고 있는 큰 배 뒤를 바싹 쫓았다.

주선이 병사들에게 명령해서 활을 쏘게 했지만 조자룡은 창으로 화살을 막아서 물 속에 빠뜨려 버렸다. 배와 배의 거리가 불과 1장으로 가까워지자 오군(吳軍)의 병사들은 무작정 창으로 찔러 댔다. 조자룡은 창을 배 속에 동댕이치고 허리에 차고 있던 청공검(靑釭劍)을 뽑아서 창을 막아내며 훌쩍 저편 배 위로 뛰어 올라 떡 버티고 섰다.

아두를 안고 있는 손부인이 호통을 쳤다.

"이 무슨 무례한 짓인고?"

조자룡은 칼을 도로 칼집에 넣었다.

"주모님께서는 어디를 가십니까? 어째서 군사께도 알리시지 않으셨나요?"

"모친께서 병세가 위독하시다 하여 미처 알릴 틈이 없었소!"

"주모님께서 문병을 가시는데 어째서 어린 주인님은 데리고 가십니까?"

"아두는 내 아들이오. 형주에 두고 가면 돌봐 줄 사람이 없으니까……."

"주모님이 잘못하셨습니다. 우리 주군께서는 평생에 이 한 점 혈육이 있으실 뿐이며, 소장이 당양(當陽) 장판파(長坂坡)에서 백만 대군 가운데서 구출해 낸 분입니다. 이제 부인께서 데리고 가신다 함은 무슨 까닭입니까?"

"장하(帳下)의 일개 무부(武夫)로서 어찌 감히 남의 가정을 간섭한단 말인가?"

"부인께서 가시면 가시되, 어린 주인님은 두고 가십시오."

손부인이 또 호통을 쳤다.

"그대는 도중에서 함부로 선중으로 뛰어들었으니 반드시 모반하고자 하는 것이다!"

"어린 주인님을 두고 가시지 않는다 하오면 죽는 한이 있어도 부인을 보내드릴 수는 없습니다."

부인은 시비들에게 호령해서 조자룡을 떠밀어 버리라고 했으나, 시비들은 도리어 조자룡에게 밀려서 쓰러졌고, 이 틈에 조자룡은 아두를 왈칵 빼앗아 가지고 뱃머리로 뛰쳐나왔다. 그러나 강변으로 배를 대고 싶지만 거들어 줄 사람도 없고 난폭하게 굴다가는 도리에 어긋날 것이고 해서 진퇴양난에 빠졌다.

손부인은 시비들에게 아두를 빼앗으라고 소리를 쳤다. 조자룡은 한 팔로 아두를 꼭 껴안고 또 한 손에는 칼을 잡고 아무도 접근하지 못하도록 했다.

주선은 배꼬리에서 노를 저어서 배를 앞으로 몰기만 했다. 순풍에 물줄기가 빨라서 배는 중류(中流)를 향하여 쏜살같이 달렸다.

조자룡은 혼자서는 어찌할 도리가 없으니 어떻게 배를 강변으로 댈 수가 있었으랴!

이렇게 위태로운 지경에, 하류 쪽에서 느닷없이 10여 척의 배들이 깃발을 휘날리며 북을 두들기고 한 일 자로 죽 늘어서는 것이 바라다보였다.

'내가 이번에는 동오의 계교에 빠졌구나!'

조자룡이 이렇게 생각하고 있을 때, 저편 배 위에서 대장 한 사람이 손에 장모(長矛)를 들고 큰 소리로 외쳤다.

"아주머니, 조카는 두고 가십시오!"

알고 보니, 장비가 순시를 하다가 이 소식을 듣고 급히 유강(油江) 어귀로 달려와서 오선(吳船)의 앞길을 가로막은 것이었다.

장비는 당장에 칼을 뽑아 들고 이쪽 배 위로 올라탔다. 주선은 장비가 배 위로 올라오는 것을 보자, 칼을 뻗쳐 들고 대들었지만, 장비가 한칼로 내리쳐서 거꾸러뜨려 버렸다. 그리고 그 수급을 손부인 앞에 던졌다.

손부인은 대경실색.

"아저씨, 이게 무슨 무례한 짓이오?"

"아주머니야말로 우리 형님을 대수롭게 여기지 않고 몰래 집으로 돌아가시니 정말 무례하십니다."

"모친께서 병세가 매우 위독하셔서, 형님에게 알리다가는 내일을 그르칠 것 같아서 그랬소. 만약에 나를 보내 주지 않는다면 나는 강물에 몸을 던져 죽고 말 테요!"

장비가 조자룡과 상의했다.

"부인을 죽게 한다는 것은 신하의 도리가 아니니, 아두님만을 보호해 가지고 우리는 배를 옮겨서 돌아갑시다."

그러고는 손부인에게 말했다.

"우리 형님은 대한(大漢)의 황숙으로서 아주머니를 욕되게 하신 일은 없으시니, 이제 가시더라도 형님의 은혜와 의리를 생각하시거든 곧 돌아오십시오."

말을 마치자 아두를 안고 뱃머리를 돌려, 손부인의 배 다섯 척을 놓아 보냈다.

이리하여 조자룡과 장비 두 사람은 자못 기뻐하며 몇 리쯤 돌아왔는데 공명이 여러 척의 배를 몰고 마중 나온 것을 발견했다. 공명은 아두를 보자 크게 기뻐하며, 네 사람은 함께 성 안으로 돌아왔다. 그리고 공명은 가맹관으로 편지를 보내서 이 소식을 현덕에게 알렸다.

손부인은 오나라로 돌아와서, 장비와 조자룡이 주선을 죽이고 아두를 빼앗아 갔다는 사실을 자세히 이야기했다. 손권이 노발대발했다.

"내 누이가 돌아온 이상, 인제 친척의 인연도 끊어졌다. 주선을 죽인 원수를 내 어찌 갚지 않겠느냐?"

손권은 즉시 문무백관을 소집해 놓고 형주를 토벌할 대책을 상의했다.

바로 이때, 조조가 적벽에서의 원수를 갚겠다고 4만 대군을 일으켰다는 정보가 들어오니, 손권은 크게 놀라서 형주의 일은 잠시 제쳐놓고 조조를 막아낼 방법을 강구했다.

또 한편 신병으로 고향에 돌아가 있던 장사(長史) 장굉(張紘)이 세상을 떠났다는 통지와 더불어 한 통의 유서가 닿았다.

그 유서의 봉을 뜯어 보니, 손권더러 본거지를 말릉(秣陵)으로 옮기는 것이 좋겠다고 권한 내용이었다. 말릉의 산천은 제왕의 기개가 있는 곳이니 시급히 그곳으로 옮겨서 만세지업(萬世之業)을 성취하라는 것이었다.

그것을 읽고 난 손권은 통곡을 하면서 중관(衆官)에게,

"장굉이 말릉으로 옮기라고 권했으니 그의 말대로 하지 않겠소?"

라고 말하고는, 즉시 건업(建業─말릉)에 돌성을 쌓도록 명령했다.

그랬더니 여몽(呂蒙)이 나서서 말했다.

"조조의 군사가 쳐들어온다면 유수(濡須)에 둑을 쌓아 막아내도록 하십시오."

"공격할 때에는 언덕으로 올라가고 후퇴할 때에는 배를 타면 되오. 둑을 쌓을 필요는 없소."

하며 여러 장수들이 극구 반대했으나, 여몽이 또 말했다.

"병(兵)에는 이(利)한 때가 있고 둔(鈍)한 때가 있소. 또 싸움에 필승이란 있을 수 없소. 만약 창졸간에 적과 맞닥뜨리게 되어서 보병과 기병이 함께 밀고 들어오면 강까지 달아날 틈도 없는데 어찌 배까지 탈 수 있겠소?"

손권이 말했다.

"사람이란 먼 일을 생각지 않으면 반드시 가까운 근심이 있다 하오. 여몽의 말이 역시 멀리 내다보는 생각이오."

곧 군사 수만을 파견하여 유수에 둑을 쌓아 올리도록 하고 주야 구별 없이 공사를 진행시켜서 기일 안에 준공했다.

한편, 조조는 허도에 있으면서 그 위복(威福)이 날로 더해 갔는데, 어느날 장사(長史) 동소(董昭)가 이런 말을 했다.

"자고로 인신(人臣)의 몸으로서 승상만큼 공을 세운 분은 없었습니다. 주공(周公)·여망(呂望)이라 할지라도 주공께 미치지는 못할 것입니다. 즐풍목우(櫛風沐雨) 30여 년, 군흉(群凶)을 소탕해 가지고 백성을 위하여 제해(除害)하셨으며, 한실(漢室)을 부활 존속하게 하신 승상께서 어찌 신하와 동렬에 계시겠습니까? 마땅히 위공(魏公)의 위(位)를 받으셔서 9석(九錫)으로써 공적을 표창받으셔야 합니다."

그러면 9석이란 무엇인가?

이는 천자가 양위(讓位)를 전제로 하고 공로가 많은 제후에게 내리는 것이니, (1) 수레와 말, (2) 의복, (3) 악현(樂縣), (4) 주호(朱

戶), (5) 납폐(納陛), (6) 호분(虎賁), (7) 부월(鈇鉞), (8) 궁시(弓矢), (9) 거창(秬鬯)·규찬(圭瓚)을 말하는 것이다.

이 말을 듣더니 시중 순욱(荀彧)이 나서서 말했다.

"안 됩니다. 승상께서는 본시 의병을 일으키셔서 한실을 광부(匡扶)하시고 충정(忠正)의 뜻을 다하시고 겸손히 물러서시는 절조를 지키셔야 할 것이며, 군자는 사람을 사랑함에 덕으로써 하는 것이니, 이렇게 해서는 안 됩니다."

조조는 그 말을 듣더니 갑자기 얼굴색이 변했다.

동소가 또 말했다.

"어찌 한 사람의 몸으로 여러 사람의 바라는 일을 막을 수 있겠소?"

드디어 표(表)를 올려 조조를 위공(魏公)으로 하고 9석을 내리도록 천자에게 상주했다.

순욱이 탄식했다.

"아! 나는 오늘날 이런 일을 보게 될 줄은 꿈에도 몰랐다."

조조는 이 말을 듣자, 그를 몹시 미워하고 자기를 돕지 않는 자라고 악의로만 해석했다. 건안(建安) 17년 겨울 10월에, 조조는 군사를 일으켜 강남으로 내려갈 때, 순욱에게 동행하자는 명령을 내렸다. 순욱은 조조에게 자기를 죽여 버리려는 마음이 있다는 것을 벌써 알아차리고 병을 핑계하고 수춘(壽春)에 머물렀다.

조조가 사람을 시켜서 음식 한 그릇을 그에게 보냈는데, 그 그

룻 뚜껑에는 조조의 친필로 봉기(封記)가 써 있었다. 그릇을 열고 보니 그 속에는 아무것도 없었다.

순욱은 그것이 무슨 뜻인지를 알아차리고 드디어 독약을 마시고 죽어 버렸다.

그때 그의 나이 50세.

조조는 대군을 거느리고 유수(濡須)에 도착하자 조홍에게 날쌘 기병 3만을 주어서 장강 연안의 동정을 살피게 했더니, 돌아와서 보고했다.

"장강 일대를 돌아다녀 보니, 곳곳에서 수많은 깃발이 휘날리고 있는데, 적군이 어디에 집결해 있는지 알 길이 없습니다."

조조가 친히 유수구에 진을 치고 높은 곳에 올라가 바라보자니, 오군의 전선(戰船)이 질서정연하게 5색 깃발을 휘날리며 강에 떠 있고, 가운데 큰 배에는 푸른 비단 우산 아래 손권이 문무제관을 거느리고 앉아 있었다.

"아들을 낳으려면 손권 같은 놈을 낳을 것이지, 유표(劉表) 따위는 개돼지 같다!"

조조가 이런 소리를 하고 있는 찰나에, 홀연 아우성소리가 일어나더니 남쪽의 배들이 일제히 달려들었다. 또 유수의 둑에서도 군사들이 쏟아져 나오며 조조의 군사에게 공격을 가했다.

산기슭을 돌아서 말을 달려 대드는 푸른 눈, 붉은 수염의 대장은 바로 손권. 거기에다 또 한당(韓當)·주태(周泰) 두 동오의 장수까지 말머리를 나란히 하고 달려드니, 당황하여 어쩔 줄 모르는 조조를 허저(許褚)가 간신히 구출해 가지고 영채로 돌아갔다.

이날밤, 2경에는 조조의 영채 밖에서 고함소리가 천지를 진동하더니 난데없이 화염이 충천했다. 동오의 군사가 쳐들어온 것이었다.

조조가 50리나 후퇴하여 진을 치고 답답한 심정으로 병서(兵書)를 보고 있노라니, 정욱(程昱)이 나타나서, 이것은 신속(神速)을 생명같이 여겨야 하는 병법을 망각하고 이렇게 시일을 지연시킨 탓이니, 빨리 허도로 돌아가서 다음의 대책이나 강구함이 상책이라고 역설했다.

조조는 이에 묵묵부답.

조조는 상에 엎드려서 꾸벅꾸벅 졸다가 꿈을 꾸었다. 장강 위에 두 개의 태양이 마주 비치고 있었다. 그런데 또 하나 다른 붉은 햇살이 곧장 훌쩍 날아서 영채 앞 산 속에 떨어지는데 벽력 같은 소리를 냈다. 조조는 깜짝 놀라 눈을 떴다.

조조는 50여 기를 거느리고 꿈 속에서 본 붉은 햇살이 떨어진 산기슭으로 가 보았다. 여기저기를 살펴보고 있는데, 난데없이 1대의 인마가 나타났다.

황금으로 만든 갑옷·투구에 무장을 든든히 하고 선두에 선 것은 바로 손권이었다.

손권은 조조가 여기 와서 있는 것을 보고도 조금도 놀라는 기색이 없이 산꼭대기에 말을 멈추더니 채찍으로 가리키면서 이렇게 말했다.

"승상께서는 중원(中原) 땅을 앉아서 진압하고 부귀를 누릴 대로 누리고 계시면서, 어째서 그래도 부족하셔서 우리 강남 땅을 침범하시려는 것이오?"

조조가 대답했다.

"그대가 신하로서 존중하지 않기 때문에 내가 천자의 뜻을 받들고 그대를 토벌하러 온 것이오!"

손권이 웃으면서 말했다.

"그런 말을 하고 부끄러운 줄도 모르오? 그대가 천자라는 명목을 내세우고 제후를 호령하고 있다는 사실을 천하에 모르는 사람이 있는 줄 아는가? 내가 한나라 조정을 존중하지 않는 것은 아니다! 바로 그대를 토벌해서 나라를 바로잡자는 생각뿐이다!"

조조는 노발대발하여, 여러 장수들에게 산 위로 올라가 손권을 붙잡으라고 호통을 쳤다.

바로 이때.

난데없이 북소리가 요란스럽게 산 속의 적막을 흔들었다. 산 뒤로부터 두 줄로 갈라진 군마가 우르르 몰려들었으니, 오른쪽은 한당과 주태, 왼쪽은 진무(陳武)와 반장(潘璋)이었다.

네 장수들은 3천 궁노수(弓弩手)를 데리고 화살을 빗발치듯 퍼부었다. 조조는 당황하여 경각을 지체치 않고 여러 장수들과 도주했다.

네 사람의 대장들도 그 뒤를 급히 추격했다. 한참 추격하다가 보니 허저가 호위군(虎衛軍)을 거느리고 나타나서 앞을 가로막으며 조조를 구출해 가지고 달아났다. 오병들은 일제히 개가를 드높이 올리고 유수로 돌아갔다.

조조는 자기 진지로 돌아오자 혼자서 곰곰 생각해 보았다.

'손권은 이만저만한 인물이 아니다. 꿈에서 본 붉은 햇살이 그를 따라다니는 것은, 장래에 반드시 제왕이 되리라는 징조리라!'

이렇게까지 생각하게 되자 조조는 그만 군사를 철수시키고 싶은 마음만이 간절했다.

그러나 한편 생각하자니, 동오 편에 웃음거리가 되리라는 부끄러움에서 진퇴를 결정하지 못하고 망설이기만 했다.

그런 가운데, 쌍방은 한 달 이상 대치하는 형편으로 여러번 싸움을 거듭했지만 승부가 나지 않았다.

그 이듬해 정월이 되어서 봄비가 쉴새없이 계속 내려 수항(水港)에 가는 곳마다 물이 꽉 찼다. 군사들은 모조리 시궁창 속에 빠져 있어서 그 괴로움이란 이루 말할 수 없었다.

조조는 몹시 우울한 나날을 보내고 있었다.

하는 수 없이, 어느날 영채 안에 여러 무사들을 모아 놓고 대책을 상의해 봤더니, 어떤 장수는 충분한 방비를 하고 있는 손권과 대적한다는 것은 무모한 일이니, 일단 군사를 철수하자고 주장했다. 또 어떤 장수들은 이제야말로 해가 바뀌어 봄이 되고 날씨도 따뜻해졌으니 힘껏 싸워 볼 때인데 철수한다는 것은 부당한 처사라고 강경히 주장하기도 했다.

조조는 중간에 끼여서 어찌해야 좋을지 몰라 그저 망설이기만 했다.

바로 이때, 갑자기 동오에서 사자가 편지를 가지고 왔다는 소식이 전해졌다.

조조가 그 편지를 받아서 뜯어 보니 사연은 대강 다음과 같았다.

나와 승상은 피차간에 다 같은 한나라 조정의 신하요, 재상이오. 승상은 나라에 보답하고 백성을 편안케 할 생각은 하지 않고, 병력을 함부로 움직여서 무수한 생명들을 잔인하게도 들볶고 있소. 어찌 어진 사람으로서야 할 수 있는 짓이리요. 이제 봄이 되어서 물도 사방에 찼으니, 공은 마땅히 시급히 돌아가시오. 그렇지 못한다면 또다시 적벽과 같은 무서운 화를 입게 될 것이니 공은 심사숙고하여 선처하시오.

그리고 그 편지 뒤쪽에는 두 줄의 글이 덧붙여 있었다.

"그대가 죽지 않는 날까지는 나도 편안할 수 없을 것이오."

조조가 그것을 다 보고 나더니 한바탕 깔깔대고 웃으며 말했다.

"손권이란 놈도 드러내놓고 나를 업신여기지는 못하는구나!"

편지를 가지고 온 사자에게 상을 후히 내렸으며, 군사를 이끌고 돌아가라는 명령을 내렸고, 또 여강(盧江) 태수 주광에게 명령하여 완성(皖城)을 지키도록 했다.

조조는 대군을 거느리고 허창으로 돌아갔고, 손권도 역시 말릉으로 돌아왔다.

손권이 여러 장수를 모아 놓고 대책을 상의했다.

"조조는 북쪽으로 가 버리기는 했지만, 유현덕은 아직도 가맹관에서 돌아가지 않았소. 조조를 막아내던 군사들을 그편으로 돌려서 형주를 빼앗을 수밖에 없소."

그랬더니 장소(張昭)가 나서며 계책을 제공했다.

"당분간 군사를 동원해서는 절대로 안됩니다. 이 장소에게 한 가지 훌륭한 계책이 있습니다. 유현덕을 또다시 형주로 돌아가지 못하게 할 계책이 있습니다."

이야말로 조조의 웅병(雄兵)이 막 북쪽으로 물러가니, 손권의 장지(壯志)가 또다시 남쪽을 노리는 셈이다.

62.
노장(老將)은 격분하다

늙은 장수와 젊은 장수의 충성 대결!

取涪關楊高授首
攻雒城黃魏爭功

　장소가 제공한 계책이란, 편지 두 통을 작성해서 한 통은 유장에게 보내어 유현덕이 동오와 결탁하고 서천(西川)을 공략한다고 해주어서 그로 하여금 유현덕에게 의심을 품고 공격하도록 할 것이며, 또 한 통은 장로(張魯)에게 보내서 형주로 군사를 진격하도록 하라는 것이었다.

　손권은 그 계책을 듣자, 그 즉시 찬성하고 두 사람에게 사자를 파견했다.

　한편, 가맹관에 오랫동안 주둔하고 있던 유현덕은 돌연 공명으로부터 손부인이 동오로 돌아갔다는 연락을 받았으며, 그와 동시에 조조가 유수로 출병했다는 소식을 듣게 되어 방통(龐統)

과 대책을 상의했다.

방통이 제안했다.

"공명이 그곳에 머물러 있는 이상 동오에서도 섣불리 형주에 손을 대지는 못할 것입니다. 주공께서는 시급히 유장에게 편지를 보내셔서, 이제부터 군사를 거느리고 형주로 돌아가서 손권과 협력하여 조조의 군사를 쳐부술 작정인데, 군사와 군량이 부족하니 정병 3, 4만 명과 군량 10만 석만 협조해 달라고 하십시오. 군사와 군량만 손에 들어오면 이 방통에게도 또 좋은 대책이 있습니다."

현덕이 파견한 사자가 부수관에 도착하니 양회와 고패는 벌써 눈치 채고, 고패는 관(關)을 지키고, 양회는 사자와 동행하여 성도(成都)로 들어가서 유장을 대면하고, 편지를 내놓게 하며, 유현덕에게는 다른 배짱이 있으니 절대로 군사나 군량을 협조해 주지 말라는 점을 극력 주장했다.

"나와 친형제나 다름없는 분에게 힘이 되어 드린들 뭣이 안 될 게 있소?"

유장이 이렇게 말하자, 또 한 사람이 나서면서 유현덕을 우리 땅에 머무르게 하는 것은 마치 호랑이를 집안에 불러들여 두는 것과 똑같다고 하면서 절대로 협조해 주지 말라고 극구 반대했다. 그는 영릉군(零陵郡) 증양(烝陽) 사람 유파(劉巴—字는 子初)였다.

마음을 결정하지 못하고 망설이기만 하던 유장은 마침내 황권

(黃權)이 재삼 권고하는 바람에 쓸모 없는 노병(老兵) 4천 명과 쌀 1만 석을 내놓겠다는 답장을 현덕에게 보내고, 여전히 양회·고패에게 부수관을 잘 지키고 있도록 지시했다.

사자가 돌아와서 유장의 답장을 내놓으니 현덕은 노발대발했다. 유장을 위해서 힘써 주자는 일인데 이렇게 인색한 태도를 취하는 것이 몹시 마땅치 않았던 것이다.

이때, 방통이 세 가지 계책을 제공했으니 첫번째로는, 그 즉시 군사를 동원하여 주야의 구별 없이 단숨에 성도를 습격해 버릴 것. 두번째로는 유현덕이 형주로 돌아간다는 거짓말을 하면 촉(蜀)나라의 명장인 양회와 고패가 반드시 전송하러 나올 것이니, 그때, 두 놈을 없애 버리고 부수관을 함락시킨 후 성도로 향할 것. 세번째로는 백제(白帝)로 돌아가서 일단 형주로 돌아간 다음, 서서히 공격을 가해 볼 것 등이었다.

유현덕은 두번째 계책이 온당하다고 생각하고 즉시 유장에게 편지를 보내어, 조조가 악진(樂進)의 군사를 거느리고 청니진(靑泥鎭)으로 쳐들어오기 때문에 자기도 싸움을 거들러 그곳으로 가겠다는 뜻을 전달했다.

성도에 유현덕의 편지가 전달되자, 장송(張松)은 그것이 정말인 줄만 알고 답장을 써서 사람을 시켜 현덕에게 보내려고 하는 데, 장송의 형인 장숙(張肅)이 나타나서 결국 장송이 현덕에게 보내려는 편지가 발각되고 말았다.

장송의 편지 내용인즉, 대사가 다 되어 가는 이 마당에 어째서 형주로 돌아가겠다고 하는 것이냐. 그런 생각을 하지 말고 즉시 군사를 일으켜서 진격하라는 것이었다.

이 편지를 발견한 장숙은 크게 놀라며. 아우 장송의 소행이 일문(一門)을 멸망케 하는 것이라고 펄펄 뛰면서, 아우 장송이 유현덕과 내통하고 서천을 내맡기려 한다고 유장에게 고해바쳤다. 유장은 격분을 참지 못하고 그길로 병사를 파견하여 장송 일족을 체포하고 모조리 거리의 번화한 장터에 내세워 참해 버렸다.

유장은 장송의 목을 베어 버린 다음 문무제관을 소집해 놓고, 유현덕이 우리나라를 빼앗으려 하니 어찌했으면 좋을지 그 대책을 강구했다. 그랬더니 황권의 의견이, 일각을 지체해서는 안 될 것이니 즉시 여러 관으로 방비를 공고히 하도록 지령을 내려서 형주의 군사를 1기라도 통과시키지 못하도록 하라는 것이었다. 유장은 황권의 의견대로 밤중에 급사(急使)를 파견하여 여러 관으로 격문을 돌렸다.

부성으로 돌아온 유현덕은 우선 부수관으로 사람을 파견해서 양회·고패 두 장수에게 작별 인사를 하고 싶다는 뜻을 전달했다.

양회와 고패는 이런 연락을 받자, 차제에 칼을 품속에 감추고 있다가 송별 석상에서 유현덕을 없애 버려서 자기네 주공을 위해서 화근을 제거해 버리기로 결심하고, 2백 명의 부하를 거느리고 현덕을 전송하러 나갔다.

유현덕이 대군을 거느리고 부수 근처까지 왔을 때, 난데없이 일진의 회오리바람이 일어났다. 수(帥) 자 깃발이 사나운 바람에 꺾여서 쓰러지고 말았다. 이것을 본 방통이 말했다.

"이것은 흉조입니다. 양회와 고패 둘이 주공님의 생명을 노리고 있음이 틀림없습니다. 조심하셔야겠습니다."

이 말을 듣고 유현덕은 무장을 단단히 했으며, 방통은 위연·황충에게 관에서 나타나는 자는 몇 명이든 누구든 절대로 한 명도 놓치지 말라는 특명을 내렸다.

진지 앞까지 양을 끌고 술을 마련해 가지고 나타난 양회와 고패는, 나란히 앉아 있는 현덕과 방통 앞에 정중하게 인사를 드리고 작별의 선물까지 내놓았다. 유현덕은 두 장수에게 술을 한 잔씩 권하고 나서, 상의할 일이 있으니 부하를 멀찌가니 물려 달라고 해놓고,

"즉시 이 두 도적놈을 체포해라!"

하고 명령을 내렸다. 명령이 떨어지기가 무섭게, 뒤에서 유봉·관평(關平)이 불쑥 나타나니 양회·고패는 깜짝 놀라며 벌떡 일어섰다. 그들을 붙잡아서 몸을 뒤져 봤더니 과연 날카로운 칼을 한 자루씩 품고 있으니 방통이 당장에 목을 베라고 호령을 했다. 현덕이 망설이는 것을, 방통이 끝끝내 도부수(刀斧手)를 불러

들여서 양회·고패를 참해 버렸다.

한편, 황충과 위연은 양회와 고패의 부하 2백 명을 모조리 체포했으며, 방통은 그 2백 명의 군사들을 앞장세우고 그 뒤로 대군을 몰며 관하(關下)에까지 밀고 들어갔다.

"장군께서 급한 일이 있으셔서 되돌아오신다!"

하고 앞장선 병사들이 고함을 지르니, 촉병(蜀兵)들은 자기편 음성을 듣자 성문을 서슴지 않고 열어젖혔다. 유현덕의 대군은 성 안으로 노도처럼 밀려 들어가서 병사들을 한 명도 희생시키지 않고 단숨에 부수관을 점령해 버렸으니, 촉나라 병사들도 두말 없이 항복했다. 현덕은 그들을 전후로 배치해서 관을 잘 지키도록 해놓고, 그 이튿날 성대한 위로의 주연을 베풀었다.

한편, 유장은 현덕이 양회·고패 두 장수를 죽이고 부수관을 점령했다는 말을 듣자 대경실색했다.

"오늘날 이런 일이 있으리라고는 꿈에도 생각지 못했다."

하면서, 문무백관을 모아 놓고 유현덕 토벌책을 상의했더니, 황권이 말했다.

"시급히 군사를 낙현(雒縣)에 파견하여 요소를 견고히 지키게 하면 유현덕에게 아무리 정병과 맹장이 있다 해도 통과하기 어려울 것입니다."

이리하여 유장은 유궤·냉포·장임·등현 네 장수에게 5만의 군사를 주어서 그 즉시 낙현으로 가서 유현덕의 군사를 막아내도록 했다.

네 장수들은 낙현에 도착하자, 군대를 분배해서 여러 요소를 방비하려고 하니 유궤가 말했다.

"낙성은 성도의 안전을 좌우하는 중요한 지점이므로 이곳을 잃는다면, 성도도 지키기 어렵소. 두 사람은 성을 지키고, 또 두 사람은 낙현 앞으로 가서 산을 끼고 험준한 지세를 이용하여 두 군데 영채를 마련하여 적병이 성에 접근하지 못하도록 합시다."

이 말을 듣자, 냉포와 등현이 선뜻 가겠노라고 나섰다. 유궤는 크게 기뻐하여 두 사람에게 병력 2만을 분배해 주고 성 밖 60리쯤 되는 지점에 진을 치게 했으며, 자기는 장임과 함께 낙성을 지키기로 했다.

유현덕은 부수관을 점령하자, 방통과 더불어 낙성 공략의 계책을 세우고 있었다. 이때, 유장이 네 장수를 파견해서 성 밖에 진을 치고 있다는 정보가 들어왔다. 유현덕은 여러 장수들을 모아 놓고 상의했다.

"노부(老夫)가 나가고 싶습니다."

하면서, 노장 황충이 선뜻 나서며 자기가 냉포·등현 두 장수를 격파하고 공을 세워 보겠노라고 하는 것이었다.

유현덕은 무척 기뻐하면서 그 자리에서 승낙했다. 황충이 용기를 내서 곧 떠나려고 작별 인사를 하려 했을 때, 갑자기 장하에서 한 사람이 내달으며 말했다.

"노장군은 이미 연로하시니 어떻게 나가실 수 있겠습니까? 소장이 재주는 없다지만 한번 나가 보고자 합니다."

그것은 바로 위연이었다.

늙은 장수와 젊은 장수 사이에는 옥신각신, 다같이 자기가 나가겠다고 말다툼이 벌어졌다. 노장 황충은 매우 격분했다.

"그대는 나더러 늙었다고? 그럼 어디 한번 실력으로 대결해 볼까?"

호통을 치면서 뜰 아래로 뛰어내려가 부하에게 당장 칼을 가져오라고 했다.

현덕이 두 사람을 가로막고 싸움을 말렸다.

"이번에 서천을 공략하는 데는 오로지 두 장수들의 힘만 믿는 터인데, 이렇게 서로 싸우면 한쪽이 상처를 입을 것은 더 말할 것도 없으니, 제발 나를 생각해서라도 싸우지 말아 주시오!"

방통이 옆에서 또 꾀를 냈다. 냉포와 등현이 서로 갈라져서 진을 치고 있으니, 이편에서도 황충과 위연이 서로 진지 한 군데씩 맡아 가지고 먼저 격파하는 사람이 공을 세운 것으로 하자는 것이었다.

위연은 등현의 진지를, 황충은 냉포의 진지를 각각 맡기로 결정하고 물러 나간 다음, 방통이 말했다.

"저 두 장수들은 도중에서 또 옥신각신할 것 같으니 주공께서 곧 군사를 거느리시고 뒤를 받쳐 주셔야 하겠습니다."

현덕은 방통에게 성을 맡겨 놓고는 유봉·관평과 함께 군사5천명을 거느리고 두 장수의 뒤를 쫓았다.

황충은 자기 영채로 돌아오자, 밤 4경에 식사를 끝내고, 5경에 총집합해서 날이 밝는 대로 진격을 개시, 왼쪽 산곡간으로 쳐들어간다는 지령을 내렸다.

또 위연은 염탐꾼을 파견해서 이런 정세를 탐지하고 병사들에게 2경에 식사를 마치고, 3경에 출격, 날이 밝을 무렵에는 등현의 진지 가까이 도착하도록 지령을 내렸다.

이리하여 진격을 개시하는데, 위연은 말 위에 앉아서 혼자 이런 궁리를 했다.

'등현의 진지를 격파하기만 해서는 그다지 큰 공을 세울 수는 없을 것이다. 우선 냉포의 진지를 격파하고 나서 그 여세를 몰아 등현의 진지를 쳐부수면 공로는 모두 내 차지가 될 것이다!'

위연은 그 즉시 왼쪽 산곡간으로 쳐들어가라는 명령을 내렸다. 날이 훤히 밝아올 무렵에 위연의 군사는 냉포의 진지 가까이 쳐들어갔으며, 도중에 매복해 있던 졸병들에 의해서 이런 정보가 냉포의 진지에 전달되자, 그도 만반준비를 갖추고 대기하고 있다가 우렁찬 포성과 함께 3군(三軍)이 말을 달려나가서 위연과 30여 합이나 접전을 했다.

이때, 서천 군사가 두 갈래로 갈라져서 쳐들어오니 위연의 군사는 야간행군에 인마가 함께 피로해 있어 감당해 내지 못하고 뿔뿔이 흩어졌다.

위연이 냉포와 싸울 것을 단념하고 말을 달려 5리쯤 도주했을 때, 산비탈에서 천지를 진동할 듯 고함소리가 요란스럽게 들리더니 등현이 군사를 거느리고 산곡간을 가로막으며 호통을 쳤다.

"위연! 말을 내려서 항복하라!"

위연이 말을 채찍질하여 도망치려고 하는데, 갑자기 말의 앞다리가 부러지면서 벌컥 앞으로 고꾸라져 버리니 위연은 안장 위에서 떨어져 땅바닥에 나동그라졌다.

등현은 곧바로 달려들어 창을 휘두르며 당장에 찔러 죽이려고 했다. 이 아슬아슬한 찰나에, 화살 날아오는 소리가 쉭 하고 들리더니, 홀연 등현이 말 위에서 굴러 떨어져 버렸다.

냉포가 등현을 구하러 나서려고 뒤에서 움직이기 시작했을 때, 한 사람의 대장이 산에서 말을 달려 내려오며 호통을 쳤다.

"노장 황충이 예 있다!"

황충이 칼을 휘두르며 덤벼드니, 냉포는 대적하기 어렵다 생각하고 말머리를 돌려서 뺑소니를 치려고 했다. 황충이 그 뒤를 추격하니 서천의 군사는 뿔뿔이 흩어져 버렸고, 황충의 군사는 위연을 구출하고 등현을 죽여 버린 후 단숨에 적진으로 총공격을 개시했다.

냉포는 다시 말머리를 돌려서 황충과 대적하여 10여 합쯤 싸우고 있을 때, 뒤에서 대군이 습격해 오는 바람에, 어쩔 수 없이 왼쪽 진지를 버리고 패잔병들을 거느리고 오른쪽 진지로 되돌아 갔더니, 진중에 휘날리고 있는 깃발이 전혀 딴 것이었다.

깜짝 놀라서 말을 멈추고 자세히 바라보자니 선두에 서 있는 대장은 바로 금빛 갑옷에 비단 전포를 입은 유현덕이었고, 왼쪽에는 유봉, 오른쪽에는 관평이 서서 호통을 치는 것이었다.

"영채는 이미 우리가 점령했다. 그대는 어디로 갈 작정인가?"

현덕이 뒤에서 군사를 몰고 달려들어서 등현의 영채를 점령해 버린 것이었다. 냉포는 전후로 포위를 당하자 산중의 좁은 길을 찾아서 낙성으로 되돌아가려고 10리도 못 되는 길을 도주했으나 산속 양쪽에 숨어 있던 병사들이 달려들어 냉포를 산채로 붙잡고 말았다.

이것은 바로 자기 죄를 면할 길이 없다고 깨달은 위연이 패잔병을 수습해 가지고 촉나라 병사를 앞장세우고 여기까지 와서 대기하고 있다가 냉포를 붙잡아 가지고 유현덕에게로 가게 된 것이었다.

유현덕은 면사기(免死旗)를 세워 놓고, 항복해 오는 자는 절대로 죽이지 말 것이며, 이 명령을 어기는 자는 처형하겠다는 지령을 내리고, 투항병들에게 말했다.

"그대들 서천 사람은 모두 부모 처자를 거느린 몸일 것이니, 우리 군사를 따르겠다는 자는 가담시킬 것이며, 또 집으로 돌아가고 싶다는 자는 여기서 돌려보낼 것이다."

환호성이 천지를 진동했다. 황충은 영채를 견고히 해놓고 현
덕에게로 와서 군령을 거역한 위연의 목을 베기를 바란다고 했
다. 급히 위연을 불렀더니, 위연이 냉포를 묶어 가지고 나타났다.
현덕은,

"위연은 죄를 범하기는 했지만, 이것으로 충분히 속죄한 셈이
되었소!"

하고, 위연에게 목숨을 살려 준 황충에게 감사하고 이후에는
절대로 다투는 일이 없도록 하라고 했다. 그랬더니, 위연은 머리
를 깊이 숙이며 사죄했다.

현덕은 황충에게 상을 후히 내리고, 냉포를 장하로 데려오게
해서 친히 묶은 밧줄을 풀어 주고 술을 먹여서 진정시켜 주었다.

"그대는 항복하겠는가?"

"목숨만 살려 주신다면 쾌히 항복하겠습니다. 유궤와 장임은
저와 생사를 같이하기로 맹세한 자들이오니, 저를 보내 주시기
만 하신다면, 그자들도 장군 앞으로 달려와서 낙성을 장군께 바
치도록 하겠습니다."

현덕은 크게 기뻐하며 의복과 말을 주어서 낙성으로 돌려보냈
다. 위연이 말리며 나섰다.

"저놈을 돌려보내서는 안 됩니다. 두 번 다시 돌아오지는 않을
것입니다."

"내가 인의(仁義)로써 대해 주는데 배신하지는 못할 것이오."

현덕은 이렇게 말할 뿐 위연의 말을 듣지 않았다.

냉포는 낙성으로 돌아가서 유궤와 장임을 만나자, 붙잡혔던 사실은 전혀 숨기고 열 사람 이상이나 찔러 죽이고 말을 빼앗아 가지고 돌아왔다고 거짓말을 했다. 그리고 유궤는 성도로 급사를 파견하여 원군을 청했다. 유장은 등현이 죽었다는 소식을 듣자 대경실색, 여러 장수들을 모아 놓고 대책을 협의했다.

그의 맏아들 유둔(劉遁)이 나서며 말했다.

"제가 군사를 거느리고 낙성으로 가겠습니다."

"아들녀석이 가겠다고 하는데, 누구든지 따라가 줄 사람은 없소?"

유장의 말을 듣자, 한 사람이 선뜻 나섰다.

그 사람은 유장의 죽은 형 유모(劉瑁)의 처남되는 오의(吳懿)였다.

오의는 오란(吳蘭)과 뇌동(雷同) 두 장수를 부장으로 천거해서, 2만의 군사를 거느리고 낙성에 도착했다. 유궤와 장임이 그들을 영접하고 그때까지의 결과를 말했더니, 오의가 말했다.

"적군이 성 아래까지 밀려든 다음에는 막아내기가 어렵소. 공들의 의견을 듣고 싶소."

냉포가 대답했다.

"이 일대는 부강과 접근해서 물줄기가 몹시 급한 곳이오. 그런데 적진은 산기슭 낮은 지점에 있으니 나에게 군사 5천만 빌려주신다면 연장을 가지고 제방을 끊어 버리겠소. 그렇게 하면 유현덕의 군사는 하나도 남김 없이 물에 빠져 죽고 말 것이오."

오의는 그 의견에 찬성하여 냉포에게 제방을 끊어 놓도록 명령하고, 오란과 뇌동에게 군사를 거느리고 만일의 경우를 염려하여 응원을 나가도록 지시했다.

한편, 유현덕은 황충과 위연에게 각각 진지를 고수하도록 명령해 놓고 부성으로 돌아와서 군사 방통과 대책을 강구하고 있었다. 이때 염탐하는 군사에게서 정보가 날아들었다.

"동오의 손권이 사람을 파견해서 동천(東川)의 장로와 결탁하여 가맹관을 습격하려고 합니다."

현덕이 깜짝 놀랐다.

"가맹관을 빼앗긴다면 퇴로를 차단당해서 진퇴양난하게 될 텐데 어찌하면 좋겠소?"

그랬더니 방통이 맹달(孟達)에게 말했다.

"공은 촉나라 분이시니 지리에 밝으실 것이므로 가맹관으로 가셔서 수비의 책임을 맡아 주시오."

"한 사람 더 데리고 가고 싶습니다. 이 사람만 데리고 가면 여하한 일이 있더라도 실수는 없을 것입니다."

현덕이 그 사람이 누구냐고 물었다.

"본래는 형주에서 유표 밑에 중랑장(中郞將)으로 있던 사람입니다. 남군(南郡) 지강현(枝江縣) 사람 곽준(霍峻—字는 仲邈)입니다."

현덕이 크게 기뻐하며 쾌히 승낙하니, 맹달은 곽준과 함께 가맹관으로 즉시 달려갔다.

방통이 자기 처소로 돌아왔더니,

"손님이 오셨습니다!"

하고 문지기가 연락해 주었다. 밖으로 나가서 맞아들이니, 그 사람은 신장이 8척에 용모가 우락부락한데 정기가 있어 보였다. 머리는 짧게 잘라서 목덜미까지 늘어뜨리고 있으며, 옷차림도 단정치 못하고 누추했다.

"누구신지요?"

방통이 물어 봤다.

그러나 그 사람은 대답도 하려 들지 않고 뚜벅뚜벅 걸어서 안으로 들어서더니 침상에 다짜고짜로 드러누워 버렸다.

방통이 괴상하고 의심스럽다 생각하고 연방 추궁해서 누구냐고 물어 봤더니, 그 사람은 그제야 한다는 소리가,

"잠시 쉬도록 내버려둬 주시오. 쉬고 나서 천하대사를 말씀해 드릴 테니……."

하는 것이었다.

방통은 어처구니가 없고, 점점 더 수상쩍은 생각이 들기는 했으나, 좌우에 명령하여 술과 음식을 차려내도록 명령했다.

그 사람은 벌떡 일어나 앉더니 음식을 먹기 시작했는데, 도무지 사양하는 빛도 없고 미안해하는 기색도 없이 제멋대로 먹고 마시고 하더니, 배불리 실컷 먹고 나서는 그대로 자리에 도로 누워서 쿨쿨 코를 골며 잠이 들어 버리는 것이었다.

'이건 기이한 인물인데! 무슨 엉뚱한 배짱을 가지고 날 찾아온 인물이 아닐까?'

방통은 점점 까닭 모를 불안한 생각이 들어서 법정을 불러오라고 사람을 보냈다. 어떤 첩자나 자객이 아닌가 하고 겁을 집어먹은 까닭이었다.

법정이 당황한 표정으로 달려들었다. 방통은 법정의 귀에다 대고 소곤소곤 말했다.

"도무지 정체 모를 괴상한 인물이거든! 통 자기 성명을 말하지 않는단 말이야. 그리고 술과 음식을 차려서 내놓았더니 쓰다 달다 말 한 마디도 없이 실컷 먹고 마시고 나서는 저렇게 잠이 들어 버리니…… 도대체 남의 집에 와서 인사 한 마디 없이 침상에 벌떡 쓰러지는 사람이 어디 있단 말이오? 어디 좀 자세히 알아보시오!"

법정은 한참 동안이나 우두커니 서서 침상에 누워서 잠에 곯아 떨어진 그 괴상한 인물을 물끄러미 건너다봤다.

이윽고 말했다.

"원, 세상에는 별 괴상한 인물이 다 있군요!"

"그러기에 가까이 가서 자세히 들여다보란 말이오!"

법정은 방통의 말대로 침상 가까이 걸어가서 역시 까닭을 알수 없다는 의아스런 표정을 하고 그 위에 잠들어서 누워 있는 사람의 얼굴을 유심히 들여다보더니 깜짝 놀라는 것이었다.

"어? 이분은 팽영언(彭永言)이란 사람일지도 모르겠는걸요?"

이렇게 말하고 있을 때, 여태까지 세상 모르고 잠에 곯아 떨어져 곤히 누워 있던 그 사람이 별안간 벌떡 일어나 앉는 것이었다.

그리고 그 역시 깜짝 놀라며 말했다.

"허어! 이거 바로 효직(孝直—법정)이 아니오? 그동안에 별고 없었소?"

이야말로 서천 사람이 뜻하지 않은 옛 친구를 만나서 부수의 거센 물결을 막아내게 된다.

63.
낙봉파(落鳳坡)의 봉추

장비의 남자다움에 마음을 돌린 적장,
화살 한 자루 안 쓰고....

諸葛亮痛哭龐統
張翼德義釋嚴顔

법정과 그 사람은 한동안 서로 쳐다보더니 둘이 다같이 손뼉을 치면서 깔깔대고 웃었다. 방통이 그 까닭을 물으니, 이 사람은 촉나라의 명사 팽양(彭養—字는 영언)인데 유장에게 직언을 해서 머리를 깎이고 목에 쇠고랑을 차는 형벌을 받고 노예가 되었기 때문에 머리가 짧다는 것이며, 방통의 군사 수만 명의 목숨을 건져주려고 찾아왔다는 것이었다.

법정이 유현덕과 대면을 시키니 진지가 부강에 접근해 있기 때문에 제방을 끊기면 전후로 포위를 당해서 진퇴양난할 것이니 특별히 조심하라고 권고했다.

현덕은 그길로 위연·황충 두 사람에게 밀사를 보내서 적군이 제방을 끊으려 하니 조심하라는 지시를 내렸다. 황충과 위연은 서로 상의한 결과, 두 사람이 하루씩 교대해 가며 적군이 나타나는 것을 발견하는 대로 서로 알리기로 작정했다.

그날밤, 부강에는 폭풍우가 사납게 일어났다. 냉포가 군사 5천을 거느리고 제방을 끊으려고 했을 때, 별안간 고함소리가 일어나며 뒤에서 위연의 군사들이 몰려들었다. 서천의 군사들은 일대 혼란을 일으켰고, 냉포는 말을 달려 도주하다가 위연과 맞닥뜨려서 몇 합을 싸우지도 못하고 산채로 붙잡히고 말았다.

위연이 냉포를 끌고 부관으로 갔더니, 현덕은 인의를 받아들일 줄 모르고 배반한 자라 하여 노발대발하며 당장에 밖으로 끌어 내어 참해 버리게 했고, 위연에게 상을 후하게 내렸다. 그런 뒤에 주연을 베풀어 팽양을 대접하고 있는데 형주로부터 군사 제갈공명의 사자 마량(馬良)이 서신을 가지고 왔다. 서신의 내용은, 공명이 점을 쳐 보고 천문을 보니 대단한 흉조가 나타났으므로 자중해 달라는 것이었다.

방통은 공명의 뜻을 오해하고 일종의 시기심을 품었다.

'공명은 내가 서천을 점령해서 공을 세울까 질투하여 이런 편지를 보내서 방해하고자 하는 것이로구나!'

이런 생각을 하고, 방통은 자기 역시 점도 쳐 보고 천문도 봤지만 절대로 흉조가 없으니 시급히 군사를 진격하자고 졸라 댔다. 결국 현덕은 방통의 말을 거절하지 못하고 군사를 동원했으며, 황충과 위연은 그들의 진지로 현덕을 맞아들였다. 법정에게 낙성으로 가는 길을 물으니, 땅에 지도를 그려서 보이는데 장송이 보내 준 지도와 조금도 틀림이 없었다.

그러나 진군을 하는 데도 방통과 현덕 사이에는 의견이 일치되지 않아서 승강이를 벌였다.

현덕은 서쪽 문을 공격할 테니, 방통에게 큰길로 나가서 동문을 공격하라고 주장했다.

그러나 방통은 큰 거리에는 반드시 적군이 버티고 있을 것이니 현덕에게 군사를 거느리고, 나가서 격파해 주고, 자기는 샛길을 택해서 진군하겠다는 것이었다.

유현덕은 공명이 보내 준 편지가 아무래도 마음에 걸려서 방통을 부관으로 돌려보내고 싶었지만, 방통은 현덕의 말을 듣지 않고 공명이 자기가 큰 공을 세울 것을 질투하여 그런 편지를 한 것이니 조금도 불안하게 생각할 것이 없다고 주장했다.

어쩔 수 없이 전군에 지령을 내려서 황충과 위연의 군사를 먼저 떠나 보내고 방통과 현덕은 두 갈래로 갈라서 각각 진군을 개시했다.

현덕이 방통과 더불어 낙성에서 꼭 다시 만나기로 굳은 언약을 하고 있는데 방통이 타고 있던 말이 별안간 뭣에 놀랐는지 옴쭉도 않고 뻣뻣이 서서 방통을 말 위에서 떨어뜨렸다.

현덕은 말에서 뛰어내려서 자기가 탔던 백마를 바꿔 태우고,

자기가 방통의 말을 탔다. 말을 바꿔 타고 두 사람은 이쪽 저쪽으로 각각 작별을 했으나 현덕은 불안감 때문에 주저주저하면서 말을 몰았다.

한편 낙성에 있는 오의와 유궤는 냉포가 죽었다는 소문을 듣고 대책을 협의한 결과, 장임이 동남쪽 산 속으로 뚫린 샛길이 중요한 통로가 되니, 자기가 3천 명의 군사를 거느리고 나가서 방비하겠다고 자원했다.

얼마 후 과연 위연의 군사가 그곳을 통과했으나 장임은 모른 체하고 그대로 통과시켜 버렸다. 그 뒤로 방통의 군사가 몰려들었다.

"저 백마를 타고 오는 것이 바로 유현덕이다."

어떤 병사가 진군해 오는 대열 중의 대장 하나를 가리키며 이렇게 말하자, 장임은 크게 기뻐하며 부하들에게 어떻게 어떻게 하라는 지령을 내렸다.

때는 여름이 다 가고 가을로 접어들 무렵, 우거진 숲속을 지나가는 방통도 왠지 불안해서,

"여기가 어딘고?"

하고 물었다.

"여기는 낙봉파(落鳳坡)란 곳입니다."

병사의 대답을 듣고 방통이 말했다.

"내가 봉추(鳳雛)인데, 낙봉파는 봉이 떨어지는 언덕이란 뜻이니 이곳은 불길한 고장이로군!"

후퇴 지령을 내리고 있을 때 높직한 곳에서부터 화살이 벌떼처럼 쏟아져 가련하게도 방통은 빗발치듯 하는 화살 속에서 절명하고 만 것이다. 그때, 방통의 나이 겨우 36세.

그날, 장임이 방통을 쏴 죽이니 산곡간에 꽉 차 있던 한나라 군사들은 앞뒤로 가로막혀서 진퇴양난, 그 절반이 죽어 버리고 말았다.

이렇게 되고 보니 위연도 궁지에 빠지지 않을 수 없었고, 거기다 또 저편에서는 낙성을 지키고 있던 오란·뇌동의 군사들까지 덤벼들었다. 이때 칼을 휘두르며 말을 달려와서 위연을 구출한 대장이 있었으니 그는 바로 노장 황충이었다.

황충과 위연은 앞뒤로 공격을 가하여 오란·뇌동의 군사를 격파하고 그대로 낙성 밑까지 몰고 들어갔다. 이때 유궤가 군사를 몰고 덤벼들었으나, 유현덕이 도착하여 그것을 몰아내 버렸고, 황충·위연과 함께 자기네 영채로 되돌아왔다.

얼마 있다가 장임의 군사가 또다시 샛길에서 쳐나왔고, 유궤·오란·뇌동의 군사까지 추격해 오니, 현덕은 양편 진지를 지켜 내지 못하고 인마 모두 피곤해서 유봉·관평이 거느리고 나타난 3천 명의 군사의 힘으로 간신히 장임을 격파하고 20리나 추격해서 무수한 군마를 탈환했다.

현덕 일행은 부관으로 돌아와서야 낙봉파에서 도주해 온 병사 편에 비로소 방통이 산곡간에서 빗발치듯 하는 화살 속에 파묻혀 절명했다는 소식을 듣게 되었다.

현덕은 방성통곡하면서 초혼제(招魂祭)를 지냈고, 대장들도 비분함을 참지 못하고 통곡하지 않는 사람이 없었다.

황충이 현덕에게 권고했다.

"군사 제갈량을 이곳으로 오시게 하여 서천을 공략할 대책을 강구하시는 길밖에 별 도리가 없을 것 같습니다."

바로 이때, 장임이 군사를 거느리고 성 아래까지 습격해 왔다는 정보가 날아들었다. 황충과 위연이 나가 싸우겠다고 서두르는 것을 현덕이 가로막았다. 시급히 편지 한 통을 써서 관평에게 주어서 형주로 공명을 부르러 보내고, 부관에 농성하면서 한 걸음도 밖으로 나오지 않았다.

한편, 형주에서는 공명이 칠석(七夕)날을 맞이하여 여러 장수들을 모아 놓고 성대한 잔치를 베풀고 있던 중, 서쪽 하늘에서 별안간 한 개의 별이 찬란한 광채를 발하면서 흘러 떨어지는 것이 보였다. 공명은 깜짝 놀라며 술잔을 내동댕이치더니 얼굴을 두 손으로 가리고 울었다.

"아, 이 무슨 슬픈 일이냐!"

여러 사람들이 당황해서 무슨 까닭이냐고 물었더니, 공명의 대답이,

"지금 서쪽 하늘에서 별이 하나 떨어졌소. 방통의 생명에 변고가 생겼음이 틀림없소! 그러니 이제 우리 주공님께서도 한쪽 팔을 잃어버린 거나 마찬가지요!"

하며 방성통곡했다. 여러 사람들은 그 말을 믿을 수 없어서 얼마동안을 의아한 생각으로 지냈다. 과연 며칠 뒤 공명이 관운장과 이야기를 하고 있는데, 관평이 도착하여 현덕의 편지를 내놓았다.

그 편지에는 7월 7일 방통이 낙봉파에서 빗발치듯 하는 화살 속에 절명했다는 사연이 명백히 적혀 있었다. 모든 사람이 그제야 눈물을 흘리며 슬퍼했다.

"우리 주공께서 부관에 갇혀 계시다면, 무슨 일이 있더라도 내가 꼭 가봐 드려야겠소."

공명이 이렇게 말하니, 관운장이 반대하고 나섰다.

"군사께서 떠나신다면 형주는 누가 지킨단 말씀입니까? 이 고장은 중요한 지점이기 때문에 소홀히할 수 없습니다."

"주공께서도 관장군을 믿으시고 형주를 맡겨 두면 안심이 되실 것이니, 관장군은 옛날에 도원에서 형제를 맺던 정리를 생각하시고 이곳에 머무르셔서 방비에 힘써 주시오. 책임이 실로 중대하시니 조금이라도 실수가 없으시도록 하셔야 하오."

운장은 그 자리에서 쾌히 승낙했다.

공명은 주연을 베풀고 인수(印綬)까지 운장에게 물려 주기로 했다. 운장이 두 손을 벌리고 그것을 받으려 하자, 공명은 인수를 받들어서 내밀어 주면서 말했다.

"이 중대한 임무가 이 순간부터는 관장군의 책임 여하에 달렸소!"

"남아 대장부, 한번 책임을 맡은 이상 죽기 전까지 해보겠습니다."

공명은 운장이 죽는다는 말을 하니 내심 불길한 생각이 들어서 내밀었던 손을 주춤하고 뒤로 물리려 했으나, 그대로 말이 먼저 튀어나왔다.

"만일 조조가 쳐들어온다면 어찌하실 작정이시오?"

"힘으로써 막아내지요!"

"그러면 만약에 조조와 손권이 일제히 군사를 몰고 덤벼든다면 어찌하실 작정이시오?"

"군사를 갈라 가지고 막아내지요!"

"그렇게 하신다면 형주는 위태롭게 되오. '북쪽으로는 조조에게 항거하고(北拒曹操), 동쪽으로는 손권과 타협해야 한다(東和孫權)'는 여덟 자만은 말씀드리고자 하오."

"군사의 말씀 폐부(肺腑)에 깊이 새겨 두겠습니다."

이리하여, 공명은 운장에게 인수를 넘겨주고, 마량·이적·향랑·미축 등 문관과, 미방·요화·관평·주창 등 무장들에게 협력하여, 운장과 함께 형주를 지키도록 명령하고, 자기는 친히 군사를 거느리고 서천으로 향했다.

우선 정예 군사 1만 명을 동원하여 장비의 수하에 두어서 대로를 따라 파주(巴州)·낙성의 서쪽으로 쳐들어가게 하고, 먼저 목적지에 도착한 자를 제1공로자로 삼기로 했다.

따로 군사를 갈라서 지병(枝兵) 부대를 파견하기로 하고, 그 선봉에는 조자룡이 강을 거슬러 올라가서 낙성에서 합류하기로 약속하고, 공명 자신은 곧 그들의 뒤를 쫓아서 간옹·장완(蔣琬) 등을 거느리고 진군하기로 했다. 이 장완은 자가 공염(公琰)이라고 하고, 영릉군(零陵郡) 상향(湘鄕) 사람인데, 형양(荊襄) 지방의 명사로서 이때 서기의 직책을 맡아 보고 있었다.

공명은 군사 1만 5천 명을 거느리고 장비와 같은 날 떠났는데, 작별하면서 또 한번 장비에게 당부했다.

"서천에는 호걸들이 많으니 적을 경시해서는 안 되오. 도중에는 3군(三軍)이 모두 계약(戒約)을 지키도록 하고, 백성의 물건을 약탈해서 민심을 잃는 일이 있어서는 절대로 안 되오. 가는 곳마다 백성들을 구제해 줄 것이며, 함부로 병졸들에게 손을 대지 않도록 하시오. 하루바삐 장군과 낙성에서 만날 수 있기만 바라니, 실수 없도록 해주시오."

장비는 흔연히 승낙하고 말 위에 올라 급히 길을 떠나갔다. 도중에서 투항해 오는 자에게는 추호도 처벌을 가하지 않고, 곧장 한천(漢川) 도로를 끼고 파군(巴郡)에까지 다다랐을 때, 염탐꾼이 돌아와서 보고했다.

"파군의 태수 엄안(嚴顔)은 촉나라의 명장으로 나이는 많지만 아직도 대단히 건장하며 경궁(硬弓)을 잘 쓰고 큰 칼을 잘 써서 만부(萬夫)도 당해 내기 어려운 용맹을 지니고 있어서, 성곽을 단단히 지키고 항복한다는 깃발을 올리려 들지 않습니다."

이 말을 듣자, 장비는 성을 10리쯤 앞둔 지점에 진을 치고 사람을 성으로 파견해 보내며 이렇게 말해 주었다.

"늙은 것이 빨리 항복해야만 성 안 온 백성의 생명을 구해 줄 것이라고 말하시오. 만약에 귀순하지 않는다면 당장에 성곽을 짓밟아 버리고 남녀노소 하나도 남겨 두지 않을 것이라고 하시오!"

파군의 태수 엄안은 유장이 법정을 파견하여 유현덕을 서천으로 들어오도록 청했다는 소문을 듣고 가슴을 치면서 한탄했다.

"이야말로 산속 깊숙이 혼자 숨어 있으려고, 범을 끌어들여서 자위(自衛)를 삼는 것과 똑같은 일이다!"

그 후, 현덕이 부관을 점령하여 근거지로 삼았다는 소식을 듣자, 그는 격분하여 여러번 군사를 거느리고 그곳으로 쳐들어갈 생각을 했었지만, 혹시 이 길로 군사가 쳐들어올지도 몰라서 망설이고 있었다.

이날, 장비의 군사가 나타났다는 소식을 알자, 그 즉시 본부 인마 5, 6천을 거느리고 적과 대결할 준비를 하고 있었다.

이때, 한 사람이 다음과 같은 계책을 그에게 제공했다.

"조조도 장비란 그 이름만 들으면 피하려 드는 무서운 장수이니, 섣불리 대적해서는 안 됩니다. 당분간 수비나 단단히 하고 나가서 싸우지 않는 게 상책입니다. 그렇게 하면 적군은 군량이 부족해서 한 달도 못 가서 스스로 물러갈 것입니다.

또 장비는 성미가 급하기로 유명한 인물이니 약이 올라서 병졸들을 마구 매질할 것입니다. 이렇게 적군의 사기가 흔들리고 어지러워지기를 기다려서 쳐들어가면 반드시 산채로 잡을 수 있을 것입니다."

엄안이 그 의견대로 병사에게 성을 든든히 지키고만 있으라고 명령을 내렸는데, 마침 장비가 파견한 사람이 나타나서 장비의 말을 그대로 솔직하게 전달하자, 엄안은 대로하여, 호통을 치고 심부름 온 병사의 귀와 코를 베어서 장비에게 쫓아 보냈다.

장비도 격분을 참지 못하고 그길로 수백 기를 거느리고 파군성 아래로 달려가서 도전했다. 그러나 엄안의 군사는 그들의 계획대로 성을 사수하고 성 위에서 욕설을 퍼부어 장비의 약을 올릴 뿐, 하나도 나와 싸우려 들지 않았다. 장비는 날이 저물 무렵 분함을 참지 못하고 자기 진지로 되돌아오는 수밖에 없었다.

그 이튿날, 엄안은 적루 위에 나타나서 활을 쏘아 장비의 투구를 맞혔다. 장비는 엄안에게 손가락질을 하면서,

"저 늙은 놈을 붙잡아서 고기를 내 입으로 씹고야 말겠다!"

하고 욕설을 퍼부었다. 그러나 저편에서 싸움에 응하지 않으니, 날이 저물 무렵 역시 그대로 진지로 되돌아오는 수밖에 없었다.

사흘째 되던 날, 장비는 군사를 거느리고 성벽 주변으로 돌아다녔고, 저편 군사들은 질서정연하게 대오를 짜고 성 안에서 버티면서 도무지 나와서 싸우려 들 기색이라곤 없었다. 장비는 하다 못해서 병사들에게 말을 내리게 하고 성 가까이 몰려 들어가서 적군을 유인해내 보기까지 했지만, 엄안의 군사들은 성 안에서 입에 담지 못할 욕설을 퍼붓기만 할 뿐이었다.

이날도 장비는 욕설로써 대구를 해주고 그대로 돌아오는 수밖에 없었다.

장비가 영채 속에서 문득 한 가지 계책을 생각해 냈다. 여태까지 도전을 하러 밖으로 나가 있던 수많은 군사들을 모조리 불러들여서 진지에 대기하고 있도록 하고, 4, 50명의 병사만을 성벽 밑으로 보내서 욕설을 퍼붓도록 했다.

힘 안 들이고 엄안의 군사를 유인해낼 수 있다면 이편에서 단숨에 밀고 들어가서 깡그리 짓밟아 버리자는 배짱으로 기다리고 있었지만, 사흘 동안이나 되풀이해 봐도 역시 엄안의 군사는 옴쭉달싹도 하지 않았다.

장비는 이맛살을 찌푸리고 곰곰 생각했다. 또 한 가지 계책이 머리에 떠올랐다. 도전하던 것을 일체 중지시키고 병사들을 사방으로 풀어 놓아서 나무와 풀을 베어들이도록 하고 그 틈을 타서 성 주변 길을 상세히 조사해 두도록 했다.

엄안은 성 안에 있으면서 며칠 계속 장비가 아무런 동정도 나타내지 않는 바람에, 내심 이상하게 생각하고 수십 명의 소졸들을 시켜서 장비 편의 나무와 풀을 베는 병사와 똑같이 변장을 시킨 다음 몰래 성 밖으로 나가 병사 틈에 휩쓸려서 산중으로 들어가 정세를 탐지하도록 했다.

그날 병사들이 진지로 돌아오니 장비는 영채에서 발을 동동 구르며 욕설을 퍼부었다.

"엄안, 이 늙은 것이 나를 약을 올려서 죽일 작정이란 말인가?"

3, 4명의 부하가 앞으로 나서면서 말했다.

"장군, 그다지 화내실 것은 없습니다. 요즘, 아무도 모르게 파군을 뚫고 나갈 수 있는 샛길을 발견했습니다."

장비는 일부러 호통을 쳤다.

"그런 길이 발견됐으면 어째서 좀더 빨리 나에게 알리지 않았단 말인가?"

"2, 3일 전에야 겨우 발견해 낸 것입니다."

"어물어물하고 있을 때가 아니니, 당장 오늘밤 2경에 군량을 수습해 가지고 달 밝은 3경에는 진지를 걷어 치우고 떠나기로 하라. 사람은 매(枚—馬箠)를 물고 말은 방울을 떼고 살며시 가도록 하라. 나는 앞에서 길을 틔울 것이니 너희들은 차례차례 따라오기만 하라."

장비는 즉시 온 영채에다 명령을 전달하도록 지시했다.

엄안 편에서 정세를 탐지하러 나온 병사들은 이런 소식을 듣자 모두 성 안으로 들어가서 엄안에게 보고했다.

엄안이 크게 기뻐하며 말했다.

"이놈이 참고 견디지 못할 줄 내 이미 알고 있었다! 네놈이 샛길로 살며시 달아난다 해도 군량차는 뒤를 따라갈 것이니, 내가 뒷길을 차단한다면 네놈은 어떻게 달아날 작정이란 말이냐? 무모한 놈 같으니라고! 결국은 나의 계책에 떨어지고 말았구나!"

그 즉시 명령을 전달하여 군사들에게 적군과 싸울 준비를 하도록 했다.

"오늘밤 2경에는 식사를 하고, 3경에는 성 밖으로 나가서 숲속에 숨어 있거라. 장비가 산곡간의 샛길을 지나오고 그 뒤로 군량차가 따라올 것이니, 그때, 북소리를 신호로 하여 일제히 덤벼들어라."

호령이 전달되고 밤이 돼 오자, 엄안의 군사는 모두 배불리 먹고 무장을 든든히 한 다음 살며시 성 밖으로 나와 사방으로 흩어져 숨어서 북소리만 기다리고 있었다. 엄안도 친히 부장 10여 명을 거느리고 말을 내려서 숲속에 숨었다.

3경이 지났을 무렵, 멀리 장비가 선두에 서서 말 위에 앉아 사모창을 가로잡고 소리없이 군사를 거느리고 진군해 왔다. 그 대열이 통과해서 3, 4리나 갔을 때 군량차를 호위하고 군사들이 뒤이어 나타났다.

이것을 노리고 있던 엄안이 일제히 북을 두들기게 하니 사방에서 복병들이 우르르 몰려나왔다.

군량차를 습격하려는 순간, 뒤에서 유난히 요란스런 징소리가 울리더니 2대의 군사가 닥쳐들었다.

"늙은 도적놈아, 게 있거라! 내가, 네놈을 기다리고 있던 판이다!"

엄안이 홀쩍 뒤를 돌아보니 그것은 표범 같은 얼굴에 우락부락한 두 눈을 번쩍거리고 있는 장비였다.

두 장수는 맞붙어서 10여 합을 싸웠다. 장비는 일부러 허를 보여 주었다. 엄안은 한칼로 내리치며 덤벼들었다. 그러나 장비는 홀쩍 몸을 돌리려는 순간 엄안의 갑옷 끈을 움켜잡고 비호같이 날쌘 동작으로 땅바닥에 동댕이친 다음 꽁꽁 묶어 버렸다. 요란한 징소리를 신호로 몰려드는 장비의 군사. 서천 군사는 태반이 무기를 던지고 갑옷을 벗어 버리고 항복했다.

장비는 파군성 아래로 달려들어가 백성들을 안도시켰다.

도부수들이 엄안을 끌고 나왔다. 장비 앞에 나와서도 엄안은 무릎을 꿇으려 하지 않았다.

장비는 눈을 부릅뜨고 이를 갈면서 호통을 쳤다.

"대장의 위치에 있는 자가 여기에까지 끌려와서도 항복을 하지 않고 어리석게 반항을 하다니?"

엄안은 손톱만큼도 두려워하는 기색이 없었다. 도리어 장비를 꾸짖는 것이었다.

"네놈들이야말로 의리를 무시하고 우리 주군(州郡)을 침범했다! 우리 고장에는 목이 잘리는 장군은 있어도 항복하는 장군은 없다!"

장비가 또 한번 호통을 치며 참하라고 명령을 했더니, 엄안이 또 고함을 질렀다.

"이 못된 도둑놈아! 목을 베겠으면 당장에 베어라! 화를 낼 것까지야 없지 않느냐?"

장비는 엄안의 쩌렁쩌렁 울리는 음성을 듣고 추호도 변함이 없는 안색을 보자, 노함을 거두고 희색이 돌았다.

섬돌 아래로 내려와서 좌우 측근자들을 꾸짖어 물리치고 친히 묶은 줄을 풀어 주고 옷을 가져다가 입히며 가운데 높은 자리에 부축해 앉혔다. 그리고 머리를 숙여 절하며 말했다.

"너무 무례한 말을 했으나 과히 꾸지람하지 마시오. 나는 평소부터 노장군이 호걸이심을 잘 알고 있었소!"

"……."

엄안은 장비의 대장부다운 관대한 태도에 감격하여 입을 벌리지 못하고, 오열하며 그제야 땅바닥에 털썩 꿇어 앉았다. 역시

장비의 은의(恩義)에 감격하여 항복을 표시하는 대장부의 비장한
태도였다.

두 장수의 흥분과 감격이 가라앉은 다음, 장비는 서서히 상대
방의 안색을 살피며 말했다.

"엄장군! 서천으로 진격하고자 하는데 무슨 좋은 계책이 있으
시면 협력해 주시오!"

엄안은 침통한 표정으로 입을 열었다.

"패군의 장수에게 이다지 두터우신 은혜를 베푸시니 감격하여
마지않소. 이 은혜를 뭘로 보답해야 좋을지, 견마지로(犬馬之勞)라
도 사양치 않고 달게 받들겠소. 내가 비록 패장일망정, 화살 한
자루도 버리시지 않고 성도를 점령하실 수 있도록 그 계책을 가
르쳐 드리리다!"

이야말로 한 장수, 마음이 기울어진 다음에는 모든 성을 힘 안
들이고 항복시킬 수 있게 되었다.

64.
죄없이 죽은 처자들

성안의 백성을 다 죽인 마초, 그의 운명은?

孔明定計捉張任
楊阜借兵破馬超

엄안의 계책이란 것은 별것이 아니었다. 낙성까지 가는 도중
의 요소를 지키고 있는 군사들은 모두가 자기 부하이니, 생명을
건져준 은혜를 보답하기 위해서, 자기가 앞장을 서서 나가면 모
두 항복시킬 수 있다는 것이었다.

장비는 몇 번이나 고맙다고 인사했고, 엄안은 자기의 말대로
선봉을 서서 군사를 거느리고 진격해 나가니 싸움을 할 필요도
없이 무난히 전진할 수 있었다.

한편, 공명은 미리 자기가 출마하는 날짜를 통지하고 낙성에
서 전군이 합류하도록 하자고 현덕에게 편지를 보냈다.

편지를 받은 현덕은 부하를 모아 놓고 공명이 장비와 두 갈래

로 갈라져서 서천으로 들어가 낙성에서 합류하여 함께 성도로 쳐들어가자고 하며, 이미 7월 20일에 떠났다고 하니, 우리도 즉시 진군을 개시해야겠다고 말했다.

이때, 황충은 떠나기 앞서서 장임의 군사가 아무런 방비도 하고 있는 것 같지 않으니 야습을 감행해 보자고 주장했다.

그날밤 2경에, 현덕은 황충의 계책대로 황충·위연을 거느리고 장임의 진지를 총공격, 불을 질러 버리니 촉군은 뿔뿔이 흩어진 채 밤을 새워 낙성성 안으로 도주해 버렸다.

유현덕의 군사는 낙성으로 돌진하며 맹공을 가했으나 장임은 나와서 싸우려 들지 않았다. 나흘째 되던 날, 현덕은 군사의 일부를 거느리고 친히 서문으로 향하고, 황충·위연을 동문으로, 그리고 산길로 통하는 남문과 부수에 접근해 있는 북문만을 포위하지 않은 채 그대로 두었다.

이런 눈치를 알아챈 장임은 남문으로 군사를 몰고 나와서 현덕에게 대항했고, 황충·위연의 군사도 오란·뇌동의 군사에게 가로막혀서 꼼짝도 못하게 되었다. 현덕은 감당하기 어려움을 깨닫고 산속 샛길로 뺑소니를 쳤다. 장임이 여러 부하를 거느리고 추격하니, 현덕은 단기(單騎)로 필사적으로 말을 몰고 있을 때 앞에서 또 1군의 군사가 나타났다.

"앞에서는 복병이, 뒤에서는 추격해 오는 적장이! 아, 하늘은 나를 멸망하게 하려는구나!"

말 위에서 마지막으로 절규하는 현덕, 그러나 앞을 가로막고 내닫는 군사들의 선두에 서 있는 것은 다른 사람이 아니라 바로 장비였다.

장비가 장임을 대적하고 10여 합이나 싸우고 있을 때, 엄안이 군사를 거느리고 나타나니 장임은 성 안으로 뺑소니를 치고 구름다리를 걷어 올려 버렸다. 성 밑까지 장임을 추격해 갔던 장비는 되돌아와서 엄안을 현덕에게 대면시키며, 여기까지 오게 된 것이 오로지 엄안의 힘이라고 그동안의 경과를 상세히 보고했다.

현덕은 엄안에게 크게 고마워했으며, 입고 있던 황금 쇠줄로 만든 갑옷을 선뜻 벗어서 엄안에게 선물로 주고 주연을 베풀어 술을 마시기 시작했다.

이때, 홀연 초마(哨馬)가 달려들며 황충과 위연이 적장 오란·뇌동과 싸우다가 성 안에서부터 오의·유궤의 군사가 적군과 합세하는 바람에 동쪽으로 도주하고 있다는 소식을 전했다.

급보에 접한 현덕과 장비, 당장에 싸움터로 달려나가 황충·위연을 추격하고 있는 오란·뇌동의 퇴로를 차단해 버리니, 그들도 어찌할 도리가 없어 부하를 거느리고 현덕에게 항복하고 말았다.

한편, 장임은 오란·뇌동 두 장수를 잃게 되자 마음이 아파서 견딜 수 없었으며, 오의·유궤도 죽음을 각오하고라도 그대로 싸워야한다고 강경히 주장했다.

이튿날, 장임은 수천의 군사를 거느리고 성 밖으로 달려나갔다. 장비가 다짜고짜로 말을 몰아 그와 대적하고 덤벼드니 15, 6합도 싸우지 않아서 장임은 고의로 싸움에 패한 체하고 성벽을 끼고 도주하기 시작했다.

장임을 추격해 가던 장비는 위기에 빠지고 말았다. 뒤에서는 오의의 군사가 덤벼들고 달아나던 장임이 되돌아서서 덤볐기 때문이다. 그러나 이때 말을 달려 창을 휘두르며 나타나서 오의를 산채로 잡아 버린 장수가 있었으니, 그는 바로 조자룡이었다.

장비와 조자룡이 영채로 돌아와 보니 공명 · 간옹 · 장완 일행도 이미 도착해 있었다. 현덕의 앞에 끌려 나간 오의도 흔연히 투항할 의사를 표시하니, 현덕은 친히 묶은 줄을 풀어 주었다. 공명이 오의에게 성 안의 정세를 탐문해 보자, 역시 장임이 대표적인 명장이라서, 공명도 우선 장임부터 잡아 놓고 나서 낙성을 공략할 작정을 했다.

공명은 강가를 한 바퀴 빙 돌며 정세를 살피고 영채로 돌아와서 금안교(金雁橋)에서 5, 6리쯤 떨어진 갈대숲이 울창한 곳에 위연을 매복시켜서 말을 타고 나타나는 적장을 왼쪽에서 거꾸러뜨리도록 하고, 황충은 오른쪽에 숨어 있으면서 말들을 거꾸러뜨리는데 전력을 기울이도록 배치했다. 그리고 장비는 1천 기를 거느리고 산 동쪽 샛길에 지키고 있다가 장임을 산채로 붙잡으라고 지시했다. 또 조자룡을 불러서 분부했다.

"나는 장임을 유인해 내서 다리를 건너오도록 할 것이니, 조장
군은 다리를 끊고 군사를 북쪽에 머무르게 하여 장임을 위협하
고 북쪽으로 도주할 생각을 단념하도록 하면, 그자가 남쪽으로
향하지 않을 수 없게 될 것이니, 이렇게 되면 나의 계책에 떨어
지는 것이오."

한편, 유장은 탁응(卓膺)과 장익(張翼) 두 장수를 낙성으로 파견
하여 싸움을 거들도록 했다. 공명은 사륜거를 타고 윤건(綸巾)에
우선(羽扇)을 들고, 금안교를 건너서서, 장임과 대결하며, 백여 기
를 거느리고 앞으로 나서서 멀리 장임을 손가락으로 가리키며
말했다.

"조조의 백만 대군도 내 이름만 듣고 도망쳤다. 그대도 우물쭈
물할 것 없이 빨리 항복하라."

장임은 공명의 대오가 대단치 않다고 보았기 대문에 도리어
냉소를 터뜨리며 창을 높이 휘둘러 장병들에게 다리를 건너라고
지시하고 자기도 그 뒤를 따라서 다리를 건너섰다.

이때 왼쪽에서 현덕, 오른쪽에서 엄안의 군사들이 노도처럼
밀려드니, 황급히 되돌아서려 했으나 다리는 이미 끊어져 있었
다. 북쪽으로 말머리를 돌렸으나 거기서는 조자룡의 군사가 강
건너편에 진을 치고 있으니 어쩔 수 없이 강변을 끼고 남쪽으로
말을 달렸다.

5, 6리쯤 갔을 때, 갈대숲이 울창한 강가로부터 위연·황충의 군사가 좌우 양쪽에서 덤벼드니, 장임은 또 하는 수 없이 겨우 수십 기를 거느리고 산길로 도주했다. 그러나 거기에서도 장비가 불쑥 나섰다.

장임이 말머리를 다시 돌리려고 애썼으나 벌써 그때에는 호통을 치는 장비의 얼굴이 정면으로 덤벼들더니 장임을 산채로 붙잡아 버렸다. 장임이 이 꼴이 되고 보니, 그의 후군을 맡아서 따라오던 장수 탁응은 장임보다도 먼저 항복하고 말았다.

조자룡이 투항한 병사들을 거느리고 영채로 돌아오니 현덕은 탁응에게 위로의 선물을 주었다. 장비가 장임을 끌고 나타나자 공명도 벌써 영채에 돌아와 있었으며, 현덕이 장임에게 이렇게 말했다.

"촉군의 대장들이 모두 항복했는데 그대는 어째서 대항했는가?"

장임은 눈을 크게 부릅뜨고 고함을 질렀다.

"충신은 두 주인을 섬기지 않는 법이다! 그것도 모른단 말이냐?"

"그대는 천시(天時)를 모르는구나. 항복한다면 목숨만은 살려주마!"

"이 자리에서 항복하는 체했댔자, 진심으로 항복하는 것이 아닐 테니, 두말 말고 빨리 내 목을 베어라!"

현덕은 차마 죽일 수 없어서 망설이고 있었는데, 장임이 연방 고함을 지르며 욕설을 퍼붓고 날뛰는 바람에, 공명은 그의 진심을 알아차리고 선뜻 참수하라고 명령하여 그의 이름만이라도 길이 남아 있게 해주었다.

그 이튿날 유현덕 일행은 엄안·오의 등 투항한 촉군의 장수들을 앞장세우고 낙성으로 밀고 들어가서 빨리 성문을 열고 항복하라고 고함을 질렀다. 그러나 유궤는 성 위에 나타나서 도리어 욕설을 퍼부어 댔다.

엄안이 활을 재서 유궤를 쏘아 죽이려는 순간, 어떤 장수 한 사람이 성 위로 뛰어올라가더니 칼을 뽑아 유궤를 찔러 죽이고 성문을 열어 항복했다. 그는 무양(武陽)사람 장익(張翼)이었다.

유현덕이 낙성을 점령하게 되자, 공명은 또다시 대책을 세웠다. 성도가 목전에 있으니, 이제는 멀리 떨어진 곳에서 소동이 일어나지 않도록 진압하는 것이 급선무라고 강조하면서 장익·오의를 조자룡에게 딸려서 외수(外水)의 강양(江陽)·건위(健爲) 지방으로 돌려 놓고, 엄안·탁응을 장비에게 딸려서 파서(巴西)·덕양(德陽) 지방으로 파견해서 각 지방의 치안을 확보한 다음에 성도를 공략하자는 것이었다.

장비와 조자룡이 공명의 명령을 받들고 떠나간 뒤, 공명이 투항해 온 촉군의 장수들을 모아 놓고 실정을 확인해 보니, 성도가 문제가 아니라 대군을 집결해 놓은 곳은 면죽(綿竹) 한 곳이므로,

이 지점을 함락만 시키면 성도 공략은 힘 안 들이고 이루어질 수 있으리라는 것이었다.

공명이 이런 사실을 알고 대책을 강구하려고 하니, 법정이 나서서 말했다.,

"유장군께서 인의로써 백성을 다스리려 하시는 이상, 이제 싸움은 그만두시고 유장에게 이해관계를 설득시키셔서 항복을 권하는 편지를 한 통 써 가지고 사자를 파견하심이 좋겠습니다."

공명은 법정의 의견대로 곧 편지 한 통을 작성해서 사자를 성도로 파견했다.

한편 유장은 아들 유순(劉循)이 돌아와서 낙성이 함락됐다고 보고하는 말을 듣고 부하를 모아 놓고 대책을 협의하고 있는 중인데, 공명의 편지를 가지고 사자가 나타났으니 유장은 분노가 치밀어올라 그 편지를 발기발기 찢어 버리고 호통을 쳤다.

"제 주인을 팔아서 영화를 꿈꾸느라고 배은망덕한 놈은 바로 네놈이로다!"

사자를 즉시 쫓아 보내고, 처남되는 비관(費觀)에게 군사를 동원하여 면죽으로 향하라는 명령을 내렸다. 비관은 남양 사람으로, 다시 이엄(李嚴—字는 正方)이란 사람을 천거하여 함께 출진하고 3만의 대군을 거느리고 면죽을 수비하려고 나섰다.

이때, 익주(益州)의 태수 동화(董和—字는 幼宰)는 남군(南郡) 지강(枝江) 사람이었는데, 한중(漢中)의 장로에게 편지를 보내서 원병을 청하라고 유장에게 권고했다.

그랬더니, 유장이,

"장로와 우리 일문과는 대대로 원한이 있는 사이이니 그가 우리의 싸움을 거들어 줄 까닭이 없소."

하니 동화가 말했다.

"비록 우리와 그런 원한이 있다손치더라도, 유현덕의 군사가 이미 낙성에 이르렀으니 정세는 매우 위급합니다. 입술이 망하면 이도 견디지 못하는(脣亡則齒寒) 법이니, 이해관계를 따라서 설득시키면 반드시 말을 들을 것입니다."

이 말을 듣고, 유장은 그 즉시 편지 한 통을 작성해서 한중으로 사자를 파견했다.

한편 일찍이 조조의 군사에게 대패하여 농서(隴西) 임조(臨洮)로 도주했던 마등(馬騰)의 맏아들 마초(馬超)가 2년이 넘는 동안에 강족(羌族)의 군사와 결탁하여 농서의 여러 군을 진압했으니, 그가 가는 곳에 항복하지 않는 자가 없었다. 그러나 오직 기성(冀城)만은 아무리 공격을 해도 항복시키지 못했다.

양주(凉州)의 자사(刺史) 위강(韋康)은 여러번 하후연에게 사람을 보내서 원군을 요구했지만, 하후연은 조조의 승낙 없이는 군사를 동원할 수 없다고 했다.

위강은 하는 수 없이 부하를 모아 놓고 말했다.

"차라리 마초에게 투항하는 게 어떻겠소?"

참군(參軍—참모) 양부(楊阜)가 눈물을 흘리면서 말했다.

"마초는 국적입니다. 그자에게 투항을 하다니 될 말입니까?"

"사태가 이 지경에 이르렀으니 투항하는 도리밖에 없소!"

위강은 이렇게 말하면서 양부의 만류하는 것도 듣지 않고 성문을 열어 주어서 마초에게 항복하고 말았다. 그런데 마초는,

"제놈이 다급해지니까 투항한다는 것은 진심으로 투항하는 것이 아니다!"

하고 격분하여, 위강의 일족 40여 명을 하나도 남기지 않고 모조리 참살해 버렸다. 그리고 위강에게 투항하지 말라고 간(諫)한 양부야말로 의를 아는 자라 해서, 참군의 자리를 그대로 맡겨 주었다.

양부가 양관(梁寬)·조구(趙衢) 두 사람을 천거하니 마초는 그들을 무관으로 삼았다. 그리고 또 양부는 임조에서 그의 아내가 죽었기 때문에 두 달 동안의 휴가를 청해서 아내의 장례를 치르러 가겠다고 하니, 마초는 선선히 승낙해 주었다.

양부는 도중에 역성(歷城)을 지나치게 되어 무이장군(撫彝將軍) 강서(姜敍)를 찾아갔다. 양부와 강서는 사촌형제로서, 강서의 모친은 양부의 백모(伯母)였으며, 이때 벌써 82세의 고령이었다. 양부는 백모 앞에 인사를 드리고 자기의 고충을 눈물로써 호소했다.

"저는 성을 철저히 지키지도 못했고, 주인이 죽을 때 따라 죽

지도 못한 바보입니다. 부끄러워서 백모님을 뵈올 면목도 없습니다만, 마초는 천자를 배반하고 함부로 군수를 살해한 놈인데, 형님이 역성을 다스리고 계시면서도 이런 놈을 그대로 두신다는 것은 신하로서의 도리가 아닌가 합니다."

82세의 백모는 아들 강서와 조카 양부를 앞에 불러 세우고 준엄하게 꾸짖으며 말했다.

"지금 일어서지 않으면 언제 일어선다는 말이냐? 인생이란 누구나 다 한 번은 죽는 것이다! 충의를 위하여 생명을 던지는 것이야말로 보람있는 죽음이라 해야 할 것이다. 마초를 쳐부수자는 양부의 말을, 강서 네가 끝까지 듣지 못하겠다면, 이 어미는 차라리 이 자리에서 목숨을 끊어 버리고 말겠다!"

강서도 자기 모친의 이런 말을 듣고는 어쩔 수 없어 통병교위(統兵校尉) 윤봉(尹奉)·조앙(趙昻)과 상의했다.

그런데 이때 조앙의 아들 조월(趙月)은 마초의 밑에서 부장 노릇을 하고 있었는데, 조앙은 그날 강서의 말을 듣고 집으로 돌아가서 자기 부인 왕(王)씨와 상의했다.

"나는 오늘 강서·양부·윤봉 여러분과 위강의 원수를 갚기로 작정했소. 그런데 아들놈 조월이 마초 밑에 있으니 이편에서 군사를 일으키면 마초란 놈은 반드시 내 아들 월이를 죽여 버릴 것이오. 어찌했으면 좋겠소?"

왕씨가 말했다.

"주공의 원수를 갚는데 아들 하나쯤 뭣이 그리 대단하겠습니까? 당신께서 아들을 생각하시고 큰일을 이루지 못하신다면 나는 이 자리에서 죽고 말겠습니다."

이 몇 마디 말을 듣고 조앙도 결심을 굳혔다. 바로 그 이튿날 강서와 양부는 역성으로, 윤봉·조앙은 기산(祁山)으로 쳐들어갔다. 조앙의 부인 왕씨는 자기의 머리에 꽂고 있던 패물과 금백(金帛)을 모조리 털어 가지고 기산 진중으로 달려가서 병사들을 위로해 주고 격려해 주었다.

한편, 마초는 강서와 양부가 윤봉·조앙과 결탁하고 반기를 들었다는 소식을 듣고는 노발대발하여 당장에 조월의 목을 베어 버리고, 방덕(龐德)·마대에게 명령하여 역성을 향하여 총공격을 개시했다.

"의리를 모르는 반란분자야!"

강서와 양부도 이렇게 호통을 치며 덤벼들어서 양군은 일대 난투를 전개했는데, 결국 강서는 감당해 내지 못하고 참패하고 패주하는 도리밖에 없었다. 마초가 군사를 몰아 강서와 양부를 추격하는데 뒤에서 요란한 함성이 일어나며 윤봉·조앙이 덤벼들었다. 마초가 당황하여 급히 되돌아서려고 했을 때는 이미 앞뒤로 공격을 받아 꼼짝도 할 수 없게 됐다.

그런데 또 옆쪽에서 대군이 습격해 왔다. 이것은 하후연이 조조의 명령을 받고 마초를 격파하려고 덤벼든 것이었다. 3면으로 공격을 받게 되니 마초도 견딜 도리가 없어서 패주하는 수밖에 없었다.

밤길을 얼마나 달렸던지 날이 훤하게 밝아올 무렵에야 마초는 간신히 기성(冀城)에 도착, 성문을 열라고 소리를 질렀더니 성 위에서는 화살이 빗발치듯 쏟아져 내려왔다.

성 위에 버티고 나서는 것은 양관과 조구였다. 그들은 마초에게 욕설을 퍼부으면서, 그의 아내 양(楊)씨를 잡아내서 한칼에 찔러 죽이고 그 시체를 성 아래로 동댕이쳤으며, 그 다음에는 처참하게도 어린아이 셋과 일문의 족손 10여 명까지 끌어 내서 목을 베어 던졌다.

마초는 가슴이 터질 듯, 말 위에서 하마터면 그대로 굴러 떨어질 지경인데, 또 하후연의 군사가 줄기차게 덤벼들었다.

마초는 적의 대군을 눈앞에 보니 싸우고 싶은 기력도 없이, 방덕·마대 등과 함께 살 구멍을 찾아서 뺑소니를 쳤다. 그런데 이번에는 또 양부·강서가 앞길을 가로막으니, 필사적으로 그것을 돌파하고 나갔다. 그랬더니 또 윤봉·조앙이 앞을 가로막으므로 한바탕 결투가 벌어지지 않을 수 없었다.

이렇게 해서 몸을 피하고 여전히 도주하면서 주위를 살펴보자니 부하의 태반을 잃었고, 남은 것은 겨우 5, 60기. 4경 전후에야 간신히 역성에 도착했는데, 성문을 지키고 있던 병사가 강서가 돌아온 줄 알고 성문을 열어 주고 안으로 맞아 주었다. 마초는 남쪽문으로 쳐들어가서 닥치는 대로 함부로 찔러 죽여 버리고 성 안의 백성을 하나도 남겨 두지 않았다.

　마초는 또 강서의 집으로 달려들어가서 강서의 노모를 끌어내었다. 그러나 강서의 노모는 조금도 두려워하는 기색이 없이 마초에게 손가락질을 하면서 욕설을 퍼부어 대니 마초는 화가 머리끝까지 나서, 칼을 뽑아 죽여 버렸다.

　윤봉 · 조앙의 집안식구들도 남녀노소 할 것 없이 마초에게 피살당했는데, 조앙의 부인 왕씨만은 군대에 가담해 있었기 때문에 죽음을 면했다.

　이튿날, 하후연의 대군이 쳐들어오니 마초는 성을 버리고 서쪽으로 몸을 피했는데, 20리도 못 가서 앞으로 1대의 군사들이 진을 치고 있는 것을 발견했다. 그 진지 선두에 서 있는 것은 바로 양부였다.

　마초는 이를 갈면서 말을 달려 창으로 찌르고 덤벼드니, 양부의 일족 일곱 명이 모조리 싸움을 거들고 덤벼들었으나, 마대와 방덕이 후군을 맡아 가지고 추격해 오는 병사들을 가로막고 있는 틈에, 양부의 일족 일곱 명은 모두 마초의 손에 피살되고 말았다.

　양부가 다섯 군데나 창끝의 상처를 받아가면서도 필사적으로 싸우고 있는데 하후연의 대군이 추격해 왔기 때문에, 마초도 뺑소니를 쳤다. 그의 뒤를 따르는 것은 방덕 · 마대 등의 5, 6기가 있을뿐이었다.

이렇게 되니, 하후연은 친히 농서의 여러 군을 돌아다니며 백성들을 안도시키고 강서 등에게 각지의 수비를 명령하고 양부를 수레에 싣고 허도로 가서 조조와 대면시켰다.

조조는 양부를 관내후(關內侯)에 봉해 주려고 했더니 양부가 그것을 사퇴하며 말했다.

"소생은 위급을 막아내는 공로도 세우지 못한 몸이고, 또 순사(殉死)하여 의절을 지키지도 못한 변변치 못한 위인입니다. 법에 따라서 죽을 죄에 처해야 될 몸이온데, 벼슬자리를 받으라 하시니 그것은 도저히 안 될 말씀입니다!"

조조는 그의 뜻이 하도 가상해서, 굳이 싫다는 벼슬자리를 억지로 맡겨 주었다.

한편 마초는 방덕·마대와 상의하고 한중의 장로에게로 가서 곤한 몸을 의탁했다.

장로는 심히 기뻐하며, 마초를 수중에 넣은 이상에는 서쪽으로는 익주를 점령할 수 있고, 동쪽으로는 조조를 막아낼 수 있다고 생각했기 때문에 마초에게 딸을 주어서 사위를 삼으려고 여러 사람들과 상의했다.

그러나 대장 양백(楊柏)이 말했다.

"마초의 처자가 참변을 당하게 된 것은 모두 그놈 자신이 못된 짓을 했기 때문입니다. 그런 놈에게 따님을 주신다는 것은 좀 깊이 생각해 보실 문제입니다."

장로도 이 충고를 받아들여서 사위를 삼겠다는 생각만은 단념했다.

이런 일을 마초에게 밀고해 준 자가 있어서, 마초는 격분한 나머지 양백을 없애 버릴 결심을 하고 항시 노리고 있었다.

양백도 이런 눈치를 채고, 그의 형 양송(楊松)과 함께 상의하고 마초를 죽여 버리려고 기회만 노리고 있었다.

그때 마침, 유장에게서 사자가 와서 원군을 청하게 됐으며, 장로는 그것을 거절하고 있었다. 그런데 이번에는 유장이 또다시 황권(黃權)을 파견했다.

황권은 먼저 양송을 만나 보고 이렇게 말했다.

"동서양천(東西兩川―漢中과 成都)은 실로 순치(脣齒)와 같은 관계에 있으니, 서천이 격파당하면 동천도 또한 견디기 어려울 것이오. 이번에 구원을 해주시기만 한다면 그 대가로 20주(州)를 바치겠소."

양송은 크게 기뻐하며 그 즉시 황권을 데리고 장로 앞에 나가서 순치관계의 이해를 설득하고 또 20주를 댓가로 주겠다는 이야기까지 했다.

장로도 기뻐하며 쾌히 승낙했다.

파서의 염포(閻圃)가 나서며 말했다.

"유장은 주공님과 대대로 원수의 집안입니다. 이제 사태가 위급해서 구원을 청하러 오기는 했지만 영토를 갈라 준다는 것은 거짓말입니다. 그런 말을 들으시면 안 됩니다."

이렇게 충고를 하고 있을 때, 홀연 섬돌 아래 한 사람이 나서더니 이렇게 말했다.

"소생이 비록 재간은 없는 몸이라지만 일려(一旅)의 군사만 주신다면 유현덕을 산채로 잡고 반드시 영토를 나누어서 주공께 돌려보내도록 하겠습니다."

이야말로 이제 겨우 진짜 주인(현덕)이 서촉(西蜀)으로 온 것으로 되니까, 또 정병이 한중에서 동원되는 것을 보게 되는 셈이다.

65.
나라 다스리는 길

현덕은 군사 제갈공명에게
나라 다스리는 조례를 제정케 하니…

馬超大戰葭萌關
劉備自領益州牧

자신만만하게 장로의 앞에 나선 것은 다른 사람이 아니라 바
로 마초였다. 그는 군사를 맡겨 주기만 하면 가맹관을 공략해서
유현덕을 산채로 잡고, 아울러 유장에게서 20주를 빼앗아 오겠
다는 것이었다.

장로는 크게 기뻐하여, 먼저 황권을 샛길로 돌아가게 해 놓고
2만의 군사를 마초에게 주었다. 이때 방덕은 병 때문에 출전하
지 못하고 한중에 머물러 있었다. 장로는 양백을 감군(監軍)으로
명령하고, 마초는 아우 마대와 함께 날짜를 택하여 출발했다.

이때, 유현덕의 군사는 낙성에 있었는데, 공명은 역시 빨리 군
사를 동원하여 먼저 면죽이란 지점을 공략하자고 주장했다. 그

곳만 점령하게 되면 성도를 점령한 것이나 다름없으리라고 판단했기 때문이었다. 즉시 황충과 위연에게 진격을 개시하도록 했다.

유장의 처남 비관은 현덕의 군사가 쳐들어온다는 소식을 듣고 이엄에게 3천 병력을 거느리고 나가서 대결하도록 명령했다. 양군이 4,50합을 싸워도 승부가 나지 않는 것을 보자 공명은 징을 쳐서 황충을 영채로 돌아오게 했다.

그 이튿날 공명은 꾀를 내서 황충이 싸움에 지는 체하고 도주하여 이엄을 산곡간으로 유인해 놓고는 친히 산꼭대기에 올라가 항복하라고 호통을 치니 이엄은 당황하여 당장에 말 위에서 내려, 갑옷을 벗고 항복하고 말았다.

이엄은 자신이 항복했을 뿐만 아니라, 자진해서 성으로 돌아가 비관에게 현덕의 인덕을 찬양해서 성문을 열고 투항하게 만들었다. 현덕은 힘 안 들이고 면죽에 입성해서 성도를 공략할 대책을 강구했다.

이때 가맹관을 지키고 있던 맹달·곽준은 장로가 내보낸 마초·양백·마대의 군사와 싸우다가 위기에 빠지게 됐으니 원군을 보내 달라는 정보가 날아들었다.

이 소문을 듣자 제일 먼저 자진해서 내닫는 장수가 바로 장비였고, 위연도 함께 따라가겠다고 고집하여서 공명은 우선 위연에게 초마(哨馬) 5백을 주어서 먼저 떠나도록 하고, 장비가 그 뒤로, 그리고 현덕이 후군을 거느리고 진격을 개시했다.

첫날은 저편에서 마대가 나타났다.

장비와 대결했으나 마대는 10합도 못 싸우고 뺑소니를 쳤다. 그 이튿날 날이 훤히 밝아올 무렵에야 마초가 진두에 나섰는데, 창을 휘두르고 말을 달려 내닫는 품이 사자 투구를 쓰고 짐승 껍질의 띠를 둘렀다.

또 은갑옷에 백포를 입고는 무장도 든든히 하였지만 외양이나 인품이 출중해 보였다. 그의 외풍에 눌린 현덕은 몇 번이나 장비를 만류하고 나서지 못하게 했지만, 장비 또한 그대로 주저앉을 리 없었다.

마초와 장비는 백여 합을 싸웠으나 쌍방이 똑같이 한 걸음도 양보하지 않았고 승부가 날 것 같지도 않았다. 현덕은 마초의 솜씨에 탄복해 마지않으며, 장비의 신변을 걱정하고 징을 쳐서 싸움을 일단 중단시켜 버렸다.

영채로 돌아와서 한숨을 돌린 장비는 투구도 쓰지 않고 두건만으로 말을 달려 또다시 진두에 내달았다. 두 장수들은 다시 싸우기를 백여 합. 그러나 여전히 승부는 나지 않았다.

밤에는 양군에서 일제히 무수한 횃불을 질러서 낮과 같이 천지가 밝았다. 또 30여 합을 싸우다가 마초가 별안간 말머리를 홀쩍 돌렸다. 감당해 내기 어렵다고 생각한 마초는 한 가지 꾀를 내어 도주하는 체하고 몸을 돌렸다가, 그것을 추격해서 덤벼드

는 장비에게 동추(銅鎚)를 훌쩍 던져 버렸다. 그러나 몸을 전광석
화같이 슬쩍 돌려서 그것을 귓전으로 피해 버리는 장비. 역시 승
부를 가리지 못하고 두 장수는 각각 영채로 돌아갔다.

이튿날, 군사 공명이 도착했다는 소식이 들어왔다.

현덕이 그 즉시 대면하니, 공명이 꾀를 내어서 말했다.

"마초는 당대의 호걸입니다. 장비와 이렇게 오래 싸운다면 어
느 쪽이고 한 사람은 희생해야만 될 것입니다. 그러니 우선 비밀
리에 한중으로 사자를 보내서 돈에 눈이 어두운 양송을 금은
의 힘으로 매수하도록 하시고, 장로에게 편지를 보내셔서 '우리
가 싸우고 있는 것은 오로지 그대의 원수를 갚기 위해서이니 남
들의 이간책을 믿지 말 것이며, 일이 순조롭게 끝나면, 그대에게
한녕왕(漢寧王)의 자리를 줄 것이다' 하셔서 마초의 군사를 철수
시키도록 하심이 상책인가 합니다."

유현덕은 크게 기뻐하며, 곧바로 편지 한 통을 작성, 손건에게
금은보석을 담뿍 주어서 한중으로 파견했다. 한중에 도착한 손
건은 우선 양송을 매수해 놓고, 장로를 만나서 편지를 전달했더
니, 장로도 기뻐하며 당장에 사람을 파견해서 마초더러 싸움을
중지하라고 명령을 내렸다.

그러나 마초는 호락호락 그 명령에 복종하지 않았다. 몇 차례
나 사람을 보내도 말을 듣지 않자 양송은 마초가 서천을 점령하

고 나서는 <u>스스로</u> 촉나라의 주인이 되려는 야심이 있다고 헛소
문을 퍼뜨렸다.

이것을 알게 된 장로가 양송과 상의했더니, 양송은 장로에게
계책을 제공해서 마초에게 그 즉시 세 가지 엄명을 내리도록 했
다. 그 엄명이란 서천을 점령할 것, 유장의 수급을 바칠 것, 형주
의 군사를 쫓아 버릴 것 등이었다.

이 명령을 받은 마초가 싸움을 단념하고 돌아가는 수밖에 없
다고 마대와 상의하고 있던 중에, 양송은 또 헛소문을 퍼뜨렸다.
그것은 마초가 철수해 온다는 것은 다른 배짱이 있어서 그런다
는 것이었다. 이리하여 장위가 군사를 7분(七分)하여 각 요로를
방비하고 마초의 군사를 받아들이지 않으니, 마초야말로 진퇴양
난한 처지에 빠지고 말았다.

이것을 알게 된 공명은 자기가 친히 나서서 마초를 찾아보고
설득시키겠다고 했으나 현덕이 극력 만류했다. 바로 이때 서천
사람, 건녕군(建寧郡) 유원(兪元)의 이회(李恢─字는 德昻)란 자가 조자
룡의 소개장을 들고 현덕을 만나러 왔다. 그가 말했다.

"이제 마초는 진퇴양난의 궁지에 빠져 있습니다. 소생은 일찍
이 농서에서 그와 일면식이 있는 터라 그에게 투항을 권고하러
한번 나서 보고 싶습니다."

공명이 마침 잘 됐다 싶었다.

"나 대신 가 줄 사람을 물색 중이었는데 참 잘 됐소. 그러나 어

떻게 마초를 설복시키려는지 공의 의견을 한번 듣고 싶소."

이회가 공명의 귓전에다 대고 무엇인지 소곤소곤하니, 공명도 고개를 끄덕이며 그를 곧 떠나도록 했다.

이회가 영채에 나타났다는 소식을 알게 된 마초는 도부수 20명을 불러서 장하에 매복시켜 두었다.

이회가 떡 버티고 안으로 들어서니, 마초는 장중에 단정히 앉아서 옴쭉도 하지 않고 이회를 꾸짖었다.

"그대는 뭣 때문에 여기에 나타났소?"

"특히 염탐꾼으로서 온 길입니다."

"나의 상자 속에는 새로 갈아 둔 보검이 있소! 어디 말해 보시오. 그대의 말이 통하지 않는 말이면, 이 보검이나 잘 드는지 한번 시험해 볼 테니까……."

이회는 껄껄 웃으면서 말했다.

"화가 장군의 눈앞에 닥쳐와 있습니다. 그 보검을 소생의 목에 시험하시기 전에 장군 자신의 목에 시험하시지나 않게 되기를 바랍니다."

"나에게 무슨 화가 닥쳐오고 있단 말이오?"

"장군은 조조에게 존부(尊父)를 잃어버리신 원한을 품고 계시며, 농서에게도 이가 갈릴 한을 품고 있으시면서도, 유장을 도와 주어서 형주의 군사를 물리치지도 못하고, 또 한편으로는 양송을 누르시고 장로를 만나 보실 수도 없는 곤경에 빠지셨다니, 사해(四海)가 넓다 하지만 주인도 없고 몸둘 곳도 모르시는 신세가 아니십니까?"

마초는 털썩 주저앉았다.

"실로 공의 말씀하신 바가 틀림없소. 그러면 이제부터 나는 어찌했으면 좋겠소?"

"소생이 말씀드린 것을 이해하셨다면 장하에 도부수를 매복시켜 두실 필요는 없지 않습니까?"

마초는 부끄러워 어쩔 줄 모르며 도부수들을 물리쳤다. 이회는 이때라고 생각하고 유현덕이 이 대업을 이룩할 훌륭한 인물임을 역설하고, 공도 암군(暗君)을 버리고 명군(明君)을 섬겨서 존부의 원수를 갚도록 하라고 극력 권고했다.

마초도 기뻐하며 곧바로 양백을 불러들여서 한칼에 참해 버리고, 그 수급을 가지고 이회와 함께 관으로 올라와 현덕에게 투항했다.

현덕이 친히 그를 영접하고 빈객으로 정중히 대접하니, 마초는 머리가 땅에 닿도록 꾸벅 절하며 사례하는 말을 했다.

"이제 명주(明主)님을 만나 뵙게 되니, 실로 운무를 헤치고 맑은 하늘을 바라보는 것만 같습니다."

이때 손건은 벌써 들어와 있었다. 현덕이 곽준과 맹달에게 다시 관의 수비를 명령하고, 군사를 거느리고 성도로 향하니 조운과 황충이 면죽에서 영접해 들였다.

이때 촉군의 장수 유준(劉晙)과 마한(馬漢)이 군사를 거느리고 습격해 왔다는 정보가 날아들었다.

조자룡이,

"그놈들을 모조리 산채로 잡아오겠습니다."

하더니, 당장에 말을 달려 군사를 거느리고 달려갔다. 현덕은 성 안에 남아 있으면서 술을 마련해 가지고 마초를 대접하고 있는데 좌석이 어울리기도 전에 조자룡이 달려들더니 수급 두 개를 연석 앞에다 내미는 바람에, 마초는 깜짝 놀라, 그네들을 공경하고 중히 여기는 마음이 더 한층 두터워졌다.

마초가 말했다.

"주공께서 싸우러 나가시지 않더라도 이 마초가 나서서 유장을 불러다가 항복시키도록 하겠습니다. 만약에 항복하려 들지 않는다면 이 마초가 아우 마대와 함께 성도를 빼앗아서 주공께 쌍수로 바치겠습니다."

현덕은 대단히 기뻐하면서 그날은 진종일 술을 마셨다.

한편 패잔병들이 익주로 돌아가서 유장에게 실정을 보고했더니, 유장은 대경실색, 문을 잠가 버리고 밖으로 나오지도 않았다. 이때 성 북쪽에서 마초의 원군이 도착했다는 정보가 들어 오자 유장은 그제야 성으로 올라가서 바라보았다.

마초·마대가 성 아래 버티고 서서 고함을 질렀다.

"유공께 말씀드릴 일이 있습니다!"

유장이 성 위에서 무슨 일이냐고 물으니, 마초가 말채찍으로 가리키며 말했다.

"나는 본래 장로의 군사를 거느리고 익주를 구원하고자 왔습니다만, 뜻밖에도 장로가 양송의 말을 믿고 나를 죽이려고 했으므로 나는 유현덕에게 항복했습니다. 공께서도 국토를 바치고 항복하셔서 쓸데없이 백성들에게 고통을 주지 않도록 하십시오! 아직도 정신을 못 차리시고 고집을 부리신다면 내가 먼저 성을 공격하겠습니다."

유장은 어찌나 당황했던지 얼굴이 흙빛으로 변해서 그 자리에 졸도하고 말았다. 여러 사람들이 부축해 일으켰더니 그제야 겨우 정신을 다시 차렸다.

"내가 어리석었다! 이제는 후회막급이다! 이 지경이 된 바에야 성문을 열어 주고 항복해서 백성들이나 살리는 도리밖에 없겠다!"

이 말을 듣더니 동화(董和)가 선뜻 나섰다.

"성 안에는 아직도 3만의 군사가 있습니다. 금은도 군량도 넉넉히 1년 동안은 버틸 수 있는데 항복하신다니 그게 무슨 말씀이십니까?"

"우리 부자는 촉에 있기를 20여 년, 백성에게 은덕을 베풀어 주지도 못했고, 또 이 3년 동안에는 싸움을 하느라고 모든 사람의 혈육을 벌판에 내던지게 만들어 놓았소. 이것이 모두 나의 죄

461

이니 내 마음이 어찌 편안하겠소? 투항하여 백성이나 편안하게
해주느니만 같지 못하오!"

이 말을 듣고 모든 사람들이 눈물에 젖고 있을 때, 선뜻 앞으
로 나서며 말하는 사람이 있었다.

"주공님의 말씀은 실로 천의(天意)에 맞는 말씀이십니다!"

그는 파서군 서충국(西充國) 사람 초주(譙周—字는 允南)였다. 이
사람은 천문에 조예가 깊은 사람이었는데, 유장이 그 까닭을 물
었더니 다음과 같이 대답했다.

"어느날 밤에 건상(乾象)을 보았더니, 군성(群星)이 촉군에 모여
있는 것을 볼 수 있었습니다. 그 중에서 제일 큰 별은 광채가 밝
은 달과 같아서 이게 바로 제왕의 상입니다. 또 1년 전에는 어린
아이들이 이런 노래를 했습니다. '새밥(新飯)을 먹고 싶으면 선주
(先主)가 나타나기를 기다려야만 되겠다'고. 이게 바로 오늘의 예
조(豫兆)였으니 천도(天道)를 거역할 수는 없는 것입니다."

황권과 유파(劉巴)는 이 말을 듣자 크게 노하여 초주의 목을 베
라고 야단을 쳤는데, 유장이 가로막고 만류했다.

이때, 마침 촉군의 태수 허정(許靖)이 성벽을 넘어가서 투항해
버렸다는 보고가 들어오니, 유장은 방성통곡하며 부(府)로 돌아
갔다.

그 이튿날, 또 보고가 들어왔는데, 유현덕의 사자로 막빈 간옹
(簡雍)이 성 아래 나타나서 성문을 열어 달라고 한다는 것이었다.

유장은 서슴지 않고 성문을 열어 주고 영접해 들이도록 명령했다. 간옹은 수레 속에 앉은 채로 몹시 오만한 태도로 사방을 두루둘러보며 불손하기 짝이 없었다.

느닷없이, 한 사람이 칼을 뽑아 들고 나서면서 호통을 쳤다.

"대단치도 않은 놈이, 아무리 제 마음대로 할 수 있다기로서니 이다지 방약무인하게 굴 수가 있단 말이냐? 네놈이 감히 우리 촉나라 사람을 멸시한다는 거냐?"

간옹은 당황하여 곧 수레에서 내려서 절을 했다. 그 사람은 광한군(廣漢郡) 면죽 사람인 진복(秦宓—字는 子勅)이었다. 간옹은,

"공이 계신 줄 모르고 무례한 짓을 했소이다. 용서해 주시오!"

하고 껄껄껄 웃으면서 함께 유장의 앞으로 나가서, 유현덕이 도량이 크고 마음이 넓은 사람이니 결코 해를 끼칠 일이 없으리라는 점을 역설했다.

이리하여, 마침내 유장은 투항할 결심을 하고 간옹을 후히 대접하고 나서, 그 이튿날 친히 인수(印綬)와 문서를 몸에 지니고 간옹과 같은 수레를 타고 투항하러 나갔다.

유현덕은 성문 밖으로 나와서 그를 영접하며 손을 잡고,

"내 인의를 행하지 않는 것이 아니라 정세가 부득이해서 이렇게 된 것이오!"

하고는 눈물을 줄줄 흘리며 함께 영채로 들어가서 인수와 문서를 받은 다음 말을 나란히 하여 성 안으로 들어섰다.

현덕이 성도에 입성하니, 백성들은 향화(香花)·등촉(燈燭)을 찬란히 마련해 놓고 문 밖에 나와서 영접했다.

현덕은 공청(公廳)에 이르러 당(堂)에 올라 자리잡고 앉았다. 군내제관(郡內諸官)들이 당하(堂下)에서 절하는데, 황권·유파 두 사람만은 문을 안에서 걸어 잠그고 밖에 나오지 않았다.

여러 장수들이 그들의 태도에 격분하여 달려가서 죽여 버리겠다고 하는 것을 현덕이 황망히 명령을 내렸다.

"이 두 사람을 해하는 자 있다면, 내 삼족(三族)을 멸할 것이다!"

그리고 친히 그들의 집을 찾아가서 출사(出仕)하기를 청하니, 두 사람도 현덕의 은혜로운 대우에 감격하여 나오게 됐다.

공명이 넌지시 현덕에게 말했다.

"이제 서천이 평정되었으니 두 주공을 용납하기는 어렵습니다. 그러니 유장을 형주로 보내도록 하십시오."

"나는 촉군을 손에 넣자마자 당장에 유장을 멀리 보낼 수는 없습니다."

현덕이 답하니 공명이 또 말했다.

"유장이 기업(基業)을 그르친 것도 모두 그가 너무나 나약한 탓이었습니다. 주공께서 만약에 여자와 같은 인(仁)만을 가지시고 일에 임하여 결단을 내리지 못하신다면, 아마 이 땅을 길이 보전하기는 어려우실 것입니다."

현덕은 공명의 의견을 받아들여서 성대한 연석을 베풀고 유장에게 재물을 수습케 하고, 진위장군(振威將軍)의 인수를 받게 하여서, 처자와 양천(良賤—古代의 제도. 사농공상의 정당한 직업이 있는 자를 양이라 하고 창우·예졸 등을 천이라 함)을 거느리고 모두 남군으로 가서 공안(公安)에서 살도록 그날로 출발하게 했다.

현덕은 자진해서 익주 목의 자리를 맡았고, 투항해 온 문관·무장들에게 한 사람도 빠짐 없이 후히 상을 베풀고 적재적소에 각각 관직을 주어서 배치했다.

관운장에 대해서는, 사자를 파견하여 황금 5백 근과 백은(白銀) 1천 근, 돈 5천 만, 촉금(蜀金) 1천 필을 보냈다. 그리고 그밖의 여러 문관·무장들에게도 각각 사자를 파견해서 선물을 나누어 주었다.

또 소와 말을 잡아서 병사들을 성대하게 위로해 주었고, 곡창을 개방하여 백성들에게 분배해 주니 군민이 다같이 박수를 치며 기뻐서 어쩔 줄 몰랐다.

익주를 점령하고 나서, 현덕은 성도 백성들의 소유지인 땅을 여러 관리들에게 분배해 주려고 했더니, 조자룡이 말했다.

"익주의 백성들은 노상 싸움의 피해만 입고 땅도 집도 버리고 유랑생활만을 해왔습니다. 그러니 집과 땅을 그들에게 돌려 주어서 편안하게 농사를 짓게 해야만 민심이 안정될 수 있다고 생각합니다. 이것을 빼앗아서 사상(私賞)에 쓰시는 것은 옳지 못합니다."

현덕은 조자룡이 간하는 말을 듣고 크게 동감하여 그 말대로 실행했고, 또 군사 제갈공명에게 치국조례(治國條例)를 제정하도록 했다.

그런데 그 형법이 굉장히 엄중한 것이어서, 법정이 이런 말을 했다.

"군사께서는 형(刑)을 관대히 하시고 법을 번거롭게 하지 마셔서 백성들이 바라는 바에 어긋나지 않도록 하시기 바랍니다."

공명이 대답했다.

"마음에 든다고 해서 벼슬자리를 함부로 주면, 그 벼슬자리가 올라갈 때까지 올라가서는 주인을 도리어 대단하게 여기지 않게 되며, 순종시키기 위해서 은혜를 함부로 베풀면 그 은혜가 다할 때에는 돌아서 버리게 되는 것이오.

내가 이제 법으로서 위엄을 보이자는 것은, 법이 행해져야만 은혜라는 것을 알게 되고 은혜를 베푸는 데는 관작(官爵)을 제한해야만 그 관작이 올라갈 때 영광스럽게 생각하기 때문이오. 은혜와 영광이 아울러 제 구실을 하게 되면 상하유절(上下有節)을 꾀할 수 있으니, 나라를 다스리는 길은 이것으로 뚜렷해질 것이오."

이 말을 듣고 법정은 탄복하여 마지않았으며, 자기 자신이 촉군의 태수 노릇을 해오는 동안의 가지가지 불미한 점을 뉘우치고 행동을 삼가게 되었다.

하루는 현덕이 공명과 이야기를 하고 있는데, 홀연 관운장이 금백을 보내 준 사례를 표시하기 위해 관평을 보내 왔다는 보고가 들어왔다. 현덕이 즉시 불러들였더니 관평은 인사를 마치자 편지를 전달하면서 말했다.

"부친께서는 마초장군의 무예가 출중함을 아시고, 서천으로 오셔서 그분과 한번 대결해 보고 싶다고 하시며, 아저씨께 이 일을 여쭈라고 하셨습니다."

현덕이 공명과 상의했다.

"만약에 운장이 촉으로 들어와서 마초와 겨루게 된다면 형세가 반드시 양립할 수는 없을 텐데……."

공명이 말했다.,

"걱정 없습니다. 이 제갈량이 편지를 써서 회답하지요."

현덕은 관운장의 성급한 점을 걱정하고 당장에 공명에게 편지를 쓰도록 해서, 관평에게 주어 형주로 돌려보냈다.

형주로 돌아온 관평에게 관운장이 물었다.

"내가 마초와 한번 겨루어 보고 싶다고 한 말을 전달했느냐?"

"군사의 편지가 여기 있습니다."

관운장이 편지를 뜯어보니 내용은 이러했다.

듣자니 장군께서는 마초와 더불어 무예를 겨루어 보고
싶으시다는데, 이 제갈량이 생각컨대, 마초는 비록 남에
없이 웅렬하기는 하지만, 역시 고작해야 고조(高祖)의 무
장(武將) 경포(鯨布)나 팽월(彭越)의 무리에 지나지 못하는
위인이니, 장비와는 좋은 적수가 될지 몰라도 미염공(美
髥公—관운장)의 매우 두드러지게 뛰어난 재간을 따를 수
는 없소이다.

이제 공께서 형주를 지키시는 책임이 중하지 않다 할
수 없으니, 한번 서천에 들어오셨다가 만약에 형주에
불상사가 생기게 된다면 그 죄는 막대한 것이니 잘 생
각하시기만 바라오.

관운장이 이 편지를 다 보고 나더니, 수염을 쓰다듬으며 말
했다.

"공명이야말로 나의 마음을 알고 있구나!"

그 편지를 여러 빈객들에게 돌려 보이고 서천으로 들어갈 생
각을 단념했다.

한편, 동오에 있는 손권은 현덕이 서천을 점령하고 유장을 공
안으로 쫓았다는 소식을 듣자, 장소와 고옹을 불러 상의했다.

"애당초 유현덕은 나에게서 형주를 빌려 갔을 때 서천을 점령
하면 곧 돌려주겠다고 했소. 이제는 파촉(巴蜀) 41주를 수중에 넣

고도 시치미를 뚝 떼고 말 한 마디 없이 잠자코 있다는 것은 괘 씸하기 짝이 없는 일이오. 어떻게든지 해서 한상(漢上)의 모든 제 군을 도로 찾아야겠소! 만약에 돌려보내지 않는다면 병력을 동 원하는 도리밖에 없소."

장소가 말했다.

"우리 오중(吳中)이 이제야 겨우 안정되었는데, 또 병력을 동원 할 수는 없습니다. 이 장소에게 한 가지 계책이 있습니다. 유현덕 이 형주를 두 손으로 바치도록 하겠습니다."

이야말로 서촉에 새날이 밝아 오니, 동오가 또 옛 땅을 찾으려 고 한다.

66.
머릿속에 감춘 밀서

조조는 황후를 끌어내어
몽둥이찜질로 생명을 빼앗고…

關雲長單刀赴會
伏皇后爲國捐生

　　장소가 제공한 계책이란 유현덕이 믿고 있는 사람은 제갈공명
하나뿐인데, 다행히 그의 형 제갈근(諸葛瑾)이 오나라에 사사(仕事)
하고 있으니, 연극을 꾸며서 제갈근의 가족을 잡아 가둔 다음, 그
를 서천에 있는 아우 제갈공명에게 보내서 형주를 내놓지 않으
면 가족의 생명이 붙어날 수 없다고 위협을 하자는 것이었다.

　　손권도 이 계책에 찬성했고, 며칠 후 제갈근은 성도에 도착해
서 유현덕을 면회하자고 청했다.

　　공명은 벌써 이 소식을 알아차리고 미리 대답할 말을 현덕에
게 일러 주었다.

　　형주를 돌려 달라는 제갈근의 말을 듣자, 현덕은 펄쩍 뛰면서

야단을 쳤다.

"손권이란 자는 제 누이를 시집보냈다가 농간을 부려서 슬쩍 빼앗아 간 아주 괘씸한 놈이오. 서천의 대군을 동원해서 일거에 강남으로 쳐들어가려는 판에 형주를 내놓으라니 될 법이나 한 소리요!"

공명은 옆에 있다가 눈물을 흘리면서 자기 형의 가족들의 목숨을 생각하고 형주를 돌려보내 주자고 애원하는 체했다.

현덕도 공명의 의도를 알아채고 그의 체면을 생각하여 우선 장사(長沙)·영릉(零陵)·계양(桂陽) 3군만을 돌려주겠다고 했으며, 제갈근은 그것을 확약하는 편지까지 받아 가지고 돌아가는 길에 우선 형주에 들러서 관운장을 만나보고 편지를 내보였다.

관운장은 노발대발했다.

"나는 유현덕 형과 도원에서 형제를 맺고 함께 한나라 황실을 돕고자 맹세한 사람이오. 형주로 말하면 본래가 한나라 땅인데, 촌토라 할지라도 함부로 남에게 내줄 수는 없소. 아무리 우리 형님의 말씀이라 할지라도 난 단연코 응할 수 없소!"

제갈근이 아무리 애걸해도 관운장은 칼자루를 움켜잡고 호통을 치기만 했다.

"여러 말 마시오! 이 칼은 체면이란 걸 차릴 줄 모르오!"

제갈근은 혼이 나서 그대로 서천으로 되돌아와서 유현덕을 다시 만나 이런 실정을 호소하니, 현덕이 말했다.

"내 아우 관운장은 고집이 센 사람이어서 당장에 해결하기는 어려울 것이오. 내가 동천(東川)·한중(漢中)의 여러 군을 수중에 넣은 다음에 관운장을 그 편으로 돌려놓고 나서 형주를 돌려 보내기로 하십시다."

제갈근이 돌아와서 손권에게 이런 경위를 보고하니, 손권은 격분하여 어쩔 줄 모르면서도 현덕이 3군을 먼저 돌려보내겠다고 말했다고 하니 우선 장사·영릉·계양에다가 태수를 각각 부임시켰지만, 며칠이 못 되어서 그들은 쫓겨오고 말았다. 관운장이 어찌나 심하게 구는지 어물어물하고 있다가는 목숨이 위태로울 지경이어서 도저히 그냥 있을 수가 없다는 것이었다.

손권은 노기가 충천하여, 당장 노숙을 불러들여 엄중히 힐문했다. 형주를 현덕에게 빌려줄 때 증인이 됐던 노숙이, 현덕이 약속을 이행하지 않는 이 마당에 어째서 잠자코 보고만 있느냐고 호통을 쳤다.

노숙도 가만히 있을 수 없어서 한 가지 계책을 말했다. 그것은 육구(陸口)에 군사를 집결시켜 놓고 연석을 베풀어서 관운장을 초대해 가지고 도부수를 미리 매복시켜 놓았다가 죽여 버리고, 초청을 해도 나타나지 않는다면 즉시 군사를 동원해서 형주를 탈환하자는 것이었다.

손권도 이 계책에 찬성하고 그 즉시 일을 추진시키라는 명령을 내리니, 노숙은 영채 앞에 있는 임강정(臨江亭)에 주연을 베풀고 부하 중에서 언변이 좋은 자를 뽑아서 관운장에게 초청장을 보냈다.

관운장이 초청장을 받고 나니 아들 관평, 그리고 마량 등 좌우 사람들이 나가지 말라고 말렸다. 그러나 관운장은 벌써 상대방의 배짱을 알아차리고 태연자약하게 말했다.

"내가 초청을 받고 가지 않는다면 비겁한 사람이 될 테니, 내일 당장 나룻배 한 척으로 10여 명만 거느리고 칼 한 자루만 차고 가보겠소. 천군만마 속에서도, 화살이 빗발치듯 하는 싸움터에서도 단기로 무인지경을 가듯 달리던 내가, 강동의 시시한 위인들쯤을 두려워하겠소?

만약의 경우를 생각해서, 쾌선 열 척만 준비하여 수군 5백 명을 태워서 강 위에 대기하고 있도록 해주시오! 그리고 평아, 내가 깃발을 흔드는 것을 발견하는 즉시로 강을 건너서 달려오도록 해라."

초청장을 전달한 사자가 돌아와서 내일이면 관운장이 오겠다고 쾌히 승낙했다는 뜻을 보고하니, 노숙은 여몽(呂蒙)과 상의해서 만반준비를 갖추고 사람을 파견하여 강가에서 파수를 보게 했다.

오전 7, 8시쯤 되니, 과연 한 척의 나룻배가 나타났는데, 뱃사공까지 모두 합해야 10명에 지나지 않았다. 붉은 깃발이 바람에 휘날리는데 '관(關)'자가 뚜렷하게 눈에 띄었다.

배가 점점 가까이 다가드니, 관운장은 푸른 두건에 녹포(綠袍)를 입고 배 위에 앉아 있고, 그 옆에 주창이 큰 칼을 한 자루 받들고 있으며, 관서의 장정 8, 9명이 제각기 허리에 칼을 차고 있는 것이 보였다.

노숙은 두근거리는 가슴을 간신히 진정하고 관운장을 정자 안으로 맞아들였다. 인사를 마치고 자리에 앉아서 웃으며 이야기하는 관운장의 태도는 어디까지나 태연자약, 그 위엄만으로도 상대방을 눌러 버릴 만했다. 술이 거나하게 돌아가자, 노숙이 말을 꺼냈다.

"소생은 유현덕장군께서 형주를 빌려가셨을 적에, 증인을 섰었습니다. 이제 이미 서천을 점령하셨으니 형주를 돌려보내 주셔야 할 것은 물론인데, 하물며 유장군께서 3군을 먼저 돌려보내겠다고 하시는 것을 관운장께서 응하지 않으신다니 이것이 무슨 억지의 말씀이십니까?"

"이것은 모두 우리 형께서 하신 일이니 내가 함부로 관여할 수 없는 노릇이오."

"관장군께서는 유현덕장군과 도원에서 형제를 맺으셔서 생사를 같이 하신다는 사이인 줄 저도 알고 있습니다. 그러시다면 유장군이나 관장군이나 다르실 것이 없는데, 어째서 그렇게 슬쩍 밀어 버리십니까?"

관운장이 미처 대답도 하기 전에 주창이 섬돌 아래서 커다란 음성으로 호통을 쳤다.

"천하의 토지란 덕이 있는 사람이 지닐 수 있는 것이오! 어째서 당신네 동오만이 가져야 한단 말이오?"

관운장은 얼굴빛이 변하며 벌떡 일어섰다. 주창이 받들고 있던 큰 칼을 선뜻 빼앗아 가지고 뜰 한복판에 버티고 서서, 주창에게 힐끗 눈짓을 하면서 꾸지람을 했다.

"이것은 국가의 대사인데, 그대가 어찌 감히 쓸데없는 말을 함부로 하는고? 빨리 물러가라!"

주창이 그 뜻을 재빨리 알아채고, 먼저 강가로 나가서 붉은 깃발을 휘둘렀다. 그것을 본 관평의 배가 쏜살같이 이쪽으로 건너왔다.

운장은 오른손에 칼을 잡고, 왼손으로 노숙의 손을 꽉 잡고 술이 취한 체하면서 말했다.

"공은 지금 나를 연석에 나오라고 초청한 것이니 형주의 일은 말하지 말기로 합시다. 나는 술이 취해서 도리어 옛 친구의 정리를 상하게 할까 걱정스럽소. 나중에 공을 형주에 청하여 연석이나 마련해 놓고 다시 상의하시기로 합시다."

노숙은 얼이 다 빠져서 관운장에게 끌려서 강변까지 나왔다. 여몽과 감녕이 각각 본부군을 거느리고 달려나오려고 했지만, 관운장이 큰 칼을 한 손에 잡고, 노숙의 한쪽 손목을 잡고 있었기 때문에 도리어 노숙의 생명이 위태롭게 될까봐 감히 경솔하게 손을 댈 수가 없었다.

운장은 나룻배 앞까지 와서야 노숙의 손목을 놓아 주고 훌쩍
뱃머리로 뛰어올라 작별 인사를 했다.

노숙은 얼이 빠져 관운장을 태운 나룻배가 바람을 타고 사라
져 가는 것을 멍청히 바라다보고 있을 뿐이었다.

관운장을 형주로 돌려보내고 난 다음 노숙이 여몽에게,

"이번 일도 틀어지고 말았으니 어쩌면 좋겠소?"

하고 상의했다. 여몽이 말했다.

"오늘 일을 사실대로 주공님께 여쭈고 군사를 동원하여 관운
장과 승부를 결하도록 하십시다."

노숙이 사람을 보내서 이런 경위를 오후(吳侯) 손권에게 알리
니, 그는 노발대발, 당장에 3군(三軍)을 총동원하여 형주를 공략
하기로 여러 부하들과 상의하고 있었다.

이때, 홀연, 조조가 30만 대군을 거느리고 쳐들어온다는 보고
가 들어왔다. 손권은 깜짝 놀라 노숙에게 명령하여 형주의 군사
와 대결할 것을 잠시 중지하고 군사를 돌려서 합비(合淝)·유수(濡
須)로 향하게 하여 조조를 막아내도록 했다.

한편 조조가 군사를 동원하여 남정(南征)을 개시하려고 하니,
참군(參軍) 부간(傅幹)이 조조에게 편지를 보내 간했다. 그 편지의
사연은 대략 다음과 같다.

무(武)를 쓰는 데는 먼저 위(威)를 내세워야 하며, 문(文)을 쓰는 데는 먼저 덕을 내세워야 하며, 위와 덕이 고르게 병행되고 나서야 왕업(王業)을 이룩할 수 있다고 합니다. 과거에 천하가 크게 어지러웠을 적에 공께서는 무를 써서 이것을 진압하셨고, 열에서 아홉까지는 평정하셨으며, 지금 왕명에 복종치 않는 자는 오와 촉뿐입니다. 오나라는 장강의 험준한 지세를 가지고 있으며, 촉나라는 숭산(崇山)이 가로막고 있어서 위력만으로 승리하기는 어렵습니다.

소생의 어리석은 소견으로는 우선 문덕(文德)을 증수(增修)하시고, 싸움을 중지하셔서 병사들을 쉬도록 하시며, 군사보다는 선비를 키우시기에 힘쓰시고, 때를 기다려서 행동하는 것이 옳을까 합니다.

이제 만약에 수십만 대군을 동원하여 장강 연안에 주둔했다가, 적이 험준한 지세를 이용하여 깊숙이 틀어박혀서 우리편 사마(士馬)가 맥을 쓰지 못하게 하고, 기변(奇變)한 작전도 소용 없게 만든다면 천위가 눌리고 말 것입니다. 오로지 현명하신 주공님께선 잘 살펴보시기 바랄 뿐입니다.

이 편지를 읽고 나서 조조는 마침내 남정을 단념했고, 곳곳에

학교를 세워서 학자들을 초청하여 예의를 갖추게 했다.

한편 시중 왕찬(王粲) · 두습(杜襲) · 위개(衛凱) · 화흡(和洽) 네 사람은 조조를 위왕(魏王)의 자리에 올려 앉히려고 제의하니, 중서령(中書令) 순유(荀攸)가 극력 반대했다.

이것을 알게 된 조조가,

"이놈이 순욱과 같은 맛을 보겠다는 건가?"

하고 격분하니, 순유도 그 눈치를 채고 병석에 누운 지 10여 일 만에 그대로 세상을 떠나고 말았다. 그의 나이 58세. 조조는 정중하게 그의 장례를 치렀고, 위왕에 관한 문제는 보류하게 되었다.

어느날, 조조가 칼을 찬 채로 궁중으로 들어갔다. 헌제는 마침 복황후(伏皇后)와 무슨 이야기를 주고받고 있었는데, 황후는 조조의 몸차림을 한번 보자, 즉시 안으로 몸을 피했으며, 헌제는 그저 몸을 와들와들 떨고만 있을 뿐이었다.

"손권과 유현덕이 제각기 패권을 잡고서 조정을 우습게 여기고 있사오니 어쩌면 좋겠습니까?"

"위공(魏公)이 재량껏 하시오."

조조가 노기를 띠며 말했다.

"폐하께옵서 이런 말씀을 하옵시면 다른 사람이 들으면 이 조조가 인군을 임의로 좌우한다 하지 않겠나이까?"

"그대에게 만약 나를 보필해 주고 싶은 생각이 있다면 다행이오. 그런 것을 원치 않는다면 좋은 일 하는 셈치고 나를 퇴위하게 해주시오!"

이 말을 듣더니 조조는 샐쭉해진 눈초리로 헌제를 흘겨 보고 약이 잔뜩 올라서 물러나왔다. 좌우 사람 중 한 사람이 헌제에게 아뢰기를,

"근래에 듣자오면, 위공(조조)은 스스로 왕위에 서려 하며, 머지 않아 찬탈하려 하리이다."

하니 헌제와 황후는 방성통곡했다.

복황후가 울며 말했다.

"첩의 부친 복완(伏完)은 평소에 조조를 죽여 버릴 생각을 하고 있나이다. 첩이 이제 편지 한 통을 써서 남몰래 부친께 보내서 일을 꾸미도록 하겠습니다."

"예전에 동승이 이런 일을 하려다가 비밀이 지켜지지 않아서 도리어 큰 화를 입은 일이 있었소. 이번에 만일 누설된다면 짐과 그대는 다같이 견딜 수 없게 될 것이오!"

"아침 저녁으로 바늘 방석에 앉아 있는 것만 같사오니 이렇게 살아갈 바에야 일찌감치 죽느니만 못하옵니다. 첩이 보건대, 환관 중에 충의를 믿을 만한 자로는 목순(穆順)만한 자가 없으니 그에게 명령하여 이 편지를 부치도록 하면 좋을까 합니다."

이리하여 좌우 사람들을 물리치고, 목순을 병풍 뒤로 불러들여 헌제와 황후는 그 앞에서 방성통곡하며 괴로운 심정을 호소

하고 황후의 밀서를 복완에게 전해 달라고 부탁했다.

목순은 황후의 밀서를 머리털 속에 감추고 금궁(禁宮)에서 살며시 나와 복완의 저택으로 급히 달려가서 전달했다. 복완은 복황후의 친필을 보자 목순에게 말했다.

"조조에게는 심복이 많아서 시급히 손을 대기는 어렵소. 단지 강동의 손권과 서천의 유현덕이 일제히 군사를 동원한다면 반드시 조조 자신도 싸우러 나설 것이오. 이 틈을 타서 조정 안의 충의지신(忠義之臣)들의 힘을 얻어서 함께 일을 꾸미고 내외에서 협공하면 일이 아마 순조롭게 될 수 있을 것 같소."

"황장(皇丈)께서 폐하와 황후께 답장을 올리셔서 비밀조서를 내시도록 여쭙고, 오와 촉으로 밀사를 보내셔서 함께 군사를 동원하여 국적을 토벌하고 천자를 구출해 오도록 하자고 여쭙는 게 좋을까 합니다."

복완은 즉시 지필을 가져다가 답장을 써서 목순에게 주었다. 목순은 그것을 상투 속에다 감추어 가지고 복완의 저택을 나왔다.

그러나 이런 사실을 벌써 조조에게 밀고한 자가 있었다. 조조는 궁문에 대기하고 있다가 돌아오는 목순을 보고 물었다.

"어디를 갔다오는 건가?"

"복황후께서 불편하다 하셔서 의사를 모시러 갔다옵니다."

"의사가 어디 있단 말인가?"

"아직 도착하지 않았습니다."

조조는 좌우에 명하여 목순의 몸을 조사했다. 아무것도 찾아낼 수 없어서 그대로 놓아 주었다.

그런데 이때, 공교롭게도 난데없이 바람이 획하고 불더니 목순이 쓰고 있던 모자를 날려서 떨어뜨렸다. 조조는 그를 또 다시 불러세워 놓고 그 모자를 조사해 봤다. 아무것도 없어서 도로 돌려주면서 쓰라고 했다.

목순이 얼떨결에 모자를 두 손으로 받아서 제대로 얹지 못하고 아무렇게나 썼다. 이에 조조는 벌컥 의심이 들어서 좌우에게 명령하여 목순의 머릿속을 샅샅이 뒤져 보게 했더니 과연 그 속에는 복완의 밀서가 나왔다.

밀서를 펼쳐 보니 손권·현덕과 결탁하여 거사를 하겠다는 사연인지라, 조조는 노기가 충천하여 당장에 목순을 붙잡아서 깊숙한 방에 가둬 놓고 호되게 문책했다. 그러나 목순은 끝까지 함구한 채 아무말도 하지 않았다.

그날밤, 조조는 무장을 든든히 한 병사 3천 명을 소집하여 복완의 집을 포위하고, 남녀노소 구별없이 한 사람도 남기지 않고 체포했으며, 복황후의 친서를 수색해 내고, 복가(伏家)의 일족을 감옥에 몰아넣어 버렸다.

또 밤이 새기도 기다리지 않고 어림장군(御林將軍) 극려(郄慮)에게 명령하여 부절(符節)을 손에 들고 궁중에 들어가서 먼저 복황후의 옥새를 거둬들이라고 했다.

그날, 헌제는 외전(外殿)에 나와 있었는데, 극려가 무장한 병사 3백 명을 거느리고 달려드는 것을 보자 대뜸 물었다.

"무슨 일인고?"

"위공의 명령을 받들고 황후의 옥새를 거둬들이러 왔습니다."

헌제가 일이 사전에 탄로난 줄 알아차리고 혼비백산하여 어리둥절해 있는 틈에 극려는 서슴지 않고 안으로 뛰어들어갔다.

복황후는 이때 방금 잠을 깼다. 극려가 옥새를 관리하는 사람을 불러서 그것을 찾아내라고 명령하는 소리를 듣고 황후는 사실이 탄로됐음을 알고 곧 전(殿) 뒤에 있는 초방(椒房)으로 몸을 피하여 협벽(夾壁) 속에 숨었다.

얼마 후 상서령(尚書令) 화흠(華歆)이 무장한 병사 5백명을 거느리고 안으로 뛰어들면서,

"복황후는 어디 계시냐?"

하고 궁녀들에게 큰 소리로 물어보니, 모두들 모른다고 대답했다. 화흠은 병사들을 시켜서 문짝을 열어젖히고 찾아봤으나 보이지 않으니, 그렇다면 협벽 속에 숨어 있겠거니 하고 병사들에게 벽을 부숴 버리게 했다.

황후의 모습을 발견하자 그는 손으로 황후의 머리채를 움켜잡고 질질 끌어냈다.

"제발, 한 목숨을 살려 주오!"

이렇게 애원하는 복황후를 보고 화흠은 도리어 호통을 쳤다.

"그런 말씀은 친히 위공(魏公)을 만나셔서 호소하시오!"

황후는 머리가 풀어 흐트러진 채 맨발로 두 병사에게 질질 끌려서 밖으로 나오지 않을 수 없었다.

이 화흠이란 자는 한때 문명(文名)을 떨치고 있어서 일찍이 손권에게도 사사(仕事)한 일이 있었는데, 조조에게로 와서 이런 못된 짓을 하고 황후까지 붙잡아 내게 된 것이다.

화흠이 복황후를 질질 끌고 외전으로 나오자, 헌제는 황후의 모습을 발견하고, 전하(殿下)로 달려내려와 부둥켜안고 눈물이 비오듯 했다.

"위공의 명령이오! 빨리 가십시다!"

화흠의 말을 듣더니 복황후가 울면서 헌제에게 말했다.

"이젠 이 이상 이 첩의 목숨이 부지하지 못할 것 같습니다."

헌제 또한 눈물을 흘렸다.

"아! 이 내 목숨도 언제까지 남아 있을지 알 수 없소!"

무장한 병사들이 복황후를 포위하여 끌고 나가는 광경을 보고만 있던 헌제는 가슴을 두들기며 방성통곡했다.

옆에 서 있는 극려를 돌아다보았다.

"극공! 천하에 어찌 이런 일이 있을 수 있소!"

헌제는 그대로 땅바닥에 쓰러졌다. 극려는 좌우에게 명령하여 헌제를 안으로 부축해 들여가도록 했다.

화흠이 복황후를 조조 앞으로 끌고 나갔더니, 조조가 당돌하게도 심하게 매도했다.

"나는 성심으로 그대들을 대해 왔는데, 그대들은 도리어 나를 살해하려고 하다니! 내가 그대들을 죽이지 않으면, 그대가 반드시 나를 죽이고야 말 것이오!"

잔인 무도한 조조.

마침내 그는 좌우 사람에게 호령을 하여 그 자리에서 몽둥이 찜질을 해서 복황후의 생명을 빼앗았으며, 그길로 궁중으로 달려들어가 복황후가 낳은 두 아들들까지 탐살(鴆殺—독주로 살해)시켜 버렸다.

그뿐이랴.

조조는 계속해서 복완과 목순의 일족 2백여 명도 번화한 장거리로 끌어내어서 처참하게도 모조리 참해 버렸다.

조야의 사람 치고 그들의 처참한 죽음에 놀라지 않는 사람이 없었다.

때는 건안 19년 11월이었다.

헌제는 복황후가 세상을 떠난 다음부터 침식을 전폐하다시피 슬프고 쓸쓸한 나날을 보내고 있었는데, 어느날 조조는 뻔뻔스럽게도 궁중에 나타나서 이런 말을 했다.

"폐하! 과히 근심하지 마옵소서. 소신에게는 다른 마음이 있는 것이 아니옵니다. 소신의 딸은 이미 폐하의 귀인(貴人)이 되어 궁중에 있사오며, 대단히 현명하며 효성스러우니 정궁(正宮)으로 모심이 마땅하다 생각하옵니다."

헌제, 어찌 조조의 뜻을 좇지 않을 수 있었으랴! 건안 20년 정월 초하룻날, 마침내 새해를 경축하는 자리에서 조조의 딸 조귀인(曹貴人)을 정궁황후(正宮皇后)로 책립하게 되었는데, 여러 신하들이 감히 뭐라고 말을 못했다.

이리하여, 조조의 위세는 날로 절정에 달해 갔다. 하루는 대신들을 모아 놓고 오나라를 빼앗고 촉나라를 쳐부술 일을 상의했더니, 가후가 말했다.

"하후돈·조인 두 장수를 부르셔서 이 일을 상의하심이 좋을 줄 압니다."

조조가 그 말을 듣고 곧바로 사람을 파견하여 그들을 불러오도록 했다.

하후돈이 채 돌아오기 전에 조인이 먼저 도착하여, 밤중인데도 조조의 부중으로 들어가 조조를 만나봤다.

이때, 조조는 술이 취해서 자리에 누워 있었고, 허저가 칼을 뻗치고 당문(堂門) 안에 서 있었다. 조인은 안으로 들어가려다가 허저에게 가로막혀 버렸다.

조인이 대로하여 말했다.

"나는 조씨 집안의 종족이오. 그대가 어째서 감히 가로막는단 말이오?"

"장군은 비록 종친이라 하시지만, 역시 외방을 지키시는 진수관(鎮守官)이시오. 이 허저는 비록 남이라고 하지만 내시의 임무를 맡고 있소. 주공께서 술이 취하셔서 자리에 누워 계시니 들어가시게 할 수 없소."

조조가 그 말을 듣더니 감탄해했다.

"허저는 진실로 충신이로다!"

며칠 안 되어서 하후돈도 도착했다. 함께 정벌할 일을 상의하니, 하후돈이 말했다.

"오와 촉나라는 당장에 공격을 가하기는 어려우니, 먼저 한중(漢中)의 장로를 격파하고, 승리한 병력을 다시 동원해서 촉나라를 점령하면 힘 안 들이고 무찔러 버릴 수 있을 것입니다."

"바로 나의 뜻과 일치하는 말이오!"

드디어 서정(西征)의 군사를 일으키게 되었다. 이야말로 흉악한 짓을 해서 힘 없는 인군을 괴롭혀 놓자마자 다시 정병을 동원하여 남의 땅을 소탕하자는 계획이다.

67.
명마의 묘기

뒤로 물렀다가 다시 뛰어 강을 넘는 명마!

曹操平定漢中地
張遼威震逍遙津

조조는 선봉에 하후연·장합, 자신은 중군에, 조인·하후돈을 후군으로 삼아서 군량을 수송하도록 하여, 서정의 군사를 일으키기로 했다.

이런 사실을 염탐하는 군사가 재빨리 한중에 보고하자, 장로와 장위 형제도 여기에 대한 대책을 결정했다.

한중에서 제일 중요한 양평관(陽平關)에 좌우 숲속을 골라 10여 군데다 진을 치고, 장로는 한녕(漢寧)으로 나가서 군량을 보급하도록 했다.

장로의 명령대로, 장위는 양앙(楊昻)·양임(楊任) 두 대장을 거느리고 양평관에 도착하여 진을 치고 조조 군사를 기다리고 있었다.

얼마 안 되어서 하후연 · 장합의 군사가 도착했는데, 양평관에 장위의 군사가 진을 치고 있다는 소식을 알자, 거기서 15리나 떨어진 지점에 진을 쳤다.

양앙 · 양임은 도착하자마자 피로하고 맥이 빠진 하후연 · 장합의 군사들을 야습했다. 불의의 습격을 받은 조조 편의 군사들이 당황하여 진지로 패주하니, 조조는 대로하여 그 이튿날은 친히 허저 · 서황을 거느리고 장위의 진지를 순찰했다. 장위의 채책(寨柵)이 멀리 바라다보이는 산비탈 위에서 조조가 채찍으로 가리키며,

"진지가 저렇게 견고하다면 당장에 쳐부수기는 어렵겠는걸!"

하는데 그 말이 채 끝나기도 전에 뒤에서 고함소리가 요란하게 일어나며 양앙 · 양임이 두 갈래로 갈라져서 맹렬한 공격을 가해 왔다.

위기일발의 찰나에, 다행히 허저가 덤벼들어서 양앙 · 양임 두 장수를 물리치는 바람에, 서황이 조조를 보호하고 산기슭으로 빠져 나갔다. 또 하후연 · 장합 두 장수가 달려들어서 양앙 · 양임의 군사를 완전히 쫓아 버리고 조조를 구출하여 진지로 돌아왔다.

이때부터 쌍방이 똑같이 교전은 하지 않고 서로 대치하고 있기만 50여 일.

조조는 참다못해 꾀를 내어, 하후연 · 장합에게 날쌘 기병 3천을 주어서 두 갈래로 산속 샛길을 지나서 양평관을 뒤로 돌아 들어가게 해놓고, 자기는 진지를 수습해 가지고 철수하는 체하고 후퇴했다.

양앙은 양임이 재삼 말리는 것도 듣지 않고 얼마 안 되는 병력을 가지고 후퇴하는 조조의 군사를 추격했다. 그날은 안개가 자욱해서 옆사람의 얼굴도 잘 분간할 수 없는 지경이어서, 양앙은 도중에서 진격을 중지하고 있었다. 그런데 저편에서는 하후연의 군사가 산 속에서 안개에 막혀 길을 잃고 헤매다가 양앙의 진지 앞으로 나오게 되었다.

양앙의 진지에 남아 있던 병사들은 자기 편이 되돌아온 줄 알고 문을 열고 맞아들이니, 조조 편 군사들은 양앙의 진지에다 불을 지르고 도망쳤다.

안개가 걷힌 다음 양임은 부하를 거느리고 하후연과 몇 합을 싸웠으나, 뒤에서 장합의 군사가 또 덤벼드는 바람에 남정(南鄭)을 향해 뺑소니를 쳤다.

양앙은 되돌아서려고 애썼으나 이미 조조의 대군이 쳐들어왔으므로, 장합과 맞닥뜨려 싸우다가 순식간에 목숨을 빼앗기고 말았다. 이것을 알게 된 장위는 밤중에 관을 버리고 한중으로 도주해 버렸다. 그리하여 조조는 드디어 양평관과 여러 영채를 수중에 넣게 되었다.

장위와 양임이 장로에게 돌아가니, 장로는 대로하여 양임의 목을 베겠다고 호통을 쳤다. 양임은 양앙이 조조를 추격하지 말라는 자기의 말을 듣지 않고 고집을 부렸기 때문에 이런 결과가 됐다는 것을 설명하고, 다시 군사를 맡겨 준다면 반드시 조조의 목을 베어 오겠다고 했다.

장로는 양임에게 군령장(軍令狀)을 쓰게 하고 군사 2만을 또 주어서 남정에서부터 진격하여 진을 치도록 했다. 결국, 양임은 부장 창기(昌奇)를 출마시켜서 하후연과 대결하게 했으나 3합도 싸우지 못하고 하후연의 한칼에 목이 달아나고 말았다. 양임이 친히 달려들어서 하후연과 싸우니, 30여 합쯤 싸우다가 하후연은 일부러 싸움에 패한 체하고 뺑소니를 쳤다.

그것이 계책인 줄도 모르고 추격해 간 양임은 홱 몸을 돌이켜서 덤벼드는 하후연의 칼을 맞고 목이 날아가 버렸다.

조조는 하후연이 양임의 목을 베었다는 소식을 듣자 곧 남정 근처로 들어가서 진을 쳤다.

장로는 당황하여 문무백관을 모아 놓고 대책을 상의하니, 염포가, 조조의 부하 대장들과 대적할 수 있는 유일한 인물로 남안(南安)의 방덕(龐德)을 천거했다. 장로는 기뻐하며 즉시 방덕을 불러다가 군사 1만 명을 주어서 성밖 10리쯤 되는 지점에서 조조의 군사와 대진케 했다.

조조는 일찍이 위교(渭橋) 싸움에서 방덕의 대단한 실력을 알고 있기 때문에 부하 장수들에게 방덕을 피곤하게 만들어 놓고 산 채로 잡는 작전을 쓰라고 미리 당부했다.

먼저 장합이 방덕과 몇 합을 싸우다가 물러났고, 하후연 역시 몇 합을 싸우지 못하고 물러섰으며, 다음에는 서황이 나가서 겨 우 4, 5합, 마지막으로 허저가 나가서 50여 합을 싸웠으나 도무 지 승부가 나지 않았고, 방덕은 네 장수를 대적하고도 태연자약, 도무지 풀이 죽는 기색이 없었다.

조조가 방덕을 자기 수하에 넣고 싶어서 무슨 좋은 방법이 없 겠느냐고 좌우 사람에 물었더니, 가후가 나서면서 대답했다.

"장로의 수하에 양송이라는 모사가 있는데, 돈과 뇌물에 눈이 어두운 자이니, 몰래 그자에게 금백을 보내어 방덕을 장로에게 참소(讒訴)하게 하면 일을 해볼 수 있을 것입니다."

조조는 그 말에 동의하고, 똑똑한 군사 하나를 뽑아 가지고 상 을 후하게 주고 황금으로 만든 엄심갑(掩心甲)까지 주어서 가슴을 가리게 하고 한중 군사의 호의(號衣)를 입힌 다음 먼저 도중에 대 기시켜 놓았다.

그 이튿날, 하후연 · 장합을 멀찌가니 떨어진 곳에 숨겨 놓고, 서황을 내보내어 몇 합 싸우다가 패주하게 했다. 방덕의 군사가 쳐들어오자 조조의 군사는 하나도 남김 없이 도주했다. 조조의 진지를 점령한 방덕은 풍부한 군량을 보자 기뻐서 장로에게 통 지하고 진중에서 축하의 주연을 베풀었다.

이때가 밤 2경, 난데없이 3면에서 불길이 치밀고 서황·허저·장합이 몰려드니, 방덕은 막아낼 틈이 없이 말을 달려 포위망을 돌파하고 성을 향해서 뺑소니를 쳤다.

이때, 벌써 염탐꾼이 양송의 관저에 달려가서 조조의 밀서를 전달하니, 양송은 그 즉시 장로를 대면하고 방덕이 조조에게 뇌물을 받아 먹고 고의로 싸움에 패했다고 고해 바쳤다. 장로는 격분하여 당장 방덕을 불러들여서 목을 베겠다는 것을 염포가 가까스로 말렸다.

조조의 군사가 또 쳐들어오니 방덕은 군사를 거느리고 출전하지 않을 수 없었다. 또 조조의 꾀대로, 출마한 허저가 싸움에 패한 체하고 도주하니 방덕은 그를 추격했는데, 조조가 친히 높직한 언덕 위에 말을 멈추고 소리를 질렀다.

"방덕장군! 빨리 항복하시오!"

'옳다! 조조 하나를 잡으면 다른 천 명을 잡는 것만 할 것이다!'

이렇게 생각한 방덕은 말을 달려 언덕으로 올라가다가 천지가 무너지는 듯, 조조가 미리 마련해 놓은 깊은 함정 속에 말과 함께 떨어져 버렸다. 사방에서 몰려든 병사들이 함정에서 방덕을 끌어 내니, 그는 결국 산채로 잡혀서 산꼭대기로 끌려 올라가는 수밖에 없었다.

방덕은 장로의 매정한 태도를 생각하고 쾌히 조조에게 항복했으며, 조조는 방덕과 말머리를 나란히 하여 영채로 돌아가니, 이 소식을 들은 장로는 양송의 말을 더욱 믿게 되었다.

　이튿날, 조조가 성 위에 세 군데나 사다리를 높이 세워 놓고 포를 날려 맹공을 가하니, 장로는 감당할 도리가 없어서 아우 장위와 상의했다. 장위는 성 안의 창고를 모조리 불지르고 남쪽 산으로 도주하자고 주장했으며, 양송은 그대로 성문을 개방하자고 주장했으나, 장로는 나라의 물건을 태워 버릴 수 없다는 갸륵한 정신으로 창고에다 모조리 자물쇠를 채워 놓고, 그날밤 2경에 가족을 거느리고 남쪽 문으로 진격해 나갔다.

　조조는 장로가 창고에 자물쇠를 채웠다는 사실에 탄복하여 그에게 투항하기를 권고했다. 그러나 장로는 말을 듣지 않고 친히 군사를 거느리고 파중(巴中)까지 쳐들어가서 허저와 대결하게 되었다. 장로는 아우 장위를 출전시켰더니, 장위는 허저와 싸우다가 말 위에 앉은 채로 목이 날아가 버렸다.

　아우가 죽은 것을 알게 된 장로는 진지를 견고히 하고 농성을 하고 있었는데, 양송이 때를 놓치지 말고 계속 싸워야 한다고 충동하는 바람에 염포의 간언도 물리치고 또다시 진격을 개시했다.

　적군과 싸움을 시작하기도 전에 후군이 도망치기 시작하자 급히 후퇴하려고 했더니, 또 조조의 군사가 추격해 왔다. 성 아래까지 왔을 때 양송은 성문을 열어 주지 않았다. 장로는 진퇴양난.

마침내, 장로는 말을 내려서 조조에게 순순히 항복했다. 조조는 그를 정중히 대하고 진남장군(鎭南將軍)에 봉했으며, 한중 땅이 진압되자, 명령을 내려서 여러 군에 태수(太守)와 도위(都尉)를 새로 두고 병사들에게 후하게 상을 베풀었다. 양송만은 주인을 팔아서 자신의 영달만을 꾀하였다 해서 그날로 번화한 장터에 끌어내어 참해 버렸다.

조조가 동천(東川)을 수중에 넣게 되자, 주부(主簿) 사마의(司馬懿)와 유엽(劉曄)이, 이번 기회에 유현덕을 토벌하자고 극력 권고했다. 그러나 조조는 병사들이 원정에 지쳤다는 것을 구실로 완강히 그들의 권고를 거부해 버리고 군사를 움직이려 하지 않았다.

한편, 서천의 백성들은 조조가 동천을 점령했다는 소식을 듣자 반드시 서천을 침공할 것이라 생각하고 남녀노소 다같이 불안한 나날을 보내게 되어서 현덕은 군사 공명을 불러 대책을 상의했다.

공명의 의견은 조조가 군사를 갈라서 합비를 지키게 하고 있는 것은 손권을 두려워하기 때문이니까, 우리편에서 강하·장사·계양 3군을 오나라에 돌려주고, 언변이 능한 사람을 파견해서 이해관계를 설득시키고, 오나라로 하여금 군사를 일으켜 합비를 공략하게 해서 조조를 견제하면 그는 반드시 군사를 남쪽으로 이동시키리라는 것이었다.

현덕은 이적(伊籍)이 자진해서 사자로 가겠다고 나서자, 먼저 편지를 써 주어서 형주로 보내어 관운장에게 연락을 해놓고, 말릉에 가서 손권과 대면하라고 지시했다.

이적이 손권을 만나서 인사를 하자마자, 손권은 대뜸 무슨 용건이냐고 물었다. 이적이 대답했다.

"먼저 약속한 3군을 돌려드리기로 이번에 서신을 가지고 왔으며, 또 형주·영릉·남군까지 돌려드릴 작정이었으나, 조조가 동천을 점령했기 때문에 관운장을 움직일 수가 없게 되었습니다. 이제 합비가 약하게 되었으니 공께서 공격해 주시면, 조조가 군사를 거느리고 남쪽으로 물러갈 것이므로, 우리 주공께서는 동천을 점령하시고 나서 형주 전토를 반환해 드릴 것입니다."

손권은 그것이 유현덕이 조조의 서천 공략을 두려워해서 생각해 낸 계책임을 즉시 알아챘다. 그러나 조조가 한중에 있는 기회에 합비를 공격하는 것도 현명한 계책이라 생각하고 노숙에게는 장사·강하·계양의 3군을 찾아 가지고 육구에 주둔하도록 명령하고, 여몽과 감녕을 불러 올리고, 여항(餘杭)으로부터 능통(凌統)을 불러 올렸다.

며칠 안 되어서 여몽·감녕이 도착했는데, 여몽이 계책을 제공했다.

"지금 조조는 여강(廬江) 태수 주광(朱光)의 군사를 완성에 주둔시키고 크게 논을 개간하고 양곡을 합비에 저장하고 있습니다.

먼저 완성을 수중에 넣고 나서 합비를 공략함이 좋을까 합니다."

"그거 참 내 맘에 꼭 드는 의견이로군!"

손권은 여몽·감녕을 선봉으로 내세우고 장흠·반장에게 후군을 맡기고, 자기는 주태·진무·동습·서성을 거느리고 중군을 맡았다.

손권의 군사는 장강을 건너서자 단숨에 화성(和城)을 지나고 곧장 완성으로 일제히 진격해 들어갔다.

완성의 태수 주광은 사람을 합비로 파견해서 원군을 청하고 성을 든든히 지키고 있을 뿐 대결하러 나오지를 않았다.

손권이 성 아래로 말을 몰아 정세를 살피려고 나서니, 성 위에서 화살을 빗발치듯 퍼부었다. 영채로 돌아온 손권이,

"어떻게 하면 저 성을 함락시킬 수 있겠소?"

하고, 여러 장수들에게 상의했더니, 동습과 서성이 각각 의견을 내놓았다.

"병사들을 동원해서 흙을 높이 쌓아 올리고 그 위에서 공격을 하면 좋겠습니다."

"사다리를 높이 쌓아 올리고 홍교(虹橋)를 만들어서 성중을 내려다보면서 공격을 가하면 좋겠습니다."

또 여몽이 말했다.

"그것은 시간이 너무 걸려서, 그러고 있다가 합비에서 싸움을 거들러 달려들기라고 한다면 함락시키기는 도저히 불가능합니

다. 우리 군사는 도착한 지도 얼마 안 되고 사기가 왕성하니, 이 기회를 놓치지 말고 그대로 맹공을 가하는 것이 좋겠습니다. 내일 날이 밝을 무렵에 공격을 개시하면, 오미시(午未時—12시부터 2, 3시까지)까지면 반드시 함락시킬 수 있을 것입니다."

손권이 여몽의 의견에 찬성하고, 이튿날 5경에 식사를 마치고 총공격을 개시하니, 성 위에서도 일제히 돌이 아래로 쏟아졌다. 감녕은 쇠사슬을 손에 잡고 성벽으로 기어올라가니, 주광은 궁노수들에게 일제히 활을 쏘게 하였다. 감녕은 빗발치듯 하는 화살과 돌을 피해 가며 일격에 주광을 거꾸러뜨리고 말았다.

여몽은 친히 북을 두들기고, 병사들이 우르르 몰려 올라와서 주광을 마구 찌르니, 다른 병사들은 속속 투항하였다. 완성을 완전히 함락시키고 나니 겨우 진시(辰時—오전 7, 8시)밖에 더 되지 않았다.

이때, 장요가 군사를 거느리고 도중까지 와 있었지만, 초마가 돌아와서 이미 함락됐다고 하자, 즉시 군사를 돌려서 합비로 돌아갔다.

손권이 완성으로 들어서니 능통도 부하를 거느리고 달려들었다. 손권은 여몽 · 감녕 · 능통, 그밖의 모든 군사들을 위로하고 상을 내렸으며, 축하의 주연을 베풀었고, 여몽은 감녕에게 윗자리를 양보해서 그의 공로를 치하했다.

주석이 한창 어울려 들어가고 있을 때, 능통은 자기 부친이 감녕에게 살해당한 옛날 원한을 떠올리고, 또 여몽이 감녕을 칭찬하는 것을 보자 분노가 치밀어올라 한참 동안이나 노려보고 있더니, 이윽고 종자(從者)가 가지고 있던 칼을 뽑아 들고 연석 한복판에 불쑥 일어났다.

"연석에 여흥이 없으니, 나의 검무나 보여 드릴까 하오!"

감녕은 그의 심중을 알아차리고 자기도 술상을 밀치고 일어서더니 좌우 양손에 극(戟)을 잡고 뚜벅뚜벅 걸어 나왔다.

"나도 연석 앞에서 극을 한번 써서 보여 드리겠소."

여몽은 두 사람의 행동이 모두 심상치 않음을 짐작하고, 한쪽 손에 만패(挽牌), 다른 한쪽 손에 칼을 잡고 중간에 서서 말했다.

"양공께서 다 잘들 하시겠지만 나만큼은 잘못하실 거요."

말을 마치자 만패와 칼을 휘둘러서 춤을 추며 두 사람을 멀찌가니 갈라 놓았다.

이런 사실을 재빨리 손권에게 보고한 사람이 있어서 손권은 황급히 말을 달려 연석으로 오니, 그들은 손권이 나타난 것을 보고서야 각각 무기를 거두어들였다.

손권이 말했다.

"나는 그대들에게 언제나 옛날 원한을 생각지 말라고 했는데, 오늘은 어째서 이러는 거요?"

능통은 그 말을 듣더니 땅에 엎드려 통곡하고 말았다. 손권은 재삼 그를 권고하고, 그 이튿날 합비를 향하여 군사를 총진군시켰다.

장요는 완성이 함락되었기 때문에 도중에서 합비로 되돌아가서 답답한 시간을 보내고 있었는데, 조조가 파견한 설제(薛悌)가 조그마한 나무상자 하나를 전해 주었다. 그 나무상자는 조조가 친필로 써서 봉했는데, 위에 '적이 나타나거든 뜯어 보라(賊來乃發)'라고 씌어 있었다.

그날 마침, 손권이 10만 대군을 거느리고 합비로 향하고 있다는 정보가 날아들자 장요는 곧 그 나무상자를 뜯어 보았다. 그 속에는 '손권이 도착하거든, 장(張)·이(李) 두 장군은 나가서 싸우고, 악장군(樂將軍)은 성을 지키도록 하라'는 명령이 들어 있었다.

장요는 그 글을 이전(李典)과 악진(樂進)에게 보여 주었다.

"장군의 의견은 어떠시오?"

악진이 이렇게 묻자, 장요가 대답했다.

"우리 주공께서 원정 중이시니 오에서는 우리를 반드시 격파할 수 있으리라 믿는 모양이오. 이제부터 당장에 대결하여 적군의 의기를 꺾어 주고, 우리편 중심을 안정시킨 다음에, 수비 태세를 취하는 게 좋을 것 같소."

이전은 본래부터 장요를 마땅치 않게 생각하는 점이 있어서, 장요가 이렇게 말하자 잠자코 듣고만 있었다.

악진은 이전이 아무 말 없이 있는 것을 보더니 말했다.

"적은 수효가 많고 우리는 적으니 대적하기 어려울 것이오. 수비나 든든히 하고 있느니만 같지 못하겠소."

장요가 말했다.

"공들은 자기 자신의 일만 생각하느라고 국사를 돌보려 들지 않는 것이오. 나는 당장 뛰어나가서 힘껏 싸워 보겠소!"

이 말을 듣더니 이전이 벌떡 일어섰다.

"장군의 의사가 그렇다면, 이 이전이 어찌 감히 사사로운 감정으로써 공사를 잊어버리리까! 지휘를 받고자 하오!"

장요가 한층 더 기뻐했다.

"그렇게 도와 주실 의사가 있으면, 내일 군사를 거느리고 소요진(逍遙津) 북쪽에 숨어 계시다가 오병이 쳐들어오거든 먼저 소사교(小師橋)를 끊어 버리면 나와 악진장군이 함께 대들어 싸워 보겠소."

이전은 승낙하고 곧 군사를 정비해 가지고 먼저 출발했다.

한편 손권은 여몽과 감녕을 선봉으로, 자신은 능통과 같이 중군을 맡아 가지고 합비를 향해서 진격해 들어갔다. 여몽과 감녕이 저편에서 진격해 오는 악진과 맞닥뜨리게 되니 감녕이 나서서 악진과 대결했는데, 몇 합을 싸우지 않아서 악진은 싸움에 패한 체하고 도주했다. 감녕은 여몽과 함께 군사를 몰고 추격해 들어갔다.

손권은 중군에 있으면서 선봉에서 승리했다는 정보를 듣자 군사를 몰아 소요진의 북쪽까지 돌진했다.

난데없이 연주포(連珠礮)가 터지더니 장요와 이전이 좌우 양쪽에서 부하를 거느리고 덤벼들었다. 손권은 놀라며 급히 여몽·감녕에게 사람을 파견하여 구원을 청했으나, 벌써 장요의 군사는 눈앞에까지 박두해 왔다. 능통의 수하에는 겨우 3백여 기가 따를 뿐, 노도같이 밀려드는 조조의 군사와 대결할 도리는 없었다.

"주공님! 빨리 소사교를 건너십시오!"

능통의 고함소리가 끝나기도 전에 장요가 2천여 기를 거느리고 덤벼드는 바람에 능통은 몸을 돌려 필사적으로 싸웠다. 손권이 말을 몰아서 다리 앞까지 달려갔으나, 남쪽으로 1장 이상이나 되는 거리가 널조각 하나도 남김 없이 끊어져 있는 것이었다.

진퇴양난에 빠져 허둥지둥하고 있을 때, 부장 곡리(谷利)가 소리를 질렀다.

"말을 일단 뒤로 물리셨다가 단숨에 뛰어 넘도록 하십시오!"

손권이 3장 이상이나 말을 뒤로 물려 가지고 채찍으로 한번 호되게 내리치니 말은 신바람 나게 껑충 뛰어서 단번에 남쪽 기슭으로 몸을 날렸다. 남쪽 기슭에서는 서성·동습이 배를 대어 놓고 있다가 손권을 맞았다.

능통과 곡리가 장요를 막아내고 있는 동안에 감녕·여몽이 군사를 거느리고 구출하러 오기는 했지만, 뒤에서 악진이 추격해 오고, 앞에서는 이전이 가로막고 덤비기 때문에 병사들의 태반을 상실했으며, 능통이 거느린 3백여 명도 거의 전멸상태에 빠지고 말았다.

능통 자신도 몸에 여러 군데 창을 맞고 다리 근처까지 빠져 나왔으나 다리가 이미 끊어져 있어서 강기슭을 끼고 도주했다.

손권은 배 위에서 이 광경을 목격하고 급히 동습에게 명령하여 배를 가까이 대어 주어서 그를 구출했다.

여몽과 감녕도 간신히 목숨만 남아서 남쪽 기슭으로 뺑소니를 쳤다.

이번 싸움에서 강남 사람들은 치를 떨었으며, 장요의 이름만 들으면 어린아이들이 밤에 울다가도 뚝 그칠 지경이었다.

여러 장수들이 손권을 보호하고 영채로 돌아오니, 손권은 능통·곡리에게 후히 상을 내렸고, 일단 군사를 유수(濡須)로 돌려 보냈다. 그리고 전선을 정비해 가지고 수륙 양면으로 진격을 개시할 것을 협의했으며, 동시에 사람을 강남으로 파견하여 원군을 보내라고 명령했다.

한편, 장요는 손권이 유수에서 대군을 동원해서 쳐들어오려 하고 있다는 소식을 듣자, 합비의 약한 힘을 가지고는 도저히 대적할 수 없음을 깨닫고, 급히 설제를 한중으로 파견하여 위급한 정세를 보고하고 원군을 청했다.

"지금 서천을 공격하면 점령할 수 있겠소?"

조조가 여러 장수들과 상의하니, 유엽이 말했다.

"요사이 촉나라는 정상상태를 회복하고 이미 방비를 든든히 하고 있으니 공격한다는 것은 불리합니다. 군사를 철수시켜서 합비의 위급을 구출하고 난 다음에, 단숨에 강남을 공격하는 것이 좋을까 합니다."

　조조는 하후연을 남겨두어 한중 정군산(定軍山)의 요새지대를 방비하게 하고, 장합에게는 몽두엄(蒙頭巖)의 요새를 든든히 지키게 하고, 그밖의 군사에게는 철수를 명령하여 유수로 급히 떠났다.

　이야말로 용맹무쌍한 기병이 농우(한중)를 평정하니, 정모(旌旄)가 또다시 강남을 가리킨다.

68.
불가사의한 요술

바위 속에서 얻은 천서(天書)로
도를 닦았다는 도사의가 조조를 농락하는데…

甘寧百騎劫魏營
左慈擲盃戲曹操

손권이 유수구에서 군사를 정비하고 있을 때, 조조가 한중에서 40만 대군을 거느리고 합비를 구원하러 온다는 정보가 날아들었다.

손권은 모사들과 대책을 강구하여, 우선 동습·서성에게 큰 배 50척을 주어서 유수구에 매복하라 하고, 진무를 시켜서 인마를 거느리고 장강 연안을 순초(巡哨)하게 했다.

선봉으로 나설 사람이 없느냐고 손권이 부하 장수들에게 묻자, 능통이 자진해서 나서며 3천 명의 군사를 달라고 했다. 옆에 있던 감녕이 불쑥 나서서 말했다.

"백 기만 가져도 쫓아 버릴 수가 있습니다. 3천 명씩이나 무슨 필요가 있겠습니까!"

능통이 격분하여 손권 앞에서 감녕과 옥신각신 말다툼이 벌어졌는데, 결국 손권은 조조의 군사는 수효가 많으니 장담할 수 없다 하여, 능통에게 3천 명의 군사를 딸려서 유수구로 떠나보냈다.

능통은 조조의 선봉 장요와 50여 합을 싸웠지만 승부가 나지 않았다. 손권은 능통의 신변을 걱정하여 여몽을 내보내서 싸움을 중지하고 능통을 데리고 영채로 돌아오게 하니, 감녕이 선뜻 손권에게 말했다.

"오늘밤에 단 백 기만 가지고 조조의 영채를 습격하겠습니다. 1기라도 잃어버리면 공로를 따지지 않겠습니다."

손권은 그 대담무쌍함을 가상히 여기고 장하(帳下)의 정예 마병 백 명을 뽑아서 감녕에게 맡기고 술 50병, 양고기 50근을 병사들에게 주었다. 감녕은 술과 고기를 밤 2경께까지 실컷 마시고 먹고 나서, 흰 거위털 백 개를 가져다가 투구에 꽂아서 표적을 삼고 말을 달려 조조의 영채 가까이 육박해 들어가자, 녹각(鹿角―나뭇가지로 만든 방어선)을 뽑아 버리고, 중군으로 돌진하여 조조를 잡아내려고 했다.

그러나 중군의 철통 같은 경비선을 돌파할 수 없어서 감녕은 백 기를 거느리고 좌충우돌하면서 미친 듯이 날뛰었다. 조조의 군사는 감녕의 군사 수효도 잘 모르고 저희들끼리 혼전을 전개하니, 감녕은 유유히 영채의 남쪽문을 돌파하여 나왔지만, 한 사람도 감히 덤벼들지 못했다.

손권은 주태의 군사를 내보내서 감녕의 군사를 맞아들이게 했고, 감녕은 백 기를 거느리고 영채로 돌아왔는데, 그 수효가 하나도 빠짐이 없었다.

손권은 감녕의 놀라운 솜씨를 칭찬하고 비단 천 필과 이도(利刀) 백 자루를 상으로 주어서 병사들에게 분배하게 했다. 감녕이 공로를 세운 것을 보고 있던 능통이 분연히 나서서 장요와 한번 대적해 보겠다고 군사 5천 명을 거느리고 유수로 달려나갔다.

손권도 친히 감녕을 데리고 싸움을 구경하러 영채 밖에 나와 있었고, 조조도 친히 문기(門旗) 아래 말을 멈추고 서 있었다.

장요가 먼저 악진을 출마하게 하니, 능통과 악진은 50여 합을 싸웠으나 승부가 나지 않았다. 조조는 조휴(曹休)를 시켜서 활을 쏘라고 명령했고, 그 화살이 능통의 말에 명중하여 뻣뻣이 서 버리니, 능통은 말 위에서 떨어지는 수밖에 없었다.

악진이 와락 능통에게로 덤벼드는 순간, 또 하나의 화살이 날아들어 악진의 얼굴에 꽂혔다. 악진도 말 위에서 뒹굴어 떨어지고 말았다. 쌍방에서는 징을 쳐서 싸움을 중지하고 각각 영채로 돌아왔다. 위기일발에서 능통을 구출한 화살은, 나중에 알고 보니 바로 감녕이 쏜 것이었다. 이런 일이 있은 뒤부터 감녕과 능통의 우의는 두터워졌고, 옛날의 원한까지 깨끗이 잊어버리게 됐다.

조조는 화살을 맞은 악진을 영채 안에서 치료하도록 명령했다. 그리고 이튿날 장요·이전·서황·방덕 네 사람의 쟁쟁한 장수들을 거느리고 장강 연안으로 진격을 개시했다. 이때 저편에서는 동습·서성 두 장수가 배를 타고 있었는데, 동습이 북을 두드리고 함성을 올리게 하면서 필사적으로 조조에게 대항했지만, 사나운 바람에 배가 전복되어서, 마침내 동습은 물 속에 빠져서 죽고 말았다.

진무가 싸움을 거들려고 부하를 거느리고 달려들어서 방덕과 일대 접전이 벌어졌으며, 손권은 주태를 데리고 싸움을 거들러 나왔으나, 장요·서황 두 장수에게 포위당하여 오도가도 못하게 됐다. 조조는 높은 언덕에서 자기 편이 손권을 포위한 것을 바라보자, 그 즉시 허저에게 명령하여 난투 속으로 뛰어들어가서 손권의 군사를 분단시켜 전후 고립상태에 빠지게 했다.

주태는 난투 속을 헤치고 강기슭까지 빠져 나왔으나 손권이 보이지 않자 두 번이나 철통 같은 포위망을 돌파하고 달려들어가서 손권을 사지에서 구출했고 위기에 빠진 서성까지 구해냈다.

방덕과 결사적으로 싸우고 있던 진무는 나무가 울창하게 무성한 산곡간으로 쫓겨갔는데 다시 한번 더 싸워 보려고 말머리를 돌리는 순간 전포 소맷자락이 마른 나뭇가지에 얽혀서 싸워 볼 겨를도 없이 방덕의 칼을 맞고 목숨을 잃었다.

조조는 손권이 도주하는 것을 보자, 친히 말을 달려 나와서, 손권을 강변으로 몰면서 활을 쏘라는 명령을 내렸다. 화살이 빗발치듯 하는 순간, 홀연 강 건너편에서부터 몇 척의 배가 이편으로 저어 오는데 선두에 서 있는 사람은 바로 손권의 형 손책(孫策)의 사위 육손(陸遜)이었다.

친히 10만 대군을 거느리고 달려와서 조조의 군사를 쫓아 버리고 군마 수천 필을 탈환하니, 조조의 군사는 부상자가 부지기수, 처참하게 패하여 도주해 버리고 말았다.

손권은 진무가 죽고, 동습마저 물에 빠져 죽은 것을 알자, 방성통곡을 했다. 동습의 시체를 물 속에서 건져 가지고 싸움터에서 나중에 찾아낸 진무의 시체와 함께 정중하게 매장했다.

이번 싸움에 가장 공로가 큰 장수는 손권을 두 번이나 사지에서 건져낸 주태였다. 그는 수십 군데나 창에 찔려서 몸에는 상처투성이였다. 손권은 그의 의복을 벗기고 그의 만신창이가 된 상처에 대해서 하나하나 싸우던 때의 이야기를 들으면서, 상처 하나마다 한 잔씩 주태에게 큰 잔으로 술을 권했다.

"그대야말로 나의 친형제나 다름없는 몸이오. 이제부터 병마의 대권을 그대에게 맡기리다. 나에게는 가장 훌륭한 공신(功臣)! 길이 영화를 함께 하고 고락을 같이 합시다!"

손권은 이렇게 감격하여 마지않았다. 그러나 손권은 유수에서 조조와 한 달 이상을 대진하여도 좀처럼 승리를 거둘 수는 없었다.

결국, 손권은 장소·고옹의 권고를 받아들여서, 보즐(步騭)을 조조의 진영에 보내어 화의를 구하기로 하고, 해마다 세공만 바치도록 해달라고 했다. 조조도 시급히 강남을 항복시키기는 어렵다고 생각해서 이 화의를 받아들였다. 손권은 장흠·주태 두 장수에게 유수구를 지키도록 하고, 나머지 군사를 전부 거느리고 배를 타고 말릉으로 돌아갔다.

조조는 조인·장요 두 장수를 합비에 남겨두고 허창으로 돌아왔는데, 문무백관이 모두 그를 위왕(魏王)으로 받들고자 건의했다. 이것을 반대한 상서(尚書) 최염(崔琰)은 조조의 미움을 사서 옥에 갇힌 후 매를 맞아 죽어 버렸다.

건안 21년(서기 216년) 5월, 여러 대신들은 헌제에게 상주문을 올려서 조조의 공덕이 하늘에 닿고 땅을 가득 채우니 위왕으로 책립(冊立)하라고 권했다. 헌제는 즉시 종유를 불러서 조서를 기초하도록 명령하고 드디어 조조를 위왕에 책립했다.

조조는 앙큼스럽게도 마음에도 없는 것처럼 세 번이나 사퇴를 표시하다가 마침내 위왕의 작위를 받고야 말았다.

조조의 정실(正室) 정부인(丁夫人)에게는 아들이 없었고, 첩 유씨(劉氏)가 낳은 아들 조앙(曹昂)은 장수(張繡)를 토벌할 때 완성에서 죽었다. 그 다음, 변씨(卞氏)가 낳은 아들이 넷 있는데, 장남은 비(丕), 차남은 창(彰), 셋째는 식(植), 넷째가 웅(熊)이었다. 이렇게 되니 자연 정부인을 물리치고 변부인을 위왕의 왕비로 삼게 되었다.

셋째아들 조식은 자를 자건(字建)이라 하는데, 위인이 총명하여 한번 붓만 들면 달필이오 문장에 능통해서, 조조는 조식을 후계자로 점찍어 놓았다.

장남 조비는 자신이 후계자가 되고 싶어서 중대부(中大夫一近侍官) 가후(賈詡)와 대책을 상의했으며, 가후는 그에게 이런저런 방법을 가르쳐 주었다. 그 후부터 조조가 싸움터에 나갈 때마다 아들들이 전송을 하게 되면, 조식은 반드시 부친의 공덕을 찬양하는 문장을 지었지만, 조비는 단지 눈물을 뚝뚝 떨어뜨리며 절을 할 뿐이었다.

이렇게 되니, 조조도 조식에게는 잔재주는 있지만 정성된 마음에 있어서는 조비를 따르지 못한다고 생각하게 되었고, 과연 어떤 아들을 후계자로 삼아야 좋을지 몰라서 망설이다가 가후에게 상의했다. 그랬더니 가후는 통 대답이 없었다. 조조가 그 까닭을 물었더니, 그제야 가후가 대답했다.

"저는 방금 어떤 사실을 생각하느라고 선뜻 대답을 드리지 못했습니다."

"어떤 사실이란 무엇이오?"

"원소(袁紹)와 유표(劉表) 부자간의 일을 생각했습니다."

조조는 그 말을 듣더니, 깔깔깔깔 한바탕 웃고 나서, 드디어 장차 조비를 후계자로 작정했다.

그해 겨울 10월에, 위왕궁(魏王宮)이 낙성되자, 사람을 각지에 파견하여 가지가지 기이한 꽃과 색다른 과일나무를 구해다가 후원에 심게 되었다. 오나라에 도착한 사자는 손권을 만나 보고 위왕의 명령을 전달했으며, 또 귤을 구하러 온주(溫州)에까지 갔다. 이때, 손권은 위왕에게 세공을 바치게 된 몸이니 시급히 온주로 사람을 파견해서 특별히 크고 좋은 귤을 50여 짐이나 꾸려서 업군으로 보내도록 했다.

그것을 운반해 가는 인부가 도중에서 짐을 지고 가느라고 너무 피곤하여 어느 산 기슭에서 쉬고 있는데, 어떤 선생 한 사람이 나타나 보니, 사팔뜨기에 절름발이로, 머리에는 백등관(白藤冠)을 썼고, 몸에는 초라한 푸른 옷을 걸치고 있었다. 그는 인부 앞으로 오더니 절을 하고 말했다.

"짐을 지고 가느라고 얼마나 힘이 드시오? 내가 좀 져다가 드리면 어떻겠소?"

여러 인부들은 기뻐서 어쩔 줄 몰랐다. 그래서 그 선생은 짐짝 하나씩을 5리씩 번갈아 가며 짊어지고 갔는데, 선생이 한 번 지고 난 짐짝은 이상하게도 유난히 가벼워지는 것이었다. 여러 사람들은 어찌된 영문인지 몰라서 놀라움을 금치 못하고 있었다.

선생은 헤어지게 되자 귤을 운반해 가는 관리에게 이렇게 말하는 것이었다.

"나는 위왕과 동향인 사람으로 성은 좌(左), 이름은 자(慈), 자는 원방(元放), 도호(道號)를 오각선생(烏角先生)이라고 하는 사람이오. 업군으로 돌아가거든 좌자가 안부 전하더라고 말씀드려 주시오."

그 선생은 소맷자락을 휘저으며 휘적휘적 어디론지 가 버렸다.

귤을 운반해 온 사람들이 업군에 도착해서 그것을 바쳤다. 귤을 두 쪽으로 쪼개 보니 그 속은 텅 비었고 과육이라고는 볼 수 없었다. 깜짝 놀라서 귤을 가져온 자에게 물어 봤더니, 그자는 좌자의 이야기를 했다. 조조가 의아하게 생각하고 있는 중인데, 홀연 문리(門吏)가 보고했다.

"좌자라고 자칭하는 분이 대왕을 뵙겠다고 오셨습니다."

조조가 그를 안으로 불러들이자, 귤을 가져온 자가 일렀다.

"도중에서 만난 분이 이분이었습니다."

"그대는 무슨 까닭에 요술을 부려서 나의 맛있는 과실을 도둑질했는가?"

좌자가 웃으면서 말했다.

"그런 일이 어디 있겠습니까!"

그는 귤을 한 개 집어들고 두 쪽으로 쪼갰다. 그 속에는 과육

512

이 꽉 차 있었고 맛이 여간 좋은 것이 아니었다. 조조가 또 친히 쪼개 보니 그것은 모조리 텅빈 것들이었다. 점점 이상하게 생각 되어서 좌자를 자리잡혀 앉히고 그 까닭을 물었다. 그는 술과 고 기를 달라고 요구해서 그 자리에서 술을 가져다 주었다. 다섯 말 술을 마시고도 취하는 기색이 없으며 고기는 양 한 마리 잡은 것 을 몽땅 먹어 치우고도 태연할 뿐이었다.

"그대는 무슨 술법으로 이렇게까지 되었소?"

조조가 묻자 좌자가 대답했다.

"나는 서천 가릉(嘉陵) 아미산(娥媚山) 속에서 30년간 도술을 닦 았는데, 어느날 바위 틈에서 나를 부르는 소리가 들려서, 깜짝 놀 라서 휘둘러보았으나 아무것도 보이지 않았습니다.

이런 일이 며칠 동안 계속되더니, 어느날 벼락이 떨어져 바윗 돌이 깨지고 그 속에서 《둔갑천서》(遁甲天書)라고 하는 책 세 권을 얻게 되었습니다.

천둔(天遁) · 지둔(地遁) · 인둔(人遁) 이렇게 상 · 중 · 하 세 권인 데, 천둔이란 법은 구름과 바람을 타고 허공을 날 수 있고, 지둔 이란 법은 산을 꿰뚫고 돌을 부술 수 있으며, 인둔이란 법은 구 름을 타고 사해(四海)를 돌아다닐 수 있고, 몸을 숨기고 형체를 변 할 수 있고, 칼을 마음대로 날리고 던지고 해서 사람의 목을 벨 수도 있습니다. 대

왕께서도 이미 벼슬자리가 인신(人臣)으로서는 절정에 달하셨

는데, 어째서 자리에서 물러나서서 저같은 사람을 따라서 아미산 속으로 가서서 도나 닦지 않으십니까? 그렇게만 하신다면 천서 세 권을 물려 드리겠습니다."

"나도 오래 전부터 용퇴(勇退)하고 싶은 생각이 간절했지만, 조정에 적당한 인물이 아직 없으니 어찌하리까?"

좌자가 웃으며 말했다.

"익주의 유현덕은 제실(帝室)의 후예신데 어째서 그분께 자리를 양보하지 않으십니까? 그렇게 하지 않으신다면, 제가 칼을 날려서 공의 목을 베어 보겠습니다."

"알고 보니 이놈이 바로 유현덕의 염탐꾼이로구나!"

조조는 노발대발하여 좌우 사람에게 곧바로 체포령을 내렸다. 그러나 좌자는 껄껄대고 웃음을 터뜨릴 뿐이었다.

조조가 옥졸 10여 명에게 명령하여 고문을 시키니, 옥졸들은 있는 힘을 다해서 마구 매질을 했는데도, 좌자는 코를 드르렁 드르렁 골며 잠을 잘 뿐, 조금도 아파하는 기색이 없었다.

점점 더 약이 오른 조조는, 목에다 칼을 씌우고 못을 박아 버렸으며, 쇠고랑을 채워서 감방에다 가두고 사람을 시켜서 감시하게 했다. 그런데도 감방에 들어간 좌자는 칼과 쇠고랑이 저절로 풀어지더니 그대로 드러누워서 몸에는 상처 하나 없이 쿨쿨 잠만 자는 것이었다.

7일간이나 가둬 두고 물 한 방울도 주지 않았는데, 여전히 감방 속에 단정히 앉아 있으며 안색은 전보다도 더욱 좋아졌다.

옥졸의 이런 보고를 받자, 조조가 다시 끌어내서 물어 보니, 좌자가 말했다.

"나는 10년 동안을 먹지 않아도 아무렇지도 않고, 또 하루에 양을 천 마리 먹어도 배가 부른 줄 모릅니다."

그날, 마침 여러 관리들이 왕궁에 모여서 성대한 연석을 벌였다. 술을 마시고 있을 때 좌자가 나막신을 신고 연석 앞으로 나타났다. 여러 관리들이 깜짝 놀라 영문을 몰라 하는데 좌자가 입을 열었다.

"대왕께서는 오늘 수륙의 진미를 구비해 놓으시고 군신과 더불어 대연(大宴)을 베푸시니 사해의 이물(異物)이 굉장히 많은데, 그래도 뭐든 빠진 물건이 있으시다면 소생이 마련해 드리지요."

"나는 용의 간으로 만든 떡을 먹고 싶은데, 그대는 그것을 마련해 낼 수 있단 말인가?"

"그게 뭐 어려울 게 있습니까?"

좌자는 먹과 붓을 가져오게 해서 흰 벽에다가 용 한 마리를 그려 놓고 소맷자락을 한번 훌쩍 스치니까 용의 배가 저절로 벌어졌다. 좌자가 용의 뱃속에서 두 쪽의 간을 끄집어내니 시뻘건 피가 뚝뚝 흘러 내리는 것이었다.

조조가 그것을 믿지 않고 호통을 쳤다.

"미리 소맷자락 속에 감추고 있었구나!"

좌자는 천연덕스럽게 또 말했다.

"지금은 날이 추워서 초목들이 얼어 죽었는데, 대왕께서 무슨 꽃이든 좋아하시는 게 있으시다면 당장에 보실 수 있게 해드리 겠습니다."

"나는 모란꽃이 보고 싶다!"

"그거 쉬운 노릇입니다."

좌자가 큰 화분을 가져오라고 해서 연석 앞에다 놓고 물을 주 니까, 한순간에 모란 한 그루가 싹터 나오더니 한 쌍의 꽃이 피 어났다.

여러 관리들이 깜짝 놀라서 좌자를 불러다가 자리를 같이 하 고 함께 음식을 먹었다.

얼마 있다가 숙수가 생선회를 내놓았다. 그랬더니 좌자가 말 했다.

"회는 역시 송강(松江)의 농어(鱸魚)라야 맛이 있습니다!"

"송강은 천 리나 멀리 떨어져 있는데, 어떻게 그런 생선을 가 져올 수 있단 말인가?"

"그거쯤이야 뭐 그다지 어려울 것이 있겠습니까!"

낚싯대를 가져오라고 하더니 당하(堂下)에 있는 못으로 가서 낚 시질을 했다. 순식간에 큼직한 농어를 수십 마리나 잡아 내서 전 상(殿上)에 놓았다.

조조가 말했다.

516

"이 농어는 본래 이 못 속에 있던 고기들이다!"

"대왕님! 농담을 하시는군요. 세상의 농어는 모두 아가미가 둘 밖에 없지만, 송강의 농어만은 아가미가 네 개 있습니다. 이것으로 구별해 낼 수 있습니다."

여러 관리들이 자세히 들여다보니 과연 아가미가 네 개였다.

좌자가 또 말했다.

"송강 농어를 찌는 데는 자아생강(紫芽生薑)이 있어야만 됩니다."

"그러면 그대가 그것도 능히 마련할 수 있단 말인가?"

"역시 쉬운 일입니다."

금분(金盆)을 하나 가져오라고 하더니, 좌자가 옷자락으로 그것을 덮었다. 얼마 안 되어서 금분 속에 생강이 가득 담겨져 있는 것을 조조 앞에 내밀었다. 조조가 손으로 그것을 집어 보니 그 금분 속에 책이 한 권 있는데, 그 책 제목은 《맹덕신서》(孟德新書)였다. 조조가 그 책을 집어 봤더니 한 자도 틀림없는 진짜 책이었다.

조조가 어리둥절해 있을 때, 좌자는 상 위에서 옥잔(玉盞) 하나 집어 술을 가득 따라서 조조에게 내밀면서 말했다.

"대왕께서 이 술 한 잔을 마시시면 천년장수 하시나이다."

"그대가 먼저 마셔 봐!"

좌자는 관(冠) 위에서 옥잠(玉簪)을 뽑더니 술잔 속에 넣고 금을 그어서 술을 절반씩 나누어 놓고, 자기가 절반을 마시고 나서 나머지 절반을 조조에게 내밀면서 마시라고 했다.

조조가 마시지 않겠다고 호령하니, 좌자는 술잔을 공중으로 던졌다. 그것은 한 마리의 흰 비둘기로 변해서 궁전 안을 날아다녔다.

여러 관리들이 얼굴을 쳐들고 그것을 바라보는 것을 틈타 좌자는 어디론지 행방을 감춰 버렸다. 갑자기 보고가 들어왔다.

"좌자가 궁문 밖으로 나가 버렸습니다."

"이따위 요술쟁이는 당장 없애 버려야 돼. 내버려두었다가는 반드시 해를 입게 될 것이다."

조조는 드디어 허저에게 명령하여 철갑군(鐵甲軍) 3백 명을 거느리고 쫓아가서 잡으라고 했다.

허저가 말에 올라 군사를 거느리고 성문으로 쫓아가 보니, 좌자는 나막신을 신고 앞에서 천천히 걸어가고 있었다. 허저가 말을 달려 쫓아갔지만 잡을 도리가 없었다.

어느 산 속까지 쫓아가는데 앞에서 양떼를 몰고 오는 목동 하나를 만나게 되었다. 그통에 좌자는 양떼 속으로 휩쓸려 들어가 버렸다.

허저가 활을 쏘았는데도 좌자는 형체를 감추어 버려, 어디 있는지 알 수가 없었다. 그래서 허저는 양떼를 모조리 칼로 베어 죽여 버리고 돌아왔을 뿐이었다.

목동이 울고 있으려니까, 난데없이 양대가리가 땅 위에서 사람처럼 목동을 부르면서 말했다.

"죽은 양대가리를 죽은 양의 모가지에다 도로 맞추어 보아라!"

목동이 깜짝 놀라 얼굴을 가리고 도망쳤다. 홀연 등뒤에서 누군지 부르는 소리가 들렸다.

"겁내고 달아날 것은 없다. 내가 너의 양을 살려 주마."

목동이 머리를 돌려 보니 좌자가 땅바닥에 죽어 넘어졌던 양들을 도로 살려 가지고 쫓아오는 것이었다. 목동이 급히 그 까닭을 물어보려고 했을 때, 좌자는 이미 소맷자락을 휘저으며 가 버렸는데, 빠르기가 나는 듯 순식간에 자취를 감춰 버렸다.

목동이 집에 돌아와서 주인에게 이런 이야기를 했더니, 주인은 그대로 모른 체할 수도 없어서 이런 사실을 조조에게 보고했다.

조조는 좌자의 모습을 그림으로 그려 가지고 각지에 체포령을 내렸다.

그랬더니 사흘 동안에 성 안,성 밖에서 사팔뜨기에 절름발이, 그리고 백등관을 쓰고, 나막신을 신고 푸른 옷을 입은 좌자선생과 그 몸차림이나 모습이 털끝만큼도 다르지 않은 사람이 3, 4백 명이나 체포되어서 일대 소동을 일으켰다.

조조가 대장들에게 명령하여 그 많은 사람들에게 돼지 피를 뿌려 주고, 성 남쪽에 있는 교장(敎場)으로 압송해 가지고 친히 무장병사 5백 명을 거느리고 가서 그들을 포위한 다음 모조리 참해 버리고 말았다.

그랬더니 그 여러 사람들의 목구멍에서 한 줄기 푸른 기운이 하늘로 퍼져 올라가더니 한 덩어리로 뭉쳐져서 하나의 좌자로 변했다. 그러면서 허공을 향해서 한 마리 흰 학을 불러 그 위에 타고 박장대소하면서 말하는 것이었다.

"토서(土鼠)가 금호(金虎)를 따르니, 간웅(奸雄)이 하루 아침에 끝나다."

조조가 대장들에게 명령하여 활을 쏘게 했더니 갑자기 미친 듯이 맹렬한 바람이 일고, 돌이 구르고 모래가 날며, 목을 벤 시체들이 모조리 벌떡 일어났다. 그리고 손에는 저마다 머리를 들고 연무청(演武廳)으로 달려 올라와서 조조를 때리려고 덤벼드는 것이었다.

문관 무장들이 모조리 놀라 자빠져 땅 위에 쓰러졌고 허둥지둥 어쩔 줄 몰랐다. 이야말로 간웅의 군세가 나라를 기울게 할 수 있지만 도사(道士)의 선기(仙機)가 더욱 이채롭다.

69.
홍포(紅袍)와 백포(白袍)

뽐내는 병사는 패하고
적을 얕잡으면 성공하기 어렵다

卜 周 易 管 輅 知 機
討 漢 賊 伍 臣 死 節

조조는 시커먼 바람 속에서 송장들이 벌떡 일어서는 것을 보고 그 자리에 졸도했다. 그런데 얼마 안 돼서 송장들은 간 곳이 없이 사라져 버렸다. 좌우 사람들이 조조를 부축하고 왕궁으로 돌아갔는데 그는 어찌나 놀랐던지, 그날부터 병석에 누워서 앓게 되었다.

약을 먹어도 아무런 효험이 없었다.

이때 마침 태사승(太史丞) 허지(許芝)가 허창에서부터 문안을 드리러 나타났다. 조조가 그에게 점을 쳐 보게 했더니, 그가 말했다.

"대왕께서는 신복(神卜)이라 일컫는 관로(管輅)란 사람에 관해서 들으신 바가 없사옵니까?"

"일찍이 그 이름은 여러번 들은 일이 있어도 술법이 어떤지는
모르오. 그대가 자세히 이야기해 보시오."

허지의 말에 의하면, 관로는 자를 공명(公明)이라 하고, 평원(平
原) 사람인데, 용모가 추악하며 술을 좋아하고 행동이 괴상하다
고 한다. 그의 부친은 일찍이 낭야군 즉구장(即丘長)을 지낸 일이
있었고 관로는 어렸을 적부터 별을 바라보기를 즐겨 해서 밤을
새워가며 잠을 자지 않기 일쑤였는데, 부모도 그것을 말릴 수 없
었다 한다.

평소에 이웃 어린아이들과 놀 적에도 언제나 땅 위에 천상(天
象)의 그림이나 일월성진(日月星辰)을 그렸으며, 몇 살 안 돼서부
터 주역(周易)에 능통하고 풍각(風角)을 볼 줄 알며, 수명의 장단을
알아맞히는데 귀신 같았고 또 관상도 잘 보았다.

낭야의 태수 선자춘(單子春)이 그의 이름을 듣고 그를 불러들인
일이 있었다. 그때 선자춘의 주변에는 좌객 백여 명이 있었는데,
모두 언변이 능한 사람들 뿐이었다.

관로가 선자춘에게 말했다.

"저는 연소할 뿐더러 배짱도 든든치 못합니다. 우선 미주(美酒)
석 되만 주시면 마시고 나서 말씀드리겠습니다."

선자춘은 재미있는 말을 하는 놈이라 생각하고 선뜻 술 석 되
를 주었다. 그것을 다 마시고 나더니 관로가 말했다.

"이제부터 이 관로더러 상대로 해보라시는 것은 부군(府君)의 사좌(四坐)에 앉아 있는 선비들입니까?"

"아니, 내가 친히 그대를 상대해 보겠소."

이리하여 선자춘은 친히 관로와 주역의 이치를 토론했는데, 관로는 척척 대답을 못하는 것이 없었고, 한 마디 한 마디가 모두 오묘한 이치를 터득하고 있었다. 진종일 술을 마시고 음식을 먹어 가며 유창한 말솜씨로 이야기를 하는데는 수많은 빈객들이 탄복하지 않는 사람이 없었고, 이때부터 세상에서 그를 신동이라 부르게 된 것이었다.

어느날 성 밖으로 산책을 나갔던 관로는 한 젊은 친구가 밭을 갈고 있는 것을 보고, 잠시 길가에서 머뭇거리며 유심히 쳐다 보고 있더니 한참 만에 이렇게 물었다.

"너는 성명이 뭣이고, 올해 몇 살이나 되느냐?"

"조안(趙顔)이라고 합니다. 열아홉 살입니다. 선생님은 누구십니까?"

"나는 관로라고 하는 사람인데, 너의 미간에는 사기(死氣)가 나타나 있으니 사흘 안으로 꼭 죽을 것이다. 외양이 똑똑하게 생겼는데 아깝게도 단명하는구나."

조안은 집으로 달려가서 이런 말을 자기 부친에게 했다. 부친은 그 말을 듣더니 관로에게 쫓아와서 땅에 엎드려 울며 말했다.

"우리 아들놈의 목숨을 좀 구해 주십시오."

"이는 천명인지라 어찌할 도리가 없소."

"저는 이 나이에 자식이라고는 이 아들 하나뿐입니다. 정말 살려 주십시오!"

조안도 같이 따라 울면서 살려 달라고 애원했다. 관로는 이 부자의 애처로운 모습을 보자 조안에게 말했다.

"너는 맑은 술 한 병과 사슴 고기로 만든 육포 한 조각을 가지고 내일 남산에 있는 큰 나무 밑으로 가거라. 반석 위에서 두 사람이 바둑을 두고 있을 것이다. 한 사람은 남쪽을 향해서 앉아 있는데, 백포(白袍)를 입었을 것이고, 그 외양이 몹시 추악할 것이다. 또 한 사람은 북쪽을 향해서 앉아 있고 홍포(紅袍)를 입었을 것이며, 외양이 매우 아름다울 것이다.

너는 이 두 사람이 바둑에 정신을 쏟고 있는 틈을 타서, 술과 육포를 그들 앞에 꿇어앉아서 올리도록 해라. 다 먹고 마시기를 기다려서 울면서 오래 살게 해달라고 애원해 보아라. 반드시 이로운 점이 있을 것이다. 그러나 절대로 내가 가르쳐 주었다고는 하지 마라."

노인은 그를 집에 머무르게 했고, 그 이튿날 조안은 술, 육포와 술잔, 접시 등을 가지고 남산 기슭으로 올라갔다. 과연 두 사람이 큰 소나무 밑 반석 위에서 바둑을 두고 있었으며, 그가 가까이 갔는데도 아는 체도 하지 않았다.

조안이 무릎을 꿇고 앉아서 술과 육포를 권했더니 두 사람은 바둑을 두느라고 정신을 쏟으면서도 어느 틈엔지 한 잔, 두 잔 술을 다 마셔 버렸다. 조안이 땅에 엎드려 울면서 오래 살게 해 달라고 애원했더니, 두 사람은 그제야 깜짝 놀랐다.

"이건 관로가 가르쳐 주었구나! 어쨌든 우리는 남의 음식을 받아 먹었으니 동정해 주지 않을 수 없는 일이다."

홍포를 입은 사람이 말했다. 백포를 입은 사람은 장부를 꺼내서 뒤적뒤적하더니 조안에게 말했다.

"너는 올해 19세. 죽기로 돼 있는데 내가 19 위에다 9(九)자 한 자를 더 써 주마. 그러니까 너의 수명은 99세로 알면 되는 거야. 돌아가서 관로를 만나 보거든 두 번 다시 천기를 누설시키지 말라고 전해라. 그렇지 않으면 천벌을 받게 될 것이라고."

홍포를 입은 사람이 붓을 들어 한 자를 더 써 넣고 나니 일진의 향기로운 바람이 스쳐 가는데, 두 사람은 두 마리의 흰 학으로 변해서 하늘로 솟구쳐올라가 버렸다.

조안이 즉시 돌아와서 그 까닭을 관로에게 물어 보았더니, 관로가 말했다.

"홍포를 입은 사람은 남두(南斗)고 백포를 입은 사람은 북두(北斗)다."

"북두는 구성(九星)이라고 하는데 어째서 혼자 계셨나요?"

"흩어지면 아홉이 되고 합치면 하나가 되는 것이다. 북두는 사(死)를 맡고 남두는 생(生)을 맡아 보는 것이다. 이제 너는 오래 살도록 글자를 써 넣어 주었으니 무슨 걱정이 있겠느냐?"

조안 부자는 감사하다고 절했다. 그때부터 관로는 천기가 누설될까 두려워 경솔히 남을 위해 점을 쳐 주지 않는다는 것이었다.

"이 사람이 현재 평원(平原)에 살고 있사오니 대왕께서도 길흉을 아시고자 하시오면 한번 불러 보심이 좋을까 하옵니다."

허지의 이런 말을 듣자 조조는 크게 기뻐하며 그 즉시 사람을 평원에 보내서 관로를 불렀다. 관로를 만나자마자 조조는 대뜸 좌자(左慈)에 관한 일을 점쳐 보라고 했더니, 관로가 말했다.

"그것은 환술(幻術)에 불과하옵는데 뭘 그다지 걱정하십니까?"

이 말을 듣자, 조조는 심중에 불안하던 것이 가라앉고 병도 점점 좋아졌다.

조조가 자기의 상(相)을 한번 봐 달라고 했더니, 관로가 말했다.

"위(位)가 인신(人臣)으로서 절정에 달하셨는데, 상을 보실 필요가 있겠습니까?"

조조가 재삼 봐 달라고 했지만, 관로는 웃기만 하면서 대답하지 않았다. 또 문무백관들도 얼굴을 내밀며 상을 봐 달라고 했지만, 관로는 한결같이,

"여러분들은 모두 치세(治世)의 명신(名臣)들이십니다."

했을 뿐, 길흉을 물어 봐도 통 확실한 말을 하지 않았다.

조조가 그러면 동오와 서촉에 관해서 점을 쳐 보라고 했더니,

관로가 괘를 뽑아 보고 말했다.

"동오의 주인은 대장을 한 사람 잃을 것이오. 서촉에선 군사들이 경계를 침범할 것입니다."

조조는 그 말을 믿지 않고 있었는데, 홀연 합비에서 동오의 육구를 지키는 대장 노숙이 병들어 누웠다는 보고가 들어왔다. 조조는 깜짝 놀라서 한중으로 사람을 보내서 소식을 탐지하게 했는데, 또 며칠이 안 되어서 유현덕이 장비와 마초의 군사를 파견하여 하판(下辦)에 주둔하고 관을 빼앗으려 한다는 소식이 들어왔다.

조조는 격분하여 친히 대군을 거느리고 한중으로 쳐들어갈 작정을 하고, 관로에게 앞길을 점쳐 보라고 했더니 그가 말했다.

"대왕께서는 경거망동하시면 안 됩니다. 내년 봄에 허도에는 반드시 화재가 일어날 것입니다."

조조는 관로의 말이 지금까지 한 가지도 들어맞지 않은 말이 없었다는 사실을 상기하고 군사를 동원할 것을 단념하고 업군에 머물러 있기로 하고 조홍에게 병력 5만을 주어서 동천을 지키고 있는 하후연·장합을 거들어 주러 가도록 했다.

하후돈에게는 병력 3만을 거느리고 허도의 순찰을 책임지고, 뜻밖의 사태에 대비하도록 지시 하는 한편, 장사(長史) 왕필(王必)에게 어림군을 통솔하도록 했다.

주부(主簿) 사마의가 말했다.

"왕필은 술만 좋아하고 깔끔하지 못한 성품이라서, 이런 직책을 감당해 내지 못할 것입니다."

"왕필은 내가 가시덤불 속같이 어려운 처지에 있을 때부터 나를 따른 사람이오. 사람이 충정되고 부지런하여 마음이 철석 같으니 가장 적임자요."

조조는 드디어 왕필에게 어림군을 통솔시키고 허도 동화문(東華門) 밖에 주둔하도록 했다.

이때, 경기(耿紀)라는 낙양 사람이 있었다. 옛적에는 승상부(丞相府) 연(掾)이라는 벼슬자리에 있다가 그 뒤에 시중소부(侍中少府)로 옮겨 앉은 사람인데, 사직(司直) 위황(韋晃)과 매우 친하게 지내는 사이였다. 경기는 조조가 왕작(王爵)을 받게 되자 출입하는데 천자와 똑같은 의장을 갖추는 것을 보고는 마음속에 커다란 불만을 품고 있었다. 그때가 바로 건안 23년(서기 218년) 봄, 정월. 경기는 위황과 더불어 밀의(密議)를 했다.

"조조는 간악함이 날로 심하니 장래에 반드시 찬역의 일을 저지르고야 말 것이오. 우리들은 한나라 신하의 몸으로서 어찌 악한 일에 휩쓸려서 그것에 협력할 수 있겠소?"

위황이 대답했다.

"나에게 심복이 한 사람 있는데 김위(金褘)라고 하오. 한나라 재상 김일제(金日磾)의 후예로서 평소부터 조조를 없애 버릴 생각을 품고 있는 사람이오. 또 왕필과 매우 친하게 지내는 사이니, 그와 함께 일을 꾸밀 수 있다면 대사가 순조로울 것이오."

"그가 왕필과 교분이 두텁다면 어찌 우리들과 함께 일을 꾀하려 들겠소?"

"우선 한번 가서 이야기해 봅시다. 결과가 어떻게 될지……."

두 사람이 같이 김위의 집으로 찾아갔다. 김위가 깊숙한 방으로 영접해 들이자, 위황이 말했다.

"김공은 왕필과 절친하신 사이기에 우리 두 사람이 좀 부탁드릴 일이 있어서 왔소이다."

"부탁할 일이란 무슨 일이오?"

"듣자니, 위왕께서 조만간 천자의 자리를 계승하고 즉위하신다는데, 그렇게 되면 김공께서도 왕필과 함께 높은 자리에 승진하실 게 아니겠소? 그때에는 우리 같은 사람들도 모른 체 마시고 잘 이끌어 주시면 심히 고맙겠소!"

이 말을 듣더니 김위는 소맷자락을 뿌리치며 벌떡 일어서서, 종자(從者)가 차를 내놓는 것도 땅에다 쏟아 버렸다.

위황이 깜짝 놀라는 체 말했다.

"어쩌면 이다지도 매정하시오!"

"내가 공과 친하게 지낸 것은 공들이 한나라 조정의 신하의 후예였기 때문이었소. 그런데 이제 와서 그 은혜를 저버리고 모반하는 자를 도우려고 하니, 내가 무슨 면목을 가지고 공과 벗할 수 있겠소!"

"천수(天數)가 이러하니 부득한 노릇 아니오!"

김위는 격분했다. 경기와 위황은 김위에게 과연 충의지심이 있다는 것을 알아 보고 그제야 실정대로 고백하게 되었다.

"사실은 우리도 국적(國賊)을 없애 버리려고 공의 힘을 빌리러 온 것이오. 여태까지 말씀드린 것은 공의 진심을 알 수 없어서 해 본 소리였소."

"나도 대대로 한신(漢臣)의 몸으로서 어찌 국적을 따를 수 있겠소. 공들이 한실(漢室)을 구해 보자는 데는 어떠한 고견이 있으시오?"

"보국(報國)의 마음만 있을 뿐이지, 토적(討賊)의 계책은 아직 없소이다."

김위가 말했다.

"내 생각으로는 조정의 내외에서 같이 융합하여 왕필을 죽이고 병권을 빼앗은 다음 천자를 부조해 드리고 다시 유황숙과 결탁하여 외부의 협조를 얻으면, 조조를 없애 버릴 수 있을까 하오."

두 사람은 그 말을 듣자, 김위의 손을 덥석 움켜 잡으며 좋은 계책이라고 말했다.

김위가 또 말했다.

"내게는 심복이 두 사람 있는데, 모두 조적(操賊)에게 부친이 살해당한 원한을 품고 있소. 현재 성 밖에 살고 있으니 우익(羽翼)처럼 협조를 받을 수 있소."

경기가 그게 누구냐고 물었더니, 김위가 대답했다.

"태의(太醫) 길평(吉平)의 아들로 장자는 길막(吉邈), 둘째아들은 길목(吉穆)인데, 조조가 과거에 의대(衣帶) 속의 조서 때문에 그들의 부친을 살해했을 때, 두 아들은 먼곳으로 피신하여 화를 면했는데 근래들어 아무도 모르게 허도로 돌아온 것이오. 협조를 구하면 말을 듣지 않을 까닭이 없소."

경기와 위황이 크게 기뻐하니, 김위는 즉시 사람을 보내서 두 사람을 불러왔다. 그들은 이런 실정을 알게 되자 감격과 분노를 참지 못하여 눈물을 흘리며, 원기(怨氣)가 충천하여 국적을 없애 버리기로 맹세했다. 김위가 말했다.

"그러면, 정월 15일 밤에는 성 안에 골고루 등불을 켜고 원소절(元宵節)을 경축하게 될 것이니, 경소부(耿少府)와 위사직(韋司直)은 각각 가동(家僮)을 거느리시고 왕필의 영전(營前)으로 달려가서 영중에 불길이 일어나는 것을 보거든 두 갈래로 갈라져서 쳐들어가 주시오.

왕필을 처치해 버린 다음, 나와 함께 궁중으로 들어가서 천자를 오봉루(五鳳樓)로 모셔 내서 문무백관에게 국적 토벌의 말씀을 내리시도록 상주합시다. 그리고 길씨 형제를 시켜서 성 밖에서부터 쳐들어오게 하고 불길을 신호로, 백성에게도 '국적을 죽이자!'고 고함을 지르게 해서 성 안에서 몰려나올 원군(援軍)을 막아내도록 합시다.

천자의 조서가 내리고 군사들이 항복하게 되거든, 그 즉시 업군으로 쳐들어가서 조조를 체포하고 급히 칙사를 파견해서 유황숙을 모셔오도록 합시다. 옛날의 동공(董承)처럼 그런 실패를 되풀이해서는 안 될 것이오."

정월 15일, 원소절 밤.

왕필은 어림군의 대장들과 영중(營中)에서 주연을 베풀고 있었다. 밤이 2경이나 지났을 무렵, 홀연 고함소리가 천지를 진동하고 영후(營後)로부터 불길이 치밀어올랐다. 왕필은 영중에서 반란이 일어난 줄 알고 황망히 남문 밖으로 뛰쳐나가다가 경기와 맞닥뜨려서 겨드랑 밑에 화살을 맞고 말 위에서 떨어질 것만 같은 것을 간신히 서쪽 문을 향해서 뺑소니를 쳤다.

왕필이 당황한 김에, 말을 버리고 도보로 김위의 집으로 달려들어 문을 쿵쿵 두들기니, 김위가 가동들을 거느리고 나가고 없는 집 안에서는 남아 있는 여자들이 김위가 되돌아온 줄로만 알고, 그의 부인이 문 안에서 물어 봤다.

"왕필이란 놈을 죽여 버리셨소?"

왕필은 깜짝 놀라 그제야 김위도 그 공모자의 한 사람임을 알게 되어, 그 즉시 조휴의 집으로 달려가서 김위가 반란을 음모했다는 사실을 고해 바쳤다. 조휴는 곧바로 무장을 갖추고 말을 달려 부하 천여 명을 거느리고 성 안을 진압하려 나섰다.

이때 벌써 성 안에서는 여기저기서 불길이 치밀어오르고 오봉루(五鳳樓)도 불에 타 버렸으며, 헌제는 궁중 깊숙이 난을 피했고, 조조의 심복들이 궁중을 사수하고 있었다.

성 밖 5리 지점에 주둔하고 있던 하후돈이 성 안에서 불길이 치미는 것을 보고, 대군을 거느리고 달려와서 허도를 포위하고 군사를 성 안으로 들여보내서 조인을 거들어 주었다.

날이 훤히 밝아 올 무렵까지 혼전이 계속되었는데, 경기 · 위황은 싸움을 거들어 주는 사람도 없이, 김위 · 길막 형제가 살해당했다는 소식을 듣자 결사적으로 성문 밖까지 헤치고 나왔다. 그러나 하후돈의 대군에 포위를 당해서 산채로 잡혔으며, 수하 백여 명도 모조리 살해당하고 말았다.

하후돈은 성 안으로 들어서서 불을 끄고, 다섯 사람의 일족을 모조리 체포한 다음, 이런 사실을 조조에게 즉시 보고했더니, 조조는 경기 · 위황 두 사람과 다섯 사람의 일족을 번화한 장바닥에 끌어내어 목을 베어 버리고, 조정에 있던 백관들은 계급의 상하를 막론하고 업군으로 호송해서 처분을 기다리고 있도록 명령했다.

하후돈이 경기와 위황을 장터로 끌고 나갔더니, 경기는 미칠 듯이 소리를 질렀다.

"조아만(曹阿瞞), 이놈아! 내가 살아서 네놈을 죽이지 못했지만,

죽어서 귀신이 돼서라도 역적 놈을 없애 버리고야 말겠다!"

사형집행인이 그의 입을 칼로 도려 내니, 피가 바다를 이루었지만, 그는 죽을 때까지 매도하기를 그치지 않았다. 위황은 머리를 땅에 박으며,

"원통하다! 원통하다!"

하면서, 이를 악물고 죽어 버렸다.

하후돈이 백관을 호송하고 업군에 도착하니, 조조는 교장(敎場) 왼쪽에 홍기(紅旗)를 꽂아 놓고, 오른쪽에 백기(白旗)를 꽂아 놓고 명령했다.

"경기·위황 등이 반란을 꾀하고 허도에 불을 질렀을 때, 그대들 가운데는 불을 끄러 달려나온 사람들도 있었을 것이고, 문을 잠그고 밖에 나오지 않은 사람도 있었을 것이니, 불을 끄러 나온 사람은 홍기 아래로, 집 안에 있었던 사람은 백기 아래로 나와 서시오."

관리들은 불을 끄러 나왔던 사람은 죄가 없으리라 생각하고 태반이 붉은 깃발 아래로 가서 섰다. 겨우 3분의 1쯤이 흰 깃발 아래로 가서 섰다. 그랬더니 조조는 붉은 깃발 아래로 가서 선 사람들을 체포했다. 그들이 이구동성으로 무죄함을 호소하자, 조조가,

"그대들은 솔직히 말하자면 불을 끄러 나온 것이 아니고 적에게 협조하려고 나온 것이다."

하면서, 장하(漳河) 강변으로 몰아 내서 목을 베어 버렸는데, 살해당한 사람이 무려 3백여 명이나 되었다.

왕필은 화살에 맞아 창중이 덧나서 죽어 버렸고, 조조는 조휴에게 어림군의 통솔을 명령했다. 그리고 종유를 상국(相國), 화흠(華歆)을 어사대부(御史大夫)에 임명해서 작(爵)의 등급을 작정해 주고, 금인자수(金印紫綏)를 내려 주었다.

또 조정 안에서도 일부 인원을 교체시키고, 일대 혁신을 단행했으며, 그제야 비로소 관로가 불이 날 것이라고 말한 의미를 깨닫고 그에게 후히 상을 베풀려고 했으나, 그는 끝까지 거절하고 받지 않았다.

한편, 조홍은 군사를 거느리고 한중에 도착했다.

즉시, 장합과 하후연에게 요새지대를 견고히 방비하도록 지시하고 친히 군사를 몰고 앞으로 나섰다.

이때 장비는 뇌동(雷同)과 함께 파서를 든든히 지키고 있었다.

마초는 하판으로 나와서 오란(吳蘭)을 선봉으로 내세우고 정세를 살피려 하다가, 조홍의 군사와 맞닥뜨리게 되었다.

오란이 군사를 뒤로 물리려고 했더니, 아장(牙將) 임기(任夔)가 말했다.

"적은 처음으로 멀리 여기까지 나왔으니 만약에 그 예기(銳氣)를 꺾지 못한다면, 무슨 면목으로 마초장군을 대하겠습니까?"

임기는 말을 달려 창을 휘두르며 조홍에게 덤벼들었다.

조홍도 친히 칼을 잡고 말을 달려 대결하러 나섰다. 말과 말이 서로 맞부딪기 3합, 결국 조홍의 칼은 임기의 목을 날려 버렸다.

조홍이 힘을 얻어 그대로 밀고 나가니, 오란도 허둥지둥하며 감당해 내지 못하고 마초에게로 도주해 버렸다.

"어째서 내 명령을 듣지 않고 적군을 얕잡아 보고 이렇게 패해 버렸는가?"

마초가 문책하니, 오란이 대답했다.

"임기가 나의 권고를 듣지 않았기 대문에 이렇게 패하고 만 것이오."

마초가,

"요로를 단단히 지키고 계시오. 섣불리 싸울 생각은 하지 말고."

하고는 이런 실정을 성도에 보고하고 명령이 내리기만 기다리고 있었다.

조홍은 마초가 도무지 나타나지 않자, 무슨 다른 계책을 궁리하고 있는 줄 알고, 진지를 걷어 가지고 남정으로 돌아갔다.

장합이 나서면서 말했다.

"장군께서 이미 적장을 거꾸러뜨리셨는데 어째서 군사를 철수하셨습니까?"

조홍이 대답했다.

"마초가 도무지 나타나지 않자 나는 무슨 다른 계책을 궁리하고 있다고 생각했기 때문이오. 또 신복(神卜) 관로가 내가 업군에 있었을 때 말하기를, 이 땅에서 대장 한 사람이 죽을 것이라 했소. 나는 그 말이 이상하게 생각되어서 섣불리 진격하지 못한 것이오."

장합이 껄껄대고 웃었다.

"장군께서는 반생을 싸움터에서 지내셨는데, 이제 와서 어찌 점쟁이의 말을 믿으십니까? 이 장합이 비록 무재한 몸이지만, 본부 병사를 거느리고 파서를 빼앗아 보고 싶습니다. 파서를 수중에 넣기만 한다면 촉군은 문제없습니다."

"파서의 수장(守將)은 장비요. 이만저만한 인물이 아니니 얕잡아볼 수 없소."

"사람들이 모두 장비를 두려워하지만 내가 보기에는 어린아이 같습니다. 반드시 산채로 붙잡겠습니다!"

"만약에 실수한다면 어찌하겠소?"

"군령의 처벌을 달게 받겠습니다."

조홍은 군령장을 작성했고, 장합은 진병(進兵)을 개시했다. 자고로 뽐내는 병사는 패하기 쉽고 적을 얕잡아 보면 성공하기 어렵다.

70.
술을 마시며 싸우다

술을 많이 마신 척, 술에 취한 척,
공명은 술독을 전선으로 더 보내라 하고!

猛張飛智取瓦口隘
老黃忠計奪天蕩山

장합의 군사 3만은 세 갈래로 갈라져서 험준한 산악지대에 암거채(岩渠寨)·몽두채(蒙頭寨)·탕석채(蕩石寨) 등 세 영채를 마련했는데, 장합은 세 군데 군사를 절반씩 나누어서 파서를 공략하게 하고 절반은 영채를 지키고 있도록 했다.

한편, 파서로 이런 소식이 전해지자, 장비는 뇌동과 상의한 결과 정병 5천 명을 뇌동에게 주어서 진격시키고, 장비 자신은 따로 군사 1만을 거느리고 낭중(파서)으로 진격, 30리쯤 되는 곳에서 장합의 군사와 맞닥뜨리게 되어 접전이 시작되었다.

장비가 암거채에서 10리쯤 떨어진 지점에 진을 치고 싸우기를 50여 일. 일진일퇴, 일패일승, 도무지 승부가 나지 않고 좋은 계략도 생각나지 않아서 날마다 술을 마시고 대취하여 산기슭에 앉아서 욕설만 퍼붓고 있었다.

현덕에게서 파견된 진중 위문의 사자가 이런 광경을 보고 돌아가서 현덕에게 일일이 보고했다.

현덕이 몹시 걱정스러워서 공명과 상의했더니, 공명이 말했다.

"장장군이 장합과 50여 일이나 대결하고 나서, 술이 취해서 산기슭에 앉아 방약무인, 욕설만 퍼붓고 있다는 것은 결코 술에 정신을 잃은 것이 아니라, 장합을 쳐부수기 위한 계책일 것입니다. 진중에는 맛있는 술도 없을 것이고 성도에는 미주(美酒)가 많으니 수레 세 채에다 술 50독만 진지로 보내서 장장군이 마시도록 해드리는 게 좋을 겁니다."

공명은 위연을 특별히 파견해서 술을 수레에다 싣고 '군전공용미주(軍前公用美酒)'라고 쓴 황기(黃旗)까지 꽂아서 보내 주었다.

장합이 이런 소문을 듣고 산꼭대기에 올라가서 적의 진지를 내려다보니, 장비는 장하에 앉아서 술을 마시며, 그 앞에서는 두 사람의 병사들에게 씨름을 시키고 있었다.

"장비는 너무 나를 업신여긴다!"

장합은 이렇게 격분하여, 군사들에게 그날밤으로 산을 내려가 야습을 감행하라고 명령을 내리는 한편, 몽두·탕석 두 영채의 군사들도 모두 나와서 좌우로 싸움을 거들도록 했다.

장합이 군사를 거느리고 영채 앞까지 쳐들어가도 장비는 옴쭉

도 하지 않고 앉아 있었다. 면전에까지 말을 몰고 들어가서 창끝
으로 한번 장비를 찌르니까, 그것은 짚으로 만든 허수아비였다.

장합이 말머리를 돌리려는 순간, 연주포(連珠礮) 소리가 요란스
럽게 들리더니 사모창을 휘두르며 말을 달려 덤벼드는 것은 진
짜 장비였다.

마침내, 장합은 세 영채를 모조리 잃어버리고 어쩔 도리가 없
이 와구관(瓦口關)으로 도주해 버렸다. 장비가 크게 승리를 거두
고 성도로 개선했더니, 그제야 현덕도 그가 술을 마신 것이 장합
을 유인하기 위한 계책이었음을 알고 무척 기뻐했다.

와구관으로 철수한 장합은, 군사를 2만이나 잃어버리고 조홍
에게 사람을 파견해서 원군을 청했다. 그러나 조홍이 응해 주지
않고 그대로 싸우라고 하는 바람에 장합은 계책을 세워 군사를
전후 양군으로 나누어 가지고 후군은 장비의 퇴로를 공격하게
하고, 자신은 전군을 거느리고 나서서 도전했다.

장합은 뇌동과 맞부딪치자 몇 합을 싸우다가 도주하기 시작했
다. 뇌동은 장합을 추격하다가 매복해 있던 적병에게 퇴로를 끊
기고 되돌아서서 덤벼드는 장합의 칼에 맞아 말 아래 거꾸러지
고 말았다.

장비는 그 즉시 장합을 추격했으나, 그것이 유인작전임을 알
자 곧 군사를 거느리고 영채로 돌아와서 위연과 작전을 세웠다.

하루를 쉰 다음, 장비는 군사를 거느리고 앞장을 서서 나갈 것이며, 위연은 정병을 거느리고 뒤를 따르다가 적군의 복병이 나타나거든 그들을 격파하고, 10여 채의 수레에다 마른 풀을 쌓아서 샛길을 막아 놓고 불을 지르면, 장합이 허둥지둥하는 틈에 장비가 장합을 붙잡아서 뇌동의 원수를 갚자는 작전이었다.

그 이튿날, 장합은 장비와 10여 합을 대결하다가 또다시 도주를 하고, 그것을 추격하는 장비를 산곡간으로 유인해 넣으려고 복병들이 눈이 빠지게 기다리고 있었다.

그러나 위연이 풀을 실은 수레로 길을 가로막고 불을 질러 버렸으니 복병들도 옴쭉할 수 없었다. 그래서 결국 장합은 대패하여 와구관으로 뺑소니를 쳐서 패잔병을 수습해 가지고 방비에만 전력을 기울였다.

장비와 위연은 매일 와구관을 공격했지만 도저히 격파할 수가 없었다. 장비는 일단 군사를 20여 리쯤 후퇴시켜 놓고, 위연과 더불어 수십 기를 거느리고 사방의 샛길을 탐지하러 돌아다녔다.

며칠 만에 산곡간의 샛길을 헤치고 통행하는 백성들에게서 이 험준한 산 속의 통로를 확인하게 된 장비는 결정적인 계획을 세웠다.

즉, 위연은 군사를 거느리고 관을 공격하고, 장비는 무장한 병사를 거느리고 자동산(梓潼山)으로 빠져서 관의 뒤를 공격하자는 것이었다.

장합은 원군이 오지 않자 안타까워 발을 동동 구를 지경인데, 위연이 관하(關下)로 쳐들어왔다는 보고가 들어왔다. 장합이 말을 달려 내달으려고 했을 때, 관 뒤로부터 너덧 군데나 불길이 치밀어오른다는 보고가 또 들어왔다.

문기를 휘날리며 나타난 것은 바로 장비. 장합은 장비에게 쫓겨 불과 10여 명의 부하를 거느리고 남정으로 도주하여 조홍과 대면했다.

조홍이 격분해서 호통을 쳤는데, 이는 무리가 아니었다. 나가지 말라는 싸움판에 군령장까지 써 놓고 자신만만하게 나가더니 병사를 모두 죽여 버리고 무슨 면목으로 돌아왔느냐는 것이었다. 당장에 참하라고 호령하는 것을 행군사마(行軍司馬) 곽회(郭淮)가 간곡히 간하는 바람에 조홍도 할 수 없이 장합에게 다시 군사 5천을 주어서 가맹관을 공격하라고 명령했다.

가맹관을 지키고 있던 맹달·곽준은 장합의 군사가 쳐들어온다는 것을 알게 되자, 성도로 급히 연락을 취했다. 현덕은 곧 공명을 불렀고, 공명은 당상에 여러 장수들을 소집해 놓았다. 현덕이 말했다.

"가맹관이 위태롭게 되었는데, 낭중의 장비를 보내지 않으면 장합을 물리칠 수는 없을 것 같습니다."

법정이,

"장장군은 지금 와구를 누르면서 낭중을 지키고 있습니다. 그곳도 중요한 지점이니 장장군을 불러들일 수는 없습니다. 이곳에 있는 대장들 가운데서 한 분을 택해서 그곳으로 보내 심이 좋을까 합니다."

하니 공명이 웃으면서 말했다.

"장합은 위나라의 명장이오. 섣불리 맞설 수는 없는 인물이니, 장비 그가 아니고는 당해낼 만한 사람이 없소."

이때, 한 사람이 거친 음성으로 소리를 지르며 불쑥 나섰다.

"군사께서는 어찌 이다지도 모든 사람을 멸시하십니까? 내 비록 무재한 몸이라고는 하지만 장합의 목을 베어서 휘하에 바쳐 보고 싶습니다."

여러 사람들이 바라다보니 그는 바로 노장 황충이었다.

공명이 그를 보고 말했다.

"노장군은 비록 용맹하다지만, 연로한 몸으로 장합의 적수가 되기는 어려울까 하오."

황충이 백발을 비죽 일으켜 세우며 외쳤다.

"내 비록 늙었다지만, 아직도 두 팔로 삼석지궁(三石之弓)을 쏠 수 있고, 전신에 천 근의 힘이 있소. 어째 장합 같은 필부 하나를 대적할 수 없다고 하리까?"

"장군께선 연근 칠십(年近七十)이신데 어찌 늙지 않으셨단 말이오!"

공명이 또 이렇게 말했더니, 황충은 당장에 하당(下堂)으로 뛰어내려가 시렁에 얹혀 있는 큰 칼을 뽑아 들고 수레바퀴가 돌듯이 휘두르고, 다시 벽에 걸린 경궁(硬弓)을 연거푸 두 자루나 꺾어 버렸다.

공명이 하는 수 없이 말했다.

"장군이 가신다면 누구를 부장으로 삼으시겠소?"

"노장 엄안(嚴顔)이 나와 같이 갈 수 있을 것이오. 만일에 실수하는 일이 있다면, 이 흰 머리를 바치겠소."

현덕은 크게 기뻐하여 그 자리에서 황충과 엄안에게 나가 장합과 싸워 보도록 명령했다. 옆에 있던 조자룡이 간했다.

"지금 장합이 친히 가맹관으로 공격해 왔다는데, 군사께서는 어린아이 장난같이 생각하시면 안 됩니다. 만약에 가맹관을 잃게 되면 익주도 위태로워질 게 아닙니까? 어째서 노장 두 사람에게 이런 대적을 막아내게 하십니까?"

"그대는 두 사람이 늙어서 일을 치르지 못할 줄 알지만, 내 생각에 한중은 반드시 이 두 사람의 손으로 점령할 수 있을 것이오."

조자룡과 그밖의 사람들은 조소를 금치 못하며 그 자리를 물러났다.

황충과 엄안이 관에 도착하니, 맹달과 곽준도 이렇게 중요한 곳에 어째서 늙은 장수들을 보냈나 하고 공명의 마땅치 않은 처사를 비웃었다.

황충이 엄안에게 말했다.

"그대는 모든 사람들의 눈치를 살펴봤나? 그들은 우리 둘이 늙었다고 비웃고 있으니, 우리는 기공(奇功)을 세워서 모든 사람의 마음을 굴복시켜야 하오."

"무엇이든 장군의 명령을 듣고자 합니다."

두 사람은 상의가 끝나자, 황충은 군사를 거느리고 관 밖으로 나와서 장합과 대진했다.

말을 달려 나온 장합은 황충을 보더니 비웃었다.

"저렇게 나이를 많이 먹고도 부끄러운 줄 모르고 싸움터엘 나오다니!"

황충이 대로하여 소리쳤다.

"이놈아, 내가 늙었다고 깔보다니! 내 수중의 보도(寶刀)는 아직도 늙지 않았다!"

황충은 마침내 말을 몰아 앞으로 달려나가 장합과 대결했다. 두 필의 말이 맞부딪치고 스치고 하면서 20여 합을 싸우는데 홀연 뒤에서 고함소리가 요란하게 일어났다. 엄안이 샛길을 뚫고 나와서 장합의 군사를 뒤에서 습격한 것이다.

앞뒤로부터 공격을 받고 옴쭉도 할 수 없게 된 장합은 대패하여 밤중으로 8, 90리를 후퇴하고 말았다. 황충과 엄안은 군사를 수습하여 진지로 돌아온 다음, 병사를 정비해 두고 나가 싸우지 않았다.

조홍은 장합이 싸움에 패했다는 소식을 듣자, 또 그를 불러다가 문죄하라고 호통을 쳤다. 곽회가 다시 간했다.

"지금 장합을 처벌한다면 반드시 서촉에 투항할 것입니다. 그보다는 대장을 파견하여 싸움을 거들어 주어서 다른 생각을 먹지 않게 하는 것이 좋을까 합니다."

이리하여 조홍은 하후돈의 조카 하후상(夏侯尙)과 투항해 온 장수 한현(韓玄)의 아우 한호(韓浩)에게 군사 5천을 주어서 원군으로 나가라고 명했다.

두 장수가 장합에게 가서 실정을 물어 보았더니, 장합은 황충과 엄안이 모두 늙었다고는 하지만, 그 힘이나 솜씨가 대단해서 섣불리 손을 댈 수 없다는 것이었다.

한호가 말했다.

"내가 장사에 있었을 적에 그 노적(老賊)이 지독한 것을 알았소. 그놈은 위연과 화해 가지고 성지(城池)를 적에게 내주고 나의 친형을 살해하였소. 이제 여기서 맞닥뜨리게 되었으니 꼭 원수를 갚고야 말겠소."

한호는 하후상과 함께 원군을 거느리고 출진했다.

한편, 황충은 연일 초탐에 전력을 기울여서, 도로의 형편을 상세히 파악하고 있었다.

엄안이, 이곳에서 얼마 안 가서 천탕산(天蕩山)이 있는데, 이곳은 조조가 군량을 둔적해 두는 곳이니, 우선 그곳을 공략해서 군량을 끊어 버리자고 제의했다.

엄안은 황충의 지시를 받고 천탕산으로 향했으며, 황충은 하후상과 한호가 공격해 온다는 것을 알자 군사를 거느리고 출전했다.

한호가 진두에 나타나서,

"의(義)를 모르는 노적아!"

하면서, 함부로 매도하며 말을 달려 쳐들어가니 하후상도 함께 공격을 개시했다.

황충은 두 장수와 대결하여 10여 합을 싸우다가 도주해 버렸다. 두 장수가 20여 리나 추격해서 황충의 영채를 빼앗으니 황충은 따로 임시 영채를 또 마련했다.

이튿날도 한호와 하후상이 쳐들어오니 황충은 몇 합을 싸우다가 또 도주했다. 두 장수는 20여 리나 추격해서 황충의 영채를 빼앗고 장합을 불러서 후방의 영채를 수비하라고 했다. 장합이 전채(前寨)에 나와서 말했다.

"황충이 연 이틀이나 후퇴하는 것을 보면 반드시 엉뚱한 계책이 있는 것 같소이다."

이튿날 두 장수들은 자기네들이 공을 세우고 싶은 생각에서 장합의 말을 듣지도 않고 공격을 가했다. 그런데 황충은 싸우지도 않고 가맹관으로 도주해서 틀어박힌 채 통 나와서 싸우려 들지 않았다.

맹달이 현덕에게 밀서를 보내서 황충이 연전연패(連戰連敗)하고 있다는 사실을 보고했더니, 공명이 말했다.

"그것은 적군을 방심하게 하자는 황충의 계책입니다."

조자룡과 그밖의 사람들은 그 말을 믿지 않았고, 현덕은 유봉 (劉封)을 원군으로 파견했다. 황충이 유봉과 대면하고 물었다.

"소장군(小將軍)께서 싸움을 거들러 나오신 것은 무슨 까닭이오?"

"부친께서 장군이 여러 차례 싸움에 패하신 것을 아셨기 때문에 저를 보내신 것입니다."

황충이 껄껄껄 웃으며 말했다.

"이것은 적을 방심하게 하자는 계책이오. 적에게 영채를 빌려주어서 군량을 둔적시킨 것이오. 오늘밤 곽준은 관을 지키고 맹장군은 군량을 운반하고 말을 빼앗아 주시오. 소장군께서는 내가 놈들을 무찌르는 것을 똑똑히 보고 계시오."

그날밤, 황충은 5천의 군사를 거느리고 돌격을 개시했다. 하후상과 한호 두 장수는 너무 방심하고 있었기 때문에 무장을 갖추고 말에 안장을 얹을 틈도 없이 도주해 버리니 인마의 상실이 막대했다.

날이 밝을 무렵에는 세 영채를 완전히 탈환했고, 맹달은 무수한 적군의 무기와 군마를 걷어들이기에 정신을 못 차릴 지경이었다.

황충이 그대로 계속해서 추격하자고 주장했더니, 유봉이 말했다.

"군사들이 힘이 빠졌으니 잠시 쉬었다. 하심이 좋겠습니다."

"호랑이 굴에 들어가지 않고 어찌 호랑이를 잡을 수 있겠소?"

황충이 채찍질을 하여 말을 몰고 선두에 나서니 병사들도 용기를 내어 진격을 개시했다. 장합의 군사들은 마침내 여러 영채를 포기하고 곧장 한수 근처까지 후퇴했다.

장합은 하후상과 한호를 급히 찾아 상의했다.

"천탕산과 미창산(米倉山)은 군량의 둔적지로서 한중 군사의 명맥 같은 지점이니, 이곳을 상실한다면 한중 전체를 상실하는 것과 같은 결과가 될 것이오. 무슨 일이 있더라도 사수해야만 되오."

하후상이 말했다.

"미창산에는 나의 숙부 하후연이 부하를 거느리고 지키고 있으며, 정군산(定軍山)과 인접하고 있으니까 그다지 염려할 것은 없고, 천탕산에는 형님 하후덕(夏侯德)이 있으니 그곳으로 가서 함께 방비하도록 합시다."

이리하여 장합은 두 장수와 더불어 천탕산으로 후퇴하여 하후덕을 대면하고 실정을 상세히 이야기했다. 하후덕이 말했다.

"나는 이곳에서 10만 군사를 거느리고 있으니, 이 군사들을 내세워서 다시 영채를 탈환하러 가면 될 것이오."

장합이 말했다.

"수비를 든든히 하고, 경솔히 움직이지 않는 것이 상책이오."

이런 말을 하고 있는데 느닷없이 산기슭에서 징소리와 북소리
가 요란스럽게 들려오더니 황충의 군사가 쳐들어왔다.

그런데 하후덕은 껄껄대고 웃기만 했다.

"노적이 병법도 모르면서 용기만 믿고 날뛰는구나!"

장합이 말했다.

"황충은 계책도 제법 쓸 줄 아는 장수이며 용맹만 지닌 보통
장수와는 다르오."

하후덕이 또 말했다.

"서천의 군사는 먼곳에서 밤을 새워가며 여기 도착했는데도,
우리 진지를 깊숙이 파고 든다는 것은 병법을 아는 장수의 작전
이라고는 볼 수 없소."

한호가 말했다.

"정병 3천 명만 빌려 주시면 한번 대결해 보고 싶습니다. 무찌
르지 못할 것도 없습니다."

하후덕은 한호에게 군사를 주어서 산을 내려가도록 했다.

황충이 군사를 거느리고 나가서 대적하려고 했더니, 유봉이
간했다.

"날도 저물었고, 병사들도 원로에 피곤해 있으니, 제 생각에는

한숨 돌리고 나서 싸우는 것이 좋을 것 같습니다."

그러나 황충이 웃으며 말했다.

"천만에. 이는 하늘이 주신 기공(奇功)이니 이것을 손에 넣지 않으면 하늘의 뜻에 거역하는 것이오."

북소리를 요란스럽게 울리면서 황충이 진격하니, 한호도 군사를 거느리고 대적하여 덤벼들었으나, 황충의 한칼에 한호는 말 아래로 거꾸러져 버렸다. 그리고 장합과 하후상이 덤벼들었을 때에는, 산 속에서 고함소리가 천지를 진동하더니 화염이 충천하여 사방이 불바다로 변해 버렸다.

하후덕이 군사를 거느리고 불을 끄려고 달려들었으나, 앞을 가로막고 나서는 노장 엄안의 한칼에 하후덕은 말 위에서 떨어지고 말았다. 엄안이 다시 산 뒤로 들어가 맹공을 가하니, 장합과 하후상은 앞뒤로 공격을 받아 감당할 도리가 없어, 천탕산을 포기하고 정군산을 향하여 하후연에게로 도주해 버렸다.

황충과 엄안은 천탕산에 진을 치고 성도로 사자를 보내서 승리를 보고했다. 현덕은 이 보고를 받고 여러 장수들을 모아 놓고 축하의 주연을 베풀었는데, 법정이 말했다.

"전에 조조는 장로를 항복시켜서 한중을 수중에 넣고도 계속해서 파촉(巴蜀)을 공격하려 들지 않고, 하후연·장합에게 수비를 명령하고 친히 대군을 거느리고 북쪽으로 돌아갔는데, 그것은 큰 실책이었습니다. 이제 장합이 패해서 천탕산을 포기한 기회를 놓치지 말고 대군을 동원하여 유장군께서 친히 출전하시면 한중을 수중에 넣으실 수 있을 것입니다. 한중을 진압하고 나서 서서히 병사를 훈련하고 군량을 축적해 두고, 기회를 엿보면 나가서 적을 토벌하기도 좋고 물러서서 방비하기도 좋으리라고 생각됩니다. 이는 하늘이 주신 때이니 놓쳐서는 안 됩니다."

현덕과 공명은 이 의견을 매우 타당하게 여기고, 조자룡 · 장비에게 선봉을 명령하고 현덕 자신은 공명과 더불어 대군 10만을 거느리고 날을 택하여 한중으로 진격을 개시하기로 결정했다. 그리고 각지로 방비를 더 한층 견고히 하라고 격문을 날렸다.

때는 건안 23년, 가을 7월 길일(吉日). 현덕의 대군은 가맹관에 진을 치고 황충 · 엄안을 영채로 불러들여서 상을 후하게 내렸다.

현덕이 말했다.

"모든 사람들이 장군을 늙었다고 했지만, 군사께서는 장군의 솜씨나 실력을 잘 아시는지라, 과연 이런 큰 공을 거두시게 된 것이오. 한중의 정군산은 남정(南鄭)을 누르는 요새지대요, 또 군량의 둔적처요. 그곳만 점령할 수 있다면, 양평(陽平)으로 통하는 길은 평탄할 것이오. 어떻소? 이제 정군산을 공략할 만한 용기는 없으시오?"

황충이 선뜻 대답했다.

"좋습니다. 천하의 모든 사람들이 나를 늙었다 얕잡아 봐도, 나는 아직도 힘이 젊은이만 못할 바 없고, 지모에 있어서도 자신만 만한 이상, 한번 더 나가서 적군과 대결해 보고 싶습니다."

황충은 그 즉시 군사를 거느리고 출동하려고 했다.

그런데 공명이 급히 말렸다.

"노장군의 용감무쌍한 무용은 잘 알고 있소이다만 하우연은 장합과는 비교도 안 되는 천하의 맹장이오. 그는 육도삼략(六韜三略)에 정통하고, 용병의 묘기를 누구보다도 잘 알고 있소. 그렇기 때문에 전에 조조도 서량(西凉)을 눌러 두기 위해서 그의 힘을 믿고 장안에 남아 있도록 했으며, 그를 시켜서 마초를 막아내도록 했던 것이오.

이제 또다시 한중에 군사를 주둔시키는데도 조조는 다른 사람에게 부탁하지 않고 오직 하후연만 믿고 있는 것은, 하후연에게 대장으로서의 재간이나 실력이 겸비되어 있기 때문이오. 이번에 장군이 장합을 물리쳐 승리를 거두었지만, 하후연을 격파하고 승리를 거둘 수 있다고 장담하기는 어렵소.

내 생각 같아서는 누구 한 사람을 형주로 보내서 관장군을 대신하게 하고 관장군을 이리로 불러 올려야만 능히 그를 대적할 수 있을 것이오."

황충이 분연히 대답했다.

"옛적 전국시대(戰國時代) 때 조(趙)나라 대장 염파(廉頗)는 그 나이 80이 돼서도 쌀 한 말과 고기 열 근을 능히 먹었고 제후도 그

의 무용을 항시 두려워해서 섣불리 조나라를 공격하지 못했다고
합니다.

하물며 나는 이제 겨우 70도 못 되었는데, 군사께서 나를 어디
까지나 늙은 사람으로 여기신다면, 이제부터 부장을 거느릴 것
도 없이, 부하 3천 명만 데리고 즉시 출전하여 하후연의 목을 베
어 가지고 와서 군사 앞에 바치겠습니다."

공명은 재삼 권고하고 그의 말을 받아들이지 않았지만, 황충
이 막무가내로, 고집을 부리며 꼭 싸움터에 나가고야 말겠다는
것이었다.

공명도 어쩔 수 없었다.

"장군이 그다지도 나가시겠다면, 내가 한 사람 파견해서 감군
(監軍)으로 동행하게 할테니, 장군의 생각은 어떻소?"

이야말로 노장군을 격려하는 방법도 되고, 또 젊은 사람보다
는 그래도 노장이 낫다는 말도 된다.

71.
호위(虎威)장군

북소리 피리소리가 천지를 진동하고,
고함소리 요란하니…

占對山黃忠逸待勞
據漢水趙雲募勝衆

"그렇게까지 나가 싸우시겠다면, 나는 법정을 내보내서 도와 드리도록 하겠소. 무슨 일이든 그와 상의하여 해주시오. 또 뒤로 인마를 파견하여 협조해 드리기로 하겠소."

공명이 이렇게 말하니, 황충도 쾌히 승낙하고 법정과 함께 군사를 거느리고 출동했다. 공명이 현덕에게 말했다.

"이 노장은 호되게 말해 주지 않는다면 싸움터에 나가도 성공하지 못할 겁니다. 그가 이미 출동했으니 반드시 인마를 파견해서 협조해 주어야 합니다."

그 즉시 조자룡을 불러서, 인마를 거느리고 샛길로 나가 기병(奇兵)을 내보내어 황충을 도와 주도록 하되, 황충이 승리하면 나가 싸울 것이 없고, 만일 황충이 실수하면 곧바로 내달아서 구원해 주라고 명령했다. 또 유봉·맹달을 파견하면서 이렇게 명령을 내렸다.

"3천의 병력을 거느리고 산중의 중요한 지점으로 가서 정기(旌旗)를 많이 꽂아 놓아 우리편 군사의 기세를 올리게 하고, 한편으로는 적군이 놀라서 의심을 품도록 하라."

세 사람이 각각 군사를 거느리고 떠난 다음, 또다시 하판(下辦)으로 사람을 보내서, 마초에게 계책을 지시해 주었으며, 엄안을 파서·낭중으로 보내서 요로를 지키게 하고, 장비와 위연이 그들과 교체하여 함께 한중을 공략하도록 했다.

한편, 장합과 하후상은 하후연에게로 돌아가서 보고했다.

"천탕산을 빼앗겼고, 하후덕과 한호를 잃었습니다. 이제는 유현덕이 친히 군사를 거느리고 한중을 향하여 쳐들어온다 하니 시급히 위왕께 연락하셔서 즉시 정병을 원군으로 파견하시도록 해서 이에 대비해야 합니다."

하후연이 곧바로 사자를 파견하여 이런 사실을 조홍에게 알리니, 조홍은 밤을 새워가며 허창으로 달려가서 조조에게 보고했다.

조조는 대경실색, 당장에 문무백관을 소집해 놓고 한중에 원군을 보낼 상의를 했다.

장사(長史) 유엽이 나서면서 말했다.

"만약에 한중을 상실하면 중원도 위태롭게 될 것입니다. 대왕께서 노고를 불사하시고 반드시 친히 정토(征討)에 나서셔야 되겠습니다."

조조가 스스로 후회하며 말했다.

"그때 경의 말을 듣지 않고, 이제 이렇게 된 것이 한이 되오."

시급히 영지(令旨)를 전달하여 40만 대군을 동원하여 친정(親征)을 나서기로 작정했다. 그때가 건안 23년 가을 7월.

조조는 선봉에 하후돈, 중군은 자기 자신이 맡고, 조휴를 후군으로 삼고 출동했는데, 백마금안(白馬金鞍)에 옥띠에 금의(錦衣)를 걸치고 무사들은 대홍라초금산개(大紅羅銷金傘蓋)를 손에 잡았고, 좌우로는 금조은월(金爪銀鉞)에 등봉과모(鐙棒戈矛), 그리고 일월용봉(日月龍鳳)의 깃발을 높이 휘날렸다.

호가용호관군(護駕龍虎官軍) 2만 5천 명을 5대로 나누어서 1대가 5천 명, 청황적백흑 5색으로 배치되었고, 깃발과 말까지도 똑같은 5색으로 맞추어서 광휘가 찬란하고 그 웅장함이 절정에 달했다.

동관(潼關)을 지났을 때, 조조는 말 위에서 멀리 울창하게 무성한 숲을 발견하고 좌우 사람에게 물었다.

"여기는 어딘고?"

"이 고장은 남전(藍田)이라고 하오며, 저 숲속에는 채옹(蔡邕)의 장원(莊園)이 있습니다. 지금은 그의 따님인 채염(蔡琰)과 남편되는 동공(董紀)이 살고 계십니다."

조조는 원래 채옹과 친교가 있었다. 그의 딸 채염은 위도개(衛道玠)의 아내가 되었었는데, 그 후 북방의 오랑캐에게 겁탈을 당해서 그곳에서 아이 둘을 낳았다.

이 여자가 지은 〈호가십팔박〉(胡笳十八拍)이란 곡조가 중원에까지 흘러왔었다. 조조는 이 여자를 가엾게 생각하고 사자를 파견하여 천금(千金)을 주고 도로 사오려고 하니, 흉노의 귀족 좌현왕(左賢王)은 조조의 위세에 겁을 집어 먹고 이 여자를 한나라로 돌려보냈다. 그래서 조조는 이 여자를 동기(董紀)의 아내로 짝지어 주었던 것이었다.

그날 조조는 채옹과의 옛일이 생각났기 때문에 군사를 앞세워 보내 놓고, 측근의 백여 기를 거느리고 그 장원 문앞에 말을 멈췄다.

그때 동기는 밖에 나가 있었으며 채염이 집을 지키고 있었는데, 조조가 왔다는 소리를 듣고 황망히 나와서 영접했다. 조조가 안으로 들어가니 그 여자는 인사를 마치고 옆에 시립했다. 조조는 무심코 벽을 바라보다가 비문(碑文)에 그림이 있는 족자를 발견하고, 일어서서 쳐다보며 채염에게 그 유래를 물었다.

"이것은 조아(曹娥)의 비문입니다. 옛날 화제(和帝)시대에 상우(上虞) 땅에 조우(曹盱)라는 박수무당이 있었는데, 파사악신(婆娑樂神)

이란 춤을 잘 추어서, 5월 5일에 술이 취해 배 위에서 춤을 추다가 강물에 빠져 죽었습니다. 그 박수무당의 딸이 겨우 열네 살이었는데, 이레 동안이나 밤낮을 강가로 울고 헤매다가 강물 속에 몸을 던져, 닷새 후에 제 아버지의 시체를 등에 업고 물 위에 떠올라 그 고장 사람들이 강변에 묻어 주었습니다.

상우의 현령 도상(度尚)은 그 딸을 효녀로 조정에 상신하여 감단순(邯鄲淳)에게 명령하여 이런 사실을 비문에 써넣도록 했습니다. 그때 감단순은 불과 열네 살이었는데 한 자도 고치는 법이 없이 단숨에 써놓았는지라 당시 사람들이 몹시 기특하게 생각했다 합니다. 저의 아버님께서 그 소문을 듣고 가보셨더니, 마침 날이 저문 뒤여서 어둠 속에서 손으로 더듬어서 비문을 읽어 보시고, 붓을 가져다가 그 뒤쪽에다 새로 여덟 자를 크게 적어 놓으셨습니다. 그 후에 누군지 그것을 돌에다 새겼습니다. 이것이 바로 그 여덟 자입니다."

'황견유부(黃絹幼婦), 외손제구(外孫虀臼)'

조조가 그것을 읽어 보고 그 여자에게 물어 봤다.

"이것은 무슨 의미요?"

"선인의 유필(遺筆)이라지만, 저도 사실은 그 의미를 모릅니다."

조조는 여러 모사들을 둘러보며 말했다.

"그대들은 이 뜻을 알 수 있소?"

여러 사람들이 모두 대답을 하지 못했다. 그 중 한 사람이 나서면서 말했다.

"나는 그 뜻을 알고 있습니다."

조조가 쳐다보니 바로 주부(主簿) 양수(楊修)였다. 조조가 말했다.

"경은 잠시 말하지 마시오. 내가 한번 그 뜻을 생각해 보리다."

드디어 조조는 채염과 작별하고 여러 사람을 거느리고 장원을 나왔다. 3리쯤 왔을 때, 조조가 갑자기 생각난 듯, 웃으면서 양수에게 말했다.

"경이 한번 아까 그 비문의 뜻을 말해 보시오."

"그것은 은어입니다. 황견(黃絹)은 빛깔이 있는 실(絲)입니다. 색(色) 옆에 실(糸)을 붙이면 바로 절(絶) 자입니다. 유부(幼婦)란 소녀입니다. 여(女) 자 옆에 소(少) 자를 붙이면 묘(妙) 자입니다. 외손(外孫)이란 여(女)의 아들(子)입니다. 여 자 옆에 아들(子)을 붙이면 호(好) 자입니다. 제구(齏臼)란 오신(五辛—달고 쓰고 맵고 시고 짠 것)을 받아들이는 그릇이니 수(受) 자 옆에 신(辛)을 붙이면 사(辭) 자가 됩니다. 이것을 종합해서 말씀드리자면 바로 절묘한 좋은 글이다라는 '절묘호사(絶妙好辭)'의 넉 자입니다."

조조가 깜짝 놀랐다.

"바로 내가 생각하고 있던 의미와 똑같군!"

여러 장수들이 양수의 재식(才識)이 예민함에 감탄하여 마지 않았다.

조조는 남정에 도착하자, 조홍으로부터 패전에 대한 보고를
받고 승패는 병가의 상사지만, 하후연이 통 나가서 싸우려 들지
않는다는 것은 비겁한 태도라 하면서, 그 자리에서 편지 한 통을
써서 사자에게 주어 하후연에게 파견했다. 그 편지의 사연인즉,

> 무릇, 장수된 자는 강유(剛柔)를 가지고 적당히 대처해야
> 할 것이고, 함부로 그 용맹만을 믿어서는 안 될 것이오.
> 만약 단지 용맹만을 믿는다면 이는 일부지적(一夫之敵)
> 에 지나지 못할 것이오. 내, 이제 대군을 남정에 주둔시
> 켜 놓고 경의 묘재(妙才)를 보고자 하니 이 두 자를 욕되
> 게 하지 말기 바라오.

하후연은 이 편지를 보고 용기를 얻어, 내일이야말로 황충
을 사로잡겠다는 결심으로 우선 하후상에게 명령하여 군사 3천
을 거느리고 자세히 지시를 받고 나가서 적군을 유인해 내도록
했다.

황충과 법정도 상대방이 싸움에 응하지 않아서, 영채만 지키
고 있던 중인데, 산 위에서 군사들이 쳐내려온다는 소식을 듣자,
당장에 황충이 군사를 동원하여 대적하려고 했더니, 부장 진식
(陳式)이 자진해서 나가겠다고 했다. 황충은 그에게 군사 1천을
거느리고 산기슭에 진을 치게 했다.

그러나 진식은 하후상과 대결한 결과 뒤로부터 하후연의 군사의 습격을 받아 산채로 잡혀 적진으로 끌려갔으며, 군사들도 태반이 항복하고 말았다. 진식이 잡혀갔다는 정보를 받고 황충은 당황하여 법정과 상의했더니, 병사를 격려하고 권고해서 영채를 걷어 치우고 앞으로 한 걸음 한걸음 전진하면서 그때 그때 임시 영채를 마련해 나가면, 하후연을 유인해 내서 싸울 수도 있고 또 산채로 잡을 수도 있을 것이라고 했다.

하후연은 황충의 군사가 전진해 나온다는 것을 알자 쫓아 나가서 싸우려고 했다. 장합이 거기에는 반드시 계책이 있을 것이니 대적하지 않는 것이 좋겠다고 권고했으나, 그 말도 듣지 않고 마침내 하후상에게 수천 명의 군사를 거느리고 황충의 진지로 육박해 들어가라는 명령을 내렸다.

황충과 하후상은 1대 1로 대결했는데, 큰 칼을 휘두르며 덤벼든 황충은 1합도 채 싸우기 전에 하후상을 산채로 잡아 가지고 영채로 돌아가 버렸다. 하후연은 시급히 황충의 진지로 사람을 파견해서 진식과 하후상을 교환하자는 조건을 내세웠다.

그 이튿날, 황충은 하후상을 옆에 세우고, 하후연은 진식을 옆에 세워서, 산 속 널찍한 평지에서 서로 대진하고, 북소리가 울리는 것을 신호로 진식과 하후상은 각각 자기네 진지를 향하여 달음질쳐서 달아났다.

하후상이 자기 진문(陣門)에 도착하려는 순간, 황충이 쏜 화살이 그의 등뒤에 꽂혀서 절명하고 말았다. 격분한 것은 하후연. 말을 달려 나와서 황충과 대결하여 20여 합을 싸우고 있는데 갑자기 조조 편 진지에서 징소리가 울리니 하후연은 그대로 말머리를 돌려서 뺑소니를 쳤다.

산곡간의 여기저기에 촉나라 깃발이 휘날리고 있는 것을 발견한 조조 편에서 복병이 있지나 않을까 겁내어 하후연을 불러들인 것이었다.

황충이 정군산(定軍山) 밑까지 밀고 나가서 법정과 상의했다.

"정군산 옆으로 험준한 산봉우리가 또 하나 우뚝 솟아 있는데, 그 꼭대기에서 내려다보면 정군산이 훤하게 내려다보입니다. 그 곳을 점령할 수 있다면 정군산을 점령하는 것과 마찬가지입니다."

황충이 멀리 위쪽을 올려다보니 산꼭대기에는 좁은 평지가 있고 거기에는 얼마 안 되는 군사들이 주둔하고 있는 모양이었다.

이 산은 하후연의 부장 두습(杜襲)이 수백 명의 부하를 거느리고 지키고 있었는데 그 이튿날 밤 2경, 황충이 대군을 거느리고 쳐올라가자 산을 버리고 도주했으며, 황충이 산꼭대기에 올라서서 바라보니 정군산이 손에 잡힐 것만 같았다.

법정이 또 계책을 제공했다.

"장군께서는 산중턱에 계십시오. 하후연의 군사가 나타나면 제가 산꼭대기에 있다가 흰 깃발을 흔들 것이니 공격하지 말며 숨어 계시고, 적군이 지쳐서 방비를 소홀히 하는 것을 보면 붉은 깃발을 흔들 것이니 그때에는 장군께서 내리쳐 들어가십시오."

하후연은 맞은편 산봉우리를 황충에게 뺏겼다는 두습의 보고를 받자 격분하여 그 즉시 공격을 개시하고자 서두르니, 장합이 재삼 간하며 만류했다. 그러나 그는 끝끝내 고집을 부리고, 군사를 동원해서 산을 포위하고 욕설을 퍼부으면서 도전했다.

법정은 처음에는 산꼭대기에서 흰 깃발을 흔들어서 황충을 숨어 있게 하다가, 정오가 지났을 때쯤 조조 편 군사들이 지쳐서 말을 내려 쉬고 있는 것을 보자 재빨리 붉은 깃발을 흔들었다. 동시에 피리소리와 북소리가 천지를 진동하고, 고함소리가 요란스럽게 일어났다.

황충이 앞장 서서 산 아래로 쳐내려가니 그 장한 기세는 하늘이 무너지고, 땅이 꺼지는 것만 같았다. 혼비백산하여 어쩔 줄 모르는 하후연. 황충이 전광석화와 같이 휘개(麾蓋) 아래로 대들어서 호통을 치니 그 음성은 뇌성벽력과 같았다.

하후연은 대적하여 덤벼 볼 만한 틈도 없었다. 황충의 보도(寶刀)가 선뜻 번쩍인 순간, 하후연의 머리와 어깨는 두 토막으로 잘리고 말았다.

하후연이 절명하자 조조의 군사는 지리멸렬, 앞을 다투어 도주해 버렸다. 황충이 정군산으로 공격을 가하니 장합이 군사를 거느리고 대적했으나, 황충·진식에게 협격을 받아 패주하고 말았다. 이때 산 속에서 홀연 뛰어나오는 1대의 군마. 패주하는 장합의 퇴로를 가로막고 선두에 나서며 호통을 치는 대장이 있었다.

"상산(常山)의 조자룡이 여기 왔다!"

장합은 황황 급급하여, 군사를 거느리고 정군산 속으로 도주하려고 했으나, 앞에서 달려드는 또 1대의 군마가 있었다. 앞장을 선 것이 바로 두습이었다. 그의 말이,

"정군산은 벌써 유봉·맹달에게 뺏겼습니다."

하니 장합은 두습과 함께 패잔병을 수습해서 한수 강변으로 도주하여 진을 치고, 한편 사람을 조조에게 급파하여 보고했다. 하후연의 죽음을 알게 된 조조는 방성통곡했다. 그제야 저 신복(神卜) 관로가 일찍이 '정군지남(定軍之南), 황저우호(黃猪遇虎)'라고 점을 쳤던 말이 들어맞았다고 생각하고 곧 관로를 불러오라고 했지만, 그의 행방은 묘연했다.

조조는 황충에 대한 분노가 극도에 달하여 친히 대군을 동원해 가지고 하후연의 원수를 갚을 결심으로 쳐들어가며, 서황에게 선봉을 명령했다. 한수에 도착하니 대기하고 있던 장합과 두습이 의견을 내놓았다.

"정군산을 빼앗겼으니 미창산(米倉山)의 군량을 북쪽으로 옮겨놓고 나서 군사를 진격하는 것이 좋겠습니다."

조조는 그들의 의견대로 하기로 했다.

한편, 유현덕은 하후연의 목을 베어 가지고 돌아온 황충을 정서대장군(征西大將軍)으로 승진시키고 축하의 주연을 베풀었다. 이때, 부장 장저(張著)가 달려왔다.

"조조가 친히 20만 대군을 거느리고 하후연의 원수를 갚고자 출진하여, 방금 장합에게 명령하여 미창산의 군량을 한수 북쪽 기슭으로 옮겨가고 있습니다."

이때, 공명이 말했다.

"누구든지 적군 중에 깊이 뚫고 들어가서 양초를 불질러 버리고 치중(輜重)을 빼앗는다면 조조의 예기를 꺾을 수 있을 것이오."

황충이 또 자진해서 나서며 자기가 가겠다고 했다. 공명이 또 나섰다.

"조조는 하후연과는 비교가 안 되니 소홀히 다룰 수는 없소이다."

현덕도 말했다.

"하후연은 비록 총수(總帥)였다고는 하지만 결국 일개 용부(勇夫)에 지나지 못했으니, 어찌 장합에 미칠 수 있었겠소. 만약에 장합의 목을 벨 수 있다면 그 공로는 의당 하후연의 목을 벤 10배나 더 클 것이오."

황충이 분연히 말했다.

"내가 그자의 목을 베러 나가고 싶소이다."

그러자 공명이 말했다.

"그러면 조자룡 장군과 함께 1대의 군마를 거느리고 나가시기로 하고, 무슨 일이나 협력해서 선처하도록 하시오. 누가 공을 세우시나 두고보기로 합시다."

황충은 그렇게 하기로 응낙했으며, 공명은 장저를 부장으로 동행하도록 명령했다. 조자룡이 황충에게 물었다.

"조조는 지금 20만 대군을 거느리고 열 군데나 진영을 벌여 놓고 있는데, 장군께서 지금 주공님 앞에서 그의 양초를 빼앗겠다고 하신 것은 결코 쉬운 일이 아닙니다. 장군은 어떠한 계책을 쓰실 작정입니까?"

"우선 내가 나가서 어떻게 하나 보시오."

"내가 먼저 나가겠습니다."

"나는 주장(主將)이오, 그대는 부장인데, 어째서 앞을 다투려 드시오?"

"나와 장군은 다같이 주공님을 위해서 애쓰는 처지인데, 선후를 다툴 까닭이 있겠습니까? 우리 두 사람이 제비를 뽑아서 누가 먼저 가는가를 결정합시다."

조자룡의 말대로 제비를 뽑았더니 역시 황충이 먼저 나가기로 결정되었다.

조자룡이 말했다.

"장군께서 먼저 나가시기로 결정된 이상, 나는 협력해 드리기로 하죠. 시간을 정해 놓고 장군께서 그때까지 돌아오시면 나는 군사 하나도 움직이지 않기로 하고, 시간이 지나도 돌아오지 않을 때에는 당장에 출동해서 싸움을 거들어 드리기로 하죠."

"공의 말대로 합시다."

시간을 오정으로 정해 놓고, 조자룡은 영채로 돌아가서 부장 장익(張翼)에게 만일에 자기가 싸움터에 나가게 될 경우에는 뒤를 잘 지켜 주고 경솔히 움직이지 말라고 명령했으며, 황충은 영채로 돌아가서 부장 장저에게 만반준비를 갖추게 한 다음 그날 밤 4경에 북쪽 산기슭을 향하여 진격을 개시했다.

날이 밝아올 무렵, 군량을 지키고 있던 몇 명의 군사들이 겁을 집어먹고 뺑소니를 쳐버리자, 황충은 전군에 명령을 내려 군량이 산더미처럼 쌓인 위에다 나무를 얹어 놓고 불을 지르라고 명령했다.

막 불을 지르려는 찰나, 장합의 군사가 몰려들어서 일대 접전이 벌어졌다.

거기다가 또 조조의 명령을 받은 서황이 군사를 거느리고 달려들어서 황충을 포위해 버렸다. 장저는 3백 기를 거느리고 포위망을 돌파, 진지로 되돌아가려고 했으나, 앞을 가로막고 나서는 또다른 1대의 군마가 있었으니, 선두에 선 사람은 바로 문빙(文聘)이었다.

조자룡은 영채에서 기다리고 있었는데 오정이 되어서도 황충이 돌아오지 않자 급히 무장을 갖추고 말을 달려 창을 휘두르며 적진을 향하여 돌격을 개시했다.

앞을 가로막는 대장이 있었다. 문빙의 부장 모용렬(慕容烈)이었다. 그는 말을 달리며 큰 칼을 휘두르고 조자룡에게 덤벼들었으나, 조자룡의 창을 맞고 한 번에 그대로 말 아래로 거꾸러져 버렸다. 조조 편 군사들은 우수수 흩어지며 도주했다. 조자룡이 포위망 속으로 뚫고 들어서니, 또다른 1대의 군마가 앞을 가로막았다. 선두에 선 사람은 초병(焦炳)이었다.

"촉군은 어디 있느냐?"

"한 놈도 남기지 않고 모조리 죽여 버렸다!"

조자룡은 격분하여, 훌쩍 말을 날려 창으로 초병을 찔러 죽이고, 나머지 병졸들을 헤치며 곧장 북쪽 산 아래까지 쳐들어가니, 장합과 서황이 황충을 포위했고 황충의 군사들은 극도로 피로한 기색이었다.

벽력같이 소리를 지르며 중위(重圍) 속으로 뛰어들어 좌충우돌하는 조자룡, 마치 무인지경을 혼자서 달리듯, 휘두르는 창이 마치 배꽃이 바람에 휘날리는 듯, 눈발이 흩어지는 듯.

장합과 서황은 겁을 먹고 덤벼들지도 못하니, 조자룡은 재빨리 황충을 구출해 가지고 싸우면서 포위망을 뚫고 달아나는데, 그가 가는 곳마다 감히 가로막는 사람이 없었다.

조조가 높은 곳에서 내려다보고 있다가 깜짝 놀라며 여러 장수들에게 물었다.

"저 장수는 누구인고?"

조자룡을 알아보는 자가 말했다.

"상산의 조자룡입니다."

"흠! 옛날 당양 장판의 영웅이 아직도 살아 있었구나!"

급히 명령을 전달시켰다.

"조자룡이 나타나면 경솔히 그와 대적하지 마라."

조자룡이 황충을 구출해 가지고 중위를 돌파해 나오자, 한 병사가 말했다.

"저 동남쪽에 포위당해 있는 분이 바로 부장 장저장군이십니다."

하면서 손가락으로 가리켰다.

'상산 조운(常山趙雲)'이라는 깃발만 보고도, 옛날 당양 장판에서 그가 싸우던 무서운 솜씨를 아직도 기억하고 있는 적병들이 많이 있어서, 당장에 소문이 쫙 퍼지는 바람에 모조리 도주하니 장저도 힘 안 들이고 구출할 수 있었다.

조조는 조자룡이 좌충우돌, 그가 가는 곳에 감히 가로막는 자 하나 없이 황충을 구출하고, 또 장저마저 구출해 내는 광경을 내려다보고 있다가, 분연히 대로하여 친히 좌우의 장수들을 거느리고 조자룡을 추격했다.

조자룡이 영채로 되돌아왔을 때 장익이 그를 영접했는데, 뒤를 돌아다보니 심한 먼지가 일고 있어, 조조의 군사가 추격해 오는 것을 알고, 그는 곧 조자룡에게 말했다.

"추격해 오는 군사들이 점점 접근해 오고 있소. 군사들에게 명령하여 채문을 굳게 잠그고 적루 위에 올라가서 방호하는 게 좋을 것 같소."

조자룡이 호통을 쳤다.

"채문을 잠글 것까지는 없소. 그대는 내가 옛날 당양 장판에 있을 때 말 한 필, 창 한 자루를 가지고 조조의 군사 83만 명을 초개와 같이 무찔러 버린 사실을 모르시오? 지금은 군사가 있고 장수가 있는데 뭘 겁낼 것이 있겠소!"

조자룡은 궁노수를 동원해서 영채 밖 호(壕) 속에 매복시켜 놓고 진영 안의 깃발이나 창을 모조리 감추고 북소리도 울리지 않았다. 그리고 자기 자신이 혼자서 말 한 필, 창 한 자루를 갖고 영문 밖에 버티고 섰다.

장합과 서황이 군사를 거느리고 촉군의 진지로 쳐들어왔을 때에는 이미 날이 저물었다. 그런데 진지에는 깃발도 꽂혀 있지 않고, 죽은 듯이 조용한데 조자룡 혼자 활짝 열린 영문 앞에 버티고 서 있는 것을 보자, 주춤하고 진격을 멈췄다.

망설이고 있는 데 조조가 달려들더니 전군에 그대로 진격하라는 명령을 내렸다. 명령을 받고 요란한 고함소리를 지르며 진지 앞까지 몰려 들어갔으나, 조자룡이 반석과 같이 옴쭉달싹도 하지 않고 버티고 서 있자 병사들은 돌아서서 도주하기 시작했다.

눈 한번 깜짝할 사이에 조자룡이 창을 한번 높이 휘두르니 밖의 호 속에서 수많은 활과 쇠뇌가 일제히 쏟아져나왔다.

이때, 날은 완전히 어두웠으니 촉군이 얼마나 있는지 그 수효도 추측하기 어려웠다.

조조가 앞장을 서서 말머리를 돌리고 도주하기 시작하니, 뒤에서 피리소리 · 북소리가 요란스럽게 일어나고, 고함소리 천지를 진동하며 촉군이 일제히 추격을 개시했다.

조조의 군사는 이리 몰리고 저리 몰리며, 저의 편 군사를 서로 짓밟으면서 아비규환 속에서 간신히 한수 강변에까지 피해 오기는 했으나, 물에 빠져 죽은 자가 부지기수였다.

조자룡 · 황충 · 장저는 각각 부하를 거느리고 급히 조조를 추격했다. 조조가 말을 달려 도주하고 있을 때, 유봉과 맹달이 부하를 거느리고 미창산 샛길로부터 나타나서 군량에 불을 질렀기 때문에 조조는 북쪽 산의 군량을 포기하고 남정으로 도주해 버렸다.

서황과 장합도 견디다 못해서 역시 진지를 버리고 도주했다.

조자룡은 조조의 영채를 점령하고, 한편으로 황충은 양초(糧草)를 빼앗았으며, 한수에서 얻은 군기가 부지기수였다.

이렇게 대승을 거두고 승리 소식을 유현덕에게 보고했다. 현덕은 공명과 같이 한수로 나와서 조자룡의 부하들에게,

"자룡은 어떻게 적병과 싸웠소?"

하고 물어 보았다.

부하들은 조자룡이 포위당한 황충을 구출하고 또 한수 강변에서 적군을 쫓아 버린 혁혁한 공로를 일일이 말해 주었다.

현덕은 매우 흡족해하며, 산 앞뒤의 험준한 지세를 시찰하고 나서 흔연히 공명에게 말했다.

"자룡은 일신이 담(膽)으로 뭉쳐진 장수입니다."

현덕은 조자룡의 용맹에 탄복하여 마지않으며, 그를 호위장군(虎威將軍)이라 불렀다. 그리고 부하 장병들을 위로하여 상을 후하게 내렸고, 주연을 베풀어서 밤이 깊도록 즐겼다.

그러나 얼마 안 되어서, 조조가 또 대군을 동원하여 사곡(斜谷) 샛길로부터 한수로 쳐들어온다는 보고가 날아 들었다.

"조조가 이번에 여기까지 온 것은 아무 보람도 없는 일일 것이다. 나는 반드시 한수를 나의 수중에 넣게 될 줄 알고 있으니까."

현덕은 웃으면서 이렇게 말하고 그길로 군사를 거느리고 한수 서쪽으로 나가서 조조 편의 군사와 대결하기로 했다.

조조가 서황에게 선봉을 명하여 바야흐로 진격을 개시하려는데, 불쑥 장 앞으로 나서며 말하는 사람이 있었다.

"제가 이 고장 지리를 전부터 잘 알고 있으니, 서장군을 도와서 함께 촉군을 격파하러 나가고 싶습니다."

조조가 바라보니 파서 암거(巖渠) 사람인 왕평(王平)으로서, 아문

장군(牙門將軍) 노릇을 하고 있었다.

조조가 크게 기뻐하며, 왕평을 부선봉으로 임명하여 서황을 거들도록 명령했다.

조조는 정군산 북쪽으로 군사를 진격시켰고, 서황은 왕평과 함께 부하를 거느리고 한수까지 진출해서 왕평에게 건너편 강변으로 건너가서 진을 치도록 명령했다. 왕평이 말했다.

"강을 건너간 다음에 급히 군사를 후퇴시켜야 할 일이 생기면 그때는 어찌하겠습니까?"

"옛적에 한신(韓信)이 물을 뒤에 두고 진을 친 것은 사지(死地)에 몸을 던져 놓고 나서 삶을 꾀한다는 뜻이었소."

"그렇지 않습니다. 옛날 사람 한신은 적이 꾀가 없다는 것을 알았기 때문에 이런 계책을 쓴 것입니다. 이제, 장군께서는 조자룡과 황충의 의사를 알고 계십니까?"

"그러면 그대는 보군(步軍)을 거느리고 적을 막아내시오. 나는 마군(馬軍)을 거느리고 적을 격파할 테니."

드디어 부교(浮橋)를 세우도록 명령하고 강을 건너가서 촉군과 싸우기로 작정했다.

위(魏) 사람은 섣부른 생각으로 한신을 종(宗)으로 삼으려 하지만, 촉(蜀)에는 자방(子房)이 있다는 사실을 어찌 알리요.

72.
야간구호 계륵(鷄肋)

조조의 진중에서는 난데없는 불길이
한꺼번에 다섯 군데에서나…

諸葛亮智取漢中
曹阿瞞兵退斜谷

서황은 왕평이 간하는 말도 듣지 않고 한수를 건너가서 진을 쳤고, 한편에서는 황충과 조자룡이 현덕의 승낙을 받고 이와 대적하여 싸우려고 진지를 떠났다.

황충과 조자룡은 날이 저물도록 조용히 기다리다가 적병이 지쳐 자빠지려고 할 때, 두 갈래로 갈라서서 공격을 가하자는 계획을 세웠는데, 서황은 그것도 모르고, 진시(辰時─오전 8시)부터 신시(申時─오후 4시)까지 쉴새없이 공격을 가했다. 그러나 촉군이 통 움직이는 기미가 없자 궁노수를 앞세우고 촉군의 진영을 향하여 화살을 마구 퍼붓게 했다.

"이렇게 주착 없이 화살을 쏘는 것을 보니, 서황이란 자가 반드시 꽁무니를 빼자는 배짱일 것이오. 이때를 놓치지 말고 추격해야겠소."

황충이 조자룡에게 이런 말을 하고 있는데 벌써 적의 후군이 물러가기 시작한다는 정보가 날아들었다.

그러자 금세 촉군의 진지에서는 북소리가 천지를 진동하더니, 황충이 왼쪽에서, 조자룡이 오른쪽에서 서로 협력하여 노도처럼 밀려 들었다. 서황은 대패하여 한수로 뺑소니를 쳤으며 강물에 빠져 죽은 병사가 부지기수였다.

간신히 사선을 돌파하여 영채로 돌아온 서황은 왕평을 꾸지람했다.

"우리 군사가 위태롭게 됐는데 어째서 싸움을 거들러 나오지 않았소?"

"내가 구원하러 나갔다면 이 영채마저 보전하지 못했을 것이오. 나는 일찍이 공에게 싸우러 나가지 말라고 권고했지만, 공이 내 말을 듣지 않았기 때문에 이렇게 싸움에 패하고 만 것이오."

서황이 격분하여 왕평을 죽이려고 하니, 왕평은 그날밤 부하에게 명령하여 영채에 불을 질러 버리고 한수를 건너서 조자룡에게 투항했으며, 서황은 진지를 버리고 조조에게로 달아났다.

조자룡이 왕평을 현덕에게 대면시켰더니, 현덕은 크게 기뻐하여 그를 편장군(偏將軍)으로 삼고 향도사(嚮導使)의 자리를 주었다.

서황에게서 왕평이 배반했다는 사실을 알게 된 조조는 대로하

여 친히 대군을 거느리고 한수의 진지를 도로 탈환하려고 나섰
다. 조자룡은 워낙 수효가 적은 군사로 대적하기 힘들기 때문에
한수 서쪽 강변으로 후퇴하여 진을 치고 양군이 대치상태에 놓
이게 되었다.

공명은 현덕·조자룡에게 면밀한 작전을 세워 주고, 그 이튿
날, 높은 언덕 위에 올라서서 적군의 형편을 내려다보고만 있었
다. 조자룡은 낮에는 죽은 듯이 잠자코 있다가 밤이 깊어지면 기
습을 감행하기를 사흘 동안이나 계속하니, 조조는 불안해서 견
디다 못해 영채를 거두어서 30리나 후퇴하여 넓은 벌판에 진을
쳤다.

또 이튿날은 오계산(五界山)을 중간에 두고 양군이 진용을 정비
한 다음 정면으로 대결했다. 현덕은 유봉·맹달 이하 서천의 여
러 장수들을 거느리고 진두에 친히 나서서 채찍으로 조조를 가
리키며 호통을 쳤다.

"조조, 네놈은 자진하여 왕위에 올라앉아서 감히 천자와 같
은 의장을 갖추고 있으니, 네놈이야말로 천하에 둘도 없는 역적
이다!"

조조는 노기 충천하여 서황에게 출마를 명령했다. 유봉이 곧
대들어서 그와 대적했으나 감당하지 못하고 현덕과 함께 진지로
달아났다.

조조의 명령이 떨어지자마자 대군이 고함을 지르며 몰려드니

촉군은 말도 무기도 다 버리고 한수를 향하여 도주했다. 조조의 군사들이 앞다투어 약탈하자 조조는 급히 징을 울려서 군사를 수습했다.

"이대로 밀고 나가면 유현덕을 잡을 수 있는데, 어째서 싸움을 중지시키는 것이오?"

여러 장수들이 의아해하자 조조가 대답했다.

"촉군이 말과 무기를 모조리 버리고 도주한 것은 아무래도 이 상한 일이니, 급히 후퇴하기로 합시다. 물건을 한 가지라도 줍는 자는 목을 베도록 하시오!"

조조의 군사가 발뒤꿈치를 돌리려고 하는 순간, 공명이 신호의 깃발을 한 번 휘두르니, 현덕이 중군을 거느리고 나오고 좌우에서 황충·조자룡이 밀고 나오니 조조의 군사는 뿔뿔이 흩어져서 도주했고, 공명은 밤을 새워가며 추격을 하니 조조는 견디다못해서 남정으로 후퇴 명령을 내렸다.

바로 이때, 조조의 진중에서 난데없이 불길이 다섯 군데나 치밀어올랐다.

이것은 위연과 장비가 낭중의 수비를 엄안에게 맡겨 놓고 달려나와서 남정으로 먼저 돌아가서 공략해 버린 것이다.

당황한 조조는 양평관(楊平關)을 향하여 도주했고, 현덕은 대군을 거느리고 남정·포주(褒州)까지 점령하고 백성을 안정시켰다.

현덕이 공명에게 물었다.

"조조가 이번 싸움에 어째서 이렇게 빨리 패했을까요?"

"조조라는 위인은 평생에 의심이 많아서, 비록 용병은 잘할 줄 안다지만, 의심이 많으면 패함이 많은 법입니다. 나는 의병(疑兵) 작전으로써 그를 이긴 것입니다."

"이제 조조가 후퇴하여 양평관을 지킬 텐데, 세력이 이미 대단치도 않지만, 선생께서는 무슨 계책으로 그를 물리치실 것입니까?"

"이 제갈량은 이미 작정한 바 있습니다."

공명은 장비와 위연에게 두 갈래로 갈라져서 조조의 양도(糧道)를 차단시키라 하고, 황충·조자룡에게는 군사를 두 갈래로 나누어 각각 불을 질러서 산을 태워 버리도록 지시했다. 4로(路)의 장수들은 각각 향도관을 거느리고 출발했다.

조조는 양평관에서 농성을 하면서 군사에게 명령하여 탐색만 시키고 있었다. 그들이 돌아와서 보고했다.

"지금 촉군은 주변에서 샛길을 모조리 차단하고, 도처에서 나무를 베어서 불을 지르고 있는데, 그 소재가 어딘지 찾아낼 수 없습니다."

조조가 어찌할 바를 모르며 망설이자, 장비와 위연이 양식을 빼앗으려고 습격했다는 정보가 날아들었다.

"장비를 잡아올 사람은 없는가?"

조조의 말이 떨어지자 곧 허저가 나섰다.

조조는 허저에게 정병 1천 기를 주어서 군량을 호송해 오라고 명령했다. 군량을 운반하고 있던 관리들은 허저를 보자 반색을 했다.

"장군께서 이곳까지 나와 주시지 않았다면 양평까지 군량을 운반해 가기는 어려울 뻔했습니다."

관리들은 운반해 오던 술과 고기를 그 자리에 내려 놓고 허저를 대접했다. 허저는 기분좋게 술을 마시고 어느덧 대취하여 주흥이 도도한 채 그대로 군량차를 급히 몰았다. 군량을 운반하는 관리가 말했다.

"날도 이미 저물었고, 앞으로 나가야 할 포주 땅은 지세가 험악하오니 쉽사리 넘어가기 어렵습니다."

그러나 허저가 고집을 부렸다.

"만부지용(萬夫之勇)을 지니고 있는 나요. 누구를 두려워하리까? 오늘밤은 달도 밝고 하니, 군량차을 몰고 가기에 아주 알맞소."

허저가 앞장을 서서 칼을 옆에 꼭 잡고 말을 몰아 군사를 거느리고 전진했다.

밤이 2경을 지났을 때 포주 경계지대에 도착해서, 좀더 앞으로 나가려 하는데, 홀연 산에서 피리소리·북소리가 요란스럽게 울리며 1대의 군마가 허저의 앞을 가로막았다.

선두에 서 있는 것은 바로 장비. 사모창을 휘두르며 말을 몰아 허저에게 덤벼드니, 허저도 또한 큰 칼을 휘두르며 대항했다. 그러나 그는 술이 잔뜩 취했기 때문에 장비를 당해낼 수가 없었다. 장비의 사모창에 어깨를 한 번 찔리자 말 위에서 뒹굴어 떨어졌다. 군사들이 황급히 허저를 부축해 가지고 달아나 버렸고, 장비는 군량차를 모조리 빼앗아 가지고 돌아갔다.

허저가 여러 장수들이 구해 주어서 간신히 영채로 돌아가 조조와 대면하니, 조조는 의사에게 명령하여 금창(金瘡)을 치료하게 하는 한편 친히 군사를 거느리고 출전하여 촉군에 도전했다.

현덕도 그와 대결하려고 출전했으며 쌍방이 진을 치고 나자, 현덕은 유봉을 출마하게 했다.

조조가 매도했다.

"신짝이나 팔아먹던 돼먹지 않은 놈아! 언제나 시시한 자식을 내보내서 대항하게 한단 말이냐? 내가 만약에 내 아들 황수아(黃鬚兒─曹彰)를 부르기만 한다면, 저따위 녀석은 짓이겨지고 말게다!"

격분한 유봉은 창을 휘두르며 말을 달려 조조에게 덤벼들었다.

조조가 서황을 내보내서 막아내도록 하니 유봉은 일부러 감당할 수 없는 체하고 달아났다. 조조의 명령을 받은 군사들이 조수처럼 밀려들고 있을 때, 촉군에서는 포성이 울리고 북과 피리소리가 일제히 요란스럽게 울렸다.

조조는 '아차! 복병이 있었구나!'하는 생각에 급히 군사를 후퇴시켰다. 조조의 군사들은 서로 짓밟고 떠밀고 야단법석, 목숨을 잃은 자가 이루 말할 수 없을 정도로 많았다.

양평관으로 도주한 조조가 한숨을 돌리려고 하는데, 촉군이 성 아래까지 밀고 들어와서 동문에 불을 지르고는 서문에서 고함을 지르고, 남문에 불을 지르나보다 하면 북문에서 북을 울리곤 했다. 조조는 크게 겁을 집어먹고 관을 버리고 도주했다.

조조가 말아 날 살려라 하고 급히 말을 몰아 뺑소니를 치는데 앞에서는 장비의 군사가 길을 가로막고, 뒤에서는 조자룡의 군사가 들이밀고, 거기다 또 황충이 포주로부터 군사를 몰고 달려들었다.

조조의 군사는 대패하여 여러 대장들이 조조를 에워싸고 간신히 길을 틔워서 사곡(斜谷) 경계선 초입까지 도주했다. 이때, 홀연 앞쪽에서 먼지가 맹렬히 일어나더니, 1대의 군마가 내달았다.

'저 군사들이 만약에 적군의 복병이라면 나도 마지막이로구나!'

조조가 간이 콩알만해졌을 때, 앞에서 대드는 것은 바로 그의 둘째아들 조창(曹彰)이었다.

조창은 자를 자문(子文)이라 하며 어렸을 적부터 말타기 · 활쏘기를 잘했고, 힘이 무척 세어 맨손으로도 맹수를 곧잘 잡았다. 항시 조조가 꾸짖었다.

"너는 글공부를 하지 않고 말과 활만 좋아하니 이것은 필부지용(匹夫之勇)에 지나지 못한다. 뭐가 대단할 게 있단 말이냐?"

조창이 대답했다.

"대장부 마땅히 위청(衛靑)·곽거병(霍去病) 같은 대장들을 본받을 것이며, 사막에 공을 세우고 수십만 대중을 장구(長驅)하여 종횡천하할 것이지, 박사가 된다 한들 뭣이 장하겠습니까?"

또 조조가 일찍이 여러 아들들의 뜻하는 바를 물었더니, 조창이 대답했다.

"장수가 되는 게 좋겠습니다."

"장수된 자는 어떻게 해야 하느냐?"

"무장을 든든히 하고 날카로운 무기를 손에 잡고, 난국에 임하여 몸을 돌보지 않으며, 항시 사졸의 앞장을 서고, 부하의 상과 벌을 명확히 판단할 줄 알아야 합니다."

조조가 이 말을 듣고 크게 웃었다. 건안 23년, 대군(代郡)의 오환(烏桓)이 조조에게 반기를 들었을 때, 조조는 조창에게 병력 5만을 주어서 토벌하게 했다. 떠나가는 마당에 조조가 아들에게 훈계했다.

"집안에서는 부자(父子)지만, 일단 일을 맡고 보면 군신(君臣)이 되는거다. 정에 끌려서 법을 굽힐 수는 없는 것이니, 네가 마땅히 명심하고 행동해라."

조창은 대북(代北)에 도착하자, 언제나 전진(戰陣)의 앞장을 섰으며, 상건(桑乾)까지 쳐들어가서 반적을 모조리 평정했다.

그리고 조조가 양평관에서 위태롭다는 소식을 듣고 싸움을 거들러 달려온 것이었다.

조조는 아들이 온 것을 보자 크게 기뻐하며,

"황수아(黃鬚兒)가 나타났으니 유현덕을 격파할 것은 문제없다!"

하고, 군사를 수습해 가지고 되돌아와서 사곡 초입에 다시 진을 쳤다.

조창이 도착했다는 소식을 알게 된 현덕이,

"누가 가서 조창과 싸우겠소?"

하고 물으니, 유봉과 맹달이 선뜻 나가겠다고 하니 그 자리에서 승낙했다.

유봉과 맹달은 각각 군사 5천 명씩 거느리고 유봉이 앞장을 섰고 맹달이 뒤를 따랐다. 조창이 달려나와 유봉과 대결하니, 겨우 3합도 못 싸워서 유봉은 대패하고, 맹달이 부하에게 명령을 내려 대신 덤벼들어서 막 대결하려고 했다.

이때, 이상하게도 조창의 군사들이 허둥지둥 꽁무니를 빼기 시작했다. 이것은 마초 · 오란의 군사가 달려 들어서 조조 편 군사에게 공격을 가했기 때문이었다. 맹달도 곧바로 맹공을 가했다.

마초의 군사는 한동안 쉬면서 예기를 축적해 온 지 오래 됐으니 여기 나타나서 무위를 떨치는 품이, 그 기세를 당해낼 도리가 없었다.

조조 편 군사가 패주하고, 조창은 오란과 정면으로 칼끝을 맞닥뜨리게 되었는데, 몇 합을 싸우지 못해서 조창의 날쌘 일극(一戟)이 오란을 찔러서 말 밑으로 나뒹굴게 했고, 3군이 혼전을 전개하니 조조는 군사를 사곡 경계지대 초입으로 수습해 들여서 그곳에서 진을 쳤다.

조조가 진을 치고 나서 또 며칠이 지나갔다. 군사를 진격시키려면 마초에게 가로막히고, 그렇다고 진지를 거두어서 철수하자니 촉군의 웃음거리가 될 것이고, 결정을 내리지 못하고 망설이고 있는데 하루는 식사 담당관이 닭국을 차려 내놓았다. 조조는 국그릇 속에 계륵(鷄肋)이 들어 있는 것을 보고 갑자기 감회가 새로웠다.

무엇인지 곰곰 생각하고 있을 때, 하후돈이 장 안으로 들어와서 그날밤의 야간 구호를 알려 달라고 했다. 조조는 아무 생각 없이 중얼거렸다.

"계륵, 계륵이오!"

하후돈이 여러 관원들에게 이대로 영을 전달했더니, 모든 사람이 '계륵'이라고 떠들어 댔다. 행군주부(行軍主簿) 양수(楊修)는

'계륵'이라고 전해지는 말을 듣자, 그 즉시 수행하던 군사들을 시켜서 행장을 수습하고 떠날 채비를 갖추도록 했다. 누군지 이런 사실을 하후돈에게 알려 하후돈은 깜짝 놀라서 양수를 장중(帳中)으로 불러들여서 물어 봤다. 그랬더니 양수가 대답했다.

"계륵이란 먹어 보려면 살점은 없고, 그렇다고 해서 내버리자니 아까운, 맛있는 것입니다. 위왕(조조)의 현재 심경이 이러시다니 내일이면 반드시 진지를 철수하실 것입니다. 그래서 일찌감치 행장을 수습하는 것입니다."

"공은 정말 위왕의 폐부 속까지 잘도 아시는구려!"

조조는 그날밤, 잠을 이루지 못하고 손에 강부(鋼斧)를 든 채 혼자서 영채를 왔다갔다 하고 있던 중, 하후돈의 영채에서 군사들이 행장을 꾸리고 있는 것을 보았다. 그 까닭을 물었더니, 하후돈이 양수가 말하던 '계륵'의 의미를 말했다.

"네놈이 감히 조언(造言)을 퍼뜨려 군심(軍心)을 문란하게 하다니!"

조조는 대로하여 곧바로 도부수를 시켜서 양수를 끌어 내어 참하라고, 그 수급을 원문(轅門) 밖에 내걸라고 호령했다.

원래, 양수란 자는 위인이 너무 재주만 믿고 경박하여 여러번 조조의 눈 밖에 났다.

조조가 일찍이 부하에게 한 군데 화원을 만들게 한 일이 있었는데, 다 된 다음에 그 잘잘못을 말하지 않고 단지 붓을 들어 화원 문 위에다 '활(活)'자 한 자를 써놓고 돌아왔다.

여러 사람들이 그것이 무슨 뜻인지를 모르고 있을 때, 양수가 말했다.

"문 안에 활 자를 써 넣으면 활(闊) 자가 되는데, 이것은 승상께서 문이 너무 넓다고 하신 것이오."

이리하여 화원 문을 개조해 놓고 또 조조를 청해 보였다. 조조가 크게 기뻐하며 물었다.

"누가 나의 의도를 이렇게 잘 알았는고?"

좌우의 사람들이 대답했다.

"바로 양수입니다."

이 말을 듣자, 조조는 입으로는 칭찬을 했으나, 마음속으로는 매우 못마땅하게 여겼었다.

조조는 또 남들이 자기 몸을 암중모해(暗中謀害)할까 두려워서 항시 좌우 사람들에게 분부해 두었었다.

"나는 꿈속에서 자주 사람을 죽이니 내가 잠이 들었을 때에는 누구든지 절대로 가까이 얼씬도 하지 말아라."

하루는 조조가 장중에서 낮잠을 자고 있었는데 이부자리가 땅바닥에 떨어졌다. 근시(近侍) 한 사람이 얼른 집어 올려서 덮어 주었다.

조조는 벌떡 자리에서 일어서더니 칼을 뽑아서 근시의 목을 베어 버리고 다시 침상에 올라가 잠을 잤다. 한참 만에 잠이 깨더니 일부러 놀라는 체하고 물었다.

"누가 나의 근시를 죽였느냐?"

여러 사람들이 사실대로 말해 주었더니 조조는 통곡을 하면서 정중히 장례를 지내 주라고 명령했다. 그래서 여러 사람들은 과연 조조가 꿈속에서 사람을 곧잘 죽이는 줄로만 알고 있었다.

그런데 양수 한 사람만은 그 진의를 알고 있어서 죽은 근시를 매장할 때, 시체를 가리키며 한탄했다.

"승상께서 꿈속에 계셨던 것이 아니고, 그대가 바로 꿈을 꾸고 있었던 것이오!"

조조는 이 말을 듣게 되자, 점점 더 양수를 미워했다.

조조의 셋째아들 조식(曹植)은 양수의 재주를 사랑하여 늘 양수를 불러다가 담론을 나누면서 밤이 새는 것도 모를 지경이었다. 조조는 여러 사람과 상의하고 조식을 세자(世子)로 세울 작정을 하고 있었는데, 조비(曹丕)가 이것을 알고 조가(朝歌)의 현장(縣長) 오질(吳質)을 내부로 몰래 청해 들여서 상의를 했다.

그런데 남이 알게 될까 두려워서 큰 대상자 속에 오질을 감추어 가지고 그 속에는 비단이 들어 있다 속여서 부중으로 운반해 들여서 상의했던 것이다. 양수가 그것을 알고 조조에게 밀고했더니, 조조는 조비의 부문(府門)에 사람을 파견해서 사찰하게 했다. 조비가 당황하여 오질에게 물었더니, 오질이 말했다.

"걱정 없습니다. 내일은 큰 대상자 속에 비단을 잔뜩 넣어 다시 운반해 들여서 속이면 그만입니다."

그 이튿날 운반해 들인 대상자를 조사해 보니 과연 비단밖에 없으니 조조는 양수가 조비를 모함하려고 한 짓이라 생각하고 더욱 양수를 미워했다.

조조는 조비·조식의 재간을 시험해 보려고, 어느날 두 아들에게 업군성 문밖까지 나갔다 오라고 명령해 놓고, 한편 몰래 사람을 파견해서 문리에게 통과시키지 말라고 분부해 놓았다. 조비는 먼저 성문까지 갔으나 문리에게 거절을 당하고 그대로 되돌아왔다. 이것을 알고 조식은 양수와 상의했다.

"대왕의 어명이시니 가로막는 자가 있으면 목을 베셔도 좋습니다."

조식이 그 말이 옳다 생각하고 성문까지 갔다. 문리가 가로막으니 과연 그의 목을 베어 버리고 통과했다. 조조는 조식의 재간이 조비보다 나은 줄 알기는 했으나, 나중에 이것이 양수의 꾀에서 나온 것임을 알게 되자 꺼렸으며, 조식까지 대단치 않게 여겼다.

양수는 또 조식을 위해서 10여 조목의 답안을 만들어 주어서 조조가 무슨 질문을 할 때면 일일이 그대로만 대답하게 했다. 조조가 군사나 국사에 대해서 질문할 때마다 조식이 너무나 대답을 척척 잘하는 바람에 이상하게 여기고 있었는데, 그 후에 조비가 몰래 조식의 좌우 사람을 매수해서 그 답안을 훔쳐 내어 조조에게 고해 바치도록 했기 때문에 조조는 그것을 보고 양수를 더욱 미워했다.

"돼먹지 않은 놈이, 어찌 감히 날 속였단 말이냐?"

이때부터 조조는 양수를 죽여 버릴 생각을 하게 됐다. 이것이 이제 와서야, 군심을 어지럽게 했다는 죄목으로서 죽여 버렸으니, 양수의 나이 불과 34세였다.

조조는 양수을 죽이고 나서, 격분을 참지 못하는 체하고, 하후돈까지 목을 베려고 했다. 여러 관원들이 죽을 죄를 사해 달라고 애원하니, 조조는 그제야 호통을 쳐서 하후돈을 물러 나가게 하고, 그 이튿날 당장 군사를 진격시키라고 명령했다.

이튿날, 사곡 경계선 초입까지 군사들이 나갔을 때, 앞에서 1대의 군마가 나타났다. 앞장을 선 대장은 바로 위연이었다. 조조가 항복하라고 호령했더니, 위연은 맹렬히 조조를 비난했다. 조조가 방덕에게 출마를 명령하여 두 장수가 결사적으로 대결하고 있는데 진중에 불길이 치밀더니 마초가 중군과 후군을 습격했다는 정보가 날아들었다.

조조는 칼을 뽑아 손에 들고 소리쳤다.

"여러 장수 중에 후퇴하는 자는 목을 베겠다!"

여러 장수들이 힘써 전진하니 위연은 싸움에 패한 체하고 도주했다. 조조는 휘하의 군사를 돌려서 마초와 싸우게 해놓고, 자기는 높은 곳에 말을 세우고 양군의 싸우는 광경을 내려다보왔다.

홀연 1대의 군마가 내달으며 앞을 가로막더니 고함을 질렀다.

"위연이 여기 있다!"

활을 재서 조조를 겨누고 쏘았다. 조조는 말 위에서 떨어져 버렸다. 위연은 활을 버리더니 칼을 잡고 말을 달려 산비탈로 올라오며 조조를 죽이려고 했다. 이때, 갑자기 옆쪽에서 한 장수가 선뜻 뛰쳐나오며 소리를 질렀다.

"우리 주공께 손을 대지 마라!"

누군가 하고 바라보니 바로 방덕이었다.

방덕은 있는 힘을 다하여 앞으로 달려들어서 위연을 물리치고 조조를 구출해 가지고 달아났다. 마초도 이미 물러 나갔는지라 조조는 몸에 상처을 입은 채 영채로 돌아왔다.

알고 보니 위연이 쏜 화살이 인중(人中)을 맞아서 앞니 두 개가 부러져 나갔다. 급히 의사에게 명령하여 치료하도록 했다.

이때에야 조조는 비로소 양수의 말이 생각나서 그의 시체를 다시 정중하게 매장하도록 하고 곧 진지를 철수하라고 명령했다.

그리고 방덕에게 후군을 맡게 하고 조조가 전거(氈車) 속에 누워서 좌우로 호분군(虎賁軍)을 호위시키며 앞으로 나가고 있을 때, 사곡 산 위의 양쪽에서 불길이 치밀어오르며 복병이 추격해 온다는 보고가 날아들었다.

조조의 군사들은 모조리 겁이 나서 부들부들 떨었다. 이야말로 옛날 동관의 액운이 그대로 닥쳐오는 듯, 그해 적벽의 위기를 방불하게 했다.

73.
현덕, 한중왕에 오르다

현덕은 한 마디로 거절하고,
조조는 펄쩍 뛰고…

玄 德 進 位 漢 中 王
雲 長 攻 拔 襄 陽 郡

조조가 군사를 사곡에서 철수시키자, 공명은 그가 반드시 한
중을 버리고 도주하리라고 내다보고, 마초와 그밖의 여러 장수
들을 10여 로(路)로 나누어서 불시에 공격을 가하게 했다. 조조는
이것을 감당해 낼 도리도 없었고, 또 위연의 화살을 맞아서 급히
철수하고 있었는데, 3군의 예기가 형편없이 땅에 떨어져 버렸다.

조조의 선봉이 얼마간 진격하고 있노라니, 홀연 좌우에서 불
길이 일고 마초의 복병이 덤벼들어 군사들은 간담이 서늘했고,
조조는 그저 급히 달리라고만 명령했다. 밤낮을 가리지 않고 쉴
새없이 달려서 곧장 경조(京兆—장안)에 도착해서야 간신히 마음을
놓았다.

한편, 현덕은 유봉·맹달·왕평에게 명령하여 상용(上庸) 여러 군(郡)을 공략케 했더니, 신탐(申耽) 등은 조조가 이미 한중을 버리고 도주했다는 소문을 듣고, 모조리 현덕에게 투항하고 말았다.

현덕은 백성을 안정시키고 장수와 병사들에게 후히 상을 베풀었다. 여러 대장들은 이미 현덕을 제위에 올려 앉히고 싶은 생각을 품고 있었는데, 직접 말하기도 거북해서 망설이던 중, 드디어 군사 제갈공명과 이 일을 상의하게 됐다.

공명 자신도 생각하고 있던 일이니, 곧 법정과 그밖의 여러 사람을 대동하고 현덕과 대면해서 왕위에 오르기를 간곡히 권했다. 그러나 현덕은 한 마디에 거절했다.

"내 비록 한나라의 종실이라지만, 역시 신하의 몸으로서 이런 일을 한다면 곧 한나라를 배반하는 일이 될 것이오."

공명은 거듭해서 천하의 대세를 논하고 현덕이 대의(大義)에서 나오는 일을 피한다면 모든 사람을 실망하게 한다고까지 역설했다. 그리고 여러 장수들도 이구동성으로 권고했고, 특히 장비가 솔직하게 말했다.

"이성지인(異姓之人)까지도 모두 자기가 인군이 되려고 날뛰는데, 우리 형님은 바로 한조(漢朝)의 종파(宗派)가 아니시오? 군사의 말씀과 같이 한중왕은 물론, 황제라 일컬은들 뭣이 부당하겠소?"

현덕은 재삼 사퇴했으나, 결국 여러 사람들의 권고를 물리칠 길이 없어서, 건안 24년(서기 219년)에 한중왕(漢中王)의 자리에 올랐다.

한중왕이 된 현덕은 아들 유선(劉禪)을 세자로 세우고, 허정을 태부(太傅), 법정을 상서령(尚書令)에 봉하고, 제갈공명은 그대로 군사의 자리를 맡아 전군을 통솔케 했다. 관운장·장비·조자룡·마초·황충 다섯 장수를 5호대장(五虎大將)에 임명하고, 위연은 한중의 태수(太守)로 봉하고, 그밖의 여러 사람들에게도 그 공을 따져서 벼슬자리를 주었다.

즉시로 상주표(上奏表)를 한 통 정중하게 작성하여 허도로 사람을 파견해서 올려 보냈다. 그 상주표에는 국적(國賊)을 완전히 소탕하기 위해서, 또 어지러운 천하대세를 보아서 제위에 오르는 길이 불가피하다는 점을 역설했다.

상주표가 허도로 올라가자 조조는 업군에 있으면서 현덕이 자진해서 한중왕의 제위에 앉았다는 사실을 알고 격분하여 마지않았다.

"돗자리나 짜 먹던 녀석이 감히 이런 짓을 하다니! 나는 맹세코 이놈을 거꾸러뜨려야만 되겠다!"

당장에 지령을 내려서 경국지병(傾國之兵)을 총동원하여 양천(兩川)으로 나가서 한중왕과 자웅을 결해 보기로 했다. 이때, 좌중에서 선뜻 나서면서 간하는 사람이 있었으니 그는 바로 사마의였다.

우선, 일시의 격분을 참지 못하고 조조가 친히 출진한다는 것은 삼가야 할 것이며 강동의 손권과 유현덕은 손권의 누이동생을 현덕에게 시집보냈다가 도로 뺏어온 관계로 극도의 원한을 서로 품고 있는 형편이니, 언변 좋은 사람을 손권에게 파견해서 편지를 전달시키고 형주를 공격하게 하면, 유현덕도 형주를 구원하러 나설 것이니, 이 틈을 타서 조조가 한중을 공격하고 유현덕을 앞뒤로 들이쳐서 위기에 빠뜨리자는 것이 사마의의 의견이오 계책이었다.

이 계책을 듣자, 크게 기뻐한 조조는 그 즉시 편지 한 통을 작성해서 만총(滿寵)을 사자로 강동 손권에게 급히 파견했다. 만총이 왔다는 소식을 듣고 손권이 모사들과 상의하니, 장소가 나서서 말했다.

"위나라와 오나라는 본래 아무런 원한도 없는 사이였는데, 예전에 제갈공명의 말을 듣고 몇 해를 두고 싸움을 쉴 줄 몰랐던 것입니다. 그리하여 무수한 생명들을 도탄에 빠뜨렸습니다. 오늘 만총이 나타난 것은 반드시 강화(講和)를 의미하는 것이니 정중히 대접해야 할 것입니다."

손권은 장소의 말대로 모사들에게 만총을 맞아들이게 하여 대면했다. 만총은 인사를 마치자 조조의 편지를 내주고 형주를 공격해 달라는 이유와 필요성을 찬찬히 설명했다. 손권은 그 편지를 다 읽고 나더니, 좌우 사람에게 명하여 주연을 베풀어서 만총을 대접하고 관사(館舍)로 돌아가서 편히 쉬도록 했다.

손권이 여러 모사들과 선후책을 강구하니, 제갈근이 말했다.

"듣는 바에 의하면, 관운장은 형주로 간 뒤에 유현덕의 중매로 장가를 들어서 아들 딸을 낳았는데, 딸은 아직 나이가 어려서 배필을 정하지 않았다 합니다. 만약에 관운장이 승낙만 한다면 주공님의 세자와 결혼을 성립시키도록 하셔서, 관운장과 결탁해 가지고 함께 형주를 공략함이 상책인가 합니다."

이 의견대로 손권은 만총을 허도로 돌려보내 놓고 나서, 제갈근을 사자로 형주에 파견했다. 형주에 도착한 제갈근은 인사가 끝나자마자 관운장에게 용건을 솔직히 말했다.

"특히 양가의 경사를 맺고자 왔습니다. 우리 주공 오후(吳侯)께서 아드님이 한 분 계신데 매우 총명하십니다. 듣자니 장군께서 따님이 한 분 계시다기에 구혼을 하러 왔습니다. 양가에서 좋은 인연을 맺고 조조를 격파한다면 이야말로 훌륭한 일입니다. 잘 생각하시기 바랍니다."

관운장이 불끈 화를 냈다.

"어찌 나의 호랑이 같은 딸을 개 같은 아들에게 시집보낼 수 있겠소! 그대의 아우의 체면을 생각지 않는다면 당장에 목을 벨 것이지만…… 쓸데없는 소리를 더 하지는 마시오!"

관운장은 마침내 좌우 사람들을 불러서 제갈근을 쫓아내 버렸다.

제갈근은 닭 쫓던 개 지붕만 쳐다본다는 격으로 어처구니 없는 꼴을 당하고 돌아와서 손권에게 그대로 보고했더니, 손권이 격분했다.

"아주 무례한 놈이다!"

그 즉시 장소와 그밖의 문무관원을 소집하여 형주를 공략할 대책을 상의했더니, 보즐이 나서서 말했다.

"조조가 오랫동안 한조(漢朝)를 찬탈하고 싶었지만, 가장 두려워하는 것이 바로 유현덕입니다. 이번에 사자를 보내서 우리더러 촉을 공격하게 하려는 것은 화근을 우리 오나라에 전가시키자는 수작입니다."

"나도 역시 형주를 공략하고 싶은 지 오래 됐소."

"현재 조인이 양양과 번성에 군사를 주둔시키고 있으면서, 장강이 험하게 가로막혀 있는 것도 아니어서 육로로 형주를 능히 공략할 수 있는데도 그것을 하지 않고 어째서 주공님께 군사를 동원하라고 하는 걸까요? 이것만 보아도 그의 배짱을 알 수 있습니다.

주공님께서는 허도로 사자를 파견하셔서, 우선 조인을 시켜서 육로로 형주를 공격하도록 조조에게 전달하심이 좋을 것입니다. 그렇게 되면 관운장은 반드시 형주의 군사를 거느리고 번성으로 향할 것입니다. 관운장이 출전한 틈을 타서 대장을 파견하여 몰래 형주를 공략한다면 단숨에 격파할 수 있을 것입니다."

손권은 이 의견대로 그길로 사자를 강북에 파견해서 편지를 조조에게 전달하도록 했다. 조조는 대단히 기뻐하며 사자를 돌려보내자, 만총을 참모관으로 내세워 번성의 조인을 거들어 주도록 떠나 보냈으며, 군사를 동원할 협의를 하는 한편, 동오(東吳)로 격문을 날려서 수로 양면으로 군사를 거느리고 형주를 공략하라는 명령을 내렸다.

한중왕이 된 유현덕은 성도로 돌아오자 양식을 각지로부터 모아들이고 군기(軍器)를 대규모로 제조하고 궁전·관사를 건축하는 등 중원(中原) 진출의 준비를 갖추고 있었다. 이때 염탐꾼이 조조가 동오와 결탁하고 형주를 공략하려 한다는 소식을 탐지하고 촉나라로 급히 보고했다. 한중왕이 공명을 불러서 대책을 협의했다.

"조조가 이런 생각을 하리라는 것은 이 제갈량도 잘 알고 있었습니다. 그러나 오나라에는 모사들이 많으니, 반드시 조조로 하여금 조인에게 명령하여 먼저 군사를 동원하도록 할 것입니다."

"그렇다면 어찌했으면 좋겠소?"

"사자를 파견해서 관운장에게 편지를 전하고 우리 편에서 먼저 군사를 동원하여 번성을 공략하여 적의 간담을 서늘하게 해주면 그들의 계책쯤은 자연 와해되고 말 것입니다."

한중왕은 크게 기뻐하고, 즉시 전부사마(前部司馬) 비시(費詩)를 사자로 형주에 파견했다. 관운장은 성 밖까지 나와서 영접했고, 공청(公廳)에 이르러 인사가 끝나자 대뜸 물어 보았다.

"한중왕은 나를 무슨 작(爵)에 봉했소?"

"5호장군의 맨 첫번째 장군으로 봉하셨습니다."

"그 오호장군이란 누구누구요?"

"관(關)·장(張)·조(趙)·마(馬)·황(黃) 이렇게 다섯 분입니다."

운장이 격분했다.

"장비는 나의 아우요, 마초는 명문 출신이며, 조자룡은 오랫동안 우리 형을 따른 사람이고 나의 아우나 마찬가지니, 이 세 사람은 나와 나란히 설 수 있다 하겠지만, 황충이 어째서 감히 나와 동렬에 선단 말이오? 대장부가 그런 노졸과 어깨를 나란히 할 수는 없소!"

관운장은 정말 인(印)을 받으려 하지 않았다. 비시가 웃으며 말했다.

"이번에 한중왕께서는 5호장군의 작을 봉하신데 불과하시지만, 관장군과는 형제분이 되시는 사이시니, 어찌 남남끼리와 같겠습니까? 장군이 곧 한중왕이시요, 한중왕이 곧 장군이신 거나 마찬가지신데, 결코 다른 사람과 동렬에 놓으신 것은 아닐 겝니다. 또 장군께서는 한중왕의 두터운 은덕을 입으신 분이시니, 고락을 함께 하시고, 화복을 같이 하셔야 마땅하시겠거늘 어찌 작위의 높고 낮음을 따지십니까? 장군께서는 심사숙고하시기 바랍니다."

운장은 그제야 선뜻 깨달은 듯,

"내가 불민한 탓이었소. 공이 깨우쳐 주지 않았더라면 대사를 그르칠 뻔했소."

하면서 절하고 인수를 받았다.

관운장은 번성을 공략하라는 왕명을 받들고 그 즉시 부사인·미방 두 사람을 선봉으로 내세워서 군사를 거느리고 성 밖으로 나가 있도록 명령하고, 성 안에서 주연을 베풀어 비시를 대접했다.

주연이 어울려 들어가고 밤이 2경이나 되었을 때, 홀연 성 밖 영채에서 불이 났다는 정보가 날아들어, 관운장이 급히 갑옷을 입고 말을 달렸다. 성 밖으로 나가 보니 그것은 부사인과 미방 두 사람이 술을 마시고 있는 동안 영채 뒤에서 불이 나 무기·군량까지 몽땅 타 버린 것이었다.

운장이 병사들에게 지령을 내려 불을 끄도록 하니 밤이 4경이나 돼서야 간신히 진화되었다. 관운장은 부사인과 미방을 불러 세우고 호통을 치면서 참형에 처하겠다고 노발대발했다.

"그대들을 선봉으로 명령했는데 출전하기도 전에 무기와 군량을 태워 버리고 본부 군인을 죽게 했으니, 이렇게 일만 저지르는 그대들 같은 위인은 아무 쓸모 없다!"

"출전을 앞두고 대장을 참한다는 것은 군에 불리한 일입니다.

잠시 그 죄를 면해 주심이 좋겠습니다."

비시가 이렇게 권고했지만, 운장은 노기를 참지 못하고 무사를 불러서 각각 40장(丈)씩 매를 때리고 선봉의 인수를 빼앗고, 또 벌로서 미방에게는 남군(南郡)을, 부사인에게는 공안(公安)을 각각 든든히 지키도록 명령을 내리면서 말했다.

"내가 승리하고 돌아오는 날에 조금이라도 변동이 있다면, 두 가지 죄를 더불어 다스리겠다!"

두 사람은 만면에 부끄러움을 감추지 못하고 물러났다.

관운장은 다시 요화(廖化)를 선봉으로, 관평을 부장으로 삼고 친히 중군을 거느리고, 마량과 이적을 참모로 하여 일제히 진격을 개시했다.

이에 앞서서, 호화(胡華)의 아들 호반(胡班)이 형주로 와서 관운장에게 투항해 있었다. 관운장은 옛날에 구해준 정리를 생각하고 그를 매우 사랑했는데, 이때 그에게 비시를 따라 서천으로 가한중왕을 만나 보고 작위를 받도록 하라고 명령했다.

비시는 관운장과 작별하고 호반을 데리고 촉나라 땅으로 돌아갔다.

그날, 관운장은 '수(帥)'라고 쓴 깃발을 높이 세워 놓고, 장중에서 꾸벅꾸벅 졸고 있었는데, 홀연 소만큼 커다랗고 시커먼 돼지 한 마리가 달려들어서 발을 깨물었다.

운장은 대로하여 칼을 뽑아 들고 호통을 치면서 그 돼지를 찔러 죽였다. 자기 소리에 자기가 놀라서 정신을 차려보니 그것은 꿈이었다. 그런데 왼쪽 발이 뻐근하고 아픈 바람에 이상하게 생각하고, 관평을 불러서 꿈 이야기를 했더니, 관평이 말했다.

"돼지에게도 용상(龍象)이 있습니다. 용이 발에 걸리셨으니 하늘로 올라가신다는 의미입니다. 이상하게 여기실 것 없습니다."

운장은 여러 관원들을 장하에 모아 놓고 꿈 이야기를 하니, 길하다는 사람도 있고 불길하다는 사람도 있어서 해몽이 일치하지 않았다. 운장이 말했다.

"내 대장부로서 나이 이미 6순(旬)에 가까웠으니 죽은들 무슨 한이 있으리요!"

이런 말을 하고 있을 때 홀연 촉나라에서 사자가 도착하여 관운장을 전장군(前將軍)으로 삼아서 형주·양양 9군을 도독(都督)한다는 한중왕의 명령을 전달했다. 여러 관원들이 축하하며 말했다.

"이는 저룡(猪龍)을 꿈에 보신 길조이십니다."

이리하여 운장은 마음을 턱 놓고 군사를 동원하여 양양으로 달려나갔다. 조인은 성 안에 있다가 운장이 군사를 거느리고 쳐들어온다는 보고를 받자 깜짝 놀랐다. 방비를 든든히 하고 농성을 하려고 했더니, 부장 적원(翟元)이 말했다.

"위왕이 이번에 장군께 동오와 힘을 합쳐서 형주를 공략하라고 명령하셨는데 이제 그가 자진해서 나타났으니, 이는 죽으러 온 것이나 마찬가지입니다. 어째서 그를 피하려 하십니까?"

참모 만총이 간했다.

"관운장이 용맹하고 꾀가 있다는 것을 나는 평소부터 잘 알고 있습니다. 적을 업신여겨서는 안 됩니다. 든든히 지키는 것이 상책일까 합니다."

효장(驍將) 하후존이,

"그것은 서생(書生)의 말입니다. '물이 닥쳐들면 흙으로 막고, 장수가 덤벼들면 군사로써 맞이한다.'는 말도 못 들으셨소? 우리 군사는 편안히 앉아서 힘이 지친 적군을 맞이하는데 승리할 게 확실하지 않소!"

하니 조인은 이 말에 용기를 얻어, 만총에게 번성의 수비를 맡기고 친히 군사를 동원하여 관운장과 대결하러 나섰다.

관운장은 조인의 군사가 출전했다는 사실을 알자, 관평과 요화를 불러 무엇인지 계책을 세워 주고 앞장서서 진격하게 했다. 조인의 군사와 맞닥뜨리게 되자 요화가 출전하여 도전했고 적원이 이에 응했다. 잠시 두 사람이 싸우다가, 요화는 싸우는 체하고 말머리를 돌려서 달아나기 시작했다.

조인의 군사가 그것을 추격하니 형주의 군사들은 20리나 후퇴했다. 그 이튿날, 형주의 군사가 또 도전해 와서, 하후존·적원이 일제히 덤벼드니 또 패하여 20여 리나 후퇴하는 중인데, 뒤에서 북소리·고함소리가 요란스럽게 들려왔다.

조인이 급히 후퇴 명령을 내렸는데 관평·요화가 추격해 오는 바람에 조인은 계책에 빠진 줄 알고 1대의 군마를 거느리고 양양을 향해 말을 달렸다. 성까지 불과 몇 리 남지 않은 곳에서 관운장이 비단 깃발을 휘날리며 칼을 옆으로 뻗쳐 잡고 길을 가로막으며 나타났다. 조인은 허둥지둥 겁을 집어먹고 감히 덤벼들지 못하고 양양을 향하여 지름길로 뺑소니를 쳐 버렸다.

관운장은 그것을 추격하려 하지도 않았다. 얼마 후 하후존의 군사가 덤벼들었지만, 단 1합을 싸우고 하후존은 관운장의 칼에 맞아 거꾸러지고 말았다. 적원도 뺑소니를 치는 것을 관평이 쫓아가서 한칼에 목을 베어 버렸다. 촉군이 의기양양하게 추격하니 조인의 군사는 태반이 양강(襄江)에 빠져서 죽어 버렸고, 조인은 번성으로 도주하여 농성하고 나오지 않았다.

관운장이 양양을 점령하여 군사들을 위로해 주고 백성들을 안정시키니, 수군사마(隨軍司馬) 왕보(王甫)가 말했다.

"장군께서는 이번에 양양을 단숨에 격파하시고 조조의 간담을 서늘하게 하셨는데, 저의 생각으로는 현재 동오의 여몽이 육구(陸口)에 군사를 동원하여 가지고 형주를 노리고 있으니, 만약에 그가 형주로 쳐들어온다면 어찌하실 작정이십니까?"

"그것은 나도 생각하고 있었소. 수고스럽지만, 그대가 나가서 장강 연안에 20리, 30리마다 높은 지점을 택해서 봉화대(烽火臺)

를 만들어 놓고, 한 대마다 병사를 50명쯤 주둔시켜서 오군이 건너오면 밤에는 불을 지르고 낮에는 연기를 올려서 신호를 해주면 내가 쫓아가서 무찌르겠소."

"미방과 부사인이 두 군데 요로를 지키고 있기는 하지만, 아무래도 전력을 기울일 것 같지 않습니다. 다른 사람을 하나 더 보내서 형주를 총독하도록 해야겠습니다."

"내가 이미 치중(治中)의 반준(潘濬)을 보냈는데 무슨 걱정이 있겠소?"

"반준은 평소부터 의심이 많고 이해관계에 움직이기 쉬운 위인이기 때문에 믿을 수 없습니다. 군전도독(軍前都督)이요, 양료관(糧料官)인 조루(趙累)와 바꾸는 것이 좋겠습니다. 조루는 위인이 충성염직(忠誠廉直)하여 만약에 이 사람을 쓴다면 만에 하나도 손실이 없을 것입니다."

"반준에 관해서는 나도 전부터 잘 알고 있소만, 한번 작정한 일이니 바꿀 수는 없소. 그리고 조루가 지금 맡고 있는 양료의 관리도 또한 중요한 일이오. 걱정할 것 없이 봉화대나 만들러 가주시오."

왕보는 내키지 않은 듯이 작별하고 떠나갔다. 운장은 관평에게 배를 마련하라 명령하고 양강을 건너서 번성을 공략하려고 했다.

한편, 조인은 대장을 두 사람이나 잃어버리고 번성으로 도주해 와서 만총에게 말했다.

"공의 말을 듣지 않았기 때문에 장병을 죽이고 양양을 빼앗기고 말았소. 앞으로 어찌하면 좋을지?"

"운장은 호장(虎將)이오. 지모가 많아서 경시할 수 없으니 그저 든든히 지키기나 하는 것이 좋겠소."

이때, 운장이 강을 건너서 쳐들어온다는 보고가 날아들었다. 조인이 대경실색하고 있을 때, 만총이 거듭 말했다.

"역시 든든히 지키기나 하는 게 좋겠습니다."

부장 여상(呂常)이 분연히 말했다.

"군사 몇천 명만 주신다면 덤벼드는 놈들을 양강 속으로 처박아 버리겠습니다."

만총이 간했다.

"그건 안 됩니다."

여상이 화를 냈다.

"공들과 같은 문관의 말만 들으면 그저 견수(堅守)하라고만 하니 어떻게 적을 물리쳐 보겠소? 병법에 '군사가 절반쯤 건너오면 공격해야 한다'는 말도 못 들었소? 이제 운장의 군사가 양강을 절반이나 건너왔는데, 어째서 공격하지 않는단 말이오. 만약에 군사가 성 아래까지, 그리고 호변(壕邊)에까지 쳐들어왔을 때 별안간 막아내려면 그것은 어려운 일이오."

조인은 여상에게 2천의 군사를 주어서 번성에서부터 진격해 나가라고 명령했다. 여상이 양강 강변으로 달려가니 앞으로 비단 깃발이 휘날리며 운장이 큰 칼을 움켜쥐고 싸우러 나왔다.

여상이 서슴지 않고 덤벼들려고 하자 병사들은 운장의 위풍당당한 외양만 보고도 앞다투어 도망치며 여상이 막으려 해도 막을 수가 없었다.

이때, 운장의 군사가 노도처럼 몰려드니 여상의 군사는 대패하여 태반이 거꾸러지고 말았다. 패잔병들이 번성으로 도망해 왔고 조인은 시급히 사자를 파견하여 원군을 청했다.

사자는 밤을 새워 가며 장안(長安)에 이르러 편지를 조조에게 내밀었다.

"관운장이 양양을 함락시키고 지금 번성을 포위하고 맹렬히 공격하고 있습니다. 원컨대 대장을 파견하셔서 도와 주십시오."

조조가 반부(班部) 안의 한 사람을 가리키며 말했다.

"그대가 가서 번성의 포위망을 무찔러 버리시오."

그 사람이 선뜻 앞으로 나서는 것을 보니 바로 우금(于禁)이었다.

"선봉을 삼을 만한 대장을 한 사람 더 지명해 주시면 함께 나가겠습니다."

우금이 이렇게 말하자,

"누구든지 선봉으로 나설 사람은 없는가?"

하고 조조가 물으니, 서슴지 않고 앞으로 나서며 이렇게 말하는 장수가 있었다.

"소생이 견마지로를 헤아리지 않고 관운장의 목을 베어서 휘하에 바치겠습니다."

조조가 그 사람을 쳐다보며 자못 기쁨을 감추지 못했다. 이야말로 동오가 아직 나타나서 동정을 살피지도 않는데, 북위가 먼저 알고 또 첨병(添兵)을 하는 셈이다.

74.
관을 가지고 전장으로

"네가 들어가느냐? 내가 들어가느냐?"
관운장에 관을 메고 도전한 적장! 그들의 운명은?

龐令明擡櫬決死戰
關雲長放水淹七軍

선봉으로 나가고자 조조 앞에 선뜻 나선 사람은 바로 방덕(龐
德—字는 令明)이었다. 조조는 크게 기뻐하며 우금을 정남장군(征南
將軍), 방덕을 정서도선봉(征西都先鋒)에 임명하고, 7군(七軍—1군은
12,500명)을 동원하여 번성으로 진격하게 했다.

7군은 모두 북방의 정병들로서 동형(董衡)·동초(董超)라는 두
대장이 지휘하고 있었는데, 떠나기 전에 동형은 방덕을 선봉으
로 내세우는데 대해서 우금에게 반대의사를 표명했다.

그 이유는 방덕이 당초에 마초의 수하에 있었고, 마초는 현재
5호장군의 한 사람으로서 촉에 있으며, 또 그의 친형 방유(龐柔)
도 현재 서천에 있으니 변심할까 두렵다는 것이었다.

우금에게서 이런 사실을 듣고 조조는 방덕을 뜰 앞에 불러 세우고 선봉의 인(印)을 도로 반환하라고 했다. 방덕은 청천벽력 같은 이 말을 듣더니, 관을 벗어 버리고 이마를 땅에 부딪치며 얼굴은 피로 물든 채 자기의 충성을 알아 줄 것을 비장하게 호소했다.

조조는 방덕을 부축해 일으키면서 말했다.

"나도 그대의 충의를 잘 알고 있었소. 그런 말을 한 것은 다른 사람들의 시끄러운 입을 막기 위해서 그랬소. 나는 결코 그대를 의심하지 않으니 힘껏 싸워 주기 바라오. 앞으로도 이런 정신을 길이 간직한 채……."

방덕은 집으로 돌아와서 목수에게 명령하여 관(棺)을 하나 만들게 했다. 그리고 그 까닭을 묻는 여러 사람들에게 대답했다.

"나는 이번에 관운장과 목숨을 내걸고 싸우러 나가오. 내가 싸움터에서 죽게 되면 그대들은 곧 이 관 속에 나의 시체를 넣어 주시오. 또 만약에 관운장이 죽게 되면 그의 목을 베어서 이 관 속에 넣어 가지고 돌아와 위왕께 바칠 결심이오."

이렇게 온갖 충성을 다해서 결사적으로 전장에 나가려는 방덕이었으나, 가후가 또 조조를 보고 걱정을 했다.

"방덕이 혈기만 믿고 관운장하고 결사적으로 싸우려고 하지만 소신은 은근히 걱정이 됩니다."

조조는 그 말을 옳다 여기고, 급히 사람을 파견하여 방덕에게 주의를 시켰다.

"관운장은 지용쌍전(智勇雙全)한 장수이니 절대로 소홀히 여기지 말 것이며, 기회가 있으면 공격하고 감당하기 어려울 때에는 마땅히 삼가 방비에만 힘써야 하오."

방덕은 이런 명령을 받고도 부장들에게 말했다.

"대왕께서는 어째서 이다지도 관운장을 중시하실까? 나는 이번에야말로 관운장의 30년 동안의 성가를 꺾어 버리고야 말겠소."

우금이 나섰다.

"위왕의 말씀이시니 복종해야만 될 것이오."

방덕은 분연히 군사를 몰고 징을 치며 북을 울리고 무위(武威)를 뽐내며 번성을 향해 달렸다.

관운장이 마침 장중에 앉아 있는데 홀연 염탐하는 군사가 급보를 전했다.

"조조가 우금을 대장으로 내세우고 군을 동원했습니다. 선봉 방덕은 관을 떠메고 장군과 생사를 판가름하겠다고 하면서, 현재 이곳에서 30리쯤 떨어진 지점까지 진출했습니다."

관운장은 이 말을 듣더니 얼굴빛이 붉으락푸르락해지며, 그 굉장한 수염을 흔들흔들하면서 소리쳤다.

"천하의 영웅치고 내 이름을 듣고 겁내지 않는 자 없거늘, 방덕이란 놈이 어찌 감히 나를 업신여긴단 말이냐! 평아, 너는 번성을 공격해라. 나는 친히 나가서 이놈의 목을 베어서 설한(雪恨)을 해야겠다."

"태산과 같이 중하신 아버님께서 일개 조약돌 같은 놈과 어찌 고하를 겨루시겠습니까? 제가 아버님을 대신하여 방덕과 싸우러 나가겠습니다."

"그러면 네가 한번 나가 보아라! 나도 곧 뒤쫓아서 거들어 줄 것이니."

관평은 장 밖으로 나와 칼을 들고 말에 올라 군사를 거느리고 방덕과 대결했다.

양군이 대진하니 위군 중에는 '남안방덕(南安龐德)'이라 검정 헝겊에 흰 글씨로 크게 씌어진 깃발이 휘날리며, 방덕이 청포(靑袍)에 흰 갑옷을 입고 강철로 만든 칼을 들고 백마를 타고 진두에 나섰다. 5백 명의 병사가 그의 뒤를 따르는데, 보졸 몇 명이 어깨에 관을 떠메고 있었다.

관평이 방덕을 매도했다.

"주인을 배반한 도둑놈아!"

방덕이 부졸(部卒)에게 물었다.

"저게 누구인고?"

"관운장의 양자 관평입니다."

방덕이 소리를 질렀다.

"나는 위왕의 뜻을 받들고 네 아비의 목을 베러 왔다! 너 같은 어린 놈을 죽이기는 싫으니 빨리 네 아비를 불러오너라!"

관평이 대로하여 말을 달려 칼을 휘두르며 덤벼드니, 방덕도 칼을 휘두르며 대적하여 30여 합을 싸웠지만 승부가 나지 않아서 각각 진지로 돌아갔다.

관운장은 이런 사실을 알자, 극도로 격분하여 요화에게 번성을 공격하도록 해놓고, 친히 방덕과 싸우려고 나섰다. 관운장은 큰 소리로 호통을 쳤다.

"관운장이 예 왔다! 방덕아, 죽고 싶거든 빨리 나오너라!"

북소리 울리더니 방덕이 나타났다.

"나는 위왕의 뜻을 받들고 특히 네놈의 목을 베러 왔다! 네놈이 믿지 않을 것 같아서 관까지 여기 마련했으니 만약에 죽음이 두렵거든 빨리 말을 내려서 항복하라!"

관운장이 노기 등등하여 소리쳤다.

"너 같은 필부가 뭣이 어쨌다는 거냐? 내 청룡도가 너 같은 쥐도둑놈의 목을 벤다는 것조차 정말 아까운 노릇이다!"

두 사람은 칼을 휘두르며 백여 합이나 대결했지만 쌍방이 다같이 추호도 피로한 빛이 없다. 양군의 진지에서는 그저 어리둥절해서 모든 사람이 싸우는 광경을 바라보고 있던 중, 위군의 진지에서 방덕의 신변을 걱정하고 철수하라는 징을 치니, 관평도 연로하신 아버지를 생각하고 징을 쳐서, 두 사람은 일단 진지로 돌아갔다.

방덕이 여러 사람에게 말했다.

"사람들이 왜 관운장을 영웅이라고 하는지 오늘에야 알 수 있겠소!"

이때 우금이 나타났다.

"듣자니 장군은 관운장과 백 합이나 대결하셨다는데, 그래도 승리하지 못했으면 일단 군사를 철수하심이 좋을 것이오."

방덕이 분연히 말했다.

"위왕께서는 장군을 대장에 임명하셨는데 그게 무슨 약한 말씀이오? 나는 내일 관운장과 결사적으로 싸워 볼 것이며, 맹세코 뒷걸음질 치지는 않겠소!"

우금은 더 할말이 없어서 돌아갔다.

한편, 관운장은 그날 영채로 돌아와서 관평에게 말했다.

"방덕의 칼을 쓰는 품이 제법 익숙하다. 정말 나의 적수가 될 만하다."

"'하룻강아지 범 무서운 줄 모른다'는 말이 있지 않습니까? 아버님께서 그자의 목을 베셨댔자, 그것은 고작해야 서강(西羌)의 소졸에 지나지 않습니다. 만약에 실수라도 하신다면 백부님의 기대에 어긋나지 않겠습니까?"

"내 그놈을 죽이지 않고는 마음을 풀 길이 없다. 내 이미 작정한 바 있으니 쓸데없는 말은 더 하지 말아라!"

이튿날, 관운장과 방덕의 싸움은 또 계속되었다. 50합쯤 싸웠을 때, 방덕은 말머리를 돌려서 도주했고, 관운장은 그것을 추격했는데, 관평이 만일을 염려하여 뒤를 쫓았다. 방덕은 달아나는 체하더니 칼을 안장 위에 걸쳐 놓고, 몰래 활을 잡고 쏘려고 했다. 그 찰나에 관평이 소리를 질렀다.

"적장(賊將)아! 비겁하게 활을 쏘지 마라!"

관운장이 그 소리를 듣고 눈을 부릅뜨는 찰나에 날아드는 화살이 몸을 피할 여유도 주지 않고 관운장의 왼쪽 팔에 꽂혔다. 말을 달려온 관평이 부친을 구출하여 진영으로 돌아가려고 하자 방덕은 말머리를 돌려서 칼을 휘두르며 추격해 왔다.

이때 본영에서 징소리가 요란스럽게 울리자, 방덕은 하는 수 없이 돌아갔는데, 사실 이것은 우금이 공로를 방덕에게 빼앗기게 될까봐 시기심을 품고 갑자기 철수시킨 것이었다.

징을 왜 울렸느냐는 방덕의 질문에 우금이 대답했다.

"관운장이 비록 화살은 맞았다지만 무슨 다른 계책이 있을 것 같아서 징을 치게 한 것이오."

방덕은 우금의 진심을 알 까닭도 없이 더 싸우지 못한 것만 분해했다.

관운장이 영채로 돌아와서 활촉을 뽑아 보니 다행히 그다지 깊이 박히지 않아서 곧 금창약을 발라 두었다. 노기 충천해 있는 관운장을 여러 사람이 위로했다.

"한참 쉬셨다가 다시 싸우셔도 늦지는 않을 것입니다."

이튿날부터 방덕은 열흘 동안이나 날마다 군사를 거느리고 나와서 도전을 했지만, 관평은 든든한 지점에다 진을 쳐두고 관운장에게는 알리지 말라고 대장들에게 명령해 놓고 나가서 싸우려 들지 않았다. 방덕이 우금에게 상의했다.

"필시 관운장이 화살의 상처 때문에 움직이지 못함이 분명하오. 이 기회에 7군을 총동원해서 적진을 격파하고 번성의 포위망을 풀어 버리는 게 어떻겠소?"

그러나 우금은 방덕이 공을 세울까 꺼렸기 때문에, 위왕의 말만 내세우고 군사를 동원하지 못하도록 했다. 그리고 7군을 번성 북쪽 10리나 되는 산 속으로 이동시키고 방덕의 군사들을 산곡간으로 몰아넣어서 공을 세울 수 없게 만들고 말았다.

한편 관평은 관운장의 상처가 완전히 아문 것을 보자 심히 기뻐하고 있던 중, 우금이 군을 번성 북쪽으로 이동했다는 보고가 들어오자, 무슨 다른 계획이라도 있는 게 아닌가 해서 황급히 관운장에게 알렸다.

관운장이 몇 기를 거느리고 높은 곳에 올라가서 바라보니, 번성에는 성벽에 꽂힌 깃발도 정돈되지 않았고, 북쪽 10리나 되는 산곡간에 군사들이 주둔해 있는 것을 발견할 수 있었으며, 또 양강의 세찬 물결이 눈에 띄었다. 한참 동안이나 바라다보고 있던 관운장은 향도관을 불러서 물어 봤다.

"번성에서 10리 떨어진 곳에 있는 계곡은 뭣이라고 하는 곳이오?"

"증구천(甑口川)이라 합니다."

"우금은 이번에는 꼭 산채로 붙잡히겠군!"

"어떻게 그것을 아십니까?"

"고기(魚―于와 발음이 같음)가 그물 아가리로 들어갔으니, 앞날이 어찌 길 수 있겠느냐?"

때는 8월 한고비, 큰 비가 며칠을 계속 내리고 난 뒤 어느날, 관운장은 배와 뗏목을 마련해 가지고 수구(水具)를 수습하도록 명령했다.

"육지에서 적과 대진하는데 이런 것이 어디에 필요합니까?"

관평이 묻자 관운장이 대답했다.

"너는 아직 모른다. 우금의 7군은 증구천 좁은 골짜기에 집중해 있는데, 이번의 오랜 장마비에 양강의 물이 불을 것은 틀림없다. 나는 벌써 사람을 시켜서 각처의 물줄기를 막아 버리게 했다. 물이 불었을 때, 우리 편은 배를 태워서 높은 곳으로 올려놓고 한꺼번에 물을 터뜨려 놓으면 번성과 증구천의 적군은 한 놈도 남지 못하고 물에 빠지고 말 것이다."

이때, 위군은 증구천에 진을 치고 있었는데, 심한 비가 통 멎지 않자 부장 성하(成何)가 우금에게 와서 말했다.

"오랜 장마비에 병사들의 고생이 이만저만이 아닙니다. 듣자니 근래들어 형주의 군사는 높은 언덕으로 이동하고, 한수 초입에 배와 뗏목을 마련해 두고 있다 합니다. 만약에 양강의 물이 넘친다면 아군은 도주할 수도 없게 될 것입니다. 사전에 손을 써야 하겠습니다."

"네놈은 우리 군사들의 사기를 문란하게 할 작정이냐? 두번 다시 그따위 소리를 하는 놈은 목을 베어 버리겠다!"

우금의 호통소리에 그대로 물러선 성하는 방덕에게 가서 똑같이 호소했더니 방덕이 동감했다.

"그대의 말이 일리가 있소. 우장군이 군사를 이동시키지 않는다면 나는 내일 나의 수하의 군사만이라도 다른 곳으로 이동시키겠소."

이렇게 작정을 하고 있던 그날밤에도 심한 비바람은 계속 되었다. 방덕이 영채 안에 앉아 있는데, 홀연 무수한 말들이 발광을 하고 날뛰며 천지가 진동하는 북소리가 들려서 깜짝 놀라 밖으로 뛰어나왔다.

말 위에 올랐는데 사면팔방에서 밀려드는 거센 물줄기에 7군의 병사들은 아비규환 속에서 물살에 휩쓸려 버린 자가 부지기수였다. 평지에서도 물의 깊이는 1장 이상이나 됐다.

우금과 방덕은 다른 대장들과 조그마한 산 위로 피난을 했지만, 날이 밝아 오자 관운장이 여러 장수들을 거느리고 깃발을 휘날리며 북을 두들기고 큰 배를 동원하여 공격해 왔다.

우금은 달아날 만한 길도 없고, 좌우에 따르는 병사도 겨우 5,

60명밖에 안 되니 도주할 도리가 없다 단념하고 자진하여 항복하겠다고 했다. 관운장은 우금과 그밖의 여러 병사들의 갑옷과 의복을 벗겨서 배 속에 잡아 두고 다시 방덕을 산채로 잡으려고 했다.

이때 방덕은 동형·동초·성하 등과 보졸 5백 명을 거느리고 갑옷도 입지 못한 채 제방 위에 서 있다가 관운장이 쳐들어오는 것을 보자, 겁내는 기색도 없이 태연히 그와 대결했다.

관운장이 배로 사면을 포위하고 병사들에게 일제히 활을 쏘라고 명령하니, 위군의 절반은 당장에 거꾸러지고 말았다. 동형·동초는 이미 사태가 기울었다 생각하고 방덕에게 말했다.

"병사는 태반이 쓰러졌고, 도주할 길도 없으니 항복하는 수밖에 없습니다."

방덕은 격분했다.

"위왕의 은덕을 저버리고 이대로 주저앉을 수가 있단 말이냐?"

이렇게 호통을 치면서 당장에 두 사람의 목을 베어 버리고 나서,

"두 번 다시 항복을 말하는 놈은 이 두 놈과 같이 목을 벨 것이다!"

하고 소리를 질렀다.

여러 병사들은 용기를 얻어 필사적으로 적군을 막아냈다. 새벽부터 낮까지 방덕의 군사들도 온갖 힘을 다 기울여서 용감히

관운장의 공격을 막아낼 수 있었다.

관운장도 숨쉴 틈도 없이 사면으로 일제히 공격하면서 화살을 빗발치듯 퍼부었다.

방덕은 군사들에게 단병접전(短兵接戰)을 하라고 명령을 내렸다. 그리고 성하를 돌아다보면서 말했다.

"'용장은 죽음을 겁내서 구차스럽게 살려 하지 않으며, 장사는 절개를 굽혀 삶을 꾀하지 않는다' 하오. 오늘이야말로 내가 죽을 날이오. 그대는 끝까지 결사적으로 싸워 주기 바라오."

이런 말을 듣고 성하가 비장한 결심을 하고 앞으로 썩 나가자마자 관운장이 쏜 화살이 쉭 하는 무서운 소리를 내며 날아들어 성하에게 명중하니 그는 그대로 물 속에 빠져 죽고 말았다.

이 광경을 보고 있던 병사들은 혼비백산하여 앞을 다투어 모조리 항복을 하니, 방덕 한 사람만이 남아서 최후의 분투를 계속하는 수밖에 없게 되었다.

이때 형주의 군사 수십 명이 조그마한 배를 저어서 제방 가까이 달려들어, 방덕은 큰 칼을 한 손에 잡은 채, 훌쩍 몸을 날려 배위로 올라가서 순식간에 10여 명의 목을 베어 버리니, 나머지 병사들은 물 속으로 뛰어내려 도주해 버렸다.

방덕이 한쪽 손에 칼을 잡고, 또 한쪽 손으로는 짧은 노를 저어서 번성을 향하여 달려가고 있을 때, 앞쪽에서 대장 한 사람이 큼직한 뗏목을 저어서 가까이 오더니 방덕이 타고 있는 조그만 배에 부딪쳐 뒤집어엎어 버리고 말았다.

방덕이 물 속으로 나뒹그러져 떨어지니, 그 대장도 물 속으로 몸을 던져서 방덕을 잡아 끌어 다시 배 위로 올라왔다.

여러 사람들이 바라보니, 그 대장은 바로 주창(周倉)이었다.

주창은 평소부터 무예에 정통한 사람이었는데 형주에 있는 몇 년 동안 재주와 솜씨를 놀라우리만큼 단련했으며, 또 큰 칼을 쓰는 데 있어서도 남 못지않은 실력이 있는 대장이었기 때문에 이렇게 힘 안 들이고 방덕을 산채로 잡을 수 있었던 것이었다.

이렇게 되니, 우금이 거느리고 있던 7군의 병사들은 태반이 물 속에 빠져서 죽어 버렸고, 헤엄을 칠 줄 아는 병사들도 도주할 길이 없다 단념하고 모조리 항복했다.

관운장이 높은 언덕으로 되돌아가 장막을 올리고 자리에 앉아 있으니, 여러 도수(刀手)들이 우금을 압송해 가지고 나타났다.

우금은 땅바닥에 꿇어 엎드려 목숨만 살려 달라고 애걸했다. 관운장이 큰 소리로 외쳤다.

"네놈은 어째서 감히 나에게 대항했느냐?"

우금이 대답했다.

"윗사람의 명령을 받고 파견된 몸이니, 소생으로서는 어쩔 수 없었습니다. 군후께서 불쌍히 여기셔서 한 목숨을 건져 주시면, 맹세코 은혜에 보답하겠습니다."

관운장은 수염을 쓰다듬고 웃으면서 말했다.

"내가 너를 죽이는 것은 차라리 개나 돼지를 죽이느니만 못할 것이다. 공연히 도부를 더럽히는 일이 될 뿐이지!"

관운장은 우금을 꽁꽁 묶어서, 사람을 시켜서 형주의 큰 감옥으로 보내 가두어 두라고 명령했다.

"내가 돌아갈 때까지 기다려라. 그때 따로 적당한 처리 방법을 세울 것이다."

우금이 끌려 나가자, 관운장은 또 방덕을 잡아오라고 명령했다. 방덕은 눈을 부릅뜨고 눈살을 찌푸리며 격분한 표정으로 버티어 서서 꿇어앉으려 들지도 않았다. 관운장이 물었다.

"그대의 형은 현재 한중에 있고, 옛 주인 마초도 현재 촉의 대장인데 그대는 항복할 의사는 없는가?"

방덕이 대로하여 말했다.

"내가 칼을 맞고 죽어 버릴지언정 어찌 너에게 항복할까 보냐!"

하면서, 계속해서 욕설를 퍼부어 댔다. 관운장도 격분하여 도부수더러 끌어내어 목을 베라고 호통을 쳤다. 방덕은 자진해서 목을 내밀고 형을 받았다.

관운장은 불쌍히 여겨서 그를 정중하게 매장해 주었다. 그리고 강물이 빠지기 전에 다시 전선을 타고 대소 장교를 거느리고 번성을 향하여 공격을 개시하기로 했다.

이때 번성 주변은 거센 물결이 하늘을 찌를 듯, 물기운이 갈수록 세차져서 성벽까지 점점 물 속에 잠기게 되니, 성 안의 사람들이 흙을 저오고 벽돌을 운반해다 놓았지만 도저히 막아낼 수가 없었다. 조군(曹軍)의 여러 장수들은 모두 간담이 서늘해져서 황망히 조인에게 보고했다.

그러자 조인이 말했다.

"오늘의 위험한 처지를 힘으로써 이겨낼 수는 없소. 적군이 쳐들어오기 전에 배를 타고 밤을 도와 도주하는 도리밖에 없소. 비록 성은 잃어버린다 하지만 목숨을 건질 수 있을 것이오."

이런 상의를 하고 배를 마련해서 달아나려고 하는데, 만총이 간했다.

"그건 안 됩니다. 산의 물은 갑자기 일어난 것이니 오래 가기야 하겠습니까? 열흘쯤 지나면 저절로 물이 빠질 겁니다. 관운장이 아직 이 성을 공격해 오지는 않는다지만 이미 다른 대장을 겹하(郟河)에 파견해 두었습니다. 그가 지금 경솔히 진격해 오지 못하는 것은 아군에게 뒤를 습격당할까 두려워하는 까닭입니다. 지금 만약 성을 버리고 달아난다면 황하(黃河) 이남 땅은 우리나라의 것이 되지 못할 것입니다. 원컨대 장군께서는 이 성을 끝까지 사수하셔서 이 위기를 막아내시기 바랍니다."

조인이 두 손을 맞잡아 고맙다고 인사했다.

"만총이 가르쳐 주지 않았다면 나는 대사를 그르칠 뻔했소!"

당장에 백마를 타고 성 위로 올라가 여러 장수들을 모아 놓고 단호하게 말했다.

"나는 위왕의 명령을 받들어 이 성을 지킬 작정이니, 만약에 성을 버리고 달아나자는 말을 하는 자는 목을 베겠소!"

여러 장수들이 일제히 말했다.

"우리들도 이 성을 사수하기를 원합니다."

조인은 심히 기뻐하며 그 즉시 성 위에 궁노 수백 대를 마련했고, 군사들이 불철주야 방비에 전력을 기울였다. 또 남녀노소 백성들은 모두 흙을 져다 나르고, 돌을 굴려다가 성벽을 막아내느라고 눈코 뜰 사이가 없을 지경이었다.

과연 열흘이 못 되어서 물은 차츰차츰 빠지기 시작했다.

관운장이 위나라 대장 우금을 산채로 잡고 난 후부터 그의 위명은 천하에 떨쳤으며, 존경하지 않는 사람이 없었다.

이때, 둘째아들 관흥(關興)이 영채 안에 나타나서 부친을 만나봤다.

관운장은 즉시 여러 관원들의 입공문서(立功文書)를 성도로 가지고 가서 한중왕에게 바치고 각각 승관하게 하라고 아들에게 지시했다.

관흥은 즉시 부친과 작별하고 성도를 향하여 길을 떠났다.

관운장은 군사의 절반을 나누어서 겹현으로 향하게 하고, 자기는 나머지 군사를 거느리고 번성을 사면에서 공격했다. 그날, 관운장은 친히 북문 앞에 말을 내몰고 서서 채찍으로 가리키며 호통을 쳤다.

"생쥐 같은 놈들아! 빨리 항복하지 않고 무슨 때를 기다리고 있는 거냐?"

바로 이때였다.

조인이 적루 위에서 관운장이 몸에 엄심갑(掩心甲)만 걸치고 녹포(綠袍)를 비스듬히 걸치고 있는 것을 보자, 대뜸 궁노수 5백 명에게 명령을 내려 일제히 활을 쏘게 했다.

관운장이 급히 돌아서서 오려고 할 때, 그의 오른쪽 팔에 날아들어 꽂히는 한 자루의 화살.

관운장은 마침내 말 위에서 나뒹굴어 떨어지고 말았다. 이야말로, 물 속에서 7군의 간담이 서늘해지자마자, 성중에서부터 날아든 한 자루의 화살이 부상을 입게 했다.

75.
뼈를 깎이며 바둑을 두다

"내 어찌 세상 속된 사람들처럼
아픈 것을 두려워 하리요"

關雲長 刮骨療毒
呂子明 白衣渡江

관운장이 말에서 떨어진 것을 보자, 조인은 즉시 군사를 몰고 쳐들어갔지만, 관평은 그것을 막아내고 관운장을 구출해 가지고 영채로 돌아갔다.

팔에 맞은 화살을 뽑아 보니, 활촉에 독을 발라서 그 독이 벌써 뼛속까지 스며들어 오른쪽 팔이 시퍼렇게 통통 부어올라 움직일 수도 없었다. 관평은 당황해서 여러 장수들과 상의했다.

"아버님께서 이 팔을 영영 못 쓰시게 된다면 싸움을 하실 수도 없을 것이오. 우선 형주로 돌아가서 치료하시도록 하는 길밖에 없을 것 같소."

여러 사람들이 관운장 앞에 나갔다. 관운장이 물었다.

"그대들은 무슨 일로 이렇게 왔소?"

"군후(君侯)께서 오른쪽 팔을 다치셨으니 적군이 쳐들어와도 나서시지 못할 것만 같습니다. 형주로 돌아가서서 치료하시는 게 좋겠다고 저희들 여럿이서 상의한 길입니다."

관운장이 화를 냈다.

"내가 번성을 점령할 일이 바로 눈앞에 박두했소. 번성만 점령하면 허도로 쳐올라가서 조조를 거꾸러뜨리고 한실을 안정하게 하려는 이 마당에서 어찌 작은 상처 때문에 대사를 그르치리요? 그대들은 우리 군심을 문란케 할 작정인가?"

관평과 그밖의 여러 사람들은 묵묵히 자리를 물러났다.

여러 대장들은 관운장이 군사를 후퇴할 생각도 없고, 또 상처가 나을 것 같지도 않아서 사방으로 명의를 수소문했다. 그러던 어느날, 강동에서 조그만 배 한 척을 저어서 영채를 방문한 사람이 있었다. 그를 동자 한 사람이 데리고 와서 관평과 대면시켰다.

그 사람은 방건(方巾)에 활옷(闊服), 팔에는 푸른 주머니를 걸치고 있으며, 스스로 말하기를, 패국(沛國) 초군(譙郡) 사람으로 성명을 화타(華陀―字는 元化)라고 하는데, 천하의 영웅 관운장이 독화살을 맞았다는 소문을 듣고 고쳐드릴 생각으로 방문했다는 것이다.

"그러시다면 바로 예전 동오의 주태를 고쳐 주신 분이시군요?"

"바로 맞았소이다!"

관평은 기뻐서 어쩔 줄 모르며, 곧 여러 장수들과 같이 화타를 안내하여 관운장을 만나보게 했다. 이때 관운장은 팔의 상처가 몹시 아팠지만, 사기에 영향이 있을까 걱정하여, 얼굴에 나타내지도 않고, 소일거리로 마량(馬良)과 바둑을 두고 있었다.

의사가 왔다는 말을 듣자, 그 즉시 불러들이라고 했다. 인사가 끝난 뒤 자리잡고 앉아 차를 마시고 나서 화타는 관운장에게 팔을 보여 달라고 했다.

관운장이 옷을 헤치고 팔을 내밀어 보였더니, 화타가 말했다.

"이것은 바로 노전(弩箭)의 상처로서 그 끝에 오두(烏頭―附子)라는 약이 묻어 있어서 뼛속에까지 스며든 것입니다. 빨리 치료하지 않으시면 이 팔은 못쓰시게 될 겁니다."

"무엇으로 치료하면 좋겠소?"

"저에게 치료방법은 있습니다만, 군후께서 겁을 내실 것 같습니다."

"나는 죽음도 대단하게 여기지 않는 사람인데 뭘 겁내겠소?"

하면서, 관운장은 빙그레 웃었다.

"그러시다면, 조용한 곳에 기둥을 하나 세워 놓고 그 위에 커다란 고랑쇠를 박아 놓은 다음, 군후께서는 팔을 그 고랑쇠 속에 집어 넣으시고 꼭 묶어 두도록 하십시오. 그러고 나서 얼굴을 헝겊으로 가리시면, 제가 날카로운 칼끝으로 살을 벗겨내고 뼈를 찾아내어 뼈에 묻은 독을 깎아 낸 다음, 다시 약을 바르고 험집을 꿰매서 치료를 하셔야 합니다. 군후께서 겁을 내실 것이 걱정 스럽습니다."

"그렇게 쉬운 노릇이라면 무엇 때문에 기둥이니 고랑쇠니 그런 게 필요하단 말이오?"

관운장은 웃으면서 술상을 차려서 화타를 대접하라고 명령했다. 술을 몇 잔 또 마시고 나서 관운장은 마량과 바둑을 두기 시작하면서 한편으로 팔을 내밀어 화타에게 맡겼다.

화타는 날카롭고 작은 칼을 손에 잡더니 동자를 시켜서 큼직한 그릇을 팔 밑에 받쳐들고 피를 받으라고 분부했다.

"자, 시작하겠습니다. 군후께서는 놀라지 마십시오."

"마음대로 치료해 보시오. 내 어찌 이 세상의 속된 사람들처럼 아픈 것을 두려워하리요?"

화타가 작은 칼로 살을 헤치고 뼈를 찾아내 보니 벌써 시퍼렇게 독기가 스며 있었다. 그가 싹싹 소리를 내면서 뼈를 깎기 시작하니, 옆에 서 있던 여러 사람들은 벌써 새파랗게 질려서 얼굴을 가려 버렸다. 그러나 관운장은 술을 마시고 안주를 집어 먹으면서 아픔도 모른다는 듯 웃고 이야기하면서 바둑만 두고 있었다.

순식간에 피가 그릇에 넘쳐 흐를 지경이었고, 화타가 독을 깨끗이 긁어 내고 약을 바르고 상처자리를 꿰매고 나니, 관운장은 껄껄껄 웃으며 털고 일어서서 대장들을 보고 말하는 것이었다.

"이 팔을 전처럼 도로 펼 수 있게 됐는데 조금도 아프지 않으니 선생은 정말 신의(神醫)이시오."

화타가 말했다.

"저도 평생 의사 노릇을 하는 동안 이런 일을 본 적이 없었습니다. 군후께서는 과연 천신(天神)이십니다!"

관운장이 화살의 상처가 완쾌되자 연석을 베풀고 화타를 초대했더니 그가 말했다.

"화살의 상처는 다 나으셨습니다만, 앞으로는 더욱 조심하셔야 합니다. 절대로 화를 내서서 상처가 덧나게 하지 마십시오. 백날만 지나시면 예전과 똑같이 회복되실 것입니다."

하니 관운장이 황금 백 냥을 내주었다.

"저는 군후의 고의(高義)를 듣자옵고 모처럼 와서 치료를 해 드린 것인데 어찌 보수를 바라겠습니까?"

화타가 굳이 사양하며, 약 한 첩을 남겨 두어 상처 자리에 바르도록 이르고 돌아갔다.

관운장이 우금을 산채로 잡고 방덕의 목을 베어서 위명이 천하에 떨치게 되니, 이런 사실이 염탐군에 의해서 허도에 보고되었다. 조조는 문무백관을 소집하여 대책을 강구했다.

"나는 평소에 관운장의 지혜와 용맹이 이만저만하지 않다는 것을 알고 있었지만, 이제 형양(荊襄)을 그가 수중에 넣었다면, 이는 범이 날개를 얻은 셈이오. 우금은 산채로 잡혔고 방덕은 죽었으니 우리 군의 사기는 완전히 꺾였소. 만약에 그가 군사를 거느리고 허도로 쳐들어온다면 어찌하겠소? 그러니 나는 천도하여 난을 피할 생각이오."

이 말을 듣더니 사마의가 간했다.

"그건 안 될 말씀입니다. 우금이나 그밖의 장병들은 물에 빠져 죽은 것이지 싸움에 진 것은 아닙니다. 국가의 대계(大計)에는 하등의 손실이 없는 일입니다. 현재 손권과 유현덕은 사이가 좋지 않으니 관운장이 뜻을 이루었다는 것을 알면 손권은 기뻐하지 않을 것입니다. 그런고로 대왕께서는 동오로 사자를 보내셔서 이해관계를 설득시키고, 손권을 시켜서 살며시 관운장의 뒤를 찌르도록 하시고, 일이 순조롭게 되면 강남 땅을 손권에게 주겠다 약속하시면, 번성의 위기는 저절로 해결될까 합니다."

또 주부(主簿) 장제(蔣濟)도 동의했다.

"사마공의 말씀이 지당하다고 생각됩니다. 곧바로 사신을 동오 땅으로 보내신다면 천도하시느라고 많은 사람을 동원하실 필요는 없을 것입니다."

조조도 이 의견에 찬성하고, 천도할 것을 단념했으나, 자기도 모르게 탄식했다.

"우금은 30년 동안이나 나를 따른 사람인데, 참 알 수 없는 일이군! 큰일을 치르게 되면 방덕만도 못하다니! 급히 사자를 동오

로 보내서 편지를 전하고, 한편 어떤 대장이든 한 사람 내보내서
관운장의 예기를 꺾어 놓아야만…….”

조조의 말이 채 끝나기도 전에 섬돌 아래로 장수 한 사람이 선
뜻 나섰다.

“제가 가기를 원합니다.”

그것은 바로 서황이었다. 조조는 대단히 기뻐하여 서황을 대
장에 임명하여, 여건을 부장으로 정병 5만 명을 주어서 떠날 날
짜를 작정하고, 양릉파(陽陵坡)에 진을 치고 동남쪽에서 응하는
형편을 보아서 출전시키기로 결정했다.

한편 손권은 조조의 편지를 다 보고 나더니 흔연히 그의 의사
에 찬성하며, 즉시 답장을 써서 사자에게 주어서 돌려보내고, 문
무백관을 모아 놓고 상의했다.

장소가 말했다.

“근래에 관운장은 우금을 산채로 잡고 방덕을 죽여서 위명을
떨치고 있으며, 조조까지도 천도를 해서 그의 공격의 칼끝을 피
할 생각을 하고 있다 하옵니다. 이번에 번성이 위태로우니 원군
을 청해 왔습니다만, 일이 순조롭게 이루어진 후에는 다른 배짱
을 부릴까 겁납니다.”

손권이 아무 대답도 하지 않고 있을 때, 홀연 보고가 들어오는
데, 여몽이 조그만 배를 타고 육구로부터 나타나서 아뢰고 싶은
일이 있다는 것이었다.

손권이 불러들여서 물어 보니, 여몽이 대답했다.

"지금 운장은 군사를 거느리고 번성을 포위하고 있사오니 이 틈을 타서 형주를 공략하심이 좋을까 합니다."

"나는 북쪽으로 올라가서 서주를 공략해 볼까 하는데 그게 어떨까?"

"지금 조조는 멀리 하북(河北)에 있기 때문에, 동쪽으로는 손이 미치지 못할 뿐만 아니라 서주를 수비하고 있는 군사는 보잘것 없으니 승리는 문제없습니다. 그러나 지세로 말하자면 그곳은 육전(陸戰)에는 적합하지만 수전(水戰)에는 불리합니다. 설사 수중에 넣을 수 있다손치더라도 오래 보전하기는 어렵습니다. 그보다는 먼저 형주를 점령하여 장강 전역을 공략하고 나서 다시 방도를 강구하는 것이 좋을까 합니다."

"나도 사실은 형주를 공략할 생각을 하고 있었소. 경의 마음을 알아 보려고 한번 해본 말일 뿐이오. 경은 급히 나를 위해서 손을 써 주시오. 나도 뒤따라 곧 군사를 동원하겠소."

여몽은 손권과 작별하고 떠나갔다. 그런데 육구에 도착하자마자 홀연 초마(哨馬)가 보고했다.

"장강 연안에 20리, 30리마다 높은 언덕에는 봉화대가 마련되어 있습니다."

또 형주의 군사가 싸움에 대처하기 위해서 만반준비를 갖추고 있다는 소식도 들으니 놀라지 않을 수 없었다.

"그렇다면 조급히 공격을 개시할 수도 없소. 오후에게 형주를 공격해 달라는 청이 들어온 판인데 어찌하면 좋겠소?"

이 궁리 저 궁리 해봤으나 이렇다 할 계책도 떠오르지 않아 여몽은 몸이 불편하다는 평계를 하고 집안에 틀어박혀 손권에게도 사람을 보내서 이런 뜻을 전달했을 뿐이었다.

손권은 여몽이 병이 났다는 소식을 듣자, 내심 몹시 불쾌했다. 그런데 육손(陸遜)이 나타났다.

"여공이 병환이라는 것은 거짓말입니다. 사실이 아닙니다."

"그것이 사실이 아닌 줄 안다면 한번 가서 여공의 형편을 보고 와 주시오."

육손은 손권의 명령을 받고 그날밤으로 육구의 영채로 가서 여몽을 만나 보니, 생각했던 대로 꾀병이었다.

"오후의 분부를 받고 몸이 불편하시다기에 문안을 왔소이다."

"대단치도 않은 병에 문안을 와 주셨다니 도리어 죄송하오."

"오후께서 중대한 임무를 맡기셨는데 이렇게 좋은 기회를 망설이기만 하시고 괴로워만 하시는 것은 무슨 까닭이오?"

여몽은 이런 말을 듣고도 묵묵히 한참 동안이나 육손을 뚫어지게 쳐다볼 뿐이었다. 육손이 또 웃으면서 말했다.

"내가 장군의 병환을 고쳐 드릴 만한 처방을 가지고 있는데 한번 써 보시려오?"

여몽이 좌우 사람들을 물러가게 하더니 육손에게 말했다.

"좋은 처방을 아시면 좀 가르쳐 주시오."

"장군의 병환의 원인은 바로 형주의 군사가 방비를 견고히 하고, 장강 연안에 봉화대를 마련했기 때문일 것이오. 나의 계책을 한번 쓰신다면 그 봉화대의 수리(守吏)들이 불도 지르지 못하게 하고 형주의 군사들도 속수무책으로 항복하게 할 수 있소이다."

여몽이 깜짝 놀랐다.

"공의 말은 나의 가슴 속을 꿰뚫고 들여다보는 것만 같소. 그 계책이란 것을 나에게 가르쳐 주시오."

"관운장이 가장 두려워하는 사람은 바로 여장군이오. 그러니 이번에 여장군께서 육구를 다른 사람에게 맡기시고, 그 다른 사람을 시켜 비루한 찬사를 써서 관운장을 찬양케 하여 그의 마음을 우쭐하게 만들어 주면, 관운장은 형주의 군사를 철수하고 번성으로 돌릴 것이 틀림없소. 형주의 방비가 약해진다면 일려(一旅)의 군사만 가지면 기계(奇計)를 써서 쉽사리 공략할 수 있을 것이오."

"그것 정말 좋은 계책이오!"

여몽은 병을 핑계하고 사직서를 올렸다. 육손이 돌아와 손권을 만나 보고 이런 계책을 자세히 말했더니, 손권은 여몽을 불러서 건업(建業)으로 돌아가서 휴양하라고 할 작정이었다. 여몽이 돌아와서 손권과 대면하니, 손권이 말했다.

"육구 수비의 임무는 예전에 주유가 노숙을 천거해서 자기 대신으로 삼았고, 그 후에 노숙이 그대를 천거했던 것이니, 이번에는 그대가 현재(賢才)를 천거해 주기 바라오."

"인망이 높은 사람을 쓴다면 관운장이 반드시 경계할 것입니다. 육손은 심지가 깊고 명성이 널리 알려지지도 않았으니 운장이 꺼릴 리도 없습니다. 즉시 그에게 소신 대신 임무를 맡기시면 반드시 큰일을 치를 수 있으리라 믿습니다."

손권은 크게 기뻐하며 그날로 육손을 편장군(偏將軍) 우도독(右都督)에 임명하여 여몽을 대신해서 육구를 지키게 했다. 육손은 인수를 받고 마군·보군·수군 3군의 인계를 마친 다음, 편지한 통을 작성해 가지고 명마(名馬), 이채로운 비단, 술 등 예물을 갖추어서 사자를 번성으로 파견하여 관운장을 만나 보게 했다.

관운장은 상처가 막 나아 가지고 아직 군사를 동원시키지 않고 있었다. 그런데 강동의 육구를 지키고 있던 장수 여몽의 병이 위독하여 육손을 대신 대장으로 임명하여 육구를 수비하게 되었는데, 그 육손의 사자가 편지를 가지고 면회를 청한다는 보고가 들어왔다.

사자를 불러들여서 대면한 관운장은 손가락질을 하면서 말했다.

"손권은 견식이 짧고 얕은 사람이오. 이런 변변치 않은 위인을 대장으로 삼다니!"

편지를 가지고 온 사자가 땅에 꿇어 엎드려서 말했다.

"육장군께서는 서신을 올리고 예의를 갖추어서 군후를 찾아뵙고 축하 말씀을 여쭈라 하셨사오며, 양가의 화목을 이룩하면 다행이라 하셨사오니 웃으시며 받아 주시기 바랍니다."

관운장이 편지를 뜯어 보니 말투가 지극히 겸손하여 얼굴을 쳐들어 크게 웃고, 좌우 사람에게 명령하여 예물을 받아들이게 하고 사자를 돌려보냈다.

사자가 돌아와서 육손에게 말했다.

"관장군께서는 심히 기뻐하시는 품이 강동을 걱정하시는 기색이라곤 없는 것만 같았습니다."

육손은 크게 기뻐하여 몰래 사람을 파견해서 탐문해 보니, 과연 관운장은 형주 군사의 절반을 번성으로 이동했고, 화살의 상처가 완전히 낫기를 기다려서 공격을 개시할 것이라고 했다.

이런 사실을 확인하자, 육손은 즉시 사람을 손권에게 보내서 보고하게 했더니, 손권은 곧 여몽을 불러서 상의했다.

"관운장은 예상했던 대로 형주의 군사를 철수시키고 번성을 공격하기 시작했소. 이제야말로 우리가 형주를 공략할 때가 온 것 같소. 그대는 내 아우 손교(孫皎)와 함께 대군을 거느리고 출동하는 게 어떻겠소?"

이 손교란 손권의 숙부 손정(孫靜)의 둘째아들이었는데, 여몽은 이런 인사 조치에 반대의사를 표명하고 대임을 완수하기에는 서로 의견이 충돌하면 곤란한 점이 많으니, 손교든 자기든 한 사람만 쓰도록 해달라고 말했다.

손권은 마침내 이 의견에 찬성하여 여몽을 대도독에 임명했으며, 손교는 후방에 있으면서 군량 수송의 책임을 맡도록 했다.

여몽은 군사 3만을 정비하고 쾌선 80여 척을 마련하고, 헤엄을 칠 줄 아는 자에게는 모조리 흰옷을 입혀서 장사꾼으로 가장하여 배 위에서 노를 젓도록 명령하고, 배 깊숙한 곳에 정병을 숨겨 두었다.

또 한당·장흠·주연·반장·주태·서성·정봉 등 일곱 사람의 대장들에게 곧 뒤를 따르라 명령하고, 나머지 사람들은 모두 오후를 따르며 후군의 임무를 맡도록 했다.

이렇게 해놓고 조조에게 서신을 보내서, 군사를 동원하여 관운장의 뒤를 공격하라는 연락을 하고 한편으로는 육손에게도 긴밀한 연락을 취하도록 지령을 내리고, 흰옷 입은 병사들을 시켜서 배를 심양강(潯陽江)으로 저어 나가라고 했다.

밤낮을 헤아리지 않고 배는 북녘 강기슭까지 저어갔다. 강변 봉화대에서 병사들이 가로막으니 오군(吳軍)의 병사들이 말했다.

"우리들은 모두 장사꾼들입니다. 풍랑을 만나게 되어서 물결이 가라앉기를 기다리려고 이곳까지 와서 배를 댄 것입니다."

그리고 봉화대를 지키고 있는 군사들에게 재물을 내주니 군사들은 그들의 말을 믿고 마침내 강변에 배를 대어도 내버려두었다.

그날밤, 2경이나 되었을 무렵에 배 안에 숨어 있던 정병들이 일제히 뛰쳐나와서 그 고장 지리를 잘 아는 봉화대의 병사를 하나도 남기지 않고 모조리 잡아다가 배 속에 감금했다.

오군은 이렇게 해가지고 멀리 형주까지 배를 몰아갔는데 촉군은 이런 사실을 전혀 모르고 있었다.

형주 가까이 왔을 때, 여몽은 봉화대에서 붙잡은 촉병을 교묘하게 설복시켜 충분히 선물을 주어서 성문을 열 수 있도록 하고, 불을 질러서 신호를 하라고까지 했다.

여몽은 그들을 곧 앞잡이로 내세우고 깊은 밤중에 성 아래 이르러 문을 열라고 소리치게 했다.

문리는 형주의 군사인 줄만 알고 성문을 열어 주었다. 병사들은 고함을 지르며 몰려 들어가 성문 안에서 신호의 불을 지르니, 드디어 오군의 군사들은 노도처럼 밀려 들어서 성을 점령하고야 말았다.

여몽은 그 즉시 군중에 명령을 전달시켰다.

"함부로 사람을 죽이거나 물건을 약탈하는 자는 군법에 의하여 처벌한다."

또 성 안의 관원들은 각각 제 자리에 그대로 머물러 있게 하고, 관운장의 가족을 다른 집으로 옮겨가게 했고, 한가한 사람들의 통행을 일체 금지했으며, 한편 사람을 파견하여 손권에게 보고했다.

어느날, 비가 심하게 퍼부었다.

여몽은 말을 타고 몇 기를 거느리고 사방 성문을 순찰했는데, 마침 병사 하나가 민간인의 약립(箬笠)으로 갑옷을 가리고 있었다. 그 병사는 여몽과 동향 사람으로서, 그 약립으로 갑옷을 비에 젖을까 해서 가린 것이지, 약립을 빼앗아서 쓴 것이 아니라고 변명하며 애원했다. 그러나 여몽은 그 병사의 목을 베어서 시범을 보이고 눈물을 흘리며 매장해 주었다. 이렇게 여몽은 3군의 질서를 잡기에 전력을 기울였다.

며칠 안 되어서 손권이 여러 사람들을 거느리고 도착했다. 우선 옥에 갇혀 있던 우금을 석방해서 조조에게로 보내 주고 축하의 주연을 베풀었다. 그 자리에서 손권이 여몽에게 말했다.

"이로써 형주는 나의 수중에 들어왔으나 공안(公安)의 부사인과 남군(南郡)의 미방을 어떻게 처치하면 좋겠소?"

이 말을 듣더니, 부사인을 설복시키러 가 보겠다고 자신만만하게 나선 사람이 있었다. 그는 바로 우번(虞飜)이었다.

손권은 매우 기뻐하며 우번에게 군사 5백 명을 주어서 공안으로 급히 파견했다.

부사인은 형주가 함락됐다는 소식을 알자, 급히 성문을 닫아걸고 방비를 든든히 하라는 명령을 내렸다.

성 안으로 들어갈 도리가 없으니 우번은 편지를 써서 화살에 매어 가지고 성 안으로 활을 쏘아서 들여보냈다. 이것을 집은 병사가 부사인에게 전달하여 펼쳐 보니 바로 투항을 권고한 것이었다.

부사인은 관운장이 지난날에 자기를 미워했던 일을 생각하고, 곧바로 성문을 열게 하여 우번을 맞아들이고 말았다.

우번은 손권이 도량이 큰 것과 예의를 갖추어서 현사를 널리 포섭한다는 뜻을 역설하니, 부사인은 크게 기뻐하며 우번과 함께 인수를 가지고 형주로 가서 투항했다.

손권도 자못 기뻐하면서 부사인에게 그대로 돌아가서 종전과 같이 공안을 지켜달라고 명령했다. 이때 여몽이 남몰래 손권에게 일렀다.

"관운장이 아직도 잡히지 않았는데 부사인을 공안에 그대로 두면 반드시 변고가 일어날 것 같습니다. 차라리 남군으로 보내서 미방을 투항시켜 보라고 하시는게 좋겠습니다."

손권은 즉시 부사인을 불러서 말했다.

"미방과 경은 교분이 두터운 사이니, 남군으로 가서 그를 투항시키면 후한 상을 내리리다."

부사인은 선뜻 승낙하고, 마침내 10여 기를 거느리고 미방을 달래 보려고 남군으로 향했다.

76.
옥은 깨져도 빛은 그대로

"대나무는 불에 타도
그 마디는 불에 꺾이지 않는다 하오"

徐公明大戰沔水
關雲長敗走麥城

　미방은 형주가 오군에게 함락되었다는 소식을 듣고 당황하여
어쩔 줄 몰랐다. 그런데 마침 공안의 대장 부사인이 찾아왔다고
하니 당장 대면하고 용무를 물어 보았다. 부사인이 말했다.

　"내 충성을 모르는 바 아니지만, 힘이 다하여 더 버틸 수가
없어서 동오에 투항했소. 장군도 빨리 투항하는 것이 좋을 것
같소."

　"우리들은 한중왕의 후은(厚恩)을 받았는데 어찌 배반할 수야
있겠소?"

　"관운장은 전에 우리 두 사람을 몹시 미워했소. 만약에 승리하
고 돌아오는 날에는 호락호락히 용서해 주지 않을 것이오. 공은

잘 생각해 보시오."

"우리 형제(미방과 미축)는 오랫동안 한중왕을 섬겨 왔는데 어찌 일조일석에 배반하겠소?"

이렇게 망설이고 있을 때, 관운장에게서 사자를 파견해 왔다는 보고가 들어와서 곧 청상(廳上)으로 맞아들였다. 그 사자가 말했다.

"관공께서 군중에 양식이 모자라 특히 남군·공안 두 군데로 백미 10만 석을 가지러 보내서 왔습니다. 두 분 장군께서는 밤낮을 헤아리지 마시고 급히 마련해서 보내라고 하십니다. 지체하면 당장 참하시겠답니다."

미방이 대경실색하여 부사인을 돌아다보면서 말했다.

"형주가 이미 동오에 점령된 이때에 그렇게 많은 양식을 어찌 마련하겠소?"

"우물쭈물할 일이 아니오!"

부사인은 무서운 음성으로 호통을 치면서 당상에서 칼을 뽑아 사자의 목을 베어 버렸다.

"공은 어쩌려고 이러시오?"

"관운장은 우리를 죽이려고 이런 수작을 하는 건데, 어찌 우리가 가만히 앉아서 죽음을 당하겠소? 공도 이제 급히 동오에 투항하지 않으면 관운장의 손에 죽고 말 것이오."

이런 말을 하고 있을 때, 여몽이 군사를 거느리고 쳐들어왔다는 보고가 날아들었다. 미방은 놀라서 부사인과 함께 성 밖으로 나가서 투항하고 말았다. 여몽이 기뻐하며 손권에게 대면시키니, 손권은 두 사람에게 후한 상을 내리고 백성을 안정시키고 3군을 크게 위로해 주었다.

한편, 조조도 허도에 있으면서 동오의 사자가 가져온 편지를 받아 보았다. 편지의 내용은 간단했다. 동오의 군사가 형주를 공격할 것이니, 조조더러 관운장을 습격해 달라는 것이었다.

주부(主簿) 동소(董昭)가 의견을 제공했다. 현재의 번성은 적군에게 포위되어서 구원을 바라고 있으니, 화살에 편지를 꽂아서 쏘아 들여보내서 군심을 안정시키는 한편, 동오의 군사가 형주를 습격한다는 사실을 관운장에게도 전달되도록 하면, 관운장은 형주가 함락될 것을 두려워하며 즉시 군사를 철수시킬 것이니, 이 틈을 타 서황을 시켜서 추격케 하면 승리는 문제없으리라는 것이었다.

조조는 동소의 의견대로 사람을 서황에게 파견하여 출전하도록 독촉해 놓고, 친히 대군을 거느리고 조인을 구출하기 위하여 낙양 남쪽에 있는 양륙파(陽陸坡)까지 출전하기로 했다.

서황이 장중에서 위왕의 사자를 만나, 위왕이 이미 낙양을 버리고 친히 출전했으므로 시급히 관운장을 공격해서 번성의 포위망을 격파해 달라는 전달을 받고 있을 때, 홀연 관평은 언성(偃城)에 진을 쳤고, 요화는 사몽(四冢)에 진을 치고, 전후 열 두 군데 채

책(寨柵)으로 연락부절의 방비를 하고 있다는 정보가 날아들었다.

서황은 그 즉시 부장 서상(徐商)과 여건(呂建)에게 자기의 기호(旗號)까지 빌려 주어서 언성으로 출동하도록 명령하고, 자기 자신은 정병 5백 명을 거느리고 면수(沔水)를 돌아서 언성의 뒤를 습격하기로 했다.

관평은 서황이 친히 군사를 거느리고 습격해 왔다는 소식을 듣자, 서슴지 않고 대결하러 나섰다. 저편의 서상·여건과 이편의 관평·요화와 일진일퇴의 결사적인 접전이 계속되었는데, 결국 관평과 요화는 위군의 사면 포위를 받자 감당할 도리가 없어 진지를 버리고 사몽채로 도주했다. 그런데 멀리 불길이 치밀어 오르는 것이 보이므로, 그곳으로 달려가 보니, 거기에 휘날리고 있는 깃발은 모두 위군의 것이었다.

관평·요화가 당황하여 다시 번성을 향하여 달아나고 있을 때, 앞을 가로막는 1대의 군마가 있었다. 선두에 나서는 대장은 바로 서황. 관평과 요화는 결사적으로 그와 대결, 간신히 살 길을 뚫고 대채(大寨)로 돌아와 관운장과 대면하고 보고했다.

"서황이 언성을 탈취했고, 또 조조 자신도 대군을 거느리고 3면으로 번성을 향하여 진격해 오고 있습니다. 그리고 형주가 이미 여몽의 수중에 들어갔다는 말도 들립니다."

관운장은 격분하여 호통을 쳤다.

"그것은 적의 요언이다. 우리 군심을 문란케 하자는 수작이다!

동오의 여몽은 병이 위독해서 육손같이 어린 놈을 대신 두었으니 조금도 두려울 것은 없다!"

관운장의 말이 채 끝나기도 전에 서황의 군사가 쳐들어왔다는 보고가 들어왔다.

관운장이 선뜻 말을 준비하라고 명령했더니, 관평이 간했다.

"아직도 몸이 완쾌되지 않으셨으니 대적하시면 안 됩니다."

"서황과 나와는 전부터 아는 사이여서 그의 능력도 나는 잘 알고 있다. 만약에 그가 물러가지 않는다면 내가 먼저 그자의 목을 베어서 위장(魏將)들에게 경고를 주겠다."

관운장이 마침내 갑옷에 칼을 움켜 잡고 말을 달려 분연히 출전하니, 위군이 그를 보고 놀라지 않는 자 없었다. 관운장은 말을 멈추고 물었다.

"서공명(서황)은 어디 있느냐?"

위군 진영의 문기가 홀쩍 걷어지더니, 서황이 말을 달려 나오며 허리를 굽혔다.

"군후와 작별한 지 벌써 몇 해가 되었습니다. 군후께서 이렇게 머리와 수염이 허옇게 세셨을 줄은 몰랐습니다. 예전에 따라다니며 여러 가지 가르치심을 받던 일은 지금까지도 감사히 생각하오며 저버리지 않고 있습니다.

이제 군후께서는 영풍(英風)이 화하(華夏—중국)를 진동하게 되셨으니 듣자올 때마다 감탄과 부러움을 금치 못했습니다. 다행히 이렇게 만나 뵙게 되니 간절하던 그리움도 풀어질 수 있을 것 같습니다."

"나와 그대는 교분이 두터운 사이니 다른 사람에 비할 수 있겠소! 그런데 이번에는 어찌하여 내 아들을 괴롭혔소?"

그 말을 듣자 서황은 대장들을 돌아다보며 큰 소리를 쳤다.

"만약에 운장의 수급을 얻은 사람에게는 천금으로 후히 상을 베풀리라!"

관운장이 깜짝 놀랐다.

"그게 대체 무슨 말이오?"

"오늘의 일은 국가의 일입니다. 그러니 소생은 사사로운 정리를 가지고 공사를 모른체 할 수는 없습니다."

큰 도끼를 휘두르면서 관운장에게 덤벼드는 서황. 격분하여 칼을 휘두르며 대적하는 관운장.

80여 합을 싸우기는 했으나, 오른쪽 팔에 힘을 제대로 못 쓰는 관운장이 아무리 무예가 출중하다 한들 어찌 감당해 낼 수 있으랴!

말머리를 돌려 돌아서려고 했을 때, 홀연 사방에서 천지를 진동하는 고함소리. 조조의 원군이 도착했다는 소식을 듣고 번성의 조인이 부하를 거느리고 서황과 합세하여 쳐들어오는 것이었다.

관운장은 몸을 피하는 도리밖에 없었다. 여러 장수들을 거느리고 양양을 향하여 도주했다. 달아나는 도중에 놀라운 정보만이 날아들었다. 형주가 이미 여몽에게 함락당하고, 자기 가족까지 적군의 수중에 들어갔다는 사실, 공안의 부사인이 동오에 투항했고, 미방마저 부사인의 권고에 못 이겨 함께 투항했다는 사실.

관운장은 극도로 격분하여 가슴이 미어질 것만 같고 상처 자리가 도로 터져서 졸도하고야 말았다. 여러 장수들의 부축을 받아 한참 만에 정신을 차린 관운장은 그제야 염탐꾼에게서 봉화대에서 불을 지르지 못한 까닭을 알게 되었다.

관운장이 발을 동동 구르며 한탄해 마지않았다.

"내가 간적의 꾀에 넘어갔구나! 무슨 면목으로 형님을 뵐 수 있단 말이냐?"

이때 관량도독(管糧都督)으로 있는 조루(趙累)가 말했다.

"사태가 몹시 급박합니다. 사람을 성도로 파견하셔서 원군을 구하시고, 한편 육로로 형주를 공략하도록 하십시오."

관운장은 그 의견대로 마량·이적에게 세 통의 편지를 주어서 성도로 급히 보내서 원군을 청하고, 군사를 거느려서 형주로 향할 작정으로, 관평·요화를 후군의 책임자로 남겨 두고 친히 선봉을 인솔하고 나섰다.

한편, 번성의 포위망이 풀어지자, 조인은 여러 장수들을 인솔하고 조조를 찾아가서 눈물을 흘리며 죄를 청했다. 그랬더니 조조가 말했다.

"이는 천수(天數)요 그대들의 죄가 아니오."

조조는 3군에 후히 상을 내리고 친히 사뭉채에 이르러 주위를 순찰하고, 여러 장수들을 돌아다보며 말했다.

"서공명(서황)은 형주의 얽히고설킨 몇 겹의 포위망을 용히 돌파하고, 그 속으로 깊이 뛰어들어 공을 세웠소. 내가 용병 30여 년에 감히 이렇게 적군의 포위망을 격파하고 돌진해 보지 못했거늘, 서공명이야말로 정말 담식(膽識)이 아울러 뛰어난 사람이오!"

모든 사람이 탄복하여 마지않았다.

조조는 군사를 마파(摩陂)로 철수시켜서 주둔하고 있던 중, 서황의 군사가 도착했다는 소식을 듣고 친히 영채 밖에 나가 영접하니, 서황의 군사가 대오를 정연히 짜고 조금도 흐트러짐이 없이 행진해 오는 것이었다. 조조가 크게 기뻐했다.

"서장군에게는 정말 주아부(周亞夫—前漢文帝⊠景帝 때의 장군)와 같은 위풍이 있소!"

조조는 서황을 평남장군(平南將軍)에 봉하고, 하후상과 같이 양양을 지키면서 관운장의 군사를 막아내도록 하고, 자기는 아직도 형주가 진압되지 못했으므로 그대로 마파에 군사를 주둔시키며 소식을 기다리기로 했다.

한편 관운장은 형주 노상에서 진퇴무로(進退無路)에 빠져, 조루에게 이런 말을 했다.

"눈앞에는 오병이 있고, 뒤에는 위군이 있으니, 우리는 그 틈에 끼여서 구원병도 오지 않고 어찌하면 좋겠소?"

"육구에 있던 여몽이 조조와 결탁하고 우리 군을 습격했다는 것은 분명히 배맹(背盟)입니다. 군후께서는 잠시 군사를 이곳에 주둔해 두시고 사람을 파견하셔서 글을 보내서 여몽에게 문책하시고 그가 어떻게 대답을 하나 보십시오."

이때, 여몽은 형주에 있으면서 명령을 내려서, 관운장을 따라 출전한 장사들의 집에 오병이 무단 출입하는 것을 일체 금하고, 양식을 공급해 병자를 돌봐 주게 했으므로 집을 지키고 있는 출전자의 가족들은 아무런 불안을 느끼지 않고 편안히 지내고 있었다.

관운장의 사자가 도착하니, 여몽은 성 밖까지 나와서 빈객으로서 영접하고, 편지를 보자 개인의 일이 아니오 주군의 명령이니 어쩔 수 없다 하며, 연석을 베풀어 사자를 정중히 대접했다.

사자가 돌아와서 관운장을 보고 여몽의 말을 그대로 전달했으며, 또 형주성 안에서는 관운장의 가족을 비롯해서 그밖의 여러 장수들의 가족도 무사히 지내고 있다는 사실을 보고하니, 관운장은 무서운 음성으로 호통을 쳤다.

"그것은 간적(奸賊)의 꾀다! 내 살아 생전에 놈을 죽이지 못한다면 죽어서라도 반드시 원수를 갚고야 말 것이다!"

관운장은 그대로 군사를 몰고 형주로 향했는데, 도중에서 먼저 제멋대로 형주로 뺑소니를 치는 병사가 속출하니, 관운장은 점점 더 격분해서 군사들을 재촉할 뿐이었다. 홀연, 천지를 진동하는 고함소리. 앞을 가로막는 1대의 군마, 선두에 나서는 대장은 바로 장흠이었다.

"관운장! 어째서 빨리 항복하지 않는가?"

"나는 한나라 장수다! 어찌 적(賊)에게 항복할까 보냐?"

관운장은 재빨리 칼을 휘두르며 장흠에게 덤벼들었다. 3합도 못 싸워서 장흠이 패주하니 관운장은 20여 리나 추격했다.

이때, 홀연 고함소리가 또 일어나더니, 오른쪽 산곡간에서부터 한당의 군사가 달려나왔으며, 또 왼쪽 산곡간에서는 주태의 군사가 뛰쳐나왔다. 그러자 도주하던 장흠도 되돌아와서 그들과 함께 3면에서 관운장을 포위했다.

관운장이 군사를 뒤로 물려 몇 리쯤 달아났을 때, 남쪽 언덕 뒤에 사람들이 모여서 불을 피우고, '형주토인'(荊州土人)이라고 쓴 흰 깃발을 휘날리고 있는데, 모든 사람들이 본고장 사람은 빨리 투항하라고 외치고 있었다.

관운장을 화가 불길처럼 치밀어 그대로 언덕 위로 쳐 올라가려고 했는데, 난데없이 산곡간에서부터 2대의 군마가 몰려나왔다. 왼쪽은 정봉, 오른쪽은 서성이 군사를 거느리고 장흠의 군사와 합세하여 고함소리·피리소리·북소리, 하늘을 무찌르며 관운장을 포위해 버렸다.

날이 저물도록 격전이 계속되었다.

멀리 보이는 사방 산 위에는 형주에서 몰려나온 병사들로 뒤덮였고, 부모·형제·처자의 이름을 부르는 아우성소리가 노도처럼 물결치고 있으니, 관운장이 아무리 막아내려 해도 듣지 않고 이편 병사들까지 대오에서 이탈되어 갈 뿐이었다.

밤이 3경이나 됐을 때에는, 관운장을 따르는 병사는 불과 3백여 명.

그런데 홀연 동쪽에서 고함소리 천지를 진동하더니 관평·요화의 군사들이 두 갈래로 갈라져서 포위망을 돌파하고 간신히 관운장을 구출했다.

관평이 말했다.

"군심(軍心)은 문란해졌습니다. 성지(城池)에 주둔하면서 원병을 기다려야만 하겠습니다. 맥성(麥城)은 비록 작은 고장이긴 하지만 주둔할 만한 곳입니다."

관평의 말대로, 관운장은 나머지 군사를 급히 몰아서 맥성으로 들어가 사방 성문을 단단히 방비하고 장수들을 소집해서 상의했다. 그랬더니 조루가 의견을 말했다.

"이 고장은 상용(上庸)에 가까운데, 그곳은 유봉·맹달이 지키고 있으니, 시급히 사람을 파견하셔서 원군을 청하십시오."

이때, 갑자기 오군이 성의 사방을 포위했다는 보고가 들어왔다. 관운장이 물었다.

"누가 포위망을 돌파하고 상용으로 원병을 구하러 갈 수 있겠는가?"

요화가 선뜻 말했다.

"제가 가겠습니다!"

관평이 나섰다.

"제가 포위망 밖까지 나가서 전송하겠습니다."

관운장은 그 즉시 편지를 작성했고, 요화는 그것을 품 속 깊이 간직하고 말을 달려나갔다. 오장(吳將) 정봉이 가로막으려고 했지만, 관평이 분투하여 물리쳐 버리고, 정봉이 도주하는 틈에 요화는 결사적으로 포위망을 돌파하고 상용으로 달렸으며, 관평은 성으로 돌아와서 방비를 견고히 했다.

유봉과 맹달이 상용으로 공격을 개시하니 태수 신탐(申耽)이 수많은 부하를 거느리고 와서 투항했다. 한중왕(漢中王)은 유봉을 부장군으로 승격시키고 맹달과 함께 상용을 지키도록 했다.

그날, 관운장의 군사가 싸움에 패하였다는 소식을 탐지하고 두 사람이 상의를 하고 있는 판인데, 홀연 요화가 왔다는 보고가 들어왔다. 유봉이 곧 안으로 들어오게 하여 물어 보니 요화가 대답했다.

"관장군은 싸움에 패하시고 지금 맥성에서 농성하고 계십니다. 적군에게 포위당하여 위기에 빠져 계신데, 촉군의 원군은 곧 도착될 것 같지도 않으니, 소생이 포위망을 돌파하고 이곳까지 원군을 청하러 왔습니다. 원컨대 상용의 군사를 동원하셔서 맥성의 위급함을 구하여 주십시오. 일각이라도 지체하면 관장군의 생명은 위태롭습니다."

유봉은 요화를 관역으로 보내서 쉬도록 하고, 맹달에게 말했다.

"나의 숙부가 포위를 당하셨으니 어찌했으면 좋겠소?"

"동오의 군사는 정병용장(精兵勇將)들 뿐이오. 또 형양 9군이 이미 그들의 수중으로 들어갔고, 남아 있는 맥성이란 곳은 대단치도 않은 지점이오. 거기다 또 조조까지 4, 50만의 대군을 거느리고 마파에 진을 치고 있다 하니, 우리와 같은 산성(山城)의 군사를 가지고서야 어찌 쌍방의 강병을 대적할 수 있겠소. 적을 소홀히 여길 수는 없소이다."

"그것은 나도 알고 있소. 그러나 관장군은 나의 숙부요. 어찌 가만히 앉아서 보기만 하고 구출하지 않을 수 있겠소?"

맹달이 웃으면서 말했다.

"장군은 관공을 숙부로 알고 계시지만, 관공이 장군을 조카로 여기고 있다고는 생각할 수가 없소. 내 듣건대 한중왕이 처음으로 장군을 양자로 삼았을 때, 관공은 좋아하지 않았다 하오.

그 후, 한중왕이 등위한 후에 후계자를 내세우려고 공명에게 물었더니, 공명은 이는 집안일이니 관운장·장비에게 물으심이 좋을 것이라고 했고, 사람을 형주로 보내서 관운장에게 물어 보니, 그의 말이, 장군은 양자의 몸이니 후계자로 내세울 수 없다 하고 한중왕에게 권해서 장군을 멀리 상용 산성 땅으로 보내서 후환이 없도록 한 것이오. 이것은 모르는 사람이 없는데 어째서 장군만 모르고 계시오? 이제 무슨 숙질간이라는 의리를 내세우시고 위험을 무릅쓰고 경솔히 움직이려 하시오."

"그대의 말이 옳기는 하지만, 그렇다고 해서 뭐라고 거절하겠소?"

"이 산성은 점령한 지도 얼마 안 되어서 민심도 아직 안정되지 않았기 때문에 군사를 동원하면 방비조차 어렵겠다고 말씀하시오."

유봉은 그 말대로 이튿날 요화를 불러서 이렇게 말했다.

"이 산성은 점령한 지도 얼마 안 되어서 군사를 나누어 구원해 드릴 수 없소이다."

그 말을 듣자 요화는 깜짝 놀라며 머리를 땅에 부딪치며 통곡했다.

"그렇다면 관장군은 마지막입니다!"

맹달이 덩달아 말했다.

"우리가 지금 간댔자, 한 잔의 물을 가지고 어찌 수레에 가득

한 불을 끄겠소? 장군은 속히 돌아가셔서 촉병이나 도착하기를 기다리시는 게 좋을 듯하오."

요화는 통곡하면서 애원해 봤으나 유봉과 맹달은 소맷자락을 뿌리치고 안으로 들어가 버렸다. 요화는 성사되기 어려움을 알자 한중왕에게 알려서 구원병을 청해 볼 도리밖에 없다 생각하고, 마침내 말 위에 올라 심하게 꾸짖으며 성 밖으로 나와서 성도를 향해 달렸다.

한편, 관운장은 맥성에서 상용의 원병이 오기를 고대하고 있었는데 도무지 오는 기색이란 없었고, 나머지 군사라고는 불과 5, 6백 명인데, 그 태반이 부상을 입었으며, 군량도 다 떨어져 가는 바람에 심한 고초를 겪고 있었다.

이때 한 사람이 활을 쏘지 말라고 소리를 지르며 성 아래로 달려들더니 군후를 만나 보고 할말이 있다는 것이었다.

관운장이 그를 불러 들이게 해서 보니 그는 바로 제갈근이었다. 인사가 끝나고 차를 마시더니 말했다.

"오후의 분부를 받고 투항을 권고하러 왔습니다. 이제 장군께서 통솔하시던 한상(漢上) 9군은 모두 남의 수중에 들어갔고, 군량도 원군도 없으니 위기는 조석으로 박두해 오고 있습니다. 그런데 장군께서는 어째서 오후에게 귀순하셔서 다시 형양 땅을 진압해 보실 생각을 하지 않으십니까? 그렇게 하시면 가족도 보전할 수 있으실 것이니, 군후께서는 심사숙고하시면 다행하겠습

니다."

관운장이 정색했다.

"옥(玉)은 깨져도 그 흰 빛깔을 변치 않으며, 대나무는 불에 타도 그 마디를 꺾이지 않는다 하오. 비록 내 몸이 죽는다손치더라도 이름만은 죽백(竹帛)에 남길 생각이오. 아무 말도 말고 돌아가주시오. 나는 손권과 결사적으로 한번 싸워볼 작정이오!"

"오후께서는 군후와 사돈간의 좋은 인연을 맺고 힘을 합쳐서 조조를 격파하시고 함께 한실을 돕자는 생각뿐이시지 다른 의사는 없으신데, 군후께서는 어찌 이다지도 고집만 부리십니까?"

제갈근이 이렇게 말하자, 관평이 칼을 뽑아 들고 대들며 제갈근의 목을 베려고 했다.

관운장이 가로막았다.

"제갈공의 아우 공명이 촉 땅에서 백부를 보필하고 있다. 이분을 죽이면 그들 형제의 정리를 상하게 될 것이다."

드디어 좌우 사람에게 명령하여 제갈근을 쫓아내게 하니 그는 만면에 부끄러움을 감추지 못하고 말 위에 올라 성 밖으로 나갔다. 오후의 앞에 돌아와서 말했다.

"관운장의 마음은 철석 같아서 설복시킬 수 없습니다."

손권이 말했다.

"정말로 충신이로다! 그렇다면 앞으로 어떻게 하면 좋겠소?"

여범이 선뜻 대답했다.

"소생이 한번 길흉을 점쳐 보고 싶습니다."

손권이 곧 점을 쳐 보라고 명령했더니, 여범은 곧 시(蓍)를 뽑아 상(象)을 이루어서 점을 쳐 봤다. 적인 원분(敵人遠奔)이라는 괘가 나왔다.

손권이 여몽에게 물었다.

"적인이 원분이라면, 경은 무슨 계략으로 이것을 잡으려 하오?"

여몽이 웃으면서 대답했다.

"이 괘상(卦象)은 소생이 궁리하고 있던 것과 똑같이 들어맞았 습니다. 관운장에게 비록 하늘로 솟구쳐오를 날개가 있다손치더 라도, 소생의 그물 속에서는 도저히 날아 달아나지 못할 것이니 두고보십시오!"

이야말로 용이 구학(溝壑)에서 놀다가 두꺼비의 희롱을 당하고, 봉황이 새장 속에 갇혀 새에게 업신여김을 받는 격이다.

77.
한수정후(漢壽亭侯),
관운장의 최후

관운장의 영혼은 세상의 하늘을 유유히 떠돌다가…

玉泉山關公顯聖
洛陽城曹操感神

손권이 여몽에게 계책을 제공하라고 했더니, 여몽이 말했다.

"관운장은 군사가 얼마 없으니 큰길로 도주하지는 않을 것입니다. 맥성 북쪽으로 험준한 좁은 길이 있는데 그는 반드시 이 길로 달아날 것입니다. 주연에게 정병 5천 명을 거느리고 맥성 북쪽 20리 지점에 숨어 있으라고 명령하고, 관운장의 군사가 나타나더라도 대적하지 말고 뒤를 따라가 엄살(掩殺)하게 하면, 그들 군사는 싸우고 싶은 마음도 없이 반드시 임저(臨沮)로 달아날 것입니다.

이때 반장에게 명령하여 정병 5백 명을 거느리고 임저 산골짜기 좁은 길에 숨어 있게 하면 힘 안 들이고 관운장을 잡을 수 있습니다. 지금부터 각 성문을 공격하되 북문만 남겨 두고 그들이 나가기를 기다리면 좋을 것입니다."

손권은 이 말을 듣고, 여범에게 다시 점을 쳐보라고 했다. 마침내 괘가 나오니 여범이 말했다.

"이 괘에는 적군이 서북쪽으로 도주하니 오늘밤 해시(亥時)에는 반드시 붙잡힐 것이라고 나왔습니다."

손권은 크게 기뻐하여, 즉시 주연 · 반장에게 장병을 주어서 각각 군령에 의하여 매복하도록 명령했다.

한편, 맥성에 있는 관운장은 병사의 수효를 조사해 봤더니, 3백여 명밖에 안 되었고, 군량도 다 떨어졌다. 그런데다가 그날 밤, 오군의 병사들이 성 밖에서 이름을 불러 대며 투항하기를 권유하니 수많은 병사들이 성벽을 넘어서 도망치는 형편이었다.

원군은 도착하지 않고 마음속에 아무런 계책도 떠오르지 않으니, 왕보에게 물어 봤다.

"옛날에 공의 말을 듣지 않은 것이 후회가 되오. 오늘의 위급을 어찌했으면 좋겠소?"

왕보는 눈물을 흘리면서 말했다.

"오늘의 사태는 강자아(姜子牙—太公望 呂尙) 같은 인물이 다시 살아난다 할지라도 어쩔 도리가 없을 것입니다."

이때 조루가 말했다.

"상용에서 원군이 오지 않는 것은 유봉 · 맹달이 군사를 동원하려 들지 않는 탓입니다. 그런데다 어째서 이 고성(孤城)을 버리시고 서천으로 들어가 군사를 정비해 가지고 회복을 도모할 생각을 하시지 않으십니까?"

"나도 그렇게 하고 싶었소."

성 위에 올라가 보니, 북문 밖에는 적군이 그다지 많지 않아, 본성(本城) 사람에게 물어 보았다.

"여기서 북쪽으로 가면 지세가 어떻소?"

사람들이 대답했다.

"여기서부터는 모두 산골짜기 좁은 길들 뿐입니다. 서천으로 나가실 수 있습니다."

왕보가 간했다.

"좁은 길에는 복병이 있습니다. 큰길로 가시는 게 좋을 겁니다."

"복병이 있다고 해서 내 뭣을 겁낼 것이오?"

관운장은 그 즉시 마보관군(馬步官軍)에게 몸차림을 단단히 하고 성 밖으로 나갈 준비를 하라고 명령했다.

왕보가 통곡했다.

"도중에 몸조심하십시오. 저는 부졸(部卒) 백여 명과 이 성을 죽을 때까지 지키겠습니다. 성이 부서지는 한이 있더라도 이 몸은 항복하지 않겠습니다. 오로지 군후께서 속히 돌아오셔서 구해 주시기만 바라고 있겠습니다."

관운장도 눈물을 흘리며 작별했다.

주창을 남겨 두어서 왕보와 같이 맥성을 지키게 하고, 관운장·관평·조루는 잔졸 2백여 명을 인솔하고 북문으로 뛰쳐나갔다. 관운장은 칼을 옆에 차고 말을 달려서 초경 이후에는 20여 리나 나갔다. 이때 산 속 깊숙한 곳에서 징과 북소리가 일제히 울려 퍼졌다. 요란한 고함소리와 함께 1대의 군마가 달려나왔다.

선두에 선 대장은 주연 창을 휘두르며 말을 달려 덤벼들더니 소리를 질렀다.

"관운장 게 있거라! 빨리 항복하면 목숨만은 살려 주마!"

관운장이 대로하여 칼을 휘두르며 덤벼드니 주연이 훌쩍 말머리를 돌려서 도주. 관운장이 그 뒤를 추격했을 때 홀연 일어나는 북소리. 사방에서 복병이 덤벼드는 것이다. 관운장이 싸울 생각도 없이 임저를 향하여 달아날 때, 주연이 대군을 거느리고 되돌아 와서 추격했다.

관운장이 4, 5리도 못 갔을 때, 또다시 고함소리 요란하고 횃불이 훤히 비치더니 반장이 칼을 휘두르며 말을 달려 덤벼들었다. 관운장과 맞닥뜨려서 싸우기를 3합. 뺑소니를 치는 반장의 뒤를 쫓지 않고 관운장이 그대로 산길로 곧장 뛰어들었을 때, 뒤쫓아온 관평이 조루가 난군(亂軍) 중에서 죽었다는 소식을 전했다.

관운장이 통곡하여 마지않으며 결구(決口) 가까이 이르자 밤은 이미 5경이 지났는데, 뒤따르는 병사는 불과 10여 명. 난데없이 함성이 일어나더니 좌우 양쪽에서 복병들이 몰려나와, 먼저 긴 쇠갈퀴로 관운장이 타고 있는 말의 다리를 걸어서 쓰러뜨리니 관운장도 땅바닥에 나뒹굴지 않을 수 없었다.

반장의 부장 주연이 재빨리 군사를 몰고 달려들어 관운장을 붙잡았다.

그것을 보고, 부친을 구출하고자 달려든 관평은 단기로 싸워보았으나, 사방의 포위망을 뚫을 수 없어 역시 그들에게 붙잡혔다.

날이 밝자, 손권은 관운장 부자가 산채로 잡혔다는 말을 듣고 손뼉을 치고 기뻐하면서, 여러 장수들을 소집해 가지고 기다리고 있었다. 마충(馬忠)이 관운장을 끌고 나타났다. 손권이 말했다.

"스스로 천하무적이라 하던 공이 어찌하여 이렇게 붙잡혀 왔소? 장군은 이래도 손권에게 복종하지 않겠소?"

관운장은 무서운 음성으로 매도했다.

"눈이 새파란 놈아! 붉은 수염에 쥐새끼 같은 놈아! 나는 유황숙과 도원에서 형제를 맺고 한실을 돕기로 맹세한 사람이다! 어찌 너같이 한나라를 배반한 역적의 편이 되겠느냐? 내 이제 간계에 빠졌으니 죽음이 있을 뿐이다. 무슨 잔소리가 그리 많으냐?"

관운장은 끝까지 막무가내, 무슨 소리를 해도 손권의 말을 들을 리 없었다. 손권은 관운장을 잃어버리기가 차마 아까워서 백방으로 귀순을 권했지만 뜻을 이루지 못했다. 더군다나 주부 좌함(左咸)이 그를 살려 두면 후환이 두려우니, 이번 기회에 없애 버리자고 극력 주장하는 바람에 손권은 오랫동안 고개를 수그리고 곰곰 생각하더니, 이윽고,

"그대의 의견이 옳소!"

하면서 끌어내어 참하라고 명령했다. 이리하여 관운장 부자가 함께 목숨을 잃었으니, 때는 건안 24년 겨울, 10월 관운장의 나이 58세였다.

관운장이 죽은 다음에 그가 타고 있던 적토마는 마충이 거두어서 손권에게 바쳤다. 손권이 그것을 도로 마충에게 주었는데, 말은 며칠 동안 아무것도 먹지 않더니 드디어 죽어 버리고 말았다.

이때 왕보는 맥성에 있었는데, 갑자기 오한이 일어서 주창에게 이런 말을 했다.

"어젯밤 꿈속에서 주공님을 뵈었는데 전신에 피투성이가 되셔서 베갯머리로 나타나시기에 어찌된 까닭이냐고 여쭈어 보다가 깜짝 놀라 깼소."

바로 이때, 오군이 관운장 부자의 수급을 높이 쳐들어 보이면서 성 아래서 투항하라고 소리를 지르고 있다는 보고가 날아들었다. 두 사람이 부들부들 떨며 급히 적루 위로 뛰어올라가 내려

다보니, 틀림없이 관운장 부자의 수급이었다.

"아앗!"

처참한 비명을 지르며 왕보는 적루 아래로 떨어져 죽었고, 주창은 스스로 목을 찔러 자살해 버렸으니, 맥성 땅도 쉽사리 동오의 수중에 들어간 것은 말할 것도 없는 일이다.

그런데 관운장의 영혼은 그대로 이세상에 남아서, 유유히 공중으로 떠돌아다니다가 한 군데로 날아왔다. 그곳은 바로 형문주(刑門州) 당양현(當陽縣)에 있는 옥천산(玉泉山)이었다.

이 산 속에는 보정(普靜)이라는 법명을 가진 늙은 스님이 한 분 살고 있었다. 이분은 본래 사수관(汜水關) 진국사(鎭國寺)의 장로(長老)였는데, 천하를 운유(雲遊)하다가 이곳에 이르러 산이 맑고 물이 깨끗한 것을 보자 암자를 짓고, 매일 좌선참도(坐禪參道)하며, 신변에는 단지 어린 행자 하나가 있어서 동냥이나 얻어들이며 날을 보내고 있었다.

그날밤에는 달이 밝고 바람이 맑았으며 3경이나 지난 뒤였다. 보정이 암자에 조용히 있으려니까, 느닷없이 공중에서 소리를 지르는 사람이 있었다.

"나의 목을 돌려보내라!"

얼굴을 치켜들고 자세히 쳐다보니 하늘로부터 적토마를 타고 청룡도를 움켜잡은 사람 하나가, 왼쪽에는 얼굴빛이 흰 장군(관평), 오른쪽에는 시커먼 얼굴에 수염을 뻗친 장군(주창)을 대동하고, 구름을 타고 내려와서 옥천산 꼭대기에 도착하는 것이었다. 보정은 그것이 관운장의 모습임을 확인하자, 손에 들고 있던 주미(塵尾─拂塵─拂子)로 암자문을 두드렸다.

"운장은 어디 있소?"

하고 물었다.

관운장의 유령은 선뜻 깨닫고 즉시 말에서 내리더니 바람을 타고 암자 앞에 내려와서 절을 했다.

"스님은 뉘십니까? 스님의 법호를 알고 싶습니다."

"노승은 보정이오. 옛날 사수관의 진국사에서 장군을 만났던 일이 있었는데 잊어버렸단 말이오?"

"그때 은혜를 입은 일은 마음속에 깊이 새겨두어 잊지 않고 있습니다. 이제 저는 화를 입고 죽은 몸이 됐습니다. 길을 잃고 헤매는 영혼을 잘 인도해 주십시오."

"과거나 현재의 시시비비는 일체 말하지 마시오. 장군은 지금 여몽에게 살해당했다고 해서 '내 목을 돌려보내라!'고 했는데, 그렇다면 안량·문추·오관(五關)의 6장(六將) 등, 관장군의 손에 죽은 사람들은 어디 가서 그들의 목을 돌려 달라고 하겠느냐 말이오?"

그 말을 듣더니 관운장은 선뜻 깨닫고, 머리를 굽혀 귀의(歸依)하며 어디론지 사라졌다.

그 후에도 왕왕 옥천산에 관운장의 영혼이 나타나서 백성들을 보호해 주었다. 그 고장 사람들이 그 은덕을 감사히 여기고 산꼭대기에 묘를 세우고 사시(四時)로 제사를 지냈다.

손권은 관운장을 없애 버리고 형양의 땅을 모조리 수중에 넣었으니 3군에 후히 상을 베풀고 대장들을 모아놓고 축하의 잔치를 마련했다. 여몽를 상좌에 앉혀 놓고, 손권이 말했다.

"나는 오랫동안 형주를 수중에 넣지 못하고 있었는데, 이번에 쉽사리 수중에 넣게 된 것은 오로지 자명(子明)의 공로라 생각하오."

여몽이 재삼 겸손한 태도를 취하니, 손권이 계속해서 말했다.

"옛날에 주유는 지모가 남보다 뛰어나서 조조를 적벽에서 격파했으나 불행히도 일찍 죽었고, 노자경이 대신했소. 자경이 처음으로 나를 찾아왔을 때 제왕의 대략(大略)을 따르도록 해주었으니, 이것이 첫째 쾌사(快事)요. 그 후 조조가 쳐들어왔을 때 모든 사람이 나에게 귀순하라고 권고했지만 자경 혼자서 주유를 불러서 조조에게 대항하게 해서 그것을 격파한 것이 둘째 쾌사였지만, 형주를 유현덕에게 빌려 주라고 한 일은 실패였소. 자명은 이번에 계획을 써서 힘 안 들이고 형주를 점령했으니 이야말로 자경이나 주유보다도 훌륭한 공로라 하겠소."

손권이 친히 여몽에게 술을 따라 주니 여몽은 그것을 받아서 마시려고 하다가 별안간 술잔을 땅에 내동댕이치고 손권의 앙가슴을 움켜잡으며 호통을 쳤다.

"눈이 새파란 놈아! 붉은 수염이 달린 쥐새끼 같은 놈아! 나를 알아보느냐?"

여러 장수들이 대경실색하고 손권을 구출하려고 달려들었더니, 여몽은 손권을 밀쳐서 쓰러뜨리고 홀쩍 손권의 자리 위에 올라앉더니 두 눈썹을 무섭게 찌푸리고 눈을 부릅뜨고 호통을 쳤다.

"나는 황건적을 쳐부수고 나서 천하를 횡행하기 30여 년, 이제 네놈의 간계에 빠지기는 했지만, 살아 생전에 네놈의 살점을 뜯어 먹지 못했으니 죽어서라도 여몽의 영혼을 쫓아다니겠다. 내가 바로 한수정후(漢壽亭侯) 관운장이다!"

손권이 너무 놀라 당황하여 여러 사람들을 거느리고 꿇어 엎드렸더니, 여몽은 당장에 땅에 쓰러져 7규(七竅─七穴)에서 피를 흘리며 절명했다.

손권은 여몽의 시체를 관에 넣어서 장사지내고 남군태수(南郡太守) 잔릉후(潺陵侯)라는 작위를 주었고, 아들 여패(呂覇)에게 그 직을 계승시켰으며, 관운장의 불가사의한 유령 때문에 두고두고 놀라움을 금치 못했다.

이때, 장소가 건업(建業)에서 돌아왔다는 보고가 들어왔다. 대면하고 보니, 그가 말했다.

"이번에 주공께서 관운장 부자를 없애 버리셨으니, 머지않아서 큰 화가 미칠 것입니다. 그는 도원에서 유현덕과 의형제를 맺을 적에 생사를 같이하겠다고 맹세했습니다. 이제 유현덕은 양천(兩川)의 군사를 수중에 넣었고, 또 모사로 제갈량, 무장으로 장(張)·황(黃)·마(馬)·조(趙) 등 맹장을 거느리고 있으니, 관운장의 죽음을 알게 되면, 반드시 전병력을 총동원해서 보복을 꾀할 것입니다. 그때에는 도저히 막아내기 어려울 것입니다."

손권은 깜짝 놀라며 허둥지둥.

"나의 잘못이었소! 이를 어찌하면 좋단 말이오?"

장소가 또 말했다.

"주공께서는 걱정하실 것 없습니다. 저에게 한 가지 계책이 있는데, 서촉 군사가 우리 경계를 침범하지도 못하게 하고 형주를 반석 위에 올려 앉힐 수 있습니다. 오늘날 조조는 백만 군대를 거느리고 있으니, 유현덕이 보복을 하려면 반드시 조조와 손을 잡게 될 것입니다.

이번에 사자를 시켜서 관운장의 수급을 조조에게 보내 주어서 유현덕으로 하여금 이번 사실이 조조의 지시에 의해서 행해진 것으로 알게 하면 조조를 극도로 미워하게 될 것입니다. 그러면 서촉의 군사는 우리나라로 오지 않고 위나라로 향할 것이니, 우리편은 그들의 승패를 봐 가면서 중간에서 선처하는 것이 상책인가 합니다."

손권은 장소의 의견대로 관운장의 수급을 상자에 넣어 가지고 사자에게 주어서 밤을 새워가며 시급히 조조에게 보내 주었다.

이때, 마침 조조는 마파에서 군사를 철수하고 낙양에 들어가 있었는데, 동오에서 관운장의 수급을 보내 왔다는 말을 듣자, 기뻐하며 말했다.

"관운장이 죽었으니 나도 인제 베개를 높이 하고 잠을 잘 수 있겠군!"

이때, 한 사람이 섬돌 아래로 선뜻 나섰다. 바로 주부 사마의였다.

"이것은 화근을 우리에게 떠맡기려는 동오의 꾀입니다. 유현덕·관운장·장비는 생사를 같이 하기로 맹세한 사이인데 동오에서는 관운장을 죽여 놓고 보복을 받을 일이 무서워서 수급을 대왕께 바쳐서 유현덕의 분노를 대왕께 뒤집어씌우자는 배짱입니다. 오를 공격하지 않고 위를 공격하도록 해놓고 그들은 중간에서 기회를 보아서 일을 꾀하자는 수작입니다."

"그대의 말이 옳소. 그러면 장차 어떻게 했으면 좋겠소?"

"그것은 쉬운 노릇입니다. 대왕께서는 관운장의 수급을 향목(香木)으로 깎아서 몸에다 맞추셔서 대신의 예의를 갖추셔서 정중히 매장해 주시면 됩니다. 유현덕이 이것을 알게 되면 손권에게 극도의 분노를 느끼고 전력을 기울여서 공격할 것은 뻔한 일입니다. 우리는 그 중간에서 그들의 승패를 보아 가면서, 이기는 편과 결탁, 지는 편을 공격해서 양국 중에서 한 나라만 수중에 넣게 되면 또 한 나라도 오래 가지는 못할 것입니다."

조조는 매우 기뻐하며 그 계책대로 하기로 결정, 즉시 사자를 불러들여서 만나 보고, 상자를 내놓아 뚜껑을 열어 봤더니 관운장의 얼굴은 마치 아직도 살아 있는 것만 같았다.

조조는 자기도 모르는 사이에 관운장의 죽은 얼굴을 들여다보며,

"운장공! 그동안 별고 없었소!"

했더니, 그 말이 채 끝나기도 전에 관운장의 입이 벌어지고 눈이 떠지며 머리털도 삐죽 일어서는지라, 조조는 새파랗게 질려서 쓰러졌다. 여러 관원들이 달려들어서 부축해 일으켰더니, 한참 만에 정신을 차린 조조가 외쳤다.

"관운장은 정말 천신(天神)이다!"

오나라 사자가, 관운장의 유령이 손권을 매도하고, 여몽까지 죽여 버리게 했다는 이야기를 들려주었다. 조조는 점점 더 겁을 집어먹고 성례제사(牲醴祭祀)를 베풀고 향목을 깎아서 몸을 만든 후 잘라진 머리를 붙여 왕후(王侯)의 예를 갖추어서 낙양 남문 밖에 매장했다.

대소 관원에게도 상여의 뒤를 따르게 했고, 조조가 친히 제문을 읽고, 형왕(荊王)의 지위를 주었으며, 관원을 파견하여 묘를 지키게 하고, 오나라 사자를 강동으로 돌려보냈다.

한편, 한중왕 유현덕은 동천(東川)에서 성도로 돌아오자, 법정의 권고를 물리칠 길이 없어서 오의(吳懿)의 누이동생 오씨를 맞아들여서 왕비를 삼았고 얼마 뒤에 두 아들을 낳았는데, 장남은 유영(劉永—字는 公壽), 차남은 유리(劉理—字는 奉孝)라고 했다.

동서 양천은 백성이 편안하고 나라가 부유해지고 있었는데, 하루는 형주에서 온 사람이 동오에서 관운장에게 사돈간의 인연을 맺고자 했는데, 관운장이 이것을 거절했다는 소식을 전했다.

공명이 그 말을 듣더니 말했다.

"형주는 위태롭습니다. 누구를 대신 보내고 관장군을 불러들여야겠습니다."

이런 상의를 하고 있는데, 형주로부터 승리를 전하는 사자가 달려왔고, 또 며칠 안 되어서 관흥(關興)이 도착하여 위의 7군을 물 속에 처박았다는 소식도 전했으며, 염탐꾼이 달려와서 관운장이 장강 연안에 봉화대를 구축하고 경계를 엄중히 하고 있다는 소식이 들어왔으니, 유현덕은 어디까지나 안심하고 있었다.

그런데 어느날, 유현덕은 왜 그런지 전신의 근육이 후들후들 떨리는 것을 느끼고 극도의 불안 속에 잠겼다. 밤이 되어도 잠을 이루지 못하고, 내실에 일어나 앉아 촛불을 밝히고 책을 보고 있었는데, 정신이 맑지 못하여 책상에 엎드린 채 잠이 들었었다.

별안간 방 안에 싸늘한 바람이 일더니 등잔불이 깜빡깜빡 꺼질락말락 하는지라, 얼굴을 들어 봤더니 등잔 아래 한 사람이 서 있었다.

"도대체 너는 누구냐? 밤중에 나의 내실을 들어오다니?"

이렇게 물어 봤지만 그 사람은 대답이 없었다.

현덕은 이상하게 생각하고 몸을 일으켜서 자세히 살펴보니, 바로 관운장이 등잔불 그림자 속을 헤매면서 몸을 피하려고 하는 것이었다.

현덕이 말했다.

"아우! 그동안 별고 없었소? 깊은 밤중에 여길 왔으니 필시 무슨 곡절이 있는 것이로군! 친형제나 다름없는 그대가 어째서 나의 곁을 피하려고 하는가?"

관운장이 눈물을 흘리며 말했다.

"형님, 군사를 일으켜서 이 아우의 원수를 갚아 주시오!"

그러고는 관운장의 모습은 모질게 부는 싸늘한 바람에 휩쓸려서 어디론지 사라져 버렸다. 깜짝 놀라서 정신을 차리니 그것은 꿈이었다. 때마침 3경을 알리는 북소리가 울려 왔다.

급히 공명을 불러들이라 해서 꿈 이야기를 했더니 공명의 말이,

"관공의 일을 너무 많이 생각하시기 때문에 그런 꿈을 꾸신 겁니다. 과히 걱정하시지 마십시오."

하고는 공명이 현덕의 거처에서 물러나와 중문을 나서려는 참인데, 마침 달려드는 허정(許靖)과 맞닥뜨렸다.

"방금, 군사의 관저로 비밀보고가 있어서 방문했더니 이곳에 계시다기에 달려온 길입니다."

"그 비밀보고란 뭣이오?"

"외부에서 온 자의 말에 의하면 여몽이 이미 형주를 점령했고, 관장군이 돌아가셨다고 합니다."

"흠! 나도 어젯밤에 천상(天象)을 봤더니 장성이 형초 방면으로 떨어지기에 운장공이 세상을 떠나지나 않았나 했지만, 왕께서 심려하실까봐 잠자코 있었소."

홀연 안에서부터 한 사람이 달려나오더니 공명의 소맷자락을 붙잡고 소리를 질렀다.

"그런 흉신(凶信)이 있는데도 공께서는 어째서 나를 속이셨소?"

그는 다른 사람이 아니라 바로 현덕이었다. 공명과 허정이 아뢰었다.

"지금 말한 것은 모두 사람들이 전해서 알게 된 것이니 아직 믿으실 만한 소식은 아닙니다. 너무 심려치 마시기 바랍니다."

두 사람이 이렇게 현덕을 가까스로 안정시키고 있는데, 홀연 마량·이적이 도착했다는 보고가 날아들었다. 급히 불러들였더니 그들은 형주가 함락됐다는 사실을 말하고, 관운장이 원군을 청한다는 편지를 주었다. 그 편지를 뜯어 보기도 전에 또 형주로부터 요화가 도착했다는 보고가 들어왔다. 급히 불러들였더니,

요화는 통곡하며 땅에 엎드려서 유봉·맹달이 원병을 거절했다는 경위를 말했다.

"그렇다면 내 아우도 마지막이다!"

현덕의 놀라움은 이만저만이 아니었고, 공명도 크게 놀랐다.

"유봉·맹달이 이다지 무례한 짓을 했다니 그 죄는 죽여서 마땅합니다! 주상께선 마음을 턱 놓으십시오! 이 제갈량이 일여(一旅)의 군사를 거느리고 나가서 형양의 위급을 구해 보겠습니다."

현덕은 눈물을 줄줄 흘리며 말했다.

"운장이 죽는다면 나만 홀로 살아 있을 수는 없소! 내가 내일 친히 1군을 거느리고 운장을 구하러 나가겠소!"

이리하여 장비에게 이런 소식을 전달하려고 낭중으로 사람을 파견하는 한편 군사를 소집하라는 지시를 내렸다.

그런데 날이 밝기도 전에 차례차례 소식이 날아드는데, 관운장이 밤중에 임저로 도주하다가 오장(吳將)에게 붙잡혀서 절개를 굽히지 않고 부자가 함께 목숨을 내던졌다는 것이었다.

그 소식을 듣자 현덕은 아얏! 하고 처참한 비명을 지르며 졸도했다. 예전에 같이 죽기로 맹세한 터에 오늘 어찌 혼자 구차스럽게 살 수 있으랴! 현덕의 생명은 어찌 될 것인가.

78.
명의(名醫)와 간적(奸賊)의 최후

"내가 죽으면 가짜무덤 72군데를 만들라!"
간신 조조의 최후의 유언

治風疾神醫身死
傳遺命奸雄數終

한중왕 유현덕은 관운장이 죽었다는 소식을 듣고 그 자리에서 통곡하다가 졸도했다. 문무백관들이 급히 부축해 일으키니 한참만에야 맑은 정신을 회복하여 내전으로 부축해 들어갔다.

공명이 말했다.

"너무 괴로워하시지 마십시오. 자고로 '생사(生死)에는 명(命)이 있다'고 합니다. 관운장은 평소에 고집이 세고 우쭐하는 성미가 있어서 오늘날 이런 화를 입게 된 것입니다. 주상께서는 마땅히 존체를 보양하시고 서서히 보복을 도모하십시오."

하며 간곡히 권고했지만, 현덕은 그 말을 듣지 않고 슬픔에서 헤어나지 못했다.

"나는 관운장·장비와 도원에서 의형제를 맺었을 적에, 생사를 같이할 것을 맹세하였소. 이제 운장이 먼저 세상을 떠났으니 나 혼자서 어찌 부귀를 누리고 있겠소?"

그 말이 채 끝나기도 전에 관흥(關興)이 통곡을 하면서 대들었다. 현덕은 그를 보자, 또 다시 아앗! 하고 외마딧소리를 지르더니 그대로 졸도하고 말았다. 여러 사람들이 급히 손을 써서 소생하게 했으나, 하루에도 너덧 번씩은 탄식하다가 졸도하곤 했다. 그리고 사흘 동안이나 물 한 모금도 마시지 않고 통곡만 하는지라, 옷깃이 눈물에 젖어서 얼룩덜룩 자국이 나 있었다.

공명이 여러 관원들과 재삼 간해 보았지만, 현덕은 단호하게 같은 말만 되풀이할 뿐이었다.

"나는 맹세코 동오(東吳)와는 일월(日月)을 같이 하지 않겠소!"

공명이 말했다.

"듣자니, 동오에서는 관장군의 수급을 조조에게 바쳤고, 조조는 왕후의 예를 갖추어 제사 지내고 모셨다고 합니다."

현덕이 물었다.

"그것은 뭣을 의미하는 것이오?"

공명이 대답하기를,

"그것은 동오에서 화를 조조에게 옮겨 씌우려는 것인데, 조조는 그 꾀를 간파한 까닭에 관운장을 후례(厚禮)를 다해서 매장하여서 우리 주상님의 원한을 도로 동오 쪽으로 돌아가게 하자는 것입니다."

하니 현덕이,

"나는 지금부터 당장 군사를 동원하여 오나라의 죄과를 규명하고 나의 원한을 풀 작정이오!"

하니 공명이 간했다.

"그것은 안 됩니다. 지금 오나라는 위나라를 시켜서 우리나라를 치게 하고, 위나라도 또한 우리나라를 시켜서 오나라를 공격케 하려고 하면서, 각각 가슴 속에는 다른 생각을 품고 허(虛)를 찌르려 노리고 있습니다.

주상께서는 잠시 군사를 동원치 마시고 관운장의 장례부터 치르시는 게 좋겠습니다. 오나라와 위나라의 사이가 불화해지기를 기다려서 기회를 엿보다가 토벌하는 게 좋을까 합니다."

여러 관원들도 재삼 간하고 나서니 현덕은 겨우 식사를 하고 천중(川中)의 대소 장사들에게 모두 거상을 입도록 지령을 내렸다. 또 친히 남문 밖에 나가서 초혼제를 지냈고 종일토록 통곡하여 마지않았다.

한편, 조조는 낙양에 있으면서 관운장의 장례를 치르고 나서부터는 밤마다 잠을 자려고 눈을 감기만 하면 관운장의 모습이 나타나니 잔뜩 겁을 집어먹고 여러 관원들에게 물어 보았다. 관원들이,

"낙양의 행궁(行宮) 구전(舊殿)에는 나쁜 요기들이 많으니 따로 새 궁전을 건축하심이 좋을까 합니다."

하니 조조가 말하기를,

"나도 궁전을 한 군데 건축하고 싶은 생각이 있는데, 그 이름은 건시전(建始殿)이라 하고……. 그런데 우수한 목수가 없는 것이 유감이오."

이때, 가후가 말했다.

"낙양에 우수한 목수로 소월(蘇越)이란 사람이 있는데, 누구보다도 교묘한 구상을 할 수 있는 명장입니다."

조조는 그 사람을 불러들여서 설계도를 그려 보라고 했다. 소월은 전후로 곽무(廊無一廊屋)와 누각이 있는 구간대전(九間大殿)을 그렸다.

조조가 설계도를 보고 말했다.

"그대의 설계도는 몹시 나의 마음에 들지만 단지 동량(棟梁)을 만들 만한 좋은 재목이 없음이 유감스럽소."

소월이,

"여기서 성 밖으로 20리쯤 나가면 못(潭)이 한 군데 있는데, 이름이 약룡사(躍龍詞)라는 사당이 있고, 그 사당 바로 옆에 키가 10여 장이나 되는 배나무가 서 있습니다. 그 배나무라면 건시전의 대들보감이 될 만합니다."

조조는 무척 기뻐하여 그 즉시 인부를 파견하여 그 배나무를 자르러 보냈다. 그랬더니 이튿날 인부가 돌아와서 보고하는 말이 그 배나무를 톱으로 베어도 베어지지 않고 도끼로 찍어도 찍어지지 않아서 자를 수 없다는 것이었다.

조조는 그 말을 믿지 않고 친히 수백 기의 부하를 거느리고 약룡사로 달려갔다.

말을 내려서 올려다보니, 그 배나무는 정정하게 높이 뻗쳐서 화개(華蓋)와 같이 널브러졌고, 하늘을 찌르고 서서 끝닿은 데를 알 수 없으며, 마디가 전혀 없는 거목이었다.

조조가 그 나무를 찍어 보라고 명령했더니, 그 고장 노인 몇 사람이 나타나서 간했다.

"이 나무는 벌써 수백 년이나 묵은 것이며, 항시 신인(神人)이 그 위에 머무르고 있어서 아마 자르실 수 없으실 겁니다."

조조가 크게 노했다.

"내 평생을 두고 천하를 널리 유력한 지 이미 40여 년이 되어서, 위로는 천자로부터 아래로 서민에 이르기까지 나를 무서워하지 않는 사람이 없거늘, 어떠한 요신(妖神)이 있어 감히 나의 뜻을 거역한단 말이냐?"

이렇게 말하자, 당장 패검을 뽑아서 친히 그 배나무를 찍어 보았다. 그러자 쨍쨍한 소리와 함께 핏방울이 전신으로 튀는 것이었다.

조조는 깜짝 놀라 자빠지며 칼을 던지고 말 위에 올라 궁궐 안으로 돌아왔다.

그날밤 2경이나 되어서, 조조는 잠자리에 누웠는데도 마음이 편하지 않고 전중에 앉은 채 책상에 의지하여 꾸벅꾸벅 잠이 들었다. 느닷없이 한 사람이 머리를 풀어 헤치고 칼을 움켜 잡고 몸에는 시커먼 옷을 걸치고 나타나더니, 앞으로 걸어나와 손가락으로 조조를 가리키며 말했다.

"나는 바로 배나무의 신이다. 그대는 건시전을 건축하고 찬역할 생각으로 나의 신목(神木)을 베려고 한다지? 나는 이제 그대의 운수가 다했음을 알고 특히 그대를 죽이러 온 것이다!"

조조는 대경실색하여 소리를 질렀다.

"무사들은 모두 어디 있느냐?"

시커먼 옷을 입은 사람은 칼을 움켜 잡고 조조를 찌르려고 했다. 앗! 하고 자지러지게 비명을 지르는 순간 깜짝 놀라 깨어 보니 머리가 깨질 듯이 아파서 견딜 수가 없었다.

급히 명령을 내려서 널리 양의를 구해 치료해 보았지만, 도무지 병이 낫지 않았다. 여러 관원들도 근심 걱정을 하고 있을 뿐이었다.

이때, 화흠(華歆)이 궁중으로 들어와서 조조에게 아뢰었다.

"대왕께서는 신의 화타(華陀)란 사람이 있다는 것을 아시나이까?"

조조가 말했다.

"그것은 바로 강동의 주태를 치료한 사람이 아니오?"

"그렇습니다."

"그 이름은 들은 적이 있지만, 그의 의술은 잘 알지 못하오."

화흠이 화타에 대하여 설명했다.

"화타는 자를 원화(元化)라고 하며, 패국(沛國) 초군 사람으로서 그의 의술의 신묘함은 세상에서 흔히 볼 수 없는 바입니다. 환자가 있으면 약으로, 혹은 침이나 뜸으로 손만 쓰면 그 즉시 완쾌합니다.

또 오장육부의 병도 약을 써서 낫지 않는 병이면, 마폐탕(麻肺湯)을 먹여서 취사(醉死)한 것처럼 만들어 놓고 날카로운 칼로 배를 째고 약탕으로 장부(臟腑)를 씻어 내는데도 병자는 아무런 고통도 느끼지 않는다고 합니다.

다 씻어 내고 나서는 약실로 도로 꿰매고 그 위에 약을 발라 두면 20일이나 한 달 후에는 처음과 똑같이 완쾌된다고 합니다. 이렇게 기막힌 의술입니다.

어느날 화타가 길을 걸어가고 있는데 어떤 사람이 꿍꿍 앓고 있는 신음소리가 들렸습니다.

화타가 '이것은 음식이 내려가지 않은 병이다'고 진단하며, 병자에게 물어 보니 과연 그 말과 같았다고 합니다. 화타가 마늘즙 석 되를 마시게 했더니, 길이가 서너 자나 되는 뱀을 토해 놓고 음식이 모두 소화되어서 속이 후련해졌다 합니다.

광릉(廣陵) 태수 진등(陳登)은 가슴 속에 울화가 엉켜서 얼굴이 시뻘겋고, 음식을 통 먹지 못했는데, 화타에게 치료를 부탁하고 그의 약을 먹었더니 벌레를 석 되나 토해 놓았는데, 그 벌레는 모두 대가리가 시뻘겋고 머리와 꼬리를 꿈틀꿈틀하는 것들이었다고 합니다.

그 까닭을 물었더니, 화타가 말하기를, '이것은 생선을 과식해서 중독된 것인데, 오늘은 이렇게 해서 낫기는 했지만, 3년 후에 재발할 때에는 고칠 도리가 없다'고 했습니다. 과연 진등은 3년 후에 세상을 떠났습니다.

또 어떤 사람은 미간에 혹이 달려서 가려워서 견디다 못해서 화타에게 봐 달라고 했더니, '그 속에 비물(飛物)이 들어 있다'고 말했습니다. 사람들은 웃기만 하고 그의 말을 믿지 않았지만, 화타가 날카로운 칼로 그 혹을 째고 보니, 과연 그 속에서 한 마리의 황작(黃雀)이 날아 달아나면서 가려움이 깨끗이 없어졌다고 합니다."

조조는 그 즉시 사람을 파견하여 밤을 새워가며 화타를 불러다가 맥을 짚어 보게 했다.

화타가 진단을 내렸다.

"대왕님의 병환은 풍(風)때문에 생기신 것입니다. 병근(病根)이 머릿속에 있으니 풍연(風涎)이 나오질 못하고 있습니다. 탕약을 가지고는 고치실 수 없습니다. 마폐탕을 잡수시고 날카로운 도

끼로 머릿속에 가득 들어 있는 풍연을 꺼내셔야만 완치되실 것
입니다."

조조가 분노해서 소리쳤다.

"네놈이 나를 죽일 작정이냐?"

화타가 말을 계속했다.

"대왕께서는 일찍이 관운장이 독화살을를 맞았을 때, 소생이
뼛속에 스며든 독을 깎아 냈는데도, 관운장은 무서워하는 기색
도 없었다는 소문을 듣지 못하셨습니까? 이제 대왕님의 병환은
그 병에 비교하면 대단한 병환도 아니신데 어찌 그다지 의심을
하십니까?"

조조가,

"팔은 칼로 쨀 수 있다고 하지만, 어떻게 머리를 쪼갤 수 있단
말이냐? 네놈은 필시 관운장과 친숙한 사이니까, 이런 기회에 원
수를 갚아 보자는 수작이지?"

하면서, 좌우 사람들에게 명령하여 당장에 화타를 붙잡아서
투옥하여 고문하라고 했다. 가후가 간했다.

"그분과 같은 명의는 세상에 둘도 없습니다. 그를 죽이시면 안
됩니다."

"그놈은 이번 기회에 나의 목숨을 노렸으니 길평과 다름 없는
놈이오!"

하고 조조가 호령하며, 급히 고문하라고 성화였다.

화타가 옥중에 있는 동안에, 오압옥(吳押獄)이라는 옥졸이 매일 화타에게 술이며 음식을 극진히 대접해 주었다. 화타는 그 은혜에 감격하여 그의 의술의 비전(秘傳)인 《청낭서》(靑囊書)라는 책을 그에게 물려주기로 약속했다.

화타의 편지를 받아 가지고 오압옥이 금성(金城)으로 갔다. 화타의 부인에게서 《청낭서》를 받아 가지고 자기 집으로 돌아와 그 책을 아내에게 맡겨 놓았다.

그런 지 열흘 후, 화타는 드디어 옥중에서 세상을 떠나고 말았다.

오압옥이 화타의 장례를 치르고 자기 집으로 돌아왔더니, 그의 아내가 그 귀중한 《청낭서》를 불에 태우고 있었다. 그것을 본 그는 가슴이 무너져 내리는 것 같았다. 오압옥이 그 책을 재빨리 아내의 손에서 빼앗았을 때에는 이미 다 타서 재가 되었고 불과 몇 장밖에 남아 있지 않았다. 그것들은 닭이나 돼지를 거세하는 방법이 적혀 있는 아무 짝에도 쓸모 없는 내용일 뿐이었다. 오압옥이 그것을 불에 태운 까닭을 물었더니 아내가 대답했다.

"설사 이 책을 가지고 묘술을 내것으로 만들어서 화타와 같은 명의가 된다손치더라도, 그게 무슨 소용이겠소? 결국은 옥중에서 최후를 마치는 신세가 되실 테니……."

화타를 죽여 버리고 나자, 조조의 병세는 날이 갈수록 더해만

갔다. 거기다가 또 오·촉 문제 때문에 골치를 앓고 있었는데, 마침 동오의 사자가 편지를 가지고 나타났다. 그것은 손권이 부하와 국토와 모든 것을 바쳐서 귀항하겠다는 사연이었다. 조조가 그 편지를 다 읽고 나더니, 깔깔깔 웃으면서 말했다.

"이놈이 나를 노화(爐火―한나라를 가리킴) 위에다 올려 앉히자는 수작이로구나!"

여러 신하들에게 그 편지를 내보이고 상의했더니, 시중 진군 등이 말했다.

"이제 손권이 친히 신하로서의 예의를 갖추어서 귀순해 왔으니, 이는 천인(天人)이 함께 마음을 같이하여 전하를 천자로 모시고자 함입니다. 전하께서는 천명에 응하시고 인심을 따르셔서 시급히 대위(大位)를 바로잡으시기 바랍니다."

"나는 다년간 한나라를 섬겼고 백성들에게도 공덕을 베풀어 왕의 지위에까지 올랐으나, 명작(名爵)이 그 극에 달했거늘 이제 또 무슨 다른 소망이 더 있겠소? 천명이란 것이 만약 나에게 있다면 나는 주(周)나라의 문왕(文王)이나 되고 싶소."

조조가 웃으며 이렇게 말하니, 사마의가 아뢰었다.

"손권이 신하라 일컬으며 귀순한 것이니, 대왕께서는 그에게 관작을 내리시고 유현덕에게 대항하도록 명령하심이 좋을까 합니다."

조조는 이 의견에 찬성하고 조정으로 상주문을 올려서, 손권을 표기장군(驃騎將軍) 남창후(南昌侯)에 봉하여 형주 목에 임명하고, 그날로 사자에게 칙명을 내려서 동오로 떠나 보냈다.

그 후 조조의 병은 점점 더 악화되어 갔다. 어느날 밤, 조조는 말 세 필이 한 여물통에서 같이 여물을 먹고 있는 꿈을 꾸었는데, 날이 밝자 가후에게 물었다.

"나는 예전에 말 세 필이 여물통에서 여물을 먹는 꿈을 꾸고 마등·마휴·마철 3부자를 의심하여 죽여 버렸더니, 이제 와서 마등도 이미 세상을 떠났는데, 또 똑같은 꿈을 꾼 것은 또 무슨 길흉을 암시하는 것이겠소?"

"녹마(祿馬)는 길조입니다. 녹마가 조(槽=曹)에 들어왔으니 아무것도 의심스럽게 생각하실 게 없습니다."

조조도 이 말을 듣고야 마음을 놓고 다른 생각을 하지 않았다.

그날밤, 조조는 침실에 누워 있었는데, 3경쯤 되어서 현기증이 심하게 일어나는 바람에 침상을 떠나 책상을 의지하고 꾸벅꾸벅 잠이 들듯 말듯 하고 있었다.

이때, 난데없이 궁전 안에서 비단을 찢는 것같이 앙칼진 소리가 들려오는 바람에, 깜짝 놀라서 보았더니, 복황후와 동귀인, 그리고 두 황자와 복완·동승 등 20여 명이 피투성이가 되어서 수운(愁雲) 속에 서 있고, 목숨을 돌려보내라는 소리가 은은히 들려왔다.

조조는 선뜻 칼을 뽑아서 허공을 마구 찔렀다. 쨍쨍한 소리가 한번 일어나더니 갑자기 서남쪽 궁전의 한구석이 허물어졌고, 조조는 놀라 자빠져서 땅 위에 쓰러졌다. 근시(近侍)들이 부축해서 별궁으로 모시고 병구완을 극진히 했다.

그 이튿날 밤에도 역시 궁전 밖에서 남녀의 울음소리가 밤이 새도록 쉬지 않고, 들려왔다. 밤새도록 잠을 못 잔 조조는 날이 밝은 다음에 여러 신하들을 불러서 말했다.

"내가 싸움판에서 살아 온 지 30여 년, 일찍이 괴이한 일을 믿어 본 적이 없는데 어째서 이런 일이 일어난단 말이오?"

여러 신하들은 도사(道士)를 불러 제사를 지내도록 하자고 했지만, 조조는 하늘에 죄를 지었으면 기도를 해도 소용없다고 탄식하며 그들의 의견을 거절했다.

그 이튿날, 조조는 숨이 막히고 눈이 캄캄하여 앞이 보이지 않았다. 급히 하후돈을 불렀다. 하후돈은 궁전 문앞까지 오자, 복황후·동귀인·복완·동승 등 20여 명이 구름 속에 서 있는 광경을 목격하고는 놀라 자빠져서 그 자리에 졸도했다.

좌우 사람들이 하후돈을 부축해 갔는데, 그때부터 그는 병석에 눕게 됐다.

조조는 조홍·진군(陳群)·가후·사마의 등을 베갯머리에 불러 놓고 뒷일을 부탁했다.

"내가 천하를 종횡하기 30여 년, 여러 영웅들을 모조리 격파했고, 이제 남아 있는 것은 강동의 손권과 서촉의 유현덕뿐이오. 나는 병이 위중하여 그대들과 말할 수 있는 시간도 이것이 마지막이니 집안 일을 부탁해 두고 싶소.

나의 장남 앙(昻)은 유씨가 낳은 아들이지만 불행히도 완성(宛城)에서 죽었고, 이제 변씨(卞氏)가 낳은 비(丕)·창(彰)·식(植)·웅(熊) 네 아들이 있소.

나는 평소에 셋째놈 식을 사랑했지만, 그놈은 경박하고 성실성이 미흡하고 술을 좋아하며 방종한 일이 많아서 후계자로 세울 수는 없고, 둘째놈 조창은 무용뿐이며 생각이 모자라고, 넷째놈 조웅은 병으로 몸이 약하고, 단지 장남 조비만이 돈후하고 공손하니 가히 나의 대업을 계승할 만하오. 경들은 마땅히 비를 보좌해 주시오."

조조는 또 측근자에게 명령하여 평소부터 지니고 있는 명향(名香)을 가져오게 해서 여러 시첩들에게 나누어 주면서 말했다.

"내가 죽은 다음에는 그대들은 바느질을 배우고, 비단 신발을 많이 만들어서 그것을 팔아서 돈을 얻어 자급자족하도록 하라."

또 여러 시첩들을 동작대에 남아 있게 하여 매일 제사를 지내도록 할 것과, 반드시 상식(上食)을 올릴 때마다 여기(女伎)들에게 음악을 연주하도록 하라고 명령했다.

이 밖에도 자기의 무덤을 후세 사람들이 알지 못하도록 창덕부(彰德府) 강무성(講武城) 밖에 가짜 무덤을 72군데 마련해 두라는 유언을 했다. 이것은 나중에 사람들이 발굴할까봐 두려웠기 때문이었다. 유언을 마치자 긴 한숨을 내쉬고 눈물이 비오듯 하더니 숨이 막혀서 절명하고 말았다. 나이 66세. 건안 25년 봄 정월이었다.

조조가 세상을 떠나자, 문무백관들은 모두 통곡하면서 사자를 세자 조비 · 조창 · 조식 · 조웅에게 보내서 부음을 전달하였다.

여러 관원들은 금관(金棺) 은곽(銀槨)에다 조조를 입렴(入殮)하였고, 밤을 새워서 업군으로 모시고 가니, 조비는 부친이 별세했음을 알자 방성통곡하면서 문무백관들을 거느리고 성 밖 10여 리 지점까지 영접, 길 옆에 꿇어 엎드려 관을 성 안으로 맞아들여서 편전(偏殿)에 모셨다. 여러 관원들이 거상을 입고 모여 울고 있을 때, 한 사람이 나타나더니 입을 열었다.

"태자께서는 지금 통곡하고 계실 때가 아닙니다. 대사를 상의하셔야 합니다."

여러 사람이 바라보니 그는 바로 중서자(中庶子—太子의 근시) 사마부(司馬孚)였다.

"이제 위왕께서 흥서(薨逝)하셔서 천하가 극도로 동요하고 있습니다. 태자께서는 시급히 왕위를 계승하셔서 민심을 안정시키셔야지, 탄식만 하실 때가 아닙니다."

여러 신하들이 입을 모았다.

"태자께서 왕위를 계승하심은 당연하지만, 천자께서 아직 조서를 내리시지 않으셨으니 어찌 이대로 행할 수 있겠소?"

병부상서 진교가 말했다.

"왕께서 먼곳에서 훙서하셨는데, 애자(愛子)들께서 아무렇게나 왕위를 계승하시면 변고가 일어날 것이고 사직이 위태로워질 것입니다."

하더니, 칼을 뽑아서 소맷자락을 베어 버리고 무서운 음성으로 말했다.

"오늘 바로 세자를 청하여 왕위를 계승하시도록 합시다. 여러 관원 가운데서 이의가 있는 사람이 있으면 이 소맷자락같이 될 것이오!"

백관은 송구할 뿐.

이때, 홀연 화흠이 허창에서부터 말을 달려서 도착했다는 보고가 들어왔다. 여러 사람들이 화흠이 불쑥 나타나자 그 까닭을 물으니, 화흠이 대답했다.

"이제 위왕께서 훙서하셔서서 천하가 크게 동요하고 있는데, 어째서 태자께서 왕위를 계승하시도록 권고하지 않는 것이오?"

여러 관원들이 대답했다.

"조서가 내려오기를 기다릴 수도 없고 해서 왕후 변씨의 인자하신 뜻을 받들어 세자를 왕으로 모시려 하고 있소."

"내가 이미 한제(漢帝)의 조명(詔命)을 받아 가지고 왔소이다."

화흠이 이렇게 말하자 여러 관원들이 축하 인사를 하고 있을 때, 화흠은 조서를 꺼내서 읽었다. 알고 보면 화흠은 위나라에 아첨하고, 조비를 섬기기 위해서 미리 이 조서를 기초해 가지고 헌제(獻帝)에게 강요했다.

그리하여 헌제는 어쩔 수 없이 그의 뜻을 받아들여서 조비를 위왕·승상·기주의 목에 봉한다는 조서를 내리게 된 것이다. 조비는 그날로 왕위에 올랐으며 여러 관원들의 배무(拜舞)를 받았다.

잔치가 한창 벌어진 판인데, 홀연 언릉후(鄢陵侯) 조창이 장안에서 10만 대군을 거느리고 쳐들어온다는 보고가 들어왔다. 조비는 대경실색하여 여러 신하들과 상의했다.

"황수(黃鬚) 아우는 평소에도 성질이 강직하고 무예에 매우 정통하오. 군사를 거느리고 쳐들어온다면 필시 왕위를 뺏자는 것이 분명하니 이를 어찌하면 좋겠소?"

홀연, 섬돌 아래서 선뜻 나서는 사람이 있었다.

"신이 언릉후를 만나 뵙고 몇 마디 말씀을 드려서 가로막아 보겠습니다."

여러 사람들이 찬성했다.

"대부(大夫)가 아니고는 이 화근을 풀지 못할 것이오."

79.
형제불목(兄弟不睦)

콩을 볶는데 콩깍지로 불을 때니
콩은 솥 속에서 눈물을 흘린다

兄 逼 弟 曹 植 賦 詩
姪 陷 叔 劉 封 伏 法

조창이 군사를 거느리고 쳐들어온다는 말을 듣고, 조비가 대
경실색하여 여러 관원들과 상의하던 중에, 자기가 나서서 설복
시켜 보겠다고 한 사람은 바로 간의대부(諫議大夫) 가규(賈逵)였다.

조비는 크게 기뻐하여 가규에게 나서 보라고 명령했으며, 가
규가 즉시 성 밖으로 나가니 조창이 영접했다.

조창이 먼저 물었다.

"선왕(先王)님의 옥새는 어디 있소?"

가규가 정색하며 말했다.

"고래로 집안에는 장자가 있고, 나라에는 자리를 계승하는 저
군(儲君)이 있는 법입니다. 선왕님의 새수는 군후께서 질문하실

일이 아닙니다."

조창은 묵묵히 말이 없이 가규와 함께 성 안을 들어섰다. 그들이 궁문 앞까지 왔을 때 가규가 또 물었다.

"군후께서 이번에 여기 오신 것은 장례를 위해서입니까, 그렇지 않으면 왕위를 빼앗으려고 오신 겁니까?"

"나는 장례 때문에 온 것이지 별다른 마음이 있어 온 것이 아니요."

그 말을 듣더니, 가규가 또 물었다.

"그러시다면 군사를 거느리시고 성 안으로 들어오심이 무슨 까닭입니까?"

조창은 즉시 좌우 장사들에게 호통을 쳐서 물리쳐 버리고 혼자 들어가 조비와 대면하니, 둘이서 부둥켜안고 방성통곡했다. 조창은 부하를 모조리 조비에게 넘겨 주었으며, 조비는 그에게 다시 언릉으로 돌아가서 수비의 임무를 다해 달라고 명령해서 떠나 보냈다.

이렇게 해서 조비는 왕위에 안심하고 오르게 됐으니, 건안 25년을 연강 원년(延康元年)으로 고치고, 가후를 태위(太尉), 화흠을 상국(相國)에, 왕랑(王朗)을 어사대부(御史大夫)에 봉하고, 여러 관원들에게도 지위의 고하를 막론하고 모두 벼슬자리에 올려 주고 후히 상을 베풀었다.

그리고 조조에게 시호(諡號)를 주어서 무왕(武王)이라 일컫고, 업군 고릉(高陵)에 매장했다.

한편 조비는 우금에게 명령하여 능(陵)에 관한 일을 전담해서 맡아보게 했다. 우금이 명령을 받고 그곳에 가 보니, 능옥(陵屋) 중의 한 흰벽에다 관운장이 7군을 물 속에 처박아 버리고 우금을 포로로 붙잡아 놓은 광경이 그림으로 그려져 있는데, 운장은 엄연히 상좌에 앉아 있고, 방덕이 분노를 참지 못하고 버티고 서 있으며, 우금은 땅에 엎드려서 살려 달라고 애걸하는 꼴이었다.

알고 보면, 이것은 우금이 싸움에 패하여 포로가 되었을 때 절개를 지켜서 스스로 죽지 않고 비굴하게 항복해 버린 사실을 마땅치 않게 생각한 조비가 미리 사람을 시켜서 이런 그림을 벽에다 그려 놓게 함으로써, 고의로 우금에게 모욕을 주자는 의도였다. 그 그림을 보자 우금은 당장에 부끄럽고 화가 치밀어서 그것이 병이 되어 얼마 후 세상을 떠나고 말았다.

"언릉후(鄢陵侯―조창)는 군사를 거느리고 본국으로 되돌갔습니다만, 소회후(蕭懷侯―조웅)와 임치후(臨淄侯―조식)는 장례식에도 참석하시지 않았으니 응당 문죄해야겠습니다."

화흠이 조비에게 이런 말을 꺼내자, 조비는 찬성하고 곧바로 두 군데로 문책의 사자를 파견했다.

며칠 뒤 소회를 다녀온 사자가 다음과 같이 보고했다.

"소회후 조웅은 자기 죄를 겁내어 스스로 목을 매서 자살하고 말았습니다."

조비는 그를 정중히 매장하라 명령하고 그에게 소회왕에 봉했다.

그 이튿날 임치로 갔던 사자가 돌아왔다. 그가 보고했다.

"임치후 조식은 낮이나 밤이나 정의(丁儀)·정이(丁廙) 형제와 더불어 술타령만 하시고, 패만 무례(悖慢無禮)하게 사자가 도착했단 말을 듣고도 자리에 앉은 채 옴쭉도 하지 않았습니다. 정의가 매도하며 '옛날부터 선왕께서는 주공을 세자로 세우시려 했는데, 간신들이 가로막았기 때문에 뜻대로 못하신 거요.

이제 왕상(王喪)을 치른 지 얼마 안 되는데, 골육에게 문죄하심은 무슨 까닭이오?'라고 했습니다. 또 정이도 '우리 주공은 총명으로 세상을 뒤흔들 분이니 응당 왕위를 계승하셔야 할 것이거늘, 도리어 세자로 서실 수 없다니, 그대들 묘당(廟堂)의 신하들은 그렇게도 인재를 몰라 보시오?'했습니다. 또 임치후는 무사에게 화를 내고 호령을 해서, 그들은 소신을 방망이로 마구 때려서 내쫓았습니다."

이 말을 들은 조비는 격분하여, 그 즉시 허저에게 호위군(虎衛軍) 3천 명을 주고 임치로 달려가서 조식 일당을 잡아오라고 명령했다.

허저는 명령을 받고 임치성에 도착하여 앞을 가로막으려는 수문장의 목을 베어 버리고 성 안으로 들어가니 두 번 다시 앞을 가로막는 사람이 없었다.

주관저에 도착하니 조식과 정의·정이 형제가 술에 만취해서, 모조리 결박하여 수레 속에 처박아 넣고 나서 관저의 대소 속관들까지 깡그리 잡아 가지고 업군으로 돌아와서 조비의 처분을 기다리게 했다.

조비는 명령을 내려 우선 정의·정이 등을 모두 주륙(誅戮)해 버렸다.

정의는 자(字)가 정례(正禮), 정이는 자가 경례(敬禮)이며 패군 사람으로서, 한때 문명(文名)이 높던 선비들로서 그들이 피살되자 많은 사람들이 애석히 여겼다.

이때, 조비의 어머니 변씨는 조웅이 목을 매어 자살했다는 소식을 듣고 심히 애통해했는데, 또 조식이 붙잡혀 오고 그의 심복인 정의·정이 등이 피살되었다는 소식을 듣고 크게 놀라 궁중으로 나가 조비를 불렀다.

조비가 모친이 나온 것을 보고 당황하여 배알하니, 변씨가 울면서 말했다.

"너의 아우 식은 평소에 술을 좋아하고 어리석은 짓을 곧잘 하는 것은 제 재간만 믿고 방종해진 까닭이다. 너도 피를 같이 나눈 형제이니 목숨만은 살려 두고 용서해 주기 바란다. 그래야만 나도 구천에 가서라고 눈을 감을 수 있겠다."

조비가 대답했다.

"저도 식의 재간을 매우 사랑합니다. 그런 일은 생각해 본 일도 없습니다. 이번에 좀 정신을 차리게 해주려고 하는 것뿐입니다. 어머님께서는 아무 걱정 마십시오."

변씨가 눈물을 줄줄 흘리며 안으로 들어가자 조비는 편전(偏殿)에 나와서 조식을 불러 들이라고 명령했다.

이때, 화흠이 물었다.

"방금 태후께서 전하께 자건(子建―조식)을 죽이지 마시라고 권고하러 나오셨던 게 아닙니까?"

조비가,

"그렇소!"

하니 화흠이 또 말했다.

"자건은 그 재간이나 지혜가 결코 평범한 지중물(池中物)이 아닙니다. 일찌감치 없애 버리시지 않는다면 반드시 후환이 있을 것입니다."

"어머님의 명령을 거역할 수는 없소."

"자건은 입만 열면 그대로 명문(名文)을 지어 낸다고 사람들은 말하지만 소신은 아직도 그것을 깊이 믿지 않습니다. 불러들이셔서 한번 그 재간을 시험해 보십시오. 할 줄 모른다면 죽여 버리시고, 할 줄 안다면, 살려 주셔서 좌천하여 천하의 소위 문인(文人)들의 입을 막아 버리도록 하십시오."

조비가 고개를 끄덕였다.

얼마 후 조식이 조비를 만나 보러 들어왔다. 황공하여 엎드려 절하며 죄를 청했다. 조비가 말했다.

"나와 그대는 정에 있어서는 비록 형제라 하지만, 의에 있어서는 군신의 관계다. 그대는 어찌 감히 재주만 믿고 예절을 무시할 수 있겠느냐? 전에 선군(先君)께서 재일(在日)하시던 때 그대는 항시 문장을 지어서 사람들에게 자랑했는데 나는 그대가 남에게 대필시킨 것이나 아닌가 하고 심히 의심하곤 했다. 여기서 일곱 발자국을 걸어가는 동안에 시 한 수를 지어 보아라. 잘 지을 수 있으면 좋지만, 그렇지 못한다면 결코 용서할 수는 없다."

조식이 말했다.

"제목을 내주시오."

이때, 전상(殿上)에 한 폭의 수묵화가 걸려 있었는데, 두 마리의 소가 토담 밑에서 싸우다가 한 마리가 우물에 빠져서 죽는 그림이었다.

조비가 그 그림을 가리켰다.

"바로 이 그림을 제목으로 하라. 그런데 시구 가운데서는 '두 소가 담 밑에서 싸우다가, 한 소가 우물에 빠져서 죽었다(二牛鬪牆下, 一牛墜井死)'라는 말 중에서 한 자라도 써서는 안 된다."

조식은 걸음을 걷더니 일곱 발자국을 가기 전에 시를 지었다.

두 고기가 길을 나란히 걸어오는데

머리에는 오목한 뼈를 지니고 있다.

서로 흙산 아래서 만나니

불끈하고 맞닥뜨렸다.

두 적이 서로 굳세지 못하니

한 고기가 토굴에 쓰러졌다.

이는 힘이 부족한 까닭이 아니고

왕성한 기운이 모조리 터져나오지 못한 까닭이다.

兩肉齊道行　頭上帶凹骨

相遇由山下　欻起相搪究

二敵不俱剛　一肉臥土窟

非是力不如　盛氣不泄畢

조비와 여러 신하들이 다같이 놀랐다.

조비가 또 말했다.

"일곱 발자국에 한 장(章)을 짓는다는 것은 내 생각에 너무 더디다. 너는 말하는 즉시 능히 시 한 수를 지을 수 있겠느냐?"

그랬더니 조식이,

"곧 제목을 내주시오."

하니 조비가 말했다.

"너와 나는 형제다. 이것으로 제목을 삼자. 그러나 '형,제'라는 두 글자를 시구 속에 넣어서는 안 된다."

하자 조식은 아무 생각도 하지 않고, 곧바로 이렇게 입으로 줄
줄 외었다.

콩을 볶는데 콩깍지로 불을 때니
콩은 솥 속에서 눈물을 흘린다.
본디 같은 뿌리에서 태어났거늘
서로 볶는 게 왜 이다지 급하냐!

煮豆燃豆其　豆在釜中泣
本是同根生　相煎何太急

조비가 이 시구를 듣더니 눈물을 뚝뚝 떨어뜨리고 있는데 모
친 변씨가 나타났다.

"형으로서 어찌 이다지도 심하게 아우를 핍박하느냐?"

조비가 당황해서 자리를 뜨면서 아뢰었다.

"국법을 폐해 버릴 수는 없습니다."

이리하여 조비는 조식을 좌천하여 안향후(安鄕侯)로 삼으니, 조
식은 작별 인사를 하고 말 위에 올랐다.

조비가 왕위에 오른 다음부터는 법령을 일신했고, 그 위세로

써 한제(漢帝)를 핍박하는 정도는 그 부친보다도 더욱 심했다.

이런 사실을 염탐꾼이 재빨리 성도에 보고했다. 한중왕 유현덕은 대경실색, 즉시 문무백관과 대책을 상의했다.

"조조는 이미 세상을 떠났고, 조비가 왕위를 계승했는데, 그 위세로써 천자를 핍박하기 그 아비보다도 더욱 심하오. 또 동오의 손권까지도 그에게 아첨하고 공수칭신(拱手稱臣)하고 있다 하니, 나는 먼저 동오를 격파하여 운장의 원수를 갚고, 그 다음에 중원으로 쳐들어가서 난적을 없애 버릴 작성이오."

말을 마치기도 전에, 요화가 출반하더니 울면서 엎드려서 아뢰었다.

"관공 부자가 살해당하신 것은 유봉과 맹달의 죄입니다. 우선이 두 적(二賊)을 주(誅)하시기 바랍니다."

현덕이 그 즉시 사람을 파견해서 두 사람을 붙잡아오라고 했다. 이에 공명이 간했다.

"그것은 안 됩니다. 서서히 손을 쓰시는 것이 좋으실 것이고, 급히 서두르시면 도리어 모반을 조장시키는 결과가 될 뿐입니다. 우선 두 사람을 태수로 승진시키셔서 따로 떼어 놓으신 다음에 잡아들이심이 좋을까 합니다."

현덕은 공명의 의견대로 사자를 유봉에게 파견하여 벼슬을 승진시켜 면죽(綿竹)을 지키게 하기로 결정했다. 그런데 팽양(彭羕)이란 사람이 맹달과 친한 사이였는데 이 사실을 알자 급히 집으로 돌아가서 편지 한 통을 작성해 가지고 심복 한 사람을 맹달에게로 보냈다.

그 사자는 남문을 나서자마자, 마초가 수배해 놓은 부하에게 붙잡혀서 마초 앞에 끌려 나가게 됐다. 모든 사정을 미리 알고 있는 마초는 그 즉시 팽양을 찾아갔다.

팽양은 마초를 영접하여 술상을 차려 놓고 대접했는데, 술기운이 거나하게 돌아가자, 마초는 슬쩍 팽양의 마음을 떠 보았다.

"예전에는 한중왕께서 공을 심히 후대하시더니 요즘은 어째서 점점 소홀해지시는 거요?"

팽양은 술이 거나하게 취해서 솔직하게 유비를 욕했다.

"그 못된 늙은 놈에게 나는 반드시 원수를 갚고야 말 것이오!"

마초가 또다시 그의 마음을 떠 봤다.

"나도 그에게 원한을 품은 지 오래 됐소."

팽양이 의견을 내놓았다.

"그렇다면 공께서는 본부군을 동원하시고 맹달과 결탁하여 외합(外合)하게 하시고, 나는 서천 군사를 거느리고 내응한다면 대사를 도모할 수 있을 것이오."

마초의 말이,

"선생의 말씀이 지당하오. 내일 다시 상의합시다."

하고는 팽양의 집을 나와서 즉시 사람을 파견하여 팽양이 작성한 편지를 한중왕에게 전달하고 이런 사실을 자초지종 자세히 알려 주었다.

현덕은 격분하여 당장에 팽양을 잡아서 옥에 집어넣고 준엄하게 문책했다. 팽양은 옥중에서 천백 번 후회했지만 어찌할 도리가 없었다.

"팽양에게 모반할 의사가 있는데 어떻게 처치하면 좋겠소?"

현덕은 공명에게 상의했다.

공명이 대답했다.

"팽양은 미친 놈입니다. 그대로 살려 둔다면 반드시 앞으로 화근이 될 것입니다."

현덕은 공명의 말대로 팽양을 옥중에서 죽이고 말았다.

팽양이 죽었다는 소문은 곧바로 맹달에게도 알려졌다. 맹달이 놀라고 당황해서 어쩔 줄 모르는데, 사자가 도착해서 유봉에게 면죽으로 돌아오라는 명령을 전달했다.

맹달은 허둥지둥, 상용(上庸) 방릉(房陵)의 도위(都尉) 신탐(申眈)·신의(申儀) 형제를 불러 가지고 상의했다.

"나는 법정과 함께 한중왕을 위해서 애써 왔는데, 이제 법정도 세상을 떠나고 없고, 한중왕도 나의 공적을 잊어버리고 나를 없애 버리려고 하니, 이 일을 어찌했으면 좋겠소?"

신탐이 말했다.

"한중왕으로 하여금 손 하나 까딱 못하게 하는 방법이 있습니다."

하니 맹달이 반색을 하며 그 방법이 무엇이냐고 물었더니, 신
탐이 대답했다.

"우리 형제들은 평소부터 위나라에 몸을 의탁하고 싶던 차이
었으니, 공께서도 한중왕에게 작별 편지나 한 통 올리고 위왕 조
비에게로 귀순하심이 좋을까 합니다. 그렇게 되면 조비가 중용
해 드릴 것이 틀림없을 것이고, 우리 두 사람도 공의 뒤를 따라
서 곧 귀항하겠습니다."

맹달은 선뜻 깨닫는 바 있어서 그 즉시 상주문을 작성해서 성
도에서 와 있는 사자에게 맡겨 버리고, 그날밤에 50여 기를 거느
리고 위나라로 도망하고 말았다.

사자가 그 상주문을 성도로 가지고 와서, 맹달이 위나라로 도
주했다는 사실을 보고하니 한중왕 유현덕은 노기 등등하여, 당
장에 군사를 동원해서 맹달을 잡아들이라고 호통을 쳤다.

공명이 그것을 만류했다.

"유봉을 파견하셔서, 진병케 하여 두 호랑이가 서로 잡아먹도
록 하십시오. 유봉은 공을 세우든 싸움에 패하든 반드시 성도로
돌아올 것이니, 그때 처치해 버리시면 둘 다 뿌리뽑아 버리실 수
있을 것입니다."

이 말을 듣고, 현덕은 마음을 바꾸어 면죽으로 사자를 파견하
여 이런 뜻을 유봉에게 명령했다. 유봉은 명령을 받들자 곧바로
맹달을 붙잡으려고 군사를 몰고 떠나갔다.

한편, 조비가 문무백관을 모아놓고 의사(議事)를 진행하고 있는데, 측근의 신하가 아뢰었다.

"촉장(蜀將) 맹달이 귀순해 왔습니다."

조비가 그 자리에서 불러들여 물었다.

"그대가 이번에 여기 온 것은 투항을 사칭하는 것은 아니겠지?"

맹달이 대답했다.

"소생은 관운장의 위급을 구출하지 않았기 때문에 한중왕에게 목숨을 빼앗기게 되어서 위왕님께 의지하러 온 길입니다. 다른 마음이 있을 리 없습니다."

조비가 맹달의 말을 믿지 못하고 망설이고 있는데, 유봉이 군사 5만 명을 거느리고 양양으로 쳐들어와서 맹달에게 도전하고 있다는 보고가 들어왔다.

조비가 맹달에게 일렀다.

"그대에게 참으로 다른 마음이 없다면, 양양으로 나가서 유봉의 목을 베어 가지고 오라. 그렇다면 나도 그대를 믿을 수 있을 것이다."

"소생이 이해관계를 따져서 그를 설복시키면 군사를 동원하지 않아도 유봉 역시 위왕님께 귀항할 것입니다."

맹달의 말을 듣자, 조비는 한층 더 기뻐하고 그를 산기상시(散騎常侍) 건무장군(建武將軍) 평양정후(平陽亭侯)에 봉하여 양양과 번성을 지키도록 명령했다.

이보다 앞서서, 하후상과 서황은 양양에 있으면서 상용(上庸) 일대를 공격하고 있었다. 맹달은 양양에 도착하자 두 장수와 대면하고 유봉이 성 밖 50리 지점에 진을 치고 있다는 사실을 알고 당장에 편지를 써서 사자를 파견하고 유봉더러 투항하라고 권고했다.

유봉은 그 편지를 보자 노발대발.

"이 도둑놈이 우리 숙질간의 의리를 그르쳐 놓더니 또 우리 부자 사이도 이간질을 해서 나를 불충 불효한 놈으로 만들려는 것이구나!"

이렇게 외치면서 편지를 발기발기 찢어 버렸다. 그리고 편지를 가지고 온 사자의 목을 베어 버리고, 그 이튿날 군사를 거느리고 공격을 개시했다.

맹달은 유봉이 자기 사자의 목을 베어 버렸다는 사실을 알자 분노가 극에 달하여, 군사를 동원하여 유봉과 대적하게 됐다. 양군이 진을 쳐 놓자, 유봉은 말을 문기(門旗) 아래 멈추고 칼을 휘두르며 매도했다.

"이 역적 놈아! 어찌 감히 허튼 수작을 하느냐?"

맹달이 대꾸했다.

"네놈은 죽음이 이미 눈앞에 닥쳐오고 있는데도 고집만 부리고 깨닫지 못하느냐?"

두 장수는 3합도 싸우기 전에 맹달이 먼저 뺑소니를 치기 시작했다. 유봉이 20여 리쯤 추격해 갔을 때, 난데없이 고함소리가 일어나더니 복병이 몰려들었다.

　왼쪽에서 하후상, 오른쪽에서 서황이 나타난 것이다. 맹달도 돌아서서 합세하니 유봉은 3면으로 공격을 받게 되어 감당해 낼 도리가 없자 밤을 새워 상용으로 도주하니, 위군이 노도처럼 밀려들었다.

　성 아래까지 가서 문을 열라고 고함을 질렀더니 적루 위에서는 화살이 빗발치듯 쏟아지며, 신탐이 불쑥 나서서 말했다.

　"나는 이미 위나라에 귀순했다!"

　유봉이 격분하여 그대로 쳐들어가려고 했지만, 벌써 뒤에서 추격해 온 군사들이 몰려드니, 하는 수 없이 방릉(房陵)까지 도주해 갔다. 성벽 위에는 위나라 깃발이 무수히 꽂혀 있었다. 신의(申儀)가 적루 위에서 깃발을 한번 휘두르는가 했더니, 성 안에서부터 '좌장군 서황(左將軍 徐晃)'이라고 쓴 깃발을 휘두르며 1대의 군마가 덤벼들었다.

　유봉은 견딜 도리가 없어서 서천을 향해서 말을 달렸으며, 서황은 의기양양하여 그 뒤를 추격했다. 유봉은 그럭저럭 백여 기밖에 남지 않은 부하를 거느리고 성도에 도착했다.

　유봉은 한중왕 앞에 꿇어 엎드려서 눈물을 흘리며 여태까지의 정세를 보고했다. 모든 일이 자기 탓이 아니고 맹달의 잘못이라고 극구 변명하자, 현덕은 노발대발하더니 그 자리에서 명령하여 유봉의 목을 베어 버렸다.

그러나 유봉의 목을 베고 나서야 현덕은 후회하여 마지않았다. 그것은 맹달이 유봉에게 항복을 권했는데도 사자의 목을 베어 버렸고, 편지를 찢어 버렸다는 갸륵한 사실을 나중에 알게 됐기 때문이었다.

이런 후회감과 관운장에 대한 슬픔이 겹쳐서 현덕은 마침내 병석에 눕게 됐으니, 자연 군사를 동원하는 일은 중지되지 않을 수 없었다.

한편, 위왕 조비는 친히 왕위에 올라 문무백관의 벼슬을 승진시켜 주고, 30만 대군을 거느리고 패국 초현으로 가서 종묘(宗廟)에 제사를 지냈다. 바로 이때, 대장군 하후돈의 병세가 위독하다는 보고를 받고 조비는 급히 업군으로 돌아왔지만, 그때는 하후돈이 이미 세상을 떠난 뒤였다.

그해 8월에 석읍현(石邑縣)에는 봉황이 날아들고, 임치성에는 기린이 나타나고, 업군에는 황룡(黃龍)이 나타났다.

중랑장(中郎將) 이복(李伏), 태사승(太史丞) 허지(許芝)는 이런 가지가지 상서로운 징조는 당연히 위나라가 한나라와 바꿔져야 할 길조라 생각하고, 헌제로 하여금 왕위를 위왕에게 양보시킬 작정으로 문무백관 40여 명과 함께 궁중으로 몰려들어가 한나라 헌제에게 왕위를 위왕에게 양보하라고 권했다.

이야말로 위가(魏家)의 사직이 일어나고 한나라의 산천이 남의 손으로 넘어가는 판이다.

80.
인군(仁君)을 쫓아내는 무리들

난적의 무리들이 한황을 찬탈하고
옥새를 받아 챙기니…

曹丕廢帝簒炎劉
漢王正位續大統

화흠을 선두로 한 문무백관들은 궁중으로 들어가 헌제를 알현했다. 화흠이 아뢰었다.

"엎드려 생각하옵건대, 위왕께서 등위하신 이래, 덕을 사방에 펼치시고 인(仁)을 만물에 미치심이 고금을 초월하셨으니, 이는 당(唐)나라·우(虞)나라라 할지라도 이보다 더 하지는 못했을 것입니다.

군신(群臣)이 회의한 결과 한조(漢祚)가 이미 다하였다고 판단하였사오니, 폐하께서도 요순(堯舜)의 도를 따르셔서 산천과 사직을 위왕에게 양보해 주십시오. 위로는 천심(天心)에 부합하시고 아래로는 민의(民意)에 부합해 주시기 바랍니다.

이리 되오면 폐하께서는 청한지복(清閒之福)을 편안히 누리시게 될 것이고, 조종(祖宗)께서도 그리고 온갖 생령도 다행함이 이에 더할 바 없을까 합니다! 소신 등이 이와 같이 의논하였사옵기 특히 아뢰는 바입니다."

헌제는 그 말을 듣더니 대경실색하여 한참 동안이나 말이 없었다. 한참 만에야 백관을 휘둘러보더니 울면서 말했다.

"짐이 생각하건대, 우리 고조(高祖)께서 삼척검(三尺劍)을 손에 잡으시고 참사기의(斬蛇起義)하시어 진(秦)나라를 평정하시고 초(楚)나라를 무찔러 기업(基業)을 창조하신 후, 세통(世統)이 전해 내려오기 4백 년. 짐이 비록 부재의 몸이라 할지라도 애초부터 지나친 허물이 없거늘 어찌 조종의 대업을 등한히 폐기할 수 있으리요. 그대들 백관은 모름지기 다시 한번 공정한 입장에서 의논하라."

화흠이 이복과 허지를 데리고 헌제의 앞으로 나서면서 또 아뢰었다.

"폐하께서 만약에 믿지 못하신다 하오면 이 두 사람에게 물어보십시오."

이복이 아뢰었다.

"위왕께서 즉위하신 이래, 기린이 나타나고, 봉황이 내의(來儀)하고, 황룡이 출현하고, 가화(嘉禾)가 우거지고, 감로(甘露)가 내렸습니다. 이는 상천(上天)이 상서로움을 보이시는 것이므로, 위조

(魏朝)가 마땅히 한조(漢朝)를 대신해야 할 상징입니다."

허지가 또 아뢰었다.

"소신 등은 사천(司天)을 직장(職掌)하여 밤에 건상(乾象)을 바라보니 염한(炎漢—한실)의 기수(氣數)가 이미 다하였사옵고, 폐하의 별은 숨어서 보이지 않습니다. 위국의 건상은 하늘과 땅에 기온이 가득해 이루 말로 다할 수 없습니다.

또한 도참(圖讖)에 기록되어 있는 바를 보자면, '귀(鬼)가 일변(一邊)에 있고 위(委)가 잇닿아 있으니 한(漢)을 대신함이 마땅함은 말할 것도 없다. 언(言)이 동쪽에 있고, 오(午)가 서쪽에 있어서 양일(兩日)이 병광(倂光)하여 상하로 이동한다'라고 되어 있습니다.

이것만으로 보더라도, 폐하께서는 마땅히 왕위를 양보하셔야겠습니다. '귀가 일변에 있고, 위가 잇닿아 있다'는 것은 바로 위(魏) 자를 말하는 것이오,

'언이 동쪽에 있고, 오가 서쪽에 있다'함은 허(許) 자를 말하는 것이며, '양일이 병광하여 상하로 이동한다'함은 바로 창(昌) 자를 말함입니다. 이것은 위가 허창에 있어서 응당 한선(漢禪—傳位)을 받아야 한다는 뜻이니 원컨대 폐하께서 잘 살피시기 바랍니다."

헌제가 말했다.

"상서니 도참이니 하는 것은 모두 허망한 일이로다. 어찌 그런 허망한 일을 가지고 짐에게 조종(祖宗)의 기업을 함부로 버리게 하려는고?"

왕랑이 또 아뢰었다.

"자고로 흥함이 있으면 반드시 폐함이 있고, 성함이 있으면 반드시 쇠함이 있습니다. 어찌 망하지 않는 나라가 있고, 폐하지 않는 집안이 있겠습니까? 한실이 전해 내려오기 4백여 년, 폐하께이르러서는 기수가 이미 다했사오니 마땅히 망설이심 없이 물러나셔야 할 것이오며, 그것이 늦어지시면 변고가 생길 것입니다."

헌제는 통곡을 하면서 후전으로 들어가 버렸다. 백관들은 비웃는 웃음을 참지 못하고 그 자리를 물러났다.

그 이튿날도 관료들은 대전에 모여서 환관을 시켜서 헌제를 모셔내 오라고 했다. 헌제는 겁이 나서 나오지 못했다. 조황후(曹皇后)가 말했다.

"백관이 폐하께서 조정에 나오시기를 청하고 있사온데, 폐하께서는 어찌하여 거절하십니까?"

헌제가 울면서 대답했다.

"그대의 오라비가 왕위를 찬탈하려고 백관을 시켜서 나를 핍박하고 있으니 짐은 나가지 않는 것이오."

조황후가 분노를 못 참고 외쳤다.

"나의 오라비가 어찌하여 이런 역적의 일을 저지른단 말인고?"

말이 채 끝나기도 전에 조홍과 조휴가 칼을 찬 채로 뛰어들면서 헌제의 출전(出殿)을 청했다.

조황후가 큰 소리로 매도했다.

"모두가 너희들 난적이 부귀를 도모하려고 함께 역모를 꾸민 탓이다! 우리 부친께서는 그 공로가 천지를 뒤덮고, 그 위세가 천하를 진동하셨으나 감히 신기(神器)를 찬절(篡竊)하시지 않았거늘, 이제 우리 오라비가 왕위를 계승한 지 얼마 되지도 않아서 한황(漢皇)을 찬탈할 생각을 하다니 하늘이 반드시 그 뜻을 받아들이지 않을 것이다!"

조황후는 말을 마치자 통곡하면서 궁중으로 들어가 버렸다. 좌우의 궁녀들도 모두 흐느껴 울었다.

그 이튿날도 조홍·조휴는 끈덕지게 헌제를 잡아내려고 했다. 헌제는 어쩔 수 없이 옷을 갈아입고 전전(前殿)으로 나왔다. 화흠이 아뢰었다.

"폐하께서는 어제 소신들이 아뢰온 바와 같이 하십시오. 그래야만 큰 화를 면하실 수 있습니다."

헌제가 통곡하면서 말했다.

"경들은 모두 한나라의 녹을 오랫동안 먹은 자들이다. 개중에는 한조(漢朝) 공신의 자손도 많이 있거늘, 어찌 감히 신하로서 할 수 없는 짓을 하려고 드는고?"

화흠이 또 아뢰었다.

"폐하께서 소신들의 의견을 받아들이시지 않는다 하오면, 오래잖아 조정 안에서 큰 화가 일어날 것입니다. 결코 신 등의 불충한 소치가 아닙니다."

"그렇다면 누가 감히 짐을 시(弑)하고자 함인고?"

화흠이 언성을 높였다.

"천하의 사람들이 모두 폐하께 인군지복(人君之福)이 없으셔서, 사방에 큰 난이 일어나고 있음을 알고 있습니다! 만약에 위왕께서 조정에 계시지 않으셨다면 어찌 폐하를 시하려는 자 한 사람뿐이었겠습니까? 폐하께서는 이런 은보(恩報)를 모르시고, 천하 사람들이 모조리 폐하를 치려 덤비시게 만드시렵니까?"

헌제는 대경실색, 소맷자락을 뿌리치며 일어섰다. 왕랑이 화흠에게 눈짓을 했다. 화흠이 앞으로 뚜벅뚜벅 걸어오더니 용포(龍袍)를 덥석 붙잡고 얼굴빛이 홱 변하더니, 다짜고짜로 말했다.

"하시겠습니까? 안하시겠습니까? 빨리 한 마디만 말씀하십시오!"

헌제는 기가 막혀서 대답을 못했다. 조홍과 조휴가 칼을 뽑아들고 호통을 쳤다.

"부보랑(符寶郞—管璽官)은 어디 있느냐?"

"예 있소!"

하면서 조필(祖弼)이 썩 나서자 조홍이 옥새를 내놓으라고 했다. 조필이 큰 소리로 꾸짖었다.

"옥새는 천자의 보물이오. 어찌 함부로 내놓으라 하시오!"

조홍은 무사들에게 호령하여 조필을 끌어내어 목을 베어 버리게 했는데, 조필은 목숨이 끊어지는 순간까지 큰 소리로 꾸짖어 댔다.

헌제는 부들부들 떨기만 했다. 이때, 섬돌 아래에는 무장을 든든히 갖춘 수백 명의 위병들이 지키고 있었다.

헌제가 울면서 여러 신하에게 말했다.

"짐은 천하를 위왕에게 물려줄 것이니, 나머지 목숨이나마 남겨 준다면 다행하겠소."

가후가 말했다.

"위왕께서도 반드시 폐하의 기대에 조금도 어긋나시게는 하시지 않으실 것입니다. 그러하오니 폐하께서는 급히 조서를 내리시어 중심(衆心)을 안정시키십시오."

헌제는 진군에게 명령하여 선국(禪國—傳國)의 조서를 기초시키는 도리밖에 없었다. 또 화흠을 시켜서 조서와 옥새를 받들게 하고 백관을 거느리고 위왕의 궁중으로 나가서 그것을 바치도록 했다. 조비는 기뻐서 어쩔 줄 모르며 다음과 같은 조서를 낭독하라고 했다.

　　　　짐은 재위하기 32년, 천하가 흔들리고 엎어짐을 만났
　　　　으나, 다행히 조종의 영혼의 힘을 입어 위태로우면서도
　　　　또한 존재해 왔도다. 그러나 이제 천상을 우러러보고
　　　　민심을 부찰(俯察)해 보니, 염한의 기수는 다했으며, 행

운이 조씨에게 있으니, 이는 전왕(前王)이 이미 신무지적
(神武之蹟)을 심어 놓았고, 금왕(今王)이 또한 명덕을 빛낸
탓으로 그 시기에 응함이로다. 역수(歷數)가 소명(昭明)한
것은 가히 믿을 바이오, 무릇 대도(大道)를 행함은 천하
의 공(公)을 위함이니, 당요(唐堯)가 그 아들을 사사로이
하지 않아 그 명성을 무궁히 뿌려 놓았음을 짐은 남몰
래 앙모하는 바이다. 이제 요(堯)의 법(典)을 따라 승상 위
왕에게 왕위를 전하니 왕은 이것을 사양치 말라.

조비는 조서를 다 듣고 나더니 당장에 그것을 받으려고 했다.
그랬더니 사마의가 옆에서 간했다.

"안 됩니다. 조서와 옥새가 이미 내려왔지만 전하께서는 우선
표(表)를 올려 겸손하게 사양하십시오. 그래야만 천하의 비방을
없앨 수가 있습니다."

조비는 그 말대로 왕랑에게 표를 작성하게 하고, 자기는 박
덕하다 자칭하고 따로 대현(大賢)을 구하여 왕위를 물려주라고
했다.

헌제는 이 표를 보자, 놀랍고 의아스럽기도 해서 여러 신하에
게 물었다.

"위왕이 겸손하니 어찌하면 좋을고?"

화흠이 말했다.

"옛적에 위무왕(魏武王)은 왕작(王爵)을 받을 때에 세 번이나 사양하다가 마지못해서 받았습니다. 이제 폐하께서 두 번 다시 조서를 내리시면 위왕도 윤종(允從)할 것입니다."

헌제는 어쩔 수 없이 또다시 환해(桓楷)에게 명령하여 조서를 기초해서 고묘사(高廟使) 장음(張音)을 파견하여 절(節)과 옥새를 가지고 위왕궁으로 가게 했다. 조비가 조서를 읽었다.

> 이에, 그대 위왕에게 말하노라. 그대의 상서가 겸양하도다. 짐이 곰곰 생각컨대 한도(漢道)가 능지(陵遲)한 지 이미 오래됐노라. 다행히 무왕 조(武王操)가 덕으로 부운(符運—瑞運)을 받아들여, 신무(神武)한 행동으로 흥했고, 흉포를 제거하고 구하(區夏—區城)를 청정했도다. 금왕(今王) 비(丕) 또한 전서(前緖)를 이어서 지덕(至德)이 밝게 빛나고 성교(聲教)가 사해(四海)에 덮이고, 인풍(仁風)이 팔구(八區)를 부채질하니 하늘의 역수(歷數)가 실로 그대의 몸에 있노라.
>
> 옛적에 우순(虞舜)은 대공(大功)이 있어, 방훈(放勳—唐堯를 찬미하는 말)이 천하를 물려 주었고, 대우(大禹)는 소도지적(疎導之績—川谷을 다스린 공적)이 있어 중화(重華)가 제위를 물려주었도다. 한은 요의 운을 계승하여 전성지의(傳聖之義)가 있고, 또 영지(靈紙)를 순종하여 하늘의 명명(明

命)을 이어감이니, 행어사대부(行御史大夫) 장음(張音)으로
하여금 절(節)을 가지고 황제의 새수(璽綬)를 바치노니 왕
은 이것을 받을지어다!

조비는 조서를 받자 기뻐서 어쩔 줄 모르며 가후에게 말했다.

"두번째나 조서를 받기는 했지만 그래도 천하의 사람들에게
후세에 찬절이란 말을 면치 못할 것이 아니겠소?"

가후가 말했다.

"이 일은 아주 쉽습니다. 다시 장음에게 명령하셔서 새수를 돌
려보내시고, 화흠을 시켜서 한제(漢帝)로 하여금 대(臺)를 한 군데
건축하게 하셔서 '수선대(受禪臺)'라 이름 붙이시고 길일양신(吉日
良辰)을 택하셔서 대소공경(大小公卿)을 모두 대하(臺下)에 모이도록
하시고, 천자로 하여금 친히 옥새를 받들어 천하를 왕께 물려주
시도록 하면 곧 여러 사람의 의심을 풀 수 있고 중의(衆議)를 끊어
버리실 수 있습니다."

조비는 심히 기뻐하여 그 즉시 장흠에게 새수를 주어서 돌아
가라 명령하고, 또 표를 작성하여 겸손하게 사퇴했다.

사퇴의 글월을 헌제에게 올렸더니, 헌제가 여러 신하들에게
물었다.

"위왕이 또 겸양하니 이는 어찌하겠다는 의사일고?"

화흠이 또 아뢰었다.

"폐하께서는 대를 한 군데 마련하셔서 이름을 수선대라 하시고 공경서민(公卿庶民)을 모아 선위(禪位)를 명백히 하시면 폐하께서는 자자손손 반드시 위은(魏恩)을 받으시리이다."

헌제는 이 말대로 태상원관(太常院官)을 파견하여 번양(繁陽)에 좋은 땅을 물색하게 해서 3층 고대(高臺)를 건축하고, 10월 경오일(庚午日) 인시(寅時)를 택하여 왕위를 선양하기로 했다.

그날이 되자, 헌제는 위왕 조비를 청하여 대에 올라가서 수선(受禪)하게 했다. 대 아래에는 대소 관원 4백여 명이 모였고, 어림군(御林軍)·호분군(虎賁軍)·금군(禁軍) 30여만 명이 늘어섰다. 헌제는 친히 옥새를 받들어서 조비에게 바쳤다. 조비가 옥새를 받으니 여러 신하들이 꿇어앉아서 청책(聽冊)했다.

이에, 그대 위왕에게 말하노라. 옛적에 당요는 우순에게 왕위를 물렸고, 순은 또한 우에게 명도하였도다. 천명(天命)은 항상 같은 곳에 있는 것이 아니며, 오직 유덕한 데로 돌아가느니라.

한나라 운수가 가눌 수 없게 되어 세상이 질서를 잃게 되고 짐의 몸에까지 내려오자 대란(大亂)이 심해지고, 군흉이 마음대로 역행하여 우내(宇內)가 전복되었도다. 무왕(武王)의 신무(神武)의 힘으로 난을 사방에서 구해 냈고, 구하(區夏)를 숙청하여 나의 종묘(宗廟)를 보전하였으니, 어찌 짐이 혼자서 정사를 독점하고, 구복지왕국(九服之王國─九服은 侯服·甸服·男服·采服·衛服·蠻服·夷服·鎭服·藩服)을 다스려 그 사(賜)함을 받으리요. 이제 왕은 전서(前緖)를 흠승(欽承)하고 덕을 빛냈고, 문무(文武)의 대업을 회복하고 그대의 아버지의 홍렬(弘烈)함을 빛냈도다.

황령(皇靈)이 상서로움을 내리셨고, 또 인신(人神)이 징조를 알렸으니 서사(庶事)를 명량하게 하기 위하여 사석(師錫)을 짐이 명하려 하니, 여러 신하들이여, 그대, 우순을 본받으라고. 나는 당전(唐典─典)을 이끌어 공경하며 그대에게 왕위를 손양하노라. 아아! 천지의 역수가 그대의 몸에 있으니 그대는 대례(大禮)에 순응하고 만국에 향(饗)하여 엄숙하게 천명을 받아들이라.

독책(讀冊)이 끝나자 위왕 조비는 곧 선위대례(禪位大禮)를 받고 제위에 올랐다. 가후는 대소 관료들을 거느리고 대 아래에서 조례를 했다. 연강 원년을 황초 원년(黃初元年)이라 고치고 국호를 대위(大魏)라고 했다. 조비는 그 즉시 천하에 대사령(大赦令)을 내렸고, 부친 조조에게 태조무황제(太祖武皇帝)라는 시호를 바쳤다.

화흠이 아뢰는 말이,

"하늘에 두 해가 없고, 백성에게 두 왕이 없습니다. 한제께서 이미 천하를 선(禪)하셨사오니 물러나셔서 번복(藩服)을 입게 하심이 이치에 마땅한가 하옵니다. 명지(明旨)를 내리셔서 유씨(劉氏)를 어느 땅에든지 안치하시기 바랍니다.”

하고 말을 마치자 헌제를 부축하여 대 아래에 꿇어 앉히고 조비의 처분을 기다렸다. 조비가 헌제를 산양공(山陽公)에 봉하고 그날로 떠나가도록 하라는 칙지(勅旨)를 내리니, 화흠이 칼을 잡아서 헌제를 가리키며 큰 소리로 외쳤다.

“한 제왕이 서면 한 제왕이 폐함은 옛날부터 내려오는 상도(常道)요! 금상(今上)께서 인자하셔서 차마 해를 가하시지 못하고 그대를 산양공에 봉하시니, 오늘 곧 떠나실 것이며, 선조(宣詔)가 없으시면 입조해서는 안 될 것이오.”

헌제는 눈물을 머금고 조비에게 절하고, 말 위에 올라 그 자리를 물러났다. 대 아래의 군민들은 이 광경을 보고 슬퍼하여 마지 않았다. 조비가 여러 신하에게 말했다.

“순우(舜禹)의 일은 짐도 잘 알고 있노라!”

여러 신하들은 일제히 만세를 불렀다.

백관이 조비에게 청하여 천지에 답사하도록 했는데, 조비가 몸을 굽혀 절하려고 하자 홀연 대 앞에서 괴풍(怪風)이 한바탕 휘몰아쳐 일어나더니 모래가 날고 돌이 구르기 마치 소낙비같이 맹렬하여 사람의 얼굴을 알아볼 수 없고, 대 위의 화촉(火燭)이 모조리 꺼져 버렸다.

조비가 대 위에서 놀라 자빠지니 백관들이 급히 구출하여 대 아래로 내려갔고, 한참 만에야 간신히 정신을 차렸다.

조비는 시신(侍臣)들의 부축을 받으며 궁중으로 들어갔다. 그리하여 며칠 동안은 조례를 거행하지 못했다.

얼마 후 병세를 좀 돌리게 되자 겨우 출전(出殿)하여 여러 신하의 조하(朝賀)를 받았다.

화흠을 사도(司徒)에 봉하고, 왕랑을 사공(司空)에 봉했으며, 대소 관료들에게 일일이 상을 주고 벼슬을 승진시켜 주었다.

조비는 병이 도무지 낫지 않아, 허창의 궁실에는 요사스러운 기운이 많지나 않은가 의심하고, 허창에서 낙양으로 옮기고 궁실을 대대적으로 건축했다.

어떤 사람이 재빨리 성도에 보고하기를, 조비가 스스로 대위황제(大魏皇帝)로 섰으며, 낙양에 궁전을 건축한다 했고, 또 전하는 말에 의하면 한제는 이미 살해당했다는 것이었다.

한중왕 유현덕은 이 소식을 듣자 진종일 통곡했다. 백관에게 명령하여 거상을 입게 하고 멀리 허창을 바라다보며 제사를 지내고 효민황제(孝愍皇帝)란 시호를 바쳤다.

현덕은 너무 근심 걱정이 되어서 병이 생기고 일을 다스릴 수 없자 정무(政務)를 모두 공명에게 맡겼다.

공명은 태부(太傅) 허정(許靖), 광록대부(光祿大夫) 초주와 상의한 결과, 천하에서 하루도 인군이 없을 수 없다 하고 한중왕을 제왕으로 떠받들기로 했다.

초주가 말했다.

"근래들어 상봉경운(祥鳳慶雲)의 상서로운 기운이 나타났으며, 성도 서북방으로 황기(黃氣)가 수십 장이나 뻗쳐오르고 제성(帝星)이 필(畢)·위(胃)·묘(昴)의 방향으로 갈라져서 보이며, 그 빛은 황황하기가 마치 달빛과 같으니, 이것이 바로 한중왕께서 마땅히 제위에 오르셔서 한통(漢統)을 계승하셔야 된다는 징조임에 무엇을 의심하겠습니까?"

이리하여 공명은 허정과 더불어 대소 관료들을 거느리고 표를 올려 한중왕에게 제위에 오르기를 청했다.

한중왕 유현덕은 표를 보자 대경실색했다.

"경들은 나를 불충 불의의 인간으로 떨어뜨려 버릴 작정인가?"

공명이 아뢰었다.

"그렇지 않습니다. 조비가 한실을 찬탈하여 스스로 섰으니, 주상께서는 바로 한실의 후예이신지라 이치로 따져서 마땅히 한통을 계승하셔서 한사(漢祀)를 계속해 나가셔야 합니다."

한중왕이 얼굴색이 변하더니 외쳤다.

"내 어찌 역적의 소행을 따르리요?"

소매를 뿌리치고 선뜻 일어서더니 후궁으로 들어가 버렸다. 여러 관료들도 할 수 없이 흩어졌다.

사흘 후, 공명은 또다시 여러 관원을 인솔하고 입조하여 한중왕이 나오기를 바랐다. 모든 사람이 그의 앞에 꿇어 엎드렸으며 허정이 이렇게 아뢰었다.

　"이제 한나라의 천자가 조비에게 시살(弑殺)되신 마당에 주상께서 제위에 오르셔서 군사를 일으켜 역적을 토벌하지 않으신다면 이는 중의를 따르는 것이라고 하실 수 없습니다. 지금 이 천하에는 주상께서 인군이 되시어 효민황제의 원한을 풀어 드리기를 원치 않는 사람이 없사온데, 만약에 소신 등의 의논을 따르시지 않으신다면 민망(民望)을 잃어버리게 됩니다."

　한중왕이 말했다.

　"내 비록 경제(景帝)의 손(孫)이기는 하지만, 아직 백성에게 덕을 펼치지도 못했는데 이제 갑자기 스스로 제왕으로 나선다면 이것이 역적의 찬절과 뭣이 다르리요?"

　공명이 여러번 간곡히 권고했지만 한중왕은 고집을 부리고 말을 듣지 않았다.

　공명이 한 가지 계책을 생각해 내어 여러 관원들에게 살며시 말했다.

　그러더니 공명은 병 핑계를 하고 밖에 나오지 않았다.

　한중왕이 공명의 병세가 위독하다는 말을 듣자 친히 부중에 이르러 병상으로 찾아들어왔다.

　"군사, 무슨 병환이시오?"

"근심스런 마음이 불길처럼 타오르는 듯, 목숨이 오래 못 갈 것 같습니다."

한중왕이 또 물었다.

"군사는 무슨 일을 그다지 근심하시오?"

하며 몇 번을 물어 보았지만, 공명은 병이란 핑계만 하고 눈을 감은 채 대답도 하지 않았다.

한중왕이 재삼 물으니, 공명은 그제야 탄식하며 입을 열었다.

"소신은 모려(茅廬)에서 나온 이후 대왕님의 대우를 받고 오늘날까지 모셔오는 동안에 계책을 여쭐 적마다 잘 용납해 주셨습니다. 이제 대왕님께서는 양천 땅을 얻으셨으니 소신이 예전부터 말씀드린 바에 어긋나지 않으셨습니다.

눈앞에서 조비가 왕위를 찬탈하옵고 한사가 멸망하려는 마당에 문무관료들이 모두 대왕님을 받들어 제왕으로 모시어 위를 멸하고 유(劉)를 일으켜 함께 공명을 도모하고자 하려는데, 뜻밖에도 대왕님께서 고집을 부리시고 받아들이시지 않으시니 여러 관료들이 모두 원망스런 마음을 품고 머지않아 반드시 모두 흩어지고 말 것입니다.

만약에 문무제관이 모두 흩어진다 하면 오와 위의 공격으로 양천을 보전하기 어렵게 될 것이오니 소신이 어찌 근심하지 않겠습니까?"

한중왕이 말했다.

"내가 그것을 억지로 받아들이지 않는 것이 아니오. 천하 사람들에게 말썽이 있을까 그것이 두려운 것뿐이오."

하니 공명이 또 아뢰었다.

"옛사람이 말하기를, '명(名)이 부정하면 언(言)이 불순하다'고 했습니다. 이제 대왕님께서는 명정언순(名正言順)하신데 무슨 말썽이 있겠습니까? '하늘이 주심을 받지 않으면 도리어 그 벌을 받는다'는 말을 못 들으셨습니까?"

"군사의 병이 완쾌한 다음에 일을 진행시켜도 늦지는 않을 것이오."

공명이 그 말을 다 듣더니 병상에서 별안간 벌떡 일어나 병풍을 한번 탁 치니 밖에서 문무제관이 일제히 들어와서 바닥에 꿇어 엎드렸다. 그들이 입을 모아 말했다.

"주상께서 이미 승낙하신 바에는 날짜를 택하여 대례(大禮)를 행하도록 해주십시오."

한중왕이 둘러보니 거기 나타난 사람들은 허정(許靖—傳)·미축(麋竺—安漢將軍)·상거(尙擧—靑衣侯)·유표(劉豹—陽泉侯)·조조(趙祚—別駕)·양홍(楊洪—治中)·두경(杜瓊—議曹)·장상(張爽—從事)·뇌충(賴忠—太常卿)·황권(黃權—光祿卿)·하증(何曾—祭主)·윤묵(尹默—學士)·초주(譙周—司業)·은순(殷純—大司馬)·장예(張裔—偏將軍)·왕모(王謨—少府)·이적(伊籍—昭文博士)·진복(秦宓—從事郎) 등 여러 사람이었다.

한중왕이 깜짝 놀라며 어리둥절해했다.

"나를 불의에 빠지게 한 것은 모두 경들이었군!"

공명이 말했다.

"주상께서 이미 승낙하신 바에는 곧 축대를 쌓고 날을 택하여 대례를 공행(恭行)토록 하십시오."

즉시 한중왕을 환궁하게 하고 일변 박사랑(博士郞) 허자(許慈)와 간의(諫議) 맹광(孟光)을 시켜서 예식을 맡아서 돌보도록 하고 성도(成都) 무담(武擔) 남쪽에 대를 쌓아 올렸다.

모든 준비가 끝난 다음, 여러 관원들은 난가(鑾駕)를 정설(整設)해 놓고 한중왕을 모셔 내다가 단에 올라 제사를 지내도록 했다.

초주가 높은 단 위에서 큰 목소리로 제문을 낭독했다.

유건안(惟建安) 26년 4월. 병오삭(丙午朔)에서 12일을 지난 정사(丁巳). 황제 비(備)는 감히 황천후토(皇天后土)에 소고(昭告)하노니, 한나라 천하를 소유한 후 역수가 무강하였도다.

전자에 왕망(王莽)이 찬도(簒盜)하니 광무황제(光武皇帝)가 진노하시어 주멸하시고 사직을 다시 존속케 했도다.

이제 조조, 조병(阻兵)이 잔인하고 주후(主后)를 육살(戮殺)하여 그 죄악이 하늘을 뒤엎고, 조조의 아들 비(丕), 흉역(凶逆)을 마음대로 저질러 신기를 절취했도다. 군하장사

(群下將士)는 한사(漢祀)가 타폐(墮廢)함으로, 비(備), 마땅히 이것을 돌이키고 이조(二祖)의 무(武)를 계승하여 천벌을 궁행(躬行)하려 하도다.

비는 무덕(無德)한 몸으로 제위를 이음이 두려워 서민에게 물었더니, 밖으로 멀고 거친 땅의 군장(君長)들까지도 모두 말하기를, 천명에 대답하지 않을 수 없으며, 조업을 오래 돌보지 않을 수 없다 하노라.

온 천하가 바라는 바 오직 비 한 사람에게 있으니, 비, 하늘의 명명(明命)이 무섭고, 고광지업(高光之業)이 땅에 떨어질 것을 두려워하여, 삼가 길일을 택하여 등단제고(登壇祭告)하고 황제의 새수를 받아 사방을 무림(撫臨)하고자 하노라. 신은 한가(漢家)에 향조(饗祚)하셔서 역복(歷服)을 영수(永綏)하시라!

초주가 제문을 다 읽고 나자, 공명은 백관을 거느리고 옥새를 한중왕에게 바쳤다.

한중왕은 단상에서 그것을 받아 가지고 재삼 사양하며 말했다,

"유비는 무재무덕하니 재덕이 있는 사람을 택하여 받도록 하시기 바라오."

공명이 아뢰었다.

"주상께서는 사해를 평정하셨고 공덕이 천하에 빛나시며 또 대한(大漢)의 종파(宗派)이시니 정위(正位)하심이 당연하십니다. 이미 천신께 제고하셨는데 무엇을 또 사양하십니까?"

공명의 말을 듣고 문무백관은 일제히 만세를 불렀다. 의식이 끝나자 장무 원년(章武元年)으로 개원하고, 비(妃) 오씨(吳氏)를 황후로 세우고, 장자 유선(劉禪)을 태자로, 차자 유영(劉永)을 노왕(魯王)으로, 유리(劉理)를 양왕(梁王)에 봉하고, 제갈량을 승상에, 허정은 사도(司徒)에 봉했으며, 대소 관원들도 일일이 벼슬을 올리고 상을 주었고 천하에 대사령을 내리니 양천 군민치고 기뻐하지 않는 사람이 없었다.

이튿날은 설조(設朝)하고 문무관료들의 배례가 끝나자 양반(兩班)으로 갈라서서 선주(先主)가 조서를 내렸다.

"짐은 도원에서 관운장·장비와 의를 맺고 생사를 함께 하기로 했으나 불행히 둘째 운장은 동오의 손권에게 살해당했도다. 만약에 복수를 하지 않는다면 맹약에 어긋나는 것이로다. 짐은 경국지병(傾國之兵)을 일으켜 동오를 공벌(攻伐)하여 역적을 산채로 잡아서 이 원한을 풀어 보고자 하노라!"

말을 채 끝마치기도 전에 반내(班內)에서 한 사람의 장수가 나서더니, 섬돌 아래 엎드려 절하며 간했다.

"그것은 안 되옵니다."

선주가 쳐다보니 그는 바로 호위장군(虎威將軍) 조자룡이었다.

이야말로 군주가 천토(天討)를 행하기도 전에 벌써 신하가 직언(直言)을 문진(聞進)하는 판이다.

김광주

중국 남양대학에서 수업
경향신문 문화부장 및 편집부국장 역임
예술 조선 창간, 문화시보 창간

단편집 《결혼도박》《연애백장》《혼혈아》
장편소설 《태양은 누구를 위하여》《석방인》《장미의 침실》

패브릭 양장 에디션
초판본 삼국지 2: 오리지널 초판본 표지디자인

1판 1쇄 펴낸 날 2020년 5월 25일

지 은 이 나관중
옮 긴 이 김광주
펴 낸 이 최석로
펴 낸 곳 서문당
주   소 경기도 고양시 일산서구 덕산로 99번길 85 (가좌동)
전   화 031)923-8258
팩   스 031)923-8259
출판등록 제 406-313-2001-000005호
I S B N 978-89-7243-797-0 (04830)